DAS INDIZ

John T. Lescroart

DAS INDIZ

Roman

Aus dem Amerikanischen
von Dirk Muelder und Tina Bienert

WILHELM HEYNE VERLAG
MÜNCHEN

Titel der amerikanischen Originalausgabe:
Hard Evidence
Die Originalausgabe erschien bei
Donald J. Fine, Inc., New York

Umschlaggestaltung: Atelier Ingrid Schütz, München
Satz: Leingärtner, Nabburg
Druck und Bindung: Graph. Betrieb, Pößneck
Printed in Germany

ISBN 3-453-08702-X

Dieses Buch ist meiner Frau Lisa gewidmet, die immer für mich da ist; und meinem alten Freund, dem ehemaligen Marinesoldaten und Polizisten, jetzigen Barkeeper und Schauspieler Nishion Matosian Don Matheson.

Danksagung

Für die erste Inspiration und die weitere Betreuung danke ich Joel T. Kornfeld und Al Giannini.

Eine Vielzahl anderer Fachleute hat mir bei diesem Buch geholfen. Unter ihnen mehrere Juristen aus dem Büro des Bezirksstaatsanwalts von San Francisco: Jim Costello, Susan Eto, Jerry Norman und Bill Fazio. In meinem Wohnort Davis bedanke ich mich bei dem Anwalt Steve Shaffer. Die beträchtlichen Freiheiten, die ich mir mit den Staatsanwälten in San Francisco genommen habe, beruhen auf reiner Fiktion, und das Ergebnis ähnelt in keiner Weise ihnen selbst oder irgendwelchen anderen Mitgliedern dieses sehr professionellen, effizienten und entgegenkommenden Anklägerteams.

Die nichtjuristischen Beiträge waren nicht weniger wichtig: Der Gerichtsmediziner Dr. Boyd Stephens aus San Francisco war besonders großzügig mit seiner kostbaren Zeit, genauso wie Tristan Brighty, Mike Hamilburg, Joanie Socola, Dr. Phil Girard, Mark Detzer und Bob Eisele. Alle haben wesentlich zum fertigen Buch beigetragen.

Schließlich möchte ich noch meinen beiden kleinen Kindern Justine und Jack für ihre wundervolle Einstellung und ihr Benehmen während der meisten Zeit, die ich mit der Vollendung dieses Werkes beschäftigt war, danken.

Falls irgendwelche technischen Fehler vorkommen, sind sie allein dem Autor zuzuschreiben.

Jahr für Jahr, wenn nicht sogar Tag für Tag, riskieren wir unser Seelenheil, indem wir uns auf irgendeine Prophezeiung verlassen, die auf unvollständigem Wissen beruht.

– OLIVER WENDELL HOLMES junior
Richter des US Supreme Court 1902-1932

Erster Teil

1

Bis zur Hüfte ging Dismas Hardy das eisige, grüne Wasser. Er schritt hindurch, und seine Finger in den Gummihandschuhen lagen auf den Rückenfinnen eines sechs Fuß langen weißen Hais.

Draußen in der weiten Welt war es kurz vor zwei an einem Sommermorgen, aber hier drinnen im Steinhart-Aquarium gab es keine Zeit. Grüne Wände umgaben das Becken, in dem Dismas umherwanderte, sie waren feucht von dem Nebel, der sich daran niedergeschlagen hatte. Das Licht der Lampen über Dismas Hardy spiegelte sich darin. Außerhalb des Raums brummte ein Motor.

Hardy hörte nur das Plätschern und Glucksen des Wassers, das hinter ihm wieder zusammenfloß, während er hindurchging, immer im Kreis, allein in dem runden Becken.

Gegen sieben Uhr abends hatte Pico Morales ihn angerufen. Hatte ihn gefragt, ob er Lust zum Herumlaufen hätte. Wenn Pico anrief, hieß das: Irgendein Fischerboot hatte einen weißen Hai gefangen, wollte ihn loswerden und rief das Aquarium an, ob es ihn haben wollte. Die Haie tummelten und paarten sich draußen vor den Farallons, den Felseninseln, und das Steinhart-Aquarium – oder Pico, dessen Kurator – wollte unbedingt einen lebendigen haben. Das Problem war, daß die Tiere so traumatisiert oder verwundet oder beides waren, wenn man sie fing, daß keines von ihnen überlebte. Sie waren dann zu erschöpft und konnten sich allein nicht mehr vorwärtsbewegen. Sie brauchten jemand, der sie durch das Wasser bewegte, denn sie mußten weiterschwimmen, um Luft zu bekommen.

Es war Hardys dritte und letzte Einstundenschicht in dieser Nacht. Er hatte abwechselnd mit ein paar anderen Freiwilligen gearbeitet, und nun mußte jeden Augenblick Pico wiederkommen. Hardy ging also nur noch gedankenlos durchs Wasser, setzte einen Fuß vor den anderen und zog das halbtote Monster mit sich herum.

In der ersten Pause hatte er den Kälteschutzanzug abgestreift, sich umgezogen und war für ein oder zwei Guiness ins Little

Shamrock hinübergegangen. Hardys Schwager, Frannies Bruder Moses McGuire, war nicht dagewesen. Lynne Leish arbeitete wie jeden Sonntag hinter der Bar, und Hardy hatte seinen Drink mit nach hinten genommen und dagesessen und mit niemandem geredet.

In der zweiten Pause war er hinausgegangen und über den Zaun in den japanischen Teegarten gestiegen. Er hatte auf einer Holzbrücke gesessen und dem Plätschern des künstlichen Gewässers gelauscht, das zwischen den Bonsais und Pagoden dahinfloß. Wie immer in San Francisco während des Sommers hing der Nebel über der Stadt, und das machte den Abend nicht gemütlicher.

Hardy achtete nicht auf Pico, der jetzt hereinkam. Plötzlich stand er neben dem Becken, und sein riesiger Wanst brachte den Schutzanzug beinahe zum Platzen. Sein großer schwarzer, herabhängender Schnurrbart wurde immer naß, wenn er die dampfende Tasse an die Lippen brachte. »Hey, Diz!«

Hardy zwang seine Beine zum Weitergehen, hob den Kopf und grunzte.

»Was macht das Baby?«

Hardy blieb nicht stehen, ging weiter. »Weiß ich nicht.«

Pico setzte die Tasse auf den Rand des Beckens und ließ sich ins Wasser hinunter. Er zitterte, als das kalte Wasser durch seinen Anzug drang. Das nächstemal, als Hardy an ihm vorbeikam, packte Pico den Hai und kraulte ihm den Bauch. »Laß ihn los«, sagte er.

Hardy ging noch zwei Schritte weiter, dann ließ er die Rückenfinnen los. Der Hai kippte nach vorn und stieß mit der Nase abwärts gegen die Fußbodenkacheln des Beckens.

Pico seufzte. Hardy stützte sich mit dem Ellbogen gegen den Beckenrand. »Kein Familienleben«, sagte Pico. »Daher kommt das.«

»Kommt was?« Hardy keuchte.

»Ich glaube, diesen Burschen fehlt der Lebenswille. Gleich nach der Geburt ausgesetzt, sollen sie für sich selbst sorgen. So kommen sie mit Drogen in Berührung, geraten in schlechte Gesellschaft, fressen Junk Food. Wenn wir sie erwischen, sind sie schon geliefert.«

Hardy nickte. »Gute Theorie.«

Pico saß im Schutzanzug auf dem Rand des Beckens, sein riesiger Bauch wölbte sich wie ein Tumor. Er schlürfte Kaffee mit Brandy. Der Hai lag immer noch mit der Nase am Boden im Wasser. Pico sagte kein Wort, als er Hardy den Kaffeebecher gab.

»Wir machen irgend etwas falsch, Piek.«

Pico nickte. »Ich stimme dir zu. Bist auf 'ner heißen Spur, Diz.«

»Sie sterben alle. Keiner überlebt es, richtig?«

»Ich glaube, dieser hier hat eine Überdosis. Wahrscheinlich genau ins Herz abgedrückt.« Er nahm den Kaffeebecher wieder an sich. »Verdammte Junkies, diese Haie!«

»Kein Familienleben«, sagte Hardy.

»Stimmt.« Pico plumpste ins Wasser und ging auf den Hai zu. »Hilfst du mir, den Hundesohn rausziehen und den Bauch aufmachen? Im Dienst der Wissenschaft?«

Hardy leerte Picos Kaffeebecher, seufzte und rollte die Trage heran. Pico hatte einen Strick um die Schwanzflosse des Hais gebunden und legte ihn über die Rolle des Flaschenzugs, der von der Decke herabhing. Plötzlich zuckte der Schwanz, und Pico sprang zurück, als ob ihn etwas gebissen hätte. »Dreckiger Fixer, feiger Schweinehund! Der lebt noch!«

»Letzte Zuckungen, oder was?« Hardy wollte den Hai nicht aufschneiden, falls er noch nicht tot war.

»Ein Cha-Cha-Cha ist das nicht, Diz. Zieh mal an dem Viech, bitte!«

Hardy zog, und der Hai kam aus dem Wasser, langsam und schwer. Hardy schwenkte ihn zur Trage hin. Er wartete, während Pico sich aus dem Becken herausarbeitete.

»Mir fällt ein Gedicht ein«, sagte Hardy. »Frühling, Sommer, Herbst und Winter, ihr seht aus wie ein dicker Hintern.«

Pico hörte nicht hin und streckte die Hand nach dem Kaffeebecher aus. »Muß ich mir solche Beleidigungen von jemandem bieten lassen, der sich an meinem Kaffee vergreift?«

»Ach, da war Kaffee drin?«

»Und ein bißchen Brandy. Gegen den Nachgeschmack.«

Sie kippten den Hai auf die Seite. Pico ging in seinen Arbeitsraum und kam eine Minute später mit einem Skalpell zurück. Er zog damit eine Linie vom Bauch des Hais bis hinauf zu den Kiemen, und die Magenhöhle lag offen. Er schnitt einen Streifen Fleisch ab und reichte ihn Hardy. »Lust auf Sushi?«

Im Becken gurgelte es. Hardy beugte sich über die Trage und

achtete darauf, daß er Pico nicht im Licht stand, während er schnitt. Pico griff in den Bauch hinein und holte allerlei Sachen heraus – zwei oder drei kleine Fische, ein Stück Treibholz, einen Gummiball, eine Konservendose.

»Junk Food«, murmelte Pico.

»Das sagtest du schon«, sagte Hardy.

Pico griff wieder hinein und holte etwas heraus, das wie ein Seestern aussah. Er zog es hoch und betrachtete es aufmerksam.

»Was ist das?« fragte Hardy.

»Ich weiß nicht. Es sieht aus –« Plötzlich, als hätte ihn eine Tarantel gestochen, schrie Pico auf, sprang zurück und warf den Gegenstand auf den Fußboden.

Hardy ging hin, um ihn sich anzusehen.

Obwohl schon halbverdaut und von Schleim bedeckt, war immer noch zu erkennen, worum es sich handelte. Es war die Hand eines Menschen, am Gelenk abgetrennt. Der Zeigefinger fehlte, und am kleinen Finger steckte ein meergrüner Jadering.

2

Hardy erwartete, daß die Bullen als erste auftauchen würden. Wahrscheinlich kannte er sie aus der Shamrock-Bar, wo sie sich von Zeit zu Zeit sehen ließen, um nicht in Vergessenheit zu geraten. Manchmal ging es beim Iren ein wenig rauh zu, da half es, wenn die Jungs in den blauen Uniformen etwas Zivilisation in den Laden brachten. Ganz ohne ging es nun einmal nicht.

Während der letzten neun Jahre hatte Hardy tagsüber als Barkeeper gearbeitet. Erst seit vier Monaten, seit Rebecca geboren war und er und Frannie geheiratet hatten, saß er wieder beim Bezirksstaatsanwalt.

Hardy und sein einstiger Boß, jetziger Freund, Partner und Schwager Moses McGuire konnten beide ganz gut mit dem Eichenholzknüppel umgehen, der unter der Registrierkasse hing. McGuire, Doktor der Philosophie und einem Drink selten abgeneigt, hatte zweimal unliebsame Gäste durch die große Fensterscheibe nach draußen befördert. Meistens stieß er sie allerdings, in alter Western-Manier, durch die Schwingtüren hinaus. Trotzdem war weder Hardy noch Moses auf das Hinauswerfen besonders versessen – kein guter Kneipenwirt tat so etwas gern –, doch beide hatten von Zeit zu Zeit die Hilfe der Streife in Anspruch nehmen müssen. Das Shamrock war keine »Bullenbar«, aber wenn die Jungs von der Park Station während ihrer Freizeit einen Drink brauchten, bekamen sie den selbstverständlich umsonst.

Hardy stand jetzt am Eingang des Aquariums. Das schwarzweiße Polizeiauto tauchte auf. Der Lichtkegel des Suchscheinwerfers glitt über die Fassade des Hauses. Es war zwei Uhr fünfzehn, pechschwarze Nacht, und von der Straße bis zum Eingang des Gebäudes erstreckte sich eine zwanzig Meter lange betonierte Fläche. Hardy hatte Verständnis dafür, daß sie nicht gern in eine Falle liefen. Er trat aus dem Eingang hinaus ins Freie.

Zusammen gingen sie durch die dunstige Halle nach hinten zu den Wasserbecken. Das Licht, das von oben kam, war schwach und grünlich. Die beiden Polizisten folgten Hardy, während die Wasserbecken des Aquariums, durch das sie gingen, gurgelten und rülpsten. Ja, er kannte die beiden Polypen – Dan Soper, den Fullback, und Bobby Varela, den Sprinter. Hardy dachte an das Bild, das sie abgaben: dieses Knirschen des Leders, Klatschen der Pistolentaschen, Bumm-Bumm-Bumm der dicken Stiefel, Klingeln der Handschellen und Schlüssel. Streifenpolizisten hörte man meilenweit kommen. Hardy erinnerte sich an seine eigene Zeit, als er mit Abe Glitsky auf Streife gewesen war.

Er war damals ein anderer Mensch gewesen. Jetzt kam er sich viel älter vor. Fast so, als ob er diese Bullen in Schutz nehmen müßte. Mit Streifendienst fing das Leben eines Polizisten an.

Sie kamen in den Raum, den Hardy den Walking Room nannte, weil er dort, in dem großen Becken, mit den Haien immer im Kreis herumging. Pico hatte sich umgezogen. Er trug jetzt einen Rollkragenpullover und eine Trainingsjacke und hatte immer noch die Badehose an. Er saß auf dem Rand des Beckens und starrte geradeaus ins Leere. Neben ihm stand die Trage mit dem Hai darauf.

»Hast du sonst noch was gefunden?« fragte Hardy.

Pico rutschte vom Beckenrand herunter und warf Hardy einen vernichtenden Blick zu. Nachdem Hardy die beiden Polizisten vorgestellt hatte, ging Varela zu der Hand hinüber. Sie lag immer noch auf dem Fußboden, wo Pico sie hingeworfen hatte. »Ist das das, wonach es aussieht?«

»Genau«, sagte Hardy.

»Wo haben Sie den Hai her?« fragte Soper. »Hey, Bobby!« Varela stocherte mit einem Bleistift auf der Hand herum. »Laß das sein, ja?«

Pico erklärte Soper, wie der Hai ins Steinhart-Aquarium gekommen war. Soper wollte wissen, wie das Fischerboot hieß, wie der Kapitän hieß, wann er den Hai gefangen hatte und so weiter. Hardy ging zu Varela hinüber, der sich noch immer über den Gegenstand beugte. Hardy sah ihm von oben her zu.

»Ziemlich scheußlich, was?«

Varela drehte den Kopf herum und blickte ihn über die Schulter hinweg an. »Nee, so was kriegen wir drei-, viermal die Woche.«

»Ich frage mich, ob der Bursche ertrunken ist.«

Varela bekam die Augen nicht davon los. »Hoffen wir's mal,

oder? Falls er noch gelebt haben sollte … Wie hätte Ihnen das an seiner Stelle gefallen?«

Soper war an ihnen vorbei in Picos Büro gegangen, um von dort aus zu telefonieren. Pico kam zu ihnen. »Er ruft irgendwelche Leute von einem Polizeilabor an. Ich stecke meine Hand auf keinen Fall mehr in den Bauch hinein.«

Varela schüttelte sich. »Kann ich nachfühlen.« Er ging zurück zu dem Hai, steckte die Spitze seines Bleistifts vorsichtig in den Bauch und hob die eine Seite an. »Ich kann nicht viel sehen.«

»Da ist noch mehr drin«, sagte Pico. »Wir hatten gerade erst angefangen.«

Varela trat einen Schritt zurück. »Dan hat recht. Ich glaube, wir sollten einfach warten.«

Hardy starrte auf die Hand hinunter. »Ich frage mich, wer das war«, sagte er.

»Na, das erfahren wir früh genug«, sagte Varela.

Pico lehnte sich gegen das Becken. »Wieso sind Sie sich dessen so sicher?« fragte er. »Das kann doch jeder sein.«

»Wir haben immerhin einen wichtigen Anhaltspunkt.«

»Und welchen?« fragte Pico

Hardy drehte sich um. »Lassen Sie mich mal raten«, sagte er. »Die Fingerabdrücke.«

3

Hardy hob seine rotgeränderten Augen von den Seiten des Aktenhefters, in dem er las. Es war halb vier Uhr nachmittags. Die letzte Nacht hatte er durchgemacht, bis zum Sonnenaufgang. Er war vom Steinhart-Aquarium nach Haus gefahren, hatte sich in Schale – einen neuen braunen Anzug – geworfen und einen Blick in das neue Schlafzimmer riskiert, das er hinten ans Haus gebaut hatte. Frannie lag zusammengerollt im Bett, und auch Rebecca schlief. Dann war er in die Stadt, zum Justizpalast an der Siebten Straße, Ecke Bryant, gefahren und hatte in seinem Büro im zweiten Stock bei der Bezirksstaatsanwaltschaft zu arbeiten angefangen.

Der Job lief nicht besonders gut. Der Fall, über dem er jetzt brütete, stammte wie alle, die man ihm auf den Schreibtisch legte, aus den unteren Etagen der Gesellschaft. Diesmal ging es um eine Prostituierte, die sich von einem Zivilbullen hatte erwischen lassen, der als Tourist getarnt am Union Square herumgewandert war. Die Frau – Esme Aiella – war zweiundzwanzig, schwarz, schon zweimal erwischt. Gegen eine Kaution von 500 Dollar hatten sie sie freigelassen, und genau in diesem Augenblick, in dem Hardy ihre Akte studierte, ging sie wahrscheinlich wieder ihrem Gewerbe nach.

Hardy fragte sich, wozu das Ganze gut war. Oder der Fall des städtischen Angestellten Derek Graham, den sie beim Handel mit Marihuanabriefchen erwischt hatten – seinem Nebenerwerb. Hardy hatte Burschen wie ihn im College gekannt, und sehr wenige schafften es später, zu Drogenbossen im Medellinkartell aufzusteigen. Derek hatte drei Kinder, lebte im Mission-Viertel und versuchte, irgendwie über die Runden zu kommen, damit seine Frau zu Hause bei den Kindern bleiben konnte.

Trotzdem, Hardys Job war es nun, diese Übeltäter festzunageln, die armen kleinen Ganoven, die Pechvögel oder Dummköpfe. Hier ging es nicht um das erhabene Drama des Verbrechens aus Leidenschaft, auch nicht um die Romantik der großen Deals, die schiefgegangen waren. Hier ging es nicht um wunderschöne Menschen, die verzweifelt ihre Libido, ihre Gier, ihre Seichtheit abstritten. Nein, was sich hier abspielte, lag tiefer, es lag dort, wo das Licht der Scheinwerfer nicht hinkam. Hardys Kunden lebten am gefährlichen Rand des Gesetzes. Sie rutschten aus, über die Grenzlinie des Gerade-noch-Erlaubten hinweg, merkten es nicht einmal, sie wollten nur etwas Geld, etwas Macht, einen kleinen Vorteil, vielleicht sogar ein bißchen Entspannung, ein bißchen Spaß im Leben, das sie nie aus dem Dunkel der völligen Bedeutungslosigkeit herausbrachte. Meistens, dachte Hardy, war es ein trauriges Leben.

Hardy hatte geglaubt, daß er nicht mehr diese Art Fälle bearbeiten müßte, wenn er wieder als stellvertretender Staatsanwalt zu arbeiten anfing, aber das war wohl unrealistisch. Er war inzwischen immerhin schon fast vierzig und hatte seine Ausbildung beim Bezirksstaatsanwalt bereits vor zehn Jahren absolviert. Damals hatte er mit sich gerungen, ob er es über sich bringen würde, die »Verbrecher ohne Opfer«, wie man diese Leute nannte, strafrechtlich zu verfolgen, diese kleinen Nutten, Kiffer, Gelegenheitsfixer und -sniffer. Im Grunde seines Herzens fand er nämlich, daß das – im Gegensatz zu denen, die anderen Leuten weh taten – gar keine richtigen Verbrecher waren. Wenn Erwachsene unbedingt mit einer solchen Braut ins Bett steigen, sich mit irgendwelchem Dreck vollknallen oder von der Golden Gate Bridge springen wollten, sollte die Gesellschaft sich da nicht hineinmischen. Es gab ja weiß Gott genügend wirklich Schlimmes, mit dem er sich abmühen mußte. Warum die kostbare Zeit auf solche Bagatellen verschwenden?

Aber mit dieser Haltung lag er völlig falsch. Das wußte er. Seine Aufgabe bestand darin, Leute, die sich strafbar machten, zu verfolgen. Egal, ob er das, was sie getan hatten, böse oder nicht böse fand.

Außerdem war er neu in diesem Job und hatte ihn nur deshalb bekommen, weil er mit ein paar Leuten, wie zum Beispiel dem Chefassistenten des Bezirksstaatsanwalts, Art Drysdale, zusammen Examen gemacht hatte. Er nahm auch an, obwohl er es nicht genau wußte, daß sein Ex-Schwiegervater, der Richter am Obersten Gerichtshof, Andy Fowler, ein Wort für ihn eingelegt hatte.

Zehn Jahre lang war er aus dem juristischen Beruf heraus gewesen. Er hatte als Barkeeper gearbeitet, war immer noch Teilhaber der Shamrock-Bar und konnte nicht verlangen, daß Burschen, die bei der Stange geblieben waren, nun plötzlich höflich beiseite traten und ihm die heißen Fälle überließen.

Natürlich, selbst wenn er Mordfälle bekäme – die Spaß machten –, hätte es sich meistens doch nur um NHs (»no humans involved«) gehandelt. Um Leute aus dem Bodensatz der Gesellschaft, die einander aus irgendwelchen albernen Gründen umbrachten. Zum Totlachen wären diese Fälle, wenn sie nicht gleichzeitig so tragisch wären …

An diesem Morgen waren ihm draußen auf dem Korridor Arnie Tiano und Elizabeth Pullios über den Weg gelaufen. Sie hatten so heftig gelacht, daß sie sich kaum auf den Beinen halten konnten:

»… also, da versucht das Opfer, dieser arme Hundesohn Leon, mitten am Tag Radkappen an seinem Wagen anzubringen. Es ist sein Wagen. Ein roter alter Ford. Tja, und der Täter, Germaine, sieht ihn, kommt raus. Er fragt ihn, was er denn da zum Teufel an seinem, Germaines, Wagen herumfummelt. Der aber in Wirklichkeit um die Ecke herum geparkt ist. Sein Wagen sieht Leons ziemlich ähnlich, nehme ich an. Dasselbe Modell, ebenfalls rot und so weiter. Aber Germaine hat eine solche Wut im Bauch, er sieht nicht so gut, und Leon sagt ihm, hau ab, du Arsch, das ist mein Wagen – womit er ja recht hat. Also geht Germaine ins Haus, kommt mit 'ner Kanone wieder, und Leon sagt: ›Was hast du vor, willst du mich erschießen?‹ Und Germaine sagt ›Ja‹ und ballert neunmal in ihn hinein.«

Pullios stöhnte: »Ach, hör auf!«

»Ich schwör's dir: Da stehen zehn Zeugen in der Nähe und sehen zu, und dieser Kerl knallt Leon einfach ab, geht zurück ins Haus und legt sich hin zum Mittagsschlaf, und als wir bei ihm ankommen, schläft er immer noch.«

Und Arnie und Elizabeth lachten und lachten und lachten.

Aber es war immer noch besser als die Arbeit in der Bar.

Nicht, daß die Arbeit in der Bar ein schlechter Job war. Es war eine unkomplizierte Tätigkeit. Ein Leben ohne Streß. Er war stolz auf die Art gewesen, wie er die Drinks gemixt hatte, er war mit allen Leuten gut ausgekommen, er hatte sein Metier mit schlafwandlerischer Sicherheit ausgeübt.

Aber dann plötzlich genügte ihm das alles nicht mehr. Er wollte mehr, viel mehr. Nachdem er einmal aus dem ruhigen Trott heraus war, nachdem er versucht hatte, den Cochrans zu helfen und sein eigenes Leben zu retten, wurde ihm klar, daß er sich geändert hatte. Nur einfach sein Dasein fristen, das genügte nicht. Er hatte sich in eine Frau verliebt. Und die Frau hatte jetzt ein Baby, das er so behandelte, als ob es sein eigenes wäre, obwohl er nicht der Vater war.

Jetzt hatte er wieder eine Zukunft, die nicht mehr nur aus einer Aufeinanderfolge von Tagen in einem Guinessnebel bestand. Er wunderte sich selbst darüber, wie wohl er sich fühlte.

Die Arbeit hinter der Bar war ihm mit der Zeit lästig geworden. Die Stammkunden, die kleinen Nutten, die blöden irischen Streitereien beim Pfeilwerfen und die Frage, ob Jameson besser als die protestantische Bushmills-Pisse schmeckte. Es war immer dasselbe gewesen, dieselben tiefschürfenden alkoholischen Diskussionen, die sich am nächsten Morgen bei Sonnenaufgang als albern und idiotisch herausstellten.

Also war er zur Juristerei zurückgekehrt, das war wenigstens ein richtiger Job und hatte mit Dingen zu tun, die ihn wirklich interessierten. Er paßte zu dem neuen Leben, das er sich jetzt aufbauen wollte.

Und Frannie war auch wieder schwanger.

4

Das Büro des Gerichtsmediziners lag in demselben Gebäude, in dem Hardy arbeitete. Im Erdgeschoß. Vom Parkplatz aus ließen sich die Bahren leicht hineinrollen. Das Publikum konnte hereinkommen, ohne sich filzen zu lassen und ohne durch den Detektor zu gehen, der am hinteren Eingang des Justizpalastes stand.

Hardy saß in einem der gelben Plastiksessel im Vorraum des Büros. Es war halb fünf Uhr nachmittags, er war um fünf mit Esmes Anwalt in seinem Büro verabredet. Jetzt machte er eine Pause und wollte mal sehen, ob er etwas über die Hand herausbekommen konnte.

Der junge Mann beim Empfang war eine seltene Ausnahme im öffentlichen Dienst. Sixto war etwa fünfundzwanzig Jahre alt, trug eine Krawatte und richtige lange Hosen mit Bügelfalten, sein Haar war anständig gekämmt und er sprach ein ordentliches Englisch, das grammatikalisch einigermaßen korrekt war. Ein Wunder.

»Ich glaub nicht, daß sie schon was rausgefunden haben, Mr. Hardy«, sagte er. »Es war heute kein guter Tag. Der Montag hat's meistens in sich.«

»Viel passiert am Wochenende?«

Sixto nickte. »Zwei Morde. Im Vorbeifahren erschossen, Sie wissen schon. Was ist bloß mit den Leuten los?« Darauf bekam Sixto keine Antwort, und er erwartete auch keine. »Deshalb bezweifle ich, daß die in der Sache mit der Hand schon was wissen, aber ich frage mal an, okay? Und wenn, dann gebe ich Ihnen Nachricht.«

Hardy bedankte sich bei Sixto und stand auf. Draußen vor dem Eingang des Justizgebäudes, im dicken Juninebel, blieb er stehen und warf einen Blick auf den Parkplatz. Rechts von ihm lag die Stadtautobahn und brummte geschäftig, wie immer zu Beginn der Stoßzeit. Da kamen vom rückwärtigen Eingang des Gebäudes Detective Sergeant Abe Glitsky und der Chefassistent des Bezirksstaatsanwalts, Art Drysdale, auf ihn zu.

»Na, ihr«, sagte Hardy und nickte.

Die beiden schienen nicht gut aufgelegt zu sein. Drysdale trat nahe an Hardy heran und sagte: »Wir wollen nicht darüber reden.«

»Über die Hand?«

Glitsky, der so groß und schwarz und gefährlich aussah, wie der schlanke weiße Drysdale gutmütig wirkte, schnauzte Hardy an: »Was für eine Hand?« Er ging an Hardy vorbei zur Tür und öffnete sie.

»Wir reden nicht darüber«, sagte Drysdale.

Sie gingen hinein. »So hab ich das gern«, sagte Hardy. »Der freie, ungehinderte Fluß der Informationen, der anregende Gedankenaustausch ...«

Hinter ihm war die Tür ins Schloß gefallen. Hardy stand einen Augenblick lang da und zögerte, dann zuckte er die Achseln und ging hinauf ins Büro, um sich mit Esmes Anwalt zu treffen.

Aaron Jaans schlug das Bein mit dem einen der auf Hochglanz polierten Schuhe über das andere Bein mit der scharfen Bügelfalte und ließ ein Stück seines roten Sockenhalters sehen, der die lange schwarze Socke festhielt, die über die halbe Wade reichte. Es ging Hardy durch den Kopf, daß Jaans nicht nur Esmes Anwalt, sondern auch ihr Zuhälter sein könnte. Bei der Strafverfolgung von Zuhältern hatte Hardy keine moralischen Probleme. Er haßte Zuhälter.

»Ich glaube, das Hauptproblem ist hier die Tatsache, daß man sie schon mehrmals zuvor erwischt hat«, sagte Hardy. »Esme will anscheinend nichts dazulernen.«

Jaans lehnte sich auf den Hinterbeinen des Sessels zurück, in dem er Hardys Schreibtisch gegenübersaß. Er zog den Schlag seiner Hose über den Strumpfhalter hinunter. Der Anwalt hatte ein breites, schwarzes Gesicht, eine hohe Stirn, eine Adlernase und glattes Haar, das schon ein bißchen grau wurde. Er hatte immer noch einen leicht verschlagenen britischen Akzent von irgendwoher.

»Sie muß arbeiten gehen, Mr. Hardy. Und wir wissen beide, Sie und ich, daß Sie sie alle zwei Tage verhaften können, und trotzdem wird sie immer wieder auf die Straße zurückgehen, sobald sie draußen ist.«

»Aber nicht, wenn sie im Gefängnis sitzt. Dann nicht.«

Jaans rollte die Augen, aber nur kurz, weil zuviel Theater schaden konnte. »Gefängnis?«

»Es liegt ein Diebstahl vor. 416 Dollar sind keine Bagatelle. Das gibt Gefängnis.«

Jaans beugte sich vor und stützte sich mit den Ellenbogen auf die Knie. »Mr. Hardy, Sie und ich wissen, daß kein Richter gern so einen albernen Fall verhandelt. Sonst erstickt er vor lauter Terminen. Und Ihr Zeuge? Sitzt ein oder zwei Tage im Gericht herum und kann seiner eigentlichen Arbeit auf der Straße nicht nachgehen. Wozu soll das gut sein? Wenn Sie all diese Leute vor Gericht stellen wollen ... Sie wissen doch selbst genausogut wie ich, daß das nicht geht.«

Hardy hatte diese Art Belehrung ziemlich schnell satt. Er raschelte mit dem Hefter vor der Nase herum und tat so, als ob er darin lese. »Was ich Ihnen anbieten kann«, sagte er, »ist eine Verurteilung wegen Diebstahls auf Bewährung. Drei Monate Gefängnis oder ersatzweise fünftausend Dollar Geldstrafe.«

»Meinen Sie das ernst?«

Hardy nickte. »Jawohl.«

»Ist das irgendeine neue Anweisung von oben?«

Hardy schüttelte den Kopf.

»Wo soll meine Mandantin fünftausend Doller herbekommen? Glauben Sie, die zieht los und sucht sich einen Job als Tippse? Oder als Geschäftsführerin bei McDonald's? Das macht die nicht. Das kann sie gar nicht. Sie hat nichts gelernt, Mr. Hardy. Sie wissen, was sie tun wird, nicht wahr? Sie wird sich einen Monat lang hinlegen müssen, um so viel Geld aufzutreiben. Wollen Sie das?«

»Ich bin sicher, ihr Zuhälter könnte ihr dieses Geld in zweieinhalb Sekunden besorgen. Aber sie will nicht über ihren Zuhälter reden. Sie sagt, sie hat keinen Zuhälter. Also frage ich mich: Wie greifen wir uns diesen Zuhälter? Wie legen wir ihm das Handwerk?«

Jaans holte Luft. »Wissen Sie, Mr. Hardy, manche von diesen Zuhältern sind nicht gerade nette Menschen, das gebe ich zu, aber sie sorgen dafür, daß ihre Mädchen, wenn nötig, in Ruhe abtreiben können und so.«

»Sie sorgen dafür, daß der Betrieb läuft, das ist alles. Reine Geschäftssache.«

»Sie wissen, daß es ein Mädchen ohne Schutz nicht lange auf der Straße macht.«

»Wollen Sie mir erzählen, daß Zuhälter anständige Staatsbürger sind?«

Jaans kehrte die Handflächen nach oben. »Sie leisten einen Dienst.«

Hardy beugte sich vor. Er stützte sich mit den Ellbogen auf den Schreibtisch, hatte die Hände gefaltet. »Der Dienst, den diese Zuhälter leisten, Mr. Jaans, besteht darin, daß sie diese unwissenden, armen, traurigen, wirklich hilflosen Frauen nehmen, erniedrigen, mit Drogen vollpumpen und auf den Rücken legen, bis ihre Reize mit fünfundzwanzig verbraucht sind. Danach bleibt ihnen wegen der Spritzerei und der Krankheiten und der Schläge, die sie einstecken müssen, im allgemeinen noch eine Lebensspanne von sechs Monaten.« Hardy holte Luft und beruhigte sich. »Also werden diese fünftausend Dollar bei Esme vielleicht den Entschluß auslösen, ihren Zuhälter preiszugeben, und dann komme ich vielleicht auch auf meine Kosten und habe noch ein bißchen Spaß.«

Jaans nickte. Das übergeschlagene Bein wippte zurück an seinen Platz, er stand auf und streckte die Hand über den Schreibtisch hinweg. Hardy war überrascht. Er erhob sich und entschloß sich dann zögernd, die Hand zu nehmen. »Ich werde meine Mandantin von Ihrem Angebot unterrichten«, sagte Jaans.

An der Tür blieb er stehen, wandte sich um und hob den Zeigefinger, um noch etwas hinzuzufügen. Aber dann ließ er es sein und verschwand nach draußen auf den Korridor.

Beim Griechen Lou, gegenüber dem Justizpalast, trafen sich die Polizisten und Staatsanwälte zum Essen und Trinken. Lous Frau war Chinesin und kümmerte sich um die Küche, also gab es ein eklektisches Sammelsurium von Speisen im Angebot wie Frühlingsrollen, Cho Mein, Schaschlik, Reispilaf, süßsaure Suppe, Baklava und Glückskekse. Gelegentlich erschien als Menü des Tages Kung Pao mit Fladenbrot und Pot-sticker Kebabs.

Es gab zwei Tresen, einen an der vorderen, einen an der hinteren Wand, und keinen Platz zum Hinsetzen. Jetzt, um halb sechs Uhr nachmittags, herrscht ein ohrenbetäubender Lärm. In der Mitte des Raums fand gerade ein Armdrücken statt, zwanzig bis dreißig Polizisten brüllten durcheinander, es ging um das Geld, das sie gewettet hatten.

Drysdale und Glitsky standen am hinteren Ausgang, über einen älteren elektronischen Spielautomaten gebeugt, wo es darum ging, einen irgendwo aufleuchtenden Punkt abzuschießen. Hardy bahnte sich einen Weg durch die Menge. Drysdale lag mit acht zu sechs in Führung. Keiner der beiden Männer beachtete Hardy, als er hinzukam.

»Buh!« sagte Hardy.

Glitsky sah ganz kurz auf – aber lange genug, um das aufblitzende Bild zu verpassen. »Verdammt«.

»Neun zu sechs«, sagte Drysdale. »Du mußt schon aufpassen.«

»Du bist dran«, knurrte Glitsky.

Hardy sah den Lichtpunkt hier und da auftauchen, kreuz und quer. Diese beiden Bullen waren sehr gut, sie spielten wie die Weltmeister, der hin und her tanzende Lichtpunkt verlangte ihnen wirklich allerhand ab. Hardy ging zum Tresen hinüber, bahnte sich seinen Weg mit den Ellbogen, bis er ihn erreicht hatte, und bestellte ein großes Glas Preiselbeersaft mit viel Eis.

Hinten am Spielautomaten zog der besiegte Glitsky ein finsteres Gesicht. Drysdale lehnte sich auf seinem Stuhl zurück, kreuzte die Beine übereinander und ließ sich sein Bier schmecken. Hardy setzte sich hin und warf einen Blick zu ihm hinüber: Drysdale hatte Glitsky mit elf zu sechs Punkten besiegt. »Du schuldest mir fünf Dollar«, sagte Glitsky zu Hardy.

Drysdale nippte an seinem Bier. »Mich schlägt er sowieso nie. Ich würde ihm ohnehin kein Geld geben.«

»Können wir über die Hand reden?«

»Was für eine Hand?«

Hardy sah Drysdale an. »Was für eine Hand«, sagte er.

Drysdale gab Abe eine kurze Zusammenfassung des Falles. Abe hatte den ganzen Tag lang die Angehörigen eines ermordeten alten Mannes verhört. Für ihn war die Hand nicht das bedeutendste Ereignis des Tages.

»Also wer ist es?« fragte Glitsky, als Drysdale fertig war.

Drysdale zuckte die Achseln. »Irgendso'n Typ«, sagte er. Dann fragte er Hardy: »Was gibt es da zu reden?«

»Was ist, wenn ihn jemand umgebracht hat?«

»Ja, was ist dann?«

»Du meinst, daß ihn jemand umgebracht hat?« fragte Glitsky.

»Also, tot ist er jedenfalls. Wie es dazu gekommen ist, das weiß ich nicht. Ich dachte nur, ihr habt vielleicht etwas gehört.«

»Ich habe neulich einen guten neuen Song gehört«, sagte Glitsky.

Hardy wandte sich Drysdale zu. »Ich dachte, der Leichenbeschauer hat vielleicht irgend etwas herausgefunden.«

Drysdale runzelte die Augenbrauen. »Ich glaub' nicht mal, daß er sich das Ding angesehen hat.«

»Dieser Song, er klang so, als ob er von Garth Brooks wäre. Aber vielleicht war er auch von Merle Haggard. Diese Countrysänger klingen oft ziemlich ähnlich.«

Hardy lutschte an einem Eisstück. »Ja, aber wenn es sich doch herausstellen sollte, daß es ein Mord ist, würde ich den Fall gern bearbeiten.«

»Mord ist wohl ziemlich weit hergeholt«, sagte Drysdale. »Der Typ ist vielleicht einfach nur ertrunken.«

»Ich weiß. War nur eine Idee.«

Drysdale dachte über den Vorschlag nach. »Du hast noch nie einen Mordfall bearbeitet, oder, Diz?«

Hardy schüttelte den Kopf. »Nicht direkt.«

»Vielleicht war es aber auch Randy Travis«, sagte Glitsky. »Wenn er leise singt, klingt er manchmal wie Hag.«

Drysdale schien eine Minute lang angestrengt nachzudenken. Glitsky summte die ersten Takte seines Songs. Schließlich betrachtete Drysdale den letzten Rest Bier in seinem Glas und trank es aus. »Klingt fair«, sagte er zu Hardy. »Du hast das Ding gefunden. Wenn es ein Mord ist, bekommst du den Fall.«

Glitsky hörte auf zu summen. »Jetzt kommt Hardy ganz groß raus«, sagte er, und es klang so, als wäre er begeistert.

Hardy suchte in der Hosentasche nach Kleingeld und ließ ein paar Vierteldollarmünzen vor sich auf die Konsole fallen. »Macht noch ein Spiel zusammen«, sagte er zu Drysdale. »Und diesmal läßt du ihn gewinnen.«

Hardy saß auf dem Navajoteppich, der auf dem Fußboden seines Wohnzimmers lag, ganz vorne in seinem Haus. Im Schoß hielt er seine adoptierte Tochter Rebecca. Die Finger ihrer winzigen Hand betasteten die Knöpfe seines Hemdes. Im Kamin brannten ein paar Eichenholzscheite. Draußen wurde der Kokon aus Nebel, der das Haus einhüllte, immer dunkler. Hinten in der Küche hörte er Frannie summen, die nach dem Abendessen das Geschirr spülte.

Seit Frannie bei ihm eingezogen war, hatte sich das Aussehen des Wohnzimmers und des ganzen Hauses verändert. Früher hatte sich Hardy fast nur in den hinteren Räumen aufgehalten, in der Küche, im Schlafzimmer, im Büro. Das Haus war im alten »viktorianischen« Eisenbahnabteilstil gebaut – die Räume lagen hintereinander: vorn das Wohnzimmer, dahinter das Eßzimmer, dahinter ein kleiner Raum für Haushaltsgeräte. Rechts von diesen drei Räumen war ein langer Gang, der an der Küche endete.

Während Hardy mit dem Entwurf und Ausbau von Rebeccas Zimmer hinten am Haus beschäftigt gewesen war, hatte Frannie die vorderen Räume neu tapeziert und weiß mit ein wenig Rosa angemalt. Hardys Habseligkeiten, die seine Beziehung zur Seefahrt ausdrückten, waren in sein Büro verbannt. Statt des verstaubten Kugelfischs stand nun eine exquisite Karawane aus gläsernen Elefanten auf dem Kaminsims des Wohnzimmers, venezianische Arbeit. Die Wand links vom Kamin schmückte nun ein gerahmtes Leonardo-da-Vinci-Poster mit Pferdestudien. Das eingebaute Bücherregal rechts davon hatte Frannie mit allerlei Bänden aus Hardys Büro gefüllt – Barbara Tuchman, Hardys vollständige Wambaugh-Sammlung, das meiste von Steinbeck, Marquez und Jack London. Vier neue Lampen in den Ecken erfüllten den Raum mit Licht.

Hardy nahm alles in sich auf – die Pflanzen, den dunklen Glanz der Eßzimmermöbel aus Kirschbaumholz und das kleine Baby. Es kam ihm fast unglaublich vor, daß alles jetzt so bequem und stimmig war. Frannie war durch das Eßzimmer gekommen und blieb in der Türöffnung stehen. Sie lehnte sich gegen den Türpfosten. Ihr langes rotes Haar schimmerte im Licht des Kaminfeuers. Sie trug Jeans, ein Sweatshirt mit einem Aufdruck der Stanford University und weiße Reebok-Schuhe.

»Ihr wart so still«, sagte sie.

Hardy legte die flache Hand auf Rebeccas Bauch und fühlte, wie ihr Herz schlug. »Ich glaube nicht, daß ich jemals um diese Zeit zu Hause gewesen bin, als ich noch in der Bar gearbeitet habe.«

»Fehlt dir das?«

»Die Bar?« Er schüttelte den Kopf. »Nein. Es ist komisch. Ich dachte immer, ich wäre süchtig danach – du weißt schon, nach dem Lärm und dem Getriebe. Aber jetzt sitze ich hier, das Feuer knistert, und das reicht mir völlig.«

Sie kam zu ihm und setzte sich gegenüber auf den Teppich, die Beine wie eine Indianerin überkreuzt. Sie strich mit dem Finger am Bein ihrer Tochter entlang und ließ die Hand dort liegen. »Bist du nicht müde? Hast du letzte Nacht überhaupt geschlafen?«

Hardy zuckte die Schultern. »Wie Mr. Zevon sagt: Wenn ich tot bin, werde ich schlafen.«

Frannie hörte das nicht gern. Rebeccas leiblicher Vater, Eddie Cochran – Frannies damaliger Ehemann –, war vor etwa einem Jahr umgebracht worden.

Hardy wußte, was sie fühlte. Er legte seine Hand auf ihre. »Wenn du die Wahrheit wissen willst, ich bin sehr müde …«

Als Frannie aufstand, um die Vorhänge am Erkerfenster zu schließen, läutete die Türglocke. »Wir wollen keinen Besuch«, sagte Hardy.

»Ich weiß«, sagte Frannie und ging zur Tür.

Jeff Elliot hatte ein Gefühl für Nachrichtenwerte, und wenn die Hand eines Menschen im Bauch eines Hais nicht mehr als eine Erwähnung auf der letzten Zeitungsseite verdiente, wollte er seinen Presseausweis fressen.

Er wußte, daß eine Menge der großen Storys – Watergate, die Bankenpleite der Lincoln Savings, Pete Rose – einmal als winzige Tropfen in dem großen Pool der Informationen begonnen hatten, der jeden Tag über das Zeitungspapier schwappte. Und nur bestimmte Reporter, die die Nachrichtenwelt als ihre Leinwand betrachteten, schafften es, aus den Tropfen ein Rinnsal und schließlich eine Flut zu machen. Natürlich bestanden Nachrichten aus dem, was geschah, aber daraus eine Story zu entwickeln, das war es, was ihn interessierte. Erfinden konnte man solche Sachen nicht, aber man konnte sie interessant darstellen, einen bestimmten Blickwinkel aufzeigen, einen Aufhänger finden. Das war es, was einen guten Reporter ausmachte. Und Jeff wußte, daß er das Talent dazu hatte. Seinen Bossen war das bloß noch nicht aufgefallen.

Er kam beruflich nicht so richtig vorwärts, nicht so rasch, wie er sich das erhofft hatte. An seinem College in Wisconsin hatte er das Studentenblatt herausgegeben, danach drei Jahre beim *Clarion* in Akron, Ohio, gearbeitet und schließlich den großen Sprung zum *San Francisco Chronicle* geschafft. Aber jetzt saß er seit sieben Monaten an der Westküste und staunte darüber, daß selbst in einer so großen Stadt kaum irgendwelches Lesefutter aus den Polizeiberichten abfiel, das auch nur im geringsten sexy war.

Und daraus hatte seine Arbeit bestanden – die Polizeiberichte zu lesen –, ein Knochenjob. Immer auf der Suche nach einem Hinweis auf die große Story, eine packende Geschichte, wie er sie brauchte. Und heute war die Sache mit der Hand gekommen.

Er stellte sich mit seinen Krücken in den Hauseingang und läutete. Kurz darauf öffnete sich die Tür, und eine sehr hübsche rothaarige Frau in einem Sweatshirt von der Stanford University stand im Eingang. Das Haus duftete nach brennendem Eichenholz und gebackenem Brot. Er grinste schüchtern.

»Es tut mir leid, wenn ich Sie störe«, sagte er, »aber stimmt es, daß hier Dismas Hardy wohnt? Ich bin Jeff Elliot vom *Chronicle* und würde ihm gern ein paar Fragen stellen.«

»Interessant, daß Sie das wissen wollen«, sagte Hardy. »Das Ding ist gerade aufgetaucht.«

»Was ist aufgetaucht? Die Frage, ob es ein Mord ist?«

Sie gingen ins Eßzimmer, und Frannie hatte ihrem Mann einen Schwarzbraunen eingegossen – Guiness und Ale in zwei Schichten übereinander. Der Reporter, der wirklich nicht mehr als ein Junge mit kranken Beinen war, hatte eine Tasse Kaffee vor sich stehen. Frannie, die schwanger war, saß ruhig vor einem Glas Wasser, stillte Rebecca und hörte zu.

»Also wahrscheinlich ist er, wer auch immer er gewesen sein mag, erst vor kurzem gestorben. Es könnte sein, daß er einfach ertrunken ist und basta. Aber wir müssen auch damit rechnen, daß ihn jemand umgelegt und ins Meer geworfen hat.«

Der Reporter hatte sein Diktaphon angestellt, es lag zwischen ihnen auf dem Tisch.

»Aber«, sagte Hardy, »wir sind noch weit entfernt von irgendwelchen Ergebnissen dieser Art. Ich glaube, der Leichenbeschauer hat das Ding bisher noch nicht einmal untersucht. Als ich aus dem Büro ging, hatte er es auf jeden Fall noch nicht getan.«

»Ist das normal?«

»Na ja, wenn es ein ganzer Leichnam gewesen wäre, hätte er bestimmt schon etwas unternommen. Aber wir haben keine Vermißtenmeldung, jedenfalls bis jetzt noch nicht. Ich bin sicher, daß man auch in den anderen Bezirken außerhalb von San Francisco angefragt hat.« Hardy zuckte die Schultern. »Das geht Schritt für Schritt vor sich. Irgendwann werden wir den Vermißten ermitteln.«

Frannie hatte ihr Baby gefüttert und ging jetzt nach hinten, um das schlafende Kind ins Bett zu bringen. Als sie zurückkam, hatte

Dismas sein Bier ausgetrunken, und sie sah ihm an, daß er gleich einschlafen würde. Er hatte seit zwei Tagen kein Auge zugetan.

Sie redeten darüber, wie Pico Morales die Hand herausgeholt hatte, dort im Aquarium. Frannie trat hinter Dismas, massierte ihm die Schultern und räusperte sich. »Ich fürchte, diese Pressekonferenz muß hier enden. Ich habe es mit einem müden Mann zu tun, der zu stolz ist, das zuzugeben.«

»O Gott!« Jeff Elliot warf einen Blick auf seine Armbanduhr und schaltete das Tonband aus. »Tut mir leid. Ich wollte Sie nicht so lange aufhalten. Aber ich muß diese Geschichte aufschreiben und ausarbeiten.«

»Viel gibt die Story ja leider nicht her.«

»Ach, ich weiß nicht. Ich hab' so ein Gefühl. Die Hand muß doch irgend jemandem gehören, um Himmels willen.«

Hardy nickte. »Haben Sie eine Karte? Ich sage Ihnen Bescheid, wenn wir etwas herausbekommen.«

5

Die geheimnisvolle Hand: Staatsanwalt tippt auf Mord

von Jeff Elliot
Chronicle-Redaktion

Ein stellvertretender Bezirksstaatsanwalt hat gestern abend zugegeben, daß es sich bei dem grausigen Fund vom Sonntag, einer menschlichen Hand, an der ein Jadering steckte, um einen Mord handeln muß.

Die Hand wurde im Magen eines weißen Hais gefunden – die Spezies ist aus dem gleichnamigen Film bekannt –, und zwar im Steinhart-Aquarium, in das man das Tier am Wochenende lebendig eingeliefert hatte.

Der stellvertretende Bezirksstaatsanwalt Dismas Hardy, der zufällig anwesend war, als man die Hand entdeckte, erklärt, daß die Staatsanwaltschaft sich mit der Sache befaßt. »Jemand hat diesen Menschen getötet und ins Meer geworfen«, sagte Hardy.

Bisher gibt es keinerlei Hinweise auf die Identität des Opfers. Hardy erklärte, daß sich die Behörde mit der Bitte um Mitarbeit bei der Aufklärung an die umliegenden Bezirke gewandt hat.

In der gerichtsmedizinischen Abteilung wurden bisher noch keine Untersuchungen an der Hand vorgenommen. Trotzdem ist Hardy sicher, daß man bald wissen wird, um wen es sich bei diesem Opfer handelt, so daß die Untersuchung des vermutlichen Mordfalles beginnen kann.

»Wir gehen jetzt Schritt für Schritt vor«, sagte Hardy. »Aber wir werden es irgendwann schaffen.«

Christopher Locke war zweiundfünfzig Jahre alt, der erste schwarze Amerikaner, den man jemals zum Bezirksstaatsanwalt der Stadt und des Bezirks von San Francisco gewählt hatte. Locke war der Meinung, daß es bei seinem Job eigentlich nur um Politik ging. Zum Beispiel trat er mit Entschiedenheit für die Todesstrafe ein. Er bestimmte auch, wann es entschlossen mit der Graffitischmiererei aufzuräumen galt. Und wann es in der Gegend des Mission-Bezirks gegen die Schwulen losgehen mußte. Er koordinierte mit der Polizeibehörde den Einsatz der Gang Task Force. Er ließ sich bei allen möglichen Empfängen sehen, hielt Reden sowohl innerhalb als auch außerhalb der Stadt, und es ging ihm dabei immer darum, wie man dem Gesetz kräftiger Geltung verschaffen konnte.

Lockes Verbündeter und bester Freund (soweit man bei ihm überhaupt in solchen Kategorien sprechen konnte) war seit langem Art Drysdale, dem er einen großen Teil des täglichen Kleinkrams anvertraute. Art war ein korrekter, in seinen Ansichten gefestigter Mann, als politischer Rivale ungefährlich, weil er nicht den Mund halten konnte, ein guter Verwaltungsfachmann und ein noch besserer Jurist. Sich in die Arbeit seiner Untergebenen zu mischen, lag Locke nicht.

Aber an diesem Dienstagmorgen saß er da und wartete auf Dismas Hardys Erscheinen, der seit vier Monaten bei ihm arbeitete. Hardys Akte lag vor ihm aufgeschlagen neben dem *San Francisco Chronicle*.

Es war in Lockes Augen kein besonders aufregender Artikel, trotzdem hatte offensichtlich irgendein Police Lieutenant von der Mordabteilung mit dem Polizeichef Dan Rigby höchstpersönlich telefoniert, der die Sache wiederum so wichtig fand, Locke zu Hause noch vor dem Morgenkaffee anrufen zu müssen. Und dann, fünfzehn Minuten später, hatte ihn John Strout, der Gerichtsmediziner, angerufen und gefragt, was denn zum Teufel die Mordabteilung damit zu tun hätte.

Drysdale dachte, es würde reichen, wenn er zu Hardy hinunterging und ihm sagte, er solle den Mund halten, aber Locke hatte Rigby versprochen, daß er sich selbst um die Angelegenheit kümmern würde, und das wollte er jetzt tun.

Dorothy ließ den Summer ertönen, und eine Minute später trat Hardy ein. Locke erinnerte sich an ihn, weil er ihn bei der Staatsanwaltschaft willkommen geheißen hatte – eine Förmlichkeit, auf die Locke den allergrößten Wert legte. Damals hatte er sich einen Augenblick gewundert, wie es Drysdale gelungen sein mochte, im Büro eine freie Stelle für einen Mann zu finden, der keiner Minderheit angehörte.

Hardy war ja weiß Gott kein Grünschnabel mehr. Es war jetzt sein zweiter Versuch bei der Staatsanwaltschaft. Er hatte sich unglaublich dumm angestellt.

»Sie müssen sich nicht setzen, Hardy. Es geht ganz schnell.« Locke beschäftigte sich einen Augenblick mit Hardys Akte. Ohne aufzublicken, sagte er: »Ich sehe, Sie haben siebzehn Voruntersuchungen, mit denen Sie sich beschäftigen sollen.«

»Ja, Sir, das stimmt so ungefähr.«

»Das stimmt genau, so steht's in Ihrer Akte. Habe ich irgend etwas übersehen?«

»Ich habe sie nicht gezählt.«

»Vielleicht haben Sie keine Lust, sich mit solchen Dingen wie Voruntersuchungen abzugeben.«

Hardy stand in der klassischen »Rührt-Euch«-Haltung vor ihm. »Es geht um diesen Artikel.« Kein Fragezeichen.

»Ja, das stimmt. Es geht um den Artikel.«

»Das Zitat ist aus dem Zusammenhang gerissen.«

»Das geschieht laufend. Ich frage mich, wieso Sie es richtig fanden, diese Sache überhaupt mit der Presse zu diskutieren.«

»Ich habe die Hand entdeckt. Ich dachte, der Reporter wollte etwas von allgemeinmenschlichem Interesse darüber schreiben.«

»Das hat er aber offenbar nicht getan. Sieht aus, als ob er sie hereingelegt hat.«

»Ja, Sir, richtig.«

»Also habe ich Mr. Drysdale beauftragt, Ihnen noch ein paar Voruntersuchungen zusätzlich aufzutragen. Bei uns haben wir es gern so, daß die Staatsanwälte die Aufgaben erledigen, mit denen sie beschäftigt sind, ist das klar?«

»Ja, Sir.«

»Sie unterstehen Mr. Drysdale.«

»Ja, Sir.«

»Und Sie täten gut daran, wenn Sie es sich angewöhnten, allen Äußerungen, die Sie jemals einem Reporter gegenüber machen, die Worte: ›Das ist inoffiziell und nicht zur Veröffentlichung gedacht‹ voranzustellen. Verstanden?«

Hardy nickte und stimmte allem zu, bis er gehen durfte.

Obwohl Hardy ihn nicht mochte, war Aaron Jaans ein ordentlicher, sogar geachteter Anwalt. Auf Hardys Angebot hin, das er skandalös fand, hatte Jaans um ein Gespräch mit einem Richter einer höheren Instanz gebeten, bevor eine Voruntersuchung eröffnet wurde, um festzustellen, ob Hardy mit seiner Forderung Aussicht auf Erfolg hatte. Höflichkeitshalber hatte Hardy dem Antrag stattgegeben.

Jetzt standen sie im Gerichtssaal dem Richter Andy Fowler gegenüber, und Esme Aiella trat vor das Richterpult, Aaron Jaans an ihrer Seite. Sie trug ein hautenges blaues Röhrenkleid, das zweieinhalb Zentimeter oberhalb ihrer Brustwarzen begann und zehn Zentimeter unterhalb ihres Schrittes endete. Ihr Haar war geglättet und mit einem Rot gefärbt, das in der Natur nicht vorkam.

»Ms. Aiella«, sagte der Richter, »die Tatsachen dieses Falles scheinen für sich zu sprechen, aber bevor ich irgendein Urteil fälle, möchte ich von Ihnen hören, daß Sie nicht den schweren Diebstahl, dessen Sie angeklagt sind, von einem Verbrechen auf ein Vergehen herunterhandeln wollen.«

Esme stand da und schwieg und hielt die Hand an ihren Mund.

»Ms. Aiella!«

»Ich glaube nicht, daß Sie ihr eine Frage gestellt haben, Euer Ehren.«

Fowler warf Aaron Jaans einen wütenden Blick zu, dann sah er zu Dismas Hardy hinüber, der rechts von Jaans stand, und schließlich redete er weiter, wobei er Esme direkt in die Augen sah. »Ms. Aiella, das Gericht fordert Sie auf, Stellung zu nehmen. Verstehen Sie mich?«

Die Frau nickte.

»Würden Sie sich bitte äußern? Können Sie mich verstehen?«

»Ja, Sir.«

»Euer Ehren, meine Mandantin –«

Fowler hielt die Hand empor. »Mr. Jaans, ich wende mich direkt an Ihre Mandantin, ist das klar?« Ohne eine Antwort abzuwarten, fuhr der Richter fort. »Also jetzt bitte, Ms. Aiella, Sie befinden sich hier in keiner guten Situation. Ich muß Ihnen sagen, daß der Vorwurf des schweren Diebstahls eine sehr ernste Angelegenheit ist. Falls Sie verurteilt werden, müssen Sie nicht nur mit einer Geldstrafe rechnen. Möglicherweise – besser gesagt, wahrscheinlich – droht Ihnen dann eine Gefängnisstrafe. Verstehen Sie mich?«

Sie nahm die Hand vom Mund. »Ja, Sir.«

»Macht Ihnen das nichts aus?«

Sie zuckte die Achseln. »Ist mir gleich.«

»Es ist Ihnen gleich, ob Sie ins Gefängnis müssen?«

Esme zuckte wiederum die Achseln.

Fowler warf Hardy einen Blick zu. Offensichtlich war es ihr gleich. Drohungen, Belehrungen, das alles würde nichts nützen. Die Augen des Richters schweiften ein paar Sekunden lang über den Saal. Dann ließ er den Hammer niederfallen. Er gab Hardy einen Wink, er solle ihm ins Beratungszimmer folgen. »Das Gericht macht eine kurze Pause.«

»Es ist hoffnungslos«, sagte der Richter. Es war eine für Andrew Fowler so untypische Feststellung, daß Hardy im ersten Augenblick gar keine Antwort dazu einfiel. Nichts an seiner Erscheinung deutete darauf hin, daß er jemals in irgendeinem Fall ganz ohne Hoffnung sein könnte. Wie immer sah er phantastisch aus. Sein dichtes schwarzes Haar war von genügend grauen Fäden durchsetzt, um Weisheit auszustrahlen, ließ jedoch nicht auf ein fortgeschrittenes Alter schließen. Als Junge hatte er für den Versandhauskatalog von Sears & Roebuck Modell gestanden, und sein braungebranntes Gesicht wies immer noch diese hübschen Züge des All-American-Boy auf. Seine graublauen Augen waren durchdringend, sein Kinn war kräftig, seine Zähne waren perfekt, die Nase war gerade.

Andys maßgeschneidertes blaues Frackhemd war sogar unter seiner Robe knitterfrei, und die goldenen Manschettenknöpfe mit seinen Initialen ABF gaben ihm als Richter gerade die richtige Note.

Man sah diese Manschettenknöpfe oft, wenn Fowler an der Richterbank saß und seine Fingerspitzen ein spitzes Dreieck vor den Lippen bildeten, während er einer Darlegung lauschte, die er sich nahezu wörtlich merken konnte. Die Manschettenknöpfe waren Teil dessen, was die Römer *gravitas* nannten – dieser fast unbeschreiblichen Eigenschaft, die den Handlungen und Urteilen eines Mannes Bedeutung verlieh. Auf dem Richtersitz besaß der ehrenwerte Andy Fowler *gravitas* in Hülle und Fülle.

Hier im Beratungszimmer oder zu Hause war es anders, wenn auch in Maßen. Hardy trug zu Hause Jeans und ein Sweatshirt – in seiner Zeit als Barkeeper war er in Tennisschuhen, Cordhose und T-Shirt glücklich gewesen. Selbst in diesem Augenblick, als er in einem seiner drei Anzüge steckte, spürte er den Krawattenknoten auf dem Adamsapfel. Andy hingegen tauchte sonntags beim Picknick in gebügelten Khakihosen, troddelgeschmückten Korduanledermokassins, Frackhemd und Blazer auf; manchmal trug er sogar eine Krawatte. Wenn Andy im Olympic Club Tennis spielte, und er spielte sehr gut und häufig, trug er Weiß. Hardy nahm an, daß er nachts einen maßgeschneiderten Pyjama anzog und sich in einen Bademantel hüllte, wenn er allein in seiner Küche Kaffee trank.

Hardy hob den Briefbeschwerer vom Tisch auf. Es war ein ausgefallenes, schönes Stück aus hellgrüner Jade, fast durchsichtig und von einer seltsamen Form. In die glänzend polierte Oberfläche waren Meeresvögel und Wale graviert.

Fowler hängte seine Robe in der Ecke auf. Er drehte sich um. »Ich tue dir das nicht gern an, aber selbst wenn diese Frau sich weigert zu kooperieren, können wir das nicht als schweren Diebstahl behandeln.«

»Nein? Warum nicht?«

»Weil diese Art von Fallenstellerei in meiner Kammer nicht zieht, Diz. Chris Locke weiß das. Art Drysdale weiß das auch. Ich verstehe nicht, wieso sie mir immer wieder diese Flops hier in die höhere Instanz schicken.«

Der Richter erwarb sich im Justizpalast allmählich einen schlechten Ruf wegen seiner Ansicht über die Fallenstellerei. Seine einst große Beliebtheit hatte darunter gelitten, aber er hielt nichts davon, Leute wegen gewisser Verbrechen abzuurteilen, die sie seiner Ansicht nach nicht begangen hätten, wenn sie von der Polizei nicht dazu angestiftet worden wären.

»Die Frau«, sagte er, »gabelt sich einen Kerl am Union Square auf, sie gehen zusammen ins Hotelzimmer. Im Fernsehgerät in dem Zimmer ist, welch ein Zufall, eine Videokamera verborgen, und wenn unser Junge aus dem Zimmer ins Bad geht, bekommen wir ein wunderschönes Bild von Esme Aiella, wie sie ihm die Brieftasche wegnimmt, die zufällig gerade so viel Geld enthält, daß juristisch ein schwerer Diebstahl dabei herauskommt.« Er schüttelte angeekelt den Kopf. »Weil ich dich mag, habe ich, wie du siehst, euer Spiel mitgespielt. Wer weiß, vielleicht liefert sie uns ihren Zuhälter aus. Aber nein, das tut sie nicht – ausgeschlossen. Also schrumpft der Fall wieder auf seinen eigentlichen Kern zusammen – auf ein minderes Delikt, ein simples Vergehen, Prostitution, und dafür habe ich hier in meiner Kammer keine Zeit.«

»Sie hat das Geld aber gestohlen, Andy.«

»Diz, sie stehlen alle. Wieso, meinst du denn, ist Prostitution überhaupt strafbar?«

»Also brummen wir ihr eine Geldstrafe auf und vergessen sie.«

Fowlers Schultern sackten herunter. »Tag für Tag, jahraus, jahrein brummen wir ihnen Geldstrafen auf und vergessen sie. Es ist einfach hoffnungslos«, wiederholte er.

Der schwere, kühle, glatte Briefbeschwerer fühlte sich unheimlich gut an. Hardy setzte sich hin und hielt ihn abwechselnd in der einen und dann in der anderen Hand. Der Richter ging zu einem der Fenster hinter seinem Schreibtisch und kreuzte die Hände hinter dem Rücken.

Hardy stand auf, legte den Briefbeschwerer zurück an seinen Platz und ging zu dem Mann am Fenster, der fünf Jahre lang sein Schwiegervater gewesen war. Er blieb neben ihm stehen. »Andy, ist alles in Ordnung mit dir?«

Der Richter seufzte. »Natürlich, mir geht es blendend.« Er setzte wieder sein Lächeln auf. »Siehst du?«

Fowler sprach nicht darüber, warum es keine Hoffnung gab, aber wenn er im Augenblick nicht darüber reden wollte, wollte Hardy ihn auch nicht dazu drängen. »Also, was machen wir das nächstemal mit Esme Aiella? Werden wir nie den Hammer bekommen?«

Der Richter starrte verloren durch sein schmutziges Fenster hinaus. »Ob wir sie heilen werden, meinst du?« Sein Lachen war eher ein bitteres Krächzen im Hals. Fowler schob die Jalousie an seinem Fenster auseinander, als ob er irgend etwas suchte. Als er es nicht fand, kehrte er zu seinem Schreibtisch zurück und ließ sich in seinen dunkelroten Ledersessel fallen. »Eine Frau wie Esme, alle Frauen wie Esme, gehen auf den Strich, weil sowieso nichts anderes mehr zählt. Ihnen ist es egal. Ihr Zuhälter ist ihr Vater. Er schlägt sie, und er schläft mit ihnen.«

»Du meinst, Esmes Vater hat mit ihr geschlafen?«

Fowler griff nun selbst nach dem Briefbeschwerer und nickte. »Oder ihr Bruder oder ihr Onkel. Oder sie alle zusammen. Die Frauen, die anschaffen gehen, wurden zu Haus dazu abgerichtet. Und nebenbei, während ihr Daddy sie vögelt, gehen sie ab und zu mal auf den Strich. Das ist billige Psychologie, aber es ist überall dasselbe.«

Das stimmte. Hardy mußte es zugeben. Er erinnerte sich an das Interview, das er gelesen hatte, in dem eine Prostituierte danach gefragt wurde, ob sie als Kind mißbraucht worden wäre. Und die Frau hatte gelacht. Das war ihre Antwort – ein Gelächter darüber, daß dieser Zeitungsmensch so dumm sein konnte, eine solche Frage zu stellen. »Honey«, hatte sie erwidert. »Nicht ›mißbraucht‹. Gefickt, geschlagen, versaut, und so ist es allen ergangen, die ich kenne. Jeder einzelnen Frau, die anschaffen geht.«

»Also gibt es keine Hoffnung«, sagte Hardy.

»Ich würde nicht darauf warten.« Gedankenverloren schloß der Richter die Hände über dem Briefbeschwerer und schlug ihn mit einem dumpfen Knall auf den Schreibtisch.

Eine Minute war vergangen. Fowler klopfte immer noch mit dem Briefbeschwerer auf die Schreibtischplatte. Dann, als hätten sie die ganze Zeit davon geredet, sagte er: »Ja, irgendwas nagt in mir, nehme ich an.« Er legte die Jade hin, wirbelte in seinem Sessel herum. »Ich bin nicht mehr ich selbst, Diz. Ich komme mir vor wie eine alte Uhr, in der keine Feder mehr steckt.«

»Wann hast du zum letztenmal Ferien gemacht?«

Fowler krächzte. »Richtig Ferien? Vor einem Jahr im August. Aber ich war gerade am letzten Wochenende in der Sierra. Bin ein paar Meilen in meinen Wanderschuhen herumgeklettert. Habe keinen Menschen gesehen.« Fowler legte den Briefbeschwerer hin. »Und nun sitze ich wieder in der Zivilisation, und es scheint mir kein bißchen genützt zu haben.«

Hardy nickte. »Vor ein paar Jahren ging es mir genauso. Also habe ich mich in den Wagen gesetzt und bin zwei Wochen lang die Küste hinuntergefahren.«

»Und hast du dich danach besser gefühlt?«

»Kein bißchen.«

Fowler lächelte. »Ja, das hilft mir sehr. Danke.«

»Das Gefühl ist aber vorbeigegangen. Es kamen wieder andere Sachen.«

»Ja, ich weiß. Das Problem ist, daß das Leben weitergeht, während man auf andere Sachen wartet.« Plötzlich, fast ruckartig, straffte sich der Richter. »Ach, hör dir das an. Kaum kriegt er ein bißchen den Blues, schon wird der alte Richter rührselig.«

»Der ehrenwerte Richter hat das gleiche Recht darauf, niedergeschlagen zu sein, wie jeder andere auch. Gehst du denn überhaupt mal aus? Hast du gar keinen Spaß im Leben? Willst du mich mal besuchen zum Abendessen und meine neue Familie kennenlernen?«

»Lieber nicht, Diz, danke. Dann würde ich andauernd an dich und Jane denken und daran, was mit euch hätte werden können.« Hardys erste Ehe mit der Tochter des Richters hatte in einer Scheidung geendet. »Aber wenn du ein bißchen Squash spielen möchtest, würde ich dich gern im Olympic schlagen.« Fowler war jetzt aufgestanden und kehrte zu seiner Robe zurück.

Hardy streckte die Hand aus und hob wieder den Briefbeschwerer auf. »Abgemacht«, sagte er. Und dann: »Wo hast du dieses Ding her?«

Fowler drehte sich um. »Was –?« Als er sah, wovon Hardy sprach, wurde sein Gesicht dunkelrot, geriet für eine Sekunde lang außer Kontrolle. »Nimm's doch ruhig mit«, sagte er.

Hardy legte es wieder hin. »Nein, ich kann nicht –«

»Diz, nimm das verdammte Ding. Steck's in die Tasche. Ich will es nicht mehr sehen.«

»Andy –«

»Komm jetzt, Diz, laß uns gehen. Das Gericht erwartet meine hehre Erscheinung.« Er schritt mit rauschender Robe an Hardy vorbei. An der Tür blieb er stehen und ließ Hardy hinaus. »Ich rufe dich an, wenn ich einen Platz habe. Zum Squashspielen.«

Getreu seinem Versprechen sorgte Locke dafür, daß Hardy noch mehr Voruntersuchungen aufgetragen bekam. Fünf neue Spezialfälle waren in seinem Fach, als er vom Gericht zurückkam. Er ächzte, nahm den Briefbeschwerer aus der Tasche und hob den Telefonhörer ab. Die Akten konnten warten.

Jane Fowler arbeitete als Einkäuferin für I. Magnin. Sie wollte gerade zum Essen, aber sie nahm seinen Anruf entgegen. Er hatte seit seiner Heirat mit Frannie nicht mehr mit Jane geredet – das war wohl auch verständlich, dachte er. Der Gedanke an eine platonische Freundschaft mit einem Ex-Partner mißfiel ihnen beiden, und beim letztenmal, als sie sich gesehen hatten, vor Hardys Verlobung mit Frannie, hatten sie miteinander geschlafen, was die ganze Angelegenheit auch nicht gerade erleichterte.

Hardy und Jane hatten sich mehrere Jahre lang geliebt, viel Spaß zusammen gehabt und später den Tod ihres Sohns zusammen durchgestanden. Danach hatte Hardy an nichts mehr geglaubt, und wenn eine Ehe etwas brauchte, so war es der Glaube an irgendwas.

Also hatten sie sich scheiden lassen. Dann, nach fast zehnjähriger Trennung, hatten sie sich wieder für ein paar Monate zusammengetan, lange genug, um festzustellen, daß eine neuerliche Ehe zwischen ihnen nicht funktionieren würde. Sie verlangten jetzt andere Dinge vom Leben, und obwohl es sie immer noch zueinanderzog, fand Hardy, daß es Unglück bringen würde, wenn er es mit dem, was er mit Frannie hatte, durcheinanderbrachte.

Jane klang so wie immer – ruhig und ausgeglichen. Ein bißchen wie ihr Vater.

»Ich bin froh, daß du anrufst«, sagte sie. »Ich habe dich vermißt. Ich darf dich doch ein bißchen vermissen, oder? Geht's dir gut? Ist alles okay?«

Hardy lachte. »Mir geht's hervorragend, Jane. Ich fühle mich wunderbar. Aber ich habe mich gerade mit deinem Vater unterhalten. Hast du ihn in der letzten Zeit mal gesehen?«

»Ich weiß«, sagte sie. »Ich hätte dich vorige Woche beinahe deswegen angerufen, aber ich wußte nicht, wie du es aufnehmen würdest. Ich wollte dir keine Unannehmlichkeiten bereiten.«

»Du kannst mich ruhig anrufen, Jane. Was ist denn los mit Andy?«

»Ich weiß auch nicht genau. Ich mache mir wirklich Sorgen um ihn. Er hat mich vorige Woche zum Abendessen zu sich nach Hause eingeladen, und da war er so zerstreut oder deprimiert. Viel langsamer als früher. Ich dachte, vielleicht macht sich bei ihm schließlich auch mal das Alter bemerkbar.«

»Im Gerichtssaal wirkte er überhaupt nicht langsamer. Nur hinten im Beratungszimmer, unter vier Augen.«

»Ich dachte, er hat vielleicht einen kleinen Schlaganfall gehabt oder so was.«

»Hast du ihn gefragt?«

Jane lachte. »Du kennst doch Daddy. Den großen Leugner. Er ißt kaum etwas, redet fast nichts, und ich frage ihn, ob es ihm gut geht, und natürlich geht es ihm glänzend, könnte gar nicht besser sein. Und dann hat er sich betrunken.«

»Betrunken? Andy?«

»Erinnerst du dich, daß du mal mit Moses zusammen eine Wassermelone voll Gin ausgetrunken hast? Die Antwort lautet nein, du erinnerst dich an nichts mehr.«

»Ich erinnere mich an den Kater.«

»Okay. Aber bis zu diesem Abend, an dem ich Daddy gesehen habe, habe ich niemanden so betrunken erlebt wie dich damals.«

Hardy stieß einen Pfiff aus. Die Sache mit der Wassermelone war zu einer denkwürdigen Begebenheit geworden, an die sich Moses und Hardy immer wieder begeistert erinnerten. Wenn Andy Fowler sich derart betrunken hatte, war er nicht mehr er selbst. Etwas mußte aus den Fugen geraten sein.

»Hat er irgendwie angedeutet, was ihm Sorgen macht?«

»Nein. Er hat nur gesagt, er hätte ein bißchen Spaß verdient im Leben. Wieso ein Richter denn nicht auch ein Mensch wäre wie jeder andere. Dann fing er an, Cognac zu trinken und von Mama zu reden und von der Zeit, als ich noch ein Baby war, und von all den Entscheidungen, zu denen er sich durchgerungen hatte. Daß er sich keinen Spaß erlauben konnte, während er Anwalt und Richter sein mußte, und jetzt sei sein Leben schon fast vorbei ... Jedenfalls, schließlich fing er an zu stammeln, und ich brachte ihn ins Bett.« Jane schwieg einen Augenblick. Und dann sagte sie: »Ich bin froh, daß dir auch etwas an ihm aufgefallen ist. Ich dachte, es liegt an mir.«

»Nein. Ich glaube nicht, daß das was mit dir zu tun hat. Jedenfalls bin ich gern für euch da, falls irgendwas sein sollte. Nur damit du Bescheid weißt: Vielleicht werde ich mit ihm Squash spielen und ihm ein bißchen auf den Zahn fühlen.«

Wieder trat eine Pause ein. »Danke für den Anruf«, sagte sie. »Wir sind immer noch Freunde?«

»Wir sind immer noch Freunde. Wir werden immer Freunde sein, Jane.«

Nach dem Telefongespräch zog Hardy den Briefbeschwerer aus der Tasche und legte ihn auf den Schreibtisch. Warum hatte Andy ihm einen so hübschen Gegenstand geschenkt? Er hatte ihm das Ding ja geradezu aufgedrängt.

Nun, Schluß mit Andy Fowler, dachte Hardy. Es war Zeit, mit der Arbeit zu beginnen. Er holte sich die Hefter mit den neuen Fällen und legte sie vor sich hin. Er öffnete den ersten Hefter – das war DUI: driving under influence –, und der Einfluß war in diesem Falle Alkohol. Der elfte Verstoß des Betreffenden. Das gab neun Punkte, letztes Jahr wäre er noch damit durchgekommen. Hardy klappte den Hefter zu und legte den kleinen Stapel vor sich hin auf die Mitte des Tisches. Legte den Briefbeschwerer darauf und beschloß, zum Mittagessen zu gehen.

6

Art Drysdale jonglierte in seinem Büro mit Basebällen. In seiner Jugend hatte er mal ein paar Wochen lang als Ersatzmann bei den San Francisco Giants gespielt – der Höhepunkt seiner fünfjährigen Karriere als professioneller Baseball-Spieler. Dann hatte er sich der Juristerei zugewandt. Jetzt arbeitete er als Trainer mit dem Teenager-Baseballteam der Police Athletic League und spielte abends nebenbei ein bißchen Softball in der Zweiten Liga.

Er jonglierte gern. Wenn nötig, schaffte er es sogar mit verbundenen Augen. Es wirkte auch entwaffnend auf Leute, die ihm dabei zusahen – wie Dismas Hardy, der am frühen Nachmittag in der Tür stand.

»Du hast mir ja ein paar tolle Fälle zugeschanzt«, sagte Hardy. »Da ist sogar einer dabei, der vielleicht etwas Unrechtes getan hat, wenn's auch nichts Illegales ist.«

Art ließ sich nicht bei seiner Tätigkeit stören. Die Bälle sah er dabei gar nicht an. »Illegales ist falsch. Siehe Handbuch der Staatsanwaltschaft Kapitel eins.«

»Die Frau, die nicht den Dreck von ihrem Hund aufgehoben hat, ist ja ein heißer Fall. Ich finde, der sollten wir zeigen, was eine Harke ist.«

»Hundedreck auf der Straße.« Drysdale sammelte seine Bälle ein und hielt sie zusammen in seiner riesigen Hand. »Verdammt unangenehme Zeiterscheinung. Und wir müssen auch dem Leinenzwang für Hunde mit allen Mitteln Geltung verschaffen. Wenn wir nicht aufpassen, machen demnächst entfesselte Hundemeuten unserer Gesellschaft den Garaus.«

Hardy kam herein und setzte sich. »Im Ernst, Art –«

»Nein, im Ernst, Diz.« Er ging zu seinem Sessel. »Du machst dir hier keine Freunde. Mit Freunden lebt sich's aber besser, mein Junge. Du kratzt mir meinen Rücken, ich kratze dir deinen. Wir haben hier alle zusammen ein großes Büro, Polizei und Bezirksstaatsanwaltschaft und Gerichtsmedizin, allesamt in einem großen, glücklichen Haus. Und jetzt hast du auf einen Schlag Rigby, Strout und Locke sauer gemacht. Das war nicht sehr diplomatisch.«

»Diplomatisch? Aber –«

Drysdale hob eine Hand hoch und es waren drei Basebälle darin. »Ich weiß, daß du lange nicht mehr an einem Schreibtisch gesessen hast. Aber in jedem Büro, wo auch immer, gibt es sowas wie Diplomatie, nenn es, wie du willst. Zusammenarbeiten heißt gemeinsam die Dinge erledigen. Wenn du dich mit den Bossen von drei Abteilungen anlegst, garantiere ich dir, daß du deines Lebens hier nicht froh werden wirst.«

»Ich nehme an, es spielt keine Rolle, daß alles, was der Reporter geschrieben hat, aus dem Zusammenhang gerissen ist.«

»Oh doch, das spielt sehr wohl eine Rolle. Dein Job ist ja noch nicht weg, also spielt es eine große Rolle. Aber du hast dich ziemlich unbeliebt gemacht. Wenn ich du wäre, würde ich mich jetzt verdammt anstrengen, um diese Geschichte mit allen Mitteln wieder auszubügeln. Arbeite, gib dir Mühe, beeindrucke die Leute mit deinem Enthusiasmus, sieh zu, daß du in den Fällen, an denen du arbeitest, bei Gericht ordentliche Strafen durchsetzt. Verstehst du mich?«

Hardy erhob sich. »Das gibt dem Satz, daß wir mit dem Verbrechen auf unseren Straßen aufräumen sollen, eine ganz neue Bedeutung.«

Drysdale lächelte. »Vielleicht entwickelt sich die Geschichte mit der Hand zu einem Fall.« Die Bälle flogen wieder hoch in die Luft.

Hardy blieb an der Tür stehen. »Vielleicht ja.«

Drysdale nickte. Seine Aufmerksamkeit war geteilt. »Könnte sein«, sagte er. »Schon möglich.«

Um vier Uhr machte Hardy Schluß und ging zum Griechen hinüber.

Es war ein langer Nachmittag gewesen. John Strout, der Gerichtsmediziner, war ein höflicher Mensch, ein Gentleman aus den Südstaaten, offensichtlich akzeptierte er Hardys Entschuldigung, aber Sixtos kurz angebundene Begrüßung am Empfang deutete darauf hin, daß man ihm ernsthaft böse war.

Der Polizeichef John Rigby war nicht zu sprechen, also ließ Hardy sich für den folgenden Nachmittag einen Termin geben.

Der Polizeisergeant, der als Sekretär fungierte, nutzte die Gelegenheit, Hardy zu gemahnen, daß Mordfälle normalerweise von der Polizei selbst bearbeitet wurden und erst von dort aus zur Staatsanwaltschaft gingen.

Hardy versuchte sich mit dem Gedanken aufzumuntern, daß er sich mit seinem Wirken recht schnell aus der grauen Masse der Arbeitstiere hervorgetan hätte. Im Haus schienen ihn bereits alle zu kennen. Das war aber kein großer Trost.

Er schrieb eine Mitteilung, die an Locke gerichtet war und die er in den Papierkorb warf. Bei Locke war auf diese Weise nichts zu erreichen. Darum mußte er entweder eine Menge Verurteilungen durchbringen, durch die er dann aufsteigen würde, oder er würde an diesem Problem scheitern und den Job aufgeben. Es gab da einen feinen, kleinen Unterschied zwischen guten Leistungen und guter Arschkriecherei.

Bei Lou's saß Hardy allein an der Bar und drehte den Briefbeschwerer herum. Er hatte einen Schwarzbraunen vor sich stehen, an dem er gelegentlich nippte, als eine große, sehr attraktive Frau den benachbarten Hocker zu sich zog. Hardy wußte, wer sie war, hatte aber noch nie mit ihr geredet. Sie legte ihre Hand auf seine Schulter, kam mit dem Mund sehr nahe an sein Ohr und sagte, er solle sich von den Hundesöhnen nicht kleinkriegen lassen.

Er ließ den Briefbeschwerer in die Jackentasche gleiten, als sie ihm ein breites Lächeln ihrer blitzenden Zähne schenkte und ihm die Hand, die auf seiner Schulter gelegen hatte, entgegenstreckte. »Elizabeth Pullios. Sie sind Dismas Hardy.«

»Schuldig«, sagte Hardy. »Ich gebe es zu.« Er nahm ihre warme, feste Hand und drückte sie. »Schuldig scheint heute das Zauberwort zu sein, das alle Türen öffnet.«

Elizabeth Pullios war vielleicht nicht die bestaussehende Frau in der gesamten Staatsanwaltschaft, dachte Hardy, aber sie selbst hielt sich dafür, und so war sie es manchmal wirklich. Vielleicht einssiebenundsiebzig groß, mit schulterlangem kastanienbraunem Haar, das sogar im trüben Licht von Lou's Restaurant schimmerte, große Nase, ein voller, großzügiger Mund, tiefliegende Augen und hohe Wangenknochen. Ihr Make-up war dezent, gerade genug, um ihre Konturen und Augen aufleuchten zu lassen.

»Schuldig ist jeden Tag das Zauberwort«, sagte sie. Sie bestellte bei Lou, der hinter der Bar stand, mit einer kurzen Handbewegung einen Drink, dann wandte sie sich wieder Hardy zu.

»Sie haben das Mißfallen der hohen Tiere erregt, hm? Art hat es mir erzählt.«

»Mir auch.«

»Man hat Sie reingelegt?«

Hardy brachte ein schiefes Lächeln zustande. »Ich werde schon wieder hochkommen. Aber ich glaube, ich werde wohl eine Weile lang nicht mehr mit Reportern reden.«

»Nein, das ist falsch«, sagte sie. Ihr Drink kam, der aussah wie ein doppelter Scotch, und sie trank die Hälfte in einem Zug. »Nein, reden Sie ruhig weiter mit allen. Die versuchen nur, Ihnen die Eier zu zerquetschen. Reden Sie mit allen, die Ihnen nützlich sein können.«

»Wer versucht, mir die Eier zu zerquetschen?«

»Locke und Art. Sie sind neu hier, und da müssen sie das tun. Sie wollen testen, aus welchem Holz Sie geschnitzt sind. Sie spielen sich in ihrer Bürokratenrolle auf, um ihre Umgebung zu kontrollieren. Bei manchen Leuten ist das die richtige Methode, aber wenn Sie Erfolg haben und Verurteilungen durchsetzen wollen, lassen Sie sich von denen bloß nicht aufhalten. Wenn Sie vor einem Geschworenengericht eine gute Figur machen, verzeiht man Ihnen alles, glauben Sie mir.«

Jetzt fiel Hardy ihre Geschichte wieder ein. Die Geschichte von Elizabeth Pullios. Sie verstand selbst sehr viel vom Eierzerquetschen. Sie war eine leidenschaftliche Strafverfolgerin, mit einer einzigartigen Begeisterung. Man sagte von ihr – mehr als nur im Scherz –, daß sie für Autodiebstahl, Taschendiebstahl und Handtaschenraub gern die Todesstrafe hätte. Während ihrer ersten Jahre bei der Staatsanwaltschaft war sie mit einem Kollegen im gleichen Büro verheiratet gewesen, aber als er einen besser bezahlten Job als Strafverteidiger angenommen hatte, hatte sie sich von ihm scheiden lassen. Mit einem Strafverteidiger könne sie nicht zusammenleben, erklärte sie. Das war der Abschaum der Erde – fast noch schlimmer als die Angeklagten selbst.

Nun war sie, wie es hieß, auf der Suche nach einem Mann, der ihren Vorstellungen entsprach.

Hardy war also gewarnt. Er nahm an, daß er sich ruhig mit ihr unterhalten konnte, schließlich war er in Frannies festen Händen. »Ich fürchte, dieser Reporter Elliot hat mich irgendwie ausgenutzt.«

Sie zuckte die Achseln. »Ach, das tun die Reporter doch alle.

Aber sie sind auch nützlich, um einen Fall bekanntzumachen. Wir lassen doch alle gern etwas durchsickern – Sie müssen nur darauf achten, daß er Ihren Namen nicht erwähnt.«

»Das ist mir inzwischen ziemlich klar.«

Pullios trank ihr Glas aus und nickte wieder zu Lou hinüber. »Wollen Sie auch noch einen?« fragte sie. »Ich lade Sie ein.«

Hardy hatte noch nicht einmal seinen ersten richtig angefangen, aber ein geübter Barkeeper wie er wurde auch mit mehreren gleichzeitig fertig. »Hat Art Ihnen gesagt, daß Sie mit mir reden sollen?«

»Nein, aber daß Sie wegen Ihrer Arbeit enttäuscht sind. Ich habe beruflich ein bißchen erreicht, und es kotzt mich an, wenn ich zuschauen muß, wie neue Leute hereinfallen. Das ist schlecht für uns alle.« Die beiden Drinks kamen. Hardy und Pullios stießen an. »Auf die guten Leute«, sagte sie. »Das sind wir, Hardy, vergessen Sie das nicht. Das sind wir. Immer.«

Hardy verließ Lou's Restaurant kurz vor fünf. Draußen wehte eine stete kühle Brise von der Bucht herauf, und etwas Staub drang ihm in die Augen, während er die Straße am Justizpalast hinunterging.

Detective Sergeant Glitsky saß auf der Kühlerhaube von Hardys Suzuki Samurai. »Wenn du nach Haus fährst, kannst du mich mitnehmen«, sagte er. »Mein Dienstauto streikt mal wieder. Wieso ist nie genug Geld für so etwas da?«

»Ich weiß einen besseren: Wieso bist du in der letzten Zeit so aufgekratzt?«

Glitsky rutschte von dem Auto herunter und atmete durch. »Ich weiß«, sagte er. Hardy ging an ihm vorbei und schloß die Beifahrertür auf. »Zu viele Leichen, nehme ich an. Du brauchst nur genug Leichen pro Tag zu sehen, dann lächelst du weniger. Das ist eine erwiesene Tatsache.«

Hardy überlegte einen Augenblick. Seine Lust auf interessante Fälle – Morde – minderte in gewisser Weise deren Abscheulichkeit, besonders nach seinem Schwätzchen mit Elizabeth Pullios. Aber während der Arbeit war er meistens mit Verdächtigen beschäftigt: Er hatte einen Täter, und er mußte dafür sorgen, daß er verurteilt wurde. Man vergaß leicht, daß die Hälfte von Glitskys Job mit den Opfern – Familienangehörigen, Freunden, Trauernden – zu tun hatte.

Hardy nahm auf dem Fahrersitz Platz und ließ den Motor an. Glitsky schüttelte den Kopf. »Einer von den Jungens, die am Wochenende aus einem vorbeifahrenden Auto erschossen wurden, war etwa in Isaacs Alter.« Isaac war das älteste von Glitskys drei Kindern, zwölf Jahre alt. »Er sah sogar ein bißchen aus wie Isaac, bis auf das Loch in seiner Stirn.«

Obwohl Hardy nun schon ein paar Monate dabei war, hatte er immer noch keinen Geschmack an dem Humor der Polizisten gefunden. Er wußte auch nicht, ob er sich das wünschte – es lachte kaum jemand darüber.

Sie fuhren eine Weile schweigend dahin, in Richtung Westen, wo die Sonne stand. Schließlich sagte Hardy: »Ich warte.«

»Worauf?«

»Auf einen Tip.«

Glitsky kniff im Sonnenlicht die Augen zusammen. »Und ich würde dir gern einen geben. Ich weiß, daß du oft meinen Rat brauchst. Aber ich habe keine Ahnung, wovon du redest.«

»Daß das ein Mordfall ist, die Hand.«

»Du warst das? Hab' ich fast befürchtet.«

»Hast du es nicht gelesen?«

Glitsky schüttelte den Kopf. »Ich hab' die Zeitung heute nicht bekommen. Aber ein paar Kollegen haben sich über den schwachsinnigen Staatsanwalt ausgelassen.«

»Ja. Das war ich.«

»Ach, na ja, nimm's nicht so schwer. Vielleicht war's ja wirklich ein Mord. Vielleicht kriegst du den Fall, gewinnst ihn, der Täter bekommt die Todesstrafe, du wirst Bezirksstaatsanwalt, läßt dich bei den Gouverneurswahlen aufstellen, gewinnst die Wahl –«

»Hier mußt du raus«, sagte Hardy. »Soll ich dich morgen früh hier abholen?«

»Ich wette, es hat mit einer Frau zu tun«, sagte Frannie.

»Nicht bei Andy Fowler.«

»Wart's ab. Es hat mit einer Frau zu tun. Den Briefbeschwerer hat ihm eine Frau geschenkt, mit der es aus ist. Sie hat Schluß gemacht, und plötzlich konnte er den Anblick des Dings nicht mehr ertragen. Es hat ihn zu sehr an sie erinnert, und sie hat ihm das Herz gebrochen.«

»Ich wußte, daß es nicht gut ist, wenn du den ganzen Tag zu

Haus hockst. Du sitzt den ganzen Tag vor dem Fernseher und ziehst dir diese Serien rein.«

»Aber Dismas.«

»Mein feiner staatsanwaltlicher Instinkt hat mich unweigerlich auf die richtige Fährte geführt.«

»Mein Gott«, sagte Frannie. »Ich habe noch nie im Leben eine Serie gesehen, und das weißt du genau.«

»Na, ich bin mir dessen nicht mehr so sicher«, sagte Hardy. »Diese aufregende Sprache: ›Andy konnte es nicht mehr ertragen. Sie hat ihm das Herz gebrochen.‹ Und all das wegen einem Stück Jade.« Er sah seine Frau über den Tisch hinweg an. Ihre grünen Augen waren fast schwarz im Kerzenlicht.

Sie saßen im Eßzimmer. Es hatte Filet Mignon mit Sauce Bearnaise, neue Kartoffeln und grüne Bohnen gegeben, die Frannie in Olivenöl und Knoblauch gebraten hatte. Hardy hatte eine Flasche guten kalifornischen Cabernets zur Hälfte ausgetrunken.

»Okay, Sherlock Holmes, aber ich kenne Andy seit fünfzehn Jahren, und er hat keine Freundinnen.«

»Von denen du weißt.«

»Aber dann hätte ich doch ab und zu etwas läuten hören.«

»Vielleicht hält er das geheim. Besonders Jane gegenüber. Vielleicht würde ihr das weh tun.«

»Warum sollte ihr das denn weh tun?«

»Ich weiß nicht. Es würde das Andenken ihrer Mutter beschädigen.«

Hardy schüttelte den Kopf. »Aber doch nicht mehr nach so langer Zeit. Ich bin sicher, daß sie ihrem Dad ein bißchen Liebe gönnt.«

»Dessen bin ich nicht so sicher. Vielleicht denkt er, es ist besser, wenn er es geheimhält. Er ist schließlich eine Persönlichkeit des öffentlichen Lebens. Wenn er da eine Frau nach der anderen hätte …«

»Ach, jetzt ist es schon eine Frau nach der anderen. Er hat aber nie einen Harem gehabt.«

»Vielleicht doch. Woher willst du das so genau wissen?«

»Ich kenne ihn.«

Frannie lächelte. »Wart's ab.«

Hardy schob das letzte Stück seines halbgaren Filets in der restlichen Soße herum. »Ich werde warten«, sagte er. »Das ist sehr schlecht für mein Cholesterin, weißt du.«

»Ich merke, wie du dich damit abmühst. Wie klang Jane?«

Hardy schluckte den letzten Bissen hinunter und spülte etwas Wein hinterher. »Jane ging es gut.« Er streckte den Arm aus und legte seine Hand auf Frannies. »Jane geht es gut, und du und ich, wir haben keine Geheimnisse, stimmt's?«

»Das stimmt.«

»Komm her zu mir.«

Sie wich zurück, lächelte immer noch. »Nein.«

»Würdest du bitte hierherkommen?« Hardy stieß seinen Stuhl zurück, und Frannie kam um den Tisch herum und setzte sich auf seinen Schoß.

»Da du mich so nett darum gebeten hast«, sagte sie. Sie legte die Arme um seinen Hals und küßte ihn fast eine Minute lang innig.

Hardy stand auf und trug sie durch die Küche ins Schlafzimmer.

7

Das Gebäude des *San Francisco Chronicle* lag an der Fünften Straße, Ecke Mission Street, ungefähr sechs Straßenblocks vom Justizpalast entfernt. Hardy lief durch den kalten und feuchten Morgennebel dorthin. In seinem Kopf sang Tony Bennett »I don't Care« und war wohl der einzige, dem das Wetter nichts ausmachte. Hardy schenkte ein paar Obdachlosen, die auf der Dritten Straße gegen eine Hausmauer gelehnt auf dem Bürgersteig saßen, ein paar Dollar in kleinen Münzen. Sie hatten sich in Zeitungen oder alte Decken gewickelt und zitterten. Als er endlich am *Chronicle* anlangte, kamen ihm seine Knochen alt und brüchig vor.

Jeff Elliot saß an einem der neueren Schreibtische in einem höhlenartigen Raum, der wie eine alte Schule roch. Seine Krücken hatte er ziemlich demonstrativ gegen den Schreibtisch gelehnt, so daß jeder sie sehen mußte. Die Krücken waren sein Kapital, dachte Hardy. Elliots Augen waren auf einen Videobildschirm gerichtet, und er telefonierte, als Hardy an seinem Schreibtisch ankam.

»Alles, was ich jetzt sage, ist nicht zur Veröffentlichung bestimmt«, so fing er an.

Elliot drehte sich um, sah Hardy, hielt einen Finger hoch und redete weiter in die Sprechmuschel.

Hardy fuhr fort: »Als ich heute früh zur Arbeit kam, war ich nicht mehr so wütend wie gestern, aber beinahe. Habe ich schon gesagt, daß das hier nicht zur Veröffentlichung bestimmt ist?«

Elliot murmelte etwas ins Telefon, legte auf und wandte sich zu Hardy um. Er sah ihm voll ins Gesicht. Er schien nicht mehr so jung und freundlich wie an dem Abend vor zwei Tagen bei Hardy zu Hause. Sein Gesicht, obwohl es noch jungenhaft wirkte, war bleich und fahl, als ob er seit ein paar Tagen nicht mehr geschlafen hatte. Das Haar, das die Farbe von Spülwasser hatte, hing ihm in langen Strähnen über die Ohren. Er hatte seine Krawatte am Hals gelockert, aber sein Hemd sah frisch gewaschen aus.

»Mr. Hardy«, sagte er und streckte ihm über den Schreibtisch hinweg die Hand entgegen.

Hardy übersah die Hand. »Was ich von jetzt an sage, ist inoffiziell, es ist nicht für die Öffentlichkeit bestimmt. Absolut und vollständig zur Veröffentlichung ungeeignet. Ist das klar?«

Zu seinen Gunsten muß gesagt werden, daß Elliot gar nicht erst zu bluffen versuchte, obwohl er ein belämmertes Lächeln aufsetzte. »Mein Redakteur würde die Geschichte nicht bringen, ohne daß ich ihm eine Quelle nenne. Sie haben mir nichts davon gesagt, daß ich Ihren Namen nicht nennen darf.«

Hardy winkte ab. »Gehen Sie mir nicht mit Ihrer Unternehmenspolitik auf die Nerven. Davon habe ich schon in meinem eigenen Laden die Nase voll.«

Elliot zuckte die Achseln. »Ja, aber, ich brauche die Informa –«

Hardy unterbrach ihn. »Sie hätten bei mir dasselbe erreicht, wenn Sie ehrlich gewesen wären. Mit mir kann man ganz gut auskommen, aber meine Feinde haben nichts zu lachen.«

Elliot rutschte auf seinem Stuhl zurück und riß die Augen weit auf. »Soll das eine Drohung sein?«

Hardy sah zu seiner Überraschung, daß Elliots Hände auf dem Schreibtisch zitterten. Der Junge hatte Angst. Irgendwie hatte Hardy Lust, ihm an die Gurgel zu fahren, andererseits hatte er ihn bei seinem Besuch ganz sympathisch gefunden, und die zitternden Hände brachten ihn von seinem Vorhaben ab.

Hardy setzte sich. Er legte die Arme mit den Ellbogen auf den Schreibtisch. »Nein, das soll keine Drohung sein. Nur ein Tip. Machen Sie sich lieber keine Feinde, wenn es sich irgendwie vermeiden läßt. San Francisco ist eine Großstadt. Hier geht es hart auf hart. Selbst bei so netten Leuten wie mir.« Hardy schenkte ihm ein kurzes Grinsen. »Nun hätte ich gern, daß Sie mir einen Gefallen tun.«

Elliot beugte sich langsam wieder vor. »Wenn ich kann. Ich glaube, ich bin Ihnen etwas schuldig.«

»Das ist richtig«, sagte Hardy.

»Owen Nash.« Jeff Elliots Stimme klang kehlig vor Aufregung.

»Wo sind Sie denn gerade?« Hardy saß an seinem Schreibtisch. Er schob einen der Hefter von sich, der aufgeschlagen vor ihm lag, drehte sich auf dem Stuhl zum Fenster und sah hinaus. Grau in grau. Er hatte Elliot gebeten, in der Abteilung für vermißte Personen nachzuforschen, ob jemand eine Suchanzeige nach einer großgewachsenen Frau oder einem großgewachsenen Mann – jemandem mit einer ausgewachsenen Hand – aufgegeben hatte.

»Ich bin unten. Die Anzeige wurde heute früh aufgegeben.«

»Das könnte hinkommen«, sagte Hardy. Bei der Abteilung für vermißte Personen nahm man erst dann eine Anzeige auf, wenn die betreffende Person drei Tage vermißt war.

»Richtig. Und die Anzeige hat ein Mann aufgegeben, Moment mal, er heißt Farris, Telefonnummer ... haben Sie etwas zum Schreiben?«

Hardy schrieb die Nummer auf. »Owen Nash und diese Nummer. Sonst noch irgendwas?«

»Sie haben weitere neun Anzeigen wegen verschwundener Jugendlicher und drei verschwundene oder weggelaufene Ehefrauen – von der Größe der Hand her kämen sie alle in Frage. Aber Owen Nash ist der einzige Mann diese Woche, der vermißt wird. Das kommt nicht so häufig vor. Und das ist doch schon was.«

»Vielleicht ja, Jeff. Aber auch nur vielleicht.«

»Trotzdem«, sagte Elliot. »Aber warum können Sie denn nicht selbst herunterkommen und fragen?«

Hardy seufzte. Wozu sollte er es ihm erklären. »Das hat mit unserer Unternehmenspolitik zu tun«, sagte er. »Aber es war eine gute Idee. Ich wollte, ich hätte sie gehabt.«

»Was machen wir denn nun?«

»Also, Sie machen überhaupt nichts. Ich werde mich jetzt mal darum kümmern, und Sie warten ab, bis ich Sie anrufe. Ist das klar? Und vielleicht rufe ich Sie auch nicht an.«

»Aber wenn etwas dran ist an der Geschichte?«

»Dann kriegen Sie sie. Ich verspreche es Ihnen.«

Hardy hatte es eigentlich für sich behalten wollen, aber kaum hatte er aufgelegt, steckte Drysdale den Kopf zur Tür herein. »Ich mache nur gerade mal meine Runde«, sagte er. »Geht's dir heute besser?«

»Ein erwachsener Mann wird vermißt. Es liegt eine Anzeige vor.«

Drysdale hob die Augenbrauen und lehnte sich gegen die Tür. »Wo?«

»Bei den vermißten Personen.«

»Hat das direkt mit einem von den zwölf Heftern zu tun, die ich so ordentlich auf deinem Schreibtisch aufgestapelt sehe?«

»Nicht einmal indirekt.« Hardy lächelte.

Drysdale kam ins Zimmer und schloß die Tür hinter sich. »Diz, in deinem eigenen Interesse solltest du jetzt ein paar von diesen Fällen bearbeiten, verstehst du?« Er nahm fünf oder sechs Hefter von dem Stapel und ließ sie mitten auf den Schreibtisch fallen. »Liefere mir ein paar Ergebnisse, damit ich sie vorweisen und sagen kann: ›Er hat wirklich wie ein Pferd gearbeitet, geben wir ihm jetzt mal einen dicken Fall.‹«

Hardy ließ den Briefbeschwerer aus Jade kreiseln, der jetzt auf seinem Schreibtisch lag. »Okay, Art, okay.«

»Danke.« Drysdale wollte gerade hinausgehen, da rief Hardy ihn zurück. »Kannst du mir irgend etwas über Elizabeth Pullios erzählen?«

»Ich kann dir eine Menge über sie erzählen. Warum?«

»Sie hat mich gestern aufzumuntern versucht. Einfach so.«

»Vielleicht gefällst du ihr.«

»Es kam mir so vor, als ob sie es nicht nötig hätte, Männer anzumachen.«

Drysdale nickte und lehnte sich gegen den Türpfosten. Er hatte die Hände in den Hosentaschen, ein Bein über das andere geschlagen, total entspannt. »Nein, das hat sie nicht nötig.«

»Also, was ist los mit ihr? Warum ist sie so scharf?«

Drysdale warf einen Blick hinaus in den Korridor und schloß die Tür. Er setzte sich rittlings auf einen der Stühle vor Hardys Schreibtisch und sah zum Fenster hinter Hardy in den Nebel hinaus. Er holte Luft. »Jemand hat ihre Mutter vergewaltigt und umgebracht. Jemand, der auf Bewährung freigekommen war. Am dritten Tag nach seiner Freilassung. Er war wegen vorbildlicher Führung freigekommen, und er hatte wegen einer Vergewaltigung gesessen. Vier Jahre Knast hatte er hinter sich, als sie ihn wegen seines guten Betragens herausließen. Ich glaube, das hat einen Eindruck bei ihr hinterlassen.«

Hardy pfiff durch die Zähne.

»Na ja, wir sind ja alle irgendwie motiviert, aber manche Kollegen meinen, die Pullios treibt es ein bißchen zu weit.« Drysdale stand auf und streckte sich. »Jedenfalls, wenn ich jemanden einlochen will, dann komme ich gut mit ihr zurecht. Aber persönlich muß man sich vor ihr in acht nehmen. Sie hat nur das eine im Sinn.«

Hardy hob seine linke Hand hoch, an der Frannies Ring steckte. »Ich bin frisch verheiratet, Art. Ich bin nicht zu haben.«

»Ich würde wetten, daß das für sie keine große Rolle spielt.«

Nachdem sein Vorgesetzter fort war, rief Hardy als erstes die Nummer an, die Jeff Elliot ihm genannt hatte – Ken Farris, der Mann, der die Vermißtenanzeige aufgegeben hatte. Ein etwas schmierig klingender Empfangschef wurde gleich nüchtern, als Hardy ihm sagte, daß er von der Staatsanwaltschaft war. Er stellte ihn sofort durch.

»Hier ist Ken Farris. Mit wem spreche ich?«

Hardy sagte es ihm. Eine Pause.

»Ich verstehe nicht. Sie sind bei der Staatsanwaltschaft von San Francisco? Ist Owen im *Gefängnis*?«

Das Telefon piepste. »Haben Sie gerade jemanden in der Leitung –«

Farris unterbrach ihn, »Wir nehmen hier alle Anrufe auf Band auf. Stört Sie das?« Er wartete nicht auf eine Antwort. »Hören Sie mal, es tut mir leid, aber was hat die Staatsanwaltschaft damit zu tun, daß Owen vermißt wird? Ist er am Leben, sagen Sie mir das doch wenigstens.«

»Das weiß ich nicht, Mr. Farris.« Er hörte einen Stoßseufzer – ob aus Erleichterung oder vor Verzweiflung war nicht auszumachen, und Hardy wollte es auch gar nicht wissen. »Der Grund meines Anrufs ist der: Es ist da eine Hand aufgetaucht. Im Bauch eines Haifischs.«

Hardy konnte beinahe hören, wie Farris schaltete. »Was im *Chronicle* stand? Das habe ich gelesen. Was hat *das* denn mit Owen zu tun?«

»Vielleicht nichts. Mr. Nash ist ein Mann, der vermißt wird. Und die Hand stammt vielleicht von einem älteren Mann.«

»Was meinen Sie mit ›vielleicht‹? Stand das in der Zeitung? Glauben Sie, die Hand könnte von Owen sein?«

»Ich glaube lediglich, man sollte das vielleicht mal nachprüfen. Vielleicht können Sie sie irgendwie identifizieren. An der Form eines Fingernagels oder so. Fingerabdrücke sind nicht mehr zu sehen, aber ...«

»War da nicht irgend etwas mit einem Ring?«

Hardy nickte zum Telefon. »Am kleinen Finger steckte ein Jadering.«

Das Telefon piepste wieder. Warum nahmen sie alle Anrufe auf? dachte Hardy.

Farris war barsch. »Dann kann das nicht Owen sein. Er trug einen goldenen Ehering an der linken Hand und sonst keinen Schmuck. Welche Hand war es?«

»Es ist eine rechte Hand.«

»Also, dann ist sie nicht von Owen. Mit Sicherheit nicht.« Farris seufzte wieder und ließ noch etwas Druck heraus. »Gott sei Dank.«

Derek Graham arbeitete seit dreizehn Jahren als Inspektor für Wartungs- und Instandsetzungsarbeiten in den Abwässerkanälen der Stadt. Er war vierzig Jahre alt, hatte eine Frau und drei Kinder. Ein Weißer. Er war fest bei der Stadt angestellt und praktisch unkündbar. Aber die politische Situation in San Francisco war so, daß die Position eines weißen Inspektors, den man entließ, sofort mit jemandem aus einer der zahlreichen Minderheiten besetzt wurde. Hardy wußte, daß die Haie schon ihre Kreise zogen, und nach einer Verurteilung wegen Drogenbesitzes würde Derek nicht nur im Gefängnis, sondern später auch auf der Straße landen.

Zwar kam man in San Francisco für das Rauchen von Marihuana noch immer mit einer Geldstrafe von einhundert Dollar glimpflich davon, aber dafür wurde der Besitz von mehr als einer Unze als versuchter Rauschgifthandel interpretiert, und der galt als Verbrechen.

Dereks Dienstwagen, ein Chevrolet Caprice mit einem »Buy America«-Aufkleber auf der Stoßstange, hatte ein kaputtes Bremslicht. Das war sein Verhängnis. Er hatte gerade einen halben Joint abgeraucht, damit er zu Hause ein bißchen entspannt ankam und seine Kinder nicht anschnauzte, als ein Streifenwagen ihn an den Bordstein winkte. Der Polizeibeamte hatte den Marihuanarauch gerochen, inspizierte den Wagen und entdeckte ungefähr acht Unzen Sensimilla im Kofferraum.

Daraufhin durchsuchte man Dereks Haus und fand im Keller eine Hydrokultur. Es sah sehr schlecht aus für Derek, und er machte sich furchtbare Sorgen.

»Hören Sie«, sagte er zu Hardy. »Ich brauche meinen Job.«

Das Gespräch fand in Hardys Büro statt, zusammen mit Dereks Pflichtverteidigerin, einer Frau namens Gina Roake. Ms. Roake hatte in den fünf Minuten, seit sie Derek Graham vorgestellt hatte, kein Wort geäußert. Hardy hatte zuerst sie angesprochen, aber da Derek immer dazwischenredete, wandte sich Hardy schließlich an den Delinquenten selbst.

»Daß Sie Ihren Job verlieren, ist das geringere Übel«, sagte er.

Derek war einsfünfundachtzig groß und wog, wie Hardy schätzte, fast neunzig Kilo. Er hatte ein hübsches, glattrasiertes Gesicht und einen Haarschnitt wie ein Geschäftsmann. Für diesen Termin, bei dem ihn weder der Staatsanwalt noch seine eigene Anwältin besonders gern dabei hatten, hatte er sich absichtlich keine Krawatte umgebunden. Aber in seinen teuren schwarzen Hosen und dem Karohemd mit geknöpften Kragenecken sah er überaus präsentabel aus. In dieser Aufmachung hätte er zu einem Vorstellungsgespräch erscheinen können.

»Zum Teufel, ich habe doch gar nichts Kriminelles getan«, sagte er zu Hardy. »Ich arbeite für die Stadt. Was verdienen Sie denn hier?«

»Marihuanazüchten ist kriminell«, erwiderte Hardy, »und mein Gehalt spielt keine Rolle.«

»Ich könnte ja nachsehen, aber sagen wir fünfundvierzigtausend im Jahr.« Derek redete ohne Pause weiter. Hardy verdiente mit seinem neuen Job 52 000 Dollar im Jahr und ließ den Mann weiterreden. »Haben Sie Kinder?«

Hardy nickte.

»Dann wissen Sie ja Bescheid. Mit fünfundvierzigtausend kommen Sie nicht aus. Ich arbeite jetzt seit fünfzehn Jahren für die Stadt –«

»In der Akte steht, seit dreizehn Jahren.«

»Das ist doch Haarspalterei. Dreizehn. Ich arbeite hier seit dreizehn Jahren Tag für Tag, und meine Frau und ich, wir versuchen drei Kinder richtig aufzuziehen, also muß sie zu Hause bei ihnen bleiben. Wozu hat man Kinder, wenn man sie nicht selbst aufziehen kann, richtig? Ich bin nicht vorbestraft. Ich jammere hier nicht herum, ich erzähle Ihnen, wie es ist.«

»Und zu Ihrer Kindererziehung gehört auch Marihuanaanbau?« fragte Hardy.

»Mein Ältester ist sieben. Das Gras ist mein Nebenjob, das ist alles.«

Daran war nicht zu zweifeln. Hardy verdiente seine zweiundfünfzigtausend, aber ihm gehörte noch ein Viertel des Little Shamrock, und das brachte ihm noch einmal runde tausend Dollar im

Monat ein, außerdem hatte Frannie noch 250 000 Dollar aus der Lebensversicherung ihres verstorbenen ersten Mannes, die sie sparen wollten, damit die Kinder später aufs College gehen konnten. Aber falls sie dieses Geld unbedingt brauchten, konnten sie es schon jetzt abheben. Hardy verstand genau, was Derek sagte: Es war nicht leicht, in diesen schlechten Zeiten mit einem einzigen Gehalt auszukommen.

Aber Hardy war Staatsanwalt. Er erinnerte sich an Drysdales Worte: Ungesetzlich heißt kriminell heißt schlecht. Er sagte: »Da hätten Sie früher dran denken sollen, als Sie sich Ihre Pflanzung angelegt haben.« Er gefiel sich nicht besonders gut in dieser Rolle.

»Wem schade ich denn? Sagen Sie mir das mal. Ich bin kein Händler. Ich habe acht Leute, denen ich ab und zu mal was abgebe.«

Hardy hob eine Hand. »Na bitte. Und die Namen von diesen Leuten, die können Sie uns nicht nennen?«

Derek schüttelte den Kopf. »Kommen Sie, Mann, das sind normale Leute wie Sie und ich. Wie alt sind Sie, vierzig? Sagen Sie bloß, Sie haben im College nicht auch ein bißchen Gras geraucht.«

Hardy konnte darauf nicht antworten. Er kannte nicht viele Leute in seiner Generation, auch nicht viele Polizisten, die nicht irgendwann einmal Marihuana probiert hatten. In seinen Augen war das überhaupt kein Thema. Aber hier vertrat er das Gesetz.

Plötzlich drehte er sich um und sprach Ms. Roake an. »Könnten wir jetzt mal miteinander reden, bitte?« Er sah Derek an. »Das Gericht hat Ihnen nicht ohne Grund einen Anwalt gegeben. Im Erdgeschoß gibt's ein Café.«

Als er fort war, schloß Hardy die Akte. »Ms. Roake. Gina, darf ich Sie Gina nennen? Was will er?«

»Er möchte seinen Job nicht verlieren, denke ich.«

»Wird er im Fall einer Verurteilung automatisch entlassen? Daß er schuldig ist, steht doch fest.«

»Es kommt auf die Art des Urteils an.« Gina verzog den Mund zu einem bitteren kleinen Lächeln. »Falls es ein minder schweres Vergehen wird, glaube ich das nicht. Aber wenn es ein Verbrechen sein sollte, dann fliegt er raus.« Gina wirkte wie zwanzig, aber sie mußte älter sein. Sie biß sich auf die Oberlippe. »Ich glaube wirklich, daß er das Geld nur gebraucht hat, um seine Familie zu unterhalten.«

Hardy schnauzte sie an. Mit Recht: »Die Leute überfallen Banken und erschießen andere Leute immer nur, weil sie Geld für ihre Familie brauchen.« Gina erstarrte sichtlich, und Hardy beruhigte sich wieder. »Nein, ich will Sie hier nicht fertigmachen, aber ich lasse mich auch nicht auf diese Argumentation ein. Der Bursche hat eine Menge Dope angebaut, und das ist ungesetzlich. Wie wäre es, wenn wir uns auf ein schweres Vergehen einigen? Lassen Sie sich etwas einfallen. Es muß natürlich genau passen. Er gesteht es, zahlt eine hohe Geldstrafe, leistet gemeinnützige Arbeit, ich versuche das meinem Boß zu verkaufen, und Ihr Mandant behält seinen Job.«

Ginas Augen leuchteten auf. »Das würden Sie tun?«

»Aber wenn er noch einmal mit Marihuana erwischt wird – und wenn es nur ein Joint ist –, dann kreuzigen wir ihn, klar?«

Sie nickte und hielt die Hände in ihrem Schoß gefaltet, als beglückwünschte sie sich selbst. »Ja, ja. Das ist wunderbar.«

Sie erhob sich von ihrem Stuhl, das Nylon knisterte, sie schüttelte Hardy die Hand, dankte ihm und ging zur Tür, bevor er es sich anders überlegen konnte.

Er hatte gerade etwas an die Verteidigung verschenkt. Er fragte sich, was Elizabeth Pullios wohl dazu sagen würde. Aber dann wurde ihm klar, daß er sie gar nicht erst zu fragen brauchte. Er wußte, was sie sagen würde.

Während er daran dachte, verschränkte er die Hände im Nacken und warf einen Blick hinauf zur Decke. Braune Wasserflecken zogen sich über die geräuschdämmenden Isolierplatten. »Wunderbar«, sagte er.

8

Auf dem Weg zur Arbeit hatte Hardy seinem Kollegen Abe Glitsky erzählt, daß seine Frau mittags in die Stadt kommen werde. Sie wollten zusammen mittagessen. Und jetzt saß sein Freund Abe in der Snackbar, hielt Rebecca auf dem Schoß; Frannie saß ihm gegenüber und lachte über irgend etwas.

Frannies Gesicht, ihr Lachen hatte noch immer die Kraft, ihn die üblen Dinge im Leben vergessen zu machen – er fand es erstaunlich, daß sie überhaupt lachen konnte. Es war gerade mal etwas über ein Jahr her, daß jemand ihren Mann in den Kopf geschossen hatte, so daß die fünfundzwanzig Jahre alte schwangere Witwe allein mit ihrem Zorn zurückgeblieben war.

Hardy stand einen Augenblick lang da, mit dem Rücken zur Küche, und nahm dieses Bild in sich auf – Frannies leuchtendes Gesicht, das Leben, das darin war.

Irgendwie hatten sich Hardy, der ein paar Jahre zuvor seinen kleinen Sohn verloren hatte und wußte, was Tragik war, und Frannie zusammengetan, und plötzlich hatte die Rückwärtsgewandtheit ein Ende gefunden, und die Leere hatte sich mit etwas Neuem gefüllt. Jetzt waren sie zusammen, und ihr Blick war nach vorn gerichtet.

Hardy setzte sich neben Frannie und küßte sie.

»John Strout ist ein komischer Kerl«, sagte Glitsky. »Ich habe Frannie gerade von ihm erzählt.«

»Wann hast du denn mit ihm gesprochen?«

»Ich muß ja viel zu oft mit ihm reden. Aber heute morgen dachte ich, ich tue dir mal einen kleinen Gefallen.«

»Abe spricht wie ein Südstaatler, wenn er will«, sagte Frannie.

Sofort gab Glitsky eine perfekte Probe seines Könnens: »Was meinen Sie denn, Ma'am. Das ist doch ganz selbstverständlich.« Dann redete er mit seiner eigenen, normalen Stimme weiter. »Du hast ihn ja vielleicht geärgert, Diz. Aber er hat sich die

Hand angesehen. Ich dachte, es wäre besser, wenn ich ihn frage und nicht du. Einfach nur so. Ob er es für einen Mord hält oder nicht.«

»Und was hat er gesagt?«

»Er sagte, der Mann hätte vielleicht Karate gemacht, vielleicht mit der Hand Bretter zerschlagen. An dem Knöchel des Mittelfingers wären Kalziumeinlagerungen, und der kleine Finger wäre zweimal gebrochen und wieder geheilt. Ach, und das Polster unter dem Daumen wäre ein bißchen dick.«

»Das ist alles?«

»Das ist eine Menge, Diz. Außerdem sei er erst kürzlich gestorben. Zwar wäre die Leichenstarre bereits abgeklungen, aber Strout fand, daß es immer noch eine frische Hand war.«

»Das habe ich gern, wenn ihr euch beruflich austauscht.«

Hardy nahm die Hand seiner Frau. »Es ist ein großartiger Beruf. Nichts anderes könnte mich locken.« Und dann fragte er Abe: »Also war es kein Kadaver?«

Glitsky schüttelte den Kopf. »Strout hat alle medizinischen Hochschulen gecheckt.« Er sah Frannie an. »Alle paar Jahre kommt es vor, daß Medizinstudenten einen Leichnam stehlen und sich mit uns ein Spielchen erlauben. Aber hier scheint das nicht der Fall zu sein.«

»Also ist es ein Mord?« fragte sie.

»Ein Mord ist nur ein unnatürlicher Tod«, sagte Abe. Rebecca wurde allmählich unruhig, Glitsky setzte sie auf sein anderes Bein und fing an, sie zu schaukeln. »Außerdem müssen wir erst einmal den offiziellen Bericht abwarten. Strout hat mir das ja nur unter vier Augen gesagt, und er ist mit seiner Untersuchung noch nicht fertig, er muß weitere Tests vornehmen, um festzustellen, ob die Hand wirklich frisch ist, wovon er ausgeht. Und schließlich«, sagte Abe, »selbst wenn es eine Tötung sein sollte, heißt das noch nicht, daß es Mord ist, so gern unser lieber Dismas hier auch etwas Derartiges bearbeiten würde. Dann bleiben immer noch drei mögliche Todesursachen – Selbstmord, Unfall und natürlicher Tod –, bevor wir beim Mord sind.«

Rebecca fing an zu zappeln und plötzlich stieß sie einen Schrei aus.

»Komm, gib sie mir«, sagte Hardy. Er streckte die Arme aus, und Abe reichte sie ihm über den Tisch hinweg. Sofort kuschelte sich die Kleine gegen seine Brust und schloß die Augen.

»Die magischen Hände«, sagte Frannie. »Ich hole uns was zu essen.«

Sie stand auf, und die beiden Männer sahen ihr einen Augenblick lang nach, während sie zur Essensausgabe hinüberging. Hardy streichelte die Wange seines Babys mit einem Finger. »Tust du mir noch einen Gefallen?« fragte er.

»Nein.«

»Nur eine Kleinigkeit«, bettelte Hardy. »Nur einen Anruf.«

Hardy bearbeitete in den beiden Stunden nach dem Lunch sieben Fälle: dreimal »Fahren unter Alkoholeinfluß« bei einschlägig Vorbestraften, einen Ladendiebstahl mit ebenfalls einschlägigen Vorstrafen, den er als minder schwer anzusehen geneigt sein würde, wenn die Verteidigung mitspielte, einen Besitz einer geladenen Feuerwaffe bei einem Verbrecher und zwei schwere tätliche Bedrohungen: einen Handtaschenraub und eine Körperverletzung: ein Vater, der den Fußballtrainer seines Sohns mißhandelt hatte. Keiner dieser Fälle brauchte vor Gericht zu gehen und die Mühlen der Justiz noch mehr zu blockieren, und er war froh darüber, aber dieser Kuhhandel um das Strafmaß war demoralisierend und ermüdend.

Glitsky tauchte im Türrahmen auf, gerade als er den Fall des Waffenbesitzes bearbeitet hatte – sein schwierigster Fall an diesem Tag. Wenn man in San Francisco mit einer Waffe ohne Waffenschein erwischt wurde, kam man ins Gefängnis. Und wer mit Knast rechnen mußte, versuchte im allgemeinen, vor ein Geschworenengericht zu kommen, in der Hoffnung, sich dort irgendwie herausreden zu können. Aber in diesem Fall hatte Hardy den Verteidiger des Delinquenten überreden können, daß ein *nolo contendere* – wenn der Angeklagte die Tat nicht bestreitet – und ein Wochenende im Gefängnis doch die elegantere Lösung wären. Für beide Seiten, wenn man es recht besah.

Glitsky hockte sich auf die Schreibtischecke. »Wen soll ich anrufen?« fragte er.

Die meisten Staatsanwälte teilten sich das Zimmer mit einem Kollegen, aber als Hardy seinen Dienst begonnen hatte, befand sich die Kollegin, der der andere Schreibtisch gehörte, im Mutterschaftsurlaub, was Hardy ganz recht war.

Glitsky stand auf, um die Tür hinter sich zu schließen, dann ging er zu dem anderen Schreibtisch und setzte sich davor. Hardy wählte die Nummer von Farris' Büro, und Glitsky drückte den Knopf, so daß Hardy mithören konnte. Die Vermittlung bat Glitsky dranzubleiben, und sie warteten, während fünfmal der Piepser ertönte, was hieß, daß das Gespräch aufgezeichnet wurde.

Glitsky nannte seinen Namen, erwähnte Hardys vorangegangenen Anruf und teilte Farris die Neuigkeit mit, die er von der Gerichtsmedizin hatte. Kaum hatte Glitsky das Wort *Karate* ausgesprochen, da wußten sie, daß sie einen Treffer gelandet hatten.

Farris sagte längere Zeit gar nichts. Dann leise: »Scheiße.«

»Mr. Farris?«

Wieder eine Pause. »Ich bin hier. Geben Sie mir etwas Zeit, bitte.«

Glitsky wartete, er trommelte mit den Fingern auf die Schreibtischplatte. Piep. Piep.

»Vielleicht ist es doch nicht Owen. Es gibt so viele Männer, die Karate machen.«

»Wann haben Sie ihn das letztemal gesehen?«

»Freitag mittag. So gegen eins. Aber da trug er keinen Jadering, nur den Ehering. Jedenfalls nehme ich an, daß er den Ehering am Finger hatte. Ich glaube, so ein Unterschied wäre mir aufgefallen.«

»Aber Mr. Nash hat Karate praktiziert?«

»Er hatte den Schwarzen Gürtel. Er hat vor langer Zeit damit angefangen. Als wir in Korea waren.«

Glitskys Augenbrauen hoben sich. Er sah Hardy an. »Ein Knochen im kleinen Finger war zweimal gebrochen und wieder verheilt«, sagte er.

Farris fluchte erneut und schwieg. Glitsky pfiff unhörbar zwischen den Zähnen. Piep.

»Ich glaube, ich komme besser mal zu Ihnen rüber«, sagte Farris.

Hardy hätte beinahe seinen Termin bei Polizeichef Dan Rigby vergessen, bei dem er sich entschuldigen wollte. Glitsky ging zu Strout hinunter, um zu sehen, ob er ihn überreden konnte, Hardys Gegenwart zu dulden, wenn Farris kam, um die Hand zu inspizieren. Frannie hatte Hardy angerufen und gesagt, daß sie bei ihrem nächsten Termin beim Gynäkologen in einem Monat wahrscheinlich den Herzschlag des neuen Babys hören könnte. Ob Hardy sich wohl frei nehmen könnte, um sie zu begleiten? Und ob er wissen wolle, ob das Baby ein Junge oder ein Mädchen sein würde?

Sie selbst war sich nicht so sicher, ob sie es wissen wollte. Außerdem war sie noch so jung, daß der Doktor von einer Fruchtwasseruntersuchung abriet, denn als sie Rebecca bekommen hatte, hatte sie keine machen lassen, und alles war gutgegangen. Was er denn meinte?

Hardy freute sich über ihre aufgeregten Fragen, er blätterte gedankenlos in seinem Terminkalender herum, während er sie beantwortete, und sah plötzlich: Rigby 16 Uhr.

Es war 15 Uhr 55.

Er kam Punkt vier vor dem Chefbüro an und wartete fünfundzwanzig Minuten. Er hoffte, daß Farris nicht schon wieder fort wäre, wenn er, Hardy, den Besuch beim Chef hinter sich hatte, aber es blieb ihm nichts anderes übrig, als auszuharren. Der Sergeant, der den Chefsekretär spielte, hatte ihm tags zuvor klargemacht, daß weder er selbst noch sein Chef zu Hardys Freunden gehörten.

Schließlich ertönte der Summer auf dem Schreibtisch des Sergeants. Er sah zu Hardy auf und deutete mit dem Finger auf die Doppeltüren.

Dan Rigby saß zurückgelehnt in einem Ledersessel und telefonierte immer noch. Er hatte ein Chefgesicht: rot mit zahlreichen tiefen Falten, und graues Haar, das nirgendwo länger war als einen Zentimeter. Hardy wußte, daß er oft einen Anzug trug, aber an diesem Tag war er in Uniform. Das hieß, er wollte Eindruck schinden.

Hardy stand auf dem Perserteppich vor seinem Schreibtisch und überlegte krampfhaft, was er ihm zur Begrüßung sagen sollte. Rigby, der in den Telefonhörer horchte, betrachtete Hardy prüfend, als er hereinkam. Hardy stand da und wartete eine weitere Minute. Dann legte Rigby auf und reckte die Schultern so, als ob sie schmerzten. »Sie waren doch mal Polizist, nicht wahr?«

»Ja, Sir. Ich habe ungefähr drei Jahre Streifendienst gemacht.«

»Und dann Jura, stimmt's?«

»Ja, Sir.« Jetzt kommt's, dachte Hardy.

Rigbys Schultern fielen herab, er sank zurück in den Sessel. »Ich habe damals oft daran gedacht, auch diesen Weg zu gehen. Obwohl es natürlich so ganz gut gewesen ist, nehme ich an. Aber bei der Polizei aufzuhören – ich glaube, überall sonst war es mir zu langweilig.«

»Jura ist gar nicht so schlecht«, sagte Hardy.

Rigby lachte verächtlich mit einem heiseren Rasseln. »Ach, Jura, das ist doch nur Bettelei und Scheißarbeit. Wir wissen fast immer schon verdammt genau, wer es gewesen ist, aber ihr Burschen, ihr Staatsanwälte, müßt es beweisen. Wir wissen, wer es war, wir schnappen sie, und damit ist unsere Arbeit – jedenfalls so gut wie – beendet. So erkläre ich mir denn auch diesen Vorfall von gestern. Sie sind ein bißchen durcheinandergeraten. Sie bekommen hier als Polizist eine gute Ausbildung. Und was man einmal gelernt hat, bleibt haften: Sie denken weiter wie ein Polizist. So. Aber jetzt sind Sie bei der Staatsanwaltschaft. Und Locke regt sich ein bißchen auf, weil ich ihn angerufen habe, denn er haßt es, wenn man ihn wegen seines Aufgabenbereichs belästigt. Sie und ich, wir haben keine Probleme miteinander. Wenn Sie da einen Mord entdecken oder wenn Sie einen Verdächtigen finden, dann tun Sie uns allen einen Gefallen und informieren uns. Wir greifen uns den Täter, und dann können Sie endlich Ihren Job tun.«

Das Telefon läutete wieder. Rigby nahm den Hörer ab und hörte einen Augenblick zu. »Es ist mir gleich, welchen Wahlbezirk er hat, er kriegt keine Polizeieskorte nach ...« Rigby sah hoch und war überrascht, Hardy dort noch zu erblicken. Er winkte ihn aus dem Zimmer und widmete sich wieder seinem Telefongespräch.

Ken Farris stand neben dem fast blattlosen Ficus an dem Fenster, durch das man auf den Parkplatz sehen konnte, die Hände auf dem Rücken verschränkt.

Er war gerade aus dem Kühlraum gekommen und hatte dort ein kaum zu erkennendes Ding mit vier Anhängseln betrachtet – der Zeigefinger fehlte –, und instinktiv, als ob er Luft holen wollte, war er zum Fenster gegangen. Allerdings wurde dieses Fenster niemals geöffnet.

Farris hatte breite Schultern und eine schmale Taille. Er mochte so um die Sechzig sein. Sein hellbrauner 750-Dollar-Anzug war perfekt geschnitten, der Stoff hatte feine blaue und goldfarbene Nadelstreifen. Auch das hellgelbe Seidenhemd war maßgeschneidert, genauso wie die Krawatte. Die Cowboystiefel aus Alligatorleder machten ihn noch unnötige fünf Zentimeter größer.

Glitsky und Hardy saßen auf der harten gelben Plastikcouch der Leichenschaukammer. John Strout hatte einen Klappstuhl herbeigeholt und saß lässig und mit übereinandergeschlagenen Beinen da.

Farris wandte sich um. Er rang mit sich, war immer noch etwas blaß. »Also, diese Übung hat uns nicht weitergebracht.«

Strout streckte die Hand in die Tasche und zog eine kleine graue Pappschachtel heraus. »Vielleicht sagt Ihnen das hier etwas.« Er hielt die Schachtel hoch, und Farris kam heran, um sie entgegenzunehmen.

Es war der Jadering – eine Schlange, die sich in den Schwanz biß – mit einer filigranen Oberfläche. Hardy beugte sich vor, um den Gegenstand genauer zu betrachten. Er hatte ihn bisher nur an der Hand gesehen. Farris hielt ihn eine Weile vor sich hin, dann schob er ihn über den ersten Knöchel seines Ringfingers.

»Er hätte Owen nicht gepaßt«, sagte er. »Er hatte größere Hände als ich.«

»Der Ring saß am kleinen Finger«, sagte Strout.

Farris zog den Ring ab und schob ihn über den kleinen Finger, bis zum Ansatz. Er saß locker. Dann zog er ihn ebenso rasch wieder ab. »Na ja, das heißt immer noch nicht, daß er Owen gehört hat.«

»Nein, Sir, das ist damit nicht gesagt.« Strout war ein angenehmer Mensch, zuvorkommend, ein Profi. Hardy beugte sich vornüber, die Arme auf die Knie gestützt.

Abe Glitsky lehnte sich bequem zurück und sah mit übereinandergeschlagenen Beinen in die Runde. Er rührte sich, was genügte, daß die anderen ihn ansahen. »Sie und Owen – Mr. Nash – waren eng miteinander befreundet, ist das richtig?«

»Können wir nicht sagen: *sind* befreundet? Er ist schon früher mal ab und zu verschwunden.«

»Lange genug, um die Polizei zu benachrichtigen?«

»Ein- oder zweimal, glaube ich, ja. Aber ich habe es nicht getan.«

»Wieso haben Sie es diesmal getan?«

Farris schüttelte den Kopf. »Ehrlich gesagt, ich weiß es nicht. Es war so ein Gefühl. Das letztemal, daß er ohne irgendeine Nachricht abgehauen ist, war vor vielleicht zehn Jahren. Nach so langer Zeit kann man doch annehmen, daß die Gewohnheiten eines Menschen sich geändert haben. Ich verstehe nicht, daß er einfach so verschwindet. Damals habe ich es verstanden.«

»Wo ist er denn damals hin?«

Hardy mischte sich ein. »Was hat es denn eigentlich mit diesem Verschwinden für eine Bewandtnis?«

Farris sah sich in dem Raum um, entdeckte noch einen Klappstuhl und stellte ihn neben den von Strout. Er legte den Ring in die Schachtel und gab sie dem Leichenbeschauer zurück. Dann ließ er sich mit einem leisen Ächzen auf dem Stuhl nieder.

»Gute Frage. Sie meinen, er könnte wieder dort sein, wo er damals war?« Er schüttelte den Kopf. »Nein, nein, das glaube ich nicht. Einmal war er in New Orleans auf dem Karneval. Aber dort war er damals zusammen mit seiner Tochter, Celine. Sie waren beide verschwunden, und wir haben uns ausgerechnet, daß sie zusammen irgendwohin verreist sein mußten. Damals paßte das zu ihm.«

»Aber heute nicht mehr?« fragte Hardy.

»Er ist reifer geworden. Habe ich jedenfalls angenommen. Sie wissen, wie das ist.«

Glitsky war ganz sanft. »Erzählen Sie uns doch, wie das zu verstehen ist.«

Farris lehnte sich zurück. Er holte tief Luft und stieß sie wieder aus. »Es gab damals eine Zeit, da stellte Owen alle sechs Monate oder so irgendwas an, wofür man ihn haßte oder wofür er sich selbst haßte. Es steckte so eine Kraft in ihm, und wenn die ihn überkam, gab es nichts mehr, das ihn aufhalten konnte – weder seine Freunde noch seine Familie, noch irgendeine seiner Pflichten.

Dann hatte er den Teufel im Leib, und ich habe nie versucht ihn aufzuhalten. Seine Frau Eloise ist damals in den fünfziger Jahren bei einem Brand ihres Hauses umgekommen. Er kam nicht mehr hinein, um sie zu retten. Er hat es gerade noch geschafft, das Kind rauszuholen.« Farris machte eine Pause. Er dachte nach. »Also quälte ihn dieses Schuldgefühl. Von Zeit zu Zeit schien es ihm, als verdiene er den Erfolg nicht, den er hatte, und er verschwand einfach und überließ mir seine Geschäfte.

Und dann gab es andere Zeiten, da ging es ihm genau andersrum: ›Mann, ich bin der große Owen Nash, und wenn ich einen Monat nach Bali gehen möchte, sollen doch die gewöhnlichen Sterblichen den Laden für mich schmeißen. Wenn ich wieder auftauche, verehren sie mich um so mehr.‹«

Abe Glitsky wollte nicht den Faden verlieren. »Also ist er einmal auf nach New Orleans und ein andermal nach Bali ...«

»Ja, aber da liegt das Problem. Es gab für ihn keinen bestimmten Ort, wo er dann hinging, jedenfalls nicht, wenn er verschwand. Wir haben draußen bei Taos so eine Hütte, ohne Telefon, ohne Heizung, die benutzen wir seit fünf, sechs Jahren, aber ich war dort – ich bin Freitagabend hingeflogen –, und er war nicht da.«

Strout zog seine langen Beine an und setzte sich aufrechter hin. »Tschuldigen Sie mich«, sagte er leise. »Aber ich glaube, das einzige Indiz, das auf Owen Nash deuten könnte, ist Karate.«

Farris ließ den Blick durch den Raum schweifen. Wenn er etwas Tröstendes suchte, dann war er hier am falschen Ort – die gelbe Vinylcouch und die grünen Wände wirkten häßlich und kalt. Dazu eine Pflanze, die fast tot war, und ein paar künstliche. »Ich weiß nichts davon, daß er sich mal einen Finger gebrochen hat. Und ich glaube auch nicht, daß er es erzählt hätte.«

»Sie meinen, er hat Karateübungen gemacht, Bretter zerschlagen und so?« fragte Hardy.

Farris nickte. »Ja, dieser Zirkuskram, Bretter zerschlagen, das ist Owen. Wenn er einer Frau imponieren wollte ... Ach, egal wem. Da konnte er sich die ganze Hand brechen, und niemals kam ein Wort davon über seine Lippen. Das war eine seiner Posen: Im Gegensatz zu uns anderen wäre er Schmerzen gegenüber unempfindlich.«

Hardy beugte sich vor, als er diese neuen Töne hörte. Farris mochte Owen Nash lieben, aber da waren auch noch andere Gefühle im Spiel.

»Der kleine Finger an seiner Hand ist offenbar zweimal gebrochen und wieder zusammengeheilt«, sagte Strout, »aber er war nie geschient.«

»Das klingt sehr nach Owen.«

Strout richtete sich in seinem Sessel auf, faltete die Hände und streckte die Arme aus, bis die Fingergelenke knackten. »Tja, meine Herren«, sagte er, »das bringt mich bei der Identifikation nicht weiter. Wir könnten einen DNS-Test machen, aber dazu bräuchten wir zum Vergleich ein Gewebe, das von Mr. Nash stammt.«

Alle saßen schweigend da, alle außer Strout, der sich erhoben hatte. Nur Farris saß noch vorgebeugt, die Augen nach unten gerichtet und versuchte, eine Antwort zu finden. Da klopfte jemand an die Tür, und Sixto steckte den Kopf herein. »Eine Celine Nash ist da draußen und möchte Mr. Farris sprechen.«

Die strahlend blauen Augen der Frau waren rot, geschwollen und von dunklen Ringen umgeben, als hätte sie seit Tagen nicht mehr geschlafen. Die Wimperntusche war ihr über das viel zu dick aufgetragene Make-up gelaufen. Sie trug ein schwarzes Kostüm, schwarze Nylons, schwarze Handschuhe – sogar schwarze Onyxohrringe – und sah elegant aus, doch sie fuhr sich zu oft mit den Händen durch das aschblonde Haar. Es hing ihr in unregelmäßigen Strähnen auf die Schultern hinab.

Sie kam auf Farris zu und umarmte ihn, während sie ein Schluchzen hinunterwürgte. Er hielt sie eine halbe Minute lang fest und klopfte ihr auf den Rücken. »Es ist okay, Honey, es ist okay. Wir wissen es immer noch nicht.«

Sie wich etwas zurück, zog das Einstecktuch aus Farris' Brusttasche und betupfte ihre Augen. Dann lehnte sie sich einen Moment lang wieder an ihn. Hardy sah, daß sie die Augen schloß, als ob sie ihre Kraft zusammennahm. Schließlich wandte sie sich den anderen Männern zu. »Ist einer von Ihnen der Gerichtsmediziner?«

Strout trat vor. »Ja, Ma'am.«

»Es tut mir leid, aber ich dachte, Ken hätte gesagt …« Sie sah sich um, als ob sie sich verlaufen hätte. »Ich meine, als ich Gerichtsmediziner hörte, dachte ich …«

»Nein, Ma'am, wir wissen noch gar nichts. Aber vielleicht kennen Sie das hier.« Strout zog die Schachtel mit dem Ring heraus.

Celine starrte den Ring einen Augenblick lang an. »Was ist das?«

»Er war an der Hand«, sagte Strout.

Sie nahm ihn aus der Schachtel heraus und betrachtete ihn prüfend. »Aber Daddy hat diesen Ring nicht getragen. Ken, Daddy hat nur Moms Ring getragen, nicht wahr?«

»Das habe ich auch schon erklärt.«

Sie führte das Taschentuch wieder an die Augen und preßte es dagegen. »Wie geht's Ihnen?« fragte Hardy. Er bewegte sich in ihre Richtung.

Celine war etwas bleich geworden. Sie lächelte Hardy matt an, aber ihre Augen kehrten zu Strout zurück. »Nun, dann kann das nicht mein Vater sein.«

Glitsky fragte sie mit seiner sanftesten Stimme, wann sie ihren Vater zum letztenmal gesehen hätte. Ihre Augen wurden einen Augenblick lang schmal, und Hardy dachte, da wäre so etwas wie

Widerstand, vielleicht sogar Angst aufgeblitzt. »Warum? Entschuldigung, aber wer sind Sie?«

Farris trat hinzu und stellte alle vor, und schließlich erklärte Glitsky: »Er könnte den Ring danach bekommen haben. Nachdem Sie ihn gesehen haben.«

Das sah sie ein und nickte. »Ich weiß nicht mehr genau. Vielleicht vor zwei Wochen. Aber damals hatte er diesen Ring nicht am Finger – er hätte ihn niemals getragen. Das ist einfach nicht sein Geschmack.«

Farris, der neben ihr stand, sah den Ring wieder an und zuckte die Schultern. »Er machte sich ohnehin nichts aus Schmuck.«

»Na gut«, sagte Strout. »Es war jedenfalls einen Versuch wert. Ich danke Ihnen allen für die Zeit, die Sie sich genommen haben.«

Nachdem er die beiden zur Tür gebracht hatte, kam Strout mit den Händen in den Taschen zurückgeschlendert und sagte zu Hardy und Glitsky: »Es könnte Owen Nash sein. Das ist natürlich nicht zur Veröffentlichung bestimmt. Aber er könnte es sein. Ich werde Sie alle auf dem laufenden halten.«

9

Die Werkstatt hatte Glitskys Wagen repariert, er konnte wieder damit fahren. Also ging Hardy um Viertel vor sechs allein über den Parkplatz, er wollte Frannie im Little Shamrock treffen. Der Nebel, der den ganzen Tag über der Stadt gelegen hatte, hatte sich gehoben oder war von der Brise, die von der Bay kam, nach Westen aufs Meer hinausgeweht worden; der Abendhimmel war blau und wolkenlos.

Die meisten Angestellten des Justizpalasts hatten um fünf Uhr ihren Dienst beendet, und der Parkplatz war halbleer. Zwei Reihen von Hardys Auto entfernt saß Ken Farris auf dem Fahrersitz eines Chrysler-LeBaron-Kabrioletts mit offenem Verdeck. Hardy lief langsamer und blieb schließlich stehen.

Farris starrte in die Ferne. Er hatte die Arme über der Brust verschränkt und rührte sich nicht. Er hätte eine Statue sein können. Vor einer Dreiviertelstunde hatte er zusammen mit Celine Nash Strouts Büro verlassen und war immer noch auf dem Parkplatz? Vielleicht war sie noch dageblieben, und die beiden hatten sich eine Weile unterhalten. Trotzdem fand Hardy es seltsam. Der Mann zuckte nicht mal mit der Wimper. Vielleicht saß er da und war tot.

Hardy durchquerte ein paar Autoreihen. Er kam bis auf drei Meter an den Chrysler heran, bis Farris sich rührte. Er bewegte sich nur ein wenig, aber Hardy wußte jetzt, daß Farris ihn gesehen hatte.

»Sie sitzen hier ja so still«, sagte Hardy. »Ich dachte, vielleicht fehlt Ihnen etwas.«

Die Erstarrung wich einem Lächeln, das voller Selbstekel war. »Ob mir was fehlt? Das ist natürlich relativ. Nein, ich glaube, mir fehlt nichts.«

Hardy winkte ihm etwas hilflos zum Abschied zu und wollte wieder weggehen, als Farris ihn beim Namen rief. Hardy drehte um und kam zurück. »Wissen Sie, Celine hat da etwas erwähnt. Ich weiß nicht. Es könnte von Bedeutung sein.«

Hardy horchte auf. »Sie sind nicht zufällig Anwalt, Mr. Farris?«

Ein Aufblitzen der Zähne. »Wie kommen Sie darauf?«

»Na ja, daß Sie es ›relativ‹ betrachten, ob Ihnen etwas fehlt. Und daß etwas ›von Bedeutung sein‹ könnte. Das sind Anwaltsausdrücke.«

Farris streckte eine Hand aus dem Wagen. »Richtig geraten. Nennen Sie mich Ken, ja? Stanford 55. Hab aber nie Jura praktiziert, abgesehen davon, daß ich Owens Berater war.«

»Vollzeitjob?«

»Mindestens. Jetzt bin ich der Geschäftsführer von Owen Industries. Owen ist der Direktor. Elektronik, Komponenten, jetzt fangen wir mit HDTV an.«

»Ich weiß nicht, was das ist, HDTV.«

»High-definition Television, Fernsehbildschirm mit hoher Auflösung. Mehr Punkte auf der Mattscheibe. Besseres Bild. Die Japaner sind uns darin meilenweit voraus, aber Owen wollte es haben, deshalb arbeiten wir auch daran.«

»Also was ist Ihre Information, die vielleicht von Bedeutung ist?«

»Celine hat mich gerade darauf aufmerksam gemacht: Owen hatte ihr gesagt, daß er mit der *Eloise* rausfahren wollte ...«

»Mit der *Eloise*?

»Owens Segelboot. Er wollte am Sonnabend mit May Shintaka einen Ausflug unternehmen. Sie selbst nennt sich May Shinn.«

»Seine Freundin?«

Farris machte eine Grimasse. »So etwas in der Art. Man würde das wohl eher eine Geliebte nennen.«

»Sie meinen, er hat sie ausgehalten? So etwas gibt es wirklich?«

Farris lachte, aber es war kein Humor dabei. »Owen sah das so: Irgendwie muß man immer für die Frau bezahlen, die man hat. ›Das sind die Betriebskosten, Wheel‹ – er nannte mich Wheel, wie Ferris Wheel, Riesenrad, nach George Ferris, der das Ding erfunden hat. Schreibt sich natürlich anders. ›Dafür, daß du mit einer Frau schläfst, mußt du immer zahlen. Da ist es gleich, ob man vorher oder hinterher zahlt.‹ Das waren seine Worte.«

»Ich denke, das kann man so sehen«, sagte Hardy.

»Mr. Hardy ...«

»Dismas.« Und dann, auf die stumme Frage mit dem schiefen Blick hin: »Dismas, der gute Dieb vom Kalvarienberg.«

»Okay, Dismas. Ich sehe das nicht so. Ich bin seit fünfundzwanzig Jahren mit meiner Betty verheiratet. Aber Owen ist anders als ich und anders als alle, die ich kenne. Er hat seine Frau, Eloise, geliebt, und als sie tot war, wußte er, daß er keine Frau mehr lieben würde, also suchte er nicht nach Liebe und machte auch keinen Hehl daraus. Das klingt vielleicht gefühllos, aber es war ziemlich ehrlich.«

»Und diese May Shinn …?«

»Er ist seit Januar, Februar ziemlich fest mit ihr zusammen.«

»Ist sie mit ihm am Sonnabend auf dem Boot rausgefahren?«

»Celine sagt, das hätte er vorgehabt. Mehr weiß ich nicht.«

»Und wenn er es getan hat, nimmt die Wahrscheinlichkeit zu, daß er es war«, sagte Hardy.

»Warum? … Ach so.«

»Wissen Sie, wie man May Shinn erreicht? Dann könnten wir das gleich klären.«

Die Schatten waren länger geworden, und die Brise von der Bucht hatte sich gelegt. Farris suchte in seiner Brieftasche und zog ein quadratisches Stück Papier heraus. »Meine Notrufnummern. Ich weiß nicht, wieso ich bisher nicht an May gedacht habe.«

Hardy stellte sich neben ihn, als Farris die Tasten seines Autotelefons drückte. Hardy schielte nach dem Papier. Neben May Shinns Namen konnte er auf diese Entfernung und bei diesem Licht gerade noch die Ziffern erkennen, hatte gerade noch genug Zeit, um sie sich einzuprägen.

Er dachte, er hätte auch noch genug Zeit, um auf seinem Weg hinaus zu den Avenues beim Yachthafen vorbeizufahren. Es war kein sehr großer Umweg. Wenn er beweisen konnte, daß Owen am Sonnabend auf den Pazifik hinausgesegelt war – an dem Tag, bevor eine Hand, die ihm gehören konnte, im Steinhart-Aquarium im Bauch eines Hais auftauchte –, war Hardy vielleicht einem Fall auf der Spur.

May Shintaka war nicht zu Haus gewesen – oder nicht ans Telefon gegangen. Ken Farris hatte auf ihren Anrufbeantworter gesprochen und sie gebeten, ihn sobald wie möglich anzurufen.

Jetzt dämmerte es bereits, und auf der Straße, die den Hafen entlangführte, war der Verkehr zum Erliegen gekommen. Hardy erinnerte sich. Es war Mittwoch, der Tag, an dem sich der Marina Freeway in einen Fleischmarkt verwandelte und die Yuppies einander mit artigen Sprüchen darüber anmachten, wie frisch die

Arugula sei und daß die trockene Pasta der von Hand zubereiteten im allgemeinen vorzuziehen wäre.

Hardys Suzuki Samurai wirkte deplaziert zwischen den Beemers und Miatas, und wie er so eingekeilt zwischen den Autos saß, kam er sich alt vor, viel älter als damals, als er zum erstenmal Vater wurde. Es verspätete sich immer mehr. Er mußte Frannie anrufen oder Moses oder das Shamrock. Ihnen mitteilen, daß er unterwegs war.

Oder er mußte den Besuch im Yachthafen streichen. Was suchte er überhaupt auf der *Eloise* oder in der Umgebung des Schiffes, was dort nicht auch noch am nächsten Morgen zu finden war? Nur war er jetzt sowieso schon fast da. Er beschloß, von einem Münztelefon aus das Shamrock anzurufen. Frannie würde dort bei ihrem Bruder sein – die beiden konnten es ruhig eine Zeitlang ohne ihn aushalten. Hardy wollte sich nur ganz kurz das Boot anschauen, dazu brauchte er nur ein, zwei Minuten.

Die Ampel schaltete um, und er fuhr noch bei Gelb durch. Dann waren es nur noch zwei Blocks bis zum Yachthafen selbst, wo zweihundert Boote an vier langen Pontons hinter einem Strömungsbrecher lagen. Zur Landseite hin war die Anlage mit einem zweieinhalb Meter hohen Zaun abgeschlossen, der mit Stacheldraht gekrönt war.

Hardy hatte manchmal das Gefühl, daß er in einem früheren Leben ein Seemann gewesen sein mußte. Alles, was mit Schiffahrt zu tun hatte, zog ihn magisch an. Er fischte gern, er war ein begeisterter Taucher, er beschäftigte sich mit Haien und führte sie im Becken herum, um sie ins Leben zurückzuzwingen, als ob er eine ganz besondere Beziehung zu ihnen hätte.

Jetzt pumpte die salzige Seeluft Energie in ihn hinein. Locke und Drysdale sollte der Teufel holen. Hardy spürte es in den Knochen, daß er einer Sache auf der Spur war, und davon würde er sich nicht abbringen lassen.

Das Pförtnerhaus stand auf einem quadratischen, gepflegten Stück Rasen am Eingang zum Yachthafen. Hardy klopfte an die offene Tür und ging hinein. Der Pförtner war ungefähr neunzehn Jahre alt und trug eine grüne Uniform mit einem Namensschild, auf dem »Tom« stand. Er erhob sich von seinem Schreibtisch, der hinter einem niedrigen Tresen stand. »Kann ich helfen?«

Durch das Fenster, das sich rechts von ihm befand, konnte

Hardy die Boote liegen sehen. Vier Reihen weißer Weihnachtsbaumlichter glitzerten über den Pontons.

Er zeigte dem Jungen seine Dienstmarke, die er jedoch nicht von der Staatsanwaltschaft, sondern aus einem Uniformladen im Süden von San Francisco hatte. Sie war offiziell nicht zugelassen, doch er wußte, daß er sie gut brauchen konnte, vor allem bei Leuten, die zwar nicht lesen konnten, aber wußten, wie eine solche Marke aussah. Er fragte den jungen Mann, ob er über die Abfahrten von Booten Buch führe.

»Wir haben das versucht«, sagte er, »aber die meisten Leute hier kommen und gehen, wie es ihnen paßt. Trotzdem wissen wir meistens so ungefähr, wer draußen ist.«

»Ist die *Eloise* gerade hier?«

»Klar.« Tom sah aus dem Fenster und zeigte auf eines der Boote. »Es ist der fünfzehn Meter lange Cruiser am Ende von Ponton zwei.« Im Halbdunkel sah das Segelboot sehr schön aus. »Es ist zum letztenmal am Sonnabend draußen gewesen.«

»Am Sonnabend. Hat Mr. Nash es rausgebracht?«

Tom zuckte die Schultern. »Ich nehme es an, aber ich habe ihn nicht gesehen. Die *Eloise* war schon draußen, als ich herkam.«

»Wann war das?«

»So gegen zwölf. Ich arbeite von zwölf bis acht.«

»Kommt nach acht Uhr jemand anders her?«

»Nein. Wir schließen dann bis um sechs am Morgen. Was ist denn überhaupt los? Steckt Mr. Nash in irgendwelchen Schwierigkeiten?«

Hardy sagte ihm alles, was er wußte: »Er wird vermißt. Es würde uns helfen, wenn wir wüßten, wer ihn zuletzt gesehen hat.«

Tom biß sich in die Wange und überlegte. »Ich glaube nicht, daß Sie hier viel Glück haben werden. José, der vormittags hier ist, sagte, die *Eloise* sei schon draußen gewesen, als er seinen Dienst antrat.«

»Um sechs Uhr früh?«

Tom zuckte die Achseln. Er wollte gern helfen. Hardy spürte, daß er mit irgend etwas rang. »Manchmal kommt José ein bißchen zu spät«, sagte er schließlich. »Aber dann bleibt er immer länger da und arbeitet die fehlende Zeit nach.«

Hardy wehrte einen Anfall der Verzweiflung ab. »Bis wann ist er am Sonnabend geblieben?«

Tom wich aus. »Ich weiß es nicht genau. Bis drei, halb vier ungefähr.«

»Also ist er erst um sieben oder halb acht hier aufgetaucht?«

Wieder zuckte Tom mit den Schultern. »Ich weiß es nicht genau. Ich war auch nicht hier.«

Hardy stieß die Luft heraus. »Okay, es geht hier nicht um José. Könnte ich mir die *Eloise* mal ansehen?«

Tom, der froh war, nicht mehr über Josés Verspätungen sprechen zu müssen, nickte eifrig. »Klar. Jetzt ist hier sowieso kaum was los.«

Auf dem Weg zum Boot erfuhr Hardy, daß es um die Sicherheit im Yachthafen doch nicht so gut bestellt war. Tom hatte zwar einen Ring mit Schlüsseln für die Boote und einen Schlüssel für die Tür im Zaun, aber in Wirklichkeit schlüpften laufend Leute mit anderen Leuten durch, und die Eigentümer vergaßen auch, die Tür wieder hinter sich zu schließen, oder sogar, ihr Boot abzusperren. Es wurde zwar nicht sehr viel gestohlen, aber es kam doch immer mal wieder vor. Was konnten die Pförtner dagegen tun? Tom und José versuchten es zwar, aber sie besaßen keine Autorität. Wenn die Bootsbesitzer ihre eigenen Regeln mißachteten, wessen Fehler war es dann?

Aus der Nähe betrachtet wirkte die *Eloise* sogar noch eindrucksvoller als vom Pförtnerhaus aus. Mit ihrer Spiere, die Hardy auf vier oder fünf Meter schätzte, lag sie rechtwinklig am Hauptponton, denn sie war zu groß, als daß man sie in irgendeinen der Slips hineinbekommen hätte. Technisch gesehen war sie eine Ketsch – ein zweimastiger Segler, ein kleines, starkes Boot mit einem Topp vorn und einem hinten. Das Steuerrad war so ins Deck eingelassen, daß die hintere Spiere über den Kopf des Steuermanns hinwegragte.

Mit laufendem Motor, selbst bei nur fünf Knoten, schätzte Hardy, daß es keine drei Minuten brauchte, um draußen jenseits des Wellenbrechers zu sein.

»Haben Sie etwas dagegen, wenn wir kurz mal an Bord gehen?«

Es war schon zu dunkel, als daß man an Deck noch viel hätte sehen können, nicht daß Hardy etwas Bestimmtes suchte. Tom ging währenddessen vorwärts zur Kabinentür. »Sehen Sie. Das ist es, was ich meine.«

Hardy kam neben ihn.

»Sie haben die Tür nicht abgeschlossen. Was sollen wir tun?«

»Wurde irgendwas gestohlen? Vielleicht sollten wir mal nachsehen.«

Es war so leicht, daß Hardy sich beinahe deswegen schämte, aber trotzdem folgte er Tom hinunter in die Kabine.

Der Junge schaltete das Licht an und blieb stehen. »Nein, alles sieht okay aus«, sagte er.

Hardy fand den Ausdruck »okay« etwas zu bescheiden für das, was er sah. Er sah eine Luxuskabine, die gut und gern so groß wie sein eigenes Wohnzimmer war. Den polierten Hartholzfußboden schmückte ein Zebrafell. An den Wänden hingen Ölbilder – Originale – in dicken Rahmen. Es gab ein schwarzes Ledersofa mit passendem Zweisitzer, dazu einen gepolsterten Designerstuhl – entweder ein Original von C. Eames persönlich oder eine sehr gute Kopie. Ein eingebautes Mediazentrum füllte die ganze Wand aus: zwei Fernseher, große Lautsprecher, Videorecorder, Kassettenrecorder, CD-Spieler.

Tom schien es nervös zu machen, daß er an Bord war. Er trat von einem Fuß auf den anderen. »Ich glaube, wir sollten lieber wieder raufgehen, hm? Sieht nicht so aus, als ob etwas verschwunden ist.«

Aber Hardy bewegte sich vorwärts. »Lassen Sie uns lieber genau schauen«, sagte er leichthin. Jetzt war er in der Kombüse – gekachelter Fußboden, Gasherd, großer Kühlschrank. Ein Blick zur Bar – Glenfiddich, Paradis Cognac, Marker's Mark Bourbon, die erlesensten Marken.

Er hörte, wie Tom hinter ihm herkam, und ging weiter bis zu der Stelle, wo das Schott herunterkam. Ein komplettes, riesiges Badezimmer. Der Schlafraum, der nach vorne heraus lag, war so groß wie Rebeccas neues Zimmer, das große Doppelbett ordentlich gemacht. Zwei Schreibtische, ein Rollpult, ein Heimtrainer, ein paar Hanteln und allerhand teurer Krimskrams.

»Das ist ja nicht schlecht«, sagte Hardy. Tom stand hinter ihm und schwieg. »Gibt es hinten auch noch Räume?«

Hardy brannte darauf, ein paar Schreibtischschubladen zu öffnen. Locker schritt er zu dem Schreibtisch rechts vom Bett und zog die oberste Schublade auf. Es schien nichts von Belang darin zu sein: Büroklammern, Füllhalter, Kugelschreiber, das übliche Zeug, das sich in jeder Schublade findet. Die obere Seitenschublade schien Schweißbänder zu enthalten. Hardy steckte die Hand hinein und tastete herum. Schweißbänder. »Hier ist nichts«, sagte er so leichthin er konnte und schloß die Schublade.

Dann ging er um das Bett herum und hoffte, daß Tom noch einen Augenblick bleiben würde. Das Rollpult war abgeschlossen, aber die obere Schublade ließ sich öffnen. Wieder dasselbe – nichts. Hardy zog die obere seitliche Schublade auf. »Ich weiß nicht, ob wir das …« sagte Tom.

Ein rascher Blick nach unten, die Schublade ein paar Zentimeter weit geöffnet – darin lagen Seekarten und dergleichen. Er drückte sie mit der Hüfte zu und drehte sich um.

»Sie haben recht.« Mister Verbindlich. »Soll die Polizei sich einen Durchsuchungsbefehl besorgen.« Hardy wandte sich um und ging rasch durch die Kombüse und die Schlafkabine, vorbei an der Leiter, die nach oben führte, vorbei an einem weiteren Badezimmer, das am hinteren Gang lag, in die erste Gästekabine – Doppelbett, Kommode, Fernseher, ein schwimmendes Holiday Inn.

»Wir sollten wirklich raufgehen«, sagte Tom von der Treppe aus.

»Okay.« Hardy ging beiläufig, aber entschlossen durch den gegenüberliegenden Gang zurück, kam durch den zweiten Gästeraum, der vom Fußboden bis zur Decke mit einem Spiegel ausgekleidet war sowie eine fast vollständige Gewichtheberausrüstung Marke Nautilus und einen Stairclimber enthielt. Owen Nash nahm es mit seinen Leibesübungen ernst.

Als sie wieder oben auf dem Deck ankamen, nahm Tom sich eine Minute Zeit, die Kabinentür sorgfältig abzuschließen. Hardy fragte: »Wie segelt sich denn so ein Boot wie dieses hier?«

Tom schloß die Tür ab und prüfte noch mal, ob sie wirklich zu war. »Na ja, das ist kein Flitzer. Es ist eigentlich mehr ein Hochseeboot.«

»Und kann ein Mann es allein segeln?«

Sie gingen wieder über den Ponton hinauf zum Büro, Tom vorneweg. »Aber ja. Die Segel lassen sich automatisch schwenken, wenn man will. Mr. Nash ist oft allein hinausgesegelt. Zu den Farallons und wieder zurück. Es ist schwieriger in einem kleinen Boot, aber er hat das gern gemacht.«

»Was gibt es denn bei den Farallons?« Er fragte nach den kleinen Felseninseln, die zwanzig Meilen westlich von San Francisco liegen.

»Ich weiß es nicht«, sagte Tom. »Es heißt, die weißen Haie laichen dort draußen. Vielleicht hat er sich für sie interessiert.«

Könnte durchaus sein, dachte Hardy.

Sie waren in Purple Yet Wah draußen in den Avenues an der Clement Street. Moses McGuire lutschte an einer Krebsschere. »Schwarzbohnensauce«, sagte er. »Ich glaube, mit Schwarzbohnensoße auf Dungeness-Krebsen haben wir den Höhepunkt der modernen Zivilisation erreicht.«

Frannie sah Hardy wütend an, der auf seinen Teller hinunterstarrte.

»Ich hasse es, wenn ihr euch streitet«, sagte Moses. »Ich rede hier von kulturellen Dingen, ohne die wir allesamt Wilde wären, und –«

»Mach doch mal deinem Freund Dismas klar, daß wir eine Vereinbarung getroffen hatten, was Telefone und Zuspätkommen angeht.« Sie erhob sich und warf die Serviette hin. »Entschuldigung, ich gehe mal kurz verschwinden.«

Hardy nahm seine Eßstäbchen. »Ich glaube, ich habe schon viermal gesagt, daß es mir leid tut, und jetzt war es das fünfte Mal. Es tut mir immer noch leid. Sechsmal. Entschuldigung, Entschuldigung, Entschuldigung, Entschuldigung.« Er legte die Stäbchen hin. »Zehnmal.«

»Das brauchst du mir nicht zu erzählen«, sagte Moses. »Sie dachte, du wärest tot.«

»Sie denkt immer, ich wäre tot oder kurz davor.«

»Nicht ohne eine gewisse Berechtigung.«

»Nein, es gibt überhaupt keinen Grund zu einer solchen Befürchtung. Ich war keineswegs in Gefahr. Wenn jemand sich verspätet, heißt das nicht unbedingt, daß er tot ist.«

Moses zog seine Krebsschere in der Soße herum. »Aber bei Eddie war es so.« Er hob die Hand, um Hardys Antwort abzuwehren. »Nein, nein, nein. Es gibt hier einen Bereich, in dem wir unser Einfühlungsvermögen erhöhen könnten.«

»Moses ...«

»Du hättest anrufen können. Telefone gibt es fast überall in unserer Gesellschaft.« McGuire besaß den größeren Anteil an der Shamrock-Bar, aber er hatte auch einen Doktor in Philosophie von der Universität Berkeley.

»Du auch noch, ha?«

»Sie ist meine Schwester. Ich darf von Zeit zu Zeit ihre Partei ergreifen.«

»Ich habe an einem Fall gearbeitet. Ich bin jetzt Staatsanwalt, erinnerst du dich? Ich war nicht mit leichten Mädchen unterwegs. Ich war auch nicht in Lebensgefahr. Ich habe gearbeitet.«

»Du warst mit mir und Frannie verabredet. Ein einfacher Anruf, eine Minute nur, und alles wäre in Ordnung.«

»Na gut, du hast recht. Nächstesmal rufe ich an. So ein Aufstand deswegen.«

»Frannie hat Angst. Es kann jederzeit etwas passieren. Du sagst doch, du bist jetzt Staatsanwalt. Na ja, Staatsanwälte sind nun mal so.«

»Staatsanwälte unterscheiden sich kein bißchen von ...«

Moses angelte sich den letzten Krebs und steckte ihn in den Mund. »Entschuldige die Verallgemeinerung, aber das stimmt. Frannie möchte, daß du ein Vater bist und nicht pausenlos ackerst. Darum sah der Job doch eigentlich so gut aus, erinnerst du dich? Geregelte Arbeitszeiten, interessante Tätigkeit. Ich höre noch deine Worte.«

»Und um wieviel habe ich mich verspätet?«

Moses kaute. »Um eindreiviertel Stunden, und das reicht, daß man sich riesige Sorgen macht. Es ist nicht Frannies Schuld, daß sie Angst hat. Sie liebt dich, Diz. Sie hat dein Baby im Bauch. Das ist doch ganz natürlich, meinst du nicht?«

»Na ja, ich liebe sie ja auch.«

»Ja. Glaub' ich.«

»Nun?«

»Nun«, sagte Moses. »Das ist der Punkt.«

Ihr weißes Holzhaus war zu beiden Seiten von Apartmenthäusern eingerahmt. In den achtziger Jahren hatte ein Spekulant Hardy sündhaft viel Geld für das Grundstück angeboten, weil er an dieser Stelle ein drittes fünfstöckiges anonymes Bauwerk errichten wollte, wo jetzt hinter einem niedrigen Holzzaun sein zwanzig Meter langer grüner Rasen von einem Steinweg zertrennt wurde, der auf ein Puppenhaus mit kleiner Veranda und einem Erkerfenster zuführte.

Bevor sie geheiratet hatten, war die Rede davon gewesen, ob sie sich eventuell ein neues Zuhause suchen sollten. Das Problem war, daß Frannie das Haus gefiel, obwohl es schon seit zehn Jahren allein Hardys Zuhause war. Nach der Heirat hatte er erst einmal die Hälfte des Hausbesitzes auf Frannies Namen eintragen lassen – sie hatten keinen Ehevertrag abgeschlossen. Frannies Viertelmillion aus der Lebensversicherung gehörte ihnen beiden; Hardy nahm an, daß das Haus ungefähr ebensoviel wert war.

Auf der Straße einen Parkplatz zu finden, war oft ein Problem. Hardy besaß weder eine Garage noch eine Einfahrt, und so mußte er seinen Wagen entweder bis sechs Uhr abends vor dem Haus geparkt haben oder ein Stück weit zu Fuß gehen. Jetzt, um Viertel nach zehn, fanden sie erst drei Querstraßen weiter eine Lücke. Es war eine milde, stille Nacht ohne Nebel, und sie schlenderten die Clement Street entlang nach Osten, dann unter den Bäumen des Lincoln Park durch, zu ihrem Haus zurück. Frannie hatte den Arm um seine Taille gelegt und schmiegte sich an ihn.

»Kneif mich mal«, sagte sie.

»Ich weiß.« Hardy faßte sie fester um die Schultern.

»Hättest du das gedacht?«

»Ja, ich glaube schon. Darum fand ich ja, daß wir heiraten sollten. Aber trotzdem ...«

Sie blieb stehen. Hardy verstand den Fingerzeig, beugte sich vor und küßte sie. »Was ist?« fragte Frannie.

»Nichts. Nur so ein kleiner Schauer. Wie oft findet man, daß alles perfekt ist? Das ist ein bißchen unheimlich. Ich dachte früher immer, genau in einem solchen Augenblick geht höchstwahrscheinlich etwas schief.«

»Ich glaube, darum war ich vorhin so außer mir. Ich rege mich deshalb so auf, damit ich akzeptieren kann, daß das alles wahr ist und kein Traum, aus dem ich gleich aufwachen werde.« Sie sah Hardy ins Gesicht und schob sich ganz nahe an ihn heran. »Ich will nicht aufwachen«, sagte sie. »Ich möchte, daß es so bleibt.«

»Es bleibt auch so, Frannie. Ich lasse es nicht zu, daß was dazwischenkommt, ich versprech's.«

Frannie stieß ihn mit der Hüfte an. »Komm, gehen wir nach Hause.«

Sie bezahlten den Babysitter und sahen nach dem schlafenden Kind. Hardy fütterte seine Fische, während Frannie ins Badezimmer ging. Auf dem Anrufbeantworter waren Nachrichten von Jane und Pico Morales aufgezeichnet, die er beide am nächsten Morgen anrufen konnte.

Er hörte das Wasser der Dusche laufen. Er hob den Hörer ab und drückte die Ziffern, die er sich zuvor an diesem Abend gemerkt hatte – May Shinns. Das Telefon läutete viermal, dann wurde abgehoben.

»Bitte hinterlassen Sie Ihre Nummer, ich rufe Sie sofort zurück.« Das war alles. Keine Spur von einem japanischen Akzent. Eine tiefe, kultivierte Stimme. Hardy legte nach dem Piepton auf.

Sein Schreibtisch war aufgeräumt. Die »Bankierslampe« mit dem grünen Schirm tauchte das Zimmer in ein sanftes Licht. Der getrocknete Kugelfisch auf dem Kaminsims zog seinen Schmollmund. Zerstreut ging Hardy vom Schreibtisch zum Kamin hinüber, rückte die Pfeifen im Pfeifenständer gerade – er rauchte seit über einem Jahr nicht mehr – und zog drei Pfeile aus dem schwarzen Zentrum der Zielscheibe. Er ging zu seinem Schreibtisch zurück und fing an zu werfen.

Er war nicht sehr gut. In der ersten Runde landete keiner der drei Pfeile in der 20, wo er landen sollte. Vor einem Jahr wäre ihm das nicht passiert. Wenn man ihn fragte, sagte er zwar, er nähme Darts nicht so wichtig. Trotzdem trug er ständig drei Stück 20-Gramm-Wolfram-Pfeile in der Brusttasche seines Jacketts.

Aber jetzt waren doch andere Dinge wichtiger geworden. Als er die Pfeile der ersten Runde aus der Zielscheibe herauszog, hörte das Wasserrauschen im Badezimmer auf. Er warf die drei Pfeile der zweiten Runde. Sie saßen punktgenau: 20, 19, 18. Na bitte.

Dann stand Frannie barfuß in der Türöffnung, sie trug den rotseidenen Babydoll-Pyjama, den Hardy ihr zu Weihnachten geschenkt hatte. Ein winziger dunkler Fleck zeigte die Stelle an, wo ein Tropfen Milch aus ihrer Brustwarze gesickert war.

Hardy ging zu ihr, kniete nieder und hob den Saum ihres Pyjamas, um sein Gesicht darunter zu begraben.

10

**Geschäftsmann vermißt.
Neue Ermittlungen im Fall der
»geheimnisvollen Hand«**

von Jeffrey Elliot
Chronicle-Redaktion

Der Fall der geheimnisvollen Hand, die am Sonntag im Steinhart-Aquarium im Magen eines Hais gefunden wurde, nahm heute eine neue Dimension an: Ken Farris, Berater und derzeitiger Geschäftsführer der Owen Industries in South San Francisco, meldete den bekannten Industriellen Owen Nash als vermißt.

Mr. Farris gab an, Nash sei zuletzt am Donnerstagabend von einigen seiner engen Mitarbeiter in seinem Haus in Seacliff gesehen worden. Am Freitag erschien Mr. Nash nicht zu einer Verabredung zum Mittagessen. Am Sonnabend wollte Mr. Nash, wie es heißt, mit May Shinn, einer Freundin, segeln gehen. Seitdem hat man weder von Nash noch von Shinn gehört, obwohl Nashs Segelboot, die *Eloise*, an ihrem Platz im Yachthafen liegt. Es ist noch nicht klar, ob am Wochenende jemand mit dem Boot gesegelt ist.

Die Polizei möchte über ein mögliches Verbrechen keine Spekulationen anstellen, obwohl ein Vertreter der Staatsanwaltschaft diese Möglichkeit gestern keinesfalls ausschließen wollte.

Farris gab an, Nash hätte nach energischen Versuchen, verschiedene Elektronikfirmen aus dem Silicon Valley aufzukaufen, während der letzten fünf Jahre »ein halbes Dutzend« Morddrohungen erhalten.

Die Tatsache, daß Nash Träger des Schwarzen Gürtels im Karatesport war, scheint die Wahrscheinlichkeit, daß es sich um seine Hand handelt, zu verstärken. Die Hand weist verschiedene ungewöhnliche Charakteristika auf, die mit Karate zusammenhängen können, unter anderem Kalziumablagerungen und eine etwas überentwickelte Hornhaut an der Handkante. Der Gerichtsmediziner, John Strout, wollte sich allerdings nicht über die Möglichkeit äußern, daß es sich um Owen Nashs Hand handeln könnte, und bezeichnete derartige Spekulationen entschieden als »voreilig«.

»Der Junge hat mir aufgelauert«, sagte Farris. »Er wartete an meinem Hausboot, als ich heimkam, und hatte meine Betty schon umgarnt.«

Hardy saß zu Hause in seinem Büro, als er es hörte, und bewunderte allmählich Jeff Elliots Draufgängertum. Dieser Reporter ließ wirklich nichts anbrennen. Hardy hatte gedacht, er hätte ihn am Tag zuvor ordentlich eingeschüchtert, aber da hatte er sich offensichtlich verrechnet. Jeff Elliot ließ sich nicht abschütteln, er krallte und biß sich in dieser Geschichte fest, und dagegen war man machtlos.

»Von den Morddrohungen haben Sie mir nichts erzählt.«

»Ich habe sie ja auch nicht ernst genommen. Die Leute sagen manchmal solche Sachen, wenn ihnen ein Geschäft durch die Lappen geht.«

»Aber Jeff gegenüber haben Sie es erwähnt. Da schien es Ihnen doch wichtig.«

»Nein, eigentlich nicht.« Hardy hörte es im Telefon rascheln. »Ich habe die Zeitung hier vor mir liegen und muß gestehen, daß es ziemlich dramatisch klingt, aber ich habe ihm nur eine einzige Frage beantwortet: Ist Owen schon einmal von irgend jemandem bedroht worden? Meine Antwort war: ›Natürlich. Ein halbes Dutzend mal.‹ Mehr war da nicht. Aber jetzt, wo ich es lese, klingt es natürlich viel bedeutungsvoller.«

»Und Sie glauben nicht, daß da ein Zusammenhang besteht?«

»Na ja, möglich ist alles. Aber wie gesagt, es ist schon lange Gras darüber gewachsen. Ich glaube, Owen hat den letzten Konkurrenten, dem er damals ein bißchen auf die Zehen getreten ist, zusammen mit dessen Frau nach Hawaii eingeladen, ihr einen Mercedes geschenkt und ihn in irgendeiner seiner Firmen als Geschäftsführer eingesetzt. Der Mann hat sich eine goldene Nase verdient. Natürlich hat Owen den größten Vorteil davon gehabt.«

»Wer war das?«

»Es war keine richtige Drohung. Ich selbst habe Owen zwanzigmal geschworen, daß ich ihn umbringen würde, und ziemlich oft war es mein Ernst.«

»Okay, aber wenn es sich herausstellt, daß er tot ist, wird jemand von Ihnen den Namen wissen wollen.«

»Ich bete noch immer zu Gott, daß er nicht tot ist.«

Hardy saß einen Augenblick lang schweigend da. Er trommelte mit den Fingern auf den Schreibtisch und überlegte, ob er Farris erzählen sollte, was er erfahren hatte. Ach, zum Teufel, der alte Knabe hatte sich ja schließlich ziemlich entgegenkommend gezeigt. Hardy sagte: »Die *Eloise* ist am Sonnabend ausgelaufen.« Er erzählte ihm von seinem Besuch im Yachthafen, von seiner Bootsbesichtigung.

»Aber wenn das Boot draußen war und jetzt wieder dort liegt und wenn es Owens Hand ist ...«

»Das sind alles vage Hypothesen ...«

»Aber was das bedeuten würde, ist Ihnen doch klar. Das hieße, daß May –«

»Nein ... May oder irgend jemand anders. Vielleicht überhaupt nicht May. Oder May und noch jemand.«

Farris nahm sich zusammen. »Sie haben recht.«

»Und so ein Boot wird manchmal zum Drogenschmuggel benutzt und dann liegen gelassen.«

»Drogenschmuggel?«

»Ja, in Florida kommt das häufiger vor oder im Süden bei San Diego, aber hier hat es das auch schon gegeben. Schmuggler kapern das Schiff, bringen die Leute um, die sie darauf finden, werfen sie über Bord, laden ihre Ware, liefern sie ab und lassen das Boot irgendwo zurück.«

»Bringen es zurück an seinen Liegeplatz?«

»Ich sage ja nicht, daß das wahrscheinlich ist, aber daß das Boot wieder dort liegt, beweist im Grunde gar nichts.«

»Ich muß May auftreiben«, sagte Farris.

»Besuchen Sie sie doch mal zu Hause.«

»Ich weiß nicht, wo sie wohnt. Owen hat es mir nie verraten. Daß er mir die Telefonnummer gegeben hat, war schon ein großes Zugeständnis.«

»Könnte es sein, daß die beiden zusammen abgehauen sind? Sie haben doch gestern erzählt, daß Owen solche Vorlieben hatte. Vielleicht ist er mit ihr irgendwohin durchgebrannt.«

»Daran möchte ich gar nicht denken!«

»Warum?«

»Nun, ich dachte, Owen wäre endlich aus dem Alter raus. Ich

kann mir nicht vorstellen, daß er das immer noch tut. Seit er mit May zusammen ist, wirkt er viel ruhiger und gesetzter. Sie hat tatsächlich einen besänftigenden Einfluß auf ihn gehabt. Er wirkte zum erstenmal in seinem Leben relativ zufrieden – ich meine, seit Eloise tot ist. Und außerdem sind die beiden ja auch schon früher manchmal zusammen verreist – und ich war der einzige, der darüber informiert wurde. Mir hat er davon erzählt.«

»Aber diesmal nicht.«

»Kein Wort.«

Hardy hob den Kopf, als Frannie mit Rebecca auf dem Arm an der Tür seines Arbeitszimmers vorbeikam. Sie sang dem Baby leise ein Liedchen. Hardy hörte nicht, was Farris sagte.

»Entschuldigung. Wie bitte?«

»Ich sagte gerade, es wird mit jedem Tag unwahrscheinlicher.«

»Warum?«

»Ich bin Owens Testamentsvollstrecker und Treuhänder. Es ist jetzt Donnerstag, und seit einer Woche hat ihn niemand mehr gesehen. Wenn er verreist sein sollte, meinetwegen mit May, dann brauchte er doch irgendwann Geld, nicht wahr? Und er hat nie viel Bargeld bei sich gehabt.«

»Also konnte er mit seiner Kreditkarte zahlen, haben Sie das nachgeprüft?«

»Jawohl. Ich habe heute früh all seine Konten überprüft. Bisher hat es keinerlei Bewegung gegeben.«

Hardy überlegte, ob ihm nicht irgend etwas Aufmunterndes einfiel – daß man nie die Hoffnung aufgeben sollte oder so, jedenfalls nicht, solange sie noch nichts Definitives wußten.

Farris schnitt ihm den Gedanken ab. »Er ist tot, nicht wahr?«

Die passende Antwort kam schon in einer Comedy-Show des »Committee«, einer längst nicht mehr existenten Cabaretgruppe vor, die damals im Künstlerviertel North Beach gespielt hatte: »Deader than hell, Bob.«

Aber Hardy hielt den Mund und schwieg.

Kollege Patrick Resden würde es nie zum Police Inspector bringen. Nicht einmal zum Sergeant. Er war einundfünfzig Jahre alt. Ein großer, dicker, schnaufender Hund von einem Polizisten, der seit zwanzig Jahren denselben Streifendienst versah.

Resden hatte Anfang der siebziger Jahre fünfmal die Prüfung versucht, die er bestehen mußte, um Sergeant zu werden. Hardy hatte Glitsky etwa zur selben Zeit bei der Vorbereitung auf diese Prüfung geholfen, aber nachdem sie die ersten Kapitel des betreffenden Lehrbuchs durchgearbeitet hatten, waren die »Nachhilfestunden« zu Kneipenbesuchen geworden. Die Jungs gingen aus und taten etwas für ihre Karriere, während die Mädels, Jane beziehungsweise Flo, das Haus hüteten. Doch das einzige, was die Jungs für ihre Karriere taten, war, ihren Alkoholpegel zu erhöhen. Und wenn sie auf irgendeine der Fragen aus diesem Lehrbuch keine Antwort mehr wußten, war ihnen klar, daß sie zuviel getrunken hatten.

Es gab eigentlich niemanden, der nicht spätestens beim zweiten Versuch das Examen bestand, doch Resden war fünfmal durchgerasselt.

Das hieß natürlich nicht, daß für ihn bei der Polizei kein Platz war. Einfachen Anweisungen vermochte er durchaus zu folgen. Er mißbrauchte weder sein Schießeisen noch seine Dienstmarke. Resden war ein guter Streifenpolizist – er hatte das Herz auf dem rechten Fleck und besaß viel Erfahrung damit, Leuten zu helfen, Katzen von Bäumen zu holen und Unruhestifter, die die Gegend terrorisierten, festzunehmen.

Einer von diesen Festgenommenen hieß Jesus Samosa. Vor zwei Monaten hatte Officer Resden diesen Samosa beim Besprühen des Bürgersteigs vor dem Bahnhof an der Mission Street mit Farbe erwischt und entsprechend zurechtgewiesen. Aber statt ihn zur Anzeige zu bringen, hatte ihm Resden einfach die Sprühdose weggenommen und den Jungen, der erst achtzehn war, mit einer Verwarnung laufenlassen.

Zwei Tage später aber überfuhr Samosa, der in einem kastanienbraunen Chevrolet Baujahr 1969 saß, ein an demselben Bahnhof befindliches Stoppschild. Wiederum sah ihn Resden und winkte ihn an den Bordstein. Diesmal bekam Samosa von Resden einen Strafzettel. Die Mitfahrenden in dem Chevy fanden das offenbar urkomisch, aber wiederum verwarnte sie Resden nur allesamt und ließ sie dann weiterfahren.

Nun stellte sich heraus, daß Jesus Samosa im Doggie Diner, drei Querstraßen entfernt vom Bahnhof Mission Street, arbeitete. Etwa eine Woche nach dem Stoppschild-Vorkommnis beschlossen Resden und seine Kollegin Felice Wong, im Doggie Diner einen Imbiß zu sich zu nehmen. Resden bestellte wie üblich ein paar Double-Burger und Double-Cheese – eine Spezialanfertigung.

Felice packte sich einen Stapel Papierservietten, wobei sie ihren Blick auf den Grill richtete. Dort aber spuckte Jesus zur Freude seines Kollegen in das Hamburgerbrötchen hinein, das er dann oben auf einen der Doppel-Burger legte.

Felice zog ihre Kanone heraus, ging hinter den Tresen, konfiszierte den Burger zwecks Laboranalyse und verhaftete Jesus Samosa an Ort und Stelle.

Dieser Beschuldigte, dachte Hardy, der ist jetzt dran. Er überlegte einen Augenblick, ob er einen HIV-Test anordnen sollte – wenn der Junge sich als positiv herausstellte, konnten sie ihm einen Mordversuch anhängen. Aber nach kurzem Nachdenken fand er das dann doch ein bißchen extrem, obgleich Elizabeth Pullios sicherlich dafür gewesen wäre.

Jedenfalls hatten sie Jesus jetzt wegen einer ganzen Latte von Verstößen gegen die Gesundheits- und Ordnungsvorschriften, Beamtenbeleidigung, versuchter Körperverletzung und Widerstandes gegen die Staatsgewalt am Wickel. Die Höchststrafe für alles zusammen, wenn er in jedem Punkt schuldig war, war fünfundvierzig Tage Gefängnis im Bezirksgefängnis und Gerichtskosten in Höhe von dreitausendeinhundertundfünfzehn Dollar.

Falls der Verteidiger mit ihm handeln wollte, würde Hardy vielleicht mit sich reden lassen und ihm die hundertfünfzehn Dollar schenken.

Nachdem Hardy mit Ken Farris geredet hatte, hatte er erst einmal alles, was er über Owen Nash wußte, auf seinen Block notiert. Dazu hatte er fast zwanzig Minuten gebraucht, er hatte zwei Seiten vollgeschrieben.

Dann rief er Art Drysdale zu Hause an, um ihm zu erklären, daß *er* Jeff Elliot nicht mehr mit irgendwelchen neuen Informationen versorgt hatte, die im letzten Artikel im *Chronicle* aufgetaucht waren. »Ich habe so ein Gefühl, Art, aber nur unter uns: Ich glaube, es ist Owen Nashs Hand. Und wenn May Shinn noch am Leben ist, haben wir es vielleicht mit einem Mordfall – meinem Mordfall zu tun.«

Wieder riet Drysdale ihm, die Sache ja nicht zu überstürzen und statt dessen abzuwarten, bis die Polizei mit ihren Ermittlungen fertig war. Hardy erwiderte darauf, daß er das natürlich tun werde.

Er rief Jane an, aber sie war nicht zu Hause – entweder schon zur Arbeit fort, oder sie hatte die Nacht anderswo verbracht. Nun, das wußte Hardy nicht, und es ging ihn ja auch nichts an. Er hinterließ eine Nachricht auf ihrem Anrufbeantworter.

Das morgendliche Licht in Hardys Büro im Justizpalast schmeichelte Elizabeth Pullios sehr. Sie trug einen Minirock aus blauem Leder, dessen Länge gerade noch ausreichte, um Beanstandungen zu vermeiden, dazu ein maßgeschneidertes Herrenhemd, dessen konservativer Schnitt durch die geöffneten drei obersten Knöpfe gemildert wurde. Ein riesengroßer Rubin hing an einer goldenen Kette auf ihrem Dekolleté. Ihr kastanienbraunes Haar war im Nacken lose zusammengebunden. Sie klopfte zurückhaltend an Hardys Tür.

»Gute Arbeit«, sagte sie.

Er winkte sie herein, und sie schloß die Tür hinter sich.

»Was ist?«

Sie plazierte ihren Hintern auf Hardys Schreibtischkante, streckte sich und schlug die Beine übereinander, so daß ihr Rock ziemlich hochrutschte. Hardy stieß seinen Sessel fast bis ans Fenster zurück, legte die Füße auf den Schreibtisch, faltete die Hände im Nacken und lehnte den Kopf gegen die Scheibe. »Was ist?« wiederholte er.

»Die Sache im *Chronicle*. Es geht weiter.«

»Ob Sie mir glauben oder nicht, ich habe kein Wort gesagt.« Aber dann wurde ihm blitzschnell klar, daß er Jeff ja auf diesen Trip zum Büro für vermißte Personen geschickt hatte. »Jedenfalls nicht direkt«, fügte er hinzu.

Sie winkte verächtlich. »Nur keine falsche Bescheidenheit. Wer hat ihn umgebracht?«

Hardy brauchte ein paar Minuten, um ihr von Owen Nash, Farris, May Shinn und den Verhältnissen in der Elektronikindustrie zu erzählen. »Aber unterm Strich heißt das: Wir wissen trotzdem nicht, wer das Opfer ist, also können wir nicht weitermachen. Ich glaube, wir brauchen eine Leiche.«

»Nun« – sie beugte sich zu Hardy vor, ihre beiden Handflächen lagen platt auf seinem Schreibtisch, und der Rubin baumelte aus ihrem Ausschnitt –, »nicht unbedingt. Sie erinnern sich doch an den Fall in Los Angeles, den Billionaire Boys Club. Damals wurde nie eine Leiche gefunden. Und Sie haben wenigstens etwas – diese Hand. Sie brauchen einen guten Pathologen –.«

Hardy lachte. »Wow! Ich glaube, so weit sind wir noch nicht. Und was ist mit dem Ring?«

Elizabeth Pullios zuckte die Achseln und richtete sich gnädigerweise wieder auf. »Der Ring ist nicht so wichtig. Vielleicht hat Farris sich geirrt, oder er hat Sie belogen. Vielleicht hat Nash ihn nur beim Segeln getragen. Wer weiß?«

Hardy nahm seine Füße vom Schreibtisch und stand auf. »Aber das ist ja das Problem. Wenn keiner weiß –«

Sie schüttelte den Kopf. »Dismas, das ist doch jetzt die große Chance. So was kommt nicht alle Tage vor, glauben Sie mir, da muß man zupacken. Steinreiches Opfer, geschäftliche Intrigen, und alles steht schon in der Zeitung. Vielleicht ist das der Anfang Ihrer Karriere.«

Hardy ließ sich nicht aus der Ruhe bringen. Er zeigte auf den Stapel mit den Heftern. »Ich glaube, bevor ich die da nicht geklärt habe, gibt es für mich keine Karriere.«

Sie rutschte vom Schreibtisch herunter und zog ihren Rock gerade, wobei sie sich wieder vorbeugen mußte. Wenn es so etwas wie Körpersprache gab, dachte Hardy, waren ihre Worte Klartext. Aber Hardy sprang nicht an.

»Na ja, das müssen Sie selbst entscheiden«, sagte sie.

Es war ein warmer Tag, wie es ihn selten gab in San Francisco. Hardy hatte beschlossen, zu Fuß zur Fünften Straße, Ecke Mission Street hinunterzugehen, ohne vorher anzurufen. Er wollte einfach draußen sein, und ein Besuch bei Jeff Elliot war ein guter Vorwand.

Jane hatte Hardy morgens noch erreicht, und sie wollten zusammen im Fornaio mittagessen. Hardy rechnete sich aus, daß er bis dahin eine angenehme Stunde verbringen konnte, ohne etwas Bestimmtes zu tun.

Jetzt stand er im strahlenden Sonnenlicht auf der Treppe vor dem Gebäude des *San Francisco Chronicle*. Jeff Elliot war nicht an seinem Arbeitsplatz gewesen, und der Kollege vom Nebentisch meinte, Jeff sei zum Yachthafen hinunter gegangen. Ob er ihm eine Nachricht hinterlassen wolle. Ja.

Hardy hatte seine Krawatte gelockert und ging, die Hände in den Taschen, in Richtung Fährhaus und Bucht und atmete die schlechte Luft von Lastwagenabgasen und Teer und den Duft von gebratenem chinesischem Schweinefleisch und geröstetem Kaffee ein. Immer wenn er an einer Sackgasse vorbeikam – etwa zweimal pro Block –, überlagerten beißender Urin- und Müllgestank die anderen Gerüche der Stadt, aber selbst sie waren, weil sie Erinnerungen auslösten, nicht nur unangenehm – er dachte an Paris, wo er als Student gewesen war, und an Saigon dann später. Er merkte, daß er vor sich hin pfiff, und staunte über die neue Skyline: Nach dem großen Erdbeben zur Zeit der Baseballmeisterschaften hatte man das Embarcadero abgerissen.

Er beschloß, seinen Spaziergang am Hafen entlang fortzusetzen. Auf guanobefleckten Pfählen saßen Möwen, und hier und da flog eine von ihnen mit einem Krächzen hoch. Drei oder vier der Docks waren nicht eingezäunt, und ein paar Asiaten saßen da mit langen Angeln. Die Fähre aus Sausalito kam gerade an, hupte ohrenbetäubend und spie dann eine Welle sorgloser Touristen aus. Hardy ließ sich in diesem Strom mittreiben, wieder zurück in Richtung Stadt. Dann sah er plötzlich, wie spät es war, und rief ein Taxi, um die letzten zehn Blocks noch rechtzeitig zu schaffen.

11

Jane saß schon im hinteren Teil des Restaurants auf einer der Polsterbänke und wartete. Auf dem Tisch vor ihr stand ein Champagnerglas mit spitzem Kelch. Sie hatte sich ihr dunkles Haar sehr kurz schneiden lassen, aber Jane sah immer gut aus. Als Einkäuferin für I. Magnin war sie den anderen Frauen in der Haute Couture immer um sechs Wochen voraus. Er beugte sich vor und küßte ihre Wange.

»Ivoire de Balmain«, sagte er. Es war das Parfüm, das er ihr immer zu Weihnachten geschenkt hatte. Er dachte: Es ist sicher kein Zufall, daß sie es jetzt trägt.

»Du hast eine gute Nase.« Sie küßte ihn schnell auf den Mund. »Es ist schön, dich zu sehen.«

»Stimmt«, gab er zu.

Er bestellte einen Club Soda und erfuhr, daß Jane sich mit einem jungen Mann angefreundet hatte. Einem Architekten namens Chuck.

»Chuck, Chuck, bo-buck, no-nano-bano, bo-fu ...«

»Dismas.« Sie legte ihren Finger auf seine Lippen.

»Ich wollte das immer schon mal tun«, sagte er.

»Das glaube ich dir.« Sie sah ihn amüsiert an. »Er ist ein wundervoller Junge.«

»Kann ich mir vorstellen. Es ist auch ein wundervoller Song. Das kannst du mit Dismas nicht machen, weißt du. Dismas, Dismas, bo-bismas ... das klingt einfach nicht.« Sein Club Soda kam.

»Club Soda ist ja was ganz Neues«, sagte Jane.

Hardy nahm einen Schluck. »Mein Leben ist ja auch jetzt ganz neu. Wenn ich wie früher meine drei, vier, fünf Bier zum Mittagessen trinken würde, wäre ich am Nachmittag zu nichts mehr zu gebrauchen. Ich habe es ein paarmal versucht. Es haut nicht hin.«

Sie nippte an ihrem Champagner. »Also bist du wirklich wieder bei der Staatsanwaltschaft?«

»Jawohl.«

»Und es gefällt dir?«

Er hob die Achseln. »Manchmal. Es ist noch mehr Mistkram als früher, aber es ist okay.«

Sie wateten noch weitere fünf Minuten durch Small talk, bevor sie bestellten. Calamari für Hardy, ein Quattro Formaggio Calzone für Jane. Hardy hielt es dann doch nicht mehr aus und bestellte für Jane und sich selbst eine halbe Flasche Pinot Grigio.

Als der Kellner gegangen war, sagte Hardy: »Und – hast du deinen Vater gesehen?«

Sie nickte. »Du hattest recht. Da ist mit Sicherheit irgend etwas los.«

»Das dachte ich mir auch schon. Frannie sagt, es ist eine Frau.«

Jane schluckte das und nippte an ihrem Champagner. »Wie kommt sie darauf?«

Hardy erzählte Jane von dem Briefbeschwerer und wie Andy ihm das Ding geradezu aufgedrängt hatte. »Frannie sagte, wenn er das Ding jeden Tag sähe, würde es ihn an seinen Liebeskummer erinnern, und deshalb müßte er es loswerden.« Er hob seine Hand. »So hat sie sich ausgedrückt – sie ist melodramatischer als ich.«

»Ich glaube, daß sie recht hat.«

»Hat er es etwa zugegeben?«

»Er hat es jedenfalls nicht abgestritten. Ich habe ihn gefragt, ob ihm etwas fehlt, ob ihm irgend etwas Kummer macht.«

»Und was hat er darauf geantwortet?

»Daß er sich in letzter Zeit bewußt geworden wäre, daß er auch sterblich ist und daß nichts ewig währt.«

»Das ist nicht gerade konkret, Jane.«

»Ich weiß. Er weicht aus, das hat er schon immer getan. Also habe ich ihn gefragt, ob irgendwelche besonderen Vorkommnisse diese Gefühle in ihm ausgelöst hätten. Und da sagte er, ein Mensch, mit dem er befreundet gewesen wäre, sei gestorben und er müsse sich nun damit abfinden. Ich fragte ihn, wer das gewesen sei, und er antwortete, daß ich diesen Freund von ihm nicht gekannt hätte und es spiele ja auch keine Rolle.«

»Er sagte, du kanntest *ihn* nicht?«

Sie schüttelte den Kopf. »Aber ich glaube nicht, daß er das gemeint hat – daß es ein Mann war.«

Hardy kam der Gedanke, so unmöglich er auch zu sein schien,

daß Andy Fowler vielleicht schwul war. In San Francisco wußte man das schließlich nie. »Aber wenn er das gesagt hat …?«

»Nein. Er hat eine Pause gemacht, bevor er das sagte. Irgendwie eine Unterbrechung. Dann tätschelte er meine Hand und sagte, danke, daß ich mir um ihn Sorgen mache, aber er komme damit schon allein klar, er sei ja ein großer Junge.«

Das Essen kam. Das Weinritual. Hardy stippte etwas von dem frischgebackenen Brot in ein Schälchen mit Olivenöl, das auf dem Tisch stand. Jane schnitt in ihr Calzone und ließ den Dampf aufsteigen.

»Ich glaube ja«, sagte sie, »daß er vielleicht etwas angefangen hat, dessen er sich schämt, vielleicht mit der Frau eines Freundes oder dergleichen.«

»Und sie hat Schluß gemacht?«

»Entweder das, oder es konnte nicht mehr so weitergehen. Hörst du das nicht geradezu heraus? ›Wir müssen einfach so tun, als ob einer von uns gestorben ist.‹ Ich kann mir vorstellen, daß Dad sich so etwas einfallen läßt.«

»Ja, ich auch.«

»Es ist nicht leicht, wenn du dein Leben lang so perfekt gewesen bist. Nicht mal deine Tochter darf irgendwas anderes sehen. Selbst als ich ihm gesagt habe, daß ich ihn immer lieben würde, egal, was passiert.«

»Das hast du ihm gesagt?«

»Natürlich. Ich würde ihn immer lieben.«

»Nein, nicht das. Hast du ihm gesagt, daß du ihn wegen etwas in Verdacht hast, dessen er sich schämen könnte?«

»Nein, nicht so ausdrücklich.«

Hardy überlegte: Sie brauchte es Andy Fowler nicht wortwörtlich zu sagen. Er würde es auch so verstehen, er war es als Richter ja gewohnt, auf Nuancen zu achten. Vielleicht hatte Jane ihn mit ihren direkten Fragen so sehr in die Enge getrieben, daß er sich noch mehr verkrochen hatte – wenn man es so nennen konnte.

Hardy kaute sein köstliches Brot, füllte den Mund mit Wein und genoß die wunderbare Mischung. »Na, wie auch immer, meinst du, wir können ihm irgendwie helfen? Er hat von einem Urlaub gesprochen.«

Jane lächelte schwach. »Klar. Daddys Urlaub besteht darin, daß er am Wochenende keine Arbeit mit nach Hause nimmt. Kennst du eine Frau, die so etwas mag?« Sie verwarf den Gedanken.

»Nein, ich kann mir nicht vorstellen, daß Daddy sich in eine Situation begibt, in der er so angreifbar ist.«

»Vielleicht ist es nur einfach das Gefühl der Vergänglichkeit, genauso wie er gesagt hat. Das kann einem schon zu schaffen machen.«

Jane kratzte mit ihren perfekt korallenroten Fingernägeln am Tischtuch. Sie und Hardy brauchten eigentlich keine Lektion, was Sterblichkeit anging. Jedesmal, wenn sie an ihren Sohn Michael dachte, der vor zehn Jahren als Baby durch einen Unfall gestorben war, blieb ihr – wie damals – beinahe das Herz stehen, und Hardy ging es genauso. Eine Träne kam aus einem Auge, und sie wandte sich ab.

Als er es sah oder einfach spürte, streckte er den Arm aus und legte seine Hand auf ihre. »Laß uns jetzt nicht mehr davon sprechen, Jane. Wir kommen später darauf zurück«, sagte er. »Wir lassen uns etwas einfallen.«

Beim erstenmal traf er den Holzbalken nicht und dachte, das käme vom Wein.

Nach dem Mittagessen hatte er in ein Sportgeschäft auf der Market Street hineingeschaut und das Dartboard gekauft, das er sich schon lange wünschte. In seinem Büro bei der Staatsanwaltschaft hatte er die Wand gegenüber dem Schreibtisch abgeklopft, um festzustellen, wo das hohle Geräusch aufhörte und der Balken anfing, und dann dachte er, er hätte ihn gefunden.

Aber nach dem ersten Hammerschlag saß der Nagel schon fast bis zum Kopf im Gips. Hardy war ein guter Zimmermann. Mit Holz zu arbeiten, war eines seiner Hobbys. Es enttäuschte ihn, den Balken nicht zu treffen. Er klopfte die Wand ab, dachte wieder, er hätte den Balken gefunden, und diesmal traf er ihn tatsächlich.

Mit einem Lineal vom Schreibtisch maß er dann den Abstand von zweieinhalb Metern von der Wand ab und klebte dort einen Streifen auf den Fußboden. Es war die Stelle, an der normalerweise sein Stuhl stand. Nun schob er seinen Stuhl zurück, holte den ledernen Kasten heraus und setzte die blauen Flügel an die Schäfte seiner Pfeile. Er stellte sich auf das Band am Fußboden und traf zweimal ins Schwarze und einmal in die 20. Dann ließ er die Pfeile stecken und nahm den Telefonhörer ab.

Richter Fowler hatte sich krank gemeldet. Das war seltsam. Richter melden sich nie krank. Ihre Terminkalender sind zu voll. Ein Tag Krankheit bereitete zu vielen Leuten Ungelegenheiten. Hardy rief bei ihm zu Hause an, aber auch dort war niemand, nicht mal ein Anrufbeantworter. Hardy war versucht, wieder Jane anzurufen, aber warum sollte er ihr Sorgen bereiten?

Vielleicht spannte Andy einfach mal einen Tag aus, um sich seelisch zu erholen. Er arbeitete weiß Gott schwer genug, da hatte er es wirklich verdient. Vielleicht hatte er sich nach seinem Gespräch mit Jane gestern abend betrunken und litt an einem Kater. Jedenfalls: Wenn Andy Fowler mal einen Tag abschalten wollte, würde Hardy ihn dabei nicht stören.

Er warf einen Blick auf den immer noch ziemlich hohen Stapel der nicht erledigten Fälle auf der Ecke seines Schreibtischs und fragte sich, welche unbekannten Nervenkitzel sich in diesem Berg wohl noch befinden mochten. Er überlegte, ob er sich wieder seinen Darts widmen und noch ein Solo werfen sollte, um sich zu üben. Er fragte sich, ob Jeff Elliot wohl schon vom Yachthafen zurück war und ob er überhaupt dorthin gefahren war. Und er sollte auch mal Frannie anrufen und sich nach Rebecca erkundigen.

Es gab alles mögliche zu tun, nur diese Akten waren ihm ein Greuel …

Das Zimmer war zum Auf- und Abgehen nicht groß genug. Er zog den Sessel zum Schreibtisch, nahm Platz und fühlte sich lethargisch und schwer. Das kam vom Wein. Der Wein war schuld.

Elizabeth Pullios trug immer noch die Goldkette mit dem Rubin daran, aber das war auch alles, was sie anhatte. Christopher Locke, der Bezirksstaatsanwalt, lag mit im Nacken gefalteten Händen da. Er hatte einen mächtigen Brustkorb, der von schwarzen Haarlocken bedeckt war. Sein Bauch fing an sich vorzuwölben, aber es war eine harte Wölbung. Für einen Mann in seinem Alter hatte er einen prima Körper, dachte sie. Und solange er sie oben ließ, spielte seine Beweglichkeit keine Rolle – so hatte sie die Dinge unter Kontrolle, und das war es, was sie wollte.

Sie bewegte sich ein bißchen vorwärts, paßte sich ihm an. Der Bezirksstaatsanwalt stöhnte vor Vergnügen. Sein schwarzes, breites Gesicht brach in ein Grinsen aus. »O Mann, ist das nicht gut«, sagte Pullios. Sie nahm ihn etwas fester in sich auf, und er schloß die Augen vor Wonne.

»Mir ist so wohl«, sagte Locke. »Komm herunter zu mir.«

Sie beugte sich herab. Er nahm eine Brust in jede Hand und zog dann ihr Gesicht an seines. Sie nahm seine Zunge in den Mund und biß zärtlich darauf, dann zog sie sich von ihm zurück.

»Du bist so eine Hure«, sagte er. Er lächelte immer noch. Sie bewegte wieder die Hüften. Er versuchte hochzukommen, um ihr Gesicht zu erreichen, aber ihre Hände waren auf seinen Schultern und drückten ihn hinunter. Sie grinste ihn an.

»Ich weiß, und das gefällt dir.« Sie kam herunter und leckte ihn unter dem Ohrläppchen: Dort blieb sie und fing an, sich rhythmisch zu wiegen.

»Gott, Elizabeth ...«

Sie zog sich zurück und richtete sich halb auf. Ihr Gesicht hatte jetzt einen entschlossenen Ausdruck. Die Haltung, die sie jetzt einnahm, war die richtige, und sie fing an, sich zu konzentrieren. Ihre Hände umfaßten seinen Kopf. Fester. Er hob sich, um ihr entgegenzukommen, merkte, wie das Gefühl stärker wurde.

»Noch nicht, noch nicht ...« Sie atmete heftig, biß die Zähne zusammen. »Okay, okay.« Sie hämmerte hinunter auf ihn und streckte sich. Sie warf den Kopf zurück, und ihr Rückgrat bog sich nach hinten. »Jetzt. Jetzt. *Jetzt.*« Sie preßte sich gegen ihn, als er kam, und dann fiel sie auf seine große Brust, und von tief unten aus ihrer Kehle erklang eine Art Kichern.

12

Als Hardy auf dem Highway 1 nach Süden fuhr, dachte er, was für eine wunderbare Sache das Schicksal sein konnte.

Die Dünen mit dem Schilfgras nahmen ihm die Sicht auf den Pazifik, doch er hörte und roch ihn. Es war jetzt später Nachmittag, aber immer noch warm. Der Wuchs der Zwergzypressen an der Landseite der Straße zeugte von dem Wind, der fast ständig vom Meer her wehte; ihre immergrünen Zweige krümmten sich auf der Strandseite, als ob Riesen darüber hinweggestampft wären und sie beiseitegebogen hätten.

Wo der Highway – bei Fort Funston nahe dem Olympic-Club-Golfplatz – landeinwärts bog, schwebten Drachenflieger am Himmel. Die warme Luft, die die Küste entlang von den Felsen aufstieg, sorgte sogar an windstillen, wolkenlosen Tagen für Auftrieb. Hardy dachte daran, daß er eines Tages auch mit dem Drachenfliegen anfangen wollte. Dann würde er Frau und Kinder mitnehmen und aufsteigen.

Das Schicksal, das ihn vor seinen Akten gerettet hatte, war in Gestalt eines Anrufs von Abe Glitsky erschienen. Man hatte ihn nach Pacifica am Südende von San Francisco gerufen, wo er sich einen Leichnam ansehen wollte, der an Land gespült worden war. Das Police Department von San Francisco hatte während der letzten Tage die anderen umliegenden Departments benachrichtigt, und als der Anruf kam, war Abe im Büro gewesen und hatte sich freiwillig gemeldet. Er hatte Hardy mit seinem Funktelefon erreicht und hinzugezogen.

Die Abfahrt war nördlich von Devil's Slide, einer zwei Meilen langen Strecke des Highway 1, wo der Rand der kurvigen Straße in eine einhundert Meter steil abfallende Felsenklippe überging. Diese Gegend war meistens in Nebel gehüllt, und bisher hatte es in diesem Jahr dort noch keinen Unfall gegeben, der bewiesen hätte, daß Autos nicht fliegen können.

Hardy fuhr einen von Reifenspuren zerwühlten, unbefestigten

Weg entlang in Richtung Norden. Glitskys Wagen stand unten am Wasser, zusammen mit ein paar anderen Polizeiautos aus Pacifica. Als Hardy ausstieg, tauchte hinter ihm auf dem Weg, den er gerade gekommen war, eine Ambulanz auf.

Es war Ebbe. Obwohl es schon fast vier Uhr war, war es immer noch völlig windstill und kein bißchen Nebel zu sehen. Vielleicht, dachte Hardy, haben wir jetzt drei Tage lang Sommer.

Er nickte den Männern von der Ambulanz zu, aber er hatte keine Geduld, auf sie zu warten. Er watete durch den weichen Sand, dann kam er auf härteren Grund und fing an zu laufen. Die Beamten standen in einem Knäuel um eine immer noch grüne Gestalt herum, die etwa fünfzehn bis zwanzig Meter von der Gezeitenlinie entfernt lag.

Hardy nickte zu Glitsky hinüber, der ihn den anderen vorstellte. »Hier ist dein Opfer«, sagte er.

Der Leichnam lag, von einer Zeltbahn bedeckt, auf dem Rücken. Hardy bat um Erlaubnis, ihn sich ansehen zu dürfen, und einer der Polizisten aus Pacifica sagte, bitte sehr. Hardy zog die Zeltbahn weg und fuhr ungewollt zurück.

Sandfliegen summten um den halbgeöffneten Mund, die Nase, die leeren Augenhöhlen und den Kopf mit dem dünnen grauen Haar herum. Hardy überraschte die Tatsache, daß der Leichnam genau denselben grünen Jogginganzug trug, den er selbst besaß – nur daß in dem Anzug der Leiche rechts ein großer, halbmondförmiger Riß war. Auch am linken Bein unten war der Stoff zerrissen, und darunter sah man Fleisch. Zwei saubere kleine Löcher – eines in der Brust und ein anderes knapp oberhalb des Schritts – sprachen für sich selbst. Hardy zwang sich, all diese Fakten zu registrieren, und bemerkte dabei den Ehering an der linken Hand. Aber bei weitem das eindrucksvollste Detail war das Ende des rechten Arms – eine zerfetzte Masse aus Sehnen, Knochen und abscheulich grünlichweißem Fleisch. Hardy wußte, was mit der Hand geschehen war.

Die Männer aus der Ambulanz hatten den Weg zum Strand mit einer Tragbahre zurückgelegt. Hardy trat beiseite und ließ sie in den Kreis.

»Sorgst du für die Identifizierung?« fragte Glitsky.

Glitsky hatte eine Narbe, die von oben nach unten durch seine Lippen lief. Wenn er nachdachte oder unter Spannung stand, schien sie in seinem schwarzen Gesicht manchmal beinahe weiß aufzuglühen. Jetzt glühte sie. Er sagte gar nichts.

»Das Alter würde zu Owen Nash passen«, sagte Hardy.

Glitsky nickte, überlegte immer noch und sah in die Ferne zum Horizont. »Darum bist du hier«, sagte er.

»Zwei Einschüsse?« fragte Hardy.

Glitsky nickte. »Bevor die Haie ihn erwischt haben. Kleinkaliber. Nur ein Kugelaustritt bei zwei Schüssen.« Wie ein Hund, der das Wasser abschüttelt, kam er zum Gegenstand der Untersuchung zurück. »Einmal ins Herz, und irgend jemand hat versucht, ihm den Schwanz abzuschießen.« Er dachte noch einen Augenblick nach. »Wahrscheinlich in dieser Reihenfolge.«

Hardy merkte, wie seine Hoden sich zusammenrollten. Plötzlich redete Glitsky mit den Männern von der Ambulanz, die die Trage aufgeklappt hatten und sich darauf vorbereiteten, den Leichnam hinaufzuheben. »Entschuldigen Sie mich einen Augenblick.« Er ging zu dem Leichnam, ließ sich auf ein Knie hinunter und hob die linke Hand hoch. »Ich werde diesen Ring abziehen«, sagte er zu den Polizisten aus Pacifica.

Er warf einen kurzen Blick darauf, zeigte ihn ihnen und brachte ihn zu Hardy. »Siehst du irgendwas?«

Es war ein einfacher goldener Ring. Auf der flachen Innenseite befand sich ein winziger Stempel: 10 K. Sonst war auf den ersten Blick nichts zu erkennen. Hardy stellte sich mit dem Rücken zur Sonne, hob den Ring ins Licht und drehte ihn langsam herum. »Hier!« sagte er. Er hielt den Ring näher ans Gesicht. Fast unleserlich, nur noch von einem bestimmten Winkel aus zu erkennen, entdeckte er Initialen: »E. N. und ein paar Zahlen – sieht wie 51 aus.«

»Wie hieß Nashs Frau?«

Hardy erinnerte sich hauptsächlich wegen des Boots. »Eloise. Und 51 – klingt wie ein Hochzeitsjahr, oder?«

Glitsky brachte ein ehrfurchtsloses »Absolut brillant« heraus und streckte die Hand aus. Hardy ließ den Ring hineinfallen. Glitsky legte den Ring in den mit einem Reißverschluß versehenen Beweisbeutel, den er in seine Tasche steckte. »Also kann ich entweder die Fingerabdrücke checken, Strout einen DNS-Test für zehntausend Dollar machen lassen oder wieder diesen Anwalt anrufen. Wofür stimmst du?«

Die Leiche lag auf der Bahre, die die Männer von der Ambulanz über den Strand trugen – Hardy, Glitsky und die anderen folgten ihnen in unregelmäßigen Abständen, der Wagen holperte langsam über den Sand. Keiner sagte ein Wort.

»Die *Eloise* war den ganzen Sonnabend lang draußen!« rief Jeff Elliot aufgeregt.

»Das wußte ich«, sagte Hardy. Er war zu Hause und telefonierte von der Küche aus. Er wohnte fünfzehn Blocks von dem Strand entfernt, gleich nördlich von der Geary Street und hatte keinen Grund gesehen, noch einmal zurück in die Stadt hinunter zu fahren, nur um dann wieder umzudrehen und nach Hause zu kommen.

Zwanzig Minuten, nachdem er Devil's Slide verlassen hatte, schnitt er in der Küche Zwiebeln. Als die Spaghettisoße fertig war und auf dem Herd blubberte, öffnete er ein Bier und rief Jeff Elliot an.

»Ich dachte, Sie würden mich auf dem laufenden halten«, sagte Elliot. »Wenn Sie wußten, daß das Boot draußen war –«

»Wir wußten nicht einmal, daß es Owen Nash war, also spielte das mit dem Boot keine große Rolle. In der Tat würde ich unserem guten Dr. Strout zustimmen«, fuhr Hardy in dessen typischem Südstaatendialekt fort, »daß Ihre Schlußfolgerungen absolut voreilig waren. Wir wußten nur, daß ein Mann vermißt wurde. Und an der Hand konnte man vielleicht feststellen, daß deren Besitzer ein Karatesportler war. Das ist noch lange keine Indizienkette.«

Am anderen Ende herrschte Schweigen. Dann sagte Elliot: »Aber jetzt wissen Sie mehr, nicht wahr?«

»Wie sich herausstellte«, sagte Hardy lakonisch, »lagen Sie mit Ihrer Vermutung richtig.«

Er erzählte ihm von dem Leichnam, der sich auf dem Weg zum Schauhaus befand oder schon dort angekommen war. Daß die Hand abgebissen war, und wo die Schüsse saßen.

»Er ist ermordet worden? Sie wissen, daß jemand ihn umgebracht hat?«

Hardy dachte daran, wo Glitskys Ansicht nach die erste Kugel hingegangen war. Er hatte das Gefühl, daß er Selbstmord ausschließen konnte. »Ja«, sagte er. »Jemand hat ihn umgebracht.«

»Gott, das ist großartig!« schrie Elliot beinahe los. »Das ist ja einfach großartig!«

»Der Mann ist tot«, erinnerte ihn Hardy. Er nahm einen Schluck Bier zu sich. »Das ist nicht so großartig.«

»Die Story. Ich habe die Story gemeint.«

»Ich weiß, was Sie gemeint haben. Hören Sie, wenn Sie in Ihrem Archiv ein Photo von Nash haben, könnten Sie es mitbringen, um jeden Zweifel auszuschließen, falls man ihn noch nicht identifiziert hat.«

»Gute Idee.«

»Ach, und Jeff, wenn Mr. Farris oder Celine Nash – Owens Tochter – unten im Leichenschauhaus sein sollten, versuchen Sie bitte Ihre Begeisterung etwas zu zügeln, ja? Ich glaube nicht, daß sie so glücklich darüber sind wie Sie.«

»Nein, ich versteh' das. Natürlich.«

Hardy legte auf. »Natürlich«, sagte er.

Morgen würde es auf der ersten Seite stehen. Jeffs erste Titelblattgeschichte. Nicht die Hauptschlagzeile, sondern weiter unten, rechts, drei Spalten breit mit seinem Namen darunter – nicht zu schäbig.

Nicht nur das, sondern die Nachricht war an diesem Abend schon hinausgegangen, und Jeff bekam Anrufe von der *Los Angeles Times* – juhu – und von Drew Bates drüben bei KRON-TV, der wissen wollte, ob er, Jeff, noch mehr über den Mord an Owen Nash mitteilen könne. Man stelle sich vor, das Fernsehen kam zu ihm! Die *Los Angeles Times*!

Er hatte die Nummer vom Kellerarchiv des *Chronicle* – unter der er gerade zu erreichen war – dem Mann vom Nachtdienst gegeben, und nun saß er dort unten in den Eingeweiden des Hauses und arbeitete, suchte aus dem NEXIS das Material über Owen Nash zusammen. Es war halb zehn Uhr abends, und er war seit sechs Uhr früh auf, aber er fühlte sich völlig frisch. Parker Whitelaw, der Herausgeber – mein Gott: DER HERAUSGEBER – hatte gesagt, er würde ihm noch eine zusätzliche Spalte für eine Kurzbiographie von Owen Nash geben, die sie neben der Fortsetzung der Story von der ersten Seite hinten auf der letzten Seite des Hauptteils abdrucken würden, falls er sie bis halb zwölf zusammenbekäme. Ob er meinte, daß er das schaffte?

Jeff fand, daß er für eine Geschichte auf der ersten Seite und eine Extraspalte auch auf dem Kopf stehen und Fünfcentstücke spucken, mit Nurejew tanzen oder hundert Meter in zehn Sekunden laufen könnte. Er sah seine stummen Begleiter, die Krücken, an, die rechts von ihm am Tisch lehnten. Ach, zum Teufel mit denen. Er konnte das schaffen. Er hatte die Grunddaten, jetzt mußte er sie nur noch zusammenfügen. Ein Kinderspiel – obwohl es viel mehr Material gab, als er erwartet hatte, und das mußte er nun auf höchstens dreihundert Worte kondensieren. Na ja, er würde sich auf die Höhepunkte beschränken.

Jeff hatte um Viertel vor sieben mit den NEXIS-Recherchen begonnen, nachdem er aus dem Leichenschauhaus zurückgekommen war. Fast drei Stunden waren vorbei, etwa zweihundertmal war Nash erwähnt worden, manchmal nur als Anwesender bei einem gesellschaftlichen Ereignis, dann gab es ein paar Interviews mit ihm, die einige Daten und Fakten enthielten, und eine Titelgeschichte in der Business Week aus dem Jahr 1987. Derzufolge war Owen Nash ein sehr wichtiger Geschäftsmann gewesen. Durchschnittlich alle sechs Wochen war er über die letzten zwanzig Jahre hinweg in der einen oder anderen US-amerikanischen Publikation aufgetaucht.

Jeff wandte die Augen von dem orangegetönten Bildschirm ab. Es fiel ihm schwer, den Owen Nash in diesen Artikeln mit dem Leichnam, den er im Schauhaus gesehen hatte, in Verbindung zu bringen.

Er war dort eingetroffen, als gerade eine große Limousine vorfuhr. Ken Farris und seine Frau hatte Jeff vom Vorabend her sofort wiedererkannt, sie wirkten zwar nicht allzu glücklich, ihn zu sehen, waren aber gleichzeitig zu sehr abgelenkt, um irgendwelche Einwände zu erheben, als der adlernasige schwarze Inspektor mit der Narbe über den Lippen sie hineinließ.

Die andere Frau in der Limousine war Celine Nash, Owens Tochter. Sie war viel älter als Jeff, wahrscheinlich um die vierzig, aber irgendwie sprach sie, obwohl in Trauer, bei ihm etwas an. Er wußte nicht, ob es ihre Haltung oder ihr Aussehen war, aber er mußte sie die ganze Zeit ansehen.

Wirklich dumm. Ein Krüppel wie er hatte bei den meisten Frauen keine Chancen, erst recht nicht bei einer schönen Frau von ihrer Klasse und ihrem Kaliber – wenn man eine so starke sexuelle Anziehung »schön« nennen konnte –, aber er dachte, es könnte ja nichts schaden, sich dieser Kraft auszusetzen.

Natürlich nur, bis er Owen Nash sah. Als er ihn erblickte, verschwand alles andere. Der Assistent des Gerichtsmediziners hatte das Tuch so weit zurückgezogen, daß man das Gesicht sehen konnte, und über die Identifizierung gab es keine Frage. Celine schluchzte einmal auf. Farris senkte den Kopf und zog seine Frau näher an sich heran.

Der Inspektor – Glitsky – hatte pro forma die Frage gestellt, und der Assistent schob den Leichnam wieder zurück, als Celine ihm sagte, er solle anhalten. Sie wolle ihren Vater noch ein letztesmal sehen.

Niemand rührte sich. Der Assistent des Gerichtsmediziners sah Glitsky an, der nickte, und das Tuch wurde weggezogen, Owen Nash lag nackt und blau auf der Trage.

Zuerst fiel einem die Hand, oder das Fehlen der Hand, auf. Der zerfetzte Stumpf ohne Ätzungen und Nähte – eine rosa Sehne hing fünf Zentimeter länger über den Rest hinaus.

Jeff hatte Bilder von den Schäden gesehen, die ein Hai mit seinem Biß anrichten konnte, zum Beispiel an einem Surfbrett, aber er merkte, daß er dadurch nicht auf den Anblick vorbereitet war, den Nashs Brustkorb bot, in den die Zähne des Hais hineingefahren waren, oder der Keil, den er aus seinem Unterschenkel herausgerissen hatte.

Celine ging auf den Leichnam zu. Trotz ihres Schluchzens konnte er keine Tränen entdecken, aber vielleicht waren sie feucht von dem Schock. Der Assistent des Gerichtsmediziners schickte sich an, ihr zur Seite zu treten und sie zu stützen, aber etwas an ihrer Haltung hielt ihn davon zurück. Der Raum wurde einen Augenblick so still und farblos wie eine alte Schwarzweißaufnahme; das ganze Leben – nicht nur Owens – schien daraus verschwunden zu sein.

Celine hatte eine Hand auf die Brust des Leichnams, eine andere auf dessen Schenkel gelegt. Es vergingen vielleicht fünf Sekunden, aber es schien, als ob sie ewig dort stand, unbewegt, um das Bild in sich aufzunehmen. Jetzt fiel doch eine Träne hinab. Sie beugte sich nach vorne und legte die Lippen auf die Mitte seines Bauchs.

Plötzlich war es vorbei. Sie nickte dem Inspektor zu, dann wandte sie sich um und ging an ihnen allen vorbei zur Tür hinaus, ohne sich noch einmal umzusehen.

In der Halle draußen bedankten sich Ken und Betty bei Glitsky. Celine saß schon in der Limousine. Das Abendlicht war überraschend – Jeff erinnerte sich daran, als er als Kind aus Filmmatinees gekommen war und die Nachmittagssonne nach dem dunklen Kinoraum so grell und unerwartet geschienen hatte. So fühlte er sich jetzt und er kniff die Augen zusammen, als er in die untergehende Sonne blickte.

Er wußte, daß er mehr Fragen hätte stellen sollen. Dem Assistenten und Glitsky sowie Ken und Betty hätte er noch mehr entlocken müssen, aber er war zu erschüttert gewesen. Als er sich endlich erholt hatte, war die Limousine schon fortgefahren. Glitsky war in den Justizpalast zurückgegangen. Jeff konnte sich nicht dazu überwinden, noch einmal in das Schauhaus zu gehen.

Er schüttelte sich, schüttelte die Erinnerung ab. Der orangefarbene Bildschirm summte noch immer vor ihm. Er warf einen Blick auf die Uhr und sah, daß er zwanzig Minuten vergeudet hatte. Er mußte jetzt arbeiten.

Da gab es erstens die geschäftliche Seite. 1953 hatte sich Owen als Ex-GI 1500 Dollar geliehen und damit eine Anzahlung auf einen fast bankrotten Fernsehreparaturbetrieb in South San Francisco geleistet. Er fing an, mit gebrauchten Teilen herumzubasteln, und innerhalb von zwei Jahren hatte er eine verbesserte Isolierungstechnik für die heißen Röhren der ersten Fernsehgeräte perfektioniert und patentieren lassen. General Electric griff die Erfahrung auf, und Owens Weg begann. Er tüftelte an Vakuumröhren herum, investierte in Kupferwicklungen und baute einfache Komponenten, bis der Mikrochip erfunden wurde. Als die Elektronik im Silicon Valley zum großen Sprung ansetzte, war Owen mit von der Partie.

Die Aktien von Owen Industries Incorporated wurden an der New Yorker Stock Exchange für 17 Dollar pro Stück gehandelt, und Nash selbst hatte 800 000 übernommen gehabt, als er mit der Firma an die Börse ging. Wenn man von mindestens drei oder vier Aktiensplittings ausging, belief sich Nashs persönliches Vermögen allein an Aktien zu dem Zeitpunkt, an dem die Titelgeschichte in Business Werk erschienen war, auf knapp 70 Millionen.

Sein übriger Besitz war auch ganz ansehnlich. Abgesehen von der *Eloise*, die auf 250 000 zu veranschlagen war, und seinem Haus in Seacliff, besaß er ein Haus und über 400 Hektar Land in New Mexico, Wohnungen in Hongkong, Tokio und New York. Wie Business Week behauptete, gehörten ihm auch Anteile an drei Hotels, Skihotels in Wintersportorten wie Lake Tahoe und in Utah, und an einem Restaurant auf St. Bart's in der Karibik. Sein einziger Mißerfolg war diesem fünf Jahre alten Bericht zufolge eine Fluglinie gewesen, der Waikiki Express, der sechzehn Monate lang zweimal täglich zwischen Oahu und Los Angeles hin- und hergeflogen war, bevor er pleite ging.

Aber der Mann hatte nicht seine ganze Zeit in Aufsichtsratssitzungen verbracht. Die erste Erwähnung von Owen Nash hatte nichts mit Geschäften zu tun. 1955 gelang es ihm als erstem Nicht-Asiaten, bei einem offiziellen Karatewettbewerb mehr als sechs zolldicke Kiefernholzbretter übereinander mit der Handkante zu zerschlagen. Jeff überlegte, ob er nicht aufstehen und im Archiv nach Bildmaterial über diese Sportart suchen sollte, entschied sich dann aber doch dagegen. Denn die Zeit wurde knapp.

1958 war Nashs Haus in Burlingame bis auf die Grundmauern abgebrannt. Es gelang ihm, seine sechs Jahre alte Tochter Celine zu retten, aber er wäre fast bei dem Versuch ums Leben gekommen, noch einmal hineinzugehen und seine Frau, Eloise, herauszuholen.

Nach dem Tod seiner Frau kaufte er sich sein erstes Segelboot und umrundete damit, nur von Celine begleitet, die Welt. Die Zeitungen brachten jetzt Berichte über den rauhbeinigen Seebären und Überlebenskünstler, und in den sechziger Jahren hielt er einen All-Tackle-Weltrekord für den schwarzen Merlin, den er vor dem australischen Barrier Reef geangelt hatte. Noch letztes Jahr waren er und Celine und eine Mannschaft von drei Collegestudenten mit einer gemieteten Ketsch bei der Regatta von Newport nach Cabo San Lucas auf den zweiten Platz gekommen.

Seine Beutezüge als Großwildjäger hatten mit den Jahren immer mehr Kontroversen ausgelöst. Jeff Elliot fand es interessant, wie sich der Ton der Artikel veränderte. Als Nash 1963 einen Polarbären erbeutete, stellte man ihn in *Field & Stream* als ganzen Kerl dar. Als er 1978 im Kongo ein Zebra schoß, nahm ihn der Sierra Club in seine Liste der »Public Enemies« auf.

Ihm war es »scheißegal« (*Forbes*, »Zehn Firmenchefs über ihr Image«, September 1986), was das Publikum über ihn dachte. Er wohnte als einziger westlicher Industrieller der Krönung von Kaiser Bokassa bei. Der iranische Schah hielt sich, wie berichtet wurde, an Bord der *Eloise* in der Karibik auf, während die US-Regierung darüber beriet, was man nach seiner Absetzung mit ihm tun sollte. Nash entsetzte den Reporter des *Chronicle*, der 1983 über seine Chinareise berichtete, als er zusammen mit seinen Gastgebern Gehirne von Affen verspeiste, die lebend an den Tisch gebracht wurden.

1975 tauchte er zum erstenmal im *Who's Who* auf. Er hatte nicht wieder geheiratet.

13

»Ich wollte, ich verdiente mehr Geld«, sagte Pico Morales. »Ich wollte, ich *hätte* mehr Geld. Jeder andere hätte mehr Geld.«

Seine Frau Angela legte ihre Hand auf seine. »Englisch ist nicht mal seine Muttersprache«, sagte sie, »aber wenn es um Geld geht, konjugiert er wie ein Weltmeister.«

Sie saßen in Hardys Eßzimmer um den Kirschbaumholztisch herum. Nach den Spaghetti und der Flasche Rotwein hatte Frannie eine Apfeltorte kredenzt, und Pico hatte die Hälfte davon verschlungen.

»Der Mann hat viele Talente«, sagte Hardy.

»Ist heute irgendwas Besonderes los, oder warum geht es dauernd um Geld«, fragte Frannie.

»Siehst du? Das meine ich.« Pico hatte ein Messer in der Hand und griff wieder nach der Apfeltorte. »Wir denken nicht – ich denke nicht, wie reiche Leute denken. Ich glaube, das ist genetisch bedingt.«

»Er fand auch, es sei genetisch bedingt, wenn Haie sterben«, sagte Hardy.

»Nein, das kommt von der fehlenden Familienstruktur.«

»Was würdest du tun, wenn du mehr Geld hättest?« fragte Angela. »Außer noch mehr essen?«

Pico machte sich wegen seines Leibesumfanges keine Gedanken. Er tätschelte seinen Bauch und lächelte seine Frau an. »Was ich tun würde? In Anbetracht dieser Nachricht über Owen Nash, von der die übrige Welt noch nichts weiß, würde ich losgehen und mein ganzes Geld in die Aktien seiner Gesellschaft stecken.«

Hardy schüttelte den Kopf. »Piek, die Aktien werden fallen.«

»Ich *weiß*. Also verkauft man sie sofort wieder, wartet ab, bis sie noch tiefer gefallen sind, und kauft sie dann ganz billig wieder zurück.«

»Aber woher weißt du, wann sie wieder teurer werden, so daß du sie rechtzeitig zurückkaufst?« fragte Frannie.

»Sicher weiß man das nicht«, sagte Pico. »Aber so ist das nun mal mit Aktien.«

»Entweder läuft es so, Honey, oder sie steigen morgen wie verrückt – weil Nash die Company schlecht geführt hat, und jetzt kommt sie ganz groß heraus. Dann verlierst du alles.« Angela tätschelte wieder seine Hand. »Wie immer, wenn wir mal einen heißen Börsentip bekamen. Nimm noch ein Stück Apfeltorte.«

»Ich würde gern wissen, was du damit meinst, wenn du sagst, alle anderen hätten mehr Geld. Wann? Wieso?« Hardy schob seinen Stuhl auf die Hinterbeine und kippelte hin und her, die Daumen in den Vordertaschen.

»Heute. Die letzten Tage. Wir hätten wirklich einen Agenten haben sollen, der uns einen Vertrag über ein Buch, Filmrechte und so etwas besorgt. Wir haben diese Hand gefunden. Wir sollten doch inzwischen berühmt sein.«

»Ruhm ist etwas Flüchtiges«, gab Hardy zu.

»Gut, also lach mich aus.« Pico tröstete sich mit einem Mund voll Torte. »Aber wart's ab – jemand wird mit dieser Sache ein Vermögen verdienen, und was wird aus uns?«

»Was soll aus uns werden?« fragte Frannie. »Ich kann mich mit meinem dicken Bauch sowieso nicht bewegen.«

»Gefällt dir denn dein Leben nicht, Piek? Ich meine, Kurator des Steinhart-Aquariums ist doch nicht gerade wenig.«

»Ich habe einfach das Gefühl, daß wir alle hier eine große Gelegenheit verpassen.«

»Wahrscheinlich«, sagte Hardy. Angela stimmte ihm zu. Und Frannie auch.

Pico aß noch etwas Apfeltorte.

May Shinns Apartment lag an der Hyde Street, genau gegenüber einem französischen Delikatessenladen. Unter ihrem Fenster fuhren die Cable-Cars vorbei, aber um diese Zeit in der Nacht verkehrten sie nicht.

Der Fußboden des Foyers war aus Hartholz. Es herrschte eine fast spartanische Ordnung. Ein Duft nach Sandelholz? Die Straßenbeleuchtung ließ die Konturen des einen Raums, in dem sie vor ihrem Eckschrein saß, schwach hervortreten. Außerdem befanden sich darin eine Couch mit einem flachen Tisch davor und ein Teetisch in der Ecke daneben. Unter dem Teppichboden schien der glänzend polierte Parkettboden hervor. An der einen Wand stand ein hoher Schrank mit Glasfront und feinen, eleganten Linien. An der anderen Wand hing ein japanischer Druck über einem niedrigen Sitz und einem Futon.

Der Vorraum war zweieinhalb Meter breit und kreisförmig. In den älteren Wohnungen San Franciscos gab es oft noch Türmchen, Alkoven, Bögen und Stuckverzierungen, die man sich heute nicht mehr leisten konnte. In der Mitte des Vorraums lag ein kleiner, etwa sechzig Zentimeter breiter Teppich. An die Rundung der Wand schmiegte sich eine handgearbeitete Bank aus Kirschholz, die auf Hochglanz poliert, aber nicht übermäßig stark lackiert war. Sie maß knapp drei Meter und paßte genau in das kreisförmige Segment der Wand hinein. Es sah aus, als wäre sie aus einem Stück – was aber wohl unmöglich war. Sie mußte ein Vermögen gekostet haben, doch erst einmal mußte man einen solchen Künstler und der Künstler ein solches Kirschholz finden. Und Zeit mußte man dafür gehabt haben.

Die Wand im Foyer war mit elfenbeinfarbenem Reispapier tapeziert. In Augenhöhe des Betrachters hingen drei Lithographien von John Lennon, die eher wie Gemälde aussahen. Das Licht kam von einer aus fünf Strahlern bestehenden Lampe in der Mitte der Decke. Drei Strahler waren auf die drei Lennons gerichtet, die anderen beiden auf zwei alte chinesische Holzschnitte, die sich zu beiden Seiten der Tür befanden, welche in die Küche führte.

Es gab noch einen längeren Block aus Kirschholz mit einem kleinen Spalt in der Mitte, der auf dem Boden am offenen Eingang zum Wohnzimmer stand.

May hatte gebadet. Zuvor hatte sie trotz ihres Widerwillens etwas Reis mit kaltem Fisch gegessen, der noch vom Freitagabend übrig war. Sie hatte ihr langes schwarzes Haar zurückgekämmt und festgesteckt und saß, noch immer ohne Kleider, auf ihrem harten, niedrigen Bettgestell. Die Zeit verging, ohne daß sie sich dessen bewußt wurde.

Als es dunkel war, fing sie an, ein paar Sachen zusammenzusuchen, die sie mitnehmen wollte. Nicht viel. Vielleicht zwei Koffer voll. Sie mußte sich entscheiden. Würde es auffallen, wenn sie zu wenig mitnahm? Was nahmen Geschäftsleute auf eine Japanreise mit? Andererseits wollte sie sich nicht damit verraten, daß sie zu viel mitnahm. Dann würde man wissen, daß sie nicht zurückkehren wollte. Sie ging in der Wohnung herum, nahm Gegenstände herunter, legte sie wieder hin, konnte sich nicht entscheiden. Alles war teuer, schwer zu ersetzen, ihr ans Herz gewachsen. Sie hatte sich ihr Zuhause selbst eingerichtet.

Sie ging zu ihrem Schrein und zündete eine Kerze an. Es war kein Schrein für einen bestimmten Gott, sondern nur ein aufgerichteter Block aus Kirschholz mit einem Kissen davor. Auf dem Block befanden sich eine weiße Kerze, ein Räucherfaß aus Speckstein, ein Messer und, an diesem Abend, ein schlichtes weißes Stück Briefpapier, zwölf auf achtzehn Zentimeter, mit der kritzligen Handschrift eines Mannes auf der einen Seite.

Nachdem sie den Artikel im *Chronicle* über Owen Nash gelesen hatte, in dem ihr Name genannt wurde, hatte sie das Papier herausgeholt. Jetzt brachte man sie also schon damit in Verbindung. Und das Papier war ein weiteres Indiz – ein handschriftlicher Zusatz zu Owens Testament, in dem er May Shintaka zwei Millionen Dollar vermachte.

Sie wußte nicht, ob dieses Papier rechtskräftig war. Es trug ein Datum von vor einem Monat, dem 23. Mai, war mit Tinte geschrieben und signiert. Owen hatte ihr gesagt, das sei alles, was sie brauchte.

»Vielleicht sterbe ich auf dem Heimweg«, hatte er zu ihr gesagt, »noch bevor ich zu Wheel komme, um ihn mit der Testamentsänderung zu beauftragen. Auf diese Weise erhältst du, selbst wenn es angefochten wird, nach Abzug der Steuern wenigstens eine halbe Million.«

Sie hatte ihm gesagt, daß sie das Geld nicht wolle, und er hatte ein dröhnendes Gelächter von sich gegeben und gesagt, das sei ja das Wunderbare daran. Er wisse, daß sie es nicht wolle. Aber er hatte das Papier einmal gefaltet und in ihre Schmuckkassette gelegt. Jedesmal, wenn er bei ihr vorbeikam, warf er einen Blick hinein, um sich zu vergewissern, daß es noch dort war.

Sie fragte sich, ob er wohl Ken Farris – dem mysteriösen Wheel – davon erzählt hatte. Manchmal bezweifelte sie sogar, daß es diesen Wheel wirklich gab, aber heute hatte sie im *Chronicle* etwas über ihn gelesen. Sie fragte sich, weshalb Owen sie nie mit ihm bekannt gemacht hatte.

Doch, es war ihr schon klar. Das hatte mit ihrem Beruf zu tun. Man traf sich nicht mit den Freunden von Kunden. Was man zusammen tat, hatte außerhalb gewisser Grenzen keinen Bestand.

Obwohl – Owen hatte ihr versprochen, daß es doch Bestand haben konnte.

Aber dazu war es nie gekommen. Und jetzt sollte sie losgehen und dieses bekritzelte Papier Wheel, Owens Finanzverwalter, vorlegen? Er würde sie auslachen oder Schlimmeres tun. Vielleicht würde sie später doch zu ihm gehen. Aber später – das war vielleicht zu spät. Dann war das ganze Geld vielleicht weg und nichts mehr für sie übrig.

Aber sie hatte ja nie mit dem Geld gerechnet, hatte niemals ein einziges von Owens Versprechen glauben wollen. In einem anderen Zusammenhang hatte er ihr sogar erklärt: »Ein Versprechen ist nur ein Mittel, ein Werkzeug, Shinn. Wenn du etwas versprechen mußt, tust du es einfach. Später brauchst du dich deines Versprechens nicht zu erinnern. Du erinnerst dich einfach nicht.«

Das hatte er allerdings am Anfang ihrer Beziehung gesagt, bevor sich daraus etwas Ernsthafteres zwischen ihnen entwickelt hatte. Aber trotzdem –.

Es brach ihr das Herz, das Herz, das sie abgehärtet hatte und das sie nie hatte verschenken wollen. Sie kniete auf dem Kissen vor dem Schrein und setzte sich zurück, und eine Träne fiel auf ihren glatten Schenkel. Sollte sie jetzt das Messer nehmen? Sollte sie das Papier verbrennen? Was konnte sie mit nach Japan nehmen, und wo sollte sie bleiben, wenn sie dort ankam?

Zweiter Teil

14

Elizabeth Pullios erfuhr es aus Jeff Elliots Artikel im *Chronicle*. Owen Nash war keines natürlichen Todes gestorben. Wahrscheinlich hatte man ihn umgebracht. Und daß die Sache auf der ersten Seite stand, vermittelte ihr auch gleich einen ganz anderen Eindruck von dem Fall.

Als Dismas Hardy sich in die Nesseln gesetzt hatte, war sie eindeutig auf seiner Seite gewesen: Für einen Anfänger war es immer gut, wenn er mit Schwierigkeiten zu kämpfen hatte, und es gab für einen Anfänger nur wenige Möglichkeiten, an einen Mordfall heranzukommen. Eine war, einen sogenannten Schädel-Fall zugeteilt zu bekommen – einen alten Mordfall, in dem irgendwelche neuen Indizien aufgetaucht waren. Oder einer der Altgedienten, wie zum Beispiel Pullios selbst, gab ein todsicheres Urteil an einen der aufsteigenden Stars weiter, um sich selbst einem schwierigeren Fall zuzuwenden, der mehr Herausforderung bot. Dann und wann nahmen die Altgedienten auch ihren Urlaub, und in solchen Zeiten hatten die verbleibenden Leute so viel zu tun, daß schon einmal etwas für die nächstuntere Etage abfiel. Aber damit waren die Möglichkeiten auch schon erschöpft.

Sie hatte gedacht, daß Hardys Interesse für die geheimnisvolle Hand mehr oder weniger in die Kategorie der Schädelfälle gehörte. Interessantes Zeug vielleicht, aber nichts für sie. Es gab vier, nur vier, Staatsanwälte in San Francisco, die für Stadt und Umland die unnatürlichen Todesfälle bearbeiteten. Keiner von ihnen würde einen Fall abgeben, der Publicity bringen konnte. Wenn Hardy jetzt das große Los zog, mußte es Pullios vorkommen, als hätte er es mit einem Dollar gewonnen, der von Rechts wegen ihr gehörte.

Sie zog ihr rotes Power-Kostüm an und kam am Freitagmorgen um Viertel vor acht in die Mordabteilung im dritten Stock geschlendert. Draußen am Schreibtisch saß niemand, und sie ging weiter in den großen Raum mit den zwölf Schreibtischen, an denen die Inspektoren saßen. Das Büro des Lieutenants war verschlossen, drinnen war es dunkel. Drüben am Fenster saß Martin Branstetter und erledigte irgendeinen Papierkram. Carl Griffin und Jerry Block tranken Kaffee an Griffins Schreibtisch, aßen Donuts und redeten über Sport.

»Hi, Jungs.« Alle Polizisten der Mordabteilung mochten Pullios. Sie mochten sie, weil Pullios im allgemeinen dafür sorgte, daß die Leute, die sie schnappten, für lange Zeit hinter Gitter kamen. »Hat einer von euch einen ›Fuck‹ für mich?« Sie lächelte, und die Bullen fingen an zu strahlen. Branstetter sah von seinem Bericht auf.

Wenn sie mit diesen Typen redete, nannte sie alle Verdächtigen »Fucks«. Sie wußte – wie sie alle –, daß jeder, der erst einmal verhaftet wurde, von vornherein auch schuldig war. Was diese Leute verbrochen hatten, war schlimm genug, um sie endgültig aus der Gesellschaft zu eliminieren. Folglich wurden sie von Pullios von Anfang an als »Nicht-Menschen« behandelt. Sie waren »Fucks«. Fuck you.

»Nicht viel los heute nacht, Bets.« Griffin legte seinen Donut hin.

»Also, wer hat den Nash-Fall?« Sie hielt ihre zusammengefaltete Zeitung hoch. »Steht auf der ersten Seite.«

Die Polizisten sahen einander an und zuckten die Achseln. »Klingt ja toll.« Griffin war mehr an seinem Donut interessiert. Es war nicht sein Fall, basta. »Ich hab's nicht mitgekriegt.«

»Ich glaube, Glitsky war dort«, sagte Block. »Du kannst ja mal auf seinem Schreibtisch nachsehen.«

Ja, es lag oben auf einem Stapel Akten auf der Ecke von Glitskys Schreibtisch – nur ein brauner Hefter mit vier großen Buchstaben auf dem Etikett: NASH. Darin lag Glitskys Bericht über den Fall. Aber er war noch nicht weit gekommen. Es waren noch keine Photos drin, weder vom Ort der Entdeckung noch aus dem Schauhaus.

Pullios schloß den Hefter, nahm den Notizblock und schrieb, Glitsky solle sie sofort anrufen, wenn er komme.

Nachdem Rebecca ihn um halb sechs Uhr morgens geweckt hatte, hatte Hardy einen Dauerlauf durch die klare und schon milde Morgenluft unternommen. Den Geary Boulevard hinunter, bei Point Lobos auf den Strand hinaus, nach Süden in Richtung Lincoln Way und dann durch den Golden Gate Park zurück zur 25. Avenue und nach Hause. Eine Strecke von vier Meilen, die er seit Beginn seiner sitzenden Tätigkeit im März durchzuhalten versuchte.

Jetzt war es kurz vor acht. Er setzte sich in seinem grünen Jogginganzug hin und nahm sich Zeit für Frannies wunderbaren Kaffee. Sie saß ihm am Küchentisch gegenüber und blätterte in der Zeitung, wenn sie nicht gerade mit dem Baby spielte, das sich in seinem Sitz festgeschnallt zwischen ihnen befand.

»Und das war ein junger Hai«, sagte er. »Stell dir vor, was ein ausgewachsenes Tier von sieben Metern angerichtet hätte.«

»Ich dachte, darüber haben sie einen Film gemacht.«

Hardy zog ein Gesicht, als die Türglocke läutete, woraufhin jemand die Tür öffnete, hereinkam und rief: »Bleibt sitzen, Leute!« Glitsky erschien. »Ich hab' mich gleich selbst hereingelassen.«

Der Sergeant trug ein weißes Hemd und eine steife braune Krawatte, Khakihosen, Korduanlederschuhe mit perforiertenSchmetterlingsaufnähern – »wingtips« – und einen hellbraunen Sportmantel. Als er in die Küche trat, blieb er stehen. »Modetips von 'ner Leiche geholt?«

»Hi, Abe«, sagte Frannie.

Hardy zeigte zum Herd: »Wasser ist noch heiß.«

Glitsky wußte, wo der Tee war und nahm einen Beutel heraus. Er ließ ihn in eine Tasse fallen und kam zum Tisch herüber. Er sah Hardy wieder an. »Oft sehe ich einen Toten, und am nächsten Tag beschließe ich, genau dasselbe zu tragen wie er.«

Hardy zuckte die Achseln. »Das hat in meiner Schublade gerade zuoberst gelegen. Soll ich es wegwerfen?«

»Wenn man dich jemals fragen sollte, ob dein Mann abergläubisch ist, Frannie, solltest du nein sagen.«

Hardy erklärte es ihr. »Man hat Owen Nash in einem Trainingsanzug genau wie diesem hier gefunden, den ich anhabe. Abe denkt, die Straßen sind voll von Haien, die plötzlich über Leute in grüner Sportkleidung herfallen.« Hardy zupfte an seinem Oberteil. »Außerdem gibt's noch einen Unterschied: Dieser hier hat keine Löcher.«

»Der Hauptunterschied.« Abe nickte und schlürfte seinen Tee. »Also erzähl mir mal alles, was du weißt.«

Hardy und Glitsky gingen nach hinten in das Büro, wo Hardy die Notizen hatte, die er sich nach dem Gespräch mit Ken Farris angefertigt hatte. Abe setzte sich an den Schreibtisch und las, während Hardy Pfeile gegen das Dartboard schleuderte.

»Wer ist denn dieser Typ in Santa Clara? Silicon Valley.«

»Weiß ich nicht. Farris sagte, er würde mir Näheres mitteilen, wenn wir es brauchen.«

»Ich brauche es.«

»Ja, das dachte ich mir schon.«

Glitsky las immer weiter und machte selbst auch einige Notizen. »Er ist am Sonnabend mit dieser May Shinn weggewesen?«

Hardy zog die Pfeile aus der Zielscheibe – zweimal ins Schwarze getroffen und einmal die Eins. Er warf ganz ordentlich, ein gutes Zeichen. »Das wissen wir nicht sicher. Farris sagte, er hätte es vorgehabt.«

»Aber niemand hat mit ihr geredet?«

»Richtig. Das hier unten ist ihre Nummer. Du darfst sie gern anrufen.«

Das tat Glitsky sogleich. Er hielt den Hörer eine Zeitlang in der Hand, dann legte er auf. Hardy setzte sich auf die Schreibtischecke. »Warum hast du ihr keine Nachricht hinterlassen? Daß sie dich anrufen soll?«

»Hätte ich gern getan, aber es war niemand dran.«

»Da ist doch der Anrufbeantworter. Bei mir war er dran.«

Glitsky dachte eine Minute lang nach, dann wählte er wieder. »Okay, eben habe ich es viermal läuten lassen, diesmal gebe ich ihr zehn.«

Die Sonne spiegelte sich auf dem Holzfußboden, und das Licht traf das Bücherregal. Hardy ging zum Fenster und öffnete es, was sich nur an ungefähr zehn Tagen im Jahr lohnte. Der Blick von seinem Büro aus nach Norden, zu den Twin Peaks und dem Sutro Tower, war durch Rebeccas Zimmer versperrt, aber der Himmel über ihm war klar. Hardy konnte leicht bis nach Oakland sehen. Die Luft roch nach Gras, sogar hier draußen an den Beton-Avenues.

»Nichts«, sagte Abe hinter ihm. »Es hat jetzt zehnmal geläutet. Wo wohnt sie? Wo ist dein Telefonbuch? Steht die Nummer drin?«

Sie stand nicht drin. Ohne zu sehr auf die Einzelheiten einzugehen, erzählte ihm Hardy, daß er die Nummer von Farris hatte. »Also ist sie zu Hause, nehme ich an«, sagte Abe. »Jedenfalls hat sie den Anrufbeantworter irgendwann in den letzten Tagen abgeschaltet, stimmt's? Gehst du heute in diesem Aufzug zur Arbeit?«

Hardy überhörte es, weil er wahrscheinlich duschen und sich anziehen würde und ging zum Schlafzimmer, Abe folgte ihm.

»Weißt du, ich würde mich nicht zu sehr auf diesen Fall versteifen«, sagte er.

»Warum nicht?«

»Na ja, die Leiche ist gestern aufgetaucht, aber Nash war wahrscheinlich schon am Sonntag tot, richtig?«

»Ja.«

»Okay, und heute ist Freitag. Eine Woche ist es nun her, wenn man davon ausgeht, daß er am Sonnabend untergegangen ist.«

»Und nach vier Tagen ...« Hardy wußte, was Abe sagen wollte, er kannte die Statistik. Wenn man innerhalb von vier Tagen nach einem Mord keinen Verdächtigen hat, sind die Chancen extrem schlecht, daß man je einen erwischt.

»Ich sage nur, mach dir keine Hoffnungen.«

Hardy zog sein Hemd aus. »Okay«, sagte er. »Aber du hast den Elektronikboß, und du hast May Shinn, falls du sie finden kannst.«

»Wenn sie nicht mit Owen Nash schwimmen gegangen ist.«

»Wer hat denn dann ihren Anrufbeantworter abgestellt?«

»Ich weiß, ich weiß. Ich untersuche den Fall. Das ist mein Job. Ich dachte auch, daß wir das Boot untersuchen sollten.«

»Nein, das Boot ist sauber.« Hardy erzählte Abe von seinem Besuch dort am Mittwochabend.

»Du hattest doch hoffentlich Leute von der Spurensicherung dabei?«

Hardy hielt den Mund und ging duschen.

Der Fall *Das Volk gegen Rane Brown* würde kein leichter sein.

Ende März, ungefähr um zehn Uhr abends, hatten zwei Beamte, die in einem Streifenwagen unter dem Freeway durchfuhren, einen Mann um Hilfe rufen hören. Als sie auf den Parkplatz einbogen, sahen sie einen Mann am Boden liegen und einen anderen Mann, der seine Taschen durchsuchte. Als der Verdächtige die Bullen sah, rannte er davon. Der Mann am Boden schrie: »Haltet ihn! Das ist er!« Die Beamten verfolgten den flüchtenden Mann, der erst von einer Straße in eine andere einbog, die eine Sackgasse war. Sie sprangen aus dem Wagen und bewegten sich mit gezogenen Revolvern, aber ohne ihre Taschenlampen einzuschalten, vorsichtig in diese Gasse hinein, bis sie auf einen Mann stießen, der zwischen zwei Containern kauerte.

Dieser Mann war, wie sich herausstellte, Rane Brown, ein einen

Meter siebzig großer, vierundsechzig Kilo schwerer und neunzehn Jahre alter Schwarzer mit vier Vorstrafen wegen Straßen- und Handtaschenraubes. Als die Beamten ihn festnahmen, trug er ein schwarzes Unterhemd und schwarze Hosen, die mit der Kleidung des Mannes übereinstimmten, der von dem Tatort weggerannt war. Unter dem einen Container neben Rane fanden die Beamten eine .38 Smith & Wesson. Der Revolver war auf eine Denise Watrous in San José zugelassen.

Besonders schwierig wurde der Fall dadurch, daß das Opfer verschwunden war, als die Beamten zum Tatort zurückkehrten. Offenbar war der Mann der Ansicht, daß es sich in dieser unvollkommenen Welt einfach nicht lohnte, sich den Mühen einer Suche nach Gerechtigkeit zu unterziehen.

Aber nun hatte man Rane Brown in Gewahrsam, und die Polizei wollte ihn nicht gern laufen und jemand anderen überfallen lassen.

So befand sich Hardy an diesem Freitagmorgen in der Elften Kammer bei der Richterin Nancy Fiedler, versuchte einen Raub nachzuweisen und wußte, daß er nicht die geringste Chance hatte, den Fall zu gewinnen.

Und so war es denn auch. Nach einer strengen Lektion der Richterin, daß es ratsam wäre, Tatsachen vorzulegen, wenn man die Zeit des Gerichts mit dieser unbedeutenden und unbewiesenen Missetat in Anspruch zu nehmen gedachte, hatte sie den beantragten Haftbefehl abgelehnt, und Rane Brown war ein freier Mann.

Hardy und die beiden Beamten, die ihn festgenommen hatten, warteten am Fahrstuhl, als Rane mit seinem Anwalt herankam und sich ihnen anschloß. Alle wollten ins Erdgeschoß, und Rane war bester Laune.

»Mann, hast du mir vielleicht Angst gemacht, als du in den Gerichtssaal kamst«, sagte er zu Hardy.

»Wie bitte, Rane?«

»Weißt du, der Mann hier« – er deutete mit dem Kopf auf seinen Anwalt – »hat mir gesagt, du hast keine Zeugen und kein Opfer, und so. Also dacht' ich, alles ist cool, und da kommst du rein, und ich denke, *du* bist das Opfer.« Er lächelte ihn mit seinen kaputten Zähnen in dem pockennarbigen Gesicht an. »Verstehst du? Du siehst genau wie der Mann aus, den ich ausgeraubt habe.«

Hardy starrte Rane einen Augenblick lang an, um das zu verdauen. Er sah die beiden Polizisten, die Rane verhaftet hatten, links und rechts von ihm stehen. Hardy gestattete sich ein feines, dünnes Lächeln.

»Sie sagen, ich sähe wie das Opfer der Tat aus, von der Sie gerade freigesprochen wurden?«

Rane nickte heftig. »Genau, Mann. Genau.« Er konnte die Ähnlichkeit kaum fassen.

Hardy sah erst den einen, dann den anderen Beamten an. »Wenn ich mich nicht irre«, sagte er, »haben wir gerade ein Geständnis gehört.« Die Fahrstuhltür sprang auf, und Hardy trat hinaus. Er blockierte den Weg. »Bringt den Mann wieder rauf und sperrt ihn ein.«

»Das Boot war draußen, als Sie zum Dienst gekommen sind? Um wieviel Uhr war das?«

José und Glitsky saßen auf harten Plastikstühlen am Eingang des Pförtnerhauses des Yachtclubs. José war etwa fünfundzwanzig Jahre alt, mager und sehnig. Er trug seine grüne Uniform, neue Tennisschuhe und ein Hemd mit offenem Kragen. Der Tag war ziemlich warm geworden. Selbst hier, am Wasser, waren es über dreißig Grad.

»Ich bin um halb sieben morgens gekommen, vielleicht war es auch Viertel vor, und die *Eloise* war schon fort.«

»Und niemand hat darüber eine Eintragung hinterlassen?«

»Nein. Sie sollen das tun, aber ...« Er zuckte die Achseln.

»Kamen am Nachmittag irgendwelche Anrufe über Funk, irgend etwas in der Art?«

»Erinnern Sie sich an den Sonnabend? Da war nichts los. Vielleicht zwei, drei Boote, die rausgesegelt sind. Wenn irgend etwas losgewesen wäre, würde es mir jetzt einfallen.« José stand auf und nahm ein Logbuch vom Tresen. »Hier, sehen Sie sich das an. Lufttemperatur 10 Grad, Wind Nord-Nordost bei fünfunddreißig. Kleines Boot zurück von der Nacht zuvor.«

»Also ist niemand hinausgesegelt? Was ist mit den anderen Booten? Mit denen, die draußen waren?«

José klopfte auf das Buch. »Die trage ich ein.« Er fuhr mit dem Finger über die Seite, bis er gefunden hatte, was er suchte. »Der *Wave Dancer*. Ist um halb elf hinaus und um zwei zurück. Dann *Blue Baby*. Ist kurz am Strömungsbrecher vorbei, einmal raus und dann umgedreht und wieder hereingekommen um Viertel nach eins. *Rough Rider* ist ungefähr zur selben Zeit wie *Blue Baby* hinaus, um halb zwei. Die sind während der Schicht nicht zurückgekommen.«

Nicht schlecht, dachte Glitsky. Jeder neue Zeuge verdoppelte seine Arbeit nicht nur, sondern er vervierfachte sie. Hier brauchte man nur drei Boote zu überprüfen, und vielleicht konnte er *Blue Baby* sogar weglassen. Möglicherweise hatte einer von beiden die *Eloise* gesehen. Wenn der Sonnabend so ein Tag wie heute gewesen wäre, so klar und warm ... Er wollte nicht darüber nachdenken. Er fing an, Namen aufzuschreiben.

Ein uniformierter Beamter erschien am Eingang. »Sergeant, das Team von der Spurensicherung ist da.«

Glitsky hatte die *Eloise* sofort nach seinem Besuch bei Hardy unter Aufsicht einiger Beamter gestellt. In der Stadt angekommen, hatte er sich einen Durchsuchungsbefehl ausstellen lassen und war, ohne in sein eigenes Büro zu schauen, gleich weitergefahren. Nachdem er mit den Leuten von der Spurensicherung die *Eloise* durchsucht hätte – viel Hoffnung machte er sich dabei nicht –, würden sie den Ort großräumig absperren. Aber mit dem Boot mußte man anfangen. Höchstwahrscheinlich hatte man Nash auf dem Boot erschossen und dann über Bord geworfen. Von dort aus würde er sehen, wohin die Spuren führten.

José war neben ihm, als er am Tor zu den Anlegeplätzen das Spurensicherungsteam begrüßte, und die sechs Männer schritten in die heiße Sonne hinaus zum Ende von Dock zwei. José schloß die Kabine auf, und dann entließ ihn Glitsky.

Abe ging nach unten, seine Augen brauchten eine Weile, bis sie sich an die relative Dunkelheit gewöhnt hatten. Als man in dem Raum Einzelheiten erkennen konnte, stieß jemand vom Spurensicherungsteam in Anbetracht der kostbaren Ausstattung einen bewundernden Pfiff aus.

Sie machten sich an die Arbeit.

Es war eine schwierige Aufgabe, denn sie suchten alles und nichts. Zwei Mann befanden sich oben an Deck. Sie fingen am Bug an und arbeiteten sich dann nach hinten durch. Glitsky und die drei anderen Männer waren unten, aber dort war auch nicht viel zu sehen. Keinerlei Anzeichen für irgendeinen Kampf.

Glitsky fing in der Hauptkabine an. Er stocherte nur herum, suchte. Er war kein Spezialist in Sachen Spurensicherung. Er ließ seine Leute die Stoffe und Teppiche und glatten Oberflächen absuchen. Was auch immer er suchte, mußte offensichtlich sein. Aber nicht zu offensichtlich, weil Hardy es sonst schon gesehen hätte.

Alle Schränke waren verriegelt, sowohl in der Hauptkabine als auch in der anschließenden Kombüse. Er öffnete jeden einzelnen Schrank, bewegte ein paar Sachen hin und her, schloß ihn wieder. Zurück in der großen Kajüte, sah er, daß das Bett gemacht war. Er überlegte, ob er seine Leute daran erinnern sollte, die Bettwäsche abzuziehen und mitzunehmen, aber dann ließ er es sein. Sie würden schon daran denken.

Rechts vom Bett befand sich ein Schreibtisch aus Holz, der genau in das Schott eingepaßt war; die Oberfläche war abgeräumt. Er versuchte, eine der Seitenschubladen zu öffnen, und stellte fest, daß sie verschlossen war. Die mittlere Schublade ging jedoch leicht auf, und nun ließen sich auch die anderen öffnen.

Es fand sich nicht viel darin. Der vordere Teil der mittleren Schublade enthielt Füllhalter, Büroklammern und mehrere Streichholzheftchen aus verschiedenen Restaurants, ein paar Schlüssel an einem Ring, die, wie Abe annahm, zu diesem Schreibtisch paßten, Gummibänder und einen Handball aus dem Olympic Club. Der flache hintere Teil der Schublade schien völlig leer zu sein, aber als Glitsky ganz weit nach hinten faßte, fand er zwei alte vertrocknete Zigarren. Die obere seitliche Schublade, die schmalere, war mit einer großen Anzahl verschiedenfarbiger Schweißbänder gefüllt, die zu dem Heimtrainer und den Hanteln auf der anderen Seite des Bettes zu gehören schienen. Die untere Seitenschublade war leer.

Auf der anderen Seite des Bettes befand sich ein eichenes Rollpult. Das Rouleau war heruntergezogen. Er öffnete es. Oberhalb der Tischplatte gab es ungefähr fünfundzwanzig Fächer. Die meisten von ihnen enthielten Papiere, einige waren zusammengerollt, manche gefaltet. Eine Sammlung von allem möglichen. Glitsky zog aufs Geratewohl einen Zettel heraus und fand eine Einkaufsliste. Eier, Käse, Spinat, Orangensaft. Wahrscheinlich für einen Sonntagsbrunch. Noch ein Zettel, wahllos herausgezogen, lautete: »W. wg Taos/neuer Termin.« Das war alles. Glitsky legte die beiden Zettel dorthin zurück, wo er sie weggenommen hatte. Die Spurensicherung würde sie mitnehmen, falls sich irgendwelche Indizien dafür fanden, daß Nash auf diesem Boot getötet worden war.

Die mittlere Schublade sah aus wie die andere – Streichhölzer, Zigarren, Kugelschreiber, Füllhalter, Bleistifte, wertloses Zeugs.

Er zog die Schublade rechts oben auf und rechnete damit, dort weitere Schweißbänder zu finden. Auf den ersten Blick wirkte sie wie eine weitere Schublade für alles mögliche, aber als Glitsky sie ein bißchen weiter herauszog, sah er auf einem Stapel Papier, bei dem es sich um eine Sammlung zusammengefalteter Seekarten zu handeln schien, eine vernickelte .25 Beretta 950 liegen.

Gerade in diesem Augenblick rief einer der Männer von der Spurensicherung vom Deck aus nach unten. »Sergeant, wollen Sie mal heraufkommen? Ich glaube, wir haben Blut entdeckt.«

15

Es war kurz vor 12 Uhr mittags an diesem Tag, der schon jetzt der heißeste des Jahres war, und natürlich war die Klimaanlage mal wieder außer Betrieb. Es gab keine Fenster in den Gerichtssälen des Justizpalastes von San Francisco. Auf beiden Seiten von Andy Fowlers Richterpult in seinem Raum, Department 27, stand je ein Ventilator und bewegte in der Tat die Luft, die allerdings leider eine Temperatur von vierzig Grad hatte.

Das Surren der Ventilatorenflügel erhöhte auch den Geräuschpegel. Die Gerichtssäle, die fast alle gleich groß waren – acht mal dreizehn Meter –, waren mit ihren hohen Decken und, abgesehen von der minimalen Polsterung auf den Sitzen der Geschworenen, der Richter und der Zeugen, ohne jegliche schalldämmende Oberflächen dementsprechend laut und ungemütlich.

An diesem Tage, unter weit weniger als optimalen Bedingungen, wurde Andy Fowler – widerstrebend, durch Losentscheid – erneut in eine Rolle gezwungen, die er haßte: die Rechte eines Verdächtigen zu schützen.

Als man ihn zum Richter berufen hatte, war er ein junger Mann gewesen. Er hatte mit Gouverneur Brown bei dessen zweiter Wahlkampagne gegen Richard Nixon zusammengearbeitet – mehr, weil er Nixon haßte, als weil er Brown liebte – und eine erkleckliche Anzahl seiner Freunde im Olympic Club, unter ihnen auch einige Republikaner, überredet, Geld für die Sache zu spenden. Obwohl er damals noch nicht mal dreißig Jahre alt gewesen war, hatte er schon als Partner in seiner Anwaltskanzlei gearbeitet und verlauten lassen, er würde eine Ernennung zum Richter akzeptieren, falls man ihn mit diesem Amt betrauen wollte, was schließlich auch geschah.

Zwar kam seine politische Haltung selten zur Sprache und hatte sich in den vergangenen dreißig Jahren auch nicht groß geändert, doch man lebte inzwischen im San Francisco der neunziger Jahre. Überall außer im Justizpalast wurde ein liberaler Demokrat in der

Tradition Kennedys als rechtslastig angesehen. Echte Konservative waren – wiederum vom Justizpalast abgesehen – in der Stadt inzwischen so selten wie warme Sommertage.

Politisch war San Francisco nun eine Art Balkan – ein Flickenteppich von Spezialinteressen, darunter viele auf der sogenannten Linken angesiedelt – Homosexuelle, Farbige, weiße Mittelklassenradikale ... also hing das politische Überleben in der Stadt in großem Maße davon ab, genügend Gruppen dieser Art zufriedenzustellen, um eine Mehrheitskoalition zu bilden, egal, welches heiße Thema gerade auf der Tagesordnung sein mochte.

Als Reaktion darauf hatten die im Justizpalast Beschäftigten – Polizei, Staatsanwaltschaft, Richter – eine eigene kleine Balkanrepublik gebildet. Ihrer Meinung nach war es schwer, für Recht und Ordnung einzutreten und der neutralen Justitia zu dienen, wenn man andauernd das Trauma und/oder die Diskriminierung in Betracht ziehen mußte, dem oder der die betreffenden Täter aufgrund ihrer Hautfarbe, ihres Geschlechts, ihrer sexuellen Vorliebe, religiösen Orientierung, Versäumnisse in der Kindheit und was noch allem ausgesetzt gewesen waren.

Und in diesem Klima war Andy Fowler bis vor drei Jahren ein beliebter Richter gewesen. Er wußte, daß das so war, denn die Staatsanwälte erklärten ihm immer wieder ausdrücklich, wie gern sie ihre Fälle in seiner Kammer vortrügen. Warum? Nun: Er versuchte, fair zu sein. Er war kein Klugscheißer. Er warf nicht mit Gegenständen – Radiergummis, Bleistiften, Büroklammern – nach Staatsanwälten, Rechtsanwälten, Gerichtsdienern, Wachtmeistern oder Verdächtigen und Angeklagten. Wenn jemand im Gerichtssaal geweckt werden mußte, bat er den Gerichtsdiener höflich, diese Person zu schütteln. Er besaß einen gewissen Humor und war politisch unvoreingenommen. Er kannte sich mit den Gesetzen aus. Er war – mit einem Wort – ein guter Richter.

Das erste Anzeichen, daß sich etwas verändert hatte, trat im Fall *Das Volk gegen Randy Blakemore* zutage. Offenbar war Mr. Blakemore eines Abends auf der Eddy Street herumgegammelt und hatte einen sichtlich betrunkenen Touristen, der recht gut gekleidet war, auf der Straße wanken gesehen. Randy gewahrte eine Rolex, eine dicke Beule in der hinteren Hosentasche des Touristen und eine goldene Kette an dessen Hals. Als der Mann sich in einem Hauseingang niederließ, um auszuruhen, trat Randy heran und hatte gerade seine Hände auf der Rolex, als zwei andere »Obdachlose« mit Polizeimarken und Schießeisen erschienen. Der Tourist schlug die Augen auf und gab von sich: »Buh! Du bist dran«, und Randy wurde festgenommen – eine von siebzehn Verhaftungen in einem Programm, mit dem die Polizei klarmachen wollte, daß Touristen in San Francisco eine geschätzte Einkommensquelle darstellten und nicht belästigt werden durften.

Sechs andere Fälle waren schon in anderen Kammern vorgestellt und abgehandelt worden, als Blakemore in Andy Fowlers Gerichtssaal erschien. Vier von den anderen warteten noch auf ihr Verfahren, zwei waren bereits abgeurteilt und saßen im Gefängnis. Andy Fowler warf einen Blick auf Randy, der in seinen orangefarbenen Gefängnisklamotten als Beschuldigter vor ihm stand, und sagte ihm, es wäre sein Glückstag. Hier läge das klarste Beispiel von Fallenstellung vor, das dem Richter Fowler je untergekommen sei, und obwohl er keinen Zweifel hege, daß Randy ein übler Genosse wäre, der nicht auf der Straße herumlaufen sollte, wolle er ihn doch hinsichtlich dieser speziellen Beschuldigung laufen lassen.

Andere Richter dachten nun noch einmal darüber nach. Drei der verbleibenden Verfahren wurden ebenso entschieden. Beide bereits verurteilten Schurken kamen auf Bewährung frei. Der letzte Kandidat hatte auch versucht, den »Touristen« auszurauben, und Widerstand gegen die ihn verhaftende Staatsgewalt im Pennerkostüm geleistet, also kam er vor Gericht, aber die Geschworenen verurteilten ihn nicht. Daraufhin ließ der wütende Bezirksstaatsanwalt Christopher Locke die Anklage gegen das übrige Dutzend Männer fallen.

So hatte Fowler sich den Zorn Lockes, der sechzehn Polizeibeamten, die an der Aktion teilgenommen hatten, des Polizeichefs Dan Rigby und des Bürgermeisters von San Francisco zugezogen, in dessen Hirn der Gedanke an eine solche Säuberungsaktion zuallererst gekeimt war.

Für kurze Zeit wurde Fowler irgendwie der Liebling der Medien. Die lokale Kulturredaktion des *Chronicle* veröffentlichte in einer Sontagsausgabe einen Bericht über ihn, was ihm im Justizpalast noch mehr Ärger einbrachte. Im *Esquire* lobte man seine Garderobe. *Rolling Stone* befragte ihn über seine Meinung zu dem Fall *Roe gegen Wade. People* brachte eine kleine Glosse über ihn und nannte ihn den »Richter auf Kreuzzug«.

Fowler lachte darüber und nannte es seine zwanzig Minuten Ruhm – die Andy Warhol zufolge jeder in seinem Leben haben sollte –, und das meiste war nach einer Weile auch wieder vergessen. Doch ein bitterer Nachgeschmack blieb zurück, speziell bei einer jungen Staatsanwältin namens Elizabeth Pullios. Sie verlor nicht gern, und sie war Blakemores Strafverfolgerin.

Nun, an diesem unerträglich heißen Morgen hatte Fowler einer halbstündigen Eröffnungserklärung des Chefassistenten des Bezirksstaatsanwalts, Art Drysdale, gelauscht, der sonst nur selten persönlich im Gerichtssaal auftauchte. Es ging um den Fall *Das Volk gegen Charles Hendrix und andere*, und Drysdale war gekommen, weil Locke ihn darum gebeten hatte.

Es gab acht amtierende Richter in San Francisco. Einer von ihnen – der sogenannte Calendar Judge, der im Rotationssystem bestimmt wurde – teilte den anderen die Fälle zu. Der Calendar Judge der 22. Kammer fing an jedem Montag um halb zehn Uhr früh an, die Arbeit zu verteilen. Als *Das Volk gegen Hendrix* an Fowler ging, wußte Locke, daß Ärger anstand: Bei *Hendrix* ging es mal wieder um Fallenstellung. Diesmal war ein Polizist als Hehler eingesetzt worden, der in einem Lagerhaus Diebesware aufkaufte. Nachdem sich das herumgesprochen hatte, waren den Fallenstellern zwanzig bis dreißig »Verdächtige« auf den Leim gegangen, die man auf Videoband festgehalten hatte. Doch man wollte noch abwarten – auf den großen Fisch, der entweder ein Riesendiebesgutlager oder einen großen Rauschgiftberg bringen sollte –, bevor man die Falle zuschnappen ließ. Und damit, so fürchtete Locke, würde er in Andy Fowlers Kammer nicht durchkommen.

»... Und ich möchte den Staatsanwalt sofort in meinem Beratungszimmer sehen.«

Fowler, der am Vortag von seiner Krankheit genesen war, verließ die Richterbank und hatte seine Robe schon ausgezogen, bevor er den Gerichtssaal verlassen hatte. Er befahl dem Gerichtsdiener, einen der beiden Ventilatoren in sein Büro zu bringen.

Eine Minute später klopfte Drysdale an die offene Tür. »Euer Ehren.«

Der Gerichtsdiener mit dem Ventilator streifte Drysdale im Vorübergehen und stellte das Gerät so ein, daß der Wind über Fowlers Schreibtisch blies.

»Wie viele dieser Pleiten werden wir denn hier noch sehen? Kommen Sie herein, Art. Setzen Sie sich. Heiß genug?«

Drysdale schlug ein Bein über das andere. »Mit allem Respekt,

Euer Ehren, aber ich glaube, eine schlichte Abweisung ist juristisch unangebracht.« Fowlers Augen wurden schmal, doch Drysdale achtete nicht auf diese deutlichen Anzeichen, statt dessen griff er in seine Aktentasche. »Ich habe hier einen Schriftsatz –«

»Sie haben schon einen Schriftsatz? Bevor Sie meine Entscheidung kennen?«

»Mr. Locke hatte eine ... Eingebung.«

Fowler lächelte nicht. »Das glaube ich.« Er faltete die Hände und hob sie an den Mund. »Dann sagen Sie mir doch einfach, was drinsteht.«

Drysdale hatte seit acht Jahren kein solches Memorandum mehr verfaßt – ein Papier, in dem das gegenwärtige Recht auf der Grundlage früherer Entscheidungen anderer Gerichte, von Aufsätzen über juristische Fälle und anerkannten juristischen Lehrbüchern ausgelegt wird. Und als Locke ihn bat, sich eine Methode auszudenken, wie er an Fowler vorbeikommen konnte, hatte Drysdale gedacht, daß das jetzt ein ganz guter Augenblick wäre, sich in so etwas zu versuchen.

Das Fallenstellen durch die Polizei wurde im Berufungsgericht des 1. Distrikts, des Distrikts von San Francisco generell mit Stirnrunzeln betrachtet, aber man ließ der Polizei viel Spielraum, je nachdem, wie diskret sie vorging. In diesem Fall, *Hendrix*, und in den vielen anderen, die mit Sicherheit aus dem getürkten Hehlereigeschäft zu erwarten waren, hatte die Polizei den Verdächtigen nicht am Tatort verhaftet, sondern bediente sich der auf den Videobändern gesammelten Informationen, um den Verdächtigen zu identifizieren. Dann hatte man ihn beschattet, um zu sehen, was er tat. Daraus hatten sich rechtmäßige Urteile ergeben, die in mehreren Staaten von den Berufungsgerichten bestätigt worden waren. Drysdale erklärte das alles kurz und bündig, während Fowler in seinen Sessel zurückgelehnt mit geschlossenen Augen lauschte und den Ventilator über sich hinwegblasen ließ.

Als Drysdale fertig war, schlug Fowler die Augen auf. »Lassen Sie mich Ihnen eine Geschichte erzählen, Art. Da sitzt ein Junge auf dem Rasen vor dem Haus und kümmert sich um seine eigenen Angelegenheiten. Da kommt einer seiner Nachbarn vorbei und erzählt ihm: Da unten an der Straße gibt's ein Lagerhaus, das zahlt Spitzenpreise für jede Art von Ware, die man hinbringt, und Fragen werden nicht gestellt. Der Nachbar zeigt ihm einen Packen Geldscheine, die er gerade für ein Autoradio und zwei Fahrräder bekommen hat. Ein anderer Nachbar kommt vorbei, zeigt ihm noch einen Packen Knete. Das geht eine Woche lang so weiter. Und recht bald denkt unser Junge, er wäre ja schön blöd, wenn er nicht wie alle seine Nachbarn diese Gelegenheit nutzen würde.

Sehen Sie? Beim Stehlen werden zwei Berufe gebraucht, der des Diebes und der des Hehlers, und beide sind riskant. Aber jetzt fällt die Hälfte des Risikos weg. So, und das ist wichtig:« – Fowler beugte sich über seinen Schreibtisch, aus dem Luftstrom des Ventilators hinaus – »Es ist diese Täuschungsaktion, diese Falle, die unseren Jungen dazu veranlaßt, loszugehen und ein Verbrechen zu begehen.«

»Entschuldigung, Euer Ehren, aber diese Leute begehen bereits vorher Verbrechen. Sie haben irgendwo anders ihre Hehler.«

»Aber indem Sie es ihnen *leicht* machen, ihre Diebesbeute zu verkaufen, ermuntern Sie sie, noch mehr zu stehlen.«

Drysdale lehnte sich zurück. Er kannte Fowlers Argument. Er war einfach anderer Meinung. Aber er war nur der Läufer in diesem Spiel. »Mr. Locke stimmt nicht mit Ihnen überein, Richter. Auch nicht Mr. Rigby.«

Fowler erlaubte sich ein verkniffenes Lächeln. »Nun, das ist es ja, was dieses Land so großartig macht, nicht wahr?«

Drysdale beugte sich vor. »Die Polizei hat schon eine Menge Geld und Zeit in diese Sache investiert, Richter. Und wir auch. Wir holen diese Typen von der Straße –«

»Wenn man sie erschießt, holt man sie auch von der Straße, Art. Und sie zu erschießen, ist ebenfalls illegal.«

»Das hier ist nicht illegal.«

Fowler setzte sich in seinem Stuhl zurück und brach den Augenkontakt mit Drysdale ab. »Wissen Sie, es ist komisch, aber ich bin der Richter, und es ist mein Gerichtssaal. Und wenn ich sage, es ist illegal, dann werden Sie und Mr. Locke und Mr. Rigby und jeder andere einfach damit leben müssen.«

Jetzt setzte sich Drysdale zurück. Er merkte, daß er schwitzte, und wischte sich mit der Hand über die Stirn. »Ich würde gern wenigstens den Schriftsatz hinterlassen«, sagte er.

»Fein, lassen Sie den Schriftsatz hier. Ich werde ihn bei Gelegenheit lesen.«

»Dieser Hundesohn! Dieser aufgeblasene, eingebildete liberale Hundesohn!«

»Ja, Sir.« Drysdale stand am Fenster in Lockes Büro, die Hände auf dem Rücken. Die Klimaanlage schien im zweiten Stock besser zu funktionieren.

»Es war eine rechtmäßige Festnahme. Wir haben Hendrix nicht beim Abladen der Ware verhaftet. Wir haben ihn beim Klauen geschnappt.«

Drysdale drehte sich um. »Er hätte allerdings nicht geklaut, wenn wir nicht unseren Hehler aufgebaut hätten.«

»Ach, Blödsinn!«

Art zuckte die Schultern. »Das ist nicht mein Argument.«

»Hendrix bestreitet auf diese Weise seinen Scheißlebensunterhalt. Er stiehlt Dinge. Das wissen Sie genausogut wie ich. Er bricht in Ihr Haus ein oder in mein Haus oder in das Haus von diesem Scheißrichter Andy Fowler und nimmt Sachen mit, die ihm verdammt noch mal nicht gehören. Das macht er doch nicht, bloß weil er eine gute Adresse hat, wo er den Kram los wird.«

»Ja, Sir, ich weiß.«

Die Geschichte mit dem Lagerhaus lief nun schon seit ungefähr vier Monaten. Die Polizei hatte bereits über vierzig Verdächtige eingelocht und gestohlene Ware im Wert von zweieinhalb Millionen Dollar sichergestellt, von der sie einen großen Teil an deren Eigentümer zurückgegeben hatte. Es war eine erfolgreiche Strategie, die sich zu bewähren schien. Die Zahl der Verhaftungen schnellte in die Höhe, nun mußten Strafen ausgesprochen werden. Und Locke wollte verdammt sein, wenn er zuließ, daß irgendein linker Richter ihnen allen das Geschäft verdarb.

Jetzt setzte er sich und trommelte mit seinem Kugelschreiber auf den Schreibtisch. *Rasur und Haarschnitt – fünfundsechzig Cents. Rasur und Haarschnitt – fünfundsechzig Cents.* »Welcher Richter verteilt in diesem Monat die Fälle? Vielleicht haben wir in einer anderen Kammer mehr Glück.«

»Ich glaube, Leo Chomorro. Ist wohl jetzt sein Dauerjob.«

»Armes Schwein.«

Art hob die Achseln. »Er hat's so gewollt. Wenn er mit uns an einem Strang zieht, können wir ihm vielleicht raushelfen. Vielleicht reicht es ihm jetzt.«

»Versuchen Sie das festzustellen, ja? Mal sehen, ob er mitspielt. Damit die Fälle nicht an Fowler gehen. Rigby kriegt sonst Durchfall.«

»Jawohl, Sir«, sagte Art.

Locke warf einen Blick auf die Armbanduhr. »O Gott, wieso ist es denn schon wieder Mittag? Ich bin doch gerade erst gekommen. Ich bin in zehn Minuten verabredet, Art. Wollen Sie mit Rigby reden? Nein, das mache ich. Der wird sich in die Hose machen! Was sollen wir mit Fowler tun?«

Drysdale zuckte die Achseln. »Er ist Richter, Chris. Ich fürchte, wir werden ihn nicht los.«

Locke ging um seinen Schreibtisch herum und zog sich die Krawatte gerade. »Ich würde ihm gern eins überziehen, das sage ich Ihnen. Der Hundesohn könnte mir meine Karriere kaputtmachen.«

Drysdale – ein alter Hase, der wußte, was los war – wollte seinem Boß gerade erzählen, daß Andy Fowler eigentlich ganz okay, in vielem sogar sehr gut sei. Er legte die Gesetze nun mal auf seine Art aus, und man sollte das nicht persönlich nehmen. Aber Drysdale verkniff sich die Bemerkung lieber – er hatte schon schlechte Erfahrungen gemacht.

Man *mußte* es persönlich nehmen. Selbst wenn es nicht persönlich anfing, ging es trotzdem ganz schnell in diese Richtung. Für jene, die die Gesetze anwendeten – sogar für einen wetterfesten Veteranen wie Art Drysdale –, war alles, was mit dem Recht und dem Gesetz zu tun hatte, persönlich. In jedem Ja und Nein, in jedem Einspruch, ob stattgegeben oder abgelehnt, in jeder Verurteilung und jeder Aufhebung eines Urteils steckten Egoismus, Karriere und Lebensläufe untrennbar fest mit drin. Wenn man das nicht persönlich nahm, hatte man keine Ahnung von diesen Dingen.

Andy Fowler legte nicht einfach die Gesetze aus. Nein, er trat gewissen Leuten auf die Zehen. Drysdale war Locke gegenüber loyal und trotzdem immer gut mit Fowler ausgekommen. Er hoffte inständig, daß der Richter wußte, was er tat. Falls er ausrutschte, würde man ihn zerquetschen.

16

»Das gefällt dir, wie?« fragte Frannie.

Hardy mußte immer noch grinsen, wenn er sich daran erinnerte, wie er den Polizisten im Aufzug gesagt hatte, daß sie Rane Brown wieder einbuchten sollten. Gerade hatte er seiner Frau die Geschichte erzählt. »Es gibt schon wunderbare Augenblicke im Leben, muß ich zugeben.«

»Wen willst du denn heute nachmittag dingfest machen?«

Hardy starrte auf die Hefter, die auf seinem Schreibtisch lagen – immer noch ein beunruhigend hoher Stapel. »Der Nachmittag gähnt mich an«, sagte er. Sein Blick fiel auf Andy Fowlers Jade-Briefbeschwerer, und er hob ihn auf. Das Ding lag kühl und schwer in seiner Hand. »Vielleicht werde ich ein wenig Pfeile werfen, zu Mittag essen ...« Er hatte die Füße auf den Schreibtisch gelegt und seine Krawatte gelockert. Abe Glitsky erschien in der Türöffnung, klopfte einmal an und setzte sich ihm dann gegenüber. »Andererseits bin ich sicher, daß Abe gleich Hallo sagt. Er ist gerade hereingekommen.«

»Dann lasse ich dich jetzt in Ruhe.«

»Okay, aber weißt du was?«

»Ich weiß. Ich dich auch.«

»Okay.« Das war ihre verschlüsselte Liebeserklärung.

Glitsky war vom Asservatenraum direkt zu Hardys Büro heraufgekommen. Hardy hatte den Telefonhörer noch nicht aus der Hand gelegt, als Glitsky sagte: »Wie du schon so scharfsinnig festgestellt hast, Diz: Die *Eloise* war sauber.«

Hardy warf den Jadeblock von einer Hand in die andere. »Na ja, ich habe nicht geglaubt –«

»Außer einem Schießeisen, einer Kugel, einem Haufen Blut und anderen Sachen.«

Hardy legte die Jade hin und setzte die Füße mit einem Schwung am Boden auf. »Ich höre dir zu.«

Glitsky klärte ihn auf. Er hatte die Beretta als Beweismittel eingetütet. Das Kordit roch man immer noch. Glitsky war ziemlich sicher, daß es sich um die Mordwaffe handelte, doch genau würde er es erst am Montag nach der ballistischen Untersuchung wissen. An der Reling auf Deck hatten sie etwas gefunden, das wie Blut aussah. An der Stelle hatte man Nash vielleicht über Bord geworfen. »Wer auch immer ihn erschossen hat, wer auch immer das Boot zurückgebracht hat, muß das Deck abgewaschen haben. Aber die Reling hat er vergessen.«

»Ist die Waffe registriert?«

»Das lasse ich gerade nachprüfen. Heute abend wissen wir es.«

»Hast du schon etwas über May Shinn?«

»Ich dachte, du wüßtest vielleicht etwas. Oder Farris?«

Hardy schüttelte den Kopf. Er erzählte ihm von seinem Vormittag, die Geschichte mit Rane Brown. Glitsky nickte. »Ist dir schon mal aufgefallen, wie bescheuert diese Typen sind?«

Ja, Hardy hatte das auch schon bemerkt. »Also, was soll ich mir als Entschuldigung ausdenken, wenn ich Farris schon wieder sprechen will? Vielleicht möchtest du selbst mit ihm reden. Bevor du mir keinen Verdächtigen lieferst, habe ich eigentlich nichts mit dem Fall am Hut.«

Glitsky ließ sich nicht beirren. »Du bist dabei, Diz. Du kennst den Typen schon. Sag ihm, wir brauchen Mr. Silicon, und wir haben Shinn nicht gefunden. Hör dir mal an, was er darauf sagt. Die Verfügungsgewalt über den Leichnam hat er wahrscheinlich auch. Obwohl vielleicht die Tochter ... nein, das macht wahrscheinlich er.«

»Gut, ich kümmere mich darum«, sagte Hardy.

Hardy ließ die Mittagspause ausfallen. Der Tag war viel zu schön, um ihn im Justizpalast zu verbringen. Also rief er an, ließ sich die Adresse geben und traf eine Verabredung. Dann fuhr er seinen Samurai mit heruntergelassenem Verdeck um die Kurve der Army Street herum und dann auf der Schnellstraße 101. Als er am Candlestick Park vorbeikam, sah er zum erstenmal an diesem Tag die Bucht – auffallend blau, die Sicht reichte bis nach San Jose –, Segelboote und Tanker waren wie Punkte verstreut. Die Bay Bridge glitzerte silbern hinter ihm, und die Bleistiftlinie der San Mateo Bridge zog sich hinüber nach Hayward. Man konnte dieses Bild jeden Tag sehen, dachte Hardy, und doch überwältigte einen die Schönheit immer wieder.

Er verließ den Freeway in South San Francisco und fuhr nach Norden und Westen durch das Industriegebiet. Am Fuße der San Bruno Mountains erstreckte sich das Gelände der Owen Industries über knapp einen Hektar hinweg, ein Haufen niedriger weißer und grüner Gebäude, die wie Militärbaracken aussahen. Beim Pförtner bekam Hardy einen Besucherpaß, nachdem man sich dort vergewissert hatte, daß er drinnen verabredet war. Diese Leute nahmen es mit der Sicherheit ziemlich genau.

Er fuhr etwa hundert Meter zwischen zwei Reihen niedriger Gebäude durch und bog dann, wie man es ihm beschrieben hatte, links ab. So kam er zu dem Verwaltungstrakt, der die Hand eines Architekten verriet: Ein gepflegter Rasen, ein gepflasterter Fußweg zwischen niedrigen Hecken, ein paar hochgewachsene Kiefern hoben sich von dem trostlosen Fabrikgelände ein wenig ab. Eine Fahne hing auf halbmast. Das Verwaltungsgebäude selbst hatte eine Front aus Ziegeln und Glas und war, wie die anderen Bauten, nur einstöckig.

In der großen Halle mit dem rotgefliesten Boden standen Grünpflanzen, und an den Wänden hingen geschmackvoll gerahmte moderne Kunstwerke, die dem Ganzen einen Hauch von Eleganz verliehen. Eine attraktive junge Empfangsdame führte Hardy zu Farris' Büro und erklärte, der Chef komme sofort zurück und Hardy könne dort warten.

Die Tür schloß sich hinter ihm, und nachdem Hardy sich umgesehen hatte, kam ihm alles darin seltsam vertraut vor.

Die Wände waren heller getüncht, und der Blick aus dem Fenster unterschied sich natürlich von dem aus Hardys Arbeitszimmer zu Hause, aber sonst ähnelten die beiden Räume einander in erstaunlicher Weise. Auch hier fand sich ein Kamin mit einem Sims und dem üblichen Seefahrerkrimskrams, und auf der grünen Schreibtischoberfläche gab es sogar einen Kugelfisch. Eine Bankierslampe mit grünem Schirm fehlte hier allerdings, dafür waren bei Mr. Farris die Aktenschränke aus Holz, und in den Regalen standen sowohl Fachbücher als auch einige Bände mit Unterhaltungsliteratur. Und schließlich gab es sogar ein Dartboard mit sechs Pfeilen darin, die Hardy als qualitativ hochwertige Spezialanfertigungen identifizierte.

Aber es gab natürlich auch Unterschiede. Der Raum war doppelt so groß und viel heller als Hardys. Der Fußboden war mit den gleichen roten Fliesen ausgelegt, die Hardy schon in der Halle aufgefallen waren, und darauf befanden sich drei Navajoteppiche sowie eine Couch.

Hardy ging zum Schreibtisch, fuhr mit den Fingerspitzen über die Maserung des Holzes, bewegte sich zum Bücherregal und dann zum Dartboard. Er zog drei Pfeile heraus und trat bis zum Schreibtischrand zurück.

Nachdem er alle sechs Pfeile geworfen hatte, setzte sich Hardy auf einen der Holzstühle mit steifer, hoher Rückenlehne, schlug ein Bein über das andere und wartete. Nach weniger als einer Minute ging die Tür auf.

»Hardy. Dismas, wie geht es Ihnen? Tut mir leid, daß ich Sie habe warten lassen. Ich mußte noch etwas erledigen.« Ein leicht gezwungenes Lächeln in dem attraktiven Gesicht. Wieder tadellos angezogen – schwarzer Anzug –, mit den Cowboystiefeln als persönliche Note. Hardy fand, daß er erschöpft wirkte. Farris ging um den Schreibtisch herum, ordnete einige Papiere und setzte sich hin. Seine Augen wanderten im Zimmer herum. »Sie haben meine Darts geworfen.«

»Das ist ein eindrucksvoller Beweis für Ihre Beobachtungsgabe.«

Farris winkte ab. »Kabinettstückchen«, sagte er. »So wie Owens Handkantenschlag, wenn er Bretter zertrümmerte.« Er erklärte es Hardy. »Wenn man mit jemandem wie Owen zusammen ist, dann lernt man am besten irgend etwas, das man besser kann als er. Ich habe mich auf Details spezialisiert.« Er schien in sich zusammenzusinken, als ob er sich an irgend etwas erinnerte.

»Wie geht's Ihnen?« fragte Hardy. »Alles in Ordnung?«

»Ja, ich lebe noch. Die Geschichte geht mir natürlich ganz schön an die Nieren. Ich kann das nicht so einfach wegstecken.«

»Das verlangt auch niemand.«

»Nein, Sie nicht. Aber da draußen« – er nickte zur Tür hin, durch die er gerade eingetreten war –, »da draußen muß ich auftreten wie immer. Wenn die da draußen merken, daß ich in Panik gerate, dann breitet sich diese Nachricht wie ein Lauffeuer aus. Ich habe gerade erklärt, daß wir für heute schließen. Vielleicht sieht's Montag besser aus.«

Hardy überlegte einen Augenblick, aber dann beschloß er, am besten doch gleich zur Sache zu kommen. Er informierte Farris über Glitskys Entdeckungen auf der *Eloise*. Farris nahm es kommentarlos zur Kenntnis. Dann ließ sich Hardy den Namen, die

Adresse und Telefonnummer von Mr. Silicon geben – es war ein gewisser Austin Brucker in Los Altos Hills. Schließlich kam Hardy auf May Shinn zu sprechen.

»Ich wollte Sie noch einmal wegen May fragen. Als Sie sie am Mittwoch angerufen haben – haben Sie ihr da eine Nachricht auf dem Anrufbeantworter hinterlassen?«

Farris nickte. »Richtig. Sie waren dabei.«

»Ach, stimmt. Ich bin ein bißchen durcheinandergekommen, weil Sergeant Glitsky sie heute früh zu erreichen versuchte, und es ging niemand ran.«

»Woher hatte er denn ihre Nummer?«

Details, dachte Hardy, der Typ fährt auf Details ab. Er hob die Achseln. »Polizisten kommen auch an die nicht eingetragenen Nummern heran.« Er hoffte, daß Farris das akzeptierte.

Er tat es. »Aber der Anrufbeantworter war nicht eingeschaltet?«

»Glitsky hat es zehnmal läuten lassen. Nichts.«

»Bei meinem Anruf war der Beantworter nach zwei- oder dreimaligem Läuten dran.« Er dachte einen Augenblick nach. »Vielleicht war das Band zu Ende.«

»Dann würde man aber trotzdem noch ihren Ansagetext hören, nicht wahr?«

»Ich glaube schon.«

Die beiden Männer saßen da und überlegten. »Dann lebt sie noch«, sagte Farris. »Sie hat den Anrufbeantworter abgeschaltet.«

»Hätte sie einen Grund gehabt, Owen umzubringen?«

»May?«

»Irgend jemand hatte einen Grund.«

Farris zuckte die Schultern. »Ich weiß es nicht. Ich habe sie so gut wie gar nicht gekannt. Ich würde sie nicht erkennen, wenn sie hier hereinspaziert käme.«

»Aber hat Mr. Nash ...«

»Owen mochte sie.« Er machte eine Pause. »Er mochte sie sehr. Sehr, sehr gern.«

»Was wäre, wenn er sie plötzlich nicht mehr gemocht hätte?«

»Ja, was dann?«

»Könnte sie da vielleicht losgeballert und ihn umgelegt haben? So in der Art?«

Farris schüttelte den Kopf. »Ich habe keine Ahnung. Ich weiß nur, daß Owen sie gern mochte. Aber, na ja, die Frau ist eine Prostituierte, stimmt's? Ob sie einen Freier umbringt, weil er sie nicht mehr sehen will? Selbst wenn es sich um jemanden wie Owen handelt, kann ich es mir nicht vorstellen. Und ich glaube nicht, daß er ihr den Laufpaß gegeben hat.«

»Also, wo ist sie dann? Warum hat sie nicht auf Ihre Anrufe reagiert?«

»Gute Frage. Ich weiß es nicht.«

Schließlich gab Hardy die Fragerei auf. Er kam auf den anderen Punkt zu sprechen. »Was werden Sie mit der Leiche tun?« fragte er.

Celine würde am Nachmittag in der Gerichtsmedizin vorbeikommen und ein paar Papiere unterschreiben. Die Obduktion war für diesen Vormittag angesetzt gewesen. Die Einäscherung sollte am Sonntagmorgen stattfinden, am Nachmittag wollten sie seine Asche in den Pazifik streuen.

Farris starrte unverwandt aus dem Fenster. Er sah ein Stückchen Sonne hinter den niedrigen grünen Gebäuden, etwas Gras und ein paar große alte Kiefern. Er legte die Hand auf die Augen und drückte dagegen, dann drückte er seinen Nasenrücken.

Hardy erhob sich und dankte Farris für die Zeit, die er sich genommen hatte. Auch Farris stand auf, gab Hardy über den Schreibtisch hinweg die Hand und bat nochmal um Entschuldigung. Er sei nicht mehr er selbst. Es tue ihm leid. Vielen Dank für den Besuch.

An der Tür drehte sich Hardy noch einmal um. Farris hatte wieder hinter seinem riesigen Eichentisch Platz genommen und starrte weiter in den abendlichen Schatten hinaus, der über den Rasen und die Kiefern gefallen war und jetzt bis zu seinem Fenster reichte. Es war ein Bild des Jammers.

Der Flug mit den Japan Airlines war für Viertel nach acht angesetzt.

Es war jetzt Viertel nach vier, noch viel zu früh, um loszufahren, trotzdem hatte sie schon das Taxi bestellt. Was dachte sie sich eigentlich dabei? Vielleicht würde sie, während sie drei Stunden auf dem Flugplatz wartete, wahnsinnig werden vor Angst, daß jemand sie dort aufhalten könnte, trotzdem mußte sie hier weg, sie konnte unmöglich noch länger in ihrer Wohnung bleiben. Amerika war vorbei für sie.

Ihre Koffer standen schon an der Tür. Sie hatte sich entschlossen, die Lennons einzupacken, und der Vorraum sah ohne die Bilder kahl aus. Das Sonnenlicht fiel durch die Fenster im Türmchen – sie hatte sie wegen der Hitze geöffnet – ins Zimmer herein. Die Hitze gab ihr auch das Gefühl, als ob sie einen Ort verließ, an dem sie in gewisser Weise nie gewesen war.

Sie trug ein dunkelblaues Leinenkostüm, nicht gerade das Outfit für dieses Wetter, aber sie dachte, daß sie darin mehr wie eine Geschäftsreisende aussähe. Das Haar hatte sie sich zu einem festen Knoten gebunden, so sah sie streng und herb aus. Sie wollte nicht, daß irgendwelche Leute auf sie zukamen und sie anredeten.

Als die Türglocke läutete, sah sie überrascht auf. Normalerweise hupten die Fahrer draußen auf der Straße. Trotzdem, sie beschloß dem Mann zu sagen, sie habe sich vertan und wenn er sich sein Fahrgeld verdienen wolle, könne er später wiederkommen.

Oder vielleicht doch lieber nicht. Als sie ihn durchs Guckloch betrachtete, machte ihr sein Aussehen Angst. Da stand ein hellhäutiger Schwarzer mit einer übel aussehenden Narbe, die von oben nach unten seine Lippen zerschnitt. Andererseits wünschte sie sich jemanden, der nicht mit ihr reden würde, und dieser Mann sah so aus. Sie öffnete die Tür.

Sie sah irgendeine Metallmarke vor sich. Der Mann stellte sich als Inspektor Abe Glitsky von der Polizei von San Francisco, Mordabteilung, vor. Sie wich zurück, als er sie fragte, ob sie May Shintaka sei. »Darf ich hereinkommen?« Es klang höflich.

»Gewiß.«

Er stand im Vorraum. Sie konnte ihn nicht davon abhalten, die leeren Wände zu betrachten, an denen man erkennen konnte, wo die Lennons gehangen hatten. »Ich bin wegen Owen Nash hier.«

Sie nickte. Dann wandte sie sich um und ging in das Wohnzimmer zurück. Jetzt war ihr wirklich heiß. Sie zog ihre Jacke aus und hängte sie über die Armlehne der Couch. Sie ging zum Türmchenfenster und hörte unten das Taxi hupen.

Der Sergeant kam ein paar Schritte in das Zimmer hinein, blieb aber dann stehen. »Ob Sie ihre Schuhe ausziehen könnten?« fragte sie und deutete auf ein langes, poliertes, mit einer Kante versehenes Brett, das sich nahe der Tür befand. Ihre dunkelblauen Pumps waren schon dort.

Abe stieg aus seinen Schuhen und stellte sie ebenfalls auf das Brett. »Wollten Sie irgendwohin?« Er deutete auf die Koffer am Eingang.

Sie kam durch den Raum auf ihn zu. Er schien dort, wo er stand, mehr Platz einzunehmen, als Owen es getan hatte, und Owen war ein kräftiger Mann gewesen. »Da unten ist mein Taxi«, sagte sie. »Aber es ist sowieso noch zu früh. Ich sollte ihm lieber Bescheid sagen.«

Abe war etwas nervös, als sie hinunterging, aber sie hatte ja die Koffer und ihre Jacke zurückgelassen. Sie nahm auch keine Handtasche mit. Falls sie in den Wagen stieg, konnte er den Taxifunk anrufen, und dann würde sie wahrscheinlich nicht weit kommen.

Jetzt war er im Vorteil. Sie hatte ihn in ihre Wohnung eingelassen. Er hatte ihr keinen Durchsuchungs- oder Haftbefehl zeigen müssen, den er sowieso nicht besaß.

Sofort nach seiner Abfahrt von Hardys Haus hatte er sich über die Telefongesellschaft Mays Adresse besorgt, und ihre Wohnung lag auf seinem Heimweg. Er hatte Elizabeth Pullios im Büro zu erreichen versucht, aber sie war mit einer Zeugin unterwegs und würde erst am Montag wieder im Dienst erscheinen. Er schloß den Bericht über die Sache Nash ab, trank unten in der Kantine eine Tasse Tee und würgte ein paar Schokoriegel hinunter. Dann fuhr er wieder hinauf und verhörte im Gefängnistrakt einen Informanten, der wahrscheinlich den Namen des Typs wußte, der am letzten Wochenende aus dem vorbeifahrenden Auto heraus geschossen hatte. Diese Information war ziemlich wichtig, also beraumte er eine Videositzung für Montag an.

Wieder am Schreibtisch angekommen – inzwischen ging es auf vier Uhr – rief er die Waffenregistratur an und erfuhr, daß die Beretta May Shinaka gehörte.

Die Obduktion ergab, daß die tödlichen Kugeln vom Kaliber .25 waren, und Glitsky dachte, daß er den offiziellen ballistischen Bericht nun nicht mehr abzuwarten brauchte. Er hatte ihre Adresse, und im Augenblick sah es jedenfalls so aus, als ob May Shinn »es« war.

Sie sprang nicht ins Taxi, versuchte nicht zu entkommen. Er stand in dem Türmchen und sah zu, wie sie auf der Passagierseite etwas in das Fenster des Taxis hineinsagte. Dann trat sie zurück, und das Taxi fuhr mit quietschenden Reifen weg.

Glitsky beobachtete sie, wie sie ihre Wohnungstür schloß. Sie tat es sanft, behielt den Türknopf in der einen Hand und drückte sie mit der anderen zu, so wie es Mütter manchmal taten, wenn sie die Tür eines Zimmers schlossen, in dem ihre Kinder schliefen. Als er sie in ihrem maßgeschneiderten blauen Kostüm und ihren dazu passenden Pumps mit den niedrigen Absätzen beobachtete, mußte er sich daran erinnern, daß diese Frau nach allem, was man über sie wußte, eine Prostituierte war.

Sie hatte die Schuhe wieder abgestreift und wandte sich von der Tür ab, um ins Wohnzimmer zurückzukommen. Er fand es schwierig, ihr Alter zu schätzen. Sie konnte fünfundzwanzig, aber auch schon fünfundvierzig sein. Sie hatte, wie ihm schien, ein sehr ungewöhnliches Gesicht mit sich klar abzeichnenden Knochen und einer glatten Haut, die gespannt war wegen des straff zurückgebundenen Haars.

Sie schritt zur Couch hinüber und ließ sich in einer sanft fließenden Bewegung neben ihrer Kostüm-Jacke nieder. Sie machte eine Bewegung, die er als Einladung verstand, ebenfalls Platz zu nehmen. Er setzte sich und kam sich in seinen braunen Socken und seiner amerikanischen Sportjacke wie ein Trottel vor.

»Möchten Sie Tee?« fragte sie. »Bitte, legen Sie Ihre Jacke ab. Es ist zu warm.«

Soweit er wußte, war er der einzige Teetrinker bei seiner Truppe. Er überlegte, ob er ablehnen sollte, aber dann fiel ihm ein, daß es ihm Vergnügen bereiten würde, May Shinn bei der Zubereitung des Tees zu beobachten. »Das wäre nett«, sagte er. Er legte seine Jacke über die Sofalehne und dachte, wenn sie so weitermachte, würde er bald nackt dasitzen.

Sie ging in die Küche, die offen neben dem Wohnzimmer lag, und er betrachtete ihren Rücken, ihre geraden Schultern, ihre winzige Taille und die weiblichen Rundungen ihrer Hüften. Sogar barfuß klappten ihre Zehen, die so schmal waren wie die Hufe eines Rehs, auf dem Boden.

Sie goß Wasser aus einer Evian-Flasche in einen Kessel. »Owen ist tot«, sagte sie.

»Ja, Ma'am. Jemand hat ihn erschossen.«

Er beobachtete sie genau. Sie nahm zwei Tassen herunter und stellte sie auf ein Tablett. Wenn ihre Hände zitterten, würden die Tassen sie verraten, aber sie taten es nicht. Sie stand am Herd und drehte sich nach ihm um, so daß er ihr ins Gesicht sah. »Ich habe es gelesen.«

Glitsky saß, die Hände auf den Knien, vornübergebeugt auf der Couch. »Diese Koffer da«, sagte er. »Wollen Sie verreisen?«

»Nach Japan. – Geschäftlich«, fügte sie hinzu und gab einen kleinen Löffel Tee in die Tassen.

»Sie machen da drüben Geschäfte?«

Sie nickte. »Ich kaufe Kunst. Ich handle – im Auftrag verschiedener Freunde.«

»Fliegen Sie oft nach Japan?«

»Manchmal ja. Es kommt darauf an.«

Glitsky konnte hier später noch nachbohren, wenn nötig. Er beschloß, die Sache voranzutreiben. »Wir haben Ihre Waffe auf Mr. Nashs Boot gefunden, auf der *Eloise*.«

»Ja, ich habe sie dort aufbewahrt.«

»Wir sind ziemlich sicher, daß er mit dieser Waffe erschossen wurde.« Sie schien zu warten. Sie rührte sich nicht vom Fleck. »Wann haben Sie ihn zum letztenmal gesehen, Ms. Shinn?«

Sie wandte sich ab, wieder dem Herd zu, berührte die Seite des Wasserkessels mit dem Finger und stellte fest, daß das Wasser noch nicht fertig war. »Freitagabend, nein, Sonnabendfrüh, sehr früh. Er hat hier übernachtet.«

»In dieser Wohnung?«

»Ja.«

»Und wohin ist er von hier aus gegangen?«

»Er sagte, er wolle segeln. Er ist an vielen Wochenenden segeln gegangen.«

»Und Sie sind nicht mit ihm gekommen?«

»Meistens schon. Aber nicht am Sonnabend.«

»Warum nicht?«

Sie tippte wieder an den Kessel, nickte und goß Wasser in die beiden Tassen. Sie brachte das Tablett hinüber und setzte es auf dem niedrigen Tisch vor der Couch ab. »Er hatte eine andere Verabredung.«

»Hat er Ihnen gesagt, mit wem?«

Sie schüttelte den Kopf. »Nein.«

»Oder worum es sich drehte?«

»Er hat nichts darüber gesagt. Er hat nur gesagt, er bahnt uns den Weg.«

»Was heißt das, Ihnen den Weg bahnen?«

»Ich weiß es nicht. Ich glaube, er wollte allein sein. Um nachzudenken.« Sie schien nach Worten zu suchen, aber nicht wie eine Ausländerin es getan hätte. Englisch schien ihre Muttersprache zu sein, trotzdem zögerte sie. Eine Pause entstand. Abe blickte nicht durch – er wußte nicht, ob sie ihm die Wahrheit erzählte oder Märchen. »Wir wollten heiraten.«

»Sie und Owen Nash wollten heiraten?«

»Ja.« Sie sagte es einfach und schmucklos. Die beste Art zu lügen, dachte Abe. Und das war eine Lüge, dessen war er sicher. Owen Nash, der international berühmte Tycoon und Firmenchef, der mit Präsidenten und Königen verhandelte, würde seine professionelle und gutbezahlte Liebessklavin nicht heiraten. Punkt.

»Hatten Sie ein Datum festgesetzt?«

»Nein«, sagte sie. Sie hob eine der Tassen auf, hielt sie eine Sekunde, dann stellte sie sie wieder hin. »Er ist noch zu heiß«, sagte sie. »Wir haben es erst am letzten Freitag endgültig beschlossen. Es war mein Ring.«

»Der Schlangenring? Den er am Finger hatte?«

»Ja, der.«

»Dann wußten Sie seit Montag, daß er tot war?« Oder seit Sonnabend, wenn du ihn erschossen hast, dachte er. »Warum haben Sie nicht die Polizei angerufen?«

Sie hob wieder die Teetasse auf. Vielleicht versuchte sie, Zeit zu gewinnen. »Wenn er die Finger nicht verbrennt, kann er den Mund nicht verbrennen«, sagte sie. Sie reichte ihm die Tasse.

Es war hervorragender, starker grüner Tee. Abe nippte daran und verstand nicht so richtig, wieso man an einem heißen Tag heißen Tee trinken konnte und sich danach kühler fühlte. »May, warum haben Sie uns, die Polizei, nicht angerufen?«

»Was hätten Sie denn tun können? Er war ja schon tot. Ich wußte, daß es Owen war. Der Rest spielte keine Rolle. Es war sein Schicksal.«

»Es war nicht sein natürliches Schicksal. Jemand hat ihn erschossen.«

»Am Montag wußte ich das noch nicht. Ich wußte nur, daß es Owens Hand war.«

»Und wie ist es heute? Haben Sie heute die Zeitung gelesen? Oder gestern?«

»Ja.«

Glitsky wartete. »Und?«

May Shinn nippte ihren Tee. Vorsichtig stellte sie die Tasse hin. »Was möchten Sie hören? Mein Instinkt sprach dagegen, die Polizei anzurufen. Wer auch immer Owen getötet hat, wird mit sich selbst leben müssen, und das ist Strafe genug.«

Abe setzte die Tasse hin und ging wieder zu dem Türmchenfenster. Auf der anderen Straßenseite stand auch ein Apartmenthaus, das spiegelbildlich zu diesem gebaut war. Unten fuhr scheppernd eine Cable Car vorbei. Die Sonne stand noch ziemlich hoch, einige Strahlen trafen ihn von schräg oben. Es war bis zum Horizont keine Wolke am Himmel zu sehen.

»Werde ich verdächtigt, Sergeant?«

Glitsky wandte sich um. »Erinnern Sie sich, was sie am vorigen Sonnabend den Tag über getan haben?«

»Ein Alibi, ist das richtig? Dann verdächtigen Sie mich also.«

»Es ist in diesem Augenblick noch alles offen. Aber wenn Sie kein Alibi für den Sonnabend haben, dann, fürchte ich, stecken Sie drin. Haben Sie ihn umgebracht?«

Sag einfach nein, dachte er. Ich habe es nicht getan. Aber sie sagte: »Ich war den ganzen Sonnabend hier.«

»Allein?«

»Ja, allein. Ich habe gewartet, daß Owen zurückkommt.« Ein bißchen kurzatmig da, außer sich. Streite ab, daß du es getan hast. Sag's einfach. Aber sie sagte: »Ich habe den Mann geliebt, Sergeant.«

»Haben Sie irgendwo angerufen? Eine Pizza bestellt? Hat jemand Sie besucht?«

Schließlich passierte etwas mit ihr. Sie setzte sich kerzengerade auf die vorderen acht Zentimeter der Couch. »Ich bin spät aufgestanden, um neun Uhr ungefähr. Owen war etwa um sechs weggegangen. Ich habe sehr lange gebadet. Ich war nervös. Owen wollte irgend etwas tun, damit wir heiraten konnten – ich glaube, er wollte sich klar darüber werden, daß er es durchziehen würde. Und nachdenken konnte er am besten draußen auf dem Wasser. Ich habe gewartet. Ich bin immer auf und ab gegangen. Ich habe geweint. Ich dachte, er hätte es sich anders überlegt.«

Glitsky legte seine Jacke über die Knie. »Ich glaube, Sie müssen Ihren Flug verschieben«, sagte er. »Und vielleicht sollten Sie an einen Anwalt denken.«

Er überlegte, ob er sie jetzt gleich mitnehmen sollte, wußte aber, daß das Konsequenzen haben würde. Es war voreilig. Er hatte keinerlei Beweis. Es war eine Woche her, seit jemand den Revolver abgefeuert hatte, und nach so langer Zeit würde man auch mit der empfindlichsten Laseranalyse kein Pulver mehr an ihren Händen finden. Was May ihm erzählt hatte, klang plausibel, wenngleich ziemlich unwahrscheinlich, und es gab noch eine Menge Fleißarbeit zu erledigen, um ihr Alibi eventuell doch zu bestätigen, vielleicht hatten Nachbarn sie hin- und hergehen hören, und so weiter. Wenn sie sich einverstanden erklärte, ihren Flug nach Japan aufzuschieben, bestand keine unmittelbare Fluchtgefahr, und er hatte auch keinerlei plausible Erklärung, wieso sie Nash getötet haben könnte.

Außerdem war sie Asiatin, er war halb schwarz, und er wollte sich nicht dem Vorwurf des Rassismus aussetzen. Sie hatte ihn in ihre Wohnung gebeten, er hatte keinen Durchsuchungsbefehl oder Haftbefehl gehabt. Es brachte Unglück, wenn man jemanden unter diesen Umständen verhaftete. Wenn sie jetzt floh, war es eine andere Geschichte.

Aber sie stand auch schon da. »Also gut«, sagte sie. »Ich verstehe.«

Glitsky nahm seine Schuhe. »Können Sie sich das Geld für das Flugticket zurückgeben lassen? Wenn nicht, können wir Ihnen vielleicht helfen.«

Sie schüttelte den Kopf. »Ich glaube, sie erstatten es. Ich habe weiß Gott den vollen Preis bezahlt, also sollten sie es tun.«

Also hatte sie das Ticket erst vor kurzem gekauft, dachte Abe. Wahrscheinlich Sonnabend oder danach. Er zögerte. Lieber noch abwarten. Es fiel ihm schwer, ohne sie zu gehen, aber er war noch immer ein eingeladener Gast in ihrer Wohnung, und sie hatte versprochen, daß sie bleiben würde. Er hatte wirklich lieber einen Anklagebeschluß, bevor er jemanden wegen Mordverdachts verhaftete.

Er verabschiedete sich und sie schloß sanft die Tür hinter ihm.

Abe war auf sich selbst sauer, aber er war einfach zu nahe dran. Und er dachte, mit etwas Geduld könnte er wenigstens dafür sorgen, daß er sich über das Wochenende hinweg keine Sorgen zu machen brauchte. Er setzte sich in seinen Plymouth, fuhr los und bog absichtlich an der Ecke unter dem Türmchenfenster nach Westen ab. Er fuhr drei Querstraßen weiter, bog wieder nach Norden ab in die Van Ness Avenue und fuhr dann über Geary Street und Union Street zu ihr zurück. Er parkte am anderen Ende ihres Blockes auf ihrer Straßenseite.

Selbst mit heruntergelassenen Fenstern und im Schatten war es heiß. Zum Glück brauchte er nicht lange zu warten.

Ein Taxi fuhr vor ihrem Eckhaus vor und hupte zweimal. Glitsky wartete, bis May aus dem Haus kam. Er ließ den Fahrer ihre Koffer hinten einladen und May auf dem Rücksitz des Taxis Platz nehmen, bevor er losfuhr.

Als das Taxi um die erste Ecke bog, schaltete Abe sein Rotlicht ein und ließ die Sirene aufheulen. Das Taxi, das unmittelbar vor ihm war, fuhr sofort rechts an den Bordstein.

Abe kam ans Fenster und zeigte seine Marke. Der Fahrer fragte, was er getan habe. Abe ließ ihn aussteigen, dann fragte er ihn, wohin er diese Dame fahren solle.

»Zum Flugplatz«, sagte er. »Sie fliegt um acht nach Japan.«

Glitsky dankte dem Mann, dann öffnete er die hintere Tür und sah May an. »Tut mir leid«, sagte er, »aber ich glaube, Sie sind verhaftet.«

17

Es war schon fünf Uhr nachmittags vorbei, aber am vorigen Tag war Hardy vom Strand aus direkt nach Hause gefahren, also fühlte er sich heute genötigt, nach seinem Besuch bei Farris noch einmal in sein Büro im Justizpalast zurückzukehren, bevor er heimfuhr. Er parkte unter dem Freeway und blieb einen Augenblick stehen, um das riesige Loch im Erdboden zu bewundern, aus dem nun nach einjährigem Streit der Politiker das neue Gefängnis erwachsen sollte.

Wie bei allen Fragen, die die Regierung von San Francisco betrafen, war man auch zu dieser Entscheidung, ein größeres Bezirksgefängnis zu errichten, erst nach einer fairen und weitschweifigen Debatte gekommen, in der es auch um die anderen Zwecke ging, für die man das veranschlagte Geld in einer perfekten Welt verwenden könnte. Obwohl die Wähler der Finanzierung durch städtische Schuldverschreibungen zugestimmt hatten, war der Verwaltungsrat zuerst eher dafür gewesen, das Geld zum Ankaufen von elektronischen Armbändern zu benutzen, durch die man mit den Gefangenen in Kontakt bleiben konnte. Hardy grinste immer unwillkürlich, wenn ihm dieser Gedanke durch den Kopf ging. Dann könnte man den Rest in die Aidsforschung stecken, hieß es. Dieser fortschrittliche Plan wurde mit dem Bürgermeister, dem Verwaltungsrat und den verschiedenen Ämtern elf Monate lang diskutiert. Schließlich, als der Polizeichef Dan Rigby und der Bezirkssheriff Herbert Montoya mit dem Rücktritt drohten, nahm man den Gefängnis-Plan an.

Hardy starrte in die Grube hinunter, während die letzten Arbeiter gerade den Bauplatz sicherten. Plötzlich hatte er eine Vision: Fünf Gangster in einem alten Ford kamen vorbei, um alle, die da herumstanden, zu erschießen. Und jeder von ihnen trug ein Captain-Video-Armband, damit er keine Verbrechen beging, denn so viel stand fest: Wenn die Bullen die ganze Zeit wußten, wo man war, dann war das ja genauso, als wäre man im Gefängnis. Oder?

Als er sie zum erstenmal gesehen hatte, war ihr Gesicht mit Wimperntusche verschmiert, und das Haar hatte ihr hexenartig in Strähnen um den Kopf herum gehangen, so daß er Celine Nash jetzt nicht sogleich wiedererkannte, als sie etwa fünfundzwanzig Meter vor ihm aus dem Büro des Gerichtsmediziners kam.

Das aschblonde Haar war dick und gerade zurückgekämmt. Es hing ihr bis knapp über die Schultern und wirkte, als wäre sie zehn Minuten zuvor beim Friseur gewesen. Sie trug ein pflaumenblaues Trikot, das in Designerjeans verschwand, und hatte sich um die Taille einen roten Schal gebunden. Wie er sie so von der Seite auf sich zukommen sah, wurde er sich auf fast übernatürliche Weise des Wesentlichen ihres Körpers bewußt, merkte, daß da eine prachtvolle Frau mit beinahe katzenhaften Bewegungen, schaukelnden Hüften und wippenden Brüsten nahte. Er hörte auf zu atmen.

Dann wandte sie sich ihm zu, und jetzt erst erkannte er sie wieder.

»Ms. Nash?« fragte er.

Sie war noch drei Meter von ihm entfernt, als sie stehenblieb. Hardy stellte sich ihr wieder vor, ging auf sie zu.

»Tut mir leid«, sagte sie. »Es waren so viele ...« Sie brach ab. »Waren Sie auch beim Gerichtsmediziner?«

Hardy erklärte, was er mit dem Fall zu tun hatte, daß er ihn bearbeiten würde, wenn er an die Staatsanwaltschaft ging. »Ich habe gerade Ken Farris besucht. Er sagte mir, Sie wären vielleicht hier. Er ist ziemlich erschüttert.«

»Das glaube ich.« Ihre Augen waren hellblau, beinahe grau. Er fand, daß er ebensogut unsichtbar hätte sein können. Ihre Augen sahen an ihm vorbei, dann kehrten sie zu ihm zurück, warteten.

»Es tut mir leid um Ihren Vater«, sagte er und meinte es ehrlich.

Sie nickte, hatte überhaupt keine Zeit für ihn oder war einfach unfähig, irgendwie auf ihn einzugehen.

»Nun, ich halte Sie auf.« Er machte einen Schritt, und sie berührte seinen Jackenärmel, ließ ihre Hand dort, ihre Augen folgten etwas später.

»Es tut mir leid«, sagte sie. »Immer soll man seine Haltung bewahren.«

Ihre Hand war wie ein Brenneisen auf seinem Unterarm. Er fühlte sie durch den Ärmel seiner Jacke hindurch, es war ein Griff wie aus Stahl. Er sah ihr in die Augen, sie waren immer noch in die

Ferne gerichtet. Ihr Gesicht war eine Maske. Er fragte sich, ob sie wohl unter irgendeiner Art von Schock stand.

»Kommen Sie zurecht?«

Sie holte tief Luft, und dann schien sie zu bemerken, daß sie seinen Arm festhielt. Sie fing an, oberhalb ihres Trikots zu erröten. Sie ließ Hardy los, und die Hand fuhr zu ihrem Hals. Es war ihr peinlich. »Es ist eine der schlimmsten Erfahrungen, der Tod eines Elternteils«, sagte sie. »Ich schätze, ich bin nicht darauf vorbereitet.«

»Ich glaub' nicht, daß wir darauf vorbereitet werden«, sagte Hardy. »Das ist der Punkt.«

»Ich mache Sachen ... ich weiß nicht, wieso.« Sie nahm ihre Hand von ihrem Hals und legte sie zwischen ihre Brüste. Die Röte war immer noch auf ihrem Dekolleté. »Ich bin wie ein Automat, wissen Sie? Ich tue, was getan werden muß, aber all das andere, das spielt sich in meinem Innern ab.«

»Würden Sie gern mal eine Pause machen? Zu mir ins Büro hinaufkommen? Oder irgendwo was trinken?«

»Ich trinke nicht, aber es wäre nett, wenn ...«

»Wir können zu mir hinauf ins Büro gehen.«

»Nein, gehen Sie nur. Ich ... na ja, wir könnten in eine Bar gehen, danke. Ich kann Gesellschaft brauchen.«

Unter diesen Umständen kam Lou's nicht in Frage.

Sie saßen auf Barhockern an einem kleinen hohen Tisch am Fenster von Sophie's Bar, die sich nach acht in ein Restaurant für junge und »hippe« Leute verwandelte. Aber wenn man nach der Arbeit zwei Blocks nördlich des Justizpalasts in Ruhe kurz einen kleinen Drink zu sich nehmen wollte, bevor die Szene lebendig wurde, war es kein schlechter Platz.

Celine trug teure italienische Sandalen ohne Strümpfe. Sie schlug die Beine auf dem Hocker übereinander und ließ ihre gepflegten Füße sehen, die Zehenspitzen waren hellrosa, die Haut zwischen ihrem Fußknöchel und den Jeans honigfarben – warm und glatt. Sie sah Hardy zu, wie er einen ersten Schluck von seinem irischen Whiskey nahm.

Auf dem Weg hierher in der warmen Dämmerung hatte sie wieder seinen Arm ergriffen. Sie hatten keine zehn Worte miteinander gewechselt. Jetzt sagte sie: »Danke.«

»Wofür?«

»Daß Sie sich die Zeit nehmen. Das ist alles.«

Er wußte nicht, was er sagen sollte. Er hob sein Glas, stieß es klickend gegen ihr Glas mit dem Club Soda und setzte es an die Lippen. Es fiel ihm schwer zu begreifen, daß er vor zwei Tagen schon einmal in der Nähe dieser Frau gewesen war und nicht auf sie reagiert hatte. Er war ziemlich sicher, daß sie sich gar nicht bewußt war, was für eine Wirkung von ihr ausging, aber ihm war jede Blöße ihrer Haut, an den Füßen, über dem Trikot auf ihrer Brust, an ihren Armen und ihrem Hals, überaus gegenwärtig. Und warum auch nicht? Es war ein brütend heißer Tag gewesen. Er wünschte sich, er könnte statt in Hemd und Krawatte in einem T-Shirt dasitzen. Er legte sein Jackett zusammengefaltet über einen anderen Hocker an dem Tisch. »Ich habe Zeit«, sagte er schließlich.

»Und das ist alles, was ich jetzt habe. So sieht es aus.«

»Das ist hart, was?«

Jetzt trafen sich ihre Augen. »Was ich vorhin gesagt habe – das ist das Schlimmste. Was in meinem Innern vorgeht.«

»Ich weiß«, sagte Hardy. Er konnte nicht genau sagen, warum, aber er erzählte ihr jetzt davon, wie Michael gestorben war, nachdem er aus dem Kinderbett gefallen war, und wie er, Hardy, sich vorgenommen hatte, stark zu sein und damit fertig zu werden, so wie Erwachsene das eben taten. Stimmt's? »Es hat nicht geklappt?«

»Ach, vielleicht zwei Monate habe ich durchgehalten. Bin zur Arbeit, wieder nach Haus, essen, trinken, aufstehen, es wieder tun.« Hardy machte eine Pause. Er erinnerte sich. »Sie sind nicht verheiratet, oder?«

»Ich war's mal.«

»Ich weiß nicht, ob es besser ist, wenn man jemanden hat, oder nicht. Meine Frau und ich, wir haben uns deswegen getrennt.«

Celine sagte lange Zeit nichts. Die Musik in der Bar änderte sich, jedenfalls hörte Hardy sie jetzt, und sie gefiel ihm nicht – irgendein automatischer Lärm, den er haßte. Die Sonne war fast schon untergegangen, sie lag noch auf den Spitzen der Hochhäuser nördlich der Market Street und auf ein paar Häusern oben auf dem Nob Hill.

»Ich wollte fast, ich hätte jemanden, von dem ich mich trennen könnte«, sagte sie schließlich. »Es auf jemanden abwälzen. Aber Daddy war meine ganze Familie, also was soll ich jetzt tun?« Sie hielt ihr Glas etwas schräg und sah, daß es leer war. »Meinen Sie, ich könnte jetzt einen Drink bekommen? Irgendwas mit Gin drin?«

An der Bar bestellte Hardy einen zweiten Bushmills und für Celine einen Bombay on the Rocks. Der Barkeeper goß ihm schwungvoll fast einen Doppelten ein. Hardy gab ihm zwei Dollar Trinkgeld und bat ihn, den Krach aus dem Lautsprecher abzustellen.

Celine nippte am Gin und verzog das Gesicht. »Ich hab' seit Jahren keinen Drink mehr gehabt«, sagte sie. »Daddy mochte es nicht, daß ich zuviel trank.«

»Mochte er es nicht so sehr, wenn Sie tranken, oder mochte er nicht, daß Sie zuviel tranken?«

Sie lächelte, nur ein bißchen, versuchsweise, aber da war es, das Lächeln. »Beides, glaube ich.« Ihre Augen hefteten sich wieder an ihn. »Manchmal verlor ich dann ein bißchen die Kontrolle. Aber bei Daddy durfte man das nicht.«

»Warum nicht?«

»Weil, wenn die Tochter von Owen Nash sich nicht beherrscht, das bedeutet, daß er mich nicht beherrscht.« Sie nippte noch einmal an dem Gin, und diesmal schluckte sie ihn mühelos. »Und wenn Owen Nash an etwas beteiligt oder an etwas interessiert ist, dann beherrscht er es.«

»So war es?«

»Gott, was rede ich? Ich habe meinen Vater geliebt. Er fehlt mir. Ich bin so wütend auf ihn.«

»Das ist okay«, sagte Hardy. »Das kommt vor.«

»Er war so ein ... Ich meine, er hatte keine Angehörigen außer mir, also kann man gut verstehen, daß er sich ein gutes Abbild von sich selbst wünschte. In mir.«

»Er hat in Ihnen sein Abbild gesehen?«

Sie schüttelte den Kopf, und dann noch einmal. »Nein, nicht so. Sie wissen, was ich meine.« Sie legte ihre Hand auf seine Hand auf dem kleinen Tisch. »Er wollte immer nur das Beste für mich.«

»Und das wurde zu einer Belastung?«

»Manchmal«, gab sie zu. Sie trank einen Schluck. »Tut mir so leid. Ich sollte mich nicht so aufregen.«

Jetzt legte Hardy seine Hand auf ihre. »Sehen Sie mal, Celine. Das ist ein Augenblick, in dem Sie es sich wirklich erlauben können, sich aufzuregen. Sie können es ab und zu loswerden, oder es kommt alles auf einmal heraus, und das wollen Sie bestimmt nicht.«

»Aber es war keine Belastung. Schauen Sie mich an, wie gut es mir getan hat. Ich meine es ernst. Was ich alles gemacht habe und was ich ohne Daddy niemals gemacht hätte.«

»Ich glaube es Ihnen.«

Sie schüttelte den Kopf. »Er war nur immer so hart. Sogar wenn er gut war, war er hart. Er hat die Leute angetrieben – es überrascht mich, daß Ken Farris es Ihnen nicht erzählt hat. Ich meine, sehen Sie uns an, wir sind die besten Beispiele. Aber das war es ja auch wert, wenn man daran denkt, was man dadurch bekommen hat.«

»Und was war das?«

Sie nahm ihre Hand weg, und Hardy dachte, er hätte sie verletzt. »Das Wichtigste war, daß man in seiner Nähe war. Man mußte ihm nahe sein, und dann war man so lebendig wie irgend möglich.«

Hardy schwenkte seinen Drink im Glas. Draußen dämmerte es. Es waren noch ein paar Leute mehr in die Bar gekommen. »Wissen Sie, was ich glaube?« sagte er. »Ich glaube, Sie dürfen ruhig ein bißchen durcheinander sein. Ich würde mir darum keine Sorgen machen.«

Celine legte wieder ihre Hand auf seine. »Es tut mir leid, aber ich glaube, ich spüre schon den Gin.«

»Möchten Sie einen billigen Rat? Besorgen Sie sich eine Flasche voll davon, suchen Sie sich jemanden, mit dem Sie reden können, und trinken sie die Hälfte aus. Es gibt nichts Natürlicheres als Wut auf jemanden zu haben, der einem nahestand und jetzt tot ist.«

»Ich kann mit niemandem reden«, sagte sie. »Nicht über Daddy.«

»Sie haben doch gerade mit mir eine halbe Stunde lang über ihn geredet.«

Sie drückte seine Hand ein letztesmal, dann ließ sie sie los. »Sie sind der Staatsanwalt. Dies ist nichts Persönliches für Sie. Es ist nicht dasselbe.«

»Es ist persönlich genug für mich. Es ist mein Job. Mein Fall.«

»Aber das ist es – ein Fall.«

»Auch das, Celine. Jemand hat Ihren Vater getötet.«

»Und vielleicht war ich es, stimmt's?«

»Seien Sie nicht albern.«

»Sie untersuchen einen Mord und wollen mich zwingen zuzugeben, daß ich wütend auf ihn bin –«

»Celine ...«

»Also, ich war das ganze Wochenende über in Santa Cruz. Ich habe in einem Haus bei drei Freunden gewohnt. Ich kann nicht hier gewesen sein ...«

Hardy stand auf und kam näher an sie heran. Er zog ihren Kopf fest an sich. Der Gin machte sich jetzt bei ihr bemerkbar, Panik stieg in ihr auf, und sie verlor ihre Haltung. »Hören Sie auf«, flüsterte er. »Aufhören.«

Er fühlte, wie sie langsamer atmete. Ein nackter Arm kam zu seiner Schulter herauf, hielt ihn fest und zog ihn hinab. Eine Sekunde verging. Fünf Sekunden. Ihr Griff lockerte sich, und er richtete sich auf. In ihren blaugrauen Augen standen Tränen. »Tut mir leid«, sagte sie. »Ich bin völlig durcheinander.«

»Sie sind okay«, sagte er. »Kommen Sie, lassen Sie uns gehen.« Sie wartete demütig an der Tür, während er seine Jacke ergriff und dann ihren Arm nahm. Sie gingen in den warmen Abend hinaus.

Auf dem Rückweg zum Justizpalast erzählte sie ihm von Owens Verabredung mit May Shinn am Sonnabend auf der *Eloise*.

»Ich weiß«, sagte Hardy. »Wir prüfen das nach.« Er überlegte, ob er ihr von allem erzählen sollte, was sie an Bord gefunden hatten, aber die Polizei mußte noch daran arbeiten, und das Ganze konnte warten. Was Celine brauchte, war etwas Verständnis und ein bißchen Zeit, um sich daran zu gewöhnen, daß ihr Vater ermordet worden war. Hardy glaubte nicht, daß Informationen über die bisherigen polizeilichen Untersuchungen zu ihrem seelischen Frieden beitragen würden.

Sie kamen zu ihrem Wagen – einem silberfarbenen BMW 350i. Sie umarmte Hardy kurz und entschuldigte sich noch einmal für die »Szene«. Sie sagte ihm, er sei ein guter Mann, dann setzte sie sich hinein und ließ ihn mit einem schwachen Geruch nach Gin, einer Erinnerung an ihren Körper, der sich an ihn geschmiegt hatte und dem Gefühl zurück, daß er, ohne es beabsichtigt zu haben, irgendwas total falsch gemacht hatte.

Sie aßen Pizza im Pressezimmer im zweiten Stock des Justizpalasts, in derselben Etage, in der sich die Büros der Bezirksstaatsanwaltschaft befanden.

Der Raum entsprach der Achtung, die die Polizei vor den Zeitungsjournalisten hatte: Er war nicht besonders groß. Es gab eine grüne Wandtafel, auf der die Gesamtzahl der bisher in diesem Jahr in San Francisco entdeckten Morde – 68 – verzeichnet war. Und ein Anschlagbrett, an dem, mit Reißnägeln befestigt, in drei Schichten übereinander Postkarten hingen. Sie waren an die Presseleute gerichtet und stammten von ihren Freunden, die in diesem Gebäude sowie in anderen Gefängnissen einsaßen, in die einige von ihnen verlegt worden waren. Die Oberfläche aller drei Schreibtische zusammen war kleiner als die von Ken Farris' Eichenholzmöbel in South San Francisco. Außerdem stand da noch ein altmodisches Schulpult, an dem Jeff Elliot saß.

Die Pizza war nicht schlecht: Sardellen, Peperoni, Salami und Pilze. Cass Weinberg, eine attraktive Lesbierin von ungefähr dreißig Jahren, hatte das Essen bestellt. Sie arbeitete beim *Bay Guardian*, hatte an diesem Freitagabend erst später etwas vor und fand, sie könnte denen, die da herumhingen, ruhig mal eine extragroße Portion mitbringen, um sich bei ihnen einzuschmeicheln. Am zweiten »großen« Schreibtisch saß Oscar Franco von der spanischsprachigen Zeitung *La Hora*. Dann war noch Jim Blanchard von der *Tribune* aus Oakland da, der sich seit achtzehn Monaten Sorgen machte, daß er seinen Job verlieren würde, wenn sein Blatt pleite ging.

»Meine Theorie«, sagte er, »ist, daß Elliot den Typen selbst gekillt hat. Wie wäre er sonst an eine so gute Story gekommen?«

Cass griff das auf. »Du warst doch Seemann, Elliot, oder? Hast du mir das nicht erzählt? Im College?«

»Stimmt«, sagte Blanchard. »Im College, in Lake Superior.«

Es stimmte wirklich. Bevor er multiple Sklerose bekommen hatte, war Elliot gern gesegelt, den ganzen Sommer lang war er auf dem Boot gewesen. Als Spezialaufgabe hatte er für seine Highschool-Zeitung vom America's Cup berichtet. »Nicht in Lake Superior, auf dem Lake Superior, du Sardellenbombe«, sagte er.

»In oder auf spielt keine Rolle. Er stellt fest, wo Nash sein Boot hat, schwindelt sich an Bord und legt den Kerl um.«

»Dann springe ich über Bord und verfüttere seine Hand an den Hai.«

Blanchard verschlang die Pizza. »Genau. Dazu brauchte er Mut.«

Cass sagte ganz ruhig: »Es könnte so gewesen sein. Die Leute tun heute alles, um berühmt zu werden.«

Jeff war im Himmel. Er genoß es, daß sie ihn so veräppelten. Jetzt gehörte er dazu.

Oscar Franco rollte mit seinen Hundeaugen, als er sich in dem Raum umsah. »Wie lange seid ihr Leute schon im Geschäft, und noch keiner hat die wirklich große Story heute bemerkt? Keiner außer mir.«

Cass sah Blanchard an. »Das ist der längste Satz, den er je gesagt hat. Oder?«

»Du lachst«, sagte Franco, »Die große Story ist in der 27. Kammer: Charles Hendrix und die Polizeifalle. Fowler hat die Anklage abgeschmettert.«

»Wow.« Blanchard richtete sich kerzengerade auf.

»Der Mann ist ja ein Mensch«, sagte Cass.

»Was?« Jeff Elliot ließ sich nicht gern eine große Story entgehen, egal, wem sie gehörte. »Fowler? Der Richter? Was hat er getan?«

Oscar erklärte es ihm. Cass und Blanchard saßen einen Augenblick da und hörten zu, dann baten sie ihn, langsamer zu erzählen und noch einmal von vorn anzufangen, während sie sich ein paar Notizen machten. Owen Nash war eine gute Story, aber diese Sache mit Fowler konnte die Eröffnungssalve eines längeren Krieges sein.

Sie waren immer noch dabei, als Jeff den Polizisten – Glitsky war sein Name –, der am Abend zuvor beim Gerichtsmediziner gewesen war, zum Fahrstuhl gehen sah. Er ließ seine Pizza auf dem Pult liegen, packte sich seine Krücken, sagte, er habe es eilig, und hoffte den Typen noch zu erwischen, bevor der Fahrstuhl im zweiten Stock ankam.

Glitsky war nicht gerade erfreut darüber gewesen, daß er am Freitagabend noch länger bleiben, Shintaka wegen Mordes einliefern sowie einen Bericht über sein Gespräch mit ihr und die Gründe für die Verhaftung aufschreiben mußte, obwohl bisher nichts von einer Anklage bekannt war. Doch damit nicht genug: Als er diese Arbeiten beendet hatte und um acht Uhr Schluß machte, blieb ihm ja immer noch eine Chance, nach Hause zu gelangen und mit Flo etwas Gutes zu essen. Aber als er unten zu seinem Wagen kam, stellte er fest, daß er, obwohl frisch repariert, nicht ansprang.

»Officer.« Jetzt stand da wieder dieser Reporter.

Die Fahrstühle waren so langsam wie noch nie, und in der Halle betrug die Temperatur über dreißig Grad.

Elliot kam ganz nahe an ihn heran. »Entschuldigen Sie mich, Officer«, wiederholte er.

Glitsky verbesserte ihn. »Sergeant«, sagte er. »Sehe ich aus, als ob ich eine Uniform trage?«

»Sorry. Sergeant. Wir haben uns gestern abend schon mal kurz kennengelernt.« Jeff stellte sich wieder vor. »Beim Gerichtsmediziner. Owen Nash.«

»Richtig.«

Elliot drang weiter auf ihn ein. »Nun, wir sind im zweiten Stock. Ich dachte, sie wollen zur Staatsanwaltschaft. Gibt es Neuigkeiten?«

Der einzige Fahrstuhl, der nach fünf Uhr noch in Betrieb war, kam mit einem leisen Ping an. Glitsky ging hinein, und Elliot folgte ihm. »Ich habe gerade anderthalb Stunden lang Berichte geschrieben.«

»Also tut sich was?«

Jeff fand den Mann ziemlich beunruhigend. »Etwas tut sich immer«, sagte er. »Darum gibt's ja die Zeit – sie verhindert, daß alles gleichzeitig passiert.«

Die Fahrstuhltüren schlossen sich – endlich. »Im zweiten Stock ist die Schlüsselausgabe für die Dienstfahrzeuge, und mein verdammter Plymouth streikt mal wieder, und alle anderen Wagen sind jetzt fürs Wochenende weg, also fahr' ich mit einem Taxi nach Haus.« Elliot wußte es nicht, aber Glitsky fluchte ungefähr so selten, wie er laut herauslachte, vielleicht zweimal im Jahr.

»Wo wohnen Sie?« Jeff war wie immer auf Draht, und obwohl er eigentlich auf dem Rückweg in seinem Büro vorbeischauen wollte, sagte er: »Ich fahre jetzt nach Hause und könnte Sie mitnehmen.«

Glitsky sagte, er wohne draußen an der Lake Street, und Jeff schwindelte nur ein wenig, als er sagte, das läge genau auf seinem Weg. Der Sergeant taute ein bißchen auf. »Das wäre nett. Wo haben Sie geparkt?«

Sie waren im Erdgeschoß angekommen, die Tür öffnete sich und eine willkommene Brise kühler Luft traf sie. »In der ersten Reihe.«

»Sie haben Glück«, sagte Abe.

Jeff grinste gewinnend. »Nein«, sagte er. »Ich bin behindert.«

Von dem schwachen grünen Licht des Aquariums abgesehen, war es dunkel. Das Schlafzimmerfenster, das nach Osten zur Skyline der City hinaus lag, stand weit offen, aber kein Lüftchen regte sich.

Hardys Frau lag mit ihrem Rücken an seinen Bauch geschmiegt, er war in ihr und hielt sie um die Taille. Sie waren schon lange damit beschäftigt und schwitzten beide; Hardy wollte etwas beweisen.

»Diz.«

Er sagte »Schscht« und versuchte sie nicht zu hören, um seine eigene Verzauberung nicht zu zerstören. Er hatte mit geschlossenen Augen angefangen, sie war zu ihm gekommen, hatte die Distanz gespürt, die zwischen ihnen war nach dem stillen Abendessen und dem Brüten im Wohnzimmer.

»Diz.«

Er wollte sie nicht hören und tauchte mit dem Mund in ihren Nacken unter ihr Haar. Als er die Augen öffnete, konnte er im schwachen Licht ihren Rücken erkennen. Nur ihren Rücken. Es konnte irgendein Rücken sein.

Aber er arbeitete sich jetzt allmählich heran, er fühlte, wie sie sich ihm entgegenstemmte – sie wollte ihm helfen, sogar wenn sie aufhören wollte, und griff nach ihm und krümmte sich rückwärts. Er zog sie an sich, sie war jetzt an ihm dran, er fühlte die Luft zwischen ihnen, dann holte er sie näher an sich heran, hart in ihrer Feuchtigkeit. Dann fester, hämmernd, er verlor sie, als er merkte, daß er kam, fand sie wieder und trieb und trieb und trieb hinein und hinein und hinein.

Es war Celines Rücken. Eine wütende Celine. Und Hardy war aus irgendeinem Grund auch wütend, fühlte ihren Griff, den festen Griff, mit dem sie ihn gefaßt hielt. Und jetzt hörte er sie schreien, als sie dachte, daß es vorbei wäre, sie mochte es so hart, und ihr Schrei löste etwas ganz unten in seinem Rückgrat aus, das in ihm aufstieg.

Er klatschte sie gegen sich, so fest er konnte, wußte, daß er ihr nicht weh tat, schrie jetzt selbst, seine Hände auf Celines Brüsten, die irgendwie naß waren, er preßte sie zusammen, preßte sich selbst gegen Frannies Rücken, sie pumpte ihn, die süße Agonie …

Fertig jetzt, lag er auf dem Rücken und atmete heftig. Er fühlte, wie der Schweiß ihn kühlte bei der leichtesten warmen Brise, die durchs Fenster kam. Frannie war an seiner Seite, stützte sich auf den Ellbogen, ganz fest an ihn geschmiegt. »Ich liebe dich«, sagte sie. »Bist du okay?«

»Tut mir leid.«

Sie küßte ihn wieder. »Es braucht dir nicht leid zu tun. Es hat mir gefallen.«

Er zog sie an sich und küßte sie. Sie legte den Kopf auf seine Schulter und fing an, regelmäßig zu atmen. Nach einer Minute schlief sie. Hardy lag mit offenen Augen da und horchte noch fast eine Stunde lang auf das Gurgeln des Aquariums.

18

Er wachte erfrischt auf, seine Teufel waren durch verausgabte Begierde und tiefen Schlaf ausgetrieben. Bei Tageslicht dachte er, es hätte ihm nicht geschadet, sich Phantasien hinzugeben – ab und zu war das ganz natürlich. Kein Grund, sich deshalb zu quälen.

Jetzt phantasierte er nicht. Frannie war bei ihm. Er machte Frühstück – Toastbrot und Würstchen – in seiner schwarzen gußeisernen Pfanne, dem einzigen Artefakt, das er aus seiner Zeit mit Jane übernommen hatte. In den zehn Jahren, in denen er allein gelebt hatte, war diese Pfanne eine der unantastbaren Sicherheiten in seiner Welt gewesen. Er hatte sie mit Salz und Papierhandtüchern gesäubert, ohne Wasser und ohne Spülmittel. Nach jedem Gebrauch tat er einen Tropfen Öl hinein und rieb sie damit aus. Kein Essen blieb an der Pfanne kleben. Es war eine Freude.

Er biß ein Stück von einem Würstchen ab und wendete eine Scheibe Weißbrot in der Mischung aus Eiern, Milch und Zimt. Tauchte sie nur eine Sekunde hinein, damit sie nicht matschig wurde, und beförderte sie mit der Gabel in die Pfanne, in der sie mit einem zufriedenstellenden Zischen landete. Draußen schien die Sonne schon wieder heiß vom Himmel. Vielleicht würden sie dieses Jahr ein ganzes Sommerwochenende bekommen.

Frannie war angezogen. Sie trug Wanderstiefel mit weißen Socken, Khakishorts und ein riesiges T-Shirt. Sie war für die historische Expedition nach Martinez gerüstet, die sie, Hardy und Moses für diesen Tag geplant hatten. Sie wollten den schwer faßbaren Ursprung des Martini erkunden.

»Oder ist es der Ursprung des schwer faßbaren Martini?« hatte Moses gefragt. Das war am letzten Mittwochabend im Yet Wah gewesen.

»Der Martini selbst ist nicht schwer faßbar«, hatte Hardy erwidert.

»Aber der *ideale* Martini kann es sein.« Jesus, zwei Barkeeper, die sich schließlich einigten. Frannie lächelte, als sie sich daran erinnerte. Sie kam mit der Morgenzeitung zurück und legte sie auf den Tisch vor Rebecca hin, die auf ihrem Kinderteller mit Babynahrung Fingermalerei betrieb. Stehend schlug Frannie die Titelseite auf, griff sich ein Würstchen und nahm den Kaffeebecher entgegen, den Hardy ihr reichte.

»Dieser Jeff Elliot steht jetzt jeden Tag groß drin.«

Hardy kam herbei und legte den Arm um sie.

OWEN NASH: MORDVERDÄCHTIGE VERHAFTET
von Jeff Elliot
Chronicle-Redaktion

Die Polizei verhaftete gestern May Shinn, die angebliche Geliebte von Owen Nash, wegen des Mordes an dem hiesigen Geschäftsmann. Sergeant Abraham Glitsky, der die Verhaftung vornahm, gab an, nach der Entdeckung von Nashs Leichnam am Donnerstag an einem Strand in Pacifica habe Ms. Shinn einen Flug nach Japan gebucht und die Stadt zu verlassen versucht, nachdem sie versprochen hatte, sich nicht aus San Francisco zu entfernen.

Glitsky wollte, was die bisher gesammelten Beweismittel angeht, keine Einzelheiten erwähnen, aber er gab zu, man habe bei der Durchsuchung der *Eloise*, des Segelbootes von Owen Nash, Blutspuren und eine auf den Namen von Ms. Shinn registrierte Handfeuerwaffe, eine .25-Kaliber-Beretta entdeckt. Außerdem wurde aus der Bootswand eine Kugel entfernt und sichergestellt. Die Waffe ist zweimal abgefeuert worden, und in Nashs Leichnam fanden sich zwei Einschüsse. Die Ballistikabteilung hat diese Beretta noch nicht endgültig als Mordwaffe identifiziert, aber Glitsky gab an, daß dies »wahrscheinlich« sei.

Der Artikel hatte noch eine Fortsetzung auf der letzten Seite, aber Hardy war schon am Telefon. »Das hab' ich gern«, sagte er. »Über die Arbeit meiner lieben Freunde und Berufskollegen in der Zeitung zu lesen.«

»Was ißt du denn da?« fragte Glitsky. »Klingt ja toll.«

Hardy schluckte seine Wurst hinunter. »Du hast meine Telefonnummer vergessen, Abe. Ich gebe sie dir.«

»Wegen Freitagabend? Ach komm. Ich habe noch bis halb zehn, zehn mit Elliot geredet. Ich hatte vor, dich heute früh anzurufen.«

»Worüber hast du mit Elliot geredet?«

»Mein Wagen hat wieder gestreikt. Elliot war zufällig da und hat mich nach Hause gefahren.«

»Was für ein netter Kerl«, sagte Hardy.

»Er scheint wirklich in Ordnung zu sein.«

»Ich weiß. Ein wunderbarer Mensch. Ist sie aus der Haft entlassen?«

»Das bezweifle ich. Kommt auf den Anwalt an, schätze ich. Ein guter Anwalt kriegt sie vielleicht heute noch gegen Kaution frei.«

»Und wenn ich mit ihr rede? Hat sie es getan?«

Nach einer Minute antwortete Glitsky. »Ich weiß es nicht. Es könnte sein. Sie hat kein Alibi. Es ist ihre Waffe. Sie hat sie versteckt, und nachdem das mit Nash in der Zeitung gestanden hatte, nachdem er identifiziert war, hat sie einen Flug nach Japan gebucht.«

»Sie hat kein Alibi?«

»Sie war den ganzen Tag allein zu Haus. Wann bist du zum letztenmal den ganzen Tag allein zu Haus gewesen – und niemand hat dich angerufen? Ich wollte nicht, daß sie nach Japan verschwindet.«

»Meinst du, ich sollte sie mir mal ansehen?«

»Hey!« Frannie warf Hardy einen Blick zu. »Martinez«, flüsterte sie. »Der schwer faßbare Martini. Hast du vergessen?«

Normalerweise gab es am Wochenende im Justizpalast einen Bereitschaftsdienst. Das Büro der Bezirksstaatsanwaltschaft war offiziell geschlossen. Die Gerichtssäle waren ebenfalls zu. Natürlich fand der Polizeidienst weiter statt, es kamen Leute ins Gefängnis, das in den obersten Stockwerken lag, bis das neue Gebäude fertig war, und wurden auch daraus entlassen. Ein Schreibtisch war Tag und Nacht von einem Beamten besetzt, der die Verhafteten freiließ, für die jemand die geforderte Kaution bezahlt hatte. Strafverteidiger kamen und gingen. Es gab auch Besucher.

Hardy parkte auf seinem gewohnten Platz unter dem Freeway und versprach der unglücklichen Frannie, bis mittags um zwölf sei er wieder zu Hause, so daß sie dann zu dem Ausflug in die Geschichte aufbrechen könnten. Vormittags solle man sowieso keine Martinis trinken. Sie antwortete ihm, sie werde jetzt sowieso etwa sieben Monate lang keine Martinis trinken und hätte ja ohnehin nur mitkommen wollen, um mit ihrem Mann und ihrem Bruder zusammen etwas Schönes zu unternehmen, was ihm anscheinend von Tag zu Tag unwichtiger werde.

May hatte geglaubt, sie hätte alles gelernt und erfahren, was sie zum Leben brauchte, und wäre weit genug gereist auf ihrem steinigen Pfad zu einer Art innerem Frieden. Sie hatte gemeint, daß sie nun nicht mehr zurück brauchte, nie wieder zum Spielball von Ereignissen würde.

Und nun mußte sie sich ausziehen und ein gelbes Kleid anlegen, das nach Lysol roch. Sie sperrten sie in eine vergitterte Zelle, zusammen mit einer mürrischen jungen schwarzen Frau. Es gab dort nur eine Toilette ohne Sitz, und der ganze Raum stank, von dem Geruch nach Desinfektionsmitteln abgesehen, wie eine Kloake.

Und ihre Anrufe bei dem Mann, der der Anwalt ihres Geliebten gewesen war, waren nutzlos. »Wenn du je Hilfe brauchen solltest – ich meine, richtige Hilfe –, und ich bin nicht da, dann rufst du einfach Wheel an. Auf ihn kannst du dich verlassen.« Er würde kommen und sie herausholen. Er war Jurist und kannte sich in diesen Dingen aus. Aber er war nicht unter der Nummer zu erreichen, die Owen ihr gegeben hatte. Niemand hatte abgehoben, und jetzt gab es keinen Menschen, den sie anrufen konnte. Sie war allein.

Sie verbrachte die Nacht voller Angst. Sie wachte schwitzend auf in einer stickigen Luft. Sie roch ihren eigenen Geruch und den der anderen Frau, die nichts sagte, sondern mit dem Rücken an die Wand gelehnt auf ihrer Matratze saß. Dann ein Krachen und Klirren, und es hieß aufstehen! Sie brachten das Essen. Trockenei. Dann ging es unter die Dusche, und die Gefängniswärterinnen sahen mit kalten, gleichgültigen Gesichtern zu.

Sie schwor sich, daß sie sich nicht so leicht ergeben würde, aber es fiel ihr schwer, nicht den Mut zu verlieren. Sie spürte, wie ihr Widerstand nachließ, und das wollten sie ja erreichen. Sie sollte wieder zum Opfer werden.

Sie hatte wirklich gedacht, daß sie das ein für allemal hinter sich hätte. Wenn Owen etwas für sie getan hatte, dann war es das. Nein, sie würde sich nicht zum Opfer machen lassen. Das konnte sie verhindern.

Sie saß mit gekreuzten Beinen auf ihrer Matratze und schloß die Augen. Da sie keinen richtigen Schrein in ihrer Zelle hatte, würde sie sich einen in ihrer Phantasie schaffen, sogar in diesem Dreck. Sie war schon früher der Verzweiflung so nahe gewesen. An dem Tag, an dem sie Owen kennengelernt hatte …

Allein in einer abgedunkelten Ecke des Nissho, eines exklusiven japanischen Restaurants nahe dem Miyako Hotel in Japantown. Ein dicker Winternebel hing draußen vor den Fenstern. Sie saß da und dachte an ihren Tod. Sie wollte Seconal und Alkohol nehmen. Mit einer kleinen Flasche Sake anfangen. Nach dem Mittagessen langsam zurück zu ihrer Wohnung gehen, am Fenster sitzen, in den Nebel hinaussehen und die Flasche Meursault austrinken. Danach sich ausziehen und ein heißes Bad nehmen. Dann die Schlaftabletten schlucken und die frischen seidenen Bettlaken über den nackten Leib ziehen. Und einschlafen.

Dahin hatte sie das Leben nach vierunddreißig Jahren geführt.

Sie hätte nicht genau sagen können, wo sie versagt hatte und von wo an es kein Zurück mehr für sie gab. Hätte sie sich mehr Mühe mit ihren Familienangehörigen geben sollen? Mehr mitreden und Kontakt haben, um die eisige Reserviertheit zu überwinden. Sie waren zwei Schwestern und ein Bruder gewesen und hatten mit ihren Eltern in einem spießigen, leeren Haus in der Einflugschneise nach Moffat Field in Sunnyvale gelebt. Passiv. »Nicht vergessen, wir sind Japaner.« Ihr Vater kam nie über die Internierung während des Zweiten Weltkriegs hinweg. Als er noch ein Junge war, hatten sie ihn mit seiner ganzen Familie zusammen aus dem Haus geholt und in ein Lager nach Arizona gebracht. Das war die Entschuldigung für sein ganzes Leben gewesen. »Wir werden hier niemals zu Haus sein.« Den Haß und die Enttäuschung darüber, wer er war und wer sie alle waren, gab er an ihre Mutter und an seine Kinder, an May weiter.

Dann fing sie an, in Berkeley zu studieren, und war froh, die Familie los zu sein, die langsam in Vergessenheit geriet. Als sie im ersten Semester kein Geld mehr hatte, suchte sie sich einen Job und verkaufte Schuhe an die *gaijin* mit den großen Füßen. Und dann heiratete sie den zehn Jahre älteren Sam Hoshida, weil er sie mit seiner Gartenarchitektur aus dem Schuhgeschäft holte.

Und noch ein Semester im College mit Sams finanzieller Unterstützung. Noch ein Jahr mit einem Mann, der immer ruhiger und verbitterter wurde, als er merkte, daß sie ihn ausnutzte. Sie kleidete sich besser, wurde sich ihrer Schönheit bewußt, andere Männer machten sie darauf aufmerksam.

Dann kam der Uni-Assistent, ein Halb-Japaner, Phil Oshida. Sie verliebte sich in Phil und ließ Sam sitzen. Sie heirateten, und sie hatte in zwei Jahren drei Fehlgeburten. Sie konnte niemals Kinder bekommen. Er haßte sie deshalb, er bemitleidete und haßte sie gleichzeitig und versuchte, diese Gefühle als Liebe zu tarnen. Das war wohl der Augenblick, in dem der große Absturz begonnen hatte – als der einzige Mensch, den sie sich je zu lieben gestattet hatte, sie fallen ließ.

Sie machte einen nutzlosen Abschluß in Politologie und ließ sich ein zweitesmal scheiden. Mit vierundzwanzig Jahren war sie jetzt eine leere, verbrauchte Hülle.

Als es zum erstenmal geschah, hatte sie es nicht geplant. Sie war für eine Urlaubswoche nach Hawaii geflogen, ihr erster Urlaub von ihrem sinnlosen Job in der Bank of America. Natürlich mußte sie, wie immer, sparen – es war eine Pauschalreise, Rückflug, Hotelzimmer und eine Mahlzeit pro Tag. Es waren die Weihnachtsferien. Am Strand traf sie einen Studenten der Universität von Südkalifornien, Los Angeles. Er war groß und kräftig gebaut, blond und typisch amerikanisch und sagte, ihr Badeanzug gefiele ihm. Sie ließ sich von ihm zu einem Eis einladen. Ob er sie zum Essen ausführen dürfe? Er hatte eine Menge Geld. Seine Eltern lebten in Hilo, dem kleinen Hafen im Südosten der Insel. Am nächsten Tag fragte er sie, ob sie mit ihm zusammen in das Haus seiner Eltern gehen würde. Er kam gleich zur Sache. Eine Woche später mußte er wieder zum Studium zurück nach L.A., und er hatte eine Freundin, eine Bindung konnte er mit May also nicht eingehen, aber sie konnten sich amüsieren.

Geld bekam sie nicht von ihm. Allerdings bezahlte er für ihren Rückflug, als sie seinetwegen noch etwas länger dort blieb. Aber diese Erfahrung lehrte sie, daß sie ihr Aussehen nutzen konnte. Sie gab ihren Job bei der Bank of America auf, kürzte ihren Nachnamen zu Shinn und fing an, allein und diskret, auf diese Art Geld zu verdienen.

Schließlich saß sie ab und zu im Nissho, immer noch eine leere Hülle, und trug ihres Vaters Opferlast mit sich herum. Zehn Jahre lang hatten die Männer mit ihr getan, was sie wollten. Noch mehr konnten sie sie nicht erniedrigen, noch wertloser konnte sie sich nicht fühlen. Nachfrage nach ihr war immer noch vorhanden, aber es gab keine May Shintaka mehr, nicht einmal von May Shinn war viel übrig, und es war ihr eigentlich auch völlig gleichgültig. Ihre Nützlichkeit – falls sie je nützlich gewesen war – hatte ein Ende.

In diesem Augenblick war Owen Nash an ihren Tisch gekommen. Er setzte sich unaufgefordert zu ihr. Sie hob den Kopf, um ihn anzusehen. »Ja?«

»Sind Sie so allein, wie Sie aussehen?«

Sie erkannte etwas in Owen Nash, mit dem sie nicht gerechnet hatte, nach all den anderen Männern, mit denen sie Kontakt gehabt hatte.

In ihrem Geschäft war ihr unweigerlich klargeworden, daß am Ende alle Männer gleich oder einander so ähnlich wurden, daß die winzigen Unterschiede keine Rolle mehr spielten.

Aber hier war ein Mann, der sie gleich beim ersten Kennenlernen fesselte. Er stand über ihr, er sah auf sie herunter, er wirkte mächtig, er hatte einen massigen, muskulösen Torso, ein kantiges Gesicht, und seine Augen funkelten vor Leben. Und dahinter, halbverborgen, sah sie, daß er litt ...

Jetzt starrte sie ihn an, sie wollte nicht zugeben, was sie intuitiv spürte: Dieser Mann kannte sie schon, er durchschaute sie, er wußte, was in ihr vorging. »Sind Sie so einsam, wie sie aussehen?« Ein altbekannter Spruch, um jemanden aufzugabeln. Aber hier, in diesem, ihrem Fall, war das nicht so. Er sagte ihr damit, daß sie irgendwie miteinander verbunden seien. Es hielt sie nichts mehr in ihrem sinnlosen Leben, und deshalb wollte sie jetzt plötzlich wissen, was das für eine Verbundenheit zwischen ihnen sein könnte.

Sein Zimmer lag nach hinten hinaus, aber er hatte sie von der Küche aus beobachtet, wo er bei der Zubereitung der Beilagen zu seinem Hauptgericht mithalf – Fugu, einer Kugelfischdelikatesse in Japan, an der man starb, wenn man beim Kochen einen Fehler machte.

Nachdem sie zusammen gegessen hatten, warteten sie beide auf die leichte Taubheit auf der Zunge. Owen hatte eine Flasche alten Suntory-Whisky gebracht und trank ihn einfach aus der Sake-Tasse.

»Ich glaube, Sie sind unglücklich«, sagte sie. »Wenn mit dem Fisch etwas falsch gewesen wäre, hätte er Sie vergiften können.«

Er trank seinen Whiskey. »Ein Risiko gibt es überall. Man tut, was man tun muß –«

»Und Sie müssen den Tod riskieren? Warum? Jemand wie Sie?«

Sie waren allein in dem Zimmer und saßen auf dem Fußboden. Der Tisch war abgeräumt – nur noch die Suntory-Flasche und die beiden Tassen standen auf dem polierten Teak.

»Es ist ein Spiel«, sagte er. Er lächelte nicht. »Ich tue es einfach. Das ist alles.«

Sie schüttelte den Kopf. Es war kein Spiel für ihn. »Ich glaube, darum sind Sie zu mir an den Tisch gekommen und haben mit mir geredet. Sie haben mich erkannt. Ich bin wie Sie.«

Sie erzählte ihm, was sie sich wünschte: Er sollte ihr folgen, und sie würde ihm zeigen, wie es wirklich war, wenn man sterben wollte. Sie gingen zwanzig Blocks weit durch den Nebel zu ihrer Wohnung. Er folgte ihr die Treppe hinauf. Im Vorraum streifte sie ihre Schuhe ab und ging ins Badezimmer, wo sie das Wasser in die Wanne einließ. Sie ging zum Kühlschrank, nahm den Wein heraus und öffnete die Flasche. Es war, als ob er nicht existierte.

Sie ging zur Kommode und legte ihre Ohrringe und ihre Halskette ab. Sie knöpfte die schwarzseidene Bluse auf und spürte, wie er von hinten an sie herantrat, aber er berührte sie nicht, er sagte kein Wort. So sollte es zwischen ihnen sein. Sie zog sich weiter aus – ihren Büstenhalter, ihre Hose, den Rest.

Sie trank das erste Glas Wein in einem Zug aus und goß sich ein zweites ein, das sie mit ins Badezimmer nahm. Die Wanne war voll mit heißem Wasser, der Spiegel beschlagen. Er saß auf dem Toilettensitz, sah zu, wie sie sich einseifte, und trank von Zeit zu Zeit aus der Suntory-Flasche, die er mitgebracht hatte.

Sie duschte sich ab, dann trat sie hinaus und ging zum Arzneischränkchen, dem sie den kleinen Glasbehälter mit den Tabletten entnahm. Sie schüttelte die Tabletten, zwanzig Stück mindestens, in ihre Hand. Sie setzte das Glas mit dem Wein an die Lippen, legte den Kopf zurück und warf die Tabletten in ihren Mund.

Das war der Moment, in dem Owen sich bewegte und ihr das Glas aus der Hand schlug; es fiel auf den Kachelboden und zersprang. Er packte sie, steckte ihr seine Finger in den Mund und zwang sie, die Tabletten wieder herauszuwürgen, sie fielen in das Waschbecken, in die Toilette, auf den Boden.

So hatte es angefangen.

Der Schrein verschwand mit dem Krachen der Gitter, die Tür ging auf. »Shinn. Der Staatsanwalt ist da und will Sie sprechen. Los, kommen Sie raus!«

Erinnere dich daran, wer du bist, sagte sie zu sich selbst. Du bist nicht, was sie von dir denken.

Es war kurz vor elf Uhr morgens. Draußen vor den Fenstern, durch die Gitterstäbe hindurch, sah sie die Sonne hoch am Himmel.

Das Sprechzimmer war wie eine Zelle, nur die Toilette und die Gitter fehlten. Darin stand ein alter, narbiger, grauer Schreibtisch mit drei Stühlen. Sie setzte sich dem Mann gegenüber. Er trug Jeans und ein Rugbyhemd. Er stellte sich als Mr. Hardy vor. Außer ihm war noch eine Frau da, die er als Untersuchungsbeamtin der Staatsanwaltschaft bezeichnete. Er sagte, er werde dieses Gespräch auf Band nehmen. Und dann fragte er sie, wie man sie behandele.

»Ich brauche mehr Telefongespräche«, sagte sie. »Ich dürfte nicht hier drin sein.«

Sie war nicht dumm. Sie war eine amerikanische Staatsbürgerin und sie würde ihm nicht in die Falle gehen wie ihr Vater. Es mußte einen anderen Grund dafür geben, daß man sie verhaftet hatte – es hatte nichts damit zu tun, daß sie Japanerin war. Sie erzählte Hardy, sie hätte Ken Farris telefonisch zu erreichen versucht.

»Ich kann ja Farris für Sie anrufen. Er hat Sie letzte Woche mehrmals angerufen, das wissen Sie.«

»Ich habe Owen Nash nicht getötet«, sagte sie.

»Ich würde an Ihrer Stelle nichts sagen, das man gegen Sie verwenden könnte.«

»Wozu sind Sie denn hier?«

»Ich dachte, daß Sie mir vielleicht erzählen wollen, was geschehen ist. Vielleicht haben wir beide Glück.«

»Was wann geschehen ist?«

Der Mann zuckte die Achseln. »Gestern abend. Die Verhaftung. Wann Sie Owen Nash zuletzt gesehen haben.«

»Sollte ich nicht einen Anwalt haben?«

»Natürlich. Sie haben ein Recht darauf. Sie brauchen mir kein Wort zu sagen.«

Aber sie merkte, daß sie es ihm erklären und reden wollte. »Ich weiß nicht mal genau, weshalb ich hier bin.«

»Ich glaube, daß Sie das Land verlassen wollten, war keine gute Idee.«

»Aber ich wußte –« Sie hielt ein. »Sehen Sie das nicht?«

»Was denn?«

Sie sprach langsam, wählte ihre Worte mit Bedacht. »Als ich meinen Namen in der Zeitung sah, wußte ich, daß man mich verdächtigt.«

»Waren Sie auf dem Boot mit ihm?«

»Nein! Ich habe das dem Beamten schon gesagt, der mich verhaftet hat.«

»Warum sollten wir Sie denn dann verdächtigen?«

»Ich bin Japanerin.« Nein, sagte sie sich. Das war die Antwort ihres Vaters. Aber jetzt hatte sie es schon ausgesprochen. »Es stimmt«, sagte sie. »Sie verdächtigen mich, und zwar grundlos. Weil ich so bin, wie ich bin. Und wegen der Art, mit der ich meinen Lebensunterhalt verdient habe.« Jetzt sollte sie still sein und auf einen Anwalt warten, aber sie konnte sich nicht zurückhalten. »Und auch wegen der Waffe.«

»Ihrer Waffe?«

Sie nickte. »Ich wußte, daß sie auf dem Boot war. Ich hatte sie dort gelassen. Ich wollte sie nicht zu Haus in meiner Wohnung haben. Ich habe es nicht einmal über mich gebracht, sie zu laden. Owen fand das albern.«

»Also haben Sie sie auf der *Eloise* gelassen?«

»Im Schreibtisch, am Bett.«

Der Mann runzelte die Augenbrauen. Irgend etwas störte ihn. »Wissen Sie genau, ob die Waffe da drin war, als Sie am Sonnabend hinausgefahren sind?«

»Ja, aber –«

»Also sind Sie am Sonnabend hinausgefahren.«

»Nein! Das wollte ich nicht sagen. Ich wollte sagen: als Owen hinausgefahren ist. Ich wußte, daß sie sich immer dort befand. Dort habe ich sie aufbewahrt.«

»Hat noch jemand gewußt, daß die Waffe dort war?«

»Na ja, Owen natürlich.« Da war noch etwas. Sie überlegte. Sie sagte es nicht. »Jeder konnte das wissen.«

»Jeder?« wiederholte er.

»Ja!« Sie fing an, sich aufzuregen. Sie verlor allmählich die Selbstbeherrschung und hoffte, daß man es ihrer Stimme nicht anmerkte. Sie zwang sich, ruhig zu atmen. »Wenn ich es getan hätte, warum würde ich dann die Waffe auf dem Boot lassen, nachdem ich ihn erschossen hätte? Dann hätte ich sie doch über Bord geworfen.«

»Ich weiß das nicht, May. Vielleicht standen Sie unter einem solchen Schock, weil Sie es getan hatten, und aus alter Gewohnheit, ohne zu überlegen, legten Sie die Waffe wieder dahin, wohin sie gehörte. Sagen Sie mir doch, wie es war.«

»Ich habe Owen geliebt. Ich habe das dem Sergeant gesagt.«

»Sie haben ihn geliebt.« Er wiederholte es monoton. »Niemand sonst scheint ihn besonders liebenswert gefunden zu haben.«

»Niemand sonst hat ihn gekannt.«
»Eine Menge Leute kannten ihn«, sagte er.

Die Tür des Raums öffnete sich ruckartig. »Was zum Teufel geht hier vor?«

Hardy sah hoch, dann stand er auf. »Kann ich Ihnen helfen?«

Der Mann war keine einsachtzig groß. Er hatte krauses braunes Haar und eine schlaffe, fahle Gesichtshaut. Sein schäbiger Anzug war schlecht geschneidert und schlecht gebügelt. Beim Rasieren hatte er sich geschnitten, und auf seinem weißen Kragen sah man winzige Blutflecke.

Trotzdem, was ihm an Stil fehlte, machte er in der Ausstrahlung wett. Seine braunen Augen waren klar, man merkte ihm an, daß er Autorität besaß. Es hatte den Anschein, als ob er vor Ärger Funken sprühte. »Ja, Sie können mir helfen! Sie können mir sagen, was hier los ist!«

Hardy ging nicht direkt auf seine Frage ein. »Vielleicht können Sie mir sagen, wieso Sie sich dafür interessieren.«

Die beiden Männer betrachteten einander wütend. Der Gefängniswärter, der diesen Mann hereingelassen hatte, stand immer noch an der Tür. Die Untersuchungsbeamtin von der Staatsanwaltschaft, die Hardy als Zeugin mitgebracht hatte, besah sich ihre Fingernägel. Der Wärter fragte: »Meine Herren, haben Sie ein Problem miteinander?«

Der kleinere Mann drehte sich um. »Sie wissen, wer ich bin.«

»Ich weiß es nicht«, sagte Hardy.

Der Mann ignorierte ihn. »Ich vertrete diese Frau, und die Staatsanwaltschaft drangsaliert sie –«

»Hier wird niemand drangsaliert.«

»Sparen Sie sich Ihre Worte für Ihren Widerspruch. Da werden Sie sie brauchen. Von diesem Strafverfahren gar nicht zu reden.«

»Wer sind Sie, zum Teufel?«

»Ich bin David Freeman, Ms. Shintakas Anwalt. Und Sie haben hier nichts zu suchen.«

Wie alle, die als Anwälte oder Staatsanwälte oder Richter im Justizpalast arbeiteten, hatte Hardy von David Freeman gehört, und jetzt war er stumm. Freeman war ein berühmter Mann, ein Strafverteidiger der Spitzenklasse, der schon in unzähligen Fällen geglänzt hatte. Was war er, Dismas Hardy, dagegen: ein Grünschnabel bei der Staatsanwaltschaft, der einen Fall bearbeitete, der ihm eigentlich gar nicht gehörte. Er wußte nicht, welche Verbindung es zwischen May Shinn und David Freeman gab, aber daß es eine gab, stand nun fest, und für Hardy sah es nun ziemlich schlecht aus.

»Wieso sind Sie –«

Freeman schnitt ihm das Wort ab. »Weil zum Glück für die Justiz manche Richter auch am Wochenende arbeiten. Und jetzt verschwinden Sie, zum Teufel, Counselor, oder ich sorge dafür, daß man Sie aus der Anwaltschaft ausschließt.«

May unterbrach ihn: »Aber er hat nicht –«

Freeman hielt gebieterisch die Hand empor. »Sagen Sie jetzt kein Wort mehr.«

Der Richter Andy Fowler holte mit seinem Driver zum ersten Schlag aus, sah den Golfball über die Mitte des Fairway sausen und am klaren, blauen Himmel Flügel bekommen, so trug ihn die warme, trockene Luft davon. Endlich, nach schätzungsweise hundert Metern, fiel er hinab, sprang auf, rollte noch fünfunddreißig Meter weit und blieb eine knappe Eisen-Sieben-Länge vor dem Pin liegen.

Fowler hob sein Tee schwungvoll auf, ging zu seinem Cart und grinste. »Es macht Spaß heute.« Gary Smythe war Fowlers Broker und für heute sein Matchpartner. Sie spielten Best-Ball um 20 Dollar pro Loch und standen jetzt, bei Nummer vierzehn, auf 80 Dollar. Gary war noch keine fünfunddreißig, ein Mitglied der zweiten Generation im Olympic Club.

Das andere Team, natürlich ebenfalls Mitglieder, waren Vater und Sohn: Ben und Joe Wyeth von der gleichnamigen Grundstücksgesellschaft. Ben Wyeth hatte ungefähr Fowlers Alter und sah zehn Jahre älter aus. Er legte den Ball auf das Tee. »Ich glaube, der Richter hier sollte sich das mit seinem Zwölferhandicap nochmal überlegen.« Er schwang seinen Schläger und brachte einen ordentlichen Drive zustande. Der Ball rollte aus und lag dann etwa hundertachtzig Meter entfernt auf der rechten Seite des Fairway. »Das«, sagte er, »ist ein netter Drive für Jungs in unserem Alter, Andy.«

Sie stiegen in ihre Carts und fuhren den Fairway hinunter. »Du spielst heute großartig Golf«, sagte Gary.

Andy kaute auf seinem Tee herum. Er trug eine weiße Baseballkappe mit einem Falkenemblem, kastanienbraune Hosen und ein

Polohemd. Er blickte hinter einem Schwalbenschwarm her, der sich in einem der Eukalyptushaine niederließ. »Ich glaube, Golf ist ein göttliches Spiel«, sagte er. »An einem so schönen Tag.«

»Wenn es ein göttliches Spiel ist, ist Gott ein Sadist.« Gary hielt den Cart an und stieg aus, um seinen Ball aufzuheben. Wie meistens an diesem Nachmittag hatte Andy besser geschlagen.

Andy verfehlte den Pin nur um etwas mehr als einen Meter. Garys Ball landete auf dem vorderen Rand, sprang auf, prallte fast gegen den Pin und rollte dann vier Meter weit daran vorbei. »Jetzt bist du wieder dran«, sagte Gary.

Als sie auf Ben und Joe warteten, sagte Gary zu Andy, er freue sich, daß es Andy besser gehe. »Ein paar von uns haben sich in den letzten Monaten Sorgen gemacht«, sagte er. »Du hattest dich sehr verändert.«

»Ach, das waren eben Sorgen, wie sie ein alter Mann nun mal hat. Das ist alles.« Andy stellte sich zu einem imaginären Putt auf. Überlegte, wie er zuschlagen würde. »Man wird faul. Kaum hat man ein paar Probleme am Hals, nicht schlimmere als jeder andere sie hat, schon vergißt man, daß man etwas dafür tun könnte, daß sie weggehen. Es ist genau wie beim Golfspiel. Man sitzt zu lange herum und starrt den Ball an. Und ziemlich bald starrt er einen an. Was man tun muß, ist einfach seinen Schlag zu machen und weiterzusehen. Wenigstens spielt man dann den Ball, und nicht umgekehrt. Und das hatte ich anscheinend vergessen.«

»Vielleicht könntest du es ein bißchen vergessen. Damit wir jungen Leute gegen dich eine Chance haben.«

Andy stellte sich wieder zu einem imaginären Putt hin und spielte den Ball ins Loch. Er hob den Kopf und grinste. »Ich gebe kein Pardon«, sagte er. »Die Beute gehört dem Gewinner.«

19

Hardy hatte schon bessere Wochenenden erlebt.

Das historische Martinez erwies sich als ein ziemlicher Reinfall. Da Moses und Hardy in der Little-Shamrock-Bar an der Neunten Avenue Ecke Lincoln Way in San Franciscos kühlem, luftigem Sunset District lange Jahre hindurch praktisch gewohnt hatten, war es, wie sie feststellten, wirklich eine Schnapsidee, anderthalb Stunden weit in eine andere windige Stadt zu fahren, um dort einige Bars auszukundschaften.

Sie griffen sich ein paar nicht so schwer faßbare Martinis. Der Gin nagte zuerst an Hardy und spülte schließlich die Erinnerung an das morgendliche Desaster mit May Shinn und dem Anwalt David Freeman fort. Danach fuhr Frannie sie alle gerade noch rechtzeitig heim, um zu merken, daß sich Rebecca Röteln und ein Fieber von vierzig Grad zugezogen hatte. Sie brachten sie sofort ins Krankenhaus.

Als sie um Mitternacht zurückkehrten, war Hardy zu erschöpft, um Art Drysdale und Abe Glitsky, die Nachrichten auf seinem Tonband hinterlassen hatten, noch zurückzurufen.

Doch am Sonntag hatte er sich erholt. Art Drysdale machte ihm Vorwürfe. Von Glitsky, der am Sonnabend gearbeitet hatte, hörte er, daß der Nachtwärter im Yachthafen, Tom Waddell, May am Donnerstagabend die Anlegestelle hatte verlassen sehen.

»Wahrscheinlich ist sie zurückgekehrt, als ihr einfiel, daß sie die Waffe im Boot gelassen hatte.«

»Besaß sie denn einen Schlüssel zur Kabine?«

»Das ist es ja. Offenbar kam sie nicht hinein. Waddell wollte ihr gerade helfen – was auch immer sie da tat –, aber im gleichen Augenblick war sie fort. Vielleicht hat sie in diesem Augenblick den Entschluß gefaßt, sich das Flugticket nach Japan zu kaufen. Der Zeitpunkt würde passen.«

Hardy erinnerte sich, daß die *Eloise* bei seinem ersten Besuch unverschlossen gewesen war. May, die das wußte, hatte vielleicht gedacht, sie könnte sich einfach an Bord schleichen, die Waffe nehmen, wieder verschwinden, und dann gäbe es keinerlei Indizien mehr, die sie in diesem Mordfall belasteten.

»Und da ist noch etwas. Vielleicht ist es bedeutungslos, vielleicht ist es ein Witz. Aber es könnte auch der Schlüssel zu dem ganzen Verbrechen sein.«

Hardy wartete.

»Ich habe mir einen Durchsuchungsbefehl für ihre Koffer geben lassen, und wir fanden etwas, das wie ein Testament in Owen Nashs Handschrift aussah, in dem er ihr zwei Millionen Dollar hinterläßt.«

»Ist es echt?«

»Das wissen wir nicht. Wir bekommen eine Probe seiner Handschrift, um das zu prüfen. Wir haben es ihr gegenüber noch gar nicht erwähnt. Aber nehmen wir mal an, Nash verschwindet, und sein Leichnam taucht nicht an irgendeinem Strand auf. Nachdem er für tot erklärt ist, kommt May und legt ihr rechtskräftiges Schriftstück vor.«

»Nettes Ruhepolster.«

»Dachte ich auch.« Ein guter Polizist, der allen Spuren nachging und einen Fall aufbaute, von dem Hardy hoffte, daß er selbst ihn nicht schon wegen eines Formfehlers verloren hatte.

Er verbrachte den größten Teil des Sonntags zu Hause und kümmerte sich um Rebecca. Er badete sie alle zwei, drei Stunden in lauwarmem Wasser. Frannie versuchte, tapfer zu bleiben, aber er merkte, wie sehr es sie quälte, von seinen Gefühlen ganz abgesehen. Er erinnerte sich an sein früheres Leben und den kleinen Jungen, der gestorben war. Da wehte ihn an diesem warmen Abend eine Kälte an.

Zum Abendessen gab es – kalte Spaghetti, durchgeweichten Salat und vertrocknetes Brot. Sie lagen alle schon vor neun Uhr im Bett.

Familienleben mit einem kranken Kind.

»Entschuldigen Sie mich«, sagte Elizabeth Pullios. »Es gibt hier nichts zu bereden.«

»Dann will ich meinen Hefter nehmen und gehen.« Es war Montagmorgen um halb zehn Uhr, und Hardy saß schon zum zweiten Mal innerhalb einer Woche im Allerheiligsten des Bezirksstaatsanwalts Christopher Locke. Mit ihm zusammen, im zweiten

Sessel vor dem Schreibtisch des Bezirksstaatsanwalts, saß Elizabeth Pullios, am Fenster stand Art Drysdale und kehrte ihnen den Rücken zu.

Pullios blieb ganz ruhig. »In diesem Mordfall bin ich zuständig. Was gibt es da zu diskutieren?«

»Daß Art mir diesen Fall versprochen hat.« Hardy wußte, daß es sich weinerlich anhörte, aber es stimmte, und er mußte es sagen.

»Art hat sich hier nicht richtig verhalten, Hardy.« Locke konnte sehr freundlich lächeln, wenn Kameras da waren, aber hier waren keine Kameras, und er lächelte jetzt nicht. Er beugte sich mit gefalteten Händen vor. »Nun hören Sie mal zu. Ich weiß Ihren Enthusiasmus für diese Arbeit zu schätzen. Aber wir arbeiten in einer Hierarchie und einer Bürokratie.« Er hob die Hand, und Hardy kam nicht zu seiner Erwiderung. »Ich weiß, wir alle hassen dieses Wort. Aber es ist ein präziser Ausdruck, und er paßt zu diesem Büro. Ms. Pullios verfügt in der Bearbeitung von Mordfällen über große Erfahrung, und am Sonnabend« – Locke deutete mit dem Finger auf Hardy – »haben *Sie* diese Untersuchung ernsthaft gefährdet. Die Beschuldigte hat ein absolutes Recht auf die Anwesenheit eines Anwalts. Ist Ihnen das klar?«

»Ich habe sie nicht gezwungen, ein Wort zu sagen.«

»Sie hätten überhaupt nicht *dort* sein dürfen. Das ist der springende Punkt. Gott sei Dank haben Sie auf Tonband genommen, was sie gesagt hat.«

Pullios rutschte auf dem Leder ihres Sessels herum. »Freeman könnte immer noch einen Fall daraus machen. Verstoß gegen die Strafprozeßordnung.«

»Mist«, sagte Hardy.

»Wie bitte?« Wenn jemand in Lockes Büro fluchte, dann nur er selbst.

Hardy überlegte und sagte dann trotzig: »Ich glaube nicht, daß er daraus einen Fall machen kann.«

»Egal.« Pullios war ruhig, aber fest. »Darüber müssen wir jetzt gar nicht reden. Ich bin hier für Mordfälle zuständig, stimmt das, Sir?«

»Natürlich.«

»Art?«

»Komm, Elizabeth.«

»Also bin ich zur Mordabteilung rauf und habe mir bei Abe Glitsky einen Hefter abgeholt, wie ich das schon oft getan habe.

Zufällig war es dieser Mordfall Nash. Und jetzt in diesem Augenblick befindet sich eine verdächtige Person in Haft, die in dem Augenblick verhaftet wurde, als sie aus unserem Amtsbereich zu fliehen versuchte.« Sie schrie nicht. Sie sprach ganz ruhig. Sie schien nicht einmal besonders aufgeregt zu sein. Sie hatte die Trümpfe in der Hand.

Hardy unternahm einen letzten Versuch. »Sehen Sie mal, Elizabeth. Ich habe allerhand Zeit in den Fall investiert. Ich habe die Hand gefunden. Ich habe mit der Tochter und mit dem Anwalt und besten Freund des Opfers gesprochen – und jetzt soll ich den Fall nicht bearbeiten. Was macht das für einen Eindruck auf die Leute?«

»Das ist irrelevant«, sagte Pullios.

»Nicht nur das«, sagte Locke, für den das Image, das sein Amt in der Öffentlichkeit hatte, immer von größter Bedeutung war. »Es ist nicht die Aufgabe von Ihnen beiden, sich darum zu streiten. Was Sie da anführen, ist zweifellos richtig, wenn auch nicht wesentlich. Ich kann verstehen, daß Sie meinen, Sie hätten ein legitimes Recht auf diesen Fall, aber dasselbe gilt für Elizabeth. Also, was wir jetzt machen, ist folgendes: Sie, Hardy, helfen mit. Unter Elizabeths Anleitung halten Sie den Kontakt mit den Personen aufrecht, die Sie bereits verhört haben, und halten Elizabeth als Vorgesetzte auf dem laufenden. Sie erstatten ihr über jeden Schritt, den Sie tun, Bericht. Wenn wir in diesem Fall Anklage erheben, dann wird das Elizabeths Auftritt, und Sie, Hardy, erhalten Gelegenheit, ihre meisterhafte Prozeßführung aus nächster Nähe zu verfolgen.« Der Bezirksstaatsanwalt verschränkte die Hände auf dem Schreibtisch und warf sein patentiertes Lächeln in den Raum. »Nun lassen Sie uns zusammenarbeiten und diesen Fall zu Ende bringen. Wir arbeiten hier in einem Team, was wir alle manchmal vergessen. Art, Hardy, ich danke Ihnen, daß sie mich unterrichtet haben. Meine Tür steht Ihnen jederzeit offen. Bei mir finden Sie immer ein aufmerksames Ohr. Elizabeth, könntest du noch einen Augenblick bleiben?«

»Gelegenheit, eine meisterhafte Prozeßführung aus der Nähe zu verfolgen.«

Drysdale jonglierte in seinem Büro. »Mein guter Freund Chris Locke sorgt dafür, daß alle dabei gewinnen.«

»Gewinnen? Armleuchter!«

Die Bälle zirkulierten. »Pullios versucht sich an dem Fall. Du arbeitest mit daran. Ich unterstütze dich wie bisher. Das Büro macht einen guten Eindruck. Alle gewinnen.«

»Wer war das manchmal, der gesagt hat: Noch so ein Sieg, und wir sind ruiniert?«

»Pyrrhus, glaube ich.«

»Daran werde ich noch denken.« Hardy schüttelte den Kopf. »Ich kann's nicht fassen. Sie weiß überhaupt nichts von diesem Fall.«

Drysdale widersprach. »Sie weiß sehr wohl etwas. Und ich muß mit einiger Berechtigung sagen: Sobald ein Täter, wofür auch immer, verhaftet ist, ist er ein schuldiger Hundesohn.«

»Und was ist mit ›im Zweifel für den Angeklagten‹?« Hardy kam sich mit dieser Frage lächerlich vor. Er wußte nicht genau, ob er selbst noch daran glaubte nach der Menschenwelle, die in den vergangenen Monaten über seinen Schreibtisch geschwappt war. Alle, jeder einzelne von ihnen, war schuldig an *irgend etwas* gewesen, selbst wenn es nicht das gewesen war, dessen man ihn beschuldigt hatte. Jeder, der bei der Staatsanwaltschaft arbeitete, sah sich der Versuchung ausgesetzt, alle, die sie schnappten, für irgend etwas zur Rechenschaft zu ziehen. Die besten von ihnen erhoben sich darüber. Manche fanden es unnötig.

Drysdale sah es anders. »Haken wir mal die Liste ab«, sagte er. »Sie hatte eine sexuelle Beziehung mit dem alten Knaben. Okay, da sind wir schon auf dem goldenen Weg des Erfolgs. Zweitens. Was hat sie heute früh zu dir gesagt? Sie kassiert vielleicht zwei Millionen, falls der Alte stirbt. Das ist die große Nummer zwei. Das ist nicht unwichtig.«

»Aber vielleicht stimmt es nicht mal. Und Elizabeth weiß sowieso nichts davon.«

Drysdale machte einen Luftkuß, einen leise klickenden Laut. »Aber sie wird's erfahren. Jedenfalls: Als nächstes kommt ihre Kanone. Und ein Zeuge hat sie am Tatort gesehen. Auch hat sie für den fraglichen Tag kein Alibi. Und schließlich versucht sie zehn Minuten, nachdem man ihr gesagt hat, daß sie es nicht tun soll, das Land zu verlassen. Also, ich finde den Gedanken nicht weit hergeholt, daß sie es getan hat.«

»Ich habe nicht gesagt, daß sie es nicht getan hat. Ich sage, es gibt keine wirklichen Beweise dafür, daß sie es getan hat. Noch nicht.«

»Zum Glück beurteilen das die Geschworenen.«

»Und Betsy.«

»Und du.« Drysdale hob mahnend den Finger. »Ich würde sie nicht Betsy nennen.«

»Bin ich froh, wieder hier zu arbeiten.«

»Ist das eine Frage? Du hast deinen Mordfall – schneller als die meisten.«

Hardy blieb im Eingang zu Drysdales Büro kurz stehen. Im Lautsprecher der Halle hörte er seinen Namen – ein Telefonanruf für ihn. »Pyrrhus, richtig?« sagte er, bevor er in den Korridor hinaustrat.

Der Singvogel hieß Devon Latrice Wortherington und schien die Augenblicke relativer Freiheit, die er außerhalb seiner Zelle verbringen durfte, wirklich zu genießen. Man hatte Devon am Donnerstagabend vor einer Bar in der Nähe von Hunter's Point aufgegabelt, als er eine nicht registrierte Waffe und ein halbes Pfund Rock-Kokain bei sich hatte. Er hatte zwölf Stunden im Knast gesessen, als er sich plötzlich seiner Bürgerpflicht erinnerte: Er mußte der Polizei helfen, falls er irgend konnte, Personen, die ein Verbrechen begangen hatten, zu verhaften. In diesem Fall handelte es sich um Schüsse aus einem vorbeifahrenden Auto – drei Menschen waren tot auf der Strecke geblieben, darunter ein Junge, der Glitsky an seinen eigenen Sohn erinnerte. Und sieben Verletzte.

Er schien Glitsky zu mögen. Vielleicht war er einfach gut gelaunt. Jedenfalls redete er wie ein Wasserfall. »Was ist denn Glitsky für ein Name?« wollte er wissen, während sie das Videogerät für die Vernehmung vorbereiteten. »Ich hab noch nie 'nen Glitsky gekannt.«

»Das ist ein jüdischer Name«, sagte Abe.

»Was meinen Sie, jüdisch?«

»Der Name von einem Juden.«

»Wie kommen Sie an einen jüdischen Namen?«

»Wie kommen Sie an den Namen Wortherington?«

»Von meinem Vater, Mann.«

»Tja ...«

»Wollen Sie mir erzählen, daß Sie Glitsky von Ihrem Vater haben? Woher hat *er* Glitsky?«

Abe war an extrem niedrige Intelligenzquotienten gewöhnt. Trotzdem war Devon vielleicht dicht an der Grenze dessen, womit man ihn nicht mehr vor Gericht stellen konnte. Aber wenn er wollte, konnte Glitsky ganz geduldig sein, und im Moment gab es sonst nicht viel zu tun. »Mein Vater«, sagte er, »hat Glitsky bekommen, weil er Jude war.«

»Ach, Scheiße. Sie wollen mich verscheißern.« Glitsky spürte, daß Devon ihn argwöhnisch betrachtete, um Anzeichen dafür zu entdecken, daß er ein doppeltes Spiel mit ihm spielte. Glitskys Gesicht blieb ungerührt.

»Wir sind jetzt fertig, Sergeant.« Die Technikerin war eine Frau mittleren Alters, die nach nichts aussah und keinen Humor hatte. Vielleicht hatte sie ein Verhältnis mit dem Gefängniswärter, der Devon hereingebracht hatte und jetzt an der Tür des Sprechzimmers stand.

»Mein Vater ist nicht schwarz«, sagte Abe.

Er sah, daß Devon das in sich aufnahm, darauf herumkaute, es schluckte. »He, ich kapiere. Ihr Vater ist Jude. Ich meine, ein richtiger Heb.«

Abe fragte sich, was sein Vater Nat davon halten würde, daß man ihn einen richtigen Heb nannte, und beschloß, ihn das nächstemal, wenn er ihn traf, zu fragen. Er setzte sich Devon gegenüber an den Tisch und stellte ihm die ersten Fragen – Name, Alter, Geburtsort.

»Okay, Devon, fangen wir an. Sonntagabend, am 21. Juni gegen sieben Uhr standen Sie an der Ecke von Dedman Court« – Glitsky mochte den Namen – »und Cashmere Lane in Hunter's Point. Ist das richtig?«

Devon nickte, und Glitsky machte weiter mit der Reihe der Fragen, die er im Kopf hatte. Devon bestätigte, daß er mit ein paar Leuten aus der Nachbarschaft zusammengestanden hatte, als ein grüner Camaro mit zwei Männern vorn und zwei Männern hinten ankam. Als der Wagen auftauchte, stieß jemand an der Ecke einen gellenden Schrei aus, und ein paar Leute fielen zu Boden. Devon war stehengeblieben und sah die Pistolenläufe, die aus den Fenstern vorn und hinten herausragten. Ein weiterer Mann schien auf dem Rücksitz zu hocken und ein Gewehr oder eine Schrotflinte aus dem geöffneten Dach nach hinten zu richten. »Haben Sie den Schützen als Tremaine Wilson identifiziert?«

»Ja, es war Wilson.«

Glitsky fragte sich, wie Devon diesen Wilson hatte identifizieren können. Zwei andere Zeugen hatten gesagt, die Schützen hätten Masken getragen. »Und er feuerte aus dem vorderen Fenster rechts, an der Beifahrerseite?«

»Stimmt.«

»War irgend etwas zwischen Ihnen und Wilson, so daß Sie ihn nicht ganz genau erkennen konnten?«

»Nein. Er war nur ungefähr sieben Meter von mir entfernt. Ich habe ihn so klar gesehen, wie ich Sie sehe.«

»Man sagte mir, er hätte etwas über dem Gesicht getragen.«

»Was meinen Sie?«

»Na, eine Skimaske, ein Tuch, irgend so etwas über dem Gesicht?«

Devon stockte, sein lockerer Rhythmus brach ab. »Es war Wilson«, sagte er.

»Ich sage nicht, daß er's nicht war, Devon. Ich frage, war da etwas, das sein Gesicht bedeckte?«

»Was ändert das denn?«

Glitsky nickte der Technikerin zu, sie hielt das Videogerät an. Glitsky wußte, daß das Tonbandgerät unter dem Tisch weiterlief. »Okay, wir haben das Gerät abgestellt, Devon. Hat er eine Maske getragen? Ja oder nein?«

»Moment mal. Ich sage Ihnen, es war Wilson. Ich *weiß*, daß es Wilson war. Also liefere ich Ihnen den Mann, und Sie lassen mich aus dem Knast. Ist das ein Deal?«

Glitsky schüttelte den Kopf. »Der Deal läuft nur, wenn Sie uns Beweismittel liefern, die wir vor Gericht brauchen können. Er trug eine Maske, stimmt's?«

Devon überlegte und rechnete sich seine Chancen aus, dann schüttelte er den Kopf. »Stimmt nicht. Er hatte keine Maske.«

Glitsky seufzte und bat die Technikerin, das Gerät wieder einzuschalten. »Okay, Devon, jetzt wird's ernst: Trug der Schütze, den Sie als Tremaine Wilson identifiziert haben, etwas über dem Gesicht?«

»Nein.«

Das war zu erwarten gewesen. Und trotzdem schien Devon die Wahrheit zu sagen, wenn er zu wissen behauptete, daß Wilson der Schütze gewesen war, aber wenn er nicht aussagen konnte, daß er gesehen hatte, wie Wilson auf den Abzug drückte, nützte das alles gar nichts.

»Sind Sie mit Wilson verwandt?«

Devons Gesicht war ein Fragezeichen.

»Vetter, Halbbruder, so etwas?«

»Nein.«

»Ist er mit irgend jemandem verwandt, den Sie kennen?« Wieder machte Devon eine Pause, aber diesmal wartete Glitsky nicht. Er wandte sich an die Technikerin. »Schalten Sie ab«, sagte er. »Okay, Devon, woher kennen Sie Wilson?«

Es dauerte ungefähr eine Minute, bis herauskam, daß Tremaine Wilson vor kurzem zu einer Frau gezogen war, mit der Devon in den letzten beiden Jahren zusammengelebt und mit der er ein Kind hatte.

»Also dachte Devon, er könnte sich einen doppelten Gefallen tun, indem er Wilson hinter Gitter brachte und seine alte Dame wiederbekam. Schlauer Junge, was?«

»Sehr schlau.« Hardy hatte an Glitskys Schreibtisch gesessen und sich nach der Auseinandersetzung mit Locke und Pullios ein wenig abgekühlt. »Aber es stellte sich heraus, daß Wilson es getan hat?«

»Ja, natürlich. Devon meint, Wilson hätte es auf ihn persönlich abgesehen. Darum hat er sich die Kanone gekauft, die wir am Donnerstag bei ihm gefunden haben. Wilson wollte ihn abknallen, aber wie immer, so auch in diesem Fall: Er hat danebengeschossen und ein paar andere, die in der Nähe standen, umgelegt.«

»Also ist Devon wieder im Bau.«

»Keine beweiskräftige Aussage – kein Deal. Devon ist sicher, daß Wilson geschossen hat – womit er wahrscheinlich Recht hat. Also kennen wir jetzt einen der Schützen. Würdest du mit Devons Aussage vor Gericht gehen?«

»Warum läßt du Devon nicht raus und gibst ihm seine Kanone zurück? Er geht los, erschießt Wilson, dann schnappen wir ihn uns wieder.«

Glitsky lächelte. Die senkrechte Narbe auf seinen Lippen war weiß. »Das ist eine schöne Idee.« Er dachte einen Augenblick darüber nach. »Also, dann laß mich mal wieder auf meinen Stuhl.«

Hardy stand auf. Er nahm den Hefter, den er in der Hand gehalten hatte, und ließ ihn auf Glitskys Schreibtisch fallen. »Da hast du ihn zurück«, sagte er.

Glitsky drehte ihn um und sah Hardy an. »Wo hast du den her?«

»Ich habe einen besseren. Und woher hat Pullios den her?«

»Von mir.«

»Ach, von dir.«

»Klar. Das ist ganz normal, kommt dauernd vor. Sie erscheint und sagt: ›Hi, Abe, was hast du da?‹, und ich gebe ihr einen Mordfall.«

»Hast du gar nicht daran gedacht, daß das mein Fall sein könnte?«

»Ich habe ihr gesagt, daß du daran gearbeitet hast. Und sie sagte, das wüßte sie, und da würde sie sich drum kümmern.«

»Ach. Das hat sie auch getan. Sie hat ja jetzt den Fall.«

»Aber du hast den Hefter immer noch, wie ich sehe.«

»Ja, ich soll jetzt ihr Laufbursche sein. Ständig in ihrem Kielwasser.«

Glitsky lehnte sich zurück und legte die Füße auf den Schreibtisch. Er holte ein Pfefferminzbonbon aus der Jackentasche und steckte es sich in den Mund. »Also, wo drückt der Schuh?«

Hardy hätte sich weiter über die internen Machtkämpfe der Staatsanwaltschaft auslassen können, aber das wäre verlorene Liebesmüh gewesen, und das wußte er. Am besten war es, wenn er seine Arbeiten erledigte und auf eine neue Chance wartete. Er lehnte sich gegen die Ecke von Abes Schreibtisch. »Meine Schuhe drücken nicht«, sagte er. »Aber ich bin die Akte durchgegangen, und du schreibst, du hast die Waffe im Rollpult gefunden.«

»Richtig.«

»In der obersten Schublade? Bei den Seekarten und so?«

»Stimmt. Ja und?«

»Ich habe am Mittwoch in die Schublade geschaut, und da war keine Waffe drin.«

Glitsky holte Luft, kaute auf seinem Pfefferminzbonbon, dann nahm er die Füße vom Schreibtisch herunter. »Was?«

Hardy erzählte ihm von seinen eigenen Nachforschungen auf der *Eloise*.

»Aber Waddell, der Wachmann, war zusammen mit dir an Bord, oder? Wollte der dich nicht so schnell wie möglich wieder draußen haben?«

»Ja, schon. Aber ich habe in der Schublade nachgesehen.«

»Wie sorgfältig?«

»Ich habe sie geöffnet. Ich habe hineingeguckt. Was willst du mehr?«

»Die Waffe lag ein Stück weiter hinten, Diz. Wie weit hast du hineingesehen?«

Hardy versuchte sich zu erinnern. Er erinnerte sich, daß Tom, der Wachmann, ihn gedrängt hatte, er solle nicht länger herumsuchen. Er hatte die Schublade aufgezogen und die Seekarten entdeckt. Er war sicher – fast sicher –, daß er eine Waffe gesehen hätte, wenn eine daringewesen wäre. Aber um ehrlich zu sein: Er hatte nicht bis ganz hinten in die Schublade hineingeblickt und auch nicht darin herumgetastet.

»Also hast du sie übersehen«, sagte Glitsky. »Ich würde mir deswegen keine Sorgen machen. Das kommt vor. Darum haben wir ja ein Team, das losgeht und die Spuren sichert.«

Das Telefon auf dem Schreibtisch läutete. Hardy erhob sich, nahm seinen Helfer und ging ans rückwärtige Fenster, von dem aus man die Baugrube für das neue Gefängnis und den Freeway sah, der ungefähr auf derselben Höhe wie die Mordabteilung im dritten Stock lag. Die nach Süden strebenden Autoschlangen standen im Stau. Die Sonne schien immer noch vom wolkenlosen Himmel – der vierte Tag der Hitzewelle.

Glitsky tauchte neben ihm auf. »Das war Ken Farris«, sagte er. »Heute früh hab' ich ihm eine Kopie des Testaments gefaxt – des angeblichen Testaments mit den zwei Millionen, erinnerst du dich? Ich dachte, er könnte mir sagen, ob die Handschrift echt ist.«

»Und?«

»Er sagt, sie sehe zwar wirklich wie Nashs Handschrift aus, aber echt könnte es nicht sein. Nash hätte das nicht gemacht.«

»Warum nicht?«

»Er sagt einfach, er hätte das nicht gemacht. Nash hat alle juristischen Angelegenheiten Farris überlassen.«

»Aber es ist seine Handschrift?«

»Sieht so aus. Könnte natürlich auch gefälscht sein. Bisher läßt sich das noch nicht sagen. Wenn es wirklich von ihm stammt, ist es eine legale Form von Testament. Ein weißes Blatt Papier mit einem Datum und sonst nichts drauf. Aber legal oder nicht, ich will dir was sagen.«

»Was denn?«

»Ich bin froh, daß ich diese Frau, Shinn, drin habe. Sie wäre mir fast durch die Lappen gegangen.«

Hardy starrte in den stehenden Verkehr auf dem Freeway hinaus und sah die blitzenden Scheiben, in denen sich die Sonne spiegelte. Er spürte einen stechenden Schmerz hinter seinem linken Auge und hob die Hand auf, um ihn wegzureiben. »Fast«, sagte er. »Fast.«

20

Hardy staunte, wie fleißig Abe am Wochenende gewesen sein mußte. Kein Wunder, daß er pausenlos gearbeitet hatte. Noch weniger wunderte es Hardy, daß Abe so lange gezögert hatte, May zu verhaften. Er hatte ja weder einen Haftbefehl noch irgendwelche Indizien gegen sie gehabt. Nach einer Festnahme ohne Haftbefehl – wie in Mays Fall – mußte der verhaftende Beamte innerhalb von achtundvierzig Stunden alle Papiere des Falles im Büro der Staatsanwaltschaft vorlegen. Achtundvierzig Stunden, das hieß, bis Sonntagabend – gestern abend. Bis dahin brauchte er eine Beschuldigung, alle vorhandenen Berichte über das Vorkommnis, Zeugenaussagen, Gutachten der Spurensicherung und der Ballistik, falls vorhanden – also genügend Beweise, damit der Staatsanwalt den Fall nicht verwarf.

An diesem Morgen hatte eine Sekretärin wie eine Wahnsinnige gearbeitet, um die Beschuldigung und die Tonbandprotokolle ins Reine zu schreiben, dann wurden zwei Kopien des Hefters vorbereitet – das Original blieb bei der Staatsanwaltschaft, eine Kopie ging in die Registratur, die den Gerichtstermin festsetzte (und von dort weiter an den Richter), die zweite Kopie wurde für den Verteidiger bereitgehalten.

Elizabeth Pullios hatte nicht nur zuerst den Hefter bekommen, sie hatte offenbar auch erreicht, daß die Registratur die Verhandlung noch auf denselben Tag anberaumte. Den frühen Nachmittag.

Rebeccas Fieber war mittags zurückgegangen. Jetzt erschienen überall an ihrem Körper diese roten Flecke. Abgesehen davon war zu Hause alles in bester Ordnung. Frannie überlegte, ob sie ein Mittagsschläfchen halten sollte, um nachzuholen, was sie in der Nacht zuvor versäumt hatte.

Hardy war vom Mittagessen zurück – Schweinerippchen in Lou's Bar, dazu ein Club Soda. Er stand an seinem Schreibtisch und warf drei Serien Pfeile gegen sein Dartboard. Bei der dritten Runde nagelte er zwei Ziffern pro Durchgang, manchmal alle drei. Zum zehntenmal überlegte er, ob er sich nicht bei der Stadtmeisterschaft anmelden sollte. Eines Tages würde er es tun.

Er holte sich einen schwarzen Aktendeckel mit drei Ringen und fing an, einige Einlageblätter zu beschriften. Polizeibericht. Chronologischer Bericht des Inspektors. Notizen des Inspektors. Gerichtsmediziner. Obduktion. Zeugen. Diese Routine unterschied sich – abgesehen von den Berichten des Gerichtsmediziners und der Obduktion – nicht sehr von seinen Voruntersuchungen. Beweismittel waren Beweismittel. Ein Verfahren war ein Verfahren.

Aber in Hardys eigenem Hefter gab es ein definitiv neues Einlageblatt: Zeitungsberichte. Er hatte sich noch einmal die Mühe gemacht, alle bisherigen Texte von Jeff Elliot über den Fall herauszuschneiden. Über die meisten Verbrechen, die in der Stadt geschahen, kam gar nichts in die Zeitung. Dieses stand bereits auf der ersten Seite. Hardy nahm an, daß in ein, zwei Tagen der Name Pullios in der Zeitung auftauchen würde, und davon wollte er Ausschnitte sammeln.

Er war an diesem Morgen noch nicht sehr weit mit dem Studium von Glitskys Berichten gekommen, als ihm die Sache mit der Waffe – die er am Mittwochabend nicht entdeckt hatte – auffiel. Er hatte sowieso nach einem Grund gesucht, Dampf abzulassen und aus seinem Büro herauszukommen. Das hatte er nun erledigt. Er hatte sich auch nach dem Baby erkundigt und ein gutes Mittagessen verspeist. Jetzt war es an der Zeit, sich an die Arbeit zu machen. Er schlug den Hefter wieder auf und begann mit der Lektüre der ersten Zeugenaussage. Das Transkript war ungekürzt vom Tonband übernommen worden:

> Drei, zwei, eins. Hier spricht Inspektor Abraham Glitsky, Stern-Nr. 1144. Ich bin im Augenblick im Büro des Yachtclubs Golden Gate Marina, 3567 Fort Point Drive. Bei mir befindet sich ein Herr, der sich identifiziert als Thomas Waddell, weiß, männlich, 19.4.68. Diese Befragung bezieht sich auf die Untersuchung des Falles Nummer 921 065 882. Heute ist Sonnabend, der 27. Juni 1992. Es ist 14 Uhr 15 Minuten.

Hardy überflog rasch die Präliminarien und kam zu der Stelle, als Abe angefangen hatte, May mit dem Tatort in Verbindung zu bringen.

F: Sie erinnern sich, daß Sie die *Eloise* mit Mr. Hardy zusammen abgeschlossen haben?

A: Ja, stimmt. Vorher war sie nicht abgeschlossen.

F: Sie war einfach offen gelassen worden?

A: Das kommt dauernd vor. Wir bemerken es, wir schließen sie ab, aber wir prüfen es nicht regelmäßig nach.

F: Aber Sie haben sie abgeschlossen, wann? Mittwochabend?

A: Ich weiß nicht genau. Als der Staatsanwalt da war, danach.

F: Das war Mittwoch.

A: Okay.

F: Und haben Sie jemand anderen an Bord der *Eloise* gesehen?

A: Nein, nicht genau. Ihre Leute, die Polizei war am Freitag noch hier, als ich herkam. Sie meinen außer Ihren Leuten?

F: Ja. Was bedeutet, ›nicht genau‹?

A: Ich habe mich daran erinnert, weil ich extra abgeschlossen hatte, aber Mr. Nashs Freundin kam vorbei.

F: Seine Freundin?

A: Die japanische Dame. Sie war ein paarmal hier draußen. Ich habe sie erkannt.

F: Hier ist ein Photo einer Frau namens May Shintaka. Erkennen Sie sie?

A: Ja, das ist sie. Sie war da, Donnerstagabend, draußen auf der Landebrücke.

F: Um wieviel Uhr war das?

A: Es war noch hell. Vielleicht um sieben, halb acht.

F: Was hat sie da getan? Haben Sie mit ihr gesprochen?

A: Nein. Ich weiß nicht. Sie kam am Büro vorbei, als ich mich mit ein paar Leuten unterhalten habe. Sie ging hinunter auf Dock zwei, zur *Eloise*, blieb eine Minute, dann, als ich fertig war und hochblickte, war sie fort.

F: Ist sie an Bord der *Eloise* gegangen?

A: Das Boot war abgeschlossen.

F: Ich weiß, daß es abgeschlossen war. Vielleicht hatte sie einen Schlüssel?

A: Ich weiß es nicht, ich nehme an, das ist gut möglich. Ich weiß es nicht. Ich habe sie nicht mehr gesehen, und später, als ich nachsehen ging, war das Boot immer noch abgeschlossen. Sie war nicht drin.

F: Woher wissen Sie das?

A: Das Schloß ist außen. Man kann nicht hineingehen und die

Tür von innen abschließen. Wenn sie also noch drin gewesen wäre, wäre die Tür offen gewesen.

F: Sie haben sie nicht weggehen sehen?

A: Nein, Sir. Aber ich habe auch nicht darauf geachtet. Es gehen dauernd Leute vorbei. Ich habe das Ganze erst später mit Mr. Nash in Verbindung gebracht, nachdem sie schon wieder fort war.

Hardy konnte nicht genau sagen, warum, aber er war nicht glücklich dabei, diese Nägel für Mays Sarg zu sammeln. Sie – der Fall – gehörte ihm nicht mehr, vielleicht lag es daran. Sie gehörte jetzt Elizabeth Pullios. Und je genauer er hinsah, um so mehr Nägel schien er zu finden.

Glitskys Theorie – daß May zur *Eloise* zurückgekehrt war, um ihre Waffe zu holen, weil sie das einzige Indiz war, das sie mit dem Verbrechen verknüpfte – kam ihm allmählich ziemlich einleuchtend vor. Und ihre Idee, daß sie und Owen Nash hätten heiraten wollen, war geradezu lächerlich.

Er ging um den Schreibtisch herum und nahm in Gedanken wieder seine Pfeile in die Hand. Seine Tür war geschlossen, und er warf die Darts, ohne zu zielen, er sah gar nicht hin. Für ihn waren die Darts dasselbe wie die Rosenkränze für die Griechen.

Donnerstag, der 25., war der Tag gewesen, an dem Elliots Story Owen Nash, die *Eloise* und May miteinander verknüpft hatte. Am selben Tag hatte sie ihr Flugticket nach Japan (nur einfach, nicht zurück) gekauft und war, wie anzunehmen ist, zum Yachthafen zurückgekehrt, um ihre Waffe zu holen. Und das war ihr mißlungen.

Warum hoffte er eigentlich, daß sie es nicht getan hatte?

Er dachte, das käme vielleicht daher, weil so viele der Leute, die er in seinen anderen Fällen gesehen hatte, zu dem Typ gehörten, dem man Verbrechen aller Art zutraute. Als er May Shinn oben im Gefängnis gesehen hatte, machte sie auf ihn überhaupt nicht den Eindruck, als sei sie dieser Typ. Sie hatte so offen mit ihm geredet, bis Freeman aufgetaucht war, hatte sich überhaupt nicht für ihre Rechte interessiert. Genau wie man das bei unschuldigen Leuten zunächst erwartete, bevor sie merkten, wie das Justizsystem funktionierte.

Hardy war bereit zu glauben, daß sie log, aber wenn sie es tat, dann log sie gut. Hardy wußte, daß es solche Leute gab. Unter der

Klientel, mit der er zu tun hatte, hatte er allerdings nicht viele kennengelernt. Lügner ja, aber gute Lügner kaum.

Es klopfte an seine Tür, sie öffnete sich, und Pullios erschien. Sie beobachtete ihn, wie er, zum Werfen bereit, mit dem Pfeil in der Hand dastand. Auf ihrem charmanten und sexy Lächeln stand in unsichtbaren Lettern: ›Ich bin deine beste Freundin‹. Sie lehnte sich an den Türpfosten. »Prüfen Sie gerade den Fall Shinn?« fragte sie.

Hardy hätte ihr am liebsten einen Pfeil in die Stirn geschossen, aber er dachte, daß es ihm Schwierigkeiten bereiten würde, es als Unfall darzustellen. Das war einer der Nachteile, die sein Talent mit sich brachte.

»Richtig«, sagte er. Er warf den Pfeil und setzte sich hin.

»Sie sind sauer auf mich.« Sie machte einen richtigen Schmollmund.

»Ich bin kein guter Taktiker, Elizabeth. Wie soll dieses Spiel denn aussehen?«

Sie setzte sich hin, das Kätzchenhafte verschwand sofort, als sie sah, daß er sie nicht streicheln wollte. »Kommen Sie, wir sind im selben Team.«

»Das hat Locke gesagt, also muß es stimmen.«

»Schauen Sie, ich weiß doch, wie Sie sich fühlen.«

»Gut«, sagte er. »Dann bin ich ja erleichtert. Die Sache ist nur die: Ich weiß nicht, wie Sie sich fühlen, also geht's uns nicht gleich. Ich weiß zum Beispiel nicht, wieso ich mich eine Woche lang mit diesem Fall abstrampeln darf, bevor Sie irgendein Interesse daran zeigen, außer daß Sie mich ermutigen, für meine Rechte und gegen die Bürokratie zu kämpfen.«

»Ich hab' das ehrlich und ernst gemeint.«

Hardy betrachtete ihr Gesicht. Elizabeth Pullios, das begriff er nun langsam, war immer aufrichtig. Wahrscheinlich kam sie damit im Gericht, vor den Geschworenen gut an. »Aber damals war es ein Schädel-Fall, und der hat inzwischen Schlagzeilen gemacht.«

»Nein. Es handelt sich hier um einen Mordfall, und ich bearbeite Mordfälle. Ich habe mich so weit hochgearbeitet.«

Hardy blickte sehnsüchtig zu seinen Pfeilen, die an der Wand ihm gegenüber im Brett steckten. Als Ersatz für die Darts hob er seinen Briefbeschwerer auf und lehnte sich in seinen Sessel zurück, während er ihn von einer Hand in die andere nahm. Es mochte unfair und ärgerlich sein, aber jetzt war es nun einmal so, und er hatte keine Lust mehr, noch länger darüber zu diskutieren. »Farris sagt, das Testament ist von Nash verfaßt«, sagte er.

Pullios war sofort da. »Definitiv?«

»Bis wir einen Experten haben. Aber es sieht so aus.«

»Das ist großartig. Genau das, was wir brauchen.«

»Was brauchen wir?«

»Es ist ein starkes Motiv, finden Sie nicht? Zwei Millionen Dollar?«

Hardy konnte nicht dagegen an – gegen dieses Gefühl, daß Motiv und Indizien viel zu gut zusammenpaßten. Wenn Pullios diesen Job wollte, dann sollte sie auch ein bißchen dafür tun. »Ich kann mir nicht vorstellen«, sagte er, »daß May diesen Nash ins Meer geschmissen hätte, wenn sie bei seinem Tod Geld zu erwarten gehabt hätte.«

»Hatte sie denn Geld zu erwarten?«

»Es war doch ein reiner Zufall, daß er an Land gekommen ist. Woher hätte sie das wissen können?«

»Also?«

»Wenn Sie jemanden wegen zwei Millionen Dollar umbringen wollten, würden Sie dann nicht dafür sorgen, daß man den Leichnam findet? Sie kriegen das Geld erst, wenn er tot ist. Und ohne Leichnam ist er nicht tot, außer Sie wollen sieben Jahre warten.«

»Aber es gibt doch einen Leichnam.«

»Das konnte sie nicht voraussehen.«

Er freute sich, als er sah, wie sie daran herumkaute. Aber es dauerte nicht lange. »Ich werde auf dieses Argument vorbereitet sein«, sagte sie. »Gut, daß Sie das gesagt haben. Der große Hammer ist die Geldgeschichte.«

»Der große Hammer?«

»Mord aus Gewinnsucht. Niederes Motiv. Dann ist es ein Kapitalverbrechen.«

»Ein Kapitalverbrechen?«

»Absolut«, erklärte Pullios. »Wir werden verlangen, daß der Staat von Kalifornien die Todesstrafe an May Shinn vollstreckt.«

21

Hardy saß neben Pullios im Gerichtssaal. Der Computer hatte sie nach dem Zufallsprinzip der 11. Kammer im Stadtgericht zugeteilt. Dort fanden Vernehmungen zur Anklage statt, wenn es sich um eine Festnahme ohne Haftbefehl handelte, selbst wenn die Anklage, wie in diesem Fall, auf Mord lautete.

Glitsky war da, er saß neben Jeff Elliot in dem fast leeren Zuschauerraum. David Freeman, der noch unordentlicher als am letzten Sonnabend aussah, kam durch die niedrige Tür und schüttelte überraschenderweise sowohl Pullios als auch Hardy herzlich die Hand. Hardy stellte plötzlich fest, daß er diesen Kerl mochte, und nahm sich vor, auf der Hut zu sein. Wenn Freeman vor Gericht eine gute Figur machte, mußte er – wie Pullios – ein guter Schauspieler sein. Man konnte ja seine Technik bewundern, aber vor dem Mann mußte man sich in acht nehmen.

Der Richter war Michael Barsotti, ein altes, graues Männlein, das in seinem Gewand höflich abwartend hinter seinem Tisch saß. Barsotti gehörte zum lebenden Inventar, er war seit Menschengedenken im Stadtgericht und nicht unbedingt dafür bekannt, übertriebene Hast an den Tag zu legen.

Der Gerichtsschreiber saß im rechten Winkel zu Hardy, ungefähr in der Mitte zwischen der Angeklagten und dem Richter. Allerlei Hilfskräfte wanderten umher – zwei oder drei Gerichtsdiener, Dolmetscher und Pflichtverteidiger, die auf die Zuteilung von Mandanten warteten.

Hardy beugte sich über den Tisch und blätterte in seinen Akten herum. Er wußte nicht, welches seine Rolle war, falls er überhaupt eine hatte. Er war nicht auf den Anblick von May Shinn vorbereitet.

Sie sah so klein, so erbärmlich aus. Der gelbe Overall schlabberte an ihr herum. Er nahm an, daß sie auch am Sonnabend ihre Gefängniskleidung getragen hatte, aber er hatte nicht darauf geachtet, sondern sich auf ihr Gesicht konzentriert.

Sie kam mit dem Gerichtsdiener zusammen herein, die Hände in Handschellen, und stellte sich aufs Podium unweit von Pullios. Sie verriet mit keinem Anzeichen, daß sie Hardy oder irgend jemand anderen schon einmal gesehen hatte.

Die Schwere des Mordfalls wurde durch die einleitenden Worte des Richters unterstrichen. Sogar Barsotti gewann eine gewisse Autorität. Gefangen in dem Drama der formellen Anklageerhebung schüttelte er seine Langeweile ab. Er sprach, und es wurde still im Gerichtssaal.

»May Shintaka«, hob der Richter Barsotti an. »Sie stehen hier aufgrund einer Anklage, die eingereicht wurde wegen eines Verbrechens gegen Paragraph 187 des Strafgesetzbuchs. Die Anklage besagt, daß Sie in der Stadt und im Bezirk von San Francisco im Staat Kalifornien am oder um den 22. Tag des Juni 1992 absichtlich, gesetzeswidrig und mit böswilligem Vorsatz Owen Simpson Nash, ein menschliches Wesen, ermordet haben. Was haben Sie hierauf zu erwidern?« fragte Barsotti.

»Nicht schuldig, Euer Ehren.« Freeman antwortete für May. Nach Freemans dröhnender Rede am Sonnabend im Sprechzimmer überraschte Hardy die Modulation seiner Stimme, die jetzt nüchtern und sachlich klang. Aber es verbarg sich eine Faust unter der Amtsrobe. Plötzlich war eine andere Stimme zu hören: »Euer Ehren, bevor wir diese Scharade fortsetzen, möchte ich beantragen, daß alle Beschuldigungen gegen meine Mandantin wegen eines Verfahrensfehlers abgewiesen werden.«

»In einer Mordsache, Mr. Freeman? Und jetzt schon?«

»Mr. Hardy aus dem Büro der Staatsanwaltschaft hat meine Mandantin am Sonnabend verhört, ohne sie über ihre Rechte zu –«

»Einspruch, Euer Ehren.« Elizabeth Pullios war vom Tisch der Staatsanwaltschaft aufgestanden, an dem sie während der Pause Platz genommen hatte. »Mr. Hardy hat Ms. Shintaka von ihrem Recht informiert, einen Anwalt dabei zu haben, und Ms. Shintaka hat auf dieses Recht verzichtet. Die Staatsanwaltschaft hat ein Tonband von dieser Begegnung ...«

»Ich glaube, wir können von einer Nötigung ausgehen ...«

Barsotti klopfte mit seinem Hammer. »Mr. Freeman«, sagte er, »sparen Sie sich das für die Verhandlung auf. Jetzt kommen wir zur Kautionsstellung.«

Er rückte seine Brille gerade und prüfte zweimal das Computerblatt, das vor ihm lag. Die handschriftliche Eintragung neben der Computerlinie lautete »Keine Kaution«.

»Die Staatsanwaltschaft beantragt, daß keine Freilassung gegen Kautionsstellung gewährt werden soll?« fragte er Pullios.

»Es ist ein Mordfall, Euer Ehren.«

Freeman drehte sich um und sah Pullios direkt an. »Das ist nicht Ihr Ernst.«

Barsotti klopfte wieder mit seinem Hammer auf den Tisch. »Mr. Freeman, bitte richten Sie Ihre Bemerkungen an das Gericht.«

»Entschuldigen Sie, Euer Ehren, ich bin schockiert und entsetzt von diesem Ausdruck: Mord. Ich sehe, daß dieser Vorwurf erhoben wird aufgrund besonderer Umstände, aber ich kann mir nicht vorstellen, daß der Staat die Todesstrafe verlangt.«

Pullios stand auf. »Mord aus Gewinnsucht, Euer Ehren.«

»Ich nehme an, Sie haben Beweise, um diese Behauptung zu belegen, Ms. Pullios.«

»Die habe ich, Euer Ehren.«

»Euer Ehren, Ms. Shintaka stellt keine Bedrohung der Gesellschaft dar.«

»Keine Bedrohung? Sie hat letzte Woche jemanden getötet.«

Der Laut des Hammers explodierte in dem Raum. »Ms. Pullios, es reicht jetzt. Ihre Pressekonferenzen halten Sie bitte beide außerhalb dieses Gerichtssaals ab.«

Hardy war beeindruckt. Barsotti mochte ein kühler Funktionär sein, aber hier wußte er sich durchzusetzen.

Freeman hatte sich beruhigt. »Euer Ehren, meine Mandantin ist nie zuvor wegen eines Verbrechens angeklagt, geschweige denn verurteilt worden.«

Pullios ließ sich durch den erhaltenen Verweis nicht einschüchtern. »Euer Ehren, die Beschuldigte hat den Gerichtsbezirk zu verlassen versucht, als sie verhaftet wurde.«

»Mr. Freeman, hat Ihre Mandantin zu fliehen versucht?«

»Sie wollte geschäftlich nach Japan, Euer Ehren. Wir behaupten, daß der Beamte überreagiert hat, als er sie festnahm. Sie beabsichtigte zurückzukehren. Es gab keinen Haftbefehl. Sie ging ihrem normalen Leben nach, zu dem auch die zuvor schon geplante Reise nach Japan gehörte.«

»Sie hat das Ticket erst am Tag zuvor gekauft, Euer Ehren. Und sie hat keinen Rückflug gebucht. Sie hat auch viele persönliche Gegenstände eingepackt.«

»Und viele andere mehr hat sie zurückgelassen. Sie ist nicht aus dem Gerichtsbezirk geflohen. Sie wollte eine Reise unternehmen. Sie ist gern bereit, ihren Paß dem Gericht auszuliefern. Es besteht keine Fluchtgefahr.«

Pullios wollte noch etwas sagen, aber Barsotti hielt die Hand empor. »Ich setze die Kaution auf fünfhunderttausend Dollar fest.«

Pullios beugte sich zu Hardy vor und flüsterte: »Das sollte reichen.«

»Eine halbe Million Dollar ist eine Menge Geld, Euer Ehren.«

»Ich glaube, das ist der Punkt, Mr. Freeman. Wir werden die Vorverhandlung auf den …«

»Euer Ehren.« Wieder Freeman.

Sogar der Neuling Hardy wußte, was jetzt kam. Obwohl die Beschuldigte ein absolutes Recht auf eine Vorverhandlung innerhalb von zehn Gerichtstagen oder sechzig Kalendertagen nach der Vernehmung zur Anklage hatte, würde kein Strafverteidiger, der einigermaßen bei Verstand war, einer so baldigen Vorverhandlung zustimmen, jedenfalls so lange nicht, bis er gesehen hatte, was für Beweismaterial die Anklagebehörde gesammelt hatte. »Die Verteidigung beantragt drei Wochen für die Offenlegung der prozeßwichtigen Urkunden und zur Vorbereitung.«

»Will die Beschuldigte auf die Zeit verzichten?« Was bedeutete, daß May im Gegenzug für diesen Aufschub von drei Wochen auf ihr Recht auf eine Vorverhandlung innerhalb von zehn Tagen verzichtete.

»Ja, Euer Ehren.«

Barsotti kratzte sich am Kinn. »Drei Wochen, hm?« Er sah auf seinen Tisch hinunter, schob ein paar Papiere umher. »Die Anwaltschaft möge bitte zu mir kommen.«

Pullios, Hardy und Freeman gingen um ihre jeweiligen Tische herum und traten vor den Richter. Barsottis Augen waren milchigwäßrig. Das Drama hatte nicht lange gedauert. »Wir kommen hier in den Beginn der Ferienzeit. Gibt es irgendwelche Einwände gegen, sagen wir, einen Tag in der ersten Septemberwoche, gleich nach Labor Day?«

»Von unserer Seite nicht, Euer Ehren«, sagte Freeman.

»Euer Ehren, bis dahin sind es über zwei Monate. Die Beschuldigte hat ein Recht auf ein schnelles Verfahren, aber ebenso hat das Volk ein Recht auf schnelle Justiz.«

»Ich brauche keine Lektion, Staatsanwältin.«

»Natürlich nicht, Euer Ehren. Aber die Staatsanwaltschaft ist bereit, in zehn Tagen Anklage zu erheben. Zwei Monate sind eine zu lange Verzögerung.«

Das stimmte natürlich nicht, und alle wußten es. Barsotti sah Pullios über seine Brillengläser hinweg an. »Nicht in dieser Jahreszeit. Wir haben einen vollen Terminkalender. Und Sie wissen so gut wie ich, daß es sechs Monate, ein Jahr dauern kann, bis wir zu einer Verhandlung kommen.« Barsotti rechnete eindeutig nicht damit, daß man ihm darauf noch etwas entgegnete, und richtete sich wieder auf. Er raschelte mit einigen Papieren herum und betrachtete etwas auf seinem Tisch. »Wir setzen die Vorverhandlung auf Mittwoch, den 6. September, um 9 Uhr 30 vor dieser Kammer fest.«

»Danke, Euer Ehren«, sagte Freeman.

Pullios hatte ihr Kinn herausgestreckt. »In Ordnung, Euer Ehren.«

»Das ist jetzt alles.« Er winkte die ganze Anwaltschaft fort und sah zum Gerichtsdiener hinüber. »Rufen Sie die nächsten herein.«

Die Gerichtssäle für die Vorverhandlungen befanden sich im Erdgeschoß und im ersten Stock. Der Korridor vor den Gerichtssälen war in beiden Etagen etwa sieben oder acht Meter breit, die Decke befand sich in fünf Metern Höhe, die Fußböden waren mit Linoleum belegt. Aber abgesehen davon, daß man darin Stecknadeln fallen hören konnte, hatten die Räume den Charme von billigen Kegelbahnen.

Während der Zeit, in der im Gericht Sitzungen stattfanden, gingen selten mehr als zweihundert Menschen dort ein und aus: Zeugen, Anwälte, Justizangestellte, Zuschauer, Familienangehörige und Freunde der Angeklagten. Auf den Korridoren plauderten Leute. Mütter gaben ihren Babys die Brust. Man aß, küßte einander, weinte, machte Geschäfte ab. Montags und donnerstags früh, wenn die Hausmeister saubergemacht hatten, roch es in den Korridoren wie am ersten Schultag. Aber jetzt, sieben Stunden später, roch es nur noch.

Hardy, Glitsky und Jeff Elliot standen eng beieinander vor der elften Kammer. Alle drei blickten Pullios' Hintern nach, der gerade in der Nähe der Fahrstühle um die Ecke bog und verschwand. »Es ist nur gut, daß die Justiz blind ist«, sagte Glitsky, »sonst hätte Freeman keine Chance.«

»Ich weiß nicht«, sagte Elliot. »Er hat May.«

»Ja. Aber in diesem gelben Sackkleid, das sie trägt, sieht man nichts von ihrem Hintern. Da hat unsere alte Betsy mehr zu bieten.« Hardy nannte sie gern Betsy. Er wußte, daß er sich daran gewöhnen und ihm dieser Name eines Tages rausrutschen würde. Er freute sich schon irgendwie darauf. Er zeigte mit dem Finger auf Elliot. »Das war nicht zur Veröffentlichung bestimmt.«

Jeff freute sich, daß er wieder dabei sein durfte. »Natürlich.«

»Ich wollte nur sichergehen.«

»Also, was meinst du?« fragte Glitsky. »Findet der Prozeß um Weihnachten statt? Nächstes Jahr Ostern?«

Hardy sagte, er habe keine Ahnung, wie lange Freeman es aufschieben könnte, wenn er keine Kaution für May bekam. Er würde May wohl nicht ein Jahr lang im Gefängnis auf ihren Prozeß warten lassen.

»Ich weiß nicht. Vielleicht bekommt sie die Kaution zusammen«, sagte Glitsky.

»Wie soll sie das denn schaffen?« fragte Elliot. »Eine halbe Million Dollar?«

»Was wird David Freeman verlangen? Nochmal so viel. Wenn es ein Jahr lang dauert, könnte es leicht so viel werden.«

»Wie ist sie denn überhaupt an Freeman gekommen?« fragte Hardy.

Glitsky zuckte die Schultern. »Wenn wir doch nur einen guten Reporter oder so unter unseren Bekannten hätten ...«

»Sie muß Geld haben. Wie sieht denn ihr Haus aus?« fragte Hardy.

»Sie hat eine Wohnung«, antwortete Glitsky. »Klein. Hübsch, aber klein.«

»Vielleicht ist Freeman einer von ihren Kunden.« Man sah Elliot deutlich an, daß ihm diese Idee gefiel. Er war gleich begeistert. »Das ist es! Freeman ist einer ihrer Kunden. Nash war ein anderer.«

Glitsky teilte seinen Enthusiasmus nicht. »Und das Testament ist eine Abfindung, die von ihrem Verhalten danach abhängt.«

»Was für ein Testament?«

Glitsky antwortete nicht. Er holte ein bißchen Luft und lächelte dann auf den Reporter hinunter. »Habe ich ›Testament‹ gesagt? Ich glaube nicht, daß ich ›Testament‹ gesagt habe.«

Hardy schüttelte den Kopf. »Nein, das hätte ich sicherlich

gehört. Ich war doch hier, und ich habe nichts von ›Testament‹ oder so gehört.«

»Ist das hier jetzt offiziell oder was?« Elliot stützte sich auf seine Krücken. »Na los, Freunde.«

Hardy warf Abe einen Blick zu. »Was meinst du?«

»Es wird sowieso herauskommen«, sagte Abe. »Aber es wäre nett, wenn wir herausfänden, wie Freeman an May geraten ist. Pullios will wirklich die Todesstrafe beantragen?«

Hardy nickte. »Du hast sie doch gehört.«

Glitsky erklärte es Jeff – das Testament über die zwei Millionen Dollar, das Motiv der niederen Gewinnsucht, die vorläufige Bestätigung von Farris, daß das Testament von Nash verfaßt war.

»Na ja, da ist doch das Geld, falls er sie herauskriegt«, sagte Elliot.

Glitsky sah Hardy an. »Dieser Knabe kennt anscheinend noch keine Strafverteidiger«, sagte er. Dann erklärte er es ihm: »Jeff, hören Sie zu. Wenn es etwas gibt, das alle Strafverteidiger gleich handhaben, dann ist es die Gebührenfrage. Das Geld muß da sein, bevor sie anfangen.«

»Ja, überlegen Sie doch mal«, sagte Hardy, »Sie werden verurteilt. Dann bezahlen Sie Ihren Anwalt nicht, weil er es nicht geschafft hat. Und wenn Sie freigesprochen werden, bezahlen Sie ihn auch nicht, weil Sie ihn ja nicht mehr brauchen. So oder so – Ihr Anwalt geht leer aus. Vielleicht sind Sie ihm dankbar. Aber Sie zahlen ihm doch nicht 'ne halbe Million Dollar.«

»Vielleicht bekommt er das Geld als Anzahlung auf einen Buchvertrag. Vielleicht kommt das Geld daher.«

»Pico sagte mir, daß wir – er und ich – einen Buchvertrag verdient hätten. Wir haben schließlich die Hand entdeckt.«

»Heh!« Glitsky schaltete sich ein, was er selten tat. »Ich habe May festgenommen. Ich sollte den Buchvertrag kriegen.«

Elliot sagte: »Irgend jemand wird Freeman bezahlen. Sie glauben immer noch nicht, daß er vielleicht einer ihrer Kunden ist?«

Glitsky sah Jeff durchdringend an. »Eine halbe Million für einen Arsch?«

»Und oben drauf noch die Kaution«, warf Hardy ein.

Glitsky sagte: »Wenn sie die zusammenkriegt.«

»Ich weiß nicht«, sagte Hardy. »Ich habe so ein Gefühl, Freeman will einen Aufschub. Den würde er nicht anstreben, wenn sie drinbliebe. Und das heißt, daß sie die Kaution kriegt.«

22

»Ich glaube, daß Sie unschuldig sind. Deshalb.« Es stimmte nicht ganz. David Freeman wollte mit diesen Worten etwas erreichen. Deshalb sagte er sie.

May Shinn trank Chardonnay. Sie saßen einander in einer Nische des Tadich's Grill gegenüber. David Freeman, ihr guter Geist mit dem zerknautschten Outfit, beobachtete sie. Vor der Vernehmung zur Anklage war er mit ihrer Vollmacht zu ihrer Bank gegangen und hatte 50 000 Dollar, praktisch die gesamten Ersparnisse ihres Lebens, abgeholt. Er hatte den Betrag, den das Gericht als Kaution festsetzen würde, genau gekannt. Er hatte sich ihre Kleidung herausgeben lassen, die man ihr im Gefängnis abgenommen hatte, und hatte sie bügeln lassen, bevor man sie ihr zurückgab. Er hatte ihr neues Make-up gekauft.

Er hatte die Story in der Zeitung verfolgt. Als er am Sonntagmorgen von ihrer Verhaftung las, wußte er, daß er ihr helfen mußte, daß sie einen Anwalt brauchen würde, daß es die japanische Geliebte eines sehr bekannten und mächtigen Mannes äußerst schwer haben würde, sich gegen die geballte Macht des Staates zu behaupten. Jetzt, nachdem er mit ihr gesprochen hatte, glaubte er auch, daß sie unschuldig war – was seine Aufgabe als Verteidiger erleichterte.

»Aber ich kann nicht zahlen.«

Er hob die Schultern und nippte kummervoll an seinem Wein. Der Vorhang der Nische war vorgezogen. Sie hatten schon einmal darüber gesprochen. Er hatte den Fall mit der Erklärung ihr gegenüber begonnen, daß er ihn *pro bono* übernehme. Kostenlos. Dann und wann müsse man etwas einfach deshalb tun, weil es das Richtige war. Daraufhin hatte sie gelächelt.

»Wenn ich Sie nicht anlügen soll, dürfen Sie mich auch nicht anlügen.«

»May, warum sollte ich Sie denn anlügen?«

Sie stellte ihr Glas hin und drehte es zwischen den Fingern

herum. Sie ließ ihn nicht aus den Augen. Schließlich platzte er heraus und lachte über sich selbst. »Okay«, sagte er. »Okay. Aber das ist kein besonders schmeichelhafter Grund.«

»Die letzten Tage waren nicht sehr schmeichelhaft«, sagte sie.

»Nein, das glaube ich.« Freeman trank etwas von seinem Wein, dann holte er Luft und fing an. »Bis vor ungefähr zehn Jahren durften Anwälte nicht für sich werben. Wußten Sie das?«

Sie nickte.

»Und sogar heute, wo es theoretisch erlaubt ist, ist es immer noch nicht besonders gut fürs Geschäft, außer man hat sich gerade auf Ehescheidungen, Trunkenheit am Steuer oder Unfälle spezialisiert. Wenn ein Anwalt Werbung für sich selbst macht, heißt das, er hat nicht viel zu tun. Gute Anwälte werben nicht, weil sie es nicht nötig haben. Und wenn sie es nötig haben, sind sie nicht gut.« Er lächelte sie freundlich an. Sein Gesicht war kräftig geschnitten. Er hatte braune Augen und volles, dunkles Haar. »Es ist ein Teufelskreis. Die Katze beißt sich in den Schwanz.«

»Und ich bin ihre Werbung?«

»Ich habe noch sieben Mitarbeiter in meiner Kanzlei. Drei mußte ich in den letzten zwölf Monaten entlassen. Das Geschäft läuft miserabel. Das hier ist ein Fall mit großer Wirkung. Owen Nash war ein sehr bekannter Mann.«

Das überraschte sie nicht. Sie war an dem Punkt, wo sie annahm, daß es nichts mehr gab, das sie noch überraschen konnte. Wenigstens wußte sie jetzt Bescheid.

Aber als Owens Name fiel, legte sich ein Schatten über ihr Inneres. Sie wollte nicht dasitzen und essen und trinken. »Ich habe ihn nicht getötet, David.«

Er tätschelte ihre Hand, die vor ihm auf dem Tisch lag. »Natürlich haben Sie es nicht getan.«

Er glaubte ihr nicht. Er hatte ihr am Sonnabend vor Beginn ihres Gesprächs, und bevor er sich irgendwelche Beweismittel angesehen hatte, als allerersten erklärt, daß es irrelevant sei, ob sie Nash getötet hatte oder nicht – er werde sie freibekommen.

»Aber ich hab's nicht getan.«

»Psst!« Er beruhigte sie mit seiner sanften Stimme, hielt den Finger an seine Lippen. »Ich muß sagen, es sind sehr wenige Indizien da, die gegen Sie verwendet werden könnten.«

»Was ist mit dem Testament?«

Er wischte das vom Tisch. »Das Testament. Beweist das Testament, daß Sie an Bord des Bootes waren? Haben Sie durch das Testament Gelegenheit erhalten, Owen zu töten? Haben Sie dadurch die Mittel erlangt, es zu tun? Sie waren zu Hause, ist das richtig?«

Sie nickte.

»Also. Wir werden beweisen, daß Sie zu Hause gewesen sind. Das Testament, genau wie die restlichen sogenannten Beweismittel, ist völlig irrelevant. Was hat man gegen Sie in der Hand? Das Testament? Das Ticket nach Japan?«

»Ich dachte, die Polizei würde ...«

»Ja, natürlich. Selbstverständlich.« Er leerte die Flasche in die beiden Gläser und fuhr mit seiner Litanei fort. »Es gibt keine nachweisbare Verbindung zwischen Ihnen und der Waffe. Es gibt keinen Beweis, daß Sie auf den Abzug gedrückt haben.« Er hob den Finger und gebot ihr zu schweigen. »Nein, nein. Nichts mehr abstreiten. Diese Vorwürfe, die man an Sie gerichtet hat, spielen keine Rolle, verstehen Sie? Es gibt nichts, das beweist, daß Sie es getan haben. Ich weiß nicht mal, worüber man im Gericht verhandeln will. Bei der Vorverhandlung werden wir auf die rassische Diskriminierung hinweisen, vermischt mit Vorurteilen, die man Ihrem Beruf gegenüber hat ... Die Staatsanwaltschaft wird nicht damit durchkommen. Es gibt einfach keine harten Fakten gegen Sie.«

May Shinn war wieder zu Haus in ihrem Apartment. Freeman hatte sie heimgebracht, dann war er mit ihr hinaufgegangen und hatte gewartet, bis sie sicher im Inneren ihrer Wohnung anlangte.

Sie ließ ein Bad einlaufen, setzte sich in das heiße Wasser, und die Erinnerungen überkamen sie. Es war wohl die Nähe zum Tod gewesen, die sie und Owen wieder ins Leben zurückgebracht hatte, dachte sie.

Während der ersten Wochen waren sie unzertrennlich gewesen. Sie sagte die Verabredungen mit all ihren anderen Kunden ab. Sie wußte damals noch nicht, wer Owen war, wußte nicht, daß er Geld hatte. Alles, was sie wußte, war, daß er Gefühle bei ihr auslöste, daß es da eine Beziehung zwischen ihrer geistigen und ihrer körperlichen Existenz gab, die sie schon längst verloren geglaubt hatte und die sie nun so lange wie möglich festhalten wollte.

Sie hatten ein seltsames Verhältnis miteinander. Sie fesselten einander, verbanden sich die Augen und probierten sämtliche

Positionen aus. Sie gingen um zwei Uhr morgens aus dem Haus und trieben es auf dem Bürgersteig. Sie rasierten einander, bis sie gänzlich nackt waren. Er aß von ihr Honig und Schokolade und einmal Knoblauch, der heißer und länger brannte als Spanische Fliege. Owen war ausgehungert.

Der Mann war phantastisch in Form. Groß, mit einem mächtigen Brustkorb und überall hart. Er trank Scotch und Wein und Brandy und nahm Pillen, um einschlafen zu können. Allmählich merkte sie, daß er von ihrer Wohnung aus Geschäfte erledigte – in Telefongesprächen, die er plötzlich führte, egal, was sie gerade machten, kam der Name Wheel vor, und es ging oft um die Probleme seiner Tochter. Irgendwo da draußen führte er ein richtiges Leben, aber das trat nicht zwischen sie.

Sie begriff das nicht so genau. Sie wußte nur, daß sie beide auf irgendeine unausgesprochene Weise zusammen waren, sie erkundeten etwas zusammen, etwas, das für sie beide wesentlich war, wenn sie weiterleben wollten. Es war nicht der Sex oder wenigstens nicht nur der Sex.

Sie lebte seit fünfzehn Jahren vom Sex, und niemals hatte sich etwas wirklich Ernstes daraus entwickelt. Ihr Leben, sogar ihr berufliches Leben, war in immer weitere Ferne gerückt. Sie ging mit ihren Kunden ins Bett, aber nicht jedesmal, wenn sie zu ihr kamen. Wenn sie es brauchten, nach den ersten paar Malen wollten sie immer oben liegen, war sie für sie da. Oft brachten ihre Kunden es nicht zustande. Noch öfter wollten sie sie nur umarmen und dann mit ihr zusammen daliegen und reden.

Sie bereitete auch Mahlzeiten für sie zu. Scampi in Brandy, rohe Austern, blutige Filets und Carbernet. Sie wurde eine großartige Köchin. Sie sang, sie spielte Klavier, während der Kunde bei seinem Bourbon oder seinem Gin saß, sie leistete ihm Gesellschaft oder bot ihm eine Ausflucht oder eine Art von Romantik, die er zu Hause nicht fand.

Aber Owen war ganz anders als sie alle. Und nicht nur sein Hunger war anders. Hatte nicht Henry David Thoreau geschrieben: Most people lead a life of quiet despair. Das tat er nicht. Er lebte nicht in stiller Verzweiflung. Er suchte nicht die Abwechslung, suchte auch keinen Frieden und keinen kulturellen Schein, hinter dem man die Gemeinheit der Welt nicht mehr sah. Er hatte die Welt kennengelernt, mehr noch: Er kannte sich selbst.

Sie brauchten keine Spielchen miteinander zu spielen. Sie gehörte ihm. Das Vergessen – der Sex – war der einzige Weg, den sie beide kannten, um unter die Oberfläche zu gelangen. Etwas kochte in ihnen beiden, es drohte zu explodieren, wenn sie sich nicht davon befreiten und es durch die Kruste hindurchbrechen ließen.

Es war am Morgen, sehr früh noch, vor Sonnenaufgang. Der Himmel im Osten war grau und im Westen über dem Meer noch dunkel.

May Shinn war seit einer Stunde wach und ging nackt im Dunkeln umher. Sie ging von dem Türmchen nach hinten, kam durch die Küche in das Schlafzimmer, blieb stehen und nahm ein scharfes Küchenmesser von der Anrichte. Owen lag auf dem Rücken im Bett und schlief, er atmete ruhig und regelmäßig.

Sie setzte das Messer mit der Schneide unter seinem Adamsapfel an. Sie saß da und sah ihn atmen. Das Schlafzimmer war dunkler als die übrige Wohnung. Schließlich legte sie die Klinge etwas tiefer an sein Schlüsselbein und küßte ihn.

»Owen.«

Er wachte auf wie sonst niemand. Er schlug einfach die Augen auf und war voll da. »Was?«

Sie hob die Messerscheide wieder an, so daß sie die Haut über seinem Adamsapfel berührte. »Fühlst du es?«

»Wäre das der falsche Augenblick, um zu nicken?«

»Möchtest du, daß ich dich töte?«

Er schloß wieder die Augen und atmete ein paarmal. »Darauf läuft das mit uns ja wohl hinaus, nicht wahr?« Er rührte sich nicht.

»Owen. Was tun wir eigentlich?«

Er nahm sich einen Augenblick Zeit. Vielleicht wußte er das auch nicht. Vielleicht wußten sie es beide und fürchteten sich zu sehr davor. »Was tun wir eigentlich?« wiederholte sie.

»Wir zeigen uns einander.« Er schluckte. Sie fühlte, wie die Klinge sich über seine Haut bewegte.

»Ich weiß nicht, was ich fühle.«

»Du liebst mich.« Sobald er das gesagt hatte, wußte sie, daß es stimmte. Sie spürte, wie ihr die Tränen kamen, und ihre Hand, die das Messer hielt, krampfte sich zusammen. »Und ich liebe dich«, sagte er. »Aber ich möchte nicht, daß du Hoffnungen in mich setzt. Ich rette nicht dein Leben, May.«

»Aber ich bin das, was du willst.«

»Das ist richtig. Du bist das, was ich will. Aber ich spiele fair. Ich sage es dir geradeheraus, so gut ich es weiß.«

»Ich bin eine Hure, Owen. Ich bin nichts, aber ich spiele auch fair. Du kennst mich. Ich weiß nicht, wie lange ich das gehaßt habe, was ich bin. Ich möchte mich nicht in dich verlieben, aber du bist meine letzte große Chance ...«

Owen hatte die Augen geschlossen. Sie nahm das Messer von seiner Kehle fort. »Ich habe dich gewarnt«, sagte sie.

»Und ich habe dich gewarnt.« Er zog sie herunter und küßte sie und drückte sie an seine Brust.

23

Als er am nächsten Morgen um acht Uhr fünfundzwanzig hereinkam, saß Pullios in Hardys Büro. Sie hielt den *Chronicle* zusammengefaltet im Schoß. »Hübsche Story«, sagte sie. Sie entfaltete das Blatt und wies auf den Artikel auf der ersten Seite. Unten rechts, wie gewohnt. »Staatsanwaltschaft beantragt im Fall Nash Todesstrafe.« Und darunter: »Besondere Umstände – Mord aus Gewinnsucht.«

Er kam um den Schreibtisch herum, öffnete seine Aktentasche und holte die Unterlagen heraus, die er mit nach Hause genommen und nicht weiter beachtet hatte, weil er immer wieder an May denken mußte. Moses war gekommen, hatte sich Sorgen um Rebecca (und wahrscheinlich auch um Frannie und Hardy) gemacht und war zum Essen und Reden bei ihnen geblieben.

»Ich hab's gelesen«, sagte er.

»Es überrascht mich, daß Elliot nicht die Nachricht über die Kaution gebracht hat.«

Hardy hörte auf nervös herumzufummeln. »Sie hat die Kaution geleistet? Ja, ich hatte so ein Gefühl, daß sie es schaffen würde. Hat Freeman das Geld aufgebracht?«

Pullios faltete die Zeitung zusammen und legte sie zurück auf ihren Schoß. »Ich weiß es nicht. Wir können die Herausgabe ihrer finanziellen Unterlagen erzwingen, wenn wir den Richter davon überzeugen können, daß es sich um illegale Einkünfte handelt.«

»Nicht Barsotti.«

»Nein, das habe ich gemerkt. Wir werden uns umsehen.«

»Wie wär's mit Prostitution? Als ich das letzte Mal nachgeschaut habe, war sie illegal.«

»Vielleicht. Das ist ein Gedanke, den sollten wir nachprüfen.« Sie schlug wieder das eine Bein über das andere. »Sehen Sie«, sagte sie. »Ich wollte mich noch einmal entschuldigen. Ich habe mich nicht korrekt verhalten. Sie hätten den Fall bekommen sollen. Es tut mir leid.«

Hardy zuckte die Achseln. »Es wird ja noch mehr Fälle geben.«

»Danke.« Sie versuchte weder ihr Lächeln noch ihren Schmollmund. »Denn es wird eine Menge zu tun geben.«

»Ich weiß nicht«, sagte Hardy. »Wir haben jetzt zwei Monate Zeit, und ich habe noch so viel anderes zu erledigen.« Er zeigte auf die Aktenberge in seinem Büro.

Jetzt lächelte sie, doch er hatte nicht den Eindruck, daß sie etwas damit erreichen wollte. »Sie glauben, daß wir in zwei Monaten die Voruntersuchung haben werden?«

»Das ungefähr war mein Eindruck.«

Pullios schüttelte den Kopf. »Wir lassen nicht zu, daß Freeman und Barsotti diesen Fall bis nächstes Jahr aufschieben. Ich habe nach der Vernehmung zur Anklage mit Locke gesprochen, er hat zugestimmt. Wir bringen den Fall am Donnerstag vor die Grand Jury. Da erreichen wir die Anklageerhebung, gehen zum Oberen Gericht, und dann heizen wir den Bummelbrüdern ein, daß es raucht.«

»Können wir das denn tun?«

»Wir können alles tun, was wir wollen«, sagte sie. »Wir sind auf der richtigen Seite, vergessen Sie das nicht.«

»Ich will Ihnen ja nicht die schöne Laune verderben, aber gibt's da nicht ein Risiko? Was ist, wenn die Grand Jury keine Anklage erheben will?«

Pullios rollte mit den Augen. »Wenn Sie erst mal eine Weile hier sind, werden Sie es begreifen: Wenn die Staatsanwaltschaft es wünscht, erhebt die Grand Jury auch Anklage gegen ein Schinkensandwich. Außerdem tut die Grand Jury immer, was ich ihr sage. Wir haben alles, was Glitsky herausgekriegt hat, und das dürfte genügen. Und falls es nicht reicht, bleibt uns noch das ballistische Gutachten: Die Kanone, die wir gefunden haben, ist die Mordwaffe. Aber noch was ...«

»Okay, aber nur noch eins.«

Sie lächelte wieder. Sie schienen einander ganz gut zu verstehen. »Kein Wörtchen zu irgend jemandem. Wir planen einen Coup.«

David Freeman kannte seinen größten Fehler: Er konnte nicht delegieren. Er konnte nicht einmal seine Sekretärin etwas für ihn *tippen* lassen. Okay, Janice durfte Telefonanrufe beantworten, sie durfte Briefe frankieren, soweit sie an jemanden innerhalb der USA adressiert waren und weniger als drei Seiten enthielten. Ab drei Seiten mußte er sie selbst wiegen und aufpassen, daß genug

Porto darauf war. Die Aktenablage machte er selbst, genauso wie die Schreibarbeit. Seine Botengänge erledigte er ebenfalls allein.

Abgesehen von Melvin Belli war er wahrscheinlich der bekannteste Anwalt in San Francisco. Er hatte sieben Mitarbeiter, aber keine Partner. Keiner seiner Kollegen hatte es je länger als vier Jahre bei ihm ausgehalten – Rezession hin, Rezession her. Er brannte sie aus. Sie kamen zu ihm, um »Erfahrung« zu sammeln. Aber wenn bei David Freeman ein Beschuldigter erschien, den er vor dem Gefängnis bewahren sollte, dann überließ man das nicht Phyllis oder Jon oder Brian oder Keiko – David Freeman selbst mußte ihn vor Gericht heraushauen. Nur seine persönliche, starke schlampige Anwesenheit überzeugte den Richter und die Geschworenen von der Unschuld.

David Freemans tiefste Überzeugung war, daß *niemand* auf der Welt vor Gericht so gut wie er selbst war, und wenn man die Kanzlei David Freeman & Associates beauftragte, dann bekam man David Freeman als Verteidiger. Die Prozeßvorbereitung kostete, soweit nur seine Mitarbeiter daran beteiligt waren, 135 Dollar die Stunde. Wenn David selbst daranging – und er persönlich prüfte jeden Schriftsatz, jeden Antrag, jedes Protokoll, jede Erklärung und Aussage –, ging der Preis auf 500 Dollar hoch; eine Stunde vor Gericht kostete 1500 Dollar.

Darauf war er stolz, und er wußte, daß er es auf die Spitze trieb. Es gab Privatdetektive – für die Knochenarbeit. Doch niemand erledigte die Knochenarbeit so gut wie er. Einmal, als er gerade einen Fall angefangen hatte, beauftragte er einen Privatdetektiv damit, sämtliche in Frage kommenden Zeugen, die in der Gegend wohnten, in der eine Frau ihren Mann umgebracht haben sollte, auszufragen. Die Frau, Bettina Allred, hatte behauptet, sie habe zwar einen Streit mit ihrem Mann Kevin gehabt und sogar eine Kugel in die Wand gefeuert. Aus Angst vor sich selbst und vor ihrem eigenen Zorn sei sie dann aber aus der Wohnung weggelaufen, um sich zu beruhigen. Während sie fort war, so sagte sie, sei jemand eingedrungen und habe ihren Mann mit dessen eigener Waffe erschossen. Also hatte der Privatdetektiv in Davids Auftrag alle in der Wohnung befragt, und jeder hatte den Streit mitangehört, offensichtlich hatte sie die Tat begangen. Nur mit Wayne, dem dreizehnjährigen Sohn, der während der fraglichen Zeit nicht einmal zu Hause gewesen war, hatte der Ermittler nicht gesprochen. Als Freeman wie immer alles genau nachprüfte, ging er natürlich methodisch vor. Und fand heraus, daß Wayne sich, als seine Mutter hinausgelaufen war, vor Angst im Einbauschrank versteckt, die Waffe genommen und seinen Vater erschossen hatte. Er hatte die Schläge satt, die er und die Mutter von seinem Vater hatten einstecken müssen.

Seither hatte Freeman auch die Knochenarbeit übernommen. Obwohl es seine kostbare Zeit war, verlangte er von seinen Mandanten nur die 65 Dollar pro Stunde, die er einem Privatdetektiv gezahlt hätte. Und so fand er, daß seine Arbeit nicht nur die beste, sondern im Grunde auch eine der preiswertesten war.

Niemand in Mays Wohnhaus hatte sie am Sonnabend gehört oder gesehen. Jetzt ging er die andere Straßenseite entlang, läutete an den Türen und redete mit den Bewohnern.

»Sehen Sie da drüben an der Ecke das Apartment mit dem Türmchen, da oben? Gar nichts bemerkt? Daß die Jalousie hochgezogen wurde – oder herunter? Und haben Sie einen Schatten gesehen? Ja, ja das ist vertraulich, aber es hat mit einem Mordfall zu tun, Gott, erzählen Sie das nicht meinem Boß. Ich hätte es Ihnen gar nicht verraten dürfen.«

Der französische Delikatessenladen auf der anderen Seite der Straße. Die Wäscherei und Reinigung an der Ecke gegenüber. Nichts, nichts, nichts. Wenn May zu Hause gewesen war, wie sie behauptete, dann war sie unsichtbar gewesen. Natürlich glaubte er ihr nicht, daß sie zu Hause gewesen war, aber wie er ihr gesagt hatte: Was er glaubte, war irrelevant.

Er befand sich jetzt im dritten, obersten Stockwerk des Gebäudes, das Mays Haus direkt gegenüber lag. Seine Füße schmerzten, und er überlegte, ob er sein Honorar für diese Art Arbeit nicht auf 75 Dollar erhöhen sollte. Er läutete und lauschte eine Weile dem Gong, der im Innern der Wohnung anschlug. Niemand. Auf dem Flur befand sich noch eine Tür, die sich öffnete.

»Mr. Strauss ist nicht da. Kann ich Ihnen helfen?«

Mrs. Streletski war eine gutgekleidete ältere Frau, und er spielte ihr etwas vor. Sie bat ihn hereinzukommen und zwang ihn, eine Tasse gräßlichen Kaffees zu trinken. Sie sagte, es tue ihr leid, daß sie ihm nicht helfen könne. Sie war die letzten zehn Tage nicht zu Hause gewesen – ja, sie war gerade von einem Besuch in Rossmore zurückgekommen. Sie überlegte nämlich gerade, ob sie nicht zu Hal nach Rossmore ziehen sollte. Dort wurde einem soviel geboten. Da war man aktiv, selbst älteren Leuten gefiel es, niemand behandelte einen, als ob man alt wäre. Es gab dort allerhand Kurse, Filme wurden gezeigt. Vorträge fanden statt. Es machte Spaß, da zu leben. Da wurde man wieder richtig jung.

Mrs. Streletski zeigte Freeman, daß man von ihrem Fenster aus Mays Haus überhaupt nicht sehen konnte. Er dankte ihr für den Kaffee und ließ ihr seine Karte da, so daß Mr. Strauss, der nebenan allein wohnte, ihn anrufen könnte, wenn er zurückkam und falls er Zeit hatte.

»Er ist leider nicht sehr oft zu Hause«, sagte sie. »Er reist sehr viel. Er arbeitet ständig. Letztes Jahr wurde er geschieden, und jetzt ist er, glaube ich, sehr einsam. Wir haben ein paarmal Scrabble gespielt, und ich habe versucht, ihn zu überreden, mit Hal und mir zusammen auszugehen, aber ich glaube, seine Frau und seine Jungens fehlen ihm.«

»Na ja, wenn er mich mal anrufen könnte – er war ja vielleicht an dem Tag zu Hause und erinnert sich an irgendwas.«

Sie sagte, sie würde es ihm ausrichten. Er dankte ihr und ging die Treppe hinunter und dachte, selbst wenn er nichts herausbekam, war diese Art Arbeit wahrscheinlich mehr als 75, eher, sagen wir, 100 Dollar pro Stunde wert.

»Zwei Monate bevor Sie auch nur die Vorverhandlung angesetzt haben?«

Hardy biß sich auf die Zunge. Er hielt sich an Elizabeths Auflagen – daß er niemandem etwas über ihren bevorstehenden Termin vor der Grand Jury verraten dürfe. Ken Farris, mit dem er im Sprechzimmer unten im Asservatenflügel saß, machte ein unglückliches Gesicht, und Hardy fragte sich, wie weit er gehen durfte, um ihn aufzumuntern.

»Wir arbeiten an etwas.« Lahme Ausrede. Wußte er.

»Hoffen wir's. Und währenddessen läuft sie draußen frei herum.«

»Ja, so ist das.«

Farris schüttelte den Kopf.

Hardy dachte, jetzt hätte er ihn so weit. »Nun, wie steht es unten in South City? Wird es besser?«

Farris' Aussehen hatte sich nicht gebessert. Tränensäcke unter den Augen. Hängende Schultern. Er saß Hardy schräg gegenüber an einem Tisch mit einer grauen Metallplatte, seine Arme lagen – schützend – vor dem Original von Owens Testament. Mays Waffe lag, in einen Plastikbeutel verpackt, ebenfalls auf dem Tisch. Und der Schlangenring.

Farris zuckte die Schultern. »Die Aktien sind erst gefallen und dann gestiegen. Wir haben Verträge. Die Leute haben Arbeit, und das Leben geht weiter.« Er sah wieder auf das Stück Papier, das vor ihm lag. »Das hier, das ist allerdings unglaublich. Was hat er da nur gemacht?«

»Wer denn?«

»Owen. Zwei Millionen Dollar. Um Gottes willen. Celine sagte mir, sie hätte mit Ihnen gesprochen.«

Der Mann war ziemlich sprunghaft. Er suchte irgendeinen festen Punkt. Hardy hatte noch immer so ein merkwürdiges Gefühl wegen Celine und wollte nicht über sie sprechen. Er hatte sie auch schon aus seinem Kopf verdrängt, aber wenn dann wieder etwas kam, das ihn an sie erinnerte, dann kreiste sie wieder ewig dort oben herum. Er verstand das gar nicht so richtig. »Wann haben Sie sie denn gesehen?«

»Am Sonntag. Bei der Einäscherung.«

Bei der Einäscherung. Farris – und Celine – mußten das auch erst einmal verarbeiten. Sie hatten eine harte, schwere Woche hinter sich. »Wie geht es ihr denn?«

Farris schien sich noch mit dem Testament zu beschäftigen. »Was? Ach, ja, sie ist ziemlich mitgenommen von der Sache. Ein bißchen auf May fixiert. Ich habe es ihr ausgeredet, aber sie wollte bei der Vernehmung zur Anklage eigentlich vor Gericht erscheinen.«

»Gute Idee. Was hat sie über May gesagt?«

»Sie wundert sich, wieso wir so viel Zeit mit der Vernehmung zur Anklage, Gerichtsterminen und Prozessen verschwenden, und dann kommen noch die Berufungsanträge und das Gnadengesuch. Jemand sollte einfach hingehen und sie töten. Celine sagt, sie würde es selbst tun.«

»Versuchen Sie ihr das doch bitte auszureden, ja? Man würde ihr das übelnehmen ... Sie sind sicher, daß May es getan hat, ja?«

Da wachte Farris auf. »Sie *nicht*?«

»Wow. Das habe ich nicht gesagt. Wir haben aber einfach keinen Beweis dafür, daß sie auf der *Eloise* war. Das ist irgendwie ein wichtiger Punkt.«

»Aber sie war doch auf der *Eloise*. Celine hat mir gesagt, Owen wollte sich mit ihr auf der *Eloise* treffen.«

Hardy nickte. »Das hat sie mir auch erzählt.«

»Ja, und?«

»Ja, und. Das ist Hörensagen. Nicht beweiskräftig. In der Beweisaufnahme nicht zulässig.«

»Unsinn. Sie war an Bord.«

»Ich sag' nicht, daß sie es nicht war. Aber wir klagen sie eines Mordes an.«

»Okay. Tut mir leid.« Farris sah wieder nach unten. Er tippte auf das Papier. »Das hier ist definitiv von Owen. Warum hat er mir nichts davon erzählt?«

»Vielleicht dachte er, daß es nie dazu kommen würde.«

»Wieso nicht?«

»Indem er am Leben blieb zum Beispiel. Vielleicht war es ein Ausrutscher. Vielleicht war er betrunken, als er es geschrieben hat. Womöglich hat sie ihn provoziert, ihm die Pistole auf die Brust gesetzt. Aber Tatsache ist: Das Testament ist da, und es ist ein verdammt guter Grund, jemanden umzubringen.«

»Noch einer«, sagte Farris.

»Was meinen sie mit ›noch einer‹?«

Farris runzelte die Stirn, als wäre er überrascht, daß man ihn dabei erwischte, wie er etwas laut aussprach. Er stand auf und schob Hardy das Beweismittel zu. »Ach, nichts«, sagte er. »Nur so eine Redensart.«

24

Jeff Elliot erblindete in Maury Carters Büro.

Er nahm an, daß es an dem Abend begonnen hatte, nachdem er zum Leichenschauhaus gefahren war. Die Spannung dieser Augenblicke und die Aufregung über seinen ersten Artikel auf der Titelseite, das alles war ein zu großer Streß gewesen, und es hatte ja, wie auch die Ärzte zugaben, immer eine Beziehung zwischen Streß und dem Beginn der Anfälle gegeben.

Aber multiple Sklerose war eine unheimliche Sache. Sie brach nicht einfach aus und knallte einem im Kopf die Sicherungen durch. Nein, damals hatte es mit einem Kribbeln und Stechen morgens in den Beinen angefangen. Sein linkes Bein kam ihm ein bißchen eingeschlafen vor, als ob ein Schwachstrom durchlief. Dann ging dieses Gefühl im Laufe der Wochen nicht nur nicht weg, sondern es wurde schlimmer, und sein Bein wurde zu einem Gewicht, das er mit sich herumschleppte. Dann war er zum Arzt gegangen, und die Bombe war explodiert.

Das rechte Bein war zwei Jahre darauf ausgefallen. Aber seit damals hatte er fünf gute Jahre gehabt. Drei Jahre lang mit Prednison und dann, weil er das Steroid verabscheute, hatte er ohne es auszukommen versucht. Und gedacht, er hätte es geschafft.

So gut war es ihm gegangen, daß er es gar nicht der multiplen Sklerose zuschrieb, als er eines Tages aufwachte und nur noch verschwommen sehen konnte. Er hatte es ignoriert. Verschwommen war das Bild ja auch nur, wenn er etwas direkt ansah.

An diesem Morgen war es jedoch auffällig. Das rechte Auge schien überhaupt nicht mehr scharf zu sehen, und über der Hälfte seines linken Sehfeldes lag ein brauner Fleck. Er sollte zum Arzt gehen, aber hier war seine berufliche Chance, für die er so hart gearbeitet hatte. Er war der Mann der Stunde. Sobald er ein paar Dinge erledigt hatte, konnte er sich um sein Augenlicht kümmern.

Maury Carter hatte sein Büro in einem Gebäude, das etwa zwei Querstraßen vom Justizpalast entfernt lag. Draußen über dem

Hauseingang hing ein schwarzweißes, fenstergroßes Schild. Es war mit Schrauben in der alten Ziegelsteinfassade befestigt, und darauf stand »Bail Bondsman« – Kautionssteller. Drinnen nahm der Schreibtisch von Maurys Sekretärin das große Fenster nach vorne ein. Hinter dem Schreibtisch befanden sich Aktenschränke und eine Trennwand, die Maurys Privatbüro von der Straße abschirmte.

Es war Dienstagnachmittag. Jeff hatte den größten Teil des Vormittags damit zugebracht, sich mit dem, was er am Vortag verpaßt hatte – Mays Kautionsleistung –, vertraut zu machen. Das war keine Geschichte, deretwegen man die Druckerpressen anhalten mußte – es wurden laufend Kautionen geleistet, sogar für Mordverdächtige, aber es hatte ihn geärgert, daß er erst im Fernsehen davon erfahren hatte. Er mußte sich fest auf seine Geschichte konzentrieren, und hatte keine Zeit, sich um seine Augen zu kümmern.

Die eigentliche Geschichte – falls er drankommen konnte – war die Shinn-Freeman-Connection. Außer der Tatsache, daß May auf Kaution frei war, hatte er Freemans Honorartabelle entdeckt. Hardy und Glitsky hatten also recht – da gab es irgendwo eine Geldquelle.

Dorothy, Maurys Sekretärin, sagte, sie dürfe nicht über ihre Klienten reden. »Aber wir können über alles mögliche andere reden. Maury ist drüben im Justizpalast. Wollen Sie warten? Ich kann Ihnen einen Kaffee holen.«

Jeff fand, daß sie ungefähr das netteste Mädchen war, das er in San Francisco kennengelernt hatte. Sie trug ein bedrucktes Baumwollkleid, und ihre helle Haut war mit ein paar Sommersprossen gesprenkelt. Jeff dachte einen Augenblick, daß sie ihn vielleicht trotz seiner Krücken okay fand.

Sie war auch aus dem Mittleren Westen – aus Ohio – und lebte jetzt seit vier Monaten in San Francisco bei einer Freundin in Haight-Ashbury, dem ehemaligen Hippieviertel. Das sei nicht gerade, was sie sich vorgestellt habe. Sie wolle auch wieder zurück zur Schule und ihr Examen als Krankenschwester machen. Bio habe sie schon als Hauptfach gehabt, und damit dürfe es nicht zu schwer werden, aber sie müsse es an der Abendschule machen, und da brauche sie diesen Job.

Jeff hätte ihr den ganzen Tag zuhören können, er traute sich sogar, ihr etwas von sich zu erzählen. Er merkte, wie er einfach um den größer werdenden braunen Fleck herumsah und ihn wegwünschte, während er sie ansah, aber da kam Maury herein, der die Kaution gestellt hatte. Und nun fiel Jeff wieder ein, weshalb er gekommen war.

Maury wollte es ihm aber nicht erzählen. Es sei eine vertrauliche Angelegenheit. Sie saßen in Maurys Hälfte des Büros, hinter dem Raumteiler. »Aber wir wissen, wie hoch die Kaution war.«

Maury hatte eine glänzende, niedrige Stirn und weiße Stahlwolle als Augenbrauen. Auf der Landkarte seines Gesichts war seine Nase ein kleiner Kontinent. Seine Ohren standen ab, und seine Backen hingen herunter. Er lehnte sich in seinen Sessel zurück, die Füße auf dem Schreibtisch und führte eine Zigarre an die purpurnen Lippen, offensichtlich zufrieden. Er stieß eine Wolke blauen Rauchs aus und kaute nachdenklich auf der Zunge. »Was kann ich Ihnen denn sagen?«

»May Shinn hat 50 000 Dollar aufgebracht?«

»Wie Sie bereits sagten: Sie wissen, wie hoch die Kaution ist.«

Jeff kämpfte gegen eine Art klingelnde Panikattacke. Er sah hinunter auf den Notizblock und merkte, daß er nicht mehr erkennen konnte, was er dort geschrieben hatte.

»Die Kaution war eine halbe Million«, sagte er hartnäckig. Es war der Streß, diese Diskussion, die sich im Kreise drehte. Er sollte lieber damit aufhören und gehen. Das Zimmer verengte sich – der Zigarrenrauch, das komische Licht. »Nehmen wir mal an«, sagte er, »Ihre normale Gebühr – ich stelle mir jetzt vor, daß ich ein Kunde bin – ist 10 Prozent, richtig?«

Maury nickte und warf ihm damit den Ball wieder zu und stieß noch mehr Rauch aus.

»Wenn ich also eine halbe Million Kaution zahlen muß, gebe ich Ihnen 50 000.«

Maury nickte. »Das wäre die Gebühr, ja.«

Wurde der Rauch dichter? Das Licht schlechter? Vielleicht war er nur etwas betäubt. Er wand sich auf seinem Stuhl herum, das Blut floß wieder ein bißchen besser. »Dann haben Sie das dem Gericht bezahlt?« Es war immer noch nicht klar. Jeff kannte sich in dieser Sache aus oder nahm an, daß er sich darin auskannte, aber plötzlich ergab es keinen Sinn mehr.

»Nein, ich zahle dem Gericht die halbe Million. Alles. Nicht die Fünfzigtausend, sondern die ganze halbe Million.« Maury zog seine Füße vom Schreibtisch und richtete sich auf. »Sehen Sie, ich behalte die fünfzig Riesen so oder so. Das ist meine Gebühr, weil ich das Risiko eingehe. Seien wir ehrlich, diese Leute, meine Kunden – nennen wir die Dinge beim Namen –, bekommen einen lausigen Kredit. Heh, was ist denn mit Ihnen los?«

Jeff hörte, daß Maury seinen Stuhl zurückschob. Es war seltsam – es kam ihm vor, als hätte er nur mal für eine Minute die Augen geschlossen und dann wieder geöffnet. Aber wenn seine Augen offen waren, wieso sahen sie dann nichts mehr? Er nahm an, daß er den Kopf herumbewegte und den Raum anzusehen versuchte, um einen Funken Licht zu entdecken.

Panik überkam ihn. Er mußte hier raus. Er griff nach den Krücken, vage, aber er griff daneben und warf sie zu Boden, und jetzt fuchtelte er wie wild herum und versuchte sie zu finden, und da rutschte er vom Stuhl und fiel und fiel ...

In dem Klingeln, das seinen Kopf erfüllte, hörte er Maury gellend rufen: »Dorothy! Dorothy, kommen Sie her!«

Nachdem Farris fort gewesen war, hatte Hardy den ganzen Nachmittag, wie er selbst fand, ziemlich fleißig gearbeitet. Er hatte Strafanträge für drei räuberische Überfälle – einen Handtaschenraub und zwei Raubüberfälle – fertiggestellt. Ein paar Drogensachen gingen zur Vorverhandlung. Ein Teenagergangmitglied hatte sechs Polizeiautos »getagged« – mit Graffiti besprüht – und einen Schaden von 9000 Dollar angerichtet. Hardy kam zu der Überzeugung, daß der Besitz einer Sprühdose – wie das heimliche Tragen einer Waffe – obligatorisch mit Gefängnis zu bestrafen war. Um halb fünf verließ er das Büro und fuhr zum Youth Guidance Center, wo er mit einer schwangeren Sechzehnjährigen redete, damit sie den Namen ihres dreißig Jahre alten Freundes herausrückte, der sie mit einem kleinen freundschaftlichen Sozialhilfebetrug hängengelassen hatte.

Aber Hardy kam, als wär's ein Loch im Zahn, immer wieder auf Owen und May Shinn zurück.

Die Fahrt im Samurai, dessen Verdeck er wieder heruntergelassen hatte, vom Youth Guidance Center nach Hause führte ihn über Twin Peaks, dann Stanyon Street hinunter, am Shamrock und dem Aquarium vorbei, zum Golden Gate Park und über den Arguello Boulevard durch die Avenues. So hatte er genug Zeit zum Grübeln.

Das Motiv für den Mord war wirklich ein Problem. Wenn sie das den Geschworenen nicht verkaufen konnten, hatten sie keinen

Mord, und Hardy fiel keine Widerlegung seines eigenen Einwandes ein: Wenn May diesen Owen wegen des Geldes getötet hatte, war es dann einzusehen, daß sie es dem Zufall überließ, ob man seinen Leichnam fand oder nicht? Er war der Ansicht, daß die Antwort darauf nur Nein lauten konnte. Ein klares, absolutes Nein.

Also mußte ihre Strategie darauf abzielen, Freeman keine Gelegenheit zu geben, diese Frage zu stellen. Wie sollten sie ihn daran hindern? Das vermochte er nicht zu erkennen.

Aber noch mehr nagte an ihm die Frage – und das war der Augenblick, in dem er bei Rot über die 28. Avenue fuhr –, ob die Geschworenen nicht, wenn das Motiv erst einmal einen Knacks bekommen hatte, ziemlich bald ihren Glauben an Mays Schuld verlieren würden.

Er hörte die Sirene und fuhr rechts heran. Es war noch nicht sechs Uhr, ein herrlicher Abend, wunderbarerweise hielt die warme Witterung immer noch an. Er war überrascht, als der Streifenwagen der Polizei hinter ihm hielt und der Polizist ausstieg.

»Wie geht's?« fragte Hardy.

Der Polizist nickte. »Darf ich Ihren Führerschein und die Zulassung sehen?«

Hardy griff in die Jacke und nahm die Brieftasche heraus. Er öffnete sie an der Stelle, an der er gegenüber seinem Führerschein die Staatsanwaltsmarke aufbewahrte. Er faßte ins Handschuhfach, um die Zulassung herauszuholen, als er die Hand des Polizisten auf seinem Arm spürte.

»Tut mir leid, daß ich Sie störe, Sir, aber Sie sind da hinten bei rotem Licht über die Kreuzung gefahren.«

Hardy drehte sich halb herum. Mußte er wohl. Er erinnerte sich nicht, die rote Ampel bemerkt zu haben. Er bat um Entschuldigung. Außerdem wollte er nicht unhöflich erscheinen.

Der Polizist gab ihm die Brieftasche zurück. »Augen auf im Verkehr, hm?«

»Kapiert.«

Er wartete, bis der Polizist in seinem Wagen saß, dann fuhr er wieder los, hupte freundlich und bog bei der ersten Gelegenheit vom Geary Boulevard rechts ab.

Als Hardy vor seinem Haus hielt, kam er sich immer noch ein bißchen dumm und schuldig vor. Er hatte zum erstenmal dieses zuvorkommende Verhalten eines Polizisten erlebt – daß man ihm einen Strafzettel »schenkte« – und wußte nicht so recht, was er davon halten sollte.

Rebecca saß in ihrem Wagen neben Frannie, die vorm Haus auf der Verandastufe in Sandalen, Dolphin-Shorts und ärmellosem Top hockte. Die Sonne schien so auf ihr Haar, daß es wie ein Heiligenschein um ihren Kopf herumstand.

»Du solltest hübscher werden«, sagte Hardy, als er durch die Gartenpforte trat. »Es ist grausam, zu einer häßlichen Frau nach Hause zu kommen. Und wenn du schon dabei bist, versuch doch gleich mal ein bißchen jünger auszusehen.«

Er hatte sie fast erreicht, als sie ihn mit einem tierischen Knurren ansprang. Ihre Beine umklammerten seine Taille, ihre Arme schlangen sich um seinen Hals, sie küßte ihn, dann biß sie ihm heftig ins Ohr. Er hielt sie fest und wunderte sich, wie winzig sie war, wie sie duftete und warum sie einen Narren an ihm gefressen hatte. »Okay, okay, ich glaube, du brauchst nicht jünger auszusehen.«

Sie hielt ihn fest. »Schlappschwanz«, sagte sie.

Hardy ließ die Tortur über sich ergehen. »Schau, du bringst das Baby zum Weinen.« Er ging den letzten Schritt auf die Veranda zu und sah das Baby an. Er zog ein Gesicht. »Ist ja gut, Becky, deine Mutter ist nur ein bißchen verrückt. Ich bin sicher, daß es nicht erblich ist.« Rebecca weinte weiter, und Hardy küßte Frannie, dann ließ er sie hinunter und griff nach dem Kinderwagen.

»Ich trage dieses vernachlässigte Kind«, sagte er. »Schieb du den Wagen.«

Sie gingen die Clement Street nach Osten, am Safeway und den kleinen russischen Piroschkihäusern und orientalischen Restaurants und Antiquitätenläden vorbei. Rebecca saß jetzt zufrieden in ihrem Sitz, Frannie hatte den Arm um Hardy gelegt, und sein Jackett hing über dem Griff des Kinderwagens.

Sie besprachen die Ereignisse der letzten Tage. Über Rebeccas Flecken, die schon fast verschwunden waren. Über die Anschaffung des Zweitwagens von dem Geld, das aus dem Shamrock hereinkommen würde. Über Picos Gewicht und dann auch gleich über Frannies Gewichtszunahme (die täglich überwacht wurde) und über das Picknick an diesem Wochenende, das auf den 4. Juli – den Nationalfeiertag – fiel. Die Schwangerschaft ging jetzt glatt. Jungennamen. Mädchennamen. Das Strafmandat, das Hardy beinah bekommen hätte, weil er bei Rot über die Kreuzung gefahren war.

Sie gingen bis zum Park Presidio Boulevard – über eine Meile weit –, bevor sie umkehrten und wieder nach Hause strebten. Hardy erzählte Frannie von Pullios und ihrem Entschluß, eine Anklageerhebung vor der Grand Jury zu erzwingen und das Verfahren dann beim Oberen Gerichtshof anhängig zu machen.

»Warum will sie das denn tun? Warum will sie nicht warten? Ich dachte, alle Gerichtsverfahren dauern ewig.«

Hardy ging ein paar Schritte weiter, locker schlendernd, und kniff die Augen im Abendlicht zusammen. »Es ist eine heiße Story. Sie will nicht, daß sie zu sehr abkühlt.«

»Und dazu hat sie Jeff Elliot«, sagte Frannie.

»Genau. Aber wir haben ein echtes Problem.« Hardy weihte sie in die Problematik ein und kam dann auf das zu sprechen, was ihn bewegt hatte, als der Polizist ihn erwischt hatte. »Sobald man sich fragt, aus welchem Grund sie es getan haben könnte, kommt man ins Schleudern.«

»Und wenn sie es wegen des Geldes getan hat, wieso hat sie dann den Leichnam über Bord geworfen? Aber wenn sie es nicht wegen des Geldes getan hat, warum hat sie dann nicht das Testament verbrannt oder so?«

»Richtig.«

Sie gingen weiter und überlegten. Die Sonne war hinter die Häuser gerutscht. Es war nicht kalt, aber im Schatten wurde es kühler. Hardy blieb stehen und wickelte Rebecca in seine Jacke. »Und dann ist da noch etwas«, sagte er. »Obwohl ich es verdammt ungern erwähne.«

»Was?«

»Der Ring. Mays Ring.«

»Was ist damit?«

»Er hatte ihn am Finger. Owen trug ihn.«

»Heißt das irgendwas?«

»Ich weiß nicht, was das heißt. Aber es *könnte* heißen, daß er ihn an den Finger gesteckt hat. Daß er ihn drangelassen hat. Daß sie wirklich ein Verhältnis hatten. Daß er sie nicht verlassen wollte. Und wenn es so war *und* wenn sie ihn nicht des Geldes wegen getötet hat, dann gibt es kein Motiv mehr für sie.«

»Ja, wenn und wenn und wenn.«

»Ja, viele Wenns. Aber den Ring *hat* er am Finger gehabt.«

»Könnte es nicht sein, daß sie sich gestritten haben, es wurde eine Auseinandersetzung daraus, die Waffe war da ...?«

»Wenn es so war, war es kein Mord. Kein Mord, das heißt, keine Todesstrafe.«

Frannie umfaßte Hardy und drückte ihn enger an sich. »Die Frau tut mir leid. Ich hätte es nicht gern, wenn du so hinter mir her wärst.«

»Ich war aber hinter dir her.«

»Ja, siehst du?« Sie strahlte ihn an. »Das meine ich.«

25

In diesem Job gab es Dinge, mit denen sich Glitsky nie würde anfreunden können. Dazu zählte zum Beispiel, Leute festzunehmen oder ihnen Vorladungen zu überbringen.

Am besten kriegte man sie zu fassen, wenn man ganz früh morgens an ihre Tür klopfte. Erstaunlicherweise rechnete niemand so früh am Morgen mit einer Verhaftung. Also war das die beste Zeit.

Aber er war letzte Nacht wieder wegen dieser Schießerei aus dem vorbeifahrenden Auto unterwegs gewesen. Sie hatten einen Tip bekommen – wahrscheinlich von einer rivalisierenden Gang, aber man mußte nehmen, was kam: Der Wagen des Schützen befinde sich, samt einer Waffensammlung im Kofferraum, in einem Lagerhaus draußen in Fillmore.

Also war Glitsky mit ein paar Beamten dorthingefahren – der schöne warme Sommerabend war inzwischen neblig feucht und bitterkalt geworden, während sie im Zivilauto saßen, Tee tranken und Brezeln aßen und warteten, daß jemand das Lagerhaus aufschloß. Was schließlich auch geschah.

Und sie hatten die Waffen gefunden. Der Verdächtige, den sie jetzt am Wickel hatten, war vollgekokst gewesen und hatte eine mörderische Angst gehabt. Er gab zu: Ja, er habe den Wagen gefahren. Aber sie hätten ihn dazu gezwungen, Mann. Und er hätte nichts mit dem Schießen am Hut. Das sei Tremaine Wilson. Wilson sei der Schütze. Und dieser Zeuge konnte sogar, im Gegensatz zu Devon Latrice Wortherington, Wilson als den Kerl mit der Waffe in der Hand im Wagen identifizieren, und wenn er es sich nicht anders überlegte, was er wahrscheinlich tun würde, sobald er wieder nüchtern war, konnte Glitsky diesen Wilson vielleicht vor den Kadi bringen.

Jetzt hatte er also vier Stunden geschlafen, und es war noch nicht einmal wieder richtig hell, der Nebel war noch genauso kalt wie vorhin im Auto, und wieder mußte Glitsky raus – in die Anlagen mit Sozialwohnungen, wo die Problemfälle zu Hause waren.

Der Weg zur Tür war ein rissiger Zementstreifen in der Mitte eines abfallbedeckten und vollgebauten rechteckigen Terrains, das ebensogut auch hätte zubetoniert sein können, wenn da nicht ein dünnes Baumstämmchen gewesen wäre, das etwa dreißig Zentimeter hoch geworden war, bis jemand es umgehauen hatte. Jetzt krümmte sich der nackte Ast aus dem Boden heraus, war vielleicht einen Zoll dick und schien Glitsky ein Beispiel für alles zu sein, was hier aufzuwachsen versuchte.

Wie immer wollten sie es möglichst kurz und schmerzlos erledigen. Manchmal klappte es, manchmal nicht. Aber für den Fall des Falles überwachten drei Beamte den hinteren Ausgang des Doppelhauses. Glitsky hatte hinter sich zwei weitere Kollegen mit gezogener Waffe, als er auf das Haus zuging. Auf der Straße wartete ein weiteres Team, das aus dem Wagen ausgestiegen war und dahinter Deckung nahm für den nicht unwahrscheinlichen Fall, daß sich das Panoramafenster des Hauses plötzlich splitternd und krachend als Scharfschützennest entpuppen sollte.

Daß eine der Straßenlampen noch brannte, war ein Wunder. Die Halbwertzeit einer Straßenbeleuchtung in diesen städtisch finanzierten Wohnsiedlungen ließ sich in Minuten nach Einbruch der Dämmerung berechnen, bevor irgendein Schütze sie auspustete. Im Licht dieser Wunderlaterne erkannte man deutlich die zugezogenen Vorhänge im vorderen Fenster. Das Fliegengitter war offen, rundherum leuchteten die Graffiti.

Glitsky sah auf die Armbanduhr. Der rückwärtige Eingang war wohl inzwischen gesichert. Er wandte sich um und gab den Jungs, die sich hinter dem Wagen auf der Straße verkrochen hatten, ein Zeichen. Sie hielten ihre Daumen hoch – theoretisch war das Haus jetzt abgeriegelt.

Nun gab es keinen Nebel, keine Kälte und keine Dunkelheit mehr. Es gab nur noch das pochende Herz und den trockenen Mund – wie immer – und die Tür, an die man klopfen mußte. Dreimal, nicht sehr laut. Er hatte seinen Revolver herausgezogen und hörte drinnen jemanden schlurfen. Ein Kettenrasseln. Und dann sah er einem vierjährigen Jungen ins Gesicht, der einen Pyjama anhatte, dessen Hosen zu lang für seine Beine waren und der sich verschlafen die Augen rieb.

»Wer's da?«

Die Frauenstimme erklang hinter ihm, und der Junge wich zurück und ließ die Tür offen. Glitsky gefiel es nicht, daß ein Kind zwischen ihm und seinem Täter war. Er hatte Typen gesehen – ob auf Drogen oder nicht –, die ihre eigenen Kinder, ihre Frauen, Mütter, wer auch immer gerade da war, als Geiseln benutzten.

Glitsky wartete nicht. Er hatte einen Haftbefehl, und Tremaine Wilson wurden wegen Mordes gesucht. Ihn würde kein schlitzohriger Anwalt aus Formfehlergründen – Fehlen eines Haftbefehls oder so – herausholen. Der Junge hatte die Tür geöffnet, und das mußte reichen.

Er stieß die Tür ganz auf und trat zwischen den Jungen und dessen Mutter. »Polizei«, sagte er, damit klar war, daß es sich nicht einfach um ein weiteres Kapitel in diesem Bandenkrieg handelte. »Wo ist Tremaine?«

Einer der Männer, die hinter ihm kamen, drückte auf den Lichtschalter, und eine nackte Glühbirne über ihren Köpfen ging an. Die Frau mochte ungefähr zwanzig sein. Sie hatte eine geschwollene Unterlippe, kurzes, glattes Haar und riesige verängstigte Augen. Sie hatte in einem karierten Männerhemd geschlafen, das ihr nicht ganz bis zu den Hüften reichte. Sie bemühte sich nicht, ihre Blöße darunter zu bedecken, sondern stand blinzelnd im Licht da, nachdem dieser große schwarze Mann mit einer Kanone in der Hand sie von ihrem Jungen getrennt hatte. Sie entschied sich schnell, zeigte in Richtung des Korridors hinter sich und nahm ihren Sohn in die Arme, sobald Glitsky beiseite trat.

Die Tür zu dem Zimmer stand offen. Das Licht vom Korridor reichte nicht bis in dessen Inneres hinein. Einer von Glitskys Männern war mit der Frau und dem Kind hinter ihm geblieben, so daß Glitsky und seine anderen beiden Beamten, die ihm folgten, rasch den Korridor entlanggehen konnten. Der Sergeant trat durch die offene Tür, sein Partner hockte sich in den dunklen Vorraum und zielte mit der Waffe in das Innere des Raums.

Vielleicht war ein Bett darin, aber er konnte es nicht sehen. Er knipste das Licht in dem Raum an – wieder eine nackte Birne an der Decke. Da stand es – das Bett –, an der gegenüberliegenden Wand, der einzige weitere Einrichtungsgegenstand war eine Kommode von der Heilsarmee. Der Mann, der im Bett lag, bewegte sich, zog die dünne Wolldecke über sich. »Hey, Scheiße«, sagte er. »Mach das Licht aus.«

Glitsky war am Bettrand, zog die Decke ganz herunter und riß sie vom Bett weg, während er gleichzeitig die Mündung seiner Waffe auf die Schläfe des Mannes richtete. Wilson, der bis auf seine rote Unterhose nackt war, kniff die Augen zusammen und zwinkerte in dem grellen Licht.

»Zwinkern Sie nicht zu stark, Tremaine«, sagte Glitsky, »oder das Ding könnte losgehen. Sie sind verhaftet.«

Glitskys Partner hatte schon die Handschellen heraus, drehte Wilson um und ließ sie zuschnappen. Glitsky ging zur Tür und knipste das Licht aus und an, was hieß, daß alles in Ordnung war. Er hörte die Polizisten von draußen zur Tür kommen. Er ging hinaus in das vordere Zimmer, wo die Frau auf dem Fußboden in der Ecke saß und ihren Sohn festhielt. Er ließ sich auf die grüne Vinylcouch hinab und verschnaufte, während sein Adrenalinspiegel absackte.

Die Behausung sah aus wie alle anderen – kein Teppich, keine Bilder an den Wänden, Flecke hier und da, ein Geruch nach Bratenfett, Moschus und Marihuana. Löcher in der Gipswand.

Tremaine wurde in Schuhen ohne Schnürsenkel und ohne Socken herausgeführt, nachdem er Hemd und Hose angezogen hatte. Wenigstens war es eine leichte Verhaftung gewesen. Ein kleiner Trost.

Jetzt, um neun Uhr, nachdem Tremaine eingeliefert war, befand sich Glitsky am Yachthafen und fror. Es war der 1. Juli, und es herrschte eine Hundekälte. Die vergangenen paar warmen Tage waren nur noch eine verschwommene Erinnerung. Er dachte, vielleicht sollte er eine Art Tagebuch, wenigstens von den ersten Tagen jeden Monats, führen. Er sah es schon vor sich, Jahr für Jahr, ein Mikrokosmos von San Franciscos hübschem kleinem Boutique-Klima: 1. Januar – kalt. 1. Februar – kalt. März, April, Mai – kalt und windig. Juni und Juli – neblig und was wohl? 1. August – eiskalt, vielleicht Nebel. September und Oktober – nett, nicht warm, aber auch nicht kalt. November, Dezember – siehe Januar. Und so weiter.

José war draußen und tat irgend etwas mit einem Wahnsinnigen, der an diesem Morgen mit seiner Yacht in die bewegte Bay hinauswollte. Glitsky stand hinter dem Tresen, beugte sich über einen elektrischen Heizofen und fragte sich, wofür er eigentlich hier war.

Als er, nachdem er Tremaine eingebuchtet hatte, wieder an seinen Schreibtisch kam, wartete dort eine Nachricht auf ihn: Er solle Pullios anrufen. Er erfuhr, daß sie die Mordsache Nash vor die Grand Jury bringen wollte – top-secret –, und er solle sich bereithalten, denn er, Glitsky, werde morgen als Zeuge vor die Geschworenen treten und ihnen erklären, daß er Shinn verhaftet hatte, weil er sicher war, daß sie aus dem Gerichtsbezirk fliehen wollte, um ihrem unweigerlichen Mordprozeß zu entkommen. Und nebenbei: Könnte er nicht noch bis morgen ein paar weitere Zeugen auftreiben und vielleicht auch noch ein paar weitere Indizien?

Ja, natürlich, erklärte er. Kein Problem. Er sei ja immer gern behilflich. Nur – was denn für Zeugen? Der Fall zeichne sich ja im großen und ganzen durch das Fehlen von Zeugen aus. Die einzige richtige Zeugenvernehmung, die er aufgeschrieben hatte, war die des Nachtwächters im Yachthafen, Tom Waddell, und die, fand er, hatte an für eine Verurteilung verwertbarem Material nichts gebracht.

Aber wenn man lange genug daran arbeitete, dann bekam man ein Gefühl für diese Dinge. In manchen Fällen gab es kaum Aussagen von Augenzeugen. Das hieß aber nicht, daß es keine guten Fälle waren. Die Anklagebehörde wollte immer ein bißchen mehr, man sollte ruhig noch mal ein paar Steine herumwälzen, um darunter vielleicht die berühmte rauchende Tatwaffe zu finden. Pullios hatte ihn gefragt, was er denn nun wirklich für ein Gefühl in dem Fall gegen Shinn habe, und er hatte ihr gesagt, er finde, der Fall sei so wasserdicht wie ein Krötenarsch. Wasserdicht ja, aber nicht luftdicht.

»Luftdicht wäre besser«, sagte sie.

Also noch einmal zum Yachthafen. José, der Nachtwächter, kam von den Pontons zurück und ging geradewegs auf die Kaffeemaschine zu. Normalerweise stand Glitsky ja nur auf Tee, aber nach knapp vier Stunden Schlaf dachte er, ein bißchen Java könne nichts schaden.

Wieder eine Vernehmung und ein Bericht, und er sagte José, er solle sich ruhig an seinen Schreibtisch hinsetzen, während er, Glitsky, eine neue Kassette in seinen Rekorder legte.

»Drei, zwei, eins«, sagte er. Er stoppte das Band, lächelte, schlürfte Kaffee und hörte sich seine Ansage an. »Okay ...«

Hier spricht Inspektor Abraham Glitsky, Stern-Nummer 1144. Ich befinde mich zur Zeit in dem Büro des Yachthafens »Golden Gate Marina«, 3567 Fort Point Drive. Bei mir ist ein Herr, der sich als José Ochorio, spanischer Abstammung, männlich, geboren am 24.2.67, identifiziert hat. Diese Befragung bezieht sich auf eine Untersuchung im Fall Nummer 921065882. Heute ist Mittwoch, der 1. Juli 1992, es ist jetzt 9 Uhr 20 vormittags.

F: Sie haben ausgesagt: Als Sie vor einer Woche, am Sonnabend, dem 20. Juni, bei Ihrer Arbeit eintrafen, sei die *Eloise* bereits draußen gewesen.
A: Sí.
F: War sie am Tag davor auch draußen?
A: Nein. Als ich am Tag davor weg bin, lag sie da draußen am Ende von Ponton 2, wo ihr Liegeplatz ist. Wo sie jetzt auch liegt.
F: Und um wieviel Uhr haben Sie an diesem Tag Ihre Arbeit verlassen?
A: Ich weiß nicht. Wie immer, ungefähr um zwei oder drei, aber das Boot war da.
F: Und es war am Sonntagmorgen, als Sie ankamen, ebenfalls da?
A: Sí.
F: Haben Sie hier irgendwelche freien Tage?
A: Klar. Es ist nicht schlecht hier. Ich habe montags und dienstags frei, aber wir können uns auch untereinander abwechseln. Hauptsache, einer von uns ist hier.
F: Aber an dem fraglichen Morgen haben Sie sich nicht abgewechselt?
A: Nein.
F: Also gut, José.
(Pause)

Glitsky trank Kaffee und versuchte sich eine andere Befragungstaktik einfallen zu lassen.

F: Lassen Sie uns über Owen Nash und May Shinn reden. Ich habe hier ein Photo von Ms. Shinn. Erkennen Sie diese Frau?
A: Oh, klar, Mann. Sie war oft hier.
F: Oft? Wie oft, José?
A: In den letzten drei, vier Monaten vielleicht zwei- oder dreimal im Monat.
F: Also haben Sie sie hier im Yachthafen zusammengerechnet vielleicht zehn- oder zwölfmal gesehen?
A: Ungefähr. Ja.

F: Haben Sie sie jemals am Steuer der *Eloise* gesehen?
A: Na klar. Sie war immer mit Mr. Nash zusammen.
F: Ich meine, allein. Hat sie das Boot allein gesteuert?
(Pause)
A: Ich weiß nicht. Ich überlege gerade.
F: Lassen Sie sich Zeit.
(Pause)
A: Ja, sie ist einmal mit laufendem Motor rausgefahren, jedenfalls bis zum Wellenbrecher. Aber das sind nur ungefähr … vielleicht sechzig, siebzig Meter.
F: Aber Mr. Nash war nicht am Steuer?
A: Nein. Ich erinnere mich. Er stand draußen am Bugspriet und lachte laut. Da habe ich hochgeguckt. Das fällt mir jetzt wieder ein.
F: Und sie war allein am Steuer? Bei laufendem Motor?
A: Sí.
F: Und haben Sie sie seither noch einmal gesehen?
A: Als sie das Boot steuerte?
F: Nein. Überhaupt noch einmal gesehen?
A: Sí.
F: Wann war das?
A: Ich weiß nicht, irgendwann mal letzte Woche. Ich erinnere mich, weil, Sie wissen schon, Ihre Leute …
F: Klar, aber können Sie sich erinnern, wann genau das war? Was hat sie gemacht?
A: Ich weiß nicht. Sie war draußen auf der Straße. Vielleicht ist sie da gerade zurück zu ihrem Auto gegangen, ich weiß es nicht. Ich habe sie wegfahren sehen.
F: Und Sie sind sicher, daß das May war.
A: Sí. Das war sie.
F: Wissen Sie noch genau, welcher Tag das war? Das könnte wichtig sein.
(Pause)
A: Ich glaube, es war Donnerstag. Oh, ja. Es muß Donnerstag gewesen sein. Ich weiß noch, Tom hat mir die Nachricht hinterlassen, daß er das Boot abgeschlossen hat, und das war Mittwoch, richtig? Also ging ich hin und sah nach. Es war immer noch abgeschlossen. Das war Donnerstag, ja, ich bin sicher, Donnerstag.

26

»Ich muß Sie sprechen.«

Hardy merkte, wie seine Handflächen feucht wurden. Er lehnte sich in seinem Schreibtischsessel zurück. Gedankenverloren nahm er den Briefbeschwerer, klemmte sich den Telefonhörer unters Kinn und ließ den Jadeblock von einer Hand in die andere gleiten. Kein Zweifel, es war Celines Stimme, etwas heiser wie immer. »Ken sagt, Sie glauben nicht, daß May es getan hat.«

»Tut mir leid, wenn ich ihm gegenüber den Eindruck hervorgerufen habe. Doch, ich glaube, daß May es getan hat. Ich glaube nur nicht, daß es einfach sein wird, es zu beweisen.«

»Was brauchen Sie denn?«

»Wie meinen Sie das – was ich brauche?«

»Ich meine – Beweise.«

»Mir ist der Fall vielleicht sonnenklar, Celine, aber unser Job ist es, das den Geschworenen zu verkaufen –«

»*Ihr* Job ist es, nicht unser Job«, sagte sie trocken.

»Das stimmt.«

Er hörte sie schwer atmen, sogar durchs Telefon. Es war, als ob sie sich mit ihm im selben Zimmer befand. Vielleicht hatte sie sich aufgeregt. Vielleicht hatte sie gerade mit Farris gesprochen. Das ließ sich nicht vermeiden: Die Hauptpersonen – die dem Opfer am nächsten Stehenden – redeten natürlich ständig miteinander.

»Was brauchen Sie denn noch?« wiederholte sie ihre Frage.

Hardy wollte sich nicht genau festlegen. »Seit meinem Gespräch mit Ken sind wir natürlich schon weiter. Wir haben das ballistische Gutachten. Ihr Vater wurde mit Mays Waffe getötet.«

»Ja, selbstverständlich. Das wissen wir doch schon lange.«

Er wußte nicht, wie er es ihr erklären sollte: Sie hatten es nicht *gewußt*, sie hatten es lediglich vermutet. Daß die Vermutung sich als zutreffend herausstellte, war erfreulich, aber solange der Ballistikbericht nicht vorlag, blieb es eine Vermutung. »Und ihre Fingerabdrücke sind drauf. Und sonst keine. Keine anderen Fingerabdrücke als ihre.« Schweigen. »Celine?«

»Ich muß Sie sehen. Ich brauche Ihre Hilfe. Ich mache mir Sorgen. Sie läuft draußen frei herum. Was ist, wenn sie hinter mir her ist?«

»Warum sollte sie denn hinter Ihnen her sein, Celine?«

»Warum hat sie meinen Vater getötet? Damit ich nicht mehr gegen sie aussagen kann? Ich bin mir nicht sicher, aber ich traue es ihr zu.«

»Soweit ich weiß, brauchen Sie nicht als Zeugin auszusagen, Celine. Jedenfalls nicht in diesem Zusammenhang.«

»Aber ich weiß, daß sie auf dem Boot war.«

»Woher wissen Sie das?«

»Mein Vater hat es mir gesagt – daß er mit ihr zusammen hinausfahren wollte.«

»Das ist kein Beweis.«

Er hörte sie wieder heftig atmen. Es war beinahe ein Keuchen. »Doch, es ist ein Beweis. Er hat es mir *gesagt*.«

»Vielleicht beabsichtigte Ihr Vater, am Sonnabend mit May hinauszufahren. Aber das heißt nicht, daß er dann auch tatsächlich mit ihr zusammen hinausgefahren ist.«

»Aber er *war* draußen mit ihr.«

Was konnte er darauf erwidern? Die Frau kämpfte mit ihren Gefühlen – Trauer, Schmerz, Angst, Enttäuschung und Ungeduld angesichts der langsam mahlenden Mühlen der Justiz. Er konnte nicht von ihr erwarten, daß sie sich wie ein Monsieur Descartes benahm.

»Celine, hören Sie mal.« Nun erzählte er ihr kurz von Glitskys Geschichte in dem Fall Tremaine Wilson – daß der erste Zeuge gewußt hatte, daß Wilson in dem Wagen war, die Waffe in den Händen hielt und auch schoß, aber daß er sein Gesicht nicht gesehen hat. Er wußte, es war Tremaine, er erkannte ihn trotz alledem, trotz der Skimaske und so weiter, aber so etwas konnte man einem Geschworenengericht nicht vorlegen, es war nicht beweiskräftig, es war nur eine Vermutung. Erst als weitere Zeugen auftauchten und den Zusammenhang, der da zwischen Tremaine, dem betreffenden Wagen und der Mordwaffe bestand, aufdecken halfen, hatte Glitsky Tremaine verhaften können. »Und das ist ein ähnlicher Fall, Celine.«

Diese Analogie beeindruckte sie nicht. Sie wollte keine Analogie. »Ich muß Sie sehen«, sagte sie zum drittenmal.

Sie fixierte sich auf ihn. So etwas konnte er nicht gebrauchen. Das brachte ihn durcheinander, obwohl dergleichen nicht selten vorkam. Und wie er auf sie reagierte, das entsprach nicht dem Reglement. Vielleicht spürte sie das sogar irgendwie und nutzte es in ihrer Verzweiflung aus. »Ich bin den ganzen Tag hier. Meine Tür ist immer offen –«

»Nicht in Ihrem Büro.«

»Aber ich arbeite in meinem Büro.«

»Die Bar neulich, das war nicht Ihr Büro.«

Hardy verstand jetzt allmählich, warum manche Leute verklemmt und zugeknöpft waren. Es war wirklich wahr: Man reichte jemandem den kleinen Finger, und der nahm selbstverständlich die ganze Hand. Und wenn man die Hand wegzog, war er enttäuscht und kam sich betrogen vor.

Ihre Stimme wurde sanfter, der heftig fordernde Tonfall war verschwunden. »Dismas, bitte. Bitte, ich muß Sie sehen.«

Er seufzte. Er wußte jetzt vielleicht, wieso manche Leute verklemmt und zugeknöpft waren – aber er selbst wollte es nicht werden. »Wo könnten wir uns denn am besten treffen? Wo sind Sie jetzt?«

Es war vier Uhr nachmittags, und sie wollte sich gerade umziehen, um etwas Gymnastik zu betreiben. Er solle gegen sechs bei »Hardbodies!«, Ecke Broadway und Van Ness Avenue, sein. Wenn er sich etwas Mühe gab, konnte er das als einen kleinen Schlenker auf seinem Nachhauseweg bezeichnen.

Jeff hatte kein Einzelzimmer, aber er lag am Fenster, und das andere Bett in dem Zimmer war leer, also hatte er es ganz gut getroffen. Er war im Kaiser-Hospital nahe der Masonic Avenue, und sein Fenster lag nach Norden hinaus: Die roten Spitzen der Golden-Gate-Brücke ragten hinter dem grünen Fleck von Presidio aus den niedrig hängenden Wolken. Weiter vorn hatte sich der Nebel gehoben und aufgelöst, und die Bäume entlang den Avenues lagen in Sonnenlicht gebadet da.

Jeff Elliot war es gleich, was für ein Wetter draußen war. Es hätte ein Monsun über einen Schlackehaufen wehen können. Hauptsache war, daß er überhaupt etwas sah.

Nachdem er wieder Prednison bekommen hatte, war sein Augenlicht zurückgekehrt. Irgendwie am frühen Morgen, während es noch dunkel war, hatte er wieder angefangen, etwas zu erkennen.

Er traute dem Frieden nicht. Diese Krankheit war gnadenlos. Was sie einmal genommen hatte, gab sie nicht mehr zurück. Zuerst waren es die Beine gewesen. Jetzt die Augen? Und viel konnte er ja immer noch nicht sehen. Schatten in der Dunkelheit.

Wenn er die Hände gegen die Augen drückte und sie eine Minute lang dagegengepreßt hielt und dann kleine Explosionen mit purpurnem, grünem und weißem Licht stattfanden, schien sich das in seinem Gehirn abzuspielen. Er wußte nicht, ob völlig blinde Menschen das auch sahen. Der Reiz schien aber nicht von einer äußeren Lichtquelle zu stammen, davon war er überzeugt. Konnte das bedeuten, daß sein Sehnerv noch funktionierte?

Gegen Morgen gab es keinen Zweifel mehr. Gott sei Dank war er wenigstens noch nicht stockblind. Und die ganze Zeit über, während er ab und zu schlummerte, war es besser geworden. Und jetzt konnte er wieder etwas sehen. Verschwommen, aber immerhin.

Dorothy Burgess – aus Maurys Büro – war am Morgen auf dem Weg zur Arbeit vorbeigekommen, um zu sehen, ob alles in Ordnung war, sie hatte Blumen mitgebracht. Und jetzt kam sie wieder zur Tür herein – es war Besuchszeit –, lächelte und war besorgt: So etwas Schönes hatte er noch nie gesehen.

Sie setzte sich. »Wie fühlen Sie sich?«

Er richtete sich halbwegs auf, bis er etwas schief im Bett saß. »Viel besser. Ich kann Sie sehen.«

Er hatte seine Eltern in Wisconsin nicht angerufen. Er wollte nicht, daß sie sich Sorgen machten. Er plante, sich bei ihnen zu melden, sobald die Attacke vorüber war und die Ärzte einen Überblick hatten, was jetzt bei ihm ausgefallen war. Nach seiner Einlieferung in die Klinik hatte er beim *Chronicle* angerufen, aber von denen hatte ihn keiner besucht.

Er wußte nicht, was er zu Dorothy sagen sollte. Damals, vor dem Ausbruch der Krankheit, hatte er noch nicht viel mit Mädchen zu tun gehabt, und seit er seine Beine nicht mehr gebrauchen konnte, war sein Selbstvertrauen auf diesem Gebiet gleich Null. Er hatte sich auf seine Zeitungsarbeit konzentriert. Aber er beklagte sich nicht – es ging ihm ja gar nicht schlecht.

Als Krüppel konnte man nicht erwarten, daß die Frauen in Scharen über einen herfielen, von den Mitleidsheuchlern abgesehen, die er aber nicht ausstehen konnte. Er wußte, er war wahrscheinlich der letzte junge Mann Mitte zwanzig in San Francisco, der seine Unschuld noch nicht verloren hatte, und das war okay. Damit konnte er leben. Das war nicht das Allerwichtigste. Man mußte Prioritäten setzen.

Dorothy zog ihren Stuhl ans Bett heran und legte ihren Arm dorthin, wo seine Beine waren. Ihr Haar sah aus wie Weizen kurz vor der Ernte. Ihre weiße Bluse hatte einen runden Ausschnitt, und der Rand war mit Kornblumen bestickt, die genau zu ihren Augen paßten. Sommersprossen auf gebräunten Brüsten. Er merkte, daß er nicht aufhören konnte, sie anzusehen, sie war wie die Luft, die er einatmete. »Ich starre Sie an.«

Sie lachte, noch mehr Sonnenlicht. »Ich würde auch starren, wenn ich gestern blind gewesen wäre.«

»Tut mir leid«, sagte er. Er mußte sich dauernd wegen dieser verdammten Krankheit entschuldigen. »Ich wollte niemanden mit diesem ganzen Zeug belasten. Fühlen Sie sich nicht verpflichtet, mich zu besuchen. Ich komme schon klar.«

»Ich finde es in der Tat recht beschwerlich,« nahm sie ihn auf den Arm? »Ich habe eben zu Maury gesagt: ›Ich glaube, jetzt muß ich wieder diesen furchtbaren Jeff besuchen. Das hat mir wirklich noch gefehlt, daß jemand so einfach in unserem Büro blind wird.‹«

»Ich sagte gerade –«

»Ich weiß, was Sie gerade sagten. Und es ist albern.« Sie tätschelte sein Bein. »Gibt man Ihnen hier etwas Anständiges zu essen?«

Er versuchte sich zu erinnern. »Ja, ich glaube schon. Ich muß ja irgendwas gegessen haben. Ist egal. Morgen kann ich hier wieder raus. Sie wollten mich nur einen Tag lang beobachten.«

»Hier im Kaiser-Hospital achten sie darauf, daß immer Betten frei sind. Man weiß nie, ob nicht plötzlich welche gebraucht werden.«

»Ja, es ist okay«, wiederholte er. »Ich brauche Steroide, das ist alles. Ich brauche nicht im Krankenhaus zu liegen.«

»Sie brauchen etwas zu essen.«

»Ja, schätze ich auch. Ich habe noch gar nicht darüber nachgedacht.«

»Denken Sie überhaupt nie an Essen? Ich denke unentwegt daran.«

Seine Augen wanderten über ihren schlanken Körper. »Wo lassen Sie das denn?«

»Machen Sie sich darüber keine Sorgen«, sagte sie. »Ich lasse es schon irgendwo. Wer holt Sie denn hier ab, wenn Sie herauskommen? Wie kommen Sie nach Haus?«

Daran hatte er auch noch nicht gedacht. Er würde wahrscheinlich ein Taxi nehmen. Er hoffte, daß sein Wagen noch stand, wo er ihn geparkt hatte – auf einem der Behindertenparkplätze hinter dem Justizpalast.

»Na gut, dann komme ich morgen und bringe Sie nach Hause und mache Ihnen was zu essen. Und danach müssen Sie einfach aufhören, mir auf die Nerven zu gehen.« Sie stand auf, beugte sich vor und küßte ihn. »Werden Sie nicht frech«, sagte sie, dann war sie fort.

Hardy fand jetzt – nicht zum erstenmal –, daß er sich selbst zu gut kannte. Wäre es nicht manchmal nett, sich selbst so richtig zu hintergehen? Nicht all seine Motive und Gründe bis ins letzte zu kennen?

Er wollte Celine sehen, und zwar nicht in seinem Büro. Das war das Problem.

Er hatte vorige Woche, nachdem sie in der Bar gewesen waren, den Entschluß gefaßt, sich nicht auf sie einzulassen. Sie war zu gefährlich. Für ihn selbst, für Frannie, für das neue Leben, das ihn glücklicher machte, als er es je für möglich gehalten hätte. Manchmal lernte man Menschen kennen, auf die man beinahe chemisch reagierte, so verstanden sie es, sich bei einem einzuschmeicheln. Wenn man sich im Leben noch nicht für einen bestimmten Karriereplan entschieden hatte, konnten einem diese Menschen – ob Männer oder Frauen – einen gewaltigen Antrieb geben. Aber wenn man im Beruf stand und eine Familie sowie einen bestimmten Lebensrhythmus entwickelt hatte, konnte so eine Explosion alles zerstören. Wer dergleichen vermeiden wollte, hielt sich lieber an bestimmte Regeln und Gewohnheiten und verzichtete auf Extratouren. So einfach war das.

Hardy konnte sich sehr wohl beherrschen – das war es nicht –, aber Celine war wie Feuer. Und wenn man sich an ihr nicht verbrennen wollte, hielt man sich am besten von ihr fern.

»Dummkopf!« sagte er und zögerte einen Augenblick, bevor er die halb durchsichtige Glastür von Hardbodies! aufstieß. Es begrüßten ihn zwanzig Spiegelbilder. Spieglein, Spieglein an der Wand.

»Kann ich Ihnen helfen?«

Auf dem Namensschildchen stand »Chris«, und Chris, dachte Hardy, war Superman. Muskeln über Muskeln, grünes Hardbodies!-Stirnband, gelbes Hardbodies!-T-Shirt, schwarze Radfahrerhosen. Bänder an beiden Handgelenken. Perfektes glänzendes Beatles-langes Haar. Hinter dem langen Tresen sah Hardy drei Mädchen und vier junge Männer, alle von demselben Kaliber wie Chris.

»Ich bin mit jemandem verabredet«, sagte er.

»Natürlich. Kein Problem«, sagte Chris. »Wir lassen Sie ausrufen.«

Hardy wartete auf einem gepolsterten Hocker. Es gab keine Stühle, nur Hocker, und kleine Plastiktische mit Zeitschriften wie *City Sports, Triathloner, Maximum Steel, The Competitive Edge.* Im Hintergrund lief Musik mit einem schweren Beat. Er hörte ein Geräusch, das klang, als ob mit vielen Basketbällen auf einem Holzfußboden gedribbelt wurde.

Der Laden schien bereits brechend voll zu sein, doch immer noch schlängelten sich Leute an ihm vorbei, als ob es im Hinterzimmer etwas umsonst gäbe.

Er joggte selbst vier- oder fünfmal die Woche, aber plötzlich kam er sich alt und schlaff vor. Hier waren alle unter dreißig – außer denen, die fünfzig waren und besser aussahen als Hardy damals mit zwanzig.

Und Celine, die längst noch keine Fünfzig war und besser als alle Zwanzigjährigen aussah, sogar wenn ihr der Schweiß am ganzen Körper herunterlief. Vielleicht gerade dann. Ein blaues Stirnband hielt ihr Haar umschlungen, ein Handtuch lag um ihren Hals. Sie trug ein fluoreszierend blaues Oberteil, das zwischen ihren Brüsten dunkel von Schweiß war. Die nackte Haut ihres Bauches glänzte naß und fest. Die Hose des Trikots war hoch geschnitten und hörte unter ihrem Nabel auf. Ein Bikinihöschen, das zu ihrem Oberteil paßte, saß darüber. Sie trug weiße Reeboks.

Er sprang auf, fast ohne sich dessen bewußt zu sein. Sie schüttelten einander die Hand, ihre war naß und pudrig. Sie streifte seine Wange mit ihren Lippen, dann wischte sie sich die feinen Schweißperlen aus dem Mundwinkel. »Tut mir leid. Vielen Dank, daß Sie gekommen sind.«

Hardy stand da und wollte sich den Fleck von der Wange reiben. Feuer brennt.

»Ich komme mir ein bißchen deplaziert vor«, sagte er. »Ich fürchte, ich passe hier nicht rein, vor allem so, wie ich angezogen bin.«

Sie betrachtete ihn ausgiebig. »Sie sehen großartig aus.«

»Kann man sich irgendwo hinsetzen und unterhalten?«

Celine erklärte ihm, daß es im ersten Stock eine Saftbar gab. Ob ihm so was recht sei? Hardy folgte ihr eine breite Granit-Treppe hinauf und kam in eine von lauter High-Tech-Geräten umgebene Lobby: Heimtrainer, Rudergeräte, Kletterleitern, Tretmühlen verschiedener Art. An jedem dieser Geräte arbeitete jemand aus voller Leibeskraft. Das Keuchen, Stöhnen, Ächzen, das sausende Geräusch von dreißig surrenden Rädern blieb Hardy nicht erspart. Hinter diesen Apparaten, durch die Glaswand, sah man draußen in der Ferne berühmte Ansichten von San Francisco – Alcatraz und Angel Island und (auf der anderen Seite) Marin County. Man sah die Stelle – eine Meile diesseits des Golden Gate –, wo der Nebel abrupt endete.

Die Fruchtsaftbar war ungefähr so intim wie eine Bahnhofshalle, aber wenigstens nicht so laut. Die Aerobicmusik wurde nicht hier hereingepumpt, sie drang nur aus der Lobby herein. Celine bestellte eine Art Milchshake, in den das Wesen hinter dem Tresen verschiedene Pulver schüttete. Hardy entschied sich für ein Mineralwasser und zahlte 4 Dollar 75 für die beiden Drinks.

Sie setzten sich an einen niedrigen Tisch in der Ecke des Raums, wo die Glaswand aufhörte und die Ziegelsteinmauer begann. »Sind Sie oft hier?« fragte Hardy.

»Manchmal wohne ich hier fast. Aber seit Daddy ...« Sie nippte an ihrem Glas. »So komme ich besser darüber hinweg.«

»Was haben Sie denn vorher getan?«

»Was meinen Sie?«

»Bevor Ihr Vater gestorben ist. Manchmal ist es das Beste, man hält sich an das, was man vorher getan hat. Woran man gewöhnt ist.«

Ein Tanker, der sich durch die Nebelbank in die Bay hineinschob, schien eine Minute lang ihre Aufmerksamkeit in Anspruch zu nehmen. »Ich habe eigentlich gar nichts getan«, sagte sie. »Ich meine, ich habe nicht gearbeitet oder so was. Ich habe einfach gelebt. Und jetzt ...« Sie verschluckte den Rest der Worte und fing wieder an zu starren.

»Haben Sie Ihren Vater jeden Tag gesehen?«

»Nein, nicht jeden Tag. Wenn er mich sehen wollte, dann mußte ich da sein. Ich meine, das klingt verrückt, aber sonst wäre er beleidigt gewesen.«

»Er war beleidigt, wenn Sie nicht alles stehen und liegen ließen, um sich mit ihm zu treffen?«

»Nein, alles nicht. Ich hatte auch mein Privatleben.«

»Das wollte ich ja gerade sagen. Daß Sie wieder Ihr gewohntes Privatleben aufnehmen.«

Sie schüttelte den Kopf. »Aber das kann ich jetzt irgendwie nicht mehr. Wozu das alles? Verstehen Sie mich nicht? Es ist, als ob der Mittelpunkt nicht mehr da ist.«

»Ja«, sagte er. »So ein Gefühl hat man dann. Aber in Wirklichkeit stimmt das gar nicht. Sie haben doch Ihren eigenen Mittelpunkt. Wirklich. Sie müssen ihn einfach wiederfinden.«

Aber sie schien ihm nicht mehr zuzuhören. Wieder waren ihre Augen hinaus in den Himmel gerichtet. »Celine?« Er hob die Hand und legte sie mit leichtem Druck auf ihre. Da kehrte ihr Blick zu ihm zurück. »Haben Sie etwas dagegen, wenn ich Sie frage, wie alt Sie sind?«

»Nein, ich habe nichts dagegen. Sie können mich alles fragen, was Sie wollen.« Sie sah ihm ernst in die Augen. Dann lächelte sie plötzlich. »Neununddreißig«, sagte sie. »Fast genau, was Sie geschätzt haben, wie?«

Hardy nickte und lächelte still vor sich hin. »Fast.«

»Also was ist mit neununddreißig?«

»Ich dachte gerade, das ist doch nicht zu früh, um sich von Ihrem Vater unabhängig zu machen.«

Er merkte, wie sie sich innerlich verspannte und schließlich ihre Hand wegzog. »Ich war nicht abhängig von meinem Vater. Ich habe ihn geliebt.«

»Natürlich, ich sage ja gar nichts anderes. Aber ist man mit neununddreißig nicht zu alt, um jederzeit loszuspringen, wenn er einen ruft?«

»Ich bin nicht jederzeit losgesprungen, wenn er mich gerufen hat.«

»Aber es flößte Ihnen doch Schuldgefühle ein, wenn Sie nicht bei ihm waren, obwohl er Sie gerufen hatte. Das ist ein ziemlich klassisches Beispiel für elterliche Kontrolle.«

»Es hat nur seine Gefühle verletzt. Ich wollte ihm nicht weh tun, das ist alles.«

Hardy wußte, daß er hier ein Loch ausbaggerte, aber er hatte das Gefühl, daß er sich bis China durchgraben mußte, um etwas Licht zu sehen. »Erinnern Sie sich an unser Gespräch neulich, als Sie sagten, Sie wären so wütend auf ihn. Vielleicht ist das der Grund.«

»Ich bin nicht wütend auf ihn! Ken geht es genauso.«

Hardy lehnte sich zurück. Vorsichtig jetzt, er wollte es aussprechen, aber keinen Krieg mit ihr vom Zaun brechen. »Ihr Vater hat über die Menschen geherrscht und sie kontrolliert, Celine. Auch Ken wurde beherrscht. Vielleicht war Ihr Vater deswegen so erfolgreich.«

»Mich hat mein Vater weder kontrolliert noch beherrscht.«

Sie wollte es nicht hören, das war deutlich. Zeit zum Rückzug. »Okay, okay.«

»Und woher wollen Sie das wissen? Wieso sind Sie so schlau?«

Hardy hob beschwichtigend die Hand und versuchte sie zu beruhigen. »Oh, ich habe nicht gesagt –«

»Ich weiß, was Sie sagen. Daß mein Vater so ein fanatischer Verrückter war, der alle beherrschen wollte und der mein Leben zerstört hat, weil er seine Tochter liebte und sie sehen wollte. Sie haben ihn nicht gekannt. Wir haben einander geliebt!«

Sie begann zu weinen und unterstrich ihre Worte, indem sie mit dem Glas auf den Tisch klopfte. Die anderen Leute sahen herüber, um festzustellen, was das für ein Krach war.

»Celine ...«

»Gehen Sie doch. Ich brauche Ihre Hilfe nicht. Gehen Sie. Lassen Sie mich allein.«

Hardy beugte sich auf seinem Stuhl vor und legte seine Hand wieder auf den Tisch. »Celine.«

Sie knallte ihr Glas auf den Tisch, die Flüssigkeit lief über ihre Hände und über das Glas. »Verschwinden Sie! Sofort! Raus!«

»Ich glaube, sie ist verrückt.«

»Sie hat ihren Vater verloren, Diz. Ihr Vater ist tot. Das ist nicht der richtige Augenblick, um zu ihr zu gehen und ihr zu sagen, ihr Vater wäre ein Schwein gewesen.«

»Ich habe nicht gesagt, daß er ein Schwein war. Ich habe versucht, ihr den Abschied von ihrem Vater zu erleichtern. Ich wollte ihr etwas Einsicht vermitteln –«

»Einsichtig wird sie von selbst, wenn die Zeit reif ist.«

»Das ist wunderbar. Das werde ich mir merken, Moses. Gib mir noch einen, bitte.«

Hardy saß im Shamrock und trank Bushmills. Es war Mittwoch, und er war um sieben Uhr mit Frannie verabredet, in einer halben Stunde. Es waren höchstens zwanzig Gäste im Restaurant, und nur zwei saßen an der Bar vor ihrem Bier.

Das Little Shamrock existierte schon seit 1893. Moses McGuire hatte es 1977 gekauft und so gut wie nichts daran verändert. Es war knapp fünf Meter breit und etwa fünfzehn Meter lang. Der Fußboden hatte einen Linoleumbelag. Der Tresen – aus Mahagoni – befand sich an der linken Wand und erstreckte sich bis in die Mitte des schlauchartigen Raums. Den Platz vor der Bar füllten zwölf Tische mit je vier Stühlen. Über dem Ganzen hing ein Sammelsurium von alten Sachen – Fahrräder, uralte Angelruten, ein Schwertfisch mit dem Kopf nach unten und als Prunkstück eine Uhr, die während des großen Erdbebens von 1906 zu ticken aufgehört hatte.

Der hintere Teil des Raums war mit einem kastanienbraunen Teppichboden ausgelegt, auf dem mehrere Sofas und Kaffeetische standen, sowie ein Kamin. Das Lokal war nicht dafür eingerichtet, besonders viele Gäste aufzunehmen, sondern diejenigen, die sich darin befanden, sollten sich wohlfühlen. In die Toilettentüren war buntes Glas eingelassen. Auch waren an den Seitenwänden zwei Dartboards nebst einer altertümlichen Jukebox vorhanden.

Die ganze Vorderseite der Bar wurde von zwei großen Fenstern und einem Paar Schwingtüren eingenommen. Wenn man hinausschaute, sah man den Lincoln Boulevard. Auf der anderen Straßenseite lag der Golden Gate Park mit seinen immergrünen Büschen und Eukalyptusbäumen. Vor drei Jahren, nachdem er beinahe ein Jahrzehnt hinter dem Tresen gearbeitet hatte, hatte Hardy ein Drittel des Lokals erworben. Er war hier fast so zu Hause wie in seinen eigenen vier Wänden.

McGuire ging zu den Hähnen hinunter und kam mit einem halben Liter Stout zurück. »Was soll ich damit jetzt tun? Ich sehe dich zur Tür hereinkommen und zapfe ein Guinness, das tue ich automatisch. Jetzt habe ich also dieses Guinness, und heute abend trinkst du irischen Whiskey.«

»Dieses Überraschungselement macht mich zu einem so faszinierenden Typen, den man deshalb unbedingt kennen muß. Heute abend habe ich was Ordentliches gebraucht.«

»Mein Vater hat mir sein Geheimnis anvertraut, wie er es vermied, Alkoholiker zu werden: Man darf nie einen Drink zur Brust nehmen, wenn man das Gefühl hat, daß man einen braucht.«

»Das sind noble Worte«, sagte Hardy. »Im Shamrock ist die Nacht der Aphorismen ausgebrochen. Oder angebrochen. So, jetzt den nächsten, bitte.«

Moses seufzte, drehte sich um, holte die Bushmills-Flasche vom Regal und goß ein. »Der Prophet gilt nichts im eigenen Land, weißt du. Es ist die Tragödie des Genies.«

»Laß das Guinness stehen«, sagte Hardy. »Das trinke ich auch noch.«

Moses zog seinen Hocker heran. Hardy hatte oft gesagt, daß das Gesicht von Moses wahrscheinlich dem von Gott ähneln würde, wenn Er alt wurde. Hardys Schwager war nur ein paar Jahre älter als er, aber es waren schwere, umtriebige Jahre gewesen. Er hatte langes braunes Haar mit etwas Grau darin, hinten einen Pferdeschwanz und vorn eine mehrmals gebrochene Nase. Überall in seinem Gesicht zeichneten sich Charakterlinien ab – Lach- und Kummerfalten, Krähenfüße. In diesem Monat war er glattrasiert, aber das wechselte. »Warum wollte sie dich denn überhaupt sprechen – diese Celine?«

Hardy zuckte die Achseln. »Ich sollte ihr die Hand halten, oder was weiß ich. Sie schien zu leiden. Ich dachte, ich könnte ihr vielleicht helfen. Jetzt glaube ich, wir müssen eher aufpassen, daß sie May Shinn nichts antut.«

»Du glaubst doch nicht, daß sie so etwas fertigbringen könnte, oder?«

»Ich weiß nicht, was sie tun wird. Ich glaube nicht, daß sie es selbst weiß.«

Moses nippte an seinem Scotch, der wie immer bereitstand. »Sie ist außer sich, und das kann man ihr nicht vorwerfen. Wahrscheinlich wird sie nichts unternehmen«, sagte er.

»Dieses ›wahrscheinlich‹ macht mir Sorgen«, sagte Hardy. Er nahm sein Dart-Set aus der Jackentasche und fing an, die handgearbeiteten Flügel an den Schäften zu befestigen. »Ich glaube, ich werde ein paarmal ins Schwarze treffen«, sagte er. »Ich muß jetzt was tun, worin ich gut bin.«

David Freeman hob den Hörer ab. Die üblichen Geschäftszeiten waren schon vorbei, aber er saß noch am Schreibtisch. Nach dem

Abendessen war der Schreibtisch sein Lieblingsort. Er hatte keine bestimmte Arbeit zu erledigen, also las er ein wenig. Es war leichte Kost: nur ein paar Entscheidungen eines kalifornischen Berufungsgerichts, und er las sie aus Spaß an der Sache.

»Mr. Freeman, hier ist Nick Strauss. Ich habe Ihre Karte von einer Nachbarin von mir, Mrs. Streletsky, erhalten. Wie kann ich Ihnen helfen?«

»Mr. Strauss, schön, daß Sie anrufen. Mrs. Streletsky hat es vielleicht schon erwähnt. Ich arbeite für eine Mandantin und versuche festzustellen, was sie am Sonnabend, den 20. Juni tagsüber getan hat. Die fragliche Dame wohnt zufällig genau Ihnen gegenüber auf der anderen Straßenseite, und zwar im selben Stock wie Sie. Es ist die Wohnung mit dem Türmchen.«

»Ja, natürlich kenne ich die Wohnung, aber ich kann nicht behaupten, daß ich irgendeine bestimmte Person kenne, die dort wohnt.«

»Sie ist Asiatin. Sehr attraktiv.«

»Ich würde sie gern kennenlernen. Ich könnte mal etwas Attraktives in meinem Leben gebrauchen.« Ein männliches Glucksen, und dann war Strauss einen Augenblick still. »Tut mir leid. Am 20. Juni, sagen Sie?«

»Ja, genau. Ich weiß, es ist schon einige Zeit her.«

»Nein, das meine ich nicht. Normalerweise würde ich mich wahrscheinlich nicht daran erinnern. Es war nur zufällig genau der Tag, an dem ich meine Kinder abgeholt habe. Sie sind mit ihrer Mutter in Europa herumgereist – wir sind geschieden –, und ich habe sie frühmorgens vom Flugplatz abgeholt.«

»Und die Kinder haben nichts erwähnt, nichts gesehen?«

»Ich weiß nicht, wie das möglich wäre. Sie hatten im Flugzeug geschlafen und waren ganz munter. Also sind wir nur kurz nach Haus gefahren, um etwas zu essen und das Gepäck loszuwerden, und sind dann wieder aufgebrochen, um uns die Stadt anzusehen. Es war ein herrlicher Tag, und es sind prächtige Kinder.«

»Ja, das glaube ich. Aber Sie haben nichts gesehen?«

»Nein, tut mir leid. Was hat sie denn gemacht, diese attraktive Asiatin?«

»Sie wird des Mordes an jemandem beschuldigt, obwohl die Beweislage schwach ist. Falls sie jemand an diesem Tag zu Hause gesehen hat, können wir den Fall abschließen.«

»Ich werde mit meinen Söhnen reden, um ganz sicher zu gehen.

Aber ich zweifle wirklich daran. Wen hat sie denn eigentlich umgebracht?«

Freeman blieb ungerührt. Diese Frage mußte kommen. »Sie hat niemanden umgebracht, Mr. Strauss.«

»Ach ja, richtig. Tut mir leid.«

»Ist schon gut. Vielen Dank für Ihren Anruf.«

»Gern geschehen.«

Freeman lehnte sich zurück und faltete die Hände im Nacken. Also würde das Alibi nicht standhalten. Das war keine große Überraschung.

27

Die Grand Jury, der Rat der Geschworenen, trat am Donnerstag, dem 2. Juli 1992, um 10 Uhr morgens zusammen. Hardy erschien dort zum erstenmal. Er trug einen nagelneuen dunklen Anzug mit fast unsichtbaren braunen Nadelstreifen, eine dazu passende kastanienbraune Seidenkrawatte und schwarze Schuhe. Als Pullios ihn vor der Tür zum Geschworenenzimmer erblickte, stieß sie einen Pfiff aus und musterte ihn von oben bis unten und wieder zurück. »Das sollte reichen.«

Hardy fand, daß sie selbst auch nicht gerade schlecht aussah in ihrem konservativen roten Schneiderkostüm. Statt einer Aktentasche trug sie eine schwarze Umhängetasche.

»Keine Notizen dabei?«

Sie tippte sich an die Schläfe. »Hier oben.«

Auf ihr Klopfen hin öffnete ein uniformierter Polizist die Tür. Hier war man Lichtjahre von der wuseligen Formlosigkeit der Säle des Stadtgerichts oder des Oberen Gerichts entfernt.

Die Grand Jury war ein so stark den Ansichten der Staatsanwaltschaft verbundener Apparat, daß Hardy meinte, er ließe sich fast als verfassungswidrig bezeichnen. Daß das bisher noch niemand getan und Klage dagegen eingereicht hatte, spiegelte wohl die Tatsache wider, daß niemand in dem Raum zugelassen war, der die Beschuldigten vertrat. Wenn die Staatsanwaltschaft vor der Grand Jury siegte und eine Anklageerhebung durchsetzte, war das etwa so, als ob bei einem von der Firma Buick veranstalteten Autorennen ein Buick gewann.

Hardy saß neben Pullios am Tisch der Anklagevertretung und studierte die Gesichter der zwanzig Geschworenen, die in drei langen Reihen übereinander an langen Tischen saßen.

Er konnte sich nicht erinnern, jemals eine so ausgewogene Jury aus zwölf Personen gesehen zu haben. Diese Zwanzig bestanden aus zehn Männern und zehn Frauen. Drei von ihnen – zwei Frauen und ein Mann – waren wahrscheinlich über sechzig. Vier weitere – je zwei – waren, so schätzte er, über fünfundzwanzig. Es waren sechs Schwarze, zwei Asiaten und, wie er annahm, zwei Spanischstämmige darunter. Die meisten waren ordentlich gekleidet – Sportsakkos und ein paar Krawatten bei den Männern, Kleider oder Röcke bei den Frauen. Aber einer der weißen Kerle sah wie ein Motorradfreak aus – kurze Ärmel, tätowierte Unterarme, langes, ungekämmtes Haar. Eine Frau strickte. Drei Leute lasen in Taschenbüchern und eine der jungen Frauen schien in einem Comic zu schmökern.

Der Saal war nicht groß. Er roch nach Kaffee. Dort, wo der Tisch des Verteidigers gewesen wäre – wenn es einen gegeben hätte –, stand ein großer Kasten voll Donuts und süßem Gebäck, in den etwa die Hälfte der Geschworenen gegriffen hatte.

Diese Geschworenen waren nicht wie eine richtige Jury ausgewählt worden. Während die Mitarbeit in einer Jury bei einem Prozeß für den durchschnittlichen Steuerzahler etwas Zeitraubendes und auch ein wenig Unbequemes war, stellte die Zugehörigkeit zu dieser Grand Jury mehr eine Art Berufung dar. Man saß sechs Monate lang einen ganzen Tag pro Woche da – im Grunde wie in einem Kloster – und sprach über nichts anderes als schwere Verbrechen. Und wenn man *irgend etwas* über dieses Verfahren außerhalb dieses Raums erwähnte, beging man selbst ein schweres Verbrechen. Geschichten wurden erzählt – nachprüfen konnte man sie nicht –, daß Staatsanwälte hereingekommen wären und gesagt hätten: »Wohlgemerkt, was ich jetzt sage, das sage ich inoffiziell, aber ich glaube unserem Augenzeugen auch nicht. Wir haben diesmal keinerlei glaubwürdige Beweise, aber ich bearbeite nun seit zwanzig Jahren Mordfälle, und ich sage Ihnen klipp und klar: Mr. Soundso hat an dem und dem Nachmittag vier Frauen umgebracht. Und jetzt müssen wir sehen, daß wir diesen Kerl hinter Gitter bringen, bevor er noch mehr Leute umbringt. Und das, meine Damen und Herren, wird er tun, darauf können Sie sich verlassen. Dafür lege ich meine Hand ins Feuer. Deshalb müssen wir diesen Mann verurteilen, und zwar sofort.« Natürlich waren das nur Storys und Gerüchte. Die Grand Jury war ein Bollwerk des Strafrechtssystems, und die Staatsanwaltschaft tat gut daran, sie ernst zu nehmen, was Elizabeth ja trotz ihres »Schinkensandwiches« auch tat. Sie erhob sich, begrüßte Richter und Geschworene mit freundlichen Worten und ging zum Angriff über.

»Meine Damen und Herren in der Jury, heute erhebt das Volk des Staates von Kalifornien diesen ausgesprochen ernsten Vorwurf in der Sache des Mordes an Owen Nash. Sie haben in den Zeitungen etwas über diesen Fall gelesen und insbesondere vielleicht erfahren, daß die Beschuldigte, May Shintaka, bereits in einer Voruntersuchung im Stadtgericht dieses Bezirks erschienen ist. Aber der vom Stadtgericht vorgeschlagene Aufschub ist nach Ansicht der Bezirksstaatsanwaltschaft völlig überzogen. Zweifellos kennen viele von Ihnen den Satz, daß aufgeschobene Justiz verweigerte Justiz ist. Deshalb ist das Volk in diesem Fall der Meinung, daß der vorgeschlagene Aufschub in der Tat eine Verweigerung der juristischen Behandlung dieses abscheulichen Verbrechens sein würde – dieses kaltblütigen, vorsätzlichen Mordes aus finanzieller Gewinnsucht, eines Verbrechens, für das im Staate Kalifornien die Todesstrafe vorgesehen ist.«

Pullios machte eine Pause und schritt mit steinernem Gesicht zu Hardy zurück, der am Tisch der Staatsanwaltschaft saß und ihr zugehört hatte. Sie hob ein Glas Wasser auf und nahm ein Schlückchen. Ihre Augen strahlten – sie war in Hochstimmung. Und sofort wieder bei der Sache. Hardy mußte ihre Darbietung bewundern.

»Also«, fuhr sie fort, »ist die Anklage, die das Volk heute fordert, lediglich eine administrative Maßnahme, um das Verfahren in diesem Mordfall zum Oberen Gericht zu bringen, wo man in einem angemessenen Zeitraum darüber verhandeln kann. Aber in einem weiteren Sinne würde eine Anklageerhebung vor dieser Grand Jury auch der Ansicht des Staates Nachdruck verleihen, derzufolge aufgrund der wirklichen und zuverlässigen Beweise ein dringender Anlaß vorliegt, einen Haftbefehl für May Shintaka auszustellen und im Interesse des Volkes dieses Staates ein faires und schnelles Verfahren durchzuführen.«

Hardy fand, daß sie ein bißchen sehr dick auftrug, aber ihm war auch klar, daß Elizabeth Pullios, weil sie nun einmal so aussah, wie sie aussah, und gerade ziemlich in Fahrt war, den Leuten wahrscheinlich ebensogut aus irgendwelchen Telefonbüchern hätte vorlesen können und trotzdem deren Aufmerksamkeit nicht verlieren würde. Sie beschrieb dann die Zeugen, die sie aufrufen wollte: Glitsky, Strout, den Taxifahrer, den Ballistikexperten, die beiden Wächter des Yachthafens und einen graphologischen Gutachter. Nun kam sie auf Celine Nash zu sprechen. Hardy fiel der andere riesige Verfahrensfehler bei dieser Grand Jury auf – Hörensagen war formell nicht zugelassen, aber es war kein Richter oder Verteidiger da, der etwas dagegen tat.

Wieso hatte Celine ihm gestern nicht erzählt, daß sie heute als Zeugin aussagen würde? Nun ja, sie hatte nicht genug Zeit gehabt, auf das Thema zu kommen, bevor sie plötzlich aus der Haut gefahren war. Vielleicht hatte sie ihn ursprünglich aus Nervosität bei dem Gedanken an ihr heutiges Auftreten angerufen, bei dem sie gegen Shinn aussagen sollte. Sie hatte sogar irgendwas in der Richtung erwähnt.

Hardy bekam auf einmal ein sehr ungemütliches Gefühl und wünschte sich, er hätte sich noch einmal rasch die Zeugenliste angeschaut, bevor sie hergekommen waren. Er mußte noch eine Menge lernen. Pullios hatte ihre Hausaufgaben gemacht, während Hardy seinen eigenen Interessen nachging. Sie würden May Shinn nach allen Regeln der Kunst festnageln.

Dann, beim Mittagessen, sagte Pullios, sie wolle, daß er Celine Nash übernähme.

»Ausgeschlossen, Elizabeth. Sie ist sauer auf mich.« Er erklärte ihr die Sachlage, und sie dachte einen Augenblick nach, dann lehnte sie seinen Einspruch ab. »Nein, Sie sind besser. Gewinnen Sie ihr Vertrauen zurück.«

»Sie haben aber doch jetzt schon ihr Vertrauen.«

»Nein, das stimmt nicht. Ich kenne sie persönlich überhaupt nicht, aber Sergeant Glitsky sagt, sie sei umwerfend.«

»Ja, ich glaube, das stimmt.«

Pullios schüttelte den Kopf. »Celine und ich passen nicht zusammen. Die Geschworenen würden irgendwas zwischen uns entdecken. Vielleicht gibt es sogar etwas dieser Art.«

»Was denn? Was könnten sie denn entdecken?«

»Das klingt jetzt vielleicht arrogant, aber es stimmt, daß die Leute sich nicht mit zwei attraktiven Frauen, die auf derselben Seite sind, identifizieren. Vorläufig habe ich die Grand Jury für mich – für uns – gewonnen. Wenn aber Celine dazukommt, wird die Natur den Geschworenen etwas einflüstern – daß wir, sie und ich, natürliche Feinde sind. Dann muß die Glaubwürdigkeit von einer von uns beiden, von ihr oder mir, leiden. Ganz gleich, wen von uns beiden es trifft, es ist schlecht für uns. Wenn hingegen Sie die Fragen stellen, gibt es hier keinen Konflikt. Es ist ganz natürlich, daß sie mithelfen möchte, vor allem, wo Sie heute so toll aussehen.«

Hardy zuckte mit den Schultern.

Pullios nahm ihren Strohhalm in den Mund und trank etwas Eistee. »Glauben Sie mir, diese Auswahl von Geschworenen ist ziemlich repräsentativ, sowohl bei den Männern wie auch bei den Frauen. Mir ist es egal, ob das, was ich sage, aufgeklärt oder befreit und sonstwas klingt. Ich spiele, um zu gewinnen, und ich sage Ihnen, wenn ich Celine Nash befrage, wäre das ein schwacher Schachzug. Gut, wir könnten uns wahrscheinlich so einen kleinen Fehler leisten, doch es ist taktisch falsch, und man sollte nichts verschenken. Auch nicht vor einer Grand Jury. Man muß aus jedem Augenblick das Beste machen. Und in diesem Augenblick – mit Celine – sind Sie das Beste.«

Nachdem sie sich gesetzt hatte, flüsterte sie – fast tonlos –, es tue ihr leid. Sie wirkte elegant in ihrem kühlen Blau. Sie hatte einen besonderen Lidschatten aufgelegt, und Hardy fragte sich, ob sie letzte Nacht wohl geschlafen hatte. Oder eher geweint.

Seine Aufgabe war relativ begrenzt. Er sollte Celine nur auf eine ganz bestimmte Aussage festnageln: Was hatte Owen zu ihr darüber gesagt, daß er mit May an dem betreffenden Tag hinausfahren wollte – an dem Tag, an dem er getötet wurde?

Es war der letzte Dienstag gewesen – der 16. –, früh am Morgen. Celine hatte ihren Vater in seinem Büro angerufen. Sie plante, am darauffolgenden Wochenende zu verreisen und wollte feststellen, ob ihr Vater nicht schon etwas mit ihr vorhatte.

»Finden Sie nicht, daß neununddreißig ein bißchen zu alt ist, um jederzeit loszuspringen, wenn er Sie ruft?«

»Ich bin nicht jederzeit losgesprungen, wenn er mich gerufen hat. Mein Vater hat mich weder kontrolliert noch beherrscht!«

Er schob diesen Gedanken jetzt von sich, das war gestern abend gewesen. Heute war heute, und er mußte sich an seine eigentliche Aufgabe halten. »Sagen Sie uns, Ms. Nash, was Ihr Vater bezüglich dieses 20. Juni zu Ihnen gesagt hat.«

Sie versuchte seinen Blick zu erhaschen, um ihm zu signalisieren, daß sie bereit war, ihm zu verzeihen. Er aber behielt allein einige Geschworene im Auge. Ansehen würde er sie erst dann, wenn sie die Fragen beantwortete.

»Er sagte, er wolle am Sonnabend mit seiner Freundin May zusammen hinaus zu den Farallons segeln.«

»Hatte er Ihnen schon früher mal von solchen Vorhaben erzählt?«

»Ja, dauernd.«

»Und hatten Sie die Erfahrung gemacht, daß Ihr Vater sich an solche Vorhaben zu halten pflegte?«

So etwas nannte man: Auf Fisch in der Fischtonne schießen. Er erwartete, daß ihn jemand unterbrach und Einwände gegen derartige Fragen erhob, aber da weder ein Verteidiger noch ein Richter anwesend war, konnte er fragen, was er wollte.

»Immer. Wenn Daddy sagte, daß er etwas tun würde, dann *tat* er es.«

»Gut. Aber jetzt nur einmal rein theoretisch: Was wäre gewesen, wenn Ms. Shinn zum Beispiel am Sonnabendmorgen krank geworden wäre?«

»Dann hätte Daddy etwas anderes unternommen. Er hätte den Tag nicht vergeudet. Das hätte er nicht getan.«

»Wäre er dann nicht allein hinausgesegelt? Nachdem er nun schon einmal beschlossen hatte, zu segeln?«

Celine überlegte einen Augenblick, während sie an ihrem Daumennagel kaute. »Nein, ich glaube nicht. Er war kein Einzelgänger. Außerdem wissen wir, daß er nicht allein draußen war, richtig?«

»Sie haben recht, Ms. Nash, das wissen wir. Das wissen wir in der Tat.«

Es dauerte bis halb vier Uhr nachmittags, aber dann hatten sie ihre Anklage in der Tasche.

Es wurden nicht sofort alle Hebel in Bewegung gesetzt. Noch blieb die Angeklagte wegen der geleisteten Kaution auf freiem Fuß. Eine sofortige Verhandlung von May Shinn fand nicht statt. Aber sobald David Freeman davon erfuhr, würden die Fetzen fliegen. Also sehr bald.

Hardy packte inzwischen seine Akten ein und hoffte, daß Celine Nash nicht wartete, bis das Geschworenengericht die Sitzung schloß.

Aber dann stand sie doch draußen auf dem Flur und schloß sich ihm an.

»Es tut mir leid«, sagte sie. Sie hakte sich bei ihm unter, und er spürte die Hitze ihres Körpers bei dieser Berührung.

»Das macht nichts. Manchmal regt man sich eben auf.«

»Ich weiß nicht, wie es dazu kam. Ich habe es nicht gewollt.«

»Schon gut. Vergessen Sie's. Wir werden uns jetzt mit dem Prozeß befassen. Es wird nun ziemlich schnell gehen.«

Er war stehen geblieben und wartete auf den Fahrstuhl. Sie stand viel zu nah bei ihm, und sein Herz klopfte so stark, daß er es fühlte. »Was soll ich tun, Celine?«

»Ich möchte nicht, daß Sie böse auf mich sind.«

»Ich bin nicht böse auf Sie. Ich hatte beruflich ein bißchen die Richtlinien vergessen.«

»Ach, Ihre Richtlinien sind mir gleich.«

»Aber unsere Beziehung muß sich innerhalb dieser Richtlinien bewegen.« Das war deutlich. »Ist egal«, fügte er hinzu.

»O nein, es ist nicht egal. Mir nicht. Wissen Sie, wie es ist, wenn man total allein ist?«

Keine Frage, die den Richtlinien entsprach.

Der Fahrstuhl ging auf, gedrängt voll, wie üblich. Hardy ging hinein, Celine quetschte sich neben ihm durch und stand dann, Schenkel an Schenkel, untergehakt bei ihm. Er roch ihren Puder – denselben wie bei Hardbodies!, als sie ihn mit einem Kuß begrüßt hatte –, den er im Shamrock abgewischt hatte, bevor Frannie kam. Er vergaß den Knopf seiner Etage zu drücken, und so sanken sie schweigend bis ins Erdgeschoß hinab, während die anderen um sie herum munter schwatzten.

Sie gingen durch das Portal hinaus und bogen in die Bryant Street in Richtung Osten ab, die strahlende Sonne im Rücken. Von der Bucht wehte ein kühler Wind herauf. Sie gingen zwei Querstraßen weit zusammen, bevor Hardy ihr antwortete: Er wisse nicht, wie es sei, wenn man total allein sei.

Celine ging nicht darauf ein. Statt dessen sagte sie nach einer Weile: »Sie müssen mich für verrückt halten.«

Er grinste verkrampft. »Die Menschen tun nun mal verrückte Dinge. Das muß nicht heißen, daß sie verrückt sind.«

»Nein?«

Hardy ging noch ein paar Schritte weiter. »Ich weiß nicht. Oder vielleicht sind sie's doch.«

Es war ein kleines kubanisches Café, ohne einen bestimmten Namen und dunkel wie eine Höhle. Der Tisch war aus poliertem Furnierholz. Es gab dort sieben solcher Tische, vier davon waren besetzt. Von hinten, aus der einen Ecke, flüsterte ein Fernsehsender auf spanisch vor sich hin. Der gute Duft hatte sie draußen auf dem Bürgersteig anhalten lassen und hineingelockt. Sie tranken Café con leche, mit süßer Carnation-Dosenmilch.

Wenn jemand, der hereinkam, die beiden einander gegenübersitzen sah, mußte ihm – abgesehen davon, daß sie nicht hierhergehörten mit ihrer hellen Haut und der entsprechenden Kleidung – allerhand an ihnen auffallen: Sie kannten einander noch nicht sehr gut, fühlten sich aber stark zueinander hingezogen. So stark, daß sie einen Tisch zwischen sich brauchten. Sie hatten noch keine Affäre miteinander, sonst würden sie dichter zusammensitzen. Vielleicht stritten sie gerade, aber sie waren einander nicht böse. Nein, der erste Eindruck trog nicht: Sie steuerten in eine ganz bestimmte Richtung.

Der Mann beugte sich vor, und seine Hände umschlossen den breiten, tiefen Kaffeebecher. Er war mehr als nur vorgebeugt, er krümmte sich fast vorwärts. Er war hingerissen. Fasziniert.

Sie wirkte beherrschter als er, aber einladend. Sie saß seitlich von ihm, sehr gut aufgemacht. Ihr dunkles Kostüm wirkte zurückhaltend, aber von ihren ausgestreckten Beinen sah man eine Menge, sie hatte sie fest übereinandergeschlagen und die Füße unter ihrem Stuhl angezogen. Sie hielt ihre Tasse mit der einen Hand etwas über dem Tisch, ihre andere Hand lag ihm entgegengestreckt, eine zarte Aufforderung, sie zu nehmen, wenn er es wagte.

Es war fast nur sie, die redete. Es sah aus, als könnte dies der Tag sein, an dem sie miteinander schlafen würden. Von hier aus würden sie zu ihr oder vielleicht auch in ein Hotel gehen. Man spürte das alles – sogar, wenn man sich am anderen Ende des Lokals befand.

28

Nachdem Dorothy fort war, rief Jeff im *Chronicle* Parker Whitelaw an und sagte ihm, seine Augen seien jetzt okay und er werde am nächsten Tag wieder zur Arbeit kommen.

Es stimmte nicht ganz, aber das brauchte Parker nicht zu wissen. Die meisten Leute wußten nicht, wie der Verlauf einer multiplen Sklerose war. Sie sahen die Ergebnisse – die schlaffen Glieder, den Gewichtsverlust, die fehlende Koordination –, aber sie hatten keine Ahnung, wie diese Krankheit fortschritt. Jeff dachte, daß das auch ganz gut so war. Es war für ihn von Vorteil, wenn Parker dachte, daß das, was Jeff einen Tag lang lahmgelegt hatte, wieder völlig vorbei war, so daß er nun erneut das Reporter-As sein konnte, das er vorher gewesen war.

In Wirklichkeit sah er noch ziemlich schlecht. Gestern hatte er sich gefreut, als nach der völligen Dunkelheit sein Augenlicht allmählich einigermaßen wiedergekehrt war. Aber als er es prüfte, merkte er, daß sein linkes Auge noch immer fast nicht zu gebrauchen war – der braune Schmutzfleck deckte, abgesehen vom äußersten Rand, alles zu. Das rechte Auge war etwas besser – er konnte damit mehr sehen, wenn auch nur verschwommen. Aber er meinte, es würde reichen. Autofahren war natürlich nicht zu empfehlen, aber im übrigen konnte er sich wohl noch irgendwie durchmogeln.

Der Arzt hatte ihm gesagt, da seine Erblindung ja fast augenblicklich nachgelassen hatte, gebe es eine gewisse Chance, durch eine Dauerbehandlung mit Steroiden eine allmähliche Besserung zu erreichen. Vielleicht könne er sogar seine normale Sehkraft zurückgewinnen. Vielleicht.

An diesem Morgen hatte er in Maury Carters Büro angerufen und Dorothy gesagt, er müsse jetzt wirklich wieder arbeiten, aber er werde sich mit ihr am Abend ganz so wie geplant treffen.

»Ja, aber wie kommst du zur Arbeit?«

»Ich nehme ein Taxi.«

Davon wollte sie jedoch nichts wissen. Sie sagte ihm, sie könne sich frei nehmen – »Maury tut das auch schrecklich leid. Er ist im Grunde ein netter Mensch« – und in der Mittagspause zu ihm kommen. Ob er bitte auf sie warten würde?

»Du mußt aber nicht kommen.«

»Natürlich muß ich nicht. Wer hat denn gesagt, daß ich muß?«

Man ließ ihn duschen und sich rasieren. Er zog seine Kleidung von vor zwei Tagen an, doch die war immer noch besser als der Bademantel, den sie ihm in der Klinik gegeben hatten. Dorothy kam kurz vor halb eins und schob ihn in einem Rollstuhl zu ihrem Wagen. Die Sonne hatte den morgendlichen Nebel noch nicht von den Avenues gelöst, und das Tageslicht schimmerte hell. Sie legte seine Krücken in den Kofferraum, und er ließ sich in den Beifahrersitz neben ihr nieder. Seine Beine waren noch nicht völlig tot.

In Tommy's Joynt aßen sie Sandwiches, und er kam kurz vor vier im Büro an. Sie verließ ihn am Eingang des *Chronicle* und sagte, um sechs Uhr sei sie wieder da, und er solle das bloß nicht vergessen. Wieder küßte sie ihn.

Es war eine Nachricht für ihn da von Elizabeth Pullios, der Staatsanwältin. Auf dem Zettel stand, es handele sich um Owen Nash. Da erinnerte er sich an alles – die Kautionsfrage, Hardy und Glitsky, Freemans Strategie. Er hoffte, daß er an dem Tag im Krankenhaus nicht zu viel versäumt hatte. Er rief Pullios an und überflog die Zeitungen der beiden letzten Tage, doch er mußte die Schreibtischlampe anknipsen und die Augen zusammenkneifen, als er die verschwommene Schrift zu lesen versuchte. Nach der Notiz auf Seite 9, daß man May gegen Kaution freigelassen hatte, kam nichts mehr.

Natürlich hatten sie die Story fallen gelassen. Es war nichts weiter geschehen. Nachdem das Gericht beschlossen hatte, die Vorverhandlung auf den Spätsommer zu verlegen, war die Luft raus. Er war enttäuscht. Wenn er jetzt nicht irgend etwas über die Beziehung zwischen Freeman und Shinn herausbekam, mußte er sich eine andere Geschichte suchen. Irgendeinen anderen Knüller.

Er hatte eine Schwäche für heiße Storys. Dann erst wurden seine Arbeit und die Welt für ihn interessant. Dann waren die Leute aufgeschlossen und bezogen ihn in ihre Späße ein. Dann war er nicht mehr nur ein Krüppel.

Das Telefon läutete, und Pullios war dran. Sie wußte nicht, ob er es schon von Hardy oder irgend jemand anderem gehört hatte, aber die Grand Jury hatte gerade Anklage gegen May erhoben. Der Fall ging an das Obere Gericht. Sie dachte, daß ihn das vielleicht interessierte.

Die Story über die Grand Jury war geschrieben. Parker hatte sie gelesen und kam zu Jeff herein. Er war von dem Text beeindruckt und sagte, wie gut es tue, einen Reporter so fleißig arbeiten und seine Verbindungen nützen zu sehen. Das sei vielleicht eine altmodische Art von Journalismus, aber dabei komme doch immer noch das Beste heraus. Nebenbei, wie denn seine Augen jetzt wären?

Wunderbar. Wieder ganz großartig.

Dorothys Wagen stand Punkt sechs Uhr am Bordstein, die Tür geöffnet, so erwartete sie ihn. Auf dem Rücksitz sah er neben einer großen braunen Einkaufstüte mit Lebensmitteln, aus der oben ein langes französisches Weißbrot herausragte, einen Blumenstrauß liegen.

Er wohnte in einem ebenerdigen Apartment in der Gough Street – oben, wo sie auf einem von San Franciscos berühmten Hügeln auslief.

»Wow, ist das hübsch hier«, sagte sie. Das Zimmer hatte Wandleuchter, einen Holzfußboden, und in einer Ecke lag eine Matratze. In der anderen Ecke fand sich ein etwa neunzig Zentimeter hoher Stapel alter Ausgaben des *San Francisco Chronicle.* Die weißen Wände waren kahl bis auf ein Schwarzweißposter mit Albert Einstein darauf. Es erinnerte Jeff täglich daran, daß große Geister immer mit der wütenden Gegenwehr mittelmäßiger Talente zu kämpfen hatten. Das übrige Mobiliar bestand aus einem Barhocker unter dem Tresen, der die Kochnische vom restlichen Raum trennte.

Dorothy hob die Post auf, die am Boden lag, und legte sie zusammen mit ihrer Lebensmitteltüte auf den Tresen. Sie hielt die Blumen empor. »Irgendeine alte Vase genügt«, sagte sie. »Bloß kein Meißener Porzellan.«

Er mochte die Art, wie sie redete. Nicht bissig, sondern immer voller Humor, so quetschte sie das Letzte aus einer Situation heraus. Zum Beispiel, wie er hier lebte. Er wollte eigentlich nicht herkommen, aber sie hatte ihn geneckt, bis er nachgeben mußte. »Du hast wohl keine Zeit gehabt, deiner Freundin Bescheid zu sagen. Hm? Hast Angst, daß sie wütend wird.«

»Ich habe keine Freundin, Dorothy.«

»Das werden wir ja sehen.«

Und jetzt waren sie hier. Sie schnitt die Spitze von einem Milchkarton ab und goß den Rest der sauren Milch aus – »Ist ja süß, daß du dir deinen eigenen Yoghurt machst.« Sie ordnete den Blumenstrauß, eine Mischung aus Gänseblümchen, kalifornischem Mohn und gelben Narzissen, und stellte ihn auf das Ende des Tresens.

Sie bereitete eine Hühnerbrust mit Zwiebeln, Pilzen und irgendeiner Art Weinsauce zu, die sie über den Reis goß. Sie aßen auf dem Fußboden sitzend, auf einer Decke, die sie vom Bett genommen und zusammengefaltet hatten. Als sie fertig waren, richtete Dorothy sich auf und lehnte sich gegen die Wand. Sie tätschelte ihren Bauch.

»Leg doch deinen Kopf hier drauf.«

Seine Augen schmerzten, und er konnte sie nicht deutlich erkennen. Das einzige Licht, bei dem sie gegessen hatten, war eine winzige Glühbirne, die über dem Herd hing. Er legte den Kopf auf ihren Schenkel und fühlte, daß ihre Finger durch sein Haar strichen.

»Darf ich dich etwas fragen?« fragte er sie.

»Tut mir leid, aber ich fürchte, das geht zu weit.« Dann strichen ihre Finger über seine Wange. Sie schnippte ihm mit dem Finger gegen das Kinn. »Du bist ein Idiot. Hat dir das schon mal jemand gesagt?«

»Nein. Die Leute machen keine Witze mit mir.«

»Da verpassen sie was«, sagte sie. »Was wolltest du mich fragen?«

Es ließ sich nicht umgehen. Er mußte es wissen. »Warum tust du das alles? Warum bist du so nett zu mir?«

»Ach, ich krieg dafür vier Punkte. Es ist ein Projekt in meiner Klasse.« Jetzt nahm sie seine Wange in die Hand und kniff ihn. »Hast du noch nie eine Freundin gehabt?«

»Doch, schon. Aber nicht mehr seit ...«

»Seit wann? Seit deine Beine ...?«

Er zuckte die Schultern. »Ach, du weißt schon.«

»Ich weiß nichts. Hat es deine Persönlichkeit umgekrempelt oder was?«

»Ist ein bißchen viel verlangt mit so jemandem wie mir.«

»Aber vielleicht ganz gesund. Ich meine, niemand ist vollkommen. Wenn man sich mit jemandem einläßt, muß man sich mit dessen Unvollkommenheiten abfinden.«

»Aber man verliebt sich nicht gerade in jemanden, bei dem es so kraß ins Auge springt.«

»Manchmal doch«, sagte sie. »Vielleicht ist kraß besser, als wenn man am Anfang getäuscht wird und erst später merkt, was los ist.«

»Ich sehe bei dir eigentlich keine. Unvollkommenheiten, meine ich.«

»Ja, da hast du Schwein. Ich bin die große Ausnahme, ich bin vollkommen.« Ihre Finger waren wieder in seinem Haar und zupften daran herum. »Aber ich warne dich. Ich bin eine Ordnungsfanatikerin. Wenn du bei mir mitten auf die Zahnpastatube statt aufs Ende drückst, werde ich wahnsinnig. Und das Eisschälchen im Kühlschrank muß immer sofort wieder mit Wasser gefüllt werden. Nichts bringt mich mehr in Rage als eine halbleere Eisschale. Ich bin auch ungeduldig und direkt, obwohl ich sagen muß, daß ich nicht richtig gemein bin. Aber ich bin sehr kleinlich. Richtig pingelig.«

»Das sind keine echten Unvollkommenheiten.«

»Und ich drängle auch gern. Und bin ziemlich egoistisch. Zuerst denke ich immer an mich und an das, was ich will.«

»Davon habe ich noch gar nichts bemerkt. Jedenfalls nicht im Zusammenhang mit mir.«

»O ja.« Sie tippte ihren Finger in das Weinglas und fuhr ihm damit die Lippen entlang. »Denk doch mal nach. Zum Beispiel bin ich jetzt gerade ziemlich egoistisch.«

Hardy war wieder da, wo alles angefangen hatte – im Steinhart-Aquarium, am Haifischbecken.

Er saß auf der Trage und lauschte dem diffusen Blubbern und Vibrieren, das von den ihn umgebenden Wänden widerhallte. Er wußte, daß das Wasser im Aquarium eiskalt war, trotzdem stieg aus dem Becken in der Mitte des Raums ein Dampfschleier auf. Die Glaswände glänzten vor Feuchtigkeit, das Licht war trübe und hatte einen grünlichen Ton. Er hatte die Tür zum Aquarium mit seinem eigenen Schlüssel aufgeschlossen.

Frannie war nach dem Essen müde gewesen, und er fühlte sich schlaff und träge, also hatte er sich seinen Jogginganzug angezogen und war ein bißchen gelaufen. Frannie solle sich ruhig schon hinlegen.

Jetzt ging es auf halb zehn. Er war nur ein bißchen gerannt, es war mehr ein Spaziergang gewesen, ohne ein bestimmtes Ziel.

Jedenfalls war er jetzt hier. Er hatte ein bißchen geschwitzt und saß nun mit den Ellbogen auf den Knien da, die Hände vor sich gefaltet.

»*Wissen Sie, wie es ist, wenn man total allein ist?*«

Ja, er wußte es. Er war jetzt allein.

Seine Familie war zu Hause. Einige von seinen Freunden saßen jetzt zweifellos ein paar hundert Meter entfernt im Shamrock. Er könnte Glitsky oder Pico anrufen, etwas trinken gehen und ein paar Darts werfen. Aber irgendwie wußte er, daß das nichts an seinem Zustand ändern würde. Er war völlig allein, aus der Bahn geschleudert. Er versuchte, sich die Anziehung, den Magnetismus der anderen Körper vorzustellen. Aber es ging nicht, er schaffte es nicht.

Was er tun sollte, gleich morgen früh, das war: zu Drysdale ins Büro gehen und den Dienst quittieren. Aufhören. Schluß! Und zu Moses zurückkehren und ihn fragen, ob er wieder seine alte Schicht im Shamrock bekommen könne, und dann wieder leben wie früher.

Er brauchte das Geld nicht, das er bei der Staatsanwaltschaft bekam. Er konnte die Akten sofort zuklappen, und die Welt würde sich trotzdem weiterdrehen. May Shinn würde trotzdem vor Gericht kommen und Pullios trotzdem eine Sprosse höherklettern.

Steif stieß er sich von der Trage ab und ging zum Beckenrand aus Beton, der etwa einen Meter zwanzig hoch war. Er hatte die Hände in die Taschen seines Sweatshirts gesteckt, in der rechten fühlte er seinen Schlüsselbund.

Es gab jetzt nur noch einen Menschen in seiner Kreisbahn. Und sie war auch völlig allein, wie er annahm. Gestern hatte er noch gedacht, sie wäre verrückt. Heute sah er es anders. Celine war einem Nervenzusammenbruch nahe. Ihr Vater war ihr ein und alles gewesen. Ob man Owen Nash nun bewunderte und mochte oder nicht, ob ihre Beziehung gut gewesen war oder nicht – auch die Frage, ob er sie beherrscht und kontrolliert hatte, spielte gar keine Rolle mehr: Jetzt war für sie nur noch eine gähnende Leere da. Wenn sie in Hardys Gegenwart die Nerven verloren hatte, dann deshalb, weil das alles zuviel für sie gewesen war. Weil sie sich verkrampft hatte und das alles zu unterdrücken versuchte. Darum hatte sie sich bis zur Erschöpfung in diesem Bodybuildingladen abgestrampelt: um die Schlinge zu lösen, in der sie gefangen war.

Aber das half ihr nicht. Jedenfalls noch nicht. Soviel stand fest. Aus irgendeinem Grund war *er* ihr Rettungsanker. Genau, wie sie gesagt hatte: Seine Richtlinien interessierten sie nicht. Es hing mit ihm persönlich zusammen ...

Und aus genau diesem Grunde sollte er die Finger von ihr lassen. Das hatte nichts mehr mit seinem beruflichen Auftrag zu tun. Sie ging ihn nichts an. In seinem Leben war kein Platz für so etwas.

Aber jetzt war sie doch in seinem Leben drin. Er versuchte sich einzureden, es hinge von ihm ab, den Grad ihrer Beziehung zu bestimmen. Er konnte sich nicht auf etwas einlassen, das Frannie in Gefahr brachte, auch sie hing von ihm ab. Und Rebecca und das Ungeborene genauso. Wenn er irgendeine Vorstellung von sich selbst hatte, dann war es, wie er hoffte, die eines Ehrenmannes. Und er hatte Frannie die Treue gelobt. Er liebte Frannie. Sein Leben befriedigte ihn. Dieses oft endlose Gefühl der Leere, an dem er gelitten hatte, schien sich während des letzten Jahres verloren zu haben, und das verdankte er ihr. Sie war sein Fels, und er wußte, daß er zurück in ihre Kreisbahn mußte. Seine Rettung hing von ihr allein ab.

Aber er wußte auch, daß er nicht aufhören würde – weder mit seinem Beruf noch mit diesem Fall –, und er wußte, weshalb. Er hoffte – normalerweise betete er nicht, aber jetzt betete er darum –, daß er dieser gewaltigen Anziehungskraft nicht nachgeben würde. Er sagte sich immer wieder vor, daß er den Grad dieser Beziehung unter Kontrolle halten könne.

Aber wenn Celine ihn wiedersehen mußte, würde er kommen. Er würde kommen müssen.

29

»Nimm dich in acht vor deinen Wünschen – sie könnten in Erfüllung gehen.« Der Richter Leo Chomorro hatte das tausendmal von seinem Vater gehört. Es war ihm immer als ein schlechter Rat erschienen: Wenn man etwas haben wollte, mußte man es sich doch wünschen und sich darauf konzentrieren. Und so hatte er alles erreicht, was er ersehnt hatte: eine Richterstelle mit vierzig, eine schöne Frau, drei intelligente Kinder und ein Haus in St. Francis Woods auf einem der hübschen Hügel im Westen der Stadt.

Aber in der letzten Zeit kamen ihm Zweifel, und er überlegte, ob nicht vielleicht doch etwas Wahres an dem Rat seines Vaters gewesen war. Er hatte sich so sehr gewünscht, die Last des guten Verwaltungsfachmanns loszuwerden, auf die man doch an sich stolz sein konnte. Leo war immer ein Mann gewesen, der zu organisieren verstand, er arbeitete im Team, war intelligent genug, eine führende Rolle zu spielen, zugleich aber auch ein Anhänger der Theorie, daß ein guter Anführer zuerst einmal lernen mußte, ein guter Gefolgsmann zu sein.

Aufgrund seiner Gaben war es ihm gelungen, aus der Kleinstadt Modesto und der Autoreparaturwerkstatt seines Vaters herauszukommen. Er hatte die Universität in San Jose besucht, und seiner eigenen Einschätzung nach war es wohl mehr seinem Fleiß als seinem Grips zu verdanken, daß er glatt durchgekommen war und die Aufnahmeprüfung der Hastings Law School in San Francisco bestanden hatte.

An der Hastings Law School hatte er nicht bei der *Law Review* mitgearbeitet, war nicht unter den ersten zehn Prozent gelandet, und die großen Firmen hatten sich nicht um ihn gerissen. Aber er hatte die Zulassungsprüfung zum Anwaltsberuf beim zweiten Versuch geschafft und einen Job als Angestellter bei der Generalstaatsanwaltschaft von Kalifornien bekommen.

Er arbeitete wie ein Wahnsinniger. Niemand konnte ihm vorwerfen, er wäre in seinem Dienst illoyal oder unvorsichtig oder nicht gewissenhaft genug, und als der Generalstaatsanwalt schließlich Gouverneur von Kalifornien geworden war, wurde Leo sein engster Berater in finanziellen Fragen. Leo war ein Organisierer – effizient und kooperativ. Wenn die Leute nicht arbeiten wollten, flogen sie raus. Sie hatten Familie? Das war hart, aber sie hätten es sich eben früher überlegen sollen. Sie wußten ja, woran sie waren.

Die Zahlenspiele des Budgets gefielen ihm. Die Rechenweise war ziemlich einfach. Man hatte einen bestimmten Betrag zu Verfügung, also sah man sich um: Wer war nett zu einem gewesen? Dann finanzierte man diejenigen Dienste, die man brauchte, und kürzte dort, wo man ein Zeichen setzen mußte – oder wollte –, weil das System nicht effizient genug funktionierte. Und dann brachte man die Zahlen links und rechts ins Gleichgewicht. Für einen ausgebufften Pragmatiker wie Leo war das ein Kinderspiel.

Zum Beispiel hatte Leo während einiger Sitzungen des Haushaltsausschusses großes Theater wegen einiger Richter gemacht, die ihm zu liberal waren – vor allem in San Francisco: Sie bekamen eine Menge dafür, daß sie nichts taten. Sie ließen Leute frei, die man in mühsam vorbereiteten Fallen geschnappt hatte, einfach so. Schnippschnapp – deren Gehälter wurden einfach eingefroren.

Natürlich: Wenn man überleben wollte, machte man sich nicht allzu viele Freunde. Das konnte man sich wirklich nicht leisten. Statt dessen hatte man Bundesgenossen. Der inzwischen zum Gouverneur gewählte Generalstaatsanwalt zum Beispiel war ein verdammt guter Verbündeter. Gina, Leos Frau, hielt ebenfalls zu ihm. Sie war eine glänzende Erscheinung, viel schlauer als Leo – und attraktiv. Sie hatte auch in der Parteiorganisation der Republikaner in Santa Barbara mitgearbeitet, aber nach der Geburt von Leo junior waren ihrem Kopf alle politischen Gedanken abhanden gekommen, und jetzt war sie »nur noch« seine Bundesgenossin. Sie war loyal und erledigte ihren Job. So ist das nun mal im Leben, nicht wahr?

Und dann bekam Leo planmäßig das, was er sich gewünscht hatte. Der Gouverneur hatte ihn zum Ende seiner Amtszeit für sechzehn Jahre treuen Dienstes belohnt und zum Richter in San Francisco ernannt. Doch nun saß er auf diesem Posten und fand den Job so attraktiv wie den des Aufsehers auf einem Viehhof, nur daß es sich bei dem Vieh in diesem Fall um Menschen handelte.

Bevor Leo vor achtzehn Monaten gekommen war, hatten sich die Richter von San Francisco in dem ausgesprochen unbeliebten

Amt des »Calendar Judge« reihum alle sechs Monate abgewechselt. Diese Tätigkeit war so langweilig, daß man sie niemandem länger zumuten konnte. Aber Leo Chomorro hatte sich während seiner engen Zusammenarbeit mit dem Gouverneur und weil er nichts von persönlichen Freundschaften hielt, politisch derart unbeliebt gemacht, daß ihn die Richter von San Francisco zum ständigen Calendar Judge machten und auch nach den üblichen sechs Monaten nicht aus diesem Strafamt entließen.

Das war die Ironie des Schicksals. Leo war ein Richter, der daran glaubte, daß es so etwas wie eine Gerechtigkeit auf der Welt gab – oder geben sollte. Und der glaubte, daß, wenn man wie ein Irrer arbeitete und seine Arbeit gut machte, die Leute das merkten und Hochachtung vor einem empfanden. Und einen beförderten. Man stieg auf.

Hahaha.

Heute, am Dienstag, dem 7. Juli, saß Leo Chomorro in seiner Robe schwitzend in der 22. Kammer vor seiner Arbeit, die er nicht mal seinem Bürodiener hätte zumuten mögen. Der Geschäftsplan war ein notwendiges Übel in allen größeren Gerichtsbezirken: Es mußte irgendeinen Mechanismus geben, der entschied, welche Beschuldigten in welchen Gerichtssaal sollten, ob ein Fall reif für ein Verfahren war, und sämtliche damit zusammenhängende Verwaltungsarbeit war zu erledigen, damit die acht Säle und ihr Personal einigermaßen gut ausgelastet waren und die Mühlen der Justiz weitermahlen konnten.

Es war eine Arbeit, die Leos Erfahrung und seinem Temperament entsprach. Aber jetzt hatte Leo das Gefühl, daß er selbst da nie wieder herauskommen würde und daß ihn diese Arbeit in den Wahnsinn trieb.

»Okay, Prozeßkalender Zeile sechs, was haben wir hier?« Dieser Vormittag würde nie zu Ende gehen. Der Gerichtsdiener brachte Zeile sechs – alle Fälle bekamen Zeilennummern auf dem großen Computer-Ausdruck, der jeden Montag erarbeitet werden mußte. Nur daß der letzte Montag ein Feiertag gewesen war und die Liste nun länger war.

Er zwang sich, den Kopf zu heben. Zeile sechs war ein Typ ungefähr in Leos Alter, und wie Leo war auch er spanischer Abstammung, doch nichts interessierte Leo weniger als die Herkunft der Angeklagten. Zeile sechs schlurfte hinter dem Gerichtsdiener zum

Podium, das vor dem Richterpult stand. Mr. Zapata wurde von der Pflichtverteidigerin Ms. Rogan vertreten. Chomorros Augen glitten die Liste hinunter, um den nächsten verfügbaren Richter zu finden. Das war Fowler, 27. Kammer. Chomorro rief ihn also aus.

»Entschuldigen Sie, Euer Ehren.« Leo blickte auf. Jegliche Unterbrechung, jegliche Veränderung der tödlichen Routine war ihm willkommen. Es war der Gerichtsdiener, ein Student, der hier seinen Sommerjob hatte und sich zugleich auf seine juristische Laufbahn vorbereitete. Den ganzen Morgen über hatte er still die Vorgänge am Tisch der Staatsanwaltschaft beobachtet. »Darf ich mich dem Gericht nähern?« Die vorgeschriebene Formel.

Der Junge erinnerte Leo an seine eigene Studentenzeit. Er war schwarzhaarig, ernsthaft, beflissen, kämpfte gegen seine Nervosität und flüsterte: »Mr. Drysdale bittet Sie, Mr. Zapata einer anderen Kammer zuzuteilen.«

Leo Chomorro sah sich im Gerichtssaal um. Er sprach jeden Freitagabend mit Drysdale die Verteilung der Fälle über den Geschäftsplan durch, und Drysdale hatte ihm nichts über den Fall Zapata gesagt. Nun, vielleicht war ein neuer Gesichtspunkt aufgetaucht, aber leider befand sich Art nicht im Gerichtssaal.

»Wo ist Mr. Drysdale?«

»Er ist in seinem Büro, Euer Ehren. Er bittet Sie, die Verhandlung zu unterbrechen.«

»Wann hat er das denn getan, er war doch gar nicht hier?«

»Mehr hat er mir nicht mitgeteilt, Euer Ehren. Nur daß Sie die Verhandlung unterbrechen und ihn sprechen möchten.«

Leo runzelte die Brauen. Er wollte die Sache vorantreiben, aber er hatte auch Mitleid mit dem Jungen, der vor ihm stand, außerdem arbeitete er jeden Freitag mit Drysdale am Geschäftsplan. In dieser Welt, in der Freunde rar waren, war Art schon so etwas wie ein Freund geworden. Er hob den Kopf und sah den Beschuldigten an.

»Mr. Zapata, setzen Sie sich. Wir unterbrechen die Verhandlung für zehn Minuten.«

»Das ist ziemlich ungewöhnlich, Art. Ein Verstoß gegen die Regeln.«

»Ich weiß.« Drysdale war nicht der Typ, der bittere Pillen verzuckerte. Locke hatte angerufen, und Drysdale gab nur dessen Botschaft weiter. Das war alles. Er lehnte sich zurück, saß bequem mit ausgestreckten Beinen in dem Ledersessel vor Chomorros Schreibtisch. »Wir wollen nicht, daß Fowler den Fall Zapata kriegt. Beim letztenmal hat er einen Beschuldigten freigesprochen.«

»Ich weiß. Ich hab's gelesen. Ist Zapata wieder so ein Fallen-Fall?«

Art nickte. »Ich hab's nur am Freitag noch nicht gewußt. Sonst hätte ich es erwähnt.«

Chomorro schob Gegenstände auf seinem Schreibtisch herum. »Ich hab' ihn schon zugeteilt, Art. Ms. Rogan könnte Theater machen.« Chomorro hatte schon »Kammer Nr. 27«, Fowlers Gerichtssaal, ausgerufen. Wenn die Pflichtverteidigerin, die er bestimmt hatte, sich auskannte, wußte sie, was Fowler von solchen Fällen hielt. Für Rogan war es ein Glücksfall, daß ihr Mandant Fowler zum Richter bekam – er würde Zapata laufen lassen. Jeder andere Richter wahrscheinlich nicht.

Art beugte sich vor. »Wir sind bereit, einen solchen Fall zu verlieren. Wir wollen nur nicht, daß Fowler noch einmal so einen bekommt – dann tritt er wieder eine Lawine los und verdirbt uns das Programm.«

Chomorro schob Papier hin und her, daraus bestand sein Leben. Er glaubte nicht, daß er tun konnte, was Art ihm vorschlug. Zumindest war es nicht ganz ethisch. Der Staatsanwalt oder der Beschuldigte konnte in jedem Fall einen Richter ablehnen. Ein Richter konnte wegen eines Interessenkonflikts von der Beurteilung eines Falles entbunden werden, weil er oder sie den Beschuldigten kannte, oder auch ohne jede Begründung, aber eine solche öffentliche Ablehnung zog zwangsläufig einen politischen Streit nach sich, in dem beide Seiten an Ansehen verloren. Üblicherweise wurden solche Fragen in den Räumen des Calendar Judge persönlich gelöst. Gewisse Fälle kamen einfach gar nicht zur Verhandlung oder wurden einem ganz bestimmten Richter zugeteilt. Aber hier war für Mr. Zapata bereits öffentlich ein Richter bestimmt worden. »Ich glaube nicht, daß ich es tun kann, Art.«

Drysdale war nicht überrascht. Er nickte, dann beugte er sich vorwärts, die Vorderarme auf die Knie gestützt, und blieb eine Weile so sitzen. »Leo, Euer Ehren, seit wann sind Sie hier jetzt schon mit dem Geschäftsplan beschäftigt?«

Chomorro brauchte eine Minute Zeit, er rutschte ein wenig auf seinem Stuhl herum, bis er, wie Art, eine bequeme Stellung fand. Seine Mundwinkel hoben sich. »Eineinhalb Jahre vielleicht.«

»Und sollen Sie irgendwann mal da rauskommen?«

Chomorro hob die Achseln. »Irgend jemand müßte bald in den Ruhestand treten oder sterben. Dann bin ich mit dem Nachrücken dran.«

Art lehnte sich zurück. »Ihr Job wurde früher nach dem Rotationssystem verteilt, Leo. Wußten Sie das?«

Wieder ein verkrampftes Lächeln. »Ich hab' das gerüchteweise gehört.«

»Aber wenn jemand schief angesehen wird, vielleicht weil er ein bißchen hochmütig wirkt, keine Freunde hat, Gefälligkeiten verweigert ...« Art hob eine Hand. »Ich rede hier nicht von illegalen Dingen, sondern von Kleinigkeiten, Arbeitserleichterungen. Die Verhältnisse können sich ändern, das ist alles, was ich sage. Chris Locke versteht sich mit einigen Ihrer Kollegen sehr gut, Rigby auch. Sie stehen beide nachdrücklich hinter diesem Programm, mit dem wir auch Zapata geschnappt haben. Und niemand – nicht einmal Fowler – bestreitet, daß diese Kerle stehlen wie die Raben. Es muß sie nur erst mal ein Geschworenengericht verdonnern. Sie bekommen ein faires Gerichtsverfahren. Wir umgehen hier nicht die Gesetze, sondern wir stimmen das bürokratische Verfahren etwas feiner ab.«

Chomorro glaubte Drysdale für keinen Augenblick, daß sie die Gesetze nicht umgingen. Natürlich taten sie das. Aber Chomorro war ja auch kein Greenhorn, was Politik und Geschäfte anging. Er wußte sehr wohl, was ein Deal war, wenn man ihm einen anbot und – angenommen, er spielte mit, dann war es klug, die Dinge in der Schwebe zu lassen. »Am Labor Day«, sagte er, »möchte ich den Geschäftsplan los sein.«

Art Drysdale stand auf und streckte die Hand über den Schreibtisch hinweg nach Chomorros Hand aus. »Abgemacht«, sagte er.

»Zeile sechs.« Mr. Zapata stand wieder an dem Podium. »Tut mir leid, hier lag ein Mißverständnis vor, das war mein Fehler. Das Verfahren findet in Kammer« – er sah noch einmal hin, zur Sicherheit – »24 statt, Richter Thomasino.«

Leo sah zu, wie Zeile sechs in dem gelben Overall hinausgeführt wurde. Die Zeit stand still. Es war noch nicht Mittag, und er hatte gerade erst eine Pause eingelegt. Sein Herz klopfte. Na ja, das war geschafft. Vielleicht würde Ms. Rogan niemals die Bedeutung dieses Kammerwechsels begreifen. Art würde dafür sorgen, daß er von allen weiteren Fällen dieser Art rechtzeitig Kenntnis erhielt, dann konnte so etwas nicht mehr vorkommen. Trotzdem ...

Er schüttelte sich, trotz der Hitze im Saal war ihm kalt.

»Auf dem Anklageplan Zeile 137«, rief der Gerichtsdiener. »Strafgesetz Paragraph 187, Mord.«

Sofort hörte er auf zu frieren. Mordfälle waren immer wieder interessant, selbst wenn man sie schon kannte. Hier ging es um den Fall, über den er nach der Anklageerhebung am Donnerstag mit Elizabeth Pullios gesprochen hatte – die Sache mit Owen Nash. Im Stadtgericht kamen sie in der Geschichte keinen Schritt voran, und der Bezirksstaatsanwalt wollte sich das nicht länger bieten lassen. Am Freitag hatte Art Drysdale Chomorro verraten, daß es heute vormittag soweit sein werde: Nun würden sie ein bißchen zügiger arbeiten können. Nicht übereilt, aber im richtigen Tempo. Damit die jungen Leute, die einen mal ersetzen sollten, nicht die Lust am Beruf verloren.

Zeile 137, May Shintaka, hatte sich der Anklage der Grand Jury gestellt und wiederum Kaution geleistet. Sie war auf der Zuschauergalerie. Chomorro hatte sie an diesem Morgen bereits bemerkt, wie eine Blume im Unkrautfeld. War das Zeile 137? Er hob die Augenbrauen, dann sah er noch einmal hin. Nun stand sie da, ungebeugt am Podium. Neben ihr David Freeman, so ziemlich der beste Anwalt in der Stadt. Die Angeklagte und ihr Anwalt mit dem zerwühlten Haar waren ein lebhafter Kontrast. Freemans schlampiger Anzug war, so dachte Chomorro, ein bewußter Appell an die Geschworenen, ihn als einen der ihren, als einen einfachen Mann von der Straße zu betrachten.

Aber einfache Leute verdienten keine Million oder so im Jahr.

»Mr. Freeman«, sagte er. »Wie geht's Ihnen heute?«

Während der Pause mit Art war Elizabeth Pullios in den Gerichtssaal gekommen und saß zusammen mit ihrem Assistenten, einem der neuen Männer, am Tisch der Staatsanwaltschaft. Er nickte Ihnen zu.

»Ist die Anklagevertretung bereit?«

»Einspruch, Euer Ehren.« Freeman verlor keine Zeit.

»Wir sind bereit, Euer Ehren«, rief Pullios gleichzeitig.

»Gründe?«

Freeman erhob die Stimme. »Wie Euer Ehren wissen, hat das Stadtgericht die Verhandlung dieses Verfahrens bis nach dem Labor Day vertagt.«

»Nun, Sie sind aber jetzt im Oberen Gericht, Mr. Freeman. Worauf wollen Sie hinaus?«

»Es gibt keine Beweise, die –« Freeman hielt ein, fing noch einmal an. »In dem Vorverfahren hatte sich erwiesen, daß keine ausreichenden Beweise vorhanden sind, die eine Anklageerhebung rechtfertigen würden, Euer Ehren.«

»Offensichtlich ist die Grand Jury nicht Ihrer Meinung. Sie hat Anklage erhoben.«

»Euer Ehren.« Pullios stand auf. »Das Volk –«

Chomorro ließ seinen Hammer auf den Tisch fallen. »Entschuldigen Sie mich, Ms. Pullios. Ich verstehe die Haltung des Volkes. Mr. Freeman, wir werden hier nicht die Beweislage diskutieren. Vielleicht hätte sich dieses Problem mit einem Antrag auf baldige Fortsetzung des Verfahrens im Stadtgericht vermeiden lassen.«

»Euer Ehren, meine Mandantin sollte nicht die Kosten eines Verfahrens wegen dieser Beschuldigung tragen. Ich beantrage Rückverweisung an das Stadtgericht.«

Chomorro lächelte. Freeman zog sofort alle Register. »Ich bedaure, aber diese Option ist uns verwehrt, Mr. Freeman.«

Der Verteidiger schien unberührt. »Dieses Schnellverfahren hat die Staatsanwaltschaft offenbar inszeniert, um das öffentliche Interesse an diesem Fall auszunützen –«

»Euer Ehren, ich erhebe Einspruch!«

Chomorro nickte Pullios zu. »Das würde ich auch tun.«

Freeman fuhr einfach fort: » – von der eklatanten rassistischen Diskriminierung und der Klassendiskriminierung gar nicht zu reden, die sich in diesem –«

»Mr. Freeman! Genug. Ich erinnere Sie, daß dieses Gericht im Rahmen des Grand-Jury-Systems tagt. Ich werde diese Ausfälle nicht hinnehmen. Die Anklagevertretung sagt, daß sie prozeßbereit ist. Wenn ihre Beweise schwach sind, dann, scheint es mir, wird das zu Ihrem Vorteil ausfallen. Also darf ich bitten.«

Chomorro brauchte nicht einmal mehr hinunterzublicken, um zu wissen, wo das nächste Verfahren hinging. »Es klingt, als ob in diesem Verfahren viele Anträge bearbeitet werden müssen. Ich verweise die ganze Sache – Vernehmung zur Anklage, Anträge, Vorverhandlung und Verfahren – an die 27. Kammer, Richter Fowler. Hiermit. Sie können das dann da unten ausfechten.« Er ließ erneut den Hammer hinunterfallen und gestattete sich ein Lächeln. »Auf Wiedersehen, Mr. Freeman. So.«

Es war ein langer Weg den Korridor hinunter, also blieb Hardy nicht viel Zeit, um Pullios von seiner Beziehung zu Fowler zu erzählen.

»Spielt keine Rolle«, sagte sie. »Haben Sie mit ihm außerhalb des Büros über diesen Fall diskutiert?«

»Nein, nie. Nirgendwo.«

»Dann würde ich mir darüber keine Gedanken machen.« Es war eine weitere Gelegenheit für sie, ihn an ihre unterschiedliche Position zu erinnern: »Außerdem vertreten hier nicht Sie die Staatsanwaltschaft. Das tue ich. Sie assistieren.«

»Ich dachte, falls Freeman davon Wind bekommt, könnte er ihn wegen Befangenheit ablehnen.«

»Freeman lehnt schon ab, wenn die Nase des Gerichtsdieners läuft. Na und?«

»Deshalb mache ich mir ein bißchen Sorgen.«

Sie blieb stehen und sah ihn an. »Dismas, passen Sie auf. Er ist nicht mehr Ihr Schwiegervater, richtig?«

»Nein, nicht mehr.«

»Also haben wir hier nur noch die Tatsache, daß Sie den Richter von gesellschaftlichen Anlässen her kennen. Nun, ich habe ihn auch bei gesellschaftlichen Anlässen kennengelernt, und wir vertragen uns so gut wie saure Gurken mit Milch. Ich wäre nicht überrascht, wenn Freeman ihn auch von gesellschaftlichen Anlässen her kennt. Zum Teufel, sie gehören beide zum Klub der reichen Männer. Wahrscheinlich spielen sie zusammen Poker. Vielleicht tauschen sie Börsentips aus. Das ist irrelevant. Richter Fowler und Sie sind *nicht* miteinander verwandt oder verschwägert, weder gesetzlich noch anderswie. Das ist überhaupt kein Thema.«

Pullios, dachte Hardy, war gut in Sachen, die kein Thema waren. Sie war in allem gut. Soviel sah er ein.

Sie kamen an die Doppeltür der 27. Kammer. Pullios hielt einen Flügel für Hardy auf. »Alter vor Schönheit«, sagte sie.

Die Umlaufbahnen waren wieder miteinander vereinigt.

Der Freitag hatte viel Arbeit gebracht, ein paar Vorverhandlungen, ein bißchen Kuhhandel, ein Mittagessen zusammen mit vier Kollegen, an Morde dachte keiner mehr.

Frannie und Hardy hatten sich während des langen Wochenendes vom 4. Juli zweimal geliebt. Das erstemal am Freitagabend sehr intensiv und stumm, dann hatten sie eng zusammen dagelegen und bis nach Mitternacht geredet.

Am Sonnabend war das Picknick mit Moses, seiner derzeitigen Freundin Susan, allen Glitskys und Pico samt Angela und deren Kindern. Und Rebecca war endlich wieder gesund und brabbelte wonnig vor sich hin. Baseball, Bier und Barbecue. Amerikas Geburtstagsparty an einem wunderbar warmen Tag.

Dann waren sie am Sonntagmorgen ausgegangen und hatten zum Brunch die beste Paella der Stadt gegessen. Später, als sie wieder zu Haus waren, sagte Frannie zu Hardy, es sei okay, Rebecca werde sich später mal daran erinnern, daß ihre Eltern viel gelacht und miteinander gerungen hätten, als sie noch ein Baby war, aber wahrscheinlich würde ihre Psyche keinen Schaden nehmen.

Am Montag, dem 6. Juli, als er seinen eigenen Mittelpunkt wiedergefunden hatte, hatten Hardy und Frannie den Morgen damit verbracht, mit Schablonen ein paar Pferde und Delphine an eine Wand von Rebeccas Zimmer zu malen. Nachmittags arbeitete er ein bißchen in seinem Büro und fragte Abe, ob er nicht eine Aufstellung von May Shinns Telefongesprächen an dem Tag, an dem Owen Nash ermordet worden war, besorgen könne. Er begriff, daß die Anklage auf wackligen Füßen stand, falls sie an dem Tag irgendwohin telefoniert hatte, und soweit er wußte, hatte niemand die Gebührenabrechnung untersucht. Er fragte, ob sie irgendwie den Verbrauch von Wasser, elektrischem Strom oder was auch immer nachvollziehen könnten, was anzeigen würde, daß jemand zu Hause gewesen war, und Abe hatte ihm gesagt, nein, diese Geräte ließen sich daraufhin nicht nachprüfen.

Celine trübte die Verhältnisse nicht. Hardy wußte, daß Pullios – wenn in Eile – keine Weltmeisterin der Details war, und nachdem er sie am Donnerstag im Grand-Jury-Gericht erlebt hatte, prüfte er noch einmal selbst alles mögliche nach, um sicherzugehen.

30

Jeff Elliot zischte ihm in der 27. Kammer von der Galerieseite der Schranke etwas zu. Er mußte auch in der 22. Kammer gewesen sein, aber Hardy, mit anderen Dingen beschäftigt, hatte ihn nicht bemerkt. Ja, wenn er nachdachte: Er hatte Jeff schon seit ein paar Tagen nicht mehr erblickt, und jetzt sah er nicht so gut aus – sein Gesicht war aufgeschwemmt, und er trug eine Sonnenbrille, sogar hier im Gerichtssaal. Trotzdem lächelte er und war wie üblich voller Energie. Und warum auch nicht? Seine Story lag wieder ganz vorn im Rennen.

Jeff winkte Hardy zu, er solle doch mal an die Schranke kommen. Hardy stieß Pullios an. »Das ist Elliot da hinten«, sagte er. »Der Reporter. Sie wollten ihn doch kennenlernen.«

»Ah«, sagte sie. »Gut.« Sie legte irgendwelche Papiere hin und wollte sich gerade umdrehen, während Hardy wartete, als der Gerichtsdiener rief: »Ich bitte um Ruhe! Die 27. Kammer des Oberen Gerichts der Stadt und des Bezirks von San Francisco befindet sich jetzt in Sitzung, unter Vorsitz von Richter Andrew Fowler. Bitte alle aufstehen.«

Der Richter kam in seiner Robe aus dem Besprechungszimmer und betrat den Gerichtssaal. Elliot mußte warten.

Als Hardy seinen Ex-Schwiegervater erblickte, zwickte ihn ein Schuldgefühl – er hatte sich gar nicht mehr um den alten Herrn gekümmert, der unter irgendeinem Kummer gelitten hatte. Hardy hätte ihn mal anrufen und sich mit ihm zum Squash verabreden können. Irgend so etwas.

Hardy hatte auch nichts mehr von seiner Ex-Ehefrau Jane gehört. Vielleicht war die Krise schon vorbei, falls es jemals eine gegeben hatte. Am Richterpult jedenfalls sah Andy so souverän und gebieterisch aus wie immer. Er nickte Hardy freundlich zu. Seine Augen ruhten sekundenlang auf dem Tisch der Verteidigung. May Shinn wich seinem Blick nicht aus, sondern sah ihn geradewegs an. Sie machte auf abgebrüht, obwohl es nicht unbedingt der herkömmlichen Strategie der Verteidigung entsprach, daß die Angeklagte sich den Richter zum Feind machte. Freeman beschäftigte sich damit, seine Aktentasche zu leeren. Der Blickwechsel schien ihm zu entgehen.

Fowler brach als erster den Augenkontakt ab, sein Blick kehrte zu Pullios zurück, dann wieder zu Hardy. Er ordnete die Materialien, die er vor sich liegen hatte, während der Gerichtsdiener erneut die Anklage vorlas – Paragraph 187, Mord.

Die Zuschauergalerie war schon besetzt. Es war unwahrscheinlich, ja fast unmöglich, daß der Prozeß schon heute begann. Normalerweise war der früheste Termin sechzig Kalendertage nach der Vernehmung zur Anklage. Aber das Datum festzusetzen, würde Fowlers Aufgabe sein. Es war seine Kammer.

Trotzdem – ein Mordverfahren, vor allem dieses, verdiente eine Zeitungsmeldung. Nach der Anklageerhebung am Donnerstag hatten, wie Hardy hörte, alle großen Medien – *Newsweek, Time* und so weiter – Locke angerufen: Das konnten sie sich nicht entgehen lassen.

Fowler begrüßte die Verteidigung in seinem Gerichtssaal. Er hatte kaum ein Wort gesagt, als Freeman – wie vorauszusehen war – den Aufschub des Prozesses auf ein späteres Datum verlangte: Der Bezirksstaatsanwalt benütze dieses Verfahren als politisches Vehikel, es finde eine rassistische Diskriminierung statt. Hardy hörte nur mit einem Ohr hin.

Fowler hörte sich das meiste an, nickte mitfühlend, dann klopfte er mit seinem Hammer auf den Block. »Wir werden jetzt ein Datum bestimmen, Mr. Freeman, und bis dahin können Sie, wenn es einen Grund für diesen Aufschub gibt, einen solchen Antrag stellen.« Er lächelte. Das war das Ende der Geschichte. Das Verfahren würde etwa zu dem Zeitpunkt beginnen, zu dem das Stadtgericht die Voruntersuchung begonnen hätte. Das war ein gutes Zeichen.

Der Richter ordnete seine Robe und wandte sich zum Gerichtssaal. »Mr. Freeman«, sagte er, »hatten Sie Gelegenheit, in der 22. Kammer einen Widerspruch einzulegen?« Der Verteidiger durfte einmal den Richter, dem ein Verfahren zugeteilt war, aus welchen Gründen auch immer, ablehnen. Wenn Freeman Andy Fowler aus irgendwelchen Gründen nicht mochte, brauchte er es nur zu sagen, und dann würde der Calendar Judge den Fall einer anderen Kammer zuweisen.

Aber Freeman stand auf, um die Frage zu beantworten: »Kein Widerspruch, Euer Ehren.«

Fowler schwieg eine Minute lang, sein Gesicht färbte sich dunkel. »Mr. Freeman?«

Freeman fummelte immer noch mit seinen Heftern herum, legte Papiere hin und flüsterte May etwas zu: »Ich sagte: Kein Widerspruch, Euer Ehren.«

Der Richter schien hinter dem Rand, der seinen Tisch etwas verdeckte, irgendwelche Dinge herumzuschieben. Er lehnte sich in seinem Stuhl mit der hohen Lehne zurück und streckte die Arme gerade vor sich aus. Sein Stirnrunzeln war nicht zu übersehen. Ein Augenblick verging. »Würde der Verteidiger sich bitte dem Gericht nähern?«

Hardy merkte, daß es im Gerichtssaal ganz still wurde, als Freeman seinen Stuhl zurückschob, Mays Schulter tätschelte und vor den Richter trat. Fowler beugte sich vor, sie flüsterten kurz hin und her, dann richtete sich Fowler wieder gerade auf, schlug mit dem Hammer auf den Block und kündigte eine Unterbrechung der Sitzung an. Er wolle Mr. Freeman in seinem Zimmer sprechen.

»Was zum Teufel geht da vor?« fragte Pullios ihren Assistenten Hardy.

»Ich habe keinen blassen Schimmer. Vielleicht tauschen sie wieder Börsentips aus.«

Jim Blanchard von der *Tribune* kam an und tippte Elliot auf die Schulter. »Oben ist jemand für dich am Telefon. Ein Mädchen.«

Jeff hatte Hardy zu sprechen versucht, seit der Richter die Unterbrechung angekündigt hatte. Er wußte, daß er damit ein bißchen mogelte, aber er brauchte die neuen Informationen, weil er seit Donnerstagabend keine fünf Minuten mehr an irgend etwas anderes als Dorothy Burgess gedacht hatte. Er wollte von Hardy erfahren, was ihm während des langen Wochenendes entgangen war.

Und jetzt sah es so aus, als ob sich da gleich zu Anfang irgend etwas zwischen Freeman und Fowler abspielte. Er wollte dabei sein, wenn der Richter in den Saal zurückkam. Er wollte sehen, ob es für diese Sache eine Erklärung gab.

Aber Dorothy – es mußte Dorothy sein – kam zuerst. Storys würde es immer wieder geben. Die letzten vier Tage hätte er gegen nichts eingetauscht – nicht mal gegen seinen Job. Nicht mal gegen gesunde Beine.

Hardy und Pullios schienen sich irgendwie abgesprochen zu haben. Aus ihnen würde er nichts herausbekommen. Also packte er seine Krücken, zwängte sich aus seiner Sitzreihe im Zuschauerraum und humpelte dann zur Tür hinaus.

Im Pressezimmer nahm er den Hörer ab. »Hier ist Jeff Elliot«, sagte er.

»Mr. Elliot«, sagte sie. »Hier ist Ivana Trump. Hören Sie auf, mich zu belästigen.« Jeff ließ sich an das Schulpult nieder. Dorothys Stimme wurde sanfter. »Jeff, du mußt herkommen. Du wirst nicht glauben, was ich gefunden habe.«

»Was?«

»Ich bin nicht sicher, was es bedeutet, aber Maury war gestern den ganzen Vormittag weg, und ich bin endlich dazu gekommen, die Papiere über die Story zu tippen, an der du gearbeitet hast. Die Kaution für May Shintaka.«

»Ja?«

»Du mußt herkommen und dir das ansehen. Wer für dieses Darlehen bürgt. Du sagtest, du brauchst eine Spur, irgendwelche Papiere, irgend etwas, wo du anfangen kannst. Das hier sieht so aus wie eine Spur. Aber du verstehst – du wirst für diese Information etwas bezahlen müssen.«

»Natürlich.«

»Das wird nicht billig sein.«

Er lächelte, er erinnerte sich an das Schachersystem, das sie am Wochenende entwickelt hatten, um einander Geheimnisse zu entlocken – Geheimnisse, die zu verraten sie gar nicht abwarten konnten. »Ja, ich komme«, sagte er.

Andy Fowler setzte sich wieder hin, schlug mit seinem Hammer auf den Block und vertagte das Verfahren bis zum 14. September um 9 Uhr 30.

»Euer Ehren?« Pullios war aufgesprungen.

»Staatsanwältin?«

»Darf ich mich dem Gericht nähern?«

Der Richter nickte und winkte sie zu sich heran. Sie ging mit festen Schritten, kein Hüftschwenken wie sonst. »Was ist, Elizabeth?«

»Euer Ehren, mit Respekt, der Staat wäre an dem Inhalt Ihrer Beratung mit dem Verteidiger interessiert.«

Fowler, dessen *gravitas* nichts von ihrer Kraft verloren hatte, starrte sie von seiner erhöhten Position aus böse an. An diesen beiden war ganz sicher kein Liebespaar verlorengegangen. »Mit *Verlaub*, Staatsanwältin, was ich in meinem Beratungszimmer tue, geht Sie nichts an. Aber –« er beugte sich vor, während er die Hände vor sich gefaltet hatte –, »aber Sie haben recht, wir müssen sogar den kleinsten Anschein der Ungehörigkeit vermeiden. Sie glauben, daß der Verteidiger und ich in einem geheimen Einverständnis stehen?«

»Nein, natürlich nicht, Euer Ehren, ich –«

»Aber Sie glauben, daß andere es so sehen könnten. Ich schätze Ihre Besorgtheit. Lesen Sie die Zeitungen, Elizabeth? Sehen Sie fern?«

Pullios starrte ihn an. »Ja, Euer Ehren. Gelegentlich.«

»Sie haben vielleicht bemerkt, daß dieser Mord an Owen Nash eine beträchtliche Publizität gefunden hat.«

»Ja, Euer Ehren.«

»Nun, als ich während der letzten Woche diesen Fall verfolgt habe, schien es mir, als ob es schwierig sein würde, ein faires Gerichtsverfahren in San Francisco durchzuführen. Ich war ganz sicher, daß der Verteidiger die Verlegung an einen anderen Ort beantragen würde. Und wie Sie zweifellos bemerkt haben, hat Mr. Freeman keinen derartigen Antrag gestellt. Ich wollte ihm klarmachen, daß diese strategische Entscheidung, wenn sie sich als falsch herausstellt, später nicht als Grund für eine Aufhebung des Urteils wegen eines Verfahrensfehlers dienen könnte. Wie finden Sie das?«

»Sehr gut, Euer Ehren, vielen Dank. Eine Respektlosigkeit war nicht beabsichtigt.«

Fowler erlaubte sich ein frostiges Lächeln. »Natürlich nicht, Staatsanwältin. Eine ehrliche Frage.«

Nachdem Fowler das Richterpult verlassen hatte, stampfte Pullios aus dem Gerichtssaal und überließ es Hardy, die Papiere einzusammeln und ihr zu folgen. Freeman kam zum Tisch der Anklagevertretung herüber und sagte zu Hardy, er hoffe, daß er ihm wegen ihrer ersten Begegnung im Besucherzimmer im Gefängnis nicht mehr böse sei.

»Überhaupt nicht.«

»Wissen Sie, wenn Sie gegen einen kostenlosen Rat nichts einzuwenden haben, würde ich Ihnen empfehlen, den kleinen Versprecher meiner Mandantin, daß sie auf der *Eloise* gewesen sei, nicht zu benutzen. Tatsächlich war sie nämlich nicht dort.«

Hardy lächelte. »Darüber kann man streiten, nicht wahr?«

Freeman hatte die Hände in den Taschen und ein Bein lässig über die Ecke von Hardys Tisch geworfen. »Ich habe mir die Bänder mehrmals angehört. Die Art Ihrer Fragestellung wird sich als eine Fangfrage herausstellen. Damit bringt sich die Staatsanwaltschaft nur in ein übles Licht, und das ganze Spielfeld wird uneben.«

»Na ja, das möchten wir natürlich nicht.« Hardy hatte nun alles eingepackt und schloß die Aktentasche. »Vielen Dank für Ihren Tip«, sagte er. »Ich werde ihn weiterleiten.«

Hardy gewöhnte sich allmählich daran. Die Verteidiger spielten um hohe Einsätze und kümmerten sich nicht um Vorschriften und Regeln. Woher nahm Freeman die Chuzpe, ihm einen solchen Rat anzubieten? Dachte er, Hardy wäre so grün hinter den Ohren, daß er auf einen so durchsichtigen Bluff hereinfiel?

Aber je mehr Hardy darüber nachdachte, um so weniger verstand er das Ganze. Vielleicht war es gar kein Bluff, sondern das Gegenteil vom Gegenteil. Dann wäre es also ein ganz raffinierter Bluff, wenn es einer war.

So ein Schlitzohr, dachte er. Irgendwie bewundernswert.

Worauf wollte Freeman eigentlich hinaus? Er wollte gewinnen. In so einem Indizienprozeß war es für die Verteidigung natürlich von Vorteil, wenn sie in den Reihen der Anklagevertreter Zweifel säte, ob überhaupt irgendwelche brauchbaren Indizien vorhanden waren. Andererseits war sein Rat, oberflächlich betrachtet, ganz vernünftig – Hardy hatte gar nicht vorgehabt, Mays Versprecher, der zu implizieren schien, daß sie sich an Bord der *Eloise* befunden hatte, in seiner Anklage zu benutzen. Denn dieser Versprecher war nicht nur an sich wenig überzeugend, sondern damit wäre auch Hardys ungehöriger Besuch bei May im Gefängnis ohne Gegenwart ihres Anwalts zur Sprache gekommen.

Aber jetzt hatte Freeman Hardy gesagt, es sei keine gute Idee, diese Aussage Mays zu zitieren. Zweifellos wollte Freeman ihm nicht unbedingt einen Gefallen tun, dem Neuen einen Dienst erweisen. Aber das, wovon er abgeraten hatte, hatte Hardy ohnehin nicht tun wollen.

Und das bedeutete – was?

»Wieso diese Vertagung bis morgen? Was soll das?«

Vor nicht einmal fünf Minuten war Pullios aus dem Gerichtssaal gestampft, und nun saß sie schon hinter geschlossener Tür in ihrem Büro. Als Hardy hereinkam, war er schockiert, Tränen in ihren Augen zu sehen. Er wollte ihr sagen, es sei ja alles in Ordnung, der Richter habe es nicht so gemeint ...

Sie unterbrach ihn und deutete mit beiden Zeigefingern auf ihre Augen. »Das ist Zorn, Hardy. Verwechseln Sie das nicht – das sind keine verletzten Gefühle. Dieser Bastard.«

Hardy hatte gedacht, er würde mit ihr über Freeman und dessen Strategie reden, aber das stand eindeutig nicht auf ihrem Programm. »Er hat es wahrscheinlich vertagt, um die Akten zu studieren. Er hat erst kurz vorher gemerkt, daß der Fall heute früh auf seinem Plan steht«, sagte Hardy.

»Für diesen Ton gibt es keine Entschuldigung.«

Hardy stellte ihre Aktentasche auf den Tisch und setzte sich ihr gegenüber hin. »Vielleicht mochte er es nicht, daß man seine Motive in Frage stellte.«

Das akzeptierte sie nicht. »Hätten Sie ihn nicht gefragt?«

»Ich weiß nicht. Klar, ich war auch neugierig.«

»Wenn Sie neugierig sind, fragen Sie. Das ist eine der Regeln.«

»Ich dachte, es gibt keine Regeln.«

Sie sah ihn geradeheraus an. Ihre Augen glitzerten. »Es gibt auch keine«, sagte sie.

31

Es hatte sich so entwickelt.

Owen Nash stand auf einem Balkon im dreiundzwanzigsten Stock über Las Vegas. Seine Haut war noch naß vom Duschen. Unter seinen vorgewölbten Bauch war ein Handtuch geschlungen, eine frische Zigarre stak unangezündet in seinem Mund. Er mochte die Wüste, vor allem jetzt in der Dämmerung. Es war immer noch eine Bullenhitze, nachdem die Sonne den ganzen Tag vom Himmel heruntergebrannt hatte, aber das Wasser, das auf seiner Haut verdampfte, kühlte ihn.

Er richtete den Blick zum Horizont jenseits der City. Die Berge dort hinten hatten sich schwach purpurn gefärbt. Von tief unten drangen leise Straßengeräusche zu ihm herauf. Dann hörte er, daß May im Badezimmer die Dusche abstellte. Er stand leicht vorgebeugt, mit beiden Händen auf das Geländer gestützt, da.

Während er nachdenklich an der Zigarre sog, hörte er, daß hinter ihm über den Teppich ihre nackten Füße auf ihn zukamen. Kurz darauf spürte er die Berührung ihrer Haut, dann fing sie an, mit beiden Händen seinen nackten Rücken zu massieren. Er seufzte und wollte etwas sagen, aber May flüsterte »Pst!« Sie öffnete ihren Kimono und preßte sich gegen ihn. Dann führte sie ihn schweigend zurück in den Raum und drückte ihn aufs Bett.

»Leg dich hin«, sagte sie. »Ich will deinen Rücken bearbeiten.«

Sie fing an, indem sie ihm die Schultern knetete. Seine Muskeln waren verkrampft, aber May hatte es nicht eilig. Sie wußte, was sie tat. Allmählich gaben die versteiften Muskelstränge nach. Er fing an, tief und regelmäßig zu atmen. Einen Augenblick lang dachte sie, er wäre eingeschlafen, aber dann stöhnte er leise, während sie sich eines weiteren Muskelknotens annahm.

Draußen war es dunkel geworden. May streckte sich auf ihm aus und strich mit der Hand an seiner Seite entlang. »Ganz schön verspannt, weißt du das?«

Er nickte.

»Möchtest du mal drüber reden?«

Er antwortete nicht sofort, sondern lag mit geschlossenen Augen da und atmete tief durch. »Wir müssen essen gehen«, sagte er. Es war ihr erster gemeinsamer öffentlicher Auftritt. Er dachte, daß ihr das einiges bedeutete.

May drängte ihn nicht. Sie lag still in der zunehmenden Dunkelheit.

»Laß mich noch eine Minute so daliegen«, sagte er.

Sogar im Dunkeln konnte May die Falten in seinem Gesicht sehen. Auf seiner hohen, breiten Stirn hatte sich sein Leben eingegraben. Seine Lippen waren schmal und fest zusammengepreßt. »Ich weiß nicht«, sagte er, und seine Stimme war seltsam tonlos. »Ich weiß nicht.«

»Was?«

»Ich glaube, ich komme langsam ins Schleudern.«

May erstarrte. Sie hatte gedacht oder sich eingebildet, daß es mit ihm nicht so enden würde. »Meinetwegen?«

Er lachte und drückte sie fest an sich. »Shinn, bitte. Na ja, vielleicht doch deinetwegen, aber nicht so, wie du meinst.«

»Sag's mir.«

»Weißt du, der große Betrug im Leben ist, daß du nicht alles machen kannst. Du konzentrierst dich auf eine einzige Sache, und dafür mußt du alles andere sausen lassen. Und was auch immer du tust, irgendwas verpaßt du garantiert.«

»Hast du Angst, etwas zu verpassen?«

Er lachte trocken vor sich hin. »Nicht nur etwas, alles. So ein Gefühl habe ich früher nicht gekannt. Das war nicht meine Art. Aber jetzt muß ich immer dran denken. Und ich habe eine Scheißangst. Ich denke immer daran, daß du früher oder später daraufkommen wirst.«

»Worauf denn?«

»Wer ich bin. Was ich gemacht habe.«

Sie preßte sich mit ihrem ganzen langen Körper an ihn. »Das haben wir doch schon alles durchgekaut. Was meinst du denn, was *ich* gemacht habe.«

»Das ist mir gleich, Shinn.«

»Und mir ist es gleich, was du getan hast, Nash. Machst du dir darüber Sorgen, was du alles sausen lassen mußt? Was du verpaßt?«

»Nein. Ich will es ja nicht anders.«

»Aber niemand zwingt dich dazu.«

»Stimmt nicht, Shinn. Du zwingst mich. Aber das ist okay, so soll es sein. Ich will es so haben. Und sonst nichts mehr.«

Sie versuchte, ihm zu glauben.

Freeman kaute auf einem Bleistift herum und sah durch die gläserne Schiebetür in den kleinen Hof hinaus, den an den drei anderen Seiten die Ziegelsteinmauern der umstehenden Gebäude umgaben. Eine Taube pickte auf dem Kopfsteinpflaster.

May saß neben ihm am Marmortisch im Sprechzimmer. In der Mitte des Tisches stand ein frischer Blumenstrauß. Der Raum roch ein wenig nach Gewächshaus. »Sind Sie überhaupt aus dem Haus gegangen?« fragte er.

»Was meinen Sie?«

»Ich meine an dem Abend. Sie sagten, das war Ihr erster öffentlicher Auftritt. Ich würde nur gern wissen, wie sich das abgespielt hat.«

Sie schien sich innerlich zu sammeln, wie sie das schon vorher getan hatte. Freeman wußte nicht, ob er das als offensichtlichen Rückzug werten sollte, auf jeden Fall konnte er ihre Stimmung irgendwie spüren. Auf das Geschworenengericht mußte er sie jedenfalls gründlich vorbereiten, da durfte so etwas – was auch immer es genau war – nicht vorkommen. »Nein«, sagte sie schließlich. »Nein, wir haben uns nie mit irgendwelchen Freunden von ihm getroffen.«

Sie hob den Kopf, um zu sehen, wie er das aufnahm. Vielleicht jetzt mutiger geworden, fügte sie hinzu: »Er ... wir brauchten niemanden sonst. Wir genügten uns.«

Hardy streckte den Arm über den Schreibtisch hinweg, an dem er saß. »Sind das die Telefonabrechnungen?«

Glitsky hielt etwas in der Hand, das wie ein kleines Buch aus gelbem Papier aussah. Er reichte es Hardy über den Schreibtisch hinüber. »Ich glaube, da hat ein Angestellter geschlafen. Ich habe nur den 20. Juni verlangt, aber er hat uns wohl das ganze Jahr gegeben.«

»Nun, und wie sieht der 20. aus?«

»Gut für uns. Nicht so gut für Shintaka.«

Hardy wollte nur kurz einen Blick auf den Computerausdruck werfen. Er hatte seinen Aktendeckel aufgeklappt und konnte das

Ding gleich abheften. In Anbetracht der Tatsache, daß dort ihre Gespräche eines halben Jahres erfaßt waren, stand nicht zuviel da. Es waren vielleicht fünfzehn Seiten, jede war zwölf Zentimeter lang. Er blätterte rasch durch. »Guck dir das an«, sagte er.

Glitsky nickte. »Ist mir auch aufgefallen. Keine Gespräche nach Japan.«

Hardy sah hoch; Glitsky, das wußte er, entging nichts. »Mit dir macht es gar keinen Spaß, weißt du das?«

Wenn May geschäftlich in Japan zu tun hatte, sollte man annehmen, daß sie wenigstens dann und wann einmal dort anrufen mußte, vor allem, wenn sie eine Reise plante. Selbst wenn sie das meiste per Fax erledigte, konnte man doch wohl ein oder zwei Telefongespräche erwarten. »Nun, das kann nicht schaden. Hast du irgendeinen von diesen Tagen geprüft?« Hardy überflog die Seiten. Er blätterte von hinten nach vorn, jetzt war er beim März.

»Nein, nur den 20. Das mit Japan habe ich zufällig gesehen. Wenn du willst, kann ich dir einen Assistenten geben, der das prüft.«

»Nein, ich ...« Plötzlich wurden Hardys Augen schmal. Er hörte auf zu blättern.

»Was ist denn?« fragte Glitsky.

»Nichts.« Hardy klappte das Heftchen zu und legte es auf den Schreibtisch. »Mir fiel nur gerade ein, daß ich etwas für Beck besorgen muß.«

»Du bist ein guter Daddy.«

»Ich weiß. Ich staune über mich selbst.« Er tippte auf das Heftchen, kam wieder zur Sache. »Ich sehe mir das an. Danke.«

Glitsky stand auf. »Ich danke dir. Ich bin froh, wenn ich das loswerde. Viel Spaß.«

Hardy nahm es locker. »Gott, sagt man, steckt in den Details.«

»Weise Männer suchen Ihn noch immer. Soll ich Ihn grüßen?«

»Bitte.«

Er hoffte, daß er sich gerirrt hatte, aber es sah nicht danach aus.

Hardys mathematische Gaben waren nicht der Rede wert, aber Zahlen, vor allem Telefonnummern, konnte er sich gut merken. Und die Nummer, die da unter ›März‹ gestanden hatte, kam ihm bekannt vor. Von früher her. In letzter Zeit hatte er sie nicht mehr angerufen.

Er griff nach dem Heft und blätterte zurück bis an den Anfang. Im Februar kam die Nummer auch vor, und zwar häufiger. Und im Januar zweimal pro Woche. Im ganzen hatte sie diese Nummer achtzehnmal angerufen.

Vielleicht hatte die Nummer gewechselt, aber das glaubte Hardy nicht. Er hob den Hörer ab und wählte. Es läutete dreimal.

»Hier ist 885-6024. Bitte hinterlassen Sie Ihren Namen und Ihre Nummer, und ich rufe Sie zurück.«

Hardys Mund war trocken. Seine linke Hand griff nach dem Briefbeschwerer und drückte so fest darauf, daß seine Knöchel weiß wurden. Der Briefbeschwerer!

Ihm fiel Owens Jadering ein, das charakteristische Filigran, das Tiermotiv. Frannies Theorie ganz am Anfang. Einen Augenblick lang war er sprachlos. Das Band zischte leer in seinem Ohr. Er zwang sich, etwas auf den Anrufbeantworter von Oberrichter Andy Fowler zu sprechen.

»Andy«, sagte Hardy. »Hier ist Dismas. Wir müssen miteinander reden. Ich gehe jetzt zu deinem Büro hinüber, aber wenn du nicht da bist, ruf bitte so bald wie möglich zurück. Es ist dringend, es ist außerordentlich dringend.«

Dritter Teil

32

So lässig er konnte, steckte Hardy den Briefbeschwerer ein und ging hinaus, an den anderen Suiten der Bezirksstaatsanwaltschaft vorbei. »Nicht jetzt«, dachte er, als er Jeff Elliot aus dem Fahrstuhl kommen sah, und trat rasch in den Raum der Kriminalpolizei, der vor den Büros der Staatsanwaltschaft lag. Aber er war nicht schnell genug. Er hörte, wie Jeff ihn beim Namen rief und blieb stehen, ertappt, die Hände in den Taschen.

Für einen Reporter kam ihm Jeff ziemlich einfühlsam, sogar vernünftig vor. Vielleicht, dachte Hardy, hatte das mit den Krücken und dem Grinsen zu tun. Von seinem aufgedunsenen Aussehen heute und der Sonnenbrille gar nicht zu reden. Man wollte dem Jungen irgendwie helfen.

»Paßt es Ihnen jetzt gerade nicht?«

Hardy nickte. »Nicht so gut.«

»Gehen Sie ruhig. Dann rede ich mit Ms. Pullios.«

Auf eine absurde Art war Hardy jetzt ganz froh, daß Elizabeth den Fall unter sich hatte. Natürlich war sie eine wertvolle Nachrichtenquelle für den Reporter. Aber Hardy hatte das Gefühl, daß er selbst wenigstens zum Teil mitbestimmen sollte, was für Informationen der *Chronicle* bekam. Hier ging es nicht um Bürohierarchie, und er wollte ihr nicht einfach schenken, was sie sich am meisten ersehnte – Publizität! »Einen Augenblick Zeit habe ich für Sie, Jeff. Was kann ich für Sie tun?«

»Können wir irgendwo reden? Inoffiziell?«

Sie wanderten zurück in den Korridor und Hardy schloß eines der Zimmer auf, die für die Angehörigen von Opfern, für Zeugen und Besprechungen vorgesehen waren. Dort standen eine gelbe Couch – die Stadt bevorzugte die Farben grün und gelb – und ein dazu passender Sessel. Die Wand wurde von einem Bild der Golden-Gate-Brücke belebt, von dem es nur eine beschränkte Auflage von dreieinhalb Millionen Stück gab.

Jeff ließ sich in den Sessel hinab.

»Wo waren Sie in der letzten Zeit. Sie sehen nicht besonders gut aus.«

»Nur ein neues Medikament. Schwemmt auf und macht lichtempfindlich. Prednison.«

»Steroide?«

Jeff lächelte. »Ja, die sind auch drin. Das ist okay, ich wollte sowieso nicht zu den Olympischen Spielen.«

Hardy fand ihn sympathisch, daran führte kein Weg vorbei. »Okay, was gibt es inoffiziell?« Er hob den Zeigefinger. »Aber wirklich inoffiziell.«

Ob Hardy sich noch an letzte Woche erinnerte, als er nach der Vernehmung zur Anklage mit Elliot und Glitsky zusammen auf dem Korridor gestanden und über die Kaution und darüber, woher das Geld kam, gesprochen hatte?

»Ja natürlich. Haben Sie etwas herausbekommen?«

Der Reporter schüttelte den Kopf. »Nein, noch nicht. Vielleicht. Aber Sie sagten, es gebe Möglichkeiten, den Kautionssteller zur Herausgabe seiner Unterlagen zu zwingen.«

Hardy schüttelte den Kopf. »Nicht in diesem Fall. Nur wenn wir annehmen, daß das Geld für die Kaution aus irgendeiner kriminellen Tätigkeit stammt.«

»Nun. Wie könnte May Shinn an eine halbe Million Dollar kommen?«

»Wieso eine halbe Million? Sie brauchte nur 50 000 für eine Gebühr.«

Jeff schüttelte den Kopf. »Das dachte ich zuerst auch. Sie braucht dann aber auch noch eine Bürgschaft für den Kredit.«

Hardy nickte. »Ja, darüber haben wir gesprochen.« Er kaute wieder daran herum. »Ich weiß nicht, Kapitalanlagen? Vielleicht hat sie etwas geerbt. Wir haben keine Ahnung. Drogen. Was auch immer.«

»Und was ist mit Prostitution? Die ist doch illegal, nicht wahr?«

Das war noch so ein Thema, aber darüber hatten sie ja auch schon diskutiert. »Vielleicht. Theoretisch ja. Aber kein Richter wird uns eine Vollmacht geben, um solche Unterlagen auszuwerten.« Er zuckte die Achseln. »Vielleicht hat der Kautionssteller Owen Nashs Testament als Sicherheit akzeptiert.«

»Sogar, wenn sie ihn getötet hat? Könnte sie dann trotzdem kassieren?«

»Das«, sagte Hardy, »muß auch wieder gerichtlich ausgefochten werden. Zum Glück muß ich mich damit nicht befassen. Aber wie auch immer die Sache ausgeht – selbst wenn sie die ganzen zwei Millionen bekommt, wird das meiste davon für den Prozeß draufgehen. Was haben Sie denn, was so inoffiziell ist?«

Elliot beugte sich vor und nahm seine dunkle Brille ab. Seine Augen im geschwollenen Gesicht sahen irgendwie blind aus, und dunkle Ringe zogen sich um sie herum. Hardy zuckte unwillkürlich zurück und unterbrach Jeffs Antwort: »Sind Sie wirklich okay?«

Jeff lächelte, und die Tränensäcke schienen sich ein wenig zu heben. »Es sieht schlimmer aus, als es ist. Eigentlich fühle ich mich ganz gut.« Er setzte die Sonnenbrille wieder auf. »Die Hamsterbacken verschwinden nach einer Woche.«

»Haben Sie denn überhaupt geschlafen?«

Jetzt verbreiterte sich das Grinsen. »Nicht genug.« Dann, mit leisem Stolz: »Ich habe jemanden kennengelernt. Zum erstenmal.« Er hob die Achseln mit übertriebener Nonchalance. »Schlafen ist nicht so wichtig.«

»Sieh an …«

»Ja, nun …« Plötzlich wollte Jeff nicht mehr darüber reden, er zuckte die Schultern, als ob es nur so eine lockere Bekanntschaft wäre, die er da an der Hand hatte. Das war nicht irgendeine Eroberung, es war Dorothy. »Also, was die Kaution angeht: Ich habe noch keine Namen, nichts, was ich veröffentlichen kann, aber bevor ich irgend etwas mache, möchte ich, daß meine Quelle unerwähnt bleibt.«

»Wie wollen Sie das denn erreichen?«

»Ich werde eine plausible Erklärung dafür liefern, wieso ich gewisse Unterlagen einsehen konnte. Vielleicht sollte ich Ihnen das gar nicht erzählen.«

Hardy überging diese Bemerkung. »Sie haben Unterlagen eingesehen?«

»Nein.« Jeff beugte sich vor. Hardy dachte: Wenn er jetzt die Brille abnahm, log er. Aber er nahm sie nicht ab. »Nein, das habe ich nicht.«

»Okay. Und die Information soll von mir stammen?«

»Ungenannt natürlich. Inoffiziell.«

Hardy erinnerte sich an den Rat, den Freeman ihm im Gerichtssaal gegeben hatte. An Pullios' Feststellung, daß es keine Regeln gebe. Das hier war ein Pokerspiel mit hohem Einsatz, und wenn Jeff ihm – pardon: der Anklagevertretung – die Quelle liefern konnte, aus der Mays Bürgschaft stammte, dann würde das seinem, seinem und Pullios' Fall helfen.

»Wenn etwas herauskommt, und ich kann nicht erklären, woher ich meine Informationen habe, dann verliert die Person, von der ich sie habe, ihren Job, also dachte ich, ich müßte das vorab regeln.«

»Aber wir werden die Herausgabe dieser Unterlagen nicht verlangen.«

»Ich weiß, doch das spielt keine Rolle. Ich brauche nur eine Antwort für den Fall, daß man mich fragt.«

»Ich kann Ihnen keine Antwort geben, Jeff. Ich sage Ihnen nur, wie Sie es schaffen können, okay? Ich verrate Ihnen, wie der Bezirksstaatsanwalt es machen würde, wenn gewisse Umstände vorlägen, die hier nicht vorliegen.«

»Ich verstehe.«

»Alles klar?«

»Ja, völlig klar.«

Hardy hob einen großen Stapel blauer Spielmarken auf und warf sie in den Topf. »Also gut.«

Hardy dachte, daß er jetzt vielleicht paranoid würde, aber er nahm die Akte trotzdem mit nach Hause. Es war alles drin, was sie bisher hatten, einschließlich der Unterlagen von May Shinns Telefongesprächen. Er hielt draußen in der Gegend von Arguello Boulevard und Geary Boulevard an und kopierte alles, wofür er fünfundvierzig Minuten brauchte.

Er hätte nicht genau sagen können, wieso er fand, daß das eine so gute Idee sei, aber vielleicht nahm ihm Pullios die Akte weg, oder er wollte zu Hause noch einmal in Ruhe alles durchgehen.

Vielleicht wollte er Andy Fowler schützen.

Nein. Es gab da eine feine Trennlinie. Auf der einen Seite die Tricks, die gerade noch erlaubt waren – doppeltes Spiel, Angriff von hinten et cetera. Auf der anderen Seite schlicht unethisches Verhalten. Er würde jetzt nachforschen, was es mit dieser Beziehung zwischen Andy Fowler und May Shinn auf sich hatte. Dann erst würde er überlegen, was damit anzufangen war. Dachte er.

Aber zuerst mußte er dafür sorgen, daß ihm nicht irgendein von

Pullios eingesetzter Ermittler dazwischenfunkte, der diese offensichtliche Beziehung entdeckte und Andys Leben zerstörte. Und vielleicht gab es da ja auch gar keine Beziehung, oder es war eine von der unschuldigen Art. Allerdings konnte sich Hardy nicht vorstellen, welcher Art die hätte sein können.

Dennoch hielt es der Pfadfinder in ihm für das Beste, allzeit bereit zu sein. Er kopierte die Akten.

David Freeman fand, daß es ein langer Tag gewesen war, aber er hatte sich gelohnt.

Daß das Verfahren an Andy Fowler ging, war ein Gottesgeschenk gewesen. Freeman hatte nie die Hoffnung auf solche Glücksfälle aufgegeben, aber mit einem solchen Wunder hatte er nicht gerechnet.

In der Buena Vista Bar – zwar nicht der Geburtsort, aber doch das amerikanische Pflegeheim des Irish Coffee – hatte er eine anständige Mahlzeit und ein paar solide Drinks zu sich genommen und fuhr nun mit dem Cable Car den Nob Hill hinauf, der nach den Nobs benannt ist, die ihn ursprünglich als ihr Eigentum beanspruchten: Leland Stanford, Mark Hopkins, Charles Crocker und Collis P. Huntington. Freeman lebte dort in einer Penthouse-Wohnung einen Block vom Fairmont Hotel entfernt, knapp oberhalb des Rue Lepic, eines seiner Lieblingsrestaurants.

Aber an diesem Abend wollte er nicht gleich nach Hause. Es war schon völlig dunkel und noch überraschend warm. Er saß auf der harten Bank des Cable Car, das mit Karacho den steilen Hang hinaufrüttelte, er und die Touristen um ihn herum schaukelten mit. Es war okay.

Er war ein Mann des Volkes und stand trotzdem irgendwie darüber. Über all diesen Leuten. Er betrachtete sie mit Toleranz, aber ohne Illusionen. Sie waren zu allem fähig – das hatte ihm seine fünfunddreißigjährige Strafrechtspraxis bewiesen –, aber in so einem Menschengedränge spürte er immer etwas, das ihn zu sich selbst zurückbrachte, zu dem, was er war.

Er erinnerte sich, warum er Verteidiger geworden war – und am Anfang war nicht viel damit zu verdienen gewesen, von Ruhm und Ehre ganz zu schweigen. Das Gebiet hatte ihn interessiert, weil er wußte, daß jeder Fehler machte und wegen irgend etwas schuldig war. Was diese Welt brauchte und was die Leute brauchten, waren Vergebung und Verständnis, oder wenigstens jemand, der ihre Sicht der Dinge anhörte. Er selbst hielt sich für einen zynischen Romantiker. Und er mußte zugeben, daß er sich selten langweilte.

Er stieg am Fairmont Hotel aus und beschloß, noch ein bißchen spazierenzugehen und nachzudenken. May Shinn sprach fortwährend von Owen Nash und erwähnte andauernd seine Zigarren. Freeman merkte, daß er Appetit auf eine bekommen hatte, ging ins Tabakgeschäft und kaufte sich eine Macanudo. Als er sie sich draußen vor dem Hotel anzündete, versuchte ihm ein gutgekleideter Mann für dreihundert Dollar eine echte Rolex Presidential zu verkaufen. Freeman lehnte ab.

Er schlenderte in Richtung Westen, dann über die Kuppe des Hügels hinweg, wollte sich wieder einmal den Anblick der Bay bei Nacht zu Gemüte führen. Die Zigarre duftete köstlich.

Nach seinem Gespräch heute mit Andy Fowler war er sicher, den Fall zu gewinnen.

Fowler hätte den Fall nicht bekommen dürfen. Natürlich: Als er Freeman mit May Shinns Verteidigung beauftragt hatte, war ihr Fall beim Stadtgericht anhängig, und kein Mensch konnte ahnen, daß sich das Ganze so zuspitzen würde, daß der Fall vor Andys Kammer landen würde.

Selbst als er nach der Anklageerhebung durch die Grand Jury vors Obere Gericht gebracht worden war, standen die Chancen immer noch sechs zu eins dagegen, daß Fowler ihn bekommen würde. Aber als er ihn bekommen hatte, hätte er zu Leo Chomorro gehen und mit ihm reden müssen, um sich selbst aus dem Spiel zu nehmen.

Aber das Verhältnis zwischen Andy Fowler und Leo Chomorro war, gelinde gesagt, etwas gespannt. Von ihren weltanschaulichen Differenzen abgesehen – und die waren beträchtlich –, war Fowler einer der wenigen Richter gewesen, den Chomorro in seinem persönlichen Bericht an den Gouverneur als »Waschlappen auf San Franciscos Richterbank« bezeichnet hatte. Fowler wiederum hatte sich kritisch zu Chomorros Ernennung zum Richter vernehmen lassen. Außerdem wußte Freeman aus undurchsichtiger Quelle, daß Fowler der Hauptverantwortliche für Chomorros Schmoren in der Kammer für die Geschäftspläne war. Aus all diesen Gründen hatte Fowler nicht zu Chomorro gehen können. Und so war er in diese prekäre Situation geraten.

Er hatte geglaubt, er käme immer noch im letzten Augenblick und ohne Probleme aus dieser Falle heraus – falls die Sache wider alle Wahrscheinlichkeit doch an seine Kammer ging. Freeman lächelte, als er daran dachte. Es war kein unfreundliches Lächeln, das hätte seinem Bild von der Verrücktheit der Menschen widersprochen. Auch ein Richter war dagegen nicht gefeit. Natürlich hatte Fowler nicht damit rechnen können, daß er, Freeman, ihn ablehnen würde, als es soweit war. Sonst wäre der Fall ja für ihn erledigt gewesen und an eine andere Kammer gegangen.

Also hatte Fowler ihn in sein Besprechungszimmer gebeten.

Fowler stand mit vor der Brust verschränkten Armen vor der Tür seines Amtszimmers. »David, was machst du denn da bloß, zum Teufel?«

»Ich verteidige meine Mandantin. Damit hast du mich beauftragt.«

»Ich habe wirklich nicht gedacht, daß der Fall in meiner Kammer landen würde.«

»Nein, ich auch nicht.«

»Nun, du mußt mich ablehnen. Ich kann über diesen Fall nicht entscheiden.«

Freeman hatte nicht geantwortet. Er hatte die Hände in den Taschen. Er wußte, daß er zerknautscht, traurig und sympathisch aussah. Vor zwei Wochen war er Andys Retter gewesen. Jetzt war er sein Gegner.

Dieses Drama gefiel ihm.

Fowler wandte sich zum Fenster. »Was soll ich tun, David?«

»Du könntest dich selbst für befangen erklären. Interessenkonflikt.«

»Das kann ich mir nicht leisten.«

Freeman wußte das.

»Meine Beziehung zu ihr darf nicht herauskommen.«

Sogar Fowlers Verbündete würden ihn fallen lassen wie eine heiße Kartoffel. Von seinen Feinden, Chomorro und Co., gar nicht zu reden. Richter durften keine Prostituierten besuchen. Das war schlechter Stil.

Manchmal war Schweigen das beste Argument. Freeman ging zum Schreibtisch des Richters und ordnete ein paar Bleistifte.

»David, du mußt mich ablehnen.«

Freeman schüttelte den Kopf. »Du hast mich bestellt, damit ich meine Mandantin so gut wie irgend möglich verteidige. Ein Prozeß in deiner Kammer ist für May Shintaka eindeutig von Vorteil. Tut mir leid, wenn dir das Unannehmlichkeiten bereitet.«

»Unannehmlichkeiten? Es ist ein Desaster! Es ist völlig unethisch. Ich kann das nicht zulassen.«

»Das, Herr Richter, mußt du selbst entscheiden.« Er blieb ganz nüchtern. »Wenn es dich beruhigt: Ich habe nicht die Absicht, dein Vertrauen zu mißbrauchen.«

Fowlers Augen wurden glasig. »Weiß May davon?«

»Ich möchte wetten, nein. Ich habe ihr gesagt, sie sei kostenlose Werbung für mich. Das scheint sie geschluckt zu haben.«

»Mein Gott.« Fowler fuhr sich mit der Hand durchs Haar. Plötzlich sah er abgezehrt und alt aus. »O Gott!« Er ging in kleinen Kreisen herum, dann blieb er stehen. »Glaubst du, daß ich ihr einen fairen Prozeß machen kann, David?«

Na also, die Vernunft hatte ihn wieder. So waren die Menschen nun mal, Freeman kannte sich aus. Wie falsch das, was sie taten, auch sein mochte, irgendwie drehten sie es immer so herum, daß es richtig war.

Fowler fuhr fort: »Wenn das jemals herauskommt, bin ich ruiniert. Könnte es sein, daß sie etwas sagt?«

»Warum sollte sie denn? Vor allem, wenn ich einen Freispruch für sie erreicht habe? Das wäre doch nicht zu ihrem Vorteil. Weder jetzt noch später.«

»Du wirst einen Freispruch erreichen?«

»Natürlich. Es gibt keine Beweise, Andy.«

Der Richter sprach jetzt leiser. »Aber sie hat es getan, David.«

»Niemand kann beweisen, daß meine Mandantin irgend jemanden getötet hat. Wenn die Anklagevertretung an der Verwendung von sexuellen Anspielungen und rassistischen Verunglimpfungen gehindert werden kann, wird man sie freisprechen müssen. Es wird wesentlich sein, den Ton im Gerichtssaal zu kontrollieren.«

Die Zigarre war erloschen. Er kaute zufrieden auf dem Stumpen herum. Es war ein zufriedenstellender Auftritt gewesen und das Ergebnis so wundervoll, daß er beim Verlassen des Beratungszimmers am liebsten einen kleinen Freudentanz aufgeführt hätte.

Der Nachteil war natürlich, daß Andy Fowler, mit dem er immer gut ausgekommen war, jetzt mit der Schlinge um den Hals unterm Galgen stand. Andy konnte den Fall nicht ablehnen, ohne seine Beziehung zu May zuzugeben, und das würde er nicht tun. Und damit hatte er völlig recht. Denn das würde das Ende seiner

Laufbahn bedeuten, und eine Niederlage zu so später Stunde wäre für ihn besonders schmachvoll.

Aber hatte er sich das nicht selbst eingebrockt? Der Mensch war seines eigenen Glücks und Unglücks Schmied. Andy war erwachsen. Er hätte es besser wissen müssen.

Nachts war es still an der Ecke, wo May wohnte. Die Cable Cars verkehrten um diese Zeit nicht mehr. Die umliegenden Hügel waren steil, und die Leute, die nach North Beach oder zu den Avenues wollten, nahmen eine der großen Straßen – Broadway, Van Ness Avenue, Gough Street oder Geary Boulevard. Er überquerte die Straße, blieb an das Schaufenster des französischen Delikatessengeschäfts gelehnt stehen und sah hinauf. Dort wo sich, wie er wußte, Mays Küche befand, brannte Licht. Die Vorderseite des Apartments mit den Türmchen war dunkel.

Von gegenüber, dem Haus, in dem Mrs. Streletski wohnte, fielen Schatten auf Mays Turmfenster und tanzten darüber hinweg, und plötzlich erinnerte sich Freeman an einen vierzehnjährigen Jungen namens Wayne Allred, der sich in einem Wandschrank versteckt hatte, während seine Mutter aus der Wohnung lief. Und der herausgekommen war und seinen Vater erschossen hatte.

Freeman warf den Zigarrenstummel in die Gosse. Er war ein bißchen enttäuscht über sich selbst, darüber, daß er sich nicht gründlich genug bemüht hatte. Aber es war das Ende eines langen Arbeitstags, und er fürchtete, daß May schuldig war. Immer noch.

Aber seine Füße, sein Unterbewußtsein, irgend etwas hatte ihn hierhergelockt, und jetzt wußte er, warum. Er überquerte die Straße und läutete an der Nummer 17, bei Strauss. Die Sprechanlage quäkte in sein Ohr.

»Wer ist da?«

Freeman entschuldigte sich und erklärte, was er wollte. »Es ist zehn Uhr. Kann das nicht bis morgen warten?«

Freeman bat nochmal um Entschuldigung, und einen Augenblick lang sah es nach Mißerfolg aus. Doch dann summte der Türöffner, und er stieg leise die teppichbedeckten Stufen hinauf. Die Tür war angelehnt, und Nick Strauss stand daneben, er trug weiße Socken und einen Bademantel aus Frottee. Er war viel größer und stärker als Freeman, und sein schwarzes Haar war noch naß vom Duschen.

»Tut mir leid«, wiederholte Freeman. »Aber hier steht das Leben eines Menschen auf dem Spiel.«

»Könnte ich einen Ausweis sehen?«

Der Anwalt lächelte. »Natürlich.« Das fragten sie alle, wenn sie Angst hatten. So dumm, wie die Menschen meistens waren. Als ob ein Einbrecher oder Mörder, der einen Führerschein oder Ausweis zeigte, irgendwie weniger gefährlich wäre. Als ob nicht all diese Ausweise und Führerscheine Tag für Tag und von Fachleuten gefälscht würden.

Er holte seine Brieftasche heraus und hielt sie Strauss hin. In der Brusttasche seiner Jacke trug er ein paar Visitenkarten bei sich und reichte ihm eine davon.

Der Mann öffnete die Tür weiter. Freeman sah zwei Knaben – Teenager oder etwas jünger – zusammen auf der Couch sitzen, sie versuchten, einen Blick von ihm zu erhaschen. Er winkte ihnen freundlich zu, und Strauss sagte, er solle hereinkommen. »Aber ich habe Ihnen schon gesagt: Wir haben nichts gesehen.«

»Nun, Mr. Strauss, eigentlich haben Sie mir ja nur gesagt, daß *Sie* nichts gesehen haben. Sie sagten, Sie würden die Jungen fragen und mich dann anrufen.«

»Nur, wenn sie irgend etwas gesehen haben –«

»Was denn, Dad?«

»Augenblick mal, Nick. Ich unterhalte mich gerade mit diesem Mann. Das ist Mr. Freeman, Kinder. Das sind meine Jungs – Alex, der große, und Nick, der kleinere große Junge da. Nicht wahr, Nick?«

Der kleinere Junge trug nicht nur den gleichen Vornamen wie sein Vater, sondern er ähnelte ihm auch in der Haltung – er war vorsichtig, wachsam. Freeman behielt die Hände in den Taschen, er war der Bittsteller. »Ich möchte Sie nicht drängen. Die Leute vergessen solche Sachen nur dauernd. Es ist so wahnsinnig wichtig.«

Strauss machte jetzt eine Bewegung, die Freeman als Einwilligung verstand. Freeman sah die Jungen und dann Strauss an. »Würdet ihr mir mal euer Zimmer zeigen, wenn euer Dad einverstanden ist?«

Der ältere Junge, Alex, sagte »Klar« und sprang auf. Es war ein Abenteuer.

»Was ist mit dir, Nick?«

»Nein, ich warte hier.«

Freeman sagte: »Gut, okay.« Aber Alex fiel sofort über seinen Bruder her. »Komm, du Feigling, du Schwächling, du Flasche.«

»Alex!«

Aber das reichte. Nick stand auf. »Ist schon gut, Dad. Alex ist so ein Arsch!« Dann zu seinem Bruder: »Du Wichser!« wobei er sich an das letzte Mal erinnerte, als er die Chinesin durchs Fernrohr beobachtet hatte …

Nick Strauss war von dem Apartment seines Vaters an der Ecke Hyde Street und Union Street begeistert, vor allem, nachdem er einen Monat lang mit seiner Mutter und Alex in Europa herumgereist war und immer in diesen stickigen kleinen Zimmer übernachtet hatte. Erstens war die Wohnung seines Vaters riesig, zweimal so groß wie die seiner Mutter in Van Nuys. Eine herrliche Bruchbude aus rosa Stuck und abblätternder Farbe, und überall, wo eigentlich Gras wachsen sollte, waren Autos wild geparkt. Und dann wohnte niemand über Daddy – keine Mrs. Cutler und zwei Söhne und Bässe und Schlagzeuge, die Tag und Nacht durch die Decke dröhnten wie im Valley. Keine Hotelzimmer nebenan mit Leuten, die nie schliefen.

Und dann noch die Cable Cars. Es war toll, wenn man da draufsprang und wieder runtersprang, ohne zu bezahlen. Und mit dem Skateboard den Hügel runter, unglaublich, und keine verdammten Palmen. Überhaupt keine Bäume.

Und schließlich dieser verglaste Turm in der Ecke der Wohnung, der zu dem Schlafzimmer der Jungen gehörte, wo sie immer sonnabends, wenn sie kamen, übernachteten. Und diesmal – weil sie so lange bei ihrer Mutter und immer in der Schule und in Europa gewesen waren – durften sie drei Wochen bleiben.

Wenn also die Lichter ausgingen, konnte man das Fernrohr nehmen und allen in der Nachbarschaft in die Fenster gucken, ohne daß jemand etwas merkte. Tagsüber zog man einfach die Vorhänge zu, so daß es in diesem einen Zimmer dunkel war, und dann konnte man draußen alles sehen.

Und wenn sie hier waren, hatten sie diese Frau immer beobachtet.

Alex hatte sie entdeckt – gegenüber auf der anderen Straßenseite, im selben Stock wie sie. Wahrscheinlich dachte sie, daß niemand sie sehen könnte. Und es war super, echt die fünfzig Cents wert, die Nick beim erstenmal für das Durchgucken bezahlen mußte. Er fragte sich, was das für ein chinesischer Brauch sein mochte, zu Haus nackt herumzulaufen, aber er beklagte sich ja nicht. Außer seiner Mutter (und die zählte sowieso nicht) hatte er noch nie eine lebendige nackte Frau gesehen. Sogar an den Playboy kam man nur schwer ran, wenn man elf war.

Und er fand, diese Frau sah mindestens so gut aus wie irgendeine im Playboy, außer, daß sie kleinere Titten hatte. Und weil sie eine Chinesin war, war es zuerst ein bißchen komisch. Er hätte es lieber gehabt, wenn sie eine richtige Amerikanerin gewesen wäre. Er fragte sich, ob man sie wirklich als nackte Frau, die man gesehen hatte, mitzählen konnte, wenn sie eine Chinesin war, aber er fragte Alex, und Alex sagte, na klar, er könne sie mitzählen, und Alex war schon dreizehn, also mußte er es ja wissen.

Sie war ein paar Tage lang nicht dagewesen. Das letztemal war schon ein paar Nächte her. Da war es fast elf Uhr gewesen. Er konnte seinen Pipimann nicht herunterkriegen und nicht einschlafen. Er wollte auch keine Minute versäumen, solange sie Licht an hatte. Er nahm das Fernrohr und sah hindurch. Es sah aus, als ob sie irgendwelche Freiübungen machte. Sie nahm Sachen von den Regalen, streckte den Arm hinauf, dann beugte sie sich vor. Sie wandte sich zu ihm um, und ihr Gesicht war so klar in seinem Fernrohr, daß er beinah zurückgesprungen wäre. Es sah aus, als ob sie weinte, und da tat es ihm leid, daß er sie ausspionierte und so.

»Siehst du was?« hatte Alex geflüstert.

Verdammt. Nick hatte gedacht, daß Alex schlief. Er stopfte schnell eine Bettdecke über seinen harten kleinen Pipimann. Er sah noch ein letztesmal hin und dachte darüber nach, wie sich die Titten einer Frau veränderten, wenn sie sich umherbewegte, sich vorbeugte und dann wieder aufrichtete. Sein Bruder hatte ihn letzte Woche »Tittenmann« genannt. Na ja, das war er ja wohl auch, wenn ihn das so interessierte, und er trug es wie einen Orden. Er war ein Mann und kein Baby mehr.

Er zog die Vorhänge vor das Fenster. Daß sie geweint hatte, blieb ein Geheimnis zwischen ihm und ihr. »Nein«, hatte er zu Alex gesagt, »ich glaube, sie ist schlafen gegangen.«

David Freeman, Nick, Alex und der Vater gingen durch das Wohnzimmer. Mr. Strauss sagte, es tue ihm leid, was seine Söhne für Ausdrücke gebrauchten – in Anspielung auf den »Wichser«, mit dem Nick Alex bezeichnet hatte. Ihre Mutter war nicht sehr streng mit ihnen, und diese Ausdrücke konnte man ihnen unmöglich in den sechs Wochen oder so abgewöhnen, in denen er sie pro Jahr bei sich hatte. Wenn, dann mußte man sich schon richtig mit ihnen anlegen.

Freeman entdeckte das Fernrohr sofort, als sie das Zimmer betraten, und ging darauf zu. »Das ist ja toll«, sagte er. »Das sieht ja wie ein richtiges Fernrohr aus.«

»Das ist ein richtiges Fernrohr«, sagte Alex.

Freeman sah durch. »Was kann man denn da sehen?« Was er sah, das war das Türmchen auf der anderen Straßenseite und das Zimmer dahinter. Er sah May an ihrem Küchentisch sitzen. Sie trank etwas. Sie war so nahe, daß er den Dampf aus ihrer Tasse steigen sehen konnte.

Jetzt gab es einen Trick: Man zwinkerte ein bißchen und redete wie ein Verschwörer. Freundlich. »Spionierst du manchmal die Leute aus?«

Alex antwortete schnell, zu schnell. »Das nicht.«

»Und du, Nick?«

Nick versteckte sich noch mehr hinter dem Bademantel seines Vaters. Der große Nick mischte sich ein. »Was wollen Sie damit sagen?«

»Sehen Sie doch mal.«

Freeman ging beiseite, und der große Nick kam und bückte sich und sah durch das Fernrohr. So blieb er etwa eine Minute stehen.

»Das ist sie«, sagte Freeman. »Meine Mandantin.«

Der große Nick war ärgerlich. Er wandte sich seinen Jungen zu. »Ihr Burschen müßt erst einmal –«

»Mr. Strauss, bitte. Nur einen Augenblick –« Auf diesen durchdringenden Ausruf hin hielten alle drei ein. Die Jungen standen wie erstarrt da. Freeman verstummte, setzte sich aufs Bett und wählte die sanfte Tour. »Ihr Jungs habt nichts zu befürchten, egal was los ist. Das *garantiere* ich.«

Er erklärte ihnen dann langsam, ruhig die Situation, ohne irgendein Urteil zu fällen. Er erzählte ihnen, was ihr Vater über den Sonnabend gesagt hatte, an dem sie hier angekommen waren: daß sie sich nur schnell umgezogen und was gegessen hätten und den ganzen Tag fort gewesen wären. Er wollte nur eins wissen: ob das *alles* war, was sie getan hatten, und ob sie sich dessen auch ganz sicher wären. Er wollte ihnen nichts in den Mund legen, sie sollten von selbst darauf kommen, wenn da etwas gewesen war.

Die beiden Jungen sahen einander an. »Ich glaube schon«, sagte Nick.

»Alex?«

Seine Augen kehrten zu seinem Bruder, dann zu seinem Vater zurück. »Es ist schon gut, Alex, sag einfach die Wahrheit.«

»Na ja, wissen Sie, das Fernrohr stand da, und da fing ich an, ein bißchen herumzugucken, nur so.«

»Und hast du irgend etwas gesehen? Irgend etwas Interessantes oder Ungewöhnliches. Vielleicht da gegenüber?«

Alex sah Nick an, zuckte die Achseln und gab auf.

»Sie war nackt. Sie ist nackt herumgegangen.«

»Wann war das, Alex?«

»Kurz bevor wir weg mußten, als Dad uns gerufen hatte. Kurz vor dem Mittagessen.«

»Und bist du sicher, daß es dieser Tag war? Der erste, an dem du hier warst, der Sonnabend?«

Die Jungen sahen einander wieder an. Beide nickten und sagten, ja, das war der Tag.

33

Als es zum drittenmal läutete, hob Hardy den Hörer in der Küche ab. Er war aus tiefem Schlaf erwacht und aus seinem warmen Bett gekrochen.

»Dismas, hier ist Andy Fowler. Habe ich dich aufgeweckt?«

Auf der Küchenuhr war es Viertel vor elf. »Das macht nichts, Andy.«

»Ich habe gerade deine Nachricht gehört. Was ist denn so eilig?«

Hardy mußte sich erst einmal sammeln, aber er war noch nicht wach genug, um lange um den heißen Brei herumzureden. »May Shinn.«

Eine Pause. »Da du mit dem Fall beschäftigt bist, sollten wir, glaube ich, nicht darüber reden, Diz.«

Für einen Bluff war das, von der Pause abgesehen, nicht schlecht. »Ich glaube aber, wir müssen es tun, Andy. Ich glaube, du weißt, wovon ich spreche.«

In der Stille meinte er Fowler noch heftiger atmen zu hören. Dann fragte er: »Wo kann ich dich treffen?«

Sie trafen sich in einer Bar in der Fillmore Street, eine halbe Meile von Andy Fowlers Haus an der Clay Street nahe Embassy Row. Außer in den späten Nachmittagsstunden trafen sich dort fast nur die Ärzte und Schwestern aus dem nahegelegenen Medical Center. Der Laden war nicht gerade Hardys Geschmack, aber er war ja nicht zum Vergnügen hier.

Er trug seine alte Cordjacke, darunter einen unförmigen Fischerpulli, Jeans, Kletterstiefel – und fühlte sich darin besser. So war er damals herumgelaufen. Bevor er Jurist geworden war. Und mit solchen Klamotten in so einer Kneipe um diese Nachtzeit sandte er die Botschaft aus, daß er kein piekfeiner arroganter Yuppie war, der eine Frau abschleppen wollte.

Die Musik war so ein New-Age-Zeug, bei dem man denken

sollte, es sei von richtigen Menschen gespielt – Rhythmusmaschine, alles synthetisch, ein Gedudel, das einen der Mühe enthob, Worten zu lauschen oder einer Melodie zu folgen. Diese Klänge waren einfach da wie das allgegenwärtige Fernsehen, das in der Ecke plärrte, wie der *National Enquirer* an den Zeitungsständen, wie McDonald's.

Überrascht, daß der Richter noch nicht da war, setzte sich Hardy auf einen Barhocker an der Ecke des Tresens hinten in den Raum. Er bestellte ein Guinness, das sie jedoch nicht vom Faß hatten, also entschied er sich für einen Anchor-Porter, eine hervorragende zweite Wahl.

Vielleicht kam es daher, daß man ihn aus seinem guten, tiefen Schlaf geweckt hatte, aber er merkte jedenfalls, daß er übel gelaunt war.

Andy Fowlers Erscheinen heiterte ihn kein bißchen auf. Der Richter trug noch seinen Smoking. Er war schlank und drahtig, sein Haar war dicht, auf dem Gesicht trug er ein argloses Lächeln. Anders als Hardys böse Miene.

Diese gutaussehenden Herren – wem wollten die eigentlich etwas vormachen? Plötzlich sah er einen anderen Mann da stehen als den Andy Fowler, den er gekannt hatte. Dieser da war eitler und seichter, diese majestätische Erscheinung war nicht so sehr Ausdruck eines beneidenswerten und selbstsicheren Charakters als vielmehr eine Maske, die den unsicheren Kandidaten verbergen sollte, der sich dahinter verbarg.

Als er durch die Bar nach hinten zu ihm kam, prüfte der Richter sein Abbild im Spiegel. Ein Mann, der in einem lichterloh brennenden Haus auf den Sitz seiner Frisur achtete, setzte falsche Prioritäten.

Hardy winkte beiläufig mit der Hand, und Andy rückte mit einem Hocker, den er ergriffen hatte, zu ihm hin. Dann bestellte er einen Anejo-Rum in einem angewärmten Cognacschwenker. Einen Augenblick währte die fröhliche Begrüßung, ein Ritual für sie beide, das jedoch rasch ein Ende fand. Hardy griff in die Tasche und nahm den Briefbeschwerer heraus. Er legte ihn zwischen sich und Fowler auf den Tresen. Er gab dem Ding einen kleinen Stoß, so daß es sich zu drehen anfing.

Da lag sie – Andy Fowlers ganze Welt in einer Jadekugel. Jetzt ließ es sich nicht länger verschweigen. »Das hast du von May Shinn geschenkt bekommen, stimmt's?«

Fowler hatte die Handfläche um das Glas gelegt, in dem die bernsteinfarbene Flüssigkeit war. Jetzt hatte es keinen Sinn mehr, die Tatsachen zu bestreiten. »Wie hast du das herausgekriegt?«

»Telefonabrechnungen.« Er erzählte ihm, wie er es entdeckt und die Jadegegenstände – seinen Briefbeschwerer und Nashs Ring – zusammengebracht hatte. »Jedenfalls war ein Dutzend Anrufe bei deiner Nummer aufgezeichnet. Vielleicht mehr.«

»So viele?« Wirkte er geschmeichelt?

»Was ist hier los, Andy? Du kannst doch in diesem Fall nicht die Verhandlung führen.«

»Es kommt jetzt heraus, oder?«

»Ich wüßte nicht, wie.«

»Wer weiß denn sonst noch etwas davon, außer dir?«

Hardy schlürfte seinen Porter. Mit dieser Richtung hatte er nicht gerechnet. »Was meinst du?«

»Ich meine, wer hat sich das sonst noch zusammengereimt, Diz?« Er ließ die Hand auf den Tresen fallen wie einen Hammer aus Fleisch. »Verdammt, was *denkst* du denn, was ich meine? Wer weiß sonst noch davon?«

Hardy starrte den leeren Raum zwischen ihnen beiden an. Das waren die ersten unwirschen Worte, die Richter Fowler je an ihn gerichtet hatte. Sofort legte er aber seine Hand beschwichtigend auf Hardys Hand. »Es tut mir leid, Diz. Ich hab's nicht so gemeint.«

Aber er hatte es gesagt. Na gut, er stand unter enormen Druck. Hardy konnte es ihm verzeihen, vergessen. Fast.

Fowler hob den Cognacschwenker, nippte, schlürfte, setzte ihn ab. Seine Stimme klang nun wieder beherrscht. »Ich glaube, meine Frage lautet: Was nun?«

»Ich würde sagen, das hängt davon ab, was vorher geschehen ist.«

Fowler nickte. »Also weiß es sonst keiner.«

»Das habe ich nicht gesagt.«

»Doch, das hast du.«

Jeder war ein Pokerspieler. Alles drehte sich um checken, wetten und den Einsatz erhöhen. »Okay. Na, erzähl mir doch mal. Dann werden wir sehen.«

Der Barkeeper kam den Tresen entlang auf sie zu. »Mir einen Doppelten, bitte«, sagte Fowler. »Und geben Sie meinem Freund noch einen halben Liter.«

Jetzt saßen sie in der großen Ecknische, und im Umkreis von sieben, acht Meter Entfernung war niemand sonst. Sie saßen über Eck, ihre Knie berührten einander fast: der ältere, gutaussehende Herr im Smoking und der andere, vielleicht ein Bauarbeiter, wahrscheinlich dessen Sohn. Fest stand, daß die beiden kein Paar waren – in San Francisco waren zwei Männer zusammen immer suspekt. Aber in ihrer Körpersprache wies nichts darauf hin. Sie standen einander nahe, sie waren in etwas verwickelt, was sie gleichzeitig voneinander trennte.

»Ich war in einer der Galerien unten am Union Square. Ich hatte im Clift zu Mittag gegessen, die Sonne schien, also dachte ich, ich verschaffe mir noch ein bißchen Bewegung, schaue vielleicht noch bei Magnin's vorbei und besuche Jane. Ich komme tagsüber so selten in die Stadt.

Der Laden war leer bis auf die Verkäuferin – die sich als Besitzerin herausstellte – und May. Ich weiß nicht, wieso ich stehen geblieben bin. Sie zeigten ein paar Erotika; deshalb habe ich, glaube ich, einen Blick hineingeworfen, aber dann sah ich diese Japanerin, ihr Gesicht im Profil, und ging hinein. Wir kamen ins Gespräch. Wahrscheinlich haben wir eine halbe Stunde geredet. All dieses Zeugs analysiert. Ich gebe zu, es war aufregend, allein mit einer schönen Frau, die man gerade kennengelernt hat, über all diese Positionen und Anatomien zu diskutieren.«

»Also hast du sie abgeschleppt.«

»Wenn es doch bloß so einfach gewesen wäre. Ich hatte so etwas seit dreißig Jahren nicht mehr gemacht, Diz. Wenn du Richter bist ...«

Hardy trank seinen Porter und wartete. »Also, was ist passiert?«

»Sie ging, sagte, es wäre nett gewesen, mich kennenzulernen, aber sie müßte gehen. Ich blieb noch ein bißchen länger da und dachte, das war's.« Er machte eine Pause. »Aber nein. Ich merkte, daß ich immerzu an sie denken mußte. Ich stellte sie mir in einer dieser Positionen vor. Tut mir leid, ich weiß, daß das nicht zu meinem Image paßt.«

Hardy zuckte die Achseln. »Jeder braucht Liebe, Andy.«

»Das klingt gut, wenn du's so sagst. Aber versuche das mal zu leugnen. Versuche dich unter deiner Arbeit und deinem öffentlichen Image zu begraben, bis du schließlich tatsächlich glaubst, daß du sie nicht mehr brauchst.«

»Das habe ich getan. Nach Michaels Tod. Und nach Jane.«

»Also kennst du das. Du redest dir ein, dein Leben sei wunderbar und dir fehle nichts. Nicht, daß du nichts mehr machst, aber du bist so allein. Keinerlei Resonanz.« Andy wurde jetzt ganz still und starrte hinaus auf die leere Straße. »Also bin ich ein paar Tage später«, fuhr der Richter fort, »in die Galerie zurückgegangen und habe die Besitzerin gefragt, ob sie sich an die Frau erinnerte, mit der ich gesprochen hätte. Sie sagte, diese Kundin käme regelmäßig.«

»Also handelt sie mit Kunst?«

»Wer? May? Nein, sie sammelt ein bißchen, aber ich würde nicht sagen, daß sie damit handelt. Jedenfalls kannte die Besitzerin sie. Aber sie wollte ihren Namen nicht sagen. Auch nicht, nachdem ich ihr erklärt hatte, wer ich war. Nicht, daß ich ihr das vorwerfe. Wie wir wissen, laufen da draußen eine Menge Irre herum, selbst Kollegen von mir. Also habe ich ihr meine Karte gegeben und sie gebeten, sie möge der Dame ausrichten, daß ich mich über einen Anruf von ihr freuen würde. Sie versprach es mir.«

»Also habt ihr euch getroffen.«

»Nein. Noch nicht. Sie hat mich nicht angerufen.« Er schwenkte seinen Rum im Glas herum, dann stellte er das Glas, ohne daraus getrunken zu haben, zurück auf den Tresen. »Aber ich sehnte mich sehr nach ihr. Ich kannte sie überhaupt nicht, aber das war mir egal. Ich mußte sie wiedersehen. Ich weiß nicht, was das war.«

Celine Nash tanzte wie eine Vision vor Hardys Augen herum, und er ertränkte diese Erscheinung in Porter. »Okay, was dann?«

»Ich wartete. Eine Woche. Dann ging ich wieder hin und kaufte einen der Holzschnitte, viertausendfünfhundert Dollar, und sagte der Besitzerin, sie solle ihn May schicken.«

»Um dich aus der Menge abzuheben.«

»Das Geld war nicht wichtig. Ich habe Geld. Jedenfalls hat sie mich danach angerufen und sich bedankt. Und ich habe ihr gesagt, daß ich sie sehen wollte, und sie sagte immer noch nein, das könnte sie nicht tun.

Ich fragte sie, warum. War sie verheiratet? Verlobt? Oder nicht an Männern interessiert? Nein? Sie solle mir wenigstens sagen, warum. Also erklärte sie sich bereit, mit mir zu Abend zu essen. Und dann erzählte sie es mir.«

»Von ihrem Beruf?«

»Ja. Was sie tat. Sie hatte Angst. Ich war ja ein Richter – ich hätte sie einbuchten können.« Er lachte auf, nur kurz. »Ich mußte ihr zuerst einmal Straffreiheit versprechen. Ich wollte sie haben, Diz. Was sie getan hatte, kümmerte mich nicht. Ich sagte ihr, ich wäre nicht an dieser Art Beziehung interessiert – daß ich sie bezahlte. Sondern ich mochte sie gern, ich wollte sie sehen, mit ihr zusammen ausgehen. Sie lachte. Das machte sie nicht mit. Also fragte ich sie, ob ich sie überhaupt sehen könnte. Unter welchen Bedingungen auch immer.«

»Mein Gott, Andy ...«

»Nein, nein, so war es nicht. Ich bin nicht vor ihr herumgekrochen. Es war mehr eine gutmütige Verhandlung.«

»Also, was war das Ergebnis deiner Verhandlung?«

Der Richter warf einen Blick durch den Raum. »Dreitausend Dollar.«

Hardy schluckte, nahm einen gewaltigen Zug aus seinem Bierglas, schluckte wieder. »Dreitausend Dollar? Für einmal?«

»Nein, pro Monat.«

»Du hast May Shinn dreitausend Dollar pro Monat bezahlt?«

»Ja.«

»Um Gottes willen.«

»Nach den ersten Monaten hätte ich jeden Preis bezahlt. Lach nicht. Ich hab mich in sie verliebt, Diz. Ich liebe sie immer noch.«

»Andy, wenn man jemanden liebt, bezahlt man doch nicht dafür.«

»Über Geld haben wir nach diesem ersten Abend nie wieder geredet. Ich dachte, sie gewöhnte sich langsam an mich.«

»Und dann? Was hattest du danach mit ihr vor?«

»Nun, sie sollte mich auch lieben.«

Es war so simpel, so unglaublich verrückt, daß Hardy nicht wußte, was er darauf erwidern sollte. »Aber was war mit ihren anderen Kunden?«

»Sie hat sie fast sofort alle fallen lassen. Das war etwas, das mir Hoffnung gemacht hat.«

»Darauf, daß sie dich lieben würde.«

»Nehme ich an.«

»Was dann? Dann wolltest du sie heiraten und eine kleine glückliche Familie gründen?«

Fowler schüttelte den Kopf. »Nein, ich habe nie daran gedacht, sie zu heiraten. Sie machte mich glücklich, das war alles. Sie war für mich da. Sie füllte den leeren Raum aus. Ich dachte, ihr ginge es genau wie mir.«

»Aber das stimmte nicht?«

»Eine Zeitlang doch, dessen bin ich ganz sicher. Sie fing an, für mich zu kochen, sie bereitete mir besondere Gerichte zu, sie machte mir Geschenke – den Briefbeschwerer zum Beispiel – und solche Dinge. Dann, vor vier oder fünf Monaten, war plötzlich Schluß. Sie rief mich an und sagte, wir könnten es nicht mehr fortsetzen.«

»Owen Nash?«

»Ich nehme es an. Ich wußte das damals nicht. Sie sagte, ich solle mir einfach vorstellen, sie wäre gestorben. Aber sie wäre glücklich, ich sollte mir keine Sorgen machen. Keine Sorgen ...«

Hardy lehnte sich in das Leder der gepolsterten Nische zurück. Das alles stimmte mit Andys Malaise während der letzten Monate überein. Mit seiner Erklärung, die er Jane gegeben hatte, daß »jemand, den er kannte«, gestorben sei. Frannie und Jane hatten beide unabhängig voneinander recht gehabt. Eine Frau hatte einem Mann das Herz gebrochen, die älteste Geschichte der Welt.

Aber jetzt, nachdem der Richter diese Geschichte gebeichtet hatte, mußte er die Konsequenzen ziehen. Er nahm einen gewaltigen Schluck von seinem Rum. »So, das wär's, Diz, jetzt weißt du's.«

»Ich will es nicht wissen.«

»Das hat Eva auch gesagt, nachdem sie den Apfel gegessen hatte. Aber da war's schon zu spät.«

Hardy beugte sich wieder vor, die Arme auf dem Tisch. »Du kannst diesen Fall nicht verhandeln, Andy. Ich verstehe einfach nicht, wie du dich darauf einlassen konntest.«

Die Antwort war dieselbe, die Fowler auch schon Freeman gegeben hatte: Das Ganze war Schritt für Schritt so gekommen. Erst die Anklageerhebung im Stadtgericht, bei der es noch ganz unmöglich geschienen hatte, daß sie in Fowlers Kammer landen könnte. Dann die der Grand Jury, bei der eine Chance von eins zu sechs bestanden hatte, daß der Fall zu ihm kommen würde. Dann seine Entscheidung, nicht unter vier Augen mit Leo Chomorro zu sprechen, damit der ihn von dieser Aufgabe befreite – weil dieser spanischstämmige Nazi die Beziehung zwischen Fowler und Shinn nämlich als politische Munition gegen Fowler benutzen würde. Fowler sprach nicht von dem As in seinem Ärmel, das nicht gestochen hatte – daß Freeman ihn als Richter hätte ablehnen können. Diese Pandorabüchse wollte er nicht auch noch öffnen. Bisher wußte noch niemand sonst, daß er Freeman mit dieser Verteidigung beauftragt hatte, und dabei sollte es auch bleiben.

»Und so dachte ich: Wenn diese Sache mir nun trotz allem doch in den Schoß gefallen ist, dann war es das Schicksal. Du weißt, mit was für Vorurteilen man sie betrachten wird, weil sie Japanerin ist und wegen ihres Berufs. Ich könnte wenigstens für einen fairen Prozeß sorgen. Ich hätte ihr helfen können. Sie wäre vielleicht zu mir zurückgekehrt. Es gab keinen Grund zu der Annahme, daß es herauskommen mußte. Es gibt auch jetzt noch keinen. Ich würde das Verfahren nicht behindern, Diz. Das würde ich einfach nicht tun.«

Hardy wollte ihm sagen, daß er es bereits getan hätte. Statt dessen sagte er: »Weil du ehrlich daran glaubst – obwohl du dir das natürlich nur so zurechtlegst, aber trotzdem –, kommst du vielleicht noch einmal um einen Ausschluß aus der Kammer herum, Andy. Aber wir beide, du und ich, wissen, daß es trotzdem immer noch unethisch ist. Du kennst die Angeklagte – zum Teufel, du hattest eine intime Beziehung mit ihr. Wenn das kein Konflikt ist ...« Was konnte er ihm anderes sagen? Andy wußte das alles genausogut wie er. »Du mußt den Fall abgeben.«

»Wenn ich's täte, müßte ich einen Grund angeben, und das ist unmöglich.«

Hardy hatte ausgetrunken. Er hob das Glas hoch, versuchte es, stellte es wieder hin. »Du könntest in den Ruhestand treten.«

»Jetzt? So von einem Tag auf den anderen?«

»Der Prozeß findet ja noch nicht morgen statt, Andy. Es bleibt noch reichlich Zeit. Es wird ein neuer Richter bestimmt. Die Telefonabrechnungen in der Akte sind in der Mordsache gänzlich unerheblich. Die Polizei hat nur die für den 20. Juni verlangt. Der Rest muß nicht dabei sein.«

Das war auch nicht ethisch, und Hardy war nicht sicher, ob er sich das leisten konnte. Die Akte war ein öffentliches Dokument. Daran herumzumanipulieren, mögliche Beweismittel zu unterdrücken – selbst wenn deren Relevanz nicht dargelegt worden war –, stellte eine unethische Handlung dar. Aber er versprach Andy ja auch gar nicht, daß er die früher datierten Telefonabrechnungen herausnehmen würde – nicht in dieser Form. Und wenn er es nicht explizit sagte, galt es als überhaupt nicht gesagt. Das waren die Regeln für das Spiel, in dem Andy Fowler mitspielte.

Hardys Problem war nun, rauszufinden, wo er die Grenzlinie zwischen persönlicher Loyalität und seiner Verantwortung gegenüber der Öffentlichkeit ziehen sollte. Und er wußte, daß er Fowler einerseits zwar von dem Fall wegbekommen mußte, ihn andererseits aber nicht verpfeifen durfte. Wenn er diese beiden Ziele erreichen konnte, indem er ihm eine harmlose Lüge ins Ohr blies, dann war es das wert. Oder vielleicht doch nicht? Wie viele läßliche Sünden darf man begehen, bis das Maß der Todsünde voll ist? Wie viele Engel können auf einer Nadelspitze tanzen?

»Dismas. Ich bin erst zweiundsechzig. Ich bin noch nicht reif für den Ruhestand.«

»Du weißt, Andy, daß du jetzt sehen mußt, wie du dich da irgendwie herauswindest. Und ganz ohne Einbußen geht es nun einmal nicht. Wenigstens kannst du dir noch deinen guten Ruf hinüberretten. Vielleicht holen sie dich zum Bundesgericht.«

Daraufhin lächelten beide etwas schief. Die letzten Bestellungen wurden verlangt. Das grelle Licht ging an. Die Musik wurde ganz leise.

Hardy mußte sich beeilen. Jetzt gab es kein Pardon mehr. »Ich muß es bis morgen früh wissen, Andy. Es tut mir wirklich leid.«

Fowler klopfte ihm matt auf die Schulter. »Mir tut es leid, daß du meinetwegen so etwas durchmachen mußt, Dismas. Obwohl ich froh bin, daß du es warst, der es gemerkt hat. Jeder andere ...«

»Andy, wir sind schon seit langer Zeit Freunde. Aber in diesem Fall bin ich nicht anders als jeder andere auch. Ich gebe dir einen Tag, um deinen Fehler zu korrigieren. Aber korrigiert werden muß er, so oder so. Ich möchte, daß dir das klar ist.«

Der Richter war wieder ganz entspannt. Er hatte sich damit abgefunden. »Das ist klar, Dismas, ganz klar. Mach dir keine Sorgen.«

34

David Freeman hatte es sich schon als Student angewöhnt: Wann immer ein Sieg errungen war, mußte er sofort gefeiert werden. Man wußte nie, wie lange der nächste auf sich warten ließ. Also galt es sofort jeden Tropfen aus dem Füllhorn zu schlürfen, bevor dessen Inhalt in den Strudeln der Vergangenheit versank.

Nachdem er sich an diesem Abend mit den beiden Jungen und ihrem Vater für zwei Uhr am nächsten Nachmittag zu einer Pressekonferenz in seinem Büro verabredet hatte, rief er ein Taxi und begab sich zurück zum Fairmont Hotel.

Dort nahm er sich erst mal ein Zimmer und fuhr dann mit dem Außenfahrstuhl in den Crown Room hinauf, wo er sich eine Flasche Cognac Paradis bestellte, von der ein Glas 12 Dollar 50 kostete. Die Flasche machte ihn um 350 Dollar ärmer, aber er konnte sie später als Trophäe für eine gut gelungene Arbeit mit nach Hause nehmen. Als er oben ankam, war es kurz nach zehn, und er blieb bis zwei Uhr früh, als geschlossen wurde. Währenddessen verringerte sich der Inhalt der Flasche um zwölf oder fünfzehn Zentimeter. Freeman saß an dem nach Norden weisenden Fenster und sah die Stadt unter sich funkeln, ein Edelmann in seinem eigenen Schloß.

So kam es, daß er um halb zehn am nächsten Morgen noch im Bett lag und schlief. Sonst wäre er wahrscheinlich irgendwie zu Chris Locke durchgedrungen und hätte ihn wissen lassen, daß der Fall May Shinn erledigt war, weil sie ein felsenfestes Alibi besaß. Dann hätte er dem Oberrichter Andrew Bryan Fowler vielleicht den Kummer erspart, seinen vorzeitigen Rückzug in den Ruhestand zum 1. September bekanntgeben zu müssen.

In diesem Computerzeitalter war das Wälzen dicker Folianten, wenn man einen Grundbuchauszug suchte, der unnötigste und lästigste Job, den er sich je aufgeladen hatte. Nach zweistündigem Blättern hatten Jeff Elliots Augen am Tag zuvor schließlich gestreikt.

Nun saß er schon wieder seit drei Stunden dran und es war immer noch nicht Mittag. Zweifel krochen in ihm hoch, und er fragte sich, ob das hier wirklich so wichtig war. Er hatte sich alle möglichen Gründe ausgedacht, diese Sucherei zu lassen. Zum Beispiel konnte May Shinn doch leicht ausreichend Kapital für die Anzahlung zu einer Immobilie im Wert von 500 000 Dollar zusammengekratzt haben.

Ihm fiel die Geschichte ein, die er als Collegestudent im Playboy oder im Penthouse gelesen hatte, über Studentinnen, die als Nutten arbeiteten und zehntausend Dollar im Monat einnahmen. Selbst wenn man ein bißchen bescheidener kalkulierte, kam ein Edel-Callgirl doch sicher auf seine 200 Dollar netto pro Nacht und ließ sich ihre übrigen Lebenshaltungskosten extra bezahlen. So ein schlaues Wesen konnte 4000 Dollar im Monat auf die hohe Kante legen und hatte 50 000 im Jahr übrig. Dann noch zwecks Geldwäsche ein nettes Aushängeschild – Innenarchitektur, Import-Export, staatlich zugelassene Sexualtherapeutin –, und das Ganze war auch steuerlich abgesichert.

Er hatte May Shinn in ihrem Schneiderkostüm im Gericht gesehen. Man brauchte nicht viel Phantasie, um sich vorzustellen, daß sie ihre Kaution mit einer eigenen Immobilie oder dergleichen absichern konnte. Sie hatte ja schließlich, ohne mit der Wimper zu zucken, Maurys Gebühr bezahlt. Weshalb sollte sie dann nicht auch noch den Rest parat haben?

Aber wenn nicht? Was dann?

Und wie immer war es diese Möglichkeit, die ihn anfeuerte. Daß unter dem Wahrscheinlichen und Einleuchtenden eine andere Schicht, ein Geheimnis, etwas Gefährliches verborgen sein mochte: die Story.

Die Katasterbeamten hätten ihm ruhig helfen können. Aber sie waren mit ihren eigenen Arbeiten beschäftigt und mit den Immobilienmaklern, die oft zu ihnen kamen. Er war ein Krüppel, der seine Nase in fremder Leute Angelegenheiten steckte und noch nicht mal wußte, was er wollte. Also rückten die Beamten als gute Bürokraten freiwillig keine Informationen heraus.

Aber allmählich drang er in die Materie ein. Sogar wenn man die Stadt kannte – was auch nicht gerade Jeffs Stärke war –, mußte man sich erst einmal an die Art der Erfassung der Grundstücke gewöhnen. Die Stadt war hier in ein Gitternetz aufgeteilt, das mit den heutigen Vierteln wenig zu tun hatte. Auf den ersten Blick halfen einem die Straßennamen nicht weiter, wenn man feststellen wollte, in welchem der über hundert Wälzer sich das Grundstück befand, das man suchte. Doch langsam näherte er sich seinem Ziel.

Die Sicherheit, mit der der Unbekannte für den Kautionskredit der Firma Maury bürgte, war ein aus sechs Wohnungen bestehendes Apartmenthaus an der Powell Street, drei Querstraßen vom Washington Square entfernt. Nachdem er am Tag zuvor vergeblich in den dicken Büchern gesucht hatte, war Jeff plötzlich eingefallen, daß er ja nur in dem betreffenden Haus einen Mieter zu fragen brauchte, wem das Ding gehörte. Und das hatte er mit Dorothy zusammen versucht.

Der einzige Mieter, den sie zu Hause angetroffen hatten – eine Pantomimin, die mit weiß geschminktem Gesicht gerade zu ihrer Arbeit auf der Straße aufbrechen wollte –, erklärte ihnen, daß sie ihren monatlichen Scheck an eine Hausverwaltung schickte.

Jeff hielt es für unwahrscheinlich, daß er sich mit einer dort arbeitenden Sekretärin auch so eng anfreunden könnte, daß sie ihm vertrauliche Unterlagen überließ. Nein, wenn er wirklich seine Story haben wollte, würde er dafür arbeiten müssen.

Er schätzte das Gewicht der Bücher auf fünfzehn Pfund pro Stück. Aus der Nähe rochen sie wie feuchte Zeitungen. Er mußte in einer Schlange warten, das schwere Buch unter dem einen, die eine der beiden Krücken unter dem anderen Arm. Dann das Buch abgeben. Ein anderes verlangen. Er hatte bisher sechsundzwanzig Wälzer durchgewühlt, aber das dem gesuchten am nächsten kommende Grundstück, das er bisher finden konnte, endete ein paar Querstraßen nördlich davon.

Warum konnte man nicht einfach eine Adresse in einen Computer tippen und auf einen Knopf drücken? Er würde das nie begreifen.

Jane war fuchsteufelswild. »Du hättest es niemandem zu verraten brauchen! Das Gericht ist doch sein Leben! Wie konntest du Daddy das antun?«

Es war kurz vor eins. Jane hatte mit ihrem Vater zusammen zu Mittag gegessen, und er hatte ihr alles gebeichtet. Hardy war nicht gerade davon begeistert, daß der Richter seiner Tochter alles erzählt hatte, denn Hardy selbst war entschlossen, die ganze Geschichte so schnell wie möglich zu vergessen, weil sie ihn gar nichts anging, und er hoffte, daß nie wieder jemand davon sprechen würde.

Frannie hatte ihn auch ziemlich unfreundlich empfangen. »Wieso hast du mir nichts davon gesagt? Bin ich nicht deine Frau? Wir erzählen uns doch alles, oder?«

»Ich kann dir nur eins sagen: Mit uns hat es nichts zu tun.«

»Du gehst mitten in der Nacht aus dem Haus, bleibst bis weiß Gott wann fort und erklärst es mir mit keinem Wort?«

»Frannie ... nein. Es hat nichts mit uns zu tun. Es ist vertraulich, zwischen Anwalt und Mandan –«

»Ach du lieber Himmel. Und wessen Anwalt bist du? Ich denke, du bist Staatsanwalt. Und dein Mandant ist San Francisco.« So trieb sie ihn in die Enge. Aber sein Entschluß stand fest. Seine verschiedenen Verpflichtungen paßten nun einmal nicht zusammen. »Dieser Job verwandelt dich in einen anderen Menschen«, sagte sie.

Vielleicht. Die Menschen änderten sich eben im Laufe des Lebens. Und wenn schon. Damit mußte man sich abfinden. Aber er war nicht so ungeschickt, als daß er ihr das gesagt hätte. Statt dessen war er zur Arbeit gefahren. Mit den Magenschmerzen, die er immer bekam, wenn sie sich gestritten hatten.

Und jetzt hatte Andy Fowler es seiner Tochter erzählt, oder sie hatte es ihm entlockt. Wie auch immer – nun wußte es noch jemand. Und sie war keine schweigsame Person.

»Ich habe ihm überhaupt nichts getan, Jane. Wenn, dann hat er es selbst getan.«

»Du hättest es niemandem zu sagen brauchen!«

»Ich habe es niemandem gesagt. Niemandem. Jedenfalls bisher nicht. Ich hoffe, daß ich es nicht tun muß.«

»Mußt? Mein Gott, wie scheinheilig du bist.«

Hardys Tür stand offen. Er bat Jane, einen Augenblick zu warten und stand auf, um die Tür zu schließen. Da kam Pullios den Korridor entlang, in ein Gespräch mit Chris Locke vertieft. Hardys Magen verkrampfte sich noch etwas mehr, und er schloß die Tür, bevor sie ihn sahen.

Wieder am Telefon, fragte er Jane, ob der Große Chuck – er hatte sich daran gewöhnt, ihren neuen Freund den Großen Chuck zu nennen –, ob der Große Chuck auch dabei gewesen sei, als Andy es ihr erzählt hatte.

»Was soll denn das bedeuten?«

»Ich glaube, das bedeutet, daß ich mir keine Beleidigungen von dir anzuhören brauche. Also laß mich zufrieden.«

Er legte auf.

Es gab verschiedene Möglichkeiten, die Bombe platzen zu lassen. Freeman suchte sich natürlich die aufregendste aus. Nun, vielleicht war es doch nicht so natürlich. Die Lust daran, etwas mit Freude zu tun – was seiner Persönlichkeit entsprach –, hatte man ihm während des Jurastudiums ausgetrieben. Aber mit den Jahren, während er sich seine Kanzlei aufbaute, war diese Freude von selbst zurückgekehrt.

Während der ersten Zeit, in der er als Strafverteidiger tätig war, hatte er neue Anhaltspunkte und Beweise (wie er sie jetzt aus den Zeugenberichten der beiden Strauss-Söhne gewonnen hatte) zuerst einmal der Staatsanwaltschaft vorgetragen, wo man sie dann diskutiert und entschieden hatte, ob sich damit ein Strafverfahren erübrigte.

Aber mit der Zeit merkte er, daß seine kooperative Haltung ihm wenig einbrachte. Die Anklagevertretung glaubte oft nicht, was er ihr vorlegte, zweifelte dessen Wahrheitsgehalt oder Relevanz an und unterstellte ihm unlautere Motive. Er erkannte: Wenn er nur gelegentlich zu diesem Mittel griff – und zwar dann, wenn seine Erkenntnisse eindeutig und wie in diesem Fall von entscheidender Bedeutung waren –, erreichte er mit einer Veröffentlichung des Materials bei der Staatsanwaltschaft mehr als mit irgendwelchen gutmütigen, hilfsbereiten Angeboten. Bezirksstaatsanwälte, das hatte er festgestellt, reagierten äußerst empfindlich auf das Bild, das sich die Öffentlichkeit von ihnen machte. Häufig sogar noch empfindlicher als gegenüber der schlichten Gerechtigkeit.

Wenn sie von so einer Pressekonferenz erfuhren, standen ihnen die Haare zu Berge, und junge Staatsanwälte (sogar ein paar von den älteren) bekamen Angst vor ihm, Freeman. Denn da war plötzlich jemand, der es wagte, nötigenfalls das System zu durchbrechen. Dann nannten sie ihn eine »lockere Kanone«. Nehmt euch in acht Leute, lockere Kanonen machen bumbum.

Jetzt stand er in der Lobby seines Büros, umgeben von einer völlig überflüssigen Phalanx einiger seiner Mitarbeiter, die er zuvor nach Hause geschickt hatte, damit sie sich in Schale warfen. Er selbst sah so schludrig wie immer aus in seinem alten braunen Tweed und seinen abgestoßenen Lederschuhen.

Vor ihm befand sich ein improvisiertes Podium mit ein paar Mikrophonen. Ihm und dem Podium gegenüber wartete ein Knäuel von ungefähr fünfzehn Reportern. Das war eine Menge, wenn man bedachte, wie kurzfristig er sie herbestellt hatte. Draußen vor dem Haus parkten in zweiter Reihe drei Übertragungswagen, was bedeutete, daß er im Fernsehen sein würde. KGO-Radio war auch da, so würden sie ein paar Tonbandmitschnitte von ihm in dem beliebtesten Rundfunksender bringen.

May war wunderbar. Er hatte ihr gesagt, jetzt sei es an der Zeit, ein bißchen die Werbetrommel zu rühren – gut für das Geschäft. Er bewunderte sie immer mehr, vor allem nachdem ihm jetzt klargeworden war, daß sie wahrscheinlich immer nur die Wahrheit gesagt hatte. Sie stand neben ihm, zu lächeln wagte sie noch nicht, doch war sie makellos wie immer gekleidet.

Seine Finger steppten über die Mikros, und er lächelte. Ach Gott, er war es ja gar nicht mehr gewöhnt, so ein steifer, alter Bürohengst war er geworden. Waren die Dinger überhaupt an? Er sprach aus dem Stegreif. »Meine Damen und Herren, ich möchte mich bei Ihnen dafür bedanken, daß Sie alle heute hierhergekommen sind. Ich werde Ihre wertvolle Zeit nicht lange in Anspruch nehmen. Wie Sie wissen, wurde vor ein paar Wochen Owen Nash, einer der Giganten der amerikanischen Geschäftswelt, mit einem Revolverschuß hingestreckt. Niemand würde bestreiten, daß Mr. Nash ein mächtiger, faszinierender Mann war.«

Er warf May Shinn einen Blick zu und bekam seine Belohnung. Bei der Erwähnung des Namens Nash hatte sich eine Träne aus ihrem Auge gelöst und rollte ihr die Wange hinunter. Nicht abwischen, dachte er. Ein paar Blitzlichter zuckten.

Freeman nahm ihre Hand und drückte sie. »In Fällen dieser Art scheint es eine natürliche Tendenz zu geben, irgend jemandem die Schuld anzuheften, irgendwo Vorwürfe abzuladen. Wer weiß, warum? Es könnte sein, daß das den Ordnungssinn der Gesellschaft befriedigt. Vielleicht ist unsere Empörung so groß, daß wir uns nach irgendeiner Geste sehnen, um das große Unrecht wiedergutzumachen, das ein Mord darstellt.

Wie viele von uns werfen es im Grunde ihres Herzens Jack Ruby vor, daß er Lee Harvey Oswald getötet hat? Nein, wenn der König fällt, muß der, der den König getötet hat, auch sterben. Natürlich vergleiche ich Owen Nash nicht mit unserem zum Märtyrer gewordenen Präsidenten. Genau wie Dan Quayle war auch Owen Nash kein Jack Kennedy.«

Er wartete das Gelächter ab, warf May einen Blick zu und drückte ihr wieder die Hand. »Aber Owen Nash war auf seine Art ein Titan. Und man ist ebenso schnell – oder übereilt – zu einem Urteil gelangt.

Dieses Vorurteil richtete sich leider gegen die Person, die hier rechts neben mir steht, May Shinn, eine geborene Amerikanerin, eine amerikanische Staatsbürgerin, eine Frau ohne irgendeine Vorstrafe in ihrem Leben. Eine Frau, deren einziger Fehler es war – wenn man das überhaupt als einen Fehler bezeichnen kann –, daß sie sich mit Owen Nash eingelassen, daß sie sich in ihn verliebt hat.

In einer idealen Welt hätte der Bezirksstaatsanwalt niemals diese Art von öffentlicher Hetze zugelassen, die in diesem Fall von Anfang an den Ton angab. Die traurige Tatsache ist jedoch, daß wir nicht in einer idealen Welt leben. Vielmehr hat sich unsere eigene Bezirksstaatsanwaltschaft in vorderster Reihe in dieser rassistischen Hexenjagd hervorgetan und diese junge Frau, ohne einen einzigen Beweis gegen sie zu haben, auf die Anklagebank gesetzt.«

Er hielt ein, und genoß für einen Moment den Augenkontakt mit den Journalisten und Reportern. Er hatte sie für sich gewonnen.

»Ms. Shinn hat von Anfang an gesagt, sie habe sich an dem Tag, an dem Owen Nash ermordet wurde, zu Hause befunden. Sie wartete auf seine Rückkehr. Sie hat weder telefoniert, noch ist sie ausgegangen, um eine Zeitung zu kaufen. Sie hat nicht Klavier gespielt und auch keine Nägel in die Wände geschlagen. Sie hat nicht unter der Dusche gesungen. Ich gebe Ihnen allen gegenüber zu bedenken, daß das kein kriminelles Verhalten ist.

Und doch, meine Damen und Herren, lassen Sie mich eines völlig klarstellen: Auf all das stützte sich die Anklage des Volkes gegen May Shinn. Darauf, daß sie nicht dafür gesorgt hat, andere darauf hinzuweisen, daß sie sich zu Hause befand! Stellen Sie sich das vor! Es gab mal eine Zeit, in der dieses Verhalten als das eines guten Bürgers, eines idealen Nachbarn, gegolten hat. Aber weil sie japanischer Abstammung ist, weil sie es gewagt hat, eine Beziehung mit einem mächtigen Mann einzugehen« – er senkte die Stimme –, »weil sie im Grunde eine Frau war, die nicht die Macht besaß, sich gegen den Staatsapparat zu verteidigen, war sie ein perfekter Sündenbock. Sie verbrachte einen ruhigen Tag zu Hause, und man verdächtigt sie, ja, man klagt sie des Mordes an.

Ich möchte Ihnen jetzt zwei junge Männer vorstellen, Nick und Alex Strauss, die zufällig auf der anderen Straßenseite, schräg gegenüber von Ms. Shinns Apartment, leben.«

Er nickte einem seiner Mitarbeiter zu, der in das Nebenzimmer ging und die beiden Jungen mit dem Vater herausbrachte.

»Wenn es der Bezirksstaatsanwaltschaft um die Wahrheit zu tun gewesen wäre, hätte auch sie die Strauss-Jungen fragen können. Sie sind am 20. Juni, dem Tag, an dem Owen Nash ermordet wurde, aus Europa zurückgekommen. Meine Damen und Herren, Sie werden nie erraten, was die beiden gesehen haben.«

35

Er hatte sich gerade eine Cola light aus dem Automaten im Erdgeschoß geholt, als einer der Jungs zwei Türen weiter, Constantino, den Kopf zur Tür herausstreckte.

»Hardy, geh mal schnell zu Drysdale«, sagte er.

Es war fünf Minuten vor drei. Drysdale hatte von einem seiner Freunde bei dem Sender KRON einen Hinweis bekommen, und jetzt hatten sich Pullios, Chris Locke persönlich und ein Drittel des übrigen Stabes vor dem Fernseher versammelt. Hardy quetschte sich zur Tür herein und mußte an andere solche Versammlungen denken – an den Tag, an dem Dan White Harvey Milk und Bürgermeister Moscone im Rathaus erschossen hatte, und an den Mordanschlag auf Ronald Reagan. Er fragte sich, wer da wohl gerade erschossen worden war.

Jemand rief dann laut aus: »Okay, okay, da kommt's, macht mal lauter.« Da wurde es still im Zimmer, abgesehen von der Stimme des Moderators, der über eine außergewöhnliche Entwicklung im Mordfall Owen Nash sprach, und einen Augenblick später erschien David Freeman auf dem Bildschirm vor ein paar Mikrophonen, mit May Shinn neben sich.

»Er hat den Kindern Geld gegeben. Oder dem Vater. Das ist ein abgekartetes Spiel.« Pullios glaubte es nicht. Oder sie tat so, als ob sie es nicht glaubte.

»Zwei Kinder?« Drysdale schüttelte den Kopf. »Und was ist mit der nackten Frau? Das hätte er sich nicht ausgedacht.«

Locke schwieg. Er stand am Fenster und sah hinaus.

»Damit kommt er unter Garantie durch«, sagte Hardy.

Alle anderen hatten den Raum verlassen. Seltsam, jetzt, als sie nur noch zu viert waren, schien das Zimmer kleiner geworden zu sein.

»Woher konnten sie so genau wissen, daß es derselbe Tag war?« fragte Pullios.

Drysdale fing an, mit seinen Basebällen zu jonglieren.

»Würdest du das bitte lassen!« bat ihn Pullios ärgerlich, was Hardy kaltließ. Er fand, sie hatte es verdient. Es war schließlich ihr Fall.

»Tut mir leid«, sagte Drysdale, fing die Bälle ein und hielt sie alle in einer Hand fest. »Ich glaube, die Antwort ist ziemlich klar. Es war der Tag, an dem sie aus Europa zurückgekommen sind. Sie waren gerade vom Flugplatz nach Hause gekommen. Das ist ziemlich einwandfrei belegt.«

»Vielleicht sind das alles lauter Lügen. Er gibt ihnen Geld –«

»Das wäre ziemlich gefährlich für ihn. Im Kreuzverhör käme es raus, und Freeman weiß das.«

»Ich möchte mit ihm sprechen.«

»Das leuchtet mir ein«, sagte Drysdale.

Sie stand plattfüßig vor seinem Schreibtisch und blickte dauernd zu Locke hinüber, der ihnen den Rücken zuwandte. Nein, er drehte sich nicht um. Wie Freeman auf Locke herumgeprügelt hatte, war keinem von ihnen entgangen. Locke war der Bezirksstaatsanwalt, nicht sie. Nur er. Was die Öffentlichkeit anging, hatte Christopher Locke – persönlich – diesen Fall versaut. Er, ein Schwarzer, war ein Rassist. Er hatte auf einer Frau herumgehackt, die einer ethnischen Minderheit entstammte. Es war eine Katastrophe.

»Verdammt!« sagte Pullios.

Drysdale nickte. »Yes, Ma' am«, sagte er.

Als Jeff Elliot im Katasteramt feststellte, daß der Besitzer des Hauses, das man als Sicherheit für die Kaution verpfändet hatte, ein gewisser Oberrichter Andrew Fowler war, dachte er, er hätte einen Volltreffer gelandet.

Als er dann merkte, daß er Freemans Pressekonferenz versäumt hatte – »Warum hat mir denn keiner was gesagt?« –, sah er seine ganze Arbeit den Bach hinuntergehen.

Schließlich, als er von Fowlers übereiltem, vorzeitigem Abschied hörte, wußte er, daß er die Story seines Lebens hatte. Es gab nur einen Menschen, der alle Elemente dieser Geschichte kannte, und das war er selbst.

Für Glitsky bedeutete es etwas völlig anderes. Er hatte die falsche Person verhaftet. Und der Mordfall war noch immer nicht geklärt.

Es war nach fünf, er saß im Büro seines Lieutenants, Frank Batiste, und kaute auf dem Eis aus seinem Styroporbecher.

Der eine von ihnen stand jetzt über dem anderen, aber sie hatten sich zusammen heraufgedient und wußten, daß die Politik, die außerhalb ihrer beider Kontrolle war, Batistes Beförderung diktiert hatte. Sie sahen einander immer noch am ehesten als Partner denn als irgend etwas sonst.

»Dein Glück, daß die Grand Jury Anklage erhoben hat«, sagte Batiste. »Damit bist du aus dem Schneider.«

»Wahrscheinlich kriege ich ein Verfahren an den Hals.« Glitsky fand einen freien Fleck auf Batistes überfülltem Schreibtisch und stellte den Becher ab. »Laß mal sehen: illegale Festnahme, sexuelle Diskriminierung, Rassendiskriminierung ... Am besten gebe ich lieber gleich meine Hundemarke bei dir ab.« Es war nicht komisch, aber sie lächelten beide. Bullenhumor. »Vielleicht erhält Locke die Anklage aufrecht.«

Batiste sah ihn scharf an. »Vielleicht schneit's morgen.«

»Die Kinder *könnten* sich geirrt haben.«

»Es könnte Frieden sein auf der ganzen Welt.«

»Weißt du, Frank, du bist ein echter Trost für meine bekümmerte Seele.«

»Ich gebe mir Mühe.« Batiste hatte die Füße auf den Schreibtisch gelegt, auf dem Schoß einen gelben Notizblock. Er fing an, Männchen zu kritzeln. »Also, was glaubst du, was wir hier haben? Das perfekte Verbrechen? Hoffe ich nicht. Ich hab' nämlich das Gefühl, daß der Fall uns erhalten bleibt. Wer könnte es denn sonst noch gewesen sein? Alles offen?«

»Scheint so. Keiner paßt so gut da rein, wie Shinn gepaßt hat.« Glitsky erzählte dem Lieutnant, daß er sich noch einmal die geschäftliche Seite angesehen hätte. Den Elektronikboß. Der vielleicht auch von dem Tod profitieren könnte, aber die Beweislage war schwach. Und gleich Null, wenn Shinn nicht drinsteckte. Er warf sich das Eisstück aus dem Becher in den Mund und kaute darauf herum. »Weißt du, diesmal dachte ich, ich hätte einen Fall, weißt du, mit Zeugen, die noch nicht im Knast gesessen haben. Und mal ein anderes Tatmotiv als Mangel an Phantasie.«

»Vielleicht nächstes Jahr«, sagte Batiste. »Und bis dahin bleibt uns ja noch ein sehr wichtiger Toter.«

Hardy rief Celine an, nachdem er aus Drysdales Büro zurück war. Er fand, sie hätte zumindest ein Recht darauf, als eine der ersten zu erfahren, daß der Mörder ihres Vates immer noch unerkannt auf der Straße herumlief.

Er erreichte sie im »Hardbodies!«, wo sie wieder trainierte. Nachdem er es ihr gesagt hatte, hörte er im Telefon das Hintergrundgeräusch – den hämmernden Beat, den Krach der Musikinstrumente. Schließlich fragte sie ihn, was er damit sagen wolle.

»Damit will ich sagen, daß May ein Alibi hat. Sie war nicht mit Ihrem Vater draußen auf der *Eloise.*«

»Aber was *heißt* das?«

»Das heißt, daß sie ihn nicht getötet hat, Celine.« Er wartete. Er wollte sie nicht drängen. Eine Minute verging. »Celine?«

Okay, dachte er, du hast deine Pflicht getan. Jetzt sag ihr, du wirst sie auf dem laufenden halten. Und dann leg auf. Leg einfach auf und fahr nach Haus zu Frannie.

»Also, was tun wir denn jetzt?« fragte Celine ihn leise. Man merkte ihrer Stimme den Schock an. »Kann ich Sie sehen?«

Nein, ich habe zu tun. Kommen Sie doch morgen in mein Büro.

»Einverstanden«, sagte er.

Er traf sie im Perry's an der Union Street. Es war ein Fleischmarkt im klassischen Sinn. Gutes Essen, große Drinks, prima Stimmung.

Obwohl ihr Haar noch feucht war – sie trug es zurückgekämmt unter einem türkisfarbenen Band –, hatte sie Zeit gehabt, sich zu schminken. Aber irgendwie fand Hardy ihre körperliche Gegenwart nicht so überwältigend wie zuvor. Von ihrer allerersten Begegnung abgesehen, sah er sie jetzt zum erstenmal – in dem ausgebeulten purpurnen Pullover und den schwarzen weiten Hosen –, ohne daß die Konturen ihres Körpers sofort sichtbar waren. Er war froh darüber.

Es fing gerade an zu dämmern, aber der Laden war schon ziemlich voll. Sie stand in der Nische des Eingangs, der sich an der Seite des Lokals in einer schmalen Passage befand, und hielt ein Glas Orangensaft in der Hand. Sie unterhielt sich mit einem Mann, der ungefähr so alt wie Hardy, aber größer, breiter und besser angezogen war. Als Hardy hineinkam, leuchtete ihr Gesicht auf, und sie kam zu ihm herüber. Dann küßte sie ihn kurz auf den Mund. Sie nahm seine Hand und drehte sich um. Der Mann war schon zur Bar losgegangen.

»Ich hab' ihm gesagt, mein Freund kommt«, sagte sie. »Aber Sie wissen, wie das hier ist. Eine Frau allein gilt immer als Freiwild.« Sie ließ seine Hand nicht los. »Kommen Sie. Lassen Sie uns sehen, ob wir einen Tisch bekommen.«

»Ich kann nichts essen, Celine. Ich bin auf dem Weg nach Hause.« Sie hörte auf, ihn umherzuziehen, ließ seine Hand aber immer noch nicht los. »Sie meinen, Sie wollen mich hier allein lassen? Es wird keine fünf Minuten dauern, bis jemand versuchen wird, mich anzumachen.«

»Nun, das hängt wohl ganz von Ihnen ab, ob Sie sich anmachen lassen wollen.«

Eine andere, menschliche Seite von ihr, fast so etwas wie ein bißchen Humor. Von ihrem wirklichen Leben wußte er fast nichts.

Einen halben Meter vor ihnen erhob sich ein Pärchen und räumte den Tisch. Hardy ließ Celines Hand los und führte sie hin. Eine Serviererin erschien, und er bestellte einen Club Soda. Er konnte die Hitze ihres Schenkels spüren, den sie gegen seinen preßte.

»Sind Sie immer allein?« fragte er sie. »Jedesmal, wenn ich Sie sehe, sind Sie allein.«

»Stimmt nicht. Jedesmal, wenn ich Sie sehe, bin ich mit Ihnen zusammen.« Sie lehnte sich zurück. »Warum wollen Sie das wissen? Sind Sie verheiratet?«

»Ja, das bin ich«, sagte er. »Ich frage mich nur.«

Sie akzeptierte das. »Aber nicht jetzt. Hat das hier mit meinem Vater zu tun?«

Er versuchte irgendeine Verbindung zu finden. Es gelang ihm nicht. »Nein, ich glaube nicht.«

Sie griff nach ihrem Orangensaftglas, nippte daran und hielt das Glas mit beiden Händen in ihrem Schoß fest. »Ich war mal verheiratet. Da war ich einundzwanzig. Es war eine meiner rebellischen Phasen damals. Er war Musiker, hat gut gespielt und schließlich sogar ein paar Platten gemacht. Heavy Metal. Heute hasse ich das richtig. Ich glaube, damals habe ich es verachtet, und ich weiß, daß Daddy es furchtbar fand.«

»Hat Ihr Vater sich gut mit ihm verstanden?«

Sie fing an zu lachen, aber dann hielt sie ein. »Nein. Daddy hat alles an ihm gehaßt.«

»Und darum haben Sie mit ihm Schluß gemacht?«

»Nein, nicht deshalb. Er war ein Hampelmann. Ich glaube, das wußte ich die ganze Zeit, aber Daddy hat ihn beschatten lassen, wenn er auf Tournee war, und er hat sich nicht so benommen, als ob er verheiratet wäre. Also«, sagte sie schulterzuckend, »haben wir die Ehe annullieren lassen. Das ist schon eine Ewigkeit her, aber ich bin damals, was Männer angeht, eine Zeitlang ziemlich sauer gewesen. Und reich zu sein, macht die Dinge noch schwieriger. Wissen Sie, da findet man schwer Leute, denen man glaubt. Die Männer gabeln einen auf. Zuerst, weil man gut aussieht. Dann, wenn sie merken, man hat Geld ...«

Hardys Club Soda kam. Er hielt das Glas in der Hand und starrte aus dem Fenster. Es schien draußen nicht dunkler zu werden.

»Woran denken Sie denn?« fragte sie.

»Ich weiß nicht genau. Daß es noch mehr gibt als aufgabeln und aufgegabelt werden. Ich meine, haben Sie in Ihrem normalen Leben niemanden kennengelernt?«

Sie schüttelte den Kopf. »Manchmal. Ab und zu. Aber in meinem normalen Leben war immer Daddy.«

»Ich glaube, da hat letztesmal unser Problem angefangen.«

Sie streckte den Arm aus und nahm wieder seine Hand. »Das lassen wir jetzt aber sein. Ich kann das mit mir und Daddy den Leuten nicht erklären. Es war schon in Ordnung, daß wir alles zusammen gemacht haben.«

»Aber er scheint doch ein Privatleben gehabt zu haben. Ich meine, Freudinnen. Und Sie hat er da offensichtlich nicht hineingelassen. Wieso war das fair? Wie haben Sie damit gelebt?«

»Ich weiß nicht, wie ich das sagen oder erklären soll, aber es war okay. Man hat Sachen mit Daddy gemacht, und dabei hat man ein bestimmtes Gefühl gehabt. Fragen Sie Ken.«

»Aber bei Ihnen konnte es ja nicht dasselbe sein. Ken ist verheiratet. Er hat sein eigenes Leben.«

Sie nahm ihn fester bei der Hand. »Ich habe auch ein Leben, Dismas, machen Sie sich um mich keine Sorgen.«

»Aber ich glaube, das tue ich«, sagte er. »Ich weiß nicht wieso, aber ich tue es.«

»Ich weiß.« Sie ließ ihn los und fuhr mit der Hand seinen Schenkel hinauf und hinunter. »Sie sind ein sehr guter Mann, Hardy. Ich wollte ...«

Sie beendete ihren Satz nicht. Das brauchte sie nicht mehr zu tun.

Sie kamen nicht mehr dazu, von May Shinn zu sprechen.

Hardy traf genau um sieben zu Hause ein. Rebecca lag im Bett und schlief. Einer ihrer Babysitter saß im Wohnzimmer und redete mit Frannie, und Frannie war fertig angezogen, um auszugehen.

Er brauchte keine fünf Minuten. Er mußte nur noch mal kurz zu Beck hineinsehen, die Fische füttern ...

Sie gingen bis zum Auto Hand in Hand. Der Wagen war zwei Querstraßen entfernt auf der Clement Street geparkt. »Streiten wir uns immer noch?« fragte er.

»Ich hab' mich nicht mit dir gestritten.«

»Du hast aber auch keine Lobgesänge angestimmt.«

»Ich war nicht deiner Meinung. Ich bin immer noch nicht deiner Meinung. Ich glaube, dein Job nimmt dir zu viel Zeit weg und bedroht mich und meine Familie, und ich mag es nicht, wenn du mir nicht sagst, was du machst und wo du hingehst.«

»Du mußt lernen, den Mund aufzumachen, Frannie. Drück dich ein bißchen deutlicher aus.«

»Das finde ich nicht komisch.«

Sie gingen noch einen halben Block weit, ohne etwas zu sagen. »Also, wenn du keinen Witz daraus machen kannst, sagst du nichts?« fragte sie.

»Ich werde was sagen.«

Hardy, ganz Gentleman, hielt ihr die Tür auf, dann ging er zu seiner Seite herum. Die Sonne war endlich untergegangen. Er fuhr die Seiten des Samurai hoch, es war warm von der Brise, die vom Pazifik kam.

»Wann?«

»Was wann?«

»Wann wirst du was sagen?«

Hardy drehte sich auf seinem Sitz herum. Vertraulichkeit bedeutete Andy Fowler offensichtlich wenig. Da Jane es wußte, wußte Chuck Chuck Bo-Buck es mit Sicherheit auch schon. Und Hardy hatte Andy nicht versprochen, daß er es für sich behalten würde. Versprochen hatte er es nur sich selbst.

Nur. Das gefiel ihm.

So fing's an, dachte er. Das war die Art von Logik, in der offenbar die meisten Leute solche Meister waren. Und sobald man das, was man sich selbst versprochen hatte, verdrängte und über Bord geworfen hatte, war der Weg nicht mehr weit bis zu dem Punkt, ab dem man auch alle anderen Versprechen brach. Nur um einen Streit zu beenden.

Oder man erzählte eine kleine Notlüge, um den Streit gar nicht erst anzufangen.

Er mußte nur nachgeben und Frannie von Andy erzählen, und sie würden einen angenehmen und wohlverdienten Abend zusammen verleben. Und Hardys angebliche private Integrität wäre nur leicht beschädigt – das konnte er am Wochenende mit ein paar guten Taten reparieren.

»Hast du von der Sache mit May Shinn gehört?« fragte er sie. Sie hatte es noch nicht gehört, und er erzählte es ihr.

Sie hörte zu, und als er fertig war, sagte sie, das sei ja sehr interessant, aber nicht das, worüber sie sich gestritten hätten. Ob er ihr erzählen wolle, wo er letzte Nacht gewesen war, oder nicht?

»Ich war fort und habe mich mit jemandem getroffen, der ein Problem mit dem Gesetz hatte, über das ich nicht reden kann. Punkt. Wenn du deshalb wütend auf mich sein willst, ist das deine Sache.«

Sie biß sich auf die Lippen, weniger aus Zorn als vielmehr aus Besorgtheit, dachte er. »Was ist mit dem anderen Zeugs?« fragte sie. »Mit diesen langen Arbeitszeiten. Daß du nach Haus kommst, wenn es dunkel ist. Und mitten in der Nacht wegfährst. Was wird da aus uns?«

Zwischen den beiden Vordersitzen des Samurai befand sich eine Vertiefung, und er langte mit seinem Arm zu ihr hinüber, um sie zu drücken. Sie lehnte sich gegen ihn. »Wir sind nicht bedroht«, sagte er. »Der Job bedroht uns nicht. Ich liebe dich, Frannie. Okay?«

Sie nickte und schlang ihre Arme um seinen Hals. Ihre Zurückhaltung wich. Sie fing an zu weinen.

Als sie nach Haus kamen, waren Anrufe von Ken Farris, Jane und Abe Glitsky auf dem Tonband. Jane bat um Entschuldigung, und Glitsky fragte sich, was der Bezirksstaatsanwalt wohl in dieser Sache unternehmen würde.

Hardy ging in sein Arbeitszimmer, während Frannie den Babysitter nach Hause fuhr. Er las noch einmal in der Akte des jetzt gestorbenen Falles. Wenigstens war er gestorben, was May Shinn anging.

Er wußte nicht, was der Bezirksstaatsanwalt unternehmen würde, doch er persönlich hatte vor, nun wieder zu seinen Voruntersuchungen zurückzukehren, sich seine Streifen zu verdienen, eine Menge Fälle zu gewinnen und allmählich die Leiter höher zu klettern bis dahin, wo er ein paar richtige Morde bekam.

Etwas anderes blieb ihm nicht übrig. Er war kein Ermittler. Er wußte, daß Glitsky nach dieser unrühmlichen Verhaftung supervorsichtig sein würde und sich nicht noch mehr mit Pullios anlegen wollte. Frannie hatte ganz recht gehabt ... er arbeitete viel zuviel, er hatte nicht genug Spaß im Leben. Er hatte sich zu einem echten Juristen entwickelt und wenn er das sein wollte, konnte er bei irgendeiner Firma arbeiten, sechzig Stunden in der Woche aufschreiben und sich nach fünf oder sechs Jahren aus dem Beruf zurückziehen.

Er hatte Celine im Perry's gelassen und gedacht, was für ein guter Mensch er doch sei. Er nahm an, daß sie vielleicht ein bißchen verliebt in ihn war. Obwohl er wußte, daß er in gewisser Weise auch eine Schwäche für sie hatte, wollte er es doch nicht weiterverfolgen. Er hatte sich nun einmal entschieden, und damit würde er nicht nur leben, sondern glücklich sein.

Das war also geregelt, und er entschloß sich, die Aktendeckel zuzuklappen und den Fall in ein Regal bei seinem Schreibtisch zu stellen. Er ordnete die gelben Notizblätter, auf denen seine eigenen, privaten Aufzeichnungen vom Beginn der Untersuchung standen – seine ersten Gespräche mit Ken Farris, Eindrücke von Strout und so weiter. Er legte sie oben auf die Kopien, die er von der offiziellen Akte angefertigt hatte.

Sein Arbeitszimmer war ruhig. Aus dem Schlafzimmer hörte er unterschwellig das Glucksen des Aquariums. Er suchte eigentlich nichts Besonderes, sondern wartete darauf, daß Frannie wieder zu ihm nach Hause kam, und las noch einmal die Notizen von damals durch. Es war alles schon so lange her. Er konnte sich kaum noch daran erinnern.

Er blätterte. Polizeiberichte. Glitskys Protokolle. Zeit totschlagen. Elliots Artikel. Und dann hörte er das Blubbern des Aquariums nicht mehr. Jetzt war da nur noch ein ärgerlicher, bohrender, halb bewußter Widerspruch. Er blätterte zu einem von Elliots ersten Artikeln zurück.

Ken Farris hatte zu Hardy gesagt, er habe Owen Nash zuletzt am Freitag um die Mittagszeit herum oder kurz danach gesehen. Der Artikel, in dem Farris zitiert wurde, erwähnte, daß seine Angestellten Nash zuletzt am Donnerstag abend gesehen hätten.

Hardy blätterte zu seinen Aufzeichnungen zurück: Freitag um

die Mittagszeit oder kurz danach. Elliots Artikel: Donnerstagabend. Donnerstagabend war nicht Freitag um die Mittagszeit herum.

Er schüttelte den Kopf, rieb sich die Augen. Woran dachte er jetzt eigentlich? Farris war doch in dieser Sache überhaupt nicht verdächtigt worden. Er war Owen Nashs bester Freund. Na gut, also erbte er praktisch das Geschäft, wenn Owen starb. Das war kein Grund –

Oder doch?

Aber Farris hatte ja nur Hardy den einen und Jeff einen anderen Tag genannt. Der Streß dieser ersten Tage nach Nashs Tod hatte in seinem Kurzzeitgedächtnis zweifellos einen Schaden angerichtet.

Aber Farris war ein Mann der Details.

Lächerlich.

Hardy schüttelte wieder den Kopf.

Frannie stand in der Türöffnung seines Büros. Er hatte sie weder eintreten und die Haustür schließen noch den langen Gang herunterkommen hören. Sie hatte das Licht im Schlafzimmer angeknipst, und er hatte es nicht gemerkt.

»Du siehst aus, als hättest du einen Geist erblickt.«

Er wachte aus seiner Trance auf, schüttelte sich und sagte: »Wieder so ein Wahnsinn.«

»Ich dachte, du wärest fertig damit.«

Es war so qualvoll wie der letzte Cognac – man wußte genau: Wenn man den auch noch trank, würde man am nächsten Tag heftige Kopfschmerzen haben. Er würde es vielleicht Glitsky gegenüber erwähnen. Es war ja nicht sein Job.

»Das bin ich auch«, sagte er und schloß die Akte. »Ich habe nur darauf gewartet, daß du nach Hause kommst.«

36

Mordfall Nash: Richter bürgt für Kaution, aber Verteidiger erbringt Nachweis für May Shinns Alibi

Bezirksstaatsanwalt zieht Anklage zurück

von Jeffrey Elliot
Chronicle-Redaktion

In einer aufsehenerregenden Serie von Ereignissen rund um den Mordprozeß des Geschäftsmanns Owen Nash trat Oberrichter Andrew B. Fowler gestern, nur wenige Stunden, bevor man entdeckte, daß eine Wohnung, die ihm gehört, als Sicherheit für die 500 000-Dollar-Bürgschaft der Angeklagten May Shinn gedient hat, von seinem Amt zurück.

Nach Auskunft des Büros der Bezirksstaatsanwaltschaft kann die Behörde die Herausgabe finanzieller Unterlagen eines Angeklagten verlangen, wenn anzunehmen ist, daß das Geld, mit dem die Kaution oder das Honorar des Strafverteidigers finanziert wird, aus Einnahmen einer kriminellen Tätigkeit wie zum Beispiel Drogenhandel oder, wie in diesem Fall, Prostitution stammt. Ms. Shinn hat zugegeben, daß sie ein hochbezahltes Callgirl war.

Gleichzeitig hat aber Ms. Shinns Anwalt, David Freeman, zwei Jungen als Zeugen vorgestellt, die ausgesagt haben, sie hätten während der Zeit, in der Ms. Shinn sich laut Angaben der Staatsanwaltschaft an Bord von Owen Nashs Segelboot, der *Eloise*, befunden haben soll, die Frau in ihrer Wohnung durch ein Fernrohr beobachtet.

Bezirksstaatsanwalt Christopher Locke vernahm die beiden Jungen gestern abend persönlich und gab bekannt, daß das gesamte gegen Ms. Shinn gerichtete Strafverfahren eingestellt wird.

»Zwei Augenzeugen bestätigen ihr Alibi«, sagte Locke. »Also gibt es diesen Fall nicht mehr. Aber vergessen Sie nicht, ihr Revolver *ist* die Mordwaffe gewesen, und wir glaubten ein solides

Motiv zu haben. Aber wir haben es in diesem Fall mit einem sehr eng begrenzten Zeitraum zu tun, in dem der Mord geschehen sein muß, und wenn Ms. Shinn am Sonnabendnachmittag in ihrer Wohnung war, kann sie Owen Nash nicht getötet haben.

Unsere Behörde ist natürlich hinsichtlich der erhobenen Anschuldigungen, es sei rassistisch gegen Ms. Shinn vorgegangen worden, erschüttert. Wir beabsichtigen diesen Vorwurf zu überprüfen und, wenn nötig, disziplinarische Maßnahmen zu ergreifen.«

Die Beziehung zwischen Richter Fowler und Ms. Shinn bleibt unklar. Der Richter hat, so heißt es, die Stadt verlassen, aber Richter Marshall Brinkman vom Obersten Kalifornischen Gerichtshof, der in dem Ausschuß für richterliche Ethik dient, erklärte, er sei »tief beunruhigt« von dem Bericht über Richter Fowlers angebliche Beziehung zu der Angeklagten. »Wenn es zwischen einem Richter und einer angeklagten Person irgendeine Beziehung gibt, so flüchtig, beiläufig, nebensächlich oder untergeordnet sie auch sein mag, muß der Richter umgehend die Behandlung des Falles ablehnen«, sagte Brinkman. »Jedes Versäumnis auf diesem Gebiet stellt eine grobe Verletzung der richterlichen Obliegenheiten dar. Zumindest muß hier über eine Aberkennung der juristischen Zulassung gesprochen werden.«

David Freeman lehnte es ab, sich über Richter Fowler zu äußern, obwohl ihm die Einzelheiten der Kautionsstellung mit Sicherheit bekannt waren. Er berief sich auf die Schweigepflicht des Anwalts in Sachen seiner Mandanten und verteidigte auch Ms. Shinns Recht auf ihre Privatsphäre. »Meine Mandantin hat genug durchgemacht«, sagte er. »Sie hat diesen Mord nicht begangen. Sie ist unschuldig, man hat sie zu Unrecht angeklagt, die Vorwürfe entbehren jeder Grundlage.«

»Wow!« sagte Frannie.

»Ja.« Hardy war bei seiner dritten Tasse Kaffee. Er hatte den Artikel zweimal gelesen. Es wunderte ihn, daß Andy die Kaution für May Shinn aufgebracht und sich nicht bemüßigt gefühlt hatte, ihm diese Tatsache während ihres langen nächtlichen Gesprächs zu beichten.

Das Sonnenlicht fiel durch das Oberlicht in die Küche und auf die Töpfe und Pfannen, die gegenüber dem Herd an der Wand hingen. Frannie gab Rebecca die Brust.

»Ich bin sicher, daß das nichts mit deinem Freund zu tun hat, der in Schwierigkeiten mit dem Gesetz ist und über den du nichts erzählen kannst.«

Die moralischen Höhen – eine Wanderdüne? Hardy lächelte darüber und nahm sich noch etwas Kaffee.

»Wo meinst du, daß er jetzt steckt?« fragte sie.

»Wahrscheinlich zu Hause. Hat sich verkrochen. Geht nicht ans Telefon.«

»Was weißt du sonst noch darüber?«

»Noch ein bißchen, aber nicht viel.«

»Ich begreife nicht, wie du das für dich behalten kannst. Wie lange weißt du schon davon?«

Er zog die Zeitung wieder zu sich heran. »Das hier? Seit fünfzehn Minuten ungefähr. Von der Beziehung weiß ich schon etwas länger.«

»Was war das für eine Beziehung?«

»Wie meinst du, Frannie?«

Frannie war noch immer in ihrem Bademantel. Sie hatte eine Windel über der Schulter, auf der das Baby lag, und klopfte der Kleinen sanft auf den Rücken. Rebecca stieß ein langes zufriedenes Bäuerchen aus. »So ein braves Mädchen«, sagte Frannie.

»Komm, ich halte sie.«

Hardy nahm Frannies Tochter – seine Tochter – in die Arme und machte ein Gesicht, das mit einem erfreuten Gurgeln belohnt wurde. »Bist du mein großes Mädchen? Verbringe ich nicht genug Zeit mit dir?« Er drückte sein Gesicht in ihres, atmete ihren Geruch ein und rieb seine Wange an ihrer. Frannie kam um den Tisch herum, lehnte sich gegen ihn und sah ihm über die Schulter. »Wir haben Glück«, sagte sie.

»Ich weiß.«

Aber die Zeitung zog sie immer wieder an. Frannie griff danach und drehte sie erneut so herum, daß die Titelseite oben lag.

»Was wird denn nun mit ihm geschehen, Diz?«

»Ich weiß nicht. Da May Shinn Nash nicht getötet hat, wird man die Sache vielleicht schnell vergessen. Nach ein paar Tagen schlechter Presse. Nebenbei gesagt: Du hattest recht. Erinnerst du dich an den Briefbeschwerer?«

»Sie hat ihm den geschenkt.«

Hardy nickte. »Er erinnerte ihn an sein gebrochenes Herz, darum hat er ihn mir geschenkt. Sie hat ihm wegen Owen Nash den Laufpaß gegeben.«

»Also waren sie nicht mehr zusammen, Andy Fowler und Shinn?«

»Nein. Das war ja der Punkt.«

»Warum hat er dann die Kaution für sie geleistet? Und warum sollte er der Richter in ihrem Prozeß sein?«

»Ich weiß es nicht. Wenn er ihr half, konnte er sie vielleicht zurückgewinnen.«

»Das gibt es nicht«, sagte Frannie.

»Was?«

»Du gibst nicht jemandem den Laufpaß wegen jemand anderem, um dann wieder zu dem ersten zurückzukehren. Wenn du derjenige bist, der den Laufpaß bekommen hat, okay, dann vielleicht. Aber wenn du jemanden nicht mehr liebst ...« Sie zuckte die Achseln. »So was gibt es eben nicht.«

»Ich weiß nicht, ob May ihn nicht mehr geliebt hat, Frannie. Die Frau ist eine Prostituierte. Vielleicht hat sie sich wirklich in Nash verknallt, aber wahrscheinlich war es einfach ein besserer finanzieller Deal mit ihm. Indem er die Kaution stellte, hat Andy ihr vielleicht sagen wollen, daß auch er Geld hat und es für sie ausgeben würde. Eine halbe Million, zum Teufel, das ist doch schon was.«

»Und damit wäre er zufrieden gewesen?«

»Ich weiß es nicht. Ich nehme es an. Jedenfalls war er zuvor zufrieden.«

Sie massierte ihm den Rücken, schaukelte vorwärts gegen ihn und zurück. »Nein«, sagte sie. »Er hat sie geliebt. Und welcher Art auch immer ihre Gefühle ihm gegenüber gewesen sein mögen, er muß *geglaubt* haben, daß sie ihn auch liebte. Der Briefbeschwerer, nicht wahr? Das ist ein besonderes, ein ganz persönliches Geschenk. Das bedeutet doch etwas.«

»Und?«

»Was war es also für eine Beziehung? *Nachdem* sie ihn verlassen hatte, hat er, schätze ich, nicht geglaubt, daß er sie zurückkaufen könnte. Inzwischen war ihm klar, daß sie ihn nicht liebte. Selbst wenn er sich das vorher eingebildet hatte. Also muß er einen anderen Grund gehabt haben.«

Hardy schüttelte den Kopf und lehnte sich gegen Frannies Körper zurück. »Nun, während du dieses Problem löst, wird dir wahrscheinlich auch klarwerden, wieso mich diese Sache um meinen Schlaf gebracht hat.« Er stand auf und legte Beck auf die andere Schulter. »Aber damit ist jetzt Schluß.«

»Mir tut nur Andy leid. Ich meine, wenn Shinn wirklich unschuldig ist, dann hat er doch alles für nichts aufgegeben.«

»Das stimmt«, sagte Hardy. »Das tun die Leute aber andauernd.«

Er sah kurz bei Glitskys Büro vorbei, bevor er in sein eigenes ging, aber der Sergeant war nicht da. Er schrieb ihm eine kurze Notiz über die Diskrepanz in Ken Farris' Erinnerungen, wann er Nash zuletzt gesehen haben wollte, und nahm an, daß dies seine letzte Tat im Fall Owen Nash sein würde.

Dann las er die mit Klebestreifen mitten auf seinem eigenen Schreibtisch befestigte Nachricht von Drysdale: Er müsse ihn so schnell wie möglich sprechen und er solle die Akten in Sachen Nash mitbringen.

Allmählich wurde es ihm zur Gewohnheit, den Gang hinunter zu Lockes Büro zu gehen, diesmal allerdings mit der prallen, dicken Aktentasche. Hardy saß im Vorraum und hörte gedämpfte Laute durch die geschlossene Tür. Die Sekretärin wirkte ungewöhnlich beschäftigt, tippte wie rasend und heftete ab. Die Sprechanlage summte, sie drückte auf die Taste und sagte, ja, er sei da.

Noch ein paar Minuten, und Hardy lehnte sich zurück, schlug locker ein Bein über das andere und hob die Sportseite von dem niedrigen Beistelltisch neben seinem Sessel auf.

Im letzten Bericht des Tages stand, daß Bob Lurie die Giants entweder nach Sacramento, San Jose oder Portland bringen wollte, obwohl er auch Honolulu und die große Baseballtradition auf Hawaii erwähnte. Gerede über ein Obdachlosenproblem, dachte Hardy. Es war das Team, das niemand mit nach Hause nehmen wollte. Er sah sich die Tabelle mit den Spielergebnissen an. Die Saison war halb vorbei – neun Spiele out, dritter Platz. Nicht so schlimm und auch nicht gut. Wieso hatten sie bloß Kevin Mitchell gehen lassen?

Die Tür ging auf und Elizabeth Pullios kam heraus. Sie schien es nicht besonders eilig zu haben, trotzdem überhörte sie Hardys Gruß, als sie an ihm vorbeiging, als hätte sie ihn noch nie im Leben gesehen. »Schönen Tag noch«, sagte er zu ihrem Rücken.

Drysdale stand an der Tür und gestikulierte mit dem Zeigefinger.

»Warum ist mir so, als ob das nicht hundertprozentig gemütlich wird?« fragte Hardy.

Locke kam sofort zur Sache. »Haben Sie diesem Reporter gesagt, daß unser Büro die Herausgabe von Andy Fowlers finanziellen Unterlagen verlangt hat?«

»Nein. Hat Ihnen jemand gesagt, daß ich das getan hätte?«

»Wir haben schon früher mal über undichte Stellen und so weiter diskutiert, richtig?«

»Ja, Sir. Hat jemand zu Ihnen gesagt, ich sei die undichte Stelle? Haben wir die Herausgabe seiner Unterlagen verlangt?«

»Ich möchte, daß Sie mir alles erzählen, was Sie über Andrew Fowler wissen.«

»War das Pullios? Wenn sie es war, ist sie eine Lügnerin.«

Drysdale, der, die Hände in den Taschen, ein Stück hinter Hardy gestanden hatte, trat vor. »Wir haben ein Problem, Diz. Ein echtes Problem. Du hast ein Problem.«

»Fowler.« Locke blieb bei seinem Thema.

»Wieso ist Fowler mein Problem?«

»Man hat Sie neulich mit Jeff Elliot zusammen den Warteraum für Zeugen betreten sehen?«

»Darf ich fragen, wer mich gesehen hat? Oder vielmehr: Wer es für so wichtig hielt, es Ihnen zu erzählen?«

»Das ist irrelevant«, sagte Locke. »Relevant ist, daß Sie etwas Entscheidendes über einen Mordfall wußten und es uns vorenthalten haben.«

Hardy merkte, wie ihm ziemlich heiß wurde. »Das ist überhaupt nicht irrelevant! Sie klagen mich wegen etwas an und lassen mich nicht meinen Ankläger sehen. Ich dachte, daß man in einem Büro, in dem man sich mit dem Gesetz beschäftigt, vielleicht ein bißchen auf die Feinheiten achten sollte, wenn man die Wahrheit rausfinden möchte.«

»Wir kennen die Wahrheit schon. Fowler war Ihr Schwiegervater, nicht wahr?«

»Das stammt von Pullios. Wollen Sie das bestreiten?«

»Ich brauche gar nichts zu bestreiten. Pullios ist im Gegensatz zu Ihnen juristisch außerordentlich qualifiziert.«

»Oh, das stimmt. Sie hat wirklich astreine Arbeit geleistet mit May Shinn, als sie sie eingelocht hat.«

Drysdale versuchte zu bremsen. »Leute...«

»Wenn Elizabeth gewußt hätte, daß Andy Fowler die Kaution für May Shinn gestellt hat, wäre sie damit zu mir gekommen und hätte sich nicht an die Zeitung gewandt.«

»Ja. Ist sie nicht eine nette kleine Gestapofrau?«

Drysdale schaltete sich ein. »Seit wann wußtest du Bescheid über Fowler, Diz?«

Hardy hielt ein und holte Luft. »Weißt du, Art, es ist schon komisch, aber ich glaubte nicht, daß wir schon festgestellt haben, *daß* ich überhaupt etwas über Fowler wußte. Wir haben da eine ungenannte Quelle, die mich mit Jeff Elliot in einen Raum hat gehen sehen. Allmählich kommt mir allerdings der Verdacht, daß man in Mr. Lockes feudaler Lehnsherrenrepublik schuldig ist, sobald einen jemand anklagt.«

Der Bezirksstaatsanwalt war aufgesprungen. »Das muß ich mir nicht gefallen lassen, Hardy.«

»Zu spät«, sagte Hardy. Nach einer Pause fügte er hinzu: »Chris. Soweit ich sehe, werden Sie sich noch ganz andere Sachen gefallen lassen müssen.»

»Sie werden sich gleich was gefallen lassen. Ihr Job endet hier.«

»Wissen Sie, was Sie sind, Chris ...« Hardy redete jetzt ganz langsam. Er dehnte es aus. Sah ihm ins Auge. »Chris, Sie sind ein total verdammtes Arschloch.«

Er dachte bei Lou's noch lange darüber nach. Er war bei seinem dritten Schwarzbraunen angelangt. Sie hatten von Anfang an vorgehabt, ihn rauszuwerfen. Sie wollten ihn gar nicht mehr anhören. Nur irgend etwas Belastendes finden, dazu hatten sie ihm diese Farce vorgespielt.

Na klar – bevor sie ihm die erste Frage gestellt hatten, hatten sie ihm gesagt, er solle alle Akten des Falles Nash ins Büro mitbringen. Sie planten, ihm die Akten wegzunehmen. Das hatten sie dann auch getan.

Haha, Leute. Ratet mal was!

Das Komische an der Sache war ja, daß er ihnen tatsächlich Informationen vorenthalten hatte. Aber die Nachricht über Fowler und die Kaution stammte wirklich nicht von ihm. Das hatte er ja selbst erst am Morgen aus der Zeitung erfahren. Jeff Elliot hatte es entdeckt und die Informationen, die Hardy ihm über die Herausgabe finanzieller Unterlagen gegeben hatte, benutzt, um es so darzustellen, als wäre die Fowler-Sache aus der Staatsanwaltschaft durchgesickert. Jeff Elliot war ein schlauer Junge, und er hatte Hardy den Job gekostet, aber in diesem Augenblick kam es Hardy eher so vor, als hätte ihm Jeff einen Gefallen getan.

Also hatten Locke und Drysdale vielleicht doch einen Grund gehabt, ihn vor die Tür zu setzen. Er hatte von Andy Fowlers Beziehung zu May Shinn gewußt und es nicht sofort gemeldet. Also war er kein guter Team-Spieler gewesen. Aber, so sagte er sich, selbst wenn sie Gründe hatten, hatten sie nicht die *richtigen* Gründe.

Es war immer noch nicht Mittag. Er dachte daran, Frannie anzurufen und zu sehen, ob sie zu Hause war. Und sie und Beck irgendwohin zu einem netten Mittagessen einzuladen.

37

Von den drei Männern, mit denen die Assistentin des Bezirksstaatsanwalts Elizabeth Pullios ziemlich regelmäßig schlief, waren zwei verheiratet, und zwei arbeiteten im Büro des Bezirksstaatsanwalts.

Da war Bezirksstaatsanwalt Chris Locke, der sie Pullios nannte. Sie hatte ihn für den schnellen Akt und wegen der Kontrolle – Intimität mit einem Vorgesetzten mochte ja ein zweischneidiges Schwert sein, aber bisher hatte es nur in eine Richtung geschnitten. Ja, in diesem Fall war Locke derjenige, der am meisten zu verlieren hatte, wenn es herauskam. Sie kannte sich nicht nur in den Gesetzen aus, die eine solche Belästigung am Arbeitsplatz betrafen, sondern sie wußte auch, was sie bedeuteten, wenn man sie richtig ausspielte, und sie verstand es, sie auszuspielen. Wenn ein starker Mann, der dein Boß war, mit dir eine Beziehung hatte, war das sein Problem. Du warst seine Angestellte, er war der Boß. Und er konnte dich feuern, wenn du nicht tatest, was er von dir verlangte. Und oft feuerte ein solcher Boß seine Angestellte dann auch. Daß manche Frauen am Arbeitsplatz von ihrem Boß belästigt wurden und sich nicht dagegen wehren konnten, war die Basis, auf der Pullios ihre Strategie entwickelt hatte. Außerdem befand sie sich, wenn ein beruflicher Rückschlag kam, in einer günstigen Situation. Zum Beispiel hatte sie gedrängt und manipuliert, um May Shinn vor Gericht zu bringen, nachdem sie einem anderen Staatsanwalt die Sache weggenommen hatte. Die meisten anderen Staatsanwälte hätten Locke dafür mit Recht zusammengestaucht. Aber da Locke wußte, daß Pullios eine verdammt scharfe Staatsanwältin war, hatte er seine Wut an einem weniger bedeutenden und kürzer im Amt befindlichen Sündenbock wie Hardy ausgelassen. Es war so leicht gewesen, daß es schon beinahe unfair war. Aber nichts war unfair. Fairneß war ein Konzept, das nichts mehr bedeutete, wenn man das Spiel gewann.

Ihr zweiter Geliebter war Brian Powell. Für ihn war sie Elizabeth. Brian war seit drei Jahren ihr »Boyfriend«. Fünfundvierzig Jahre alt, gutaussehend, politisch korrekt, geschieden. Ein kinderloser Makler, der ein paar Hunderttausend im Jahr machte und sie nicht nervte. Er hatte Verständnis dafür, daß sie manchmal zu sehr mit irgend etwas anderem beschäftigt war. Sie überlegte, ob sie sich mit ihm verloben sollte (er hatte sie noch nicht gefragt, aber sie konnte ihn dahin bringen, wenn sie wollte), wenn es Zeit war, sich um den Posten einer Bezirksstaatsanwältin zu bewerben, und ein Ehemann hilfreich wäre. Bis dahin war er eine Annehmlichkeit, ein Mensch, mit dem sie gern zusammen war und sich gern sehen ließ.

Der andere Mann im Büro – und in gewisser Weise war er der einzige, der ihr persönlich gefährlich werden konnte – nannte sie Molly. Das war Peter Struler, verheiratet und Vater von drei Kindern. Bei ihm hatte sie den Eindruck, daß er sie eigentlich nicht brauchte, obwohl er sie während der letzten vier oder fünf Monate ziemlich regelmäßig genommen hatte. Struler mit seinem juristischen Examen an der Duke University und seinen drei Jahren beim FBI war nicht dumm und kannte auch die Tricks der Straße. Er war witzig und respektlos. Als Ermittler beim Bezirksstaatsanwalt arbeitete er im besonderen Auftrag des Polizeichefs von San Francisco und des Countysheriffs. Er war der private polizeiliche Arm des Bezirksstaatsanwalts, er sorgte für Personenschutz, wenn sich Staatsanwälte in üble Gegenden begeben mußten, um Zeugen aufzusuchen, gerichtliche Anordnungen zu überbringen und gelegentlich eigene Ermittlungen für den Bezirksstaatsanwalt durchzuführen.

Das Gefährliche an Peter Struler war, daß Elizabeth Pullios ihn ziemlich gern hatte. Kennengelernt hatte sie ihn, als er sie in seiner offiziellen Eigenschaft zu einer Vernehmung verdächtiger Figuren begleiten mußte, deren Mitwirkung sie bedurfte, um noch verdächtigere Kunden hinter Schloß und Riegel zu bringen. Nachdem sie ihre Arbeit – ein Gespräch mit Zeugen, die sich hinter Vorhängen verbargen – höchst effizient bewältigt hatte, war sie ins Sonnenlicht hinausgekommen und hatte Struler mit nacktem Oberkörper auf einem von Glasscherben bedeckten Platz mit acht schwarzen Highschool-Lümmeln Basketball spielen sehen – er hatte sich seines Hemdes entledigt: ein wilder kleiner großer Junge, der sich glänzend amüsierte. Das hatte bei Pullios ein Herzklopfen verursacht, und plötzlich war sie ungewöhnlich schüchtern geworden. Später hatte sie unter allen möglichen Vorwänden immer wieder seine offizielle Begleitung gesucht, bis er sie darauf aufmerksam gemacht und sie ihm, während sie gerade wieder zu irgendeiner Vernehmung hinausfuhren, gestanden hatte, daß sie, nun ja, wahrscheinlich in ihn verliebt sei. Darüber solle er sich aber keine Gedanken machen, sie werde schon darüber wegkommen. Und sie wolle seine Ehe nicht kaputtmachen.

»Meine Ehe ist solide«, hatte er gesagt und geparkt. »Meine Ehe kann nichts gefährden. Aber ich glaube, wir sollten das jetzt mal zwischen uns klären.«

Und dann war es geschehen, und zwar gleich im Auto.

Jetzt saßen sie wieder in seinem Dienstwagen, hatten sich etwas aus einem chinesischen Imbiß geholt, was sie auf einem Parkplatz im Presidio-Viertel verzehrten. Die Wellen der Bay trugen kleine weiße Schaumkronen, und man konnte fast bis nach Alaska sehen.

Struler zitierte, was auf dem Einwickelpapier seiner Eßstäbchen gedruckt war. »›Willkommen im chinesischen Restaurant. Bitte versuchen Sie unser gutes chinesisches Essen doch einmal mit Stäbchen zu essen, den traditionellen und typischen der glorreichen chinesischen Geschichte und Kultur.‹«

Sie nickte. »Man hat hier auch einen wundervollen Blick.«

»Nun sieh dir das an!« sagte Struler. »Wenn das wahr ist, warum müssen sie noch Kräne erfinden?«

»Kräne?«

»Ja, du weißt schon, diese Ladebäume. Kräne.«

»Wenn was wahr ist?«

Struler las vor: »›Lernen Sie Ihre Stäbchen unter den Daumen zu stecken und festzuhalten. Dann halten Sie das zweite Stäbchen wie einen Bleistift. Halten Sie das erste Stäbchen wie beschrieben fest und bewegen Sie das zweite auf und nieder. Jetzt können Sie alles aufheben!‹«

Er versuchte die Aktentasche aufzuheben. »Es stimmt gar nicht. Wieso dürfen die das schreiben? Ich kann nicht mal das Ding hier aufheben. Ich glaube, damit könnte man nicht mal einen Hund aufheben.«

»Einen Hund?«

Er zeigte auf das Papier. »Hier steht ›alles‹. ›Jetzt können Sie alles aufheben!‹ Hier mußt du dringend was unternehmen, Molly. Du bist doch Staatsanwältin. Ich rieche förmlich einen Prozeß. Qualitätskontrolle, irreführende Werbung, Riesenkohle.«

Sie ließ ihn weiterreden. Das war eine der Eigenschaften, die ihr an ihm am meisten gefielen – seine Fähigkeit, über praktisch alles endlos zu schwadronieren. »Und die Zeichensetzung stimmt ja auch hinten und vorne nicht. Von Punkten haben die noch nie etwas gehört. Ist dir das nicht schon aufgefallen?«

Sie streckte die Hand nach der Aktentasche aus, nahm sie auf den Schoß und knipste die Schlösser auf.

»Wieso spüre ich, daß du meine Faszination, was diesen Gegenstand betrifft, nicht teilst? Die Zukunft gehört dem Osten, denke an meine Worte.«

Sie küßte ihn auf die Wange. »Erst die Arbeit, dann das Vergnügen.«

Er legte die Hand zwischen ihre Schenkel. »Wer hat sich das ausgedacht? Ein Anwalt, vermute ich.«

»Du bist ein Anwalt, Mr. Struler.«

»Nein, ich habe nur ein bißchen Jura studiert. ›Erst die Arbeit, dann das Vergnügen‹ habe ich nicht gehabt. Ich glaube, deshalb bin ich durchs Examen gefallen.« Er bewegte die Hand ein wenig. »Ich glaube, ich habe nie ein Examen versucht, oder?«

»Peter.«

Er zog ein Gesicht. »Molly.« Aber er legte die Hände in seinen eigenen Schoß. »Okay, was?«

»Da ist dieser zwei Wochen alte Mord ...«

»Die hab' ich am liebsten.«

»Die Sache ist: Die Polizei hat sich schon damit blamiert – mit der Owen-Nash-Geschichte. Abe Glitsky hat den Fall bearbeitet und die Frau festgenommen.«

»So ein Glückspilz.«

»Richtig. Er wird das nicht wieder tun. Es gibt kaum Beweise. Dazu der Kerl, der heute rausgeflogen ist – Hardy –, die beiden sind nämlich dicke Freunde. Jedenfalls werden wir die Kooperation mit der Polizei eine Weile auf Sparflamme halten.«

»Und da wendest du dich an mich. Ich bin gerührt.«

»Ich möchte nur einfach, daß du dir den Fall noch einmal ganz neu ansiehst, mehr nicht. Es ist ein wichtiger Fall, und ich möchte nicht, daß er sich totläuft. Ich stehe hier Locke gegenüber im Wort. Wer auch immer diesen Typ umgebracht hat, läßt mich ziemlich alt aussehen.«

Struler dachte einen Augenblick nach, dann nahm er ein paar

Papiere aus der Aktentasche und warf einen Blick darauf. »Ist das alles?«

Sie nickte. »Das sind alle Papiere. Wir haben noch einige Beweismittel unter Verschluß – die Mordwaffe und so, aber das haben wir alles schon ziemlich gründlich abgecheckt.«

»Also, was soll ich tun?«

»Fang noch mal von vorn an. Wir brauchen eine neue Theorie, und die ist hier irgendwo drin. Irgend jemand *hat* Owen Nash umgebracht.«

»Wenn du mir sagen willst, du hättest keine Ahnung, wer es war, schwindelst du, und ich muß dir den Hintern versohlen.«

Sie beugte sich zu ihm hinüber und leckte sein Ohr. »Ich habe keine Ahnung.«

Elizabeth Pullios behauptete zwar, die Polizei ließe den Fall liegen, aber das stimmte nicht: Glitsky sprang sofort auf den von Hardy entdeckten Widerspruch an. Es gab nichts Besseres als einen Verdächtigen, der log. Das riß alle Türen und Fenster auf und ließ frische Luft hinein. Natürlich wußte er nicht mit Sicherheit, ob Farris gelogen hatte – vielleicht hatte er sich nur geirrt, etwas nicht richtig erinnert. Aber Glitsky hatte es mitgehört, das wußte er noch genau. Farris hatte einmal so und einmal so ausgesagt. Glitsky mußte sich damit befassen.

Glitskys eigenen Berichten zufolge hatte sich Farris während des Wochenendes, an dem der Mord geschehen war, in Taos, New Mexico, aufgehalten. Was war in Taos? Hatte er nicht gesagt, daß es da weder Strom noch Telefon gab? Hatte ihn dort jemand gesehen? Gab es Unterlagen über seinen Flug dahin? Hatte er ein Hotelzimmer gemietet? Einen Leihwagen?

Glitsky machte sich Notizen, meldete ein Gespräch bei der Polizei in Albuquerque an und erreichte Farris in seinem Büro bei Owen Industries in South San Francisco.

»Sergeant, was kann ich für Sie tun?« Ein vielbeschäftigter Mann. Klang so.

»Sie wissen, wir haben wieder einen offenen Fall Sir. Sieht so aus, als ob May Shinn nicht auf der *Eloise* war. Und wenn das stimmt, hat sie Mr. Nash nicht getötet.«

»Natürlich. Das hab' ich gelesen. Ich bin nicht sicher, ob ich glauben soll, daß das die Wahrheit ist.«

»Tja, Sir, aber der Bezirksstaatsanwalt scheint es anzunehmen.

Und solange das der Fall ist, müssen wir mit der Untersuchung fortfahren.« Da war wieder einer dieser teuflischen Piepser. Glitsky hatte sie vergessen.

»Augenblick, bitte.«

Er saß da, wartete zwanzig Sekunden, schlug den Takt mit einem Stift auf seine Kladde.

»Sergeant? Es tut mir leid. Hier ist immer noch die Hölle los. Ich weiß, ich habe heute früh bei der Staatsanwaltschaft angerufen, aber da hat man mir irgendeinen Blödsinn erzählt. Mr. Hardy arbeite da nicht mehr. Und es hat mich auch niemand zurückgerufen.«

»Hardy arbeite da nicht mehr?«

»Ja, das hat man mir gesagt.«

Glitsky schüttelte den Kopf. »Ach, das ist ja lächerlich. Ich richte ihm aus, daß Sie ihn sprechen wollen. Aber ich wollte einen kleinen Widerspruch klären. Wir müssen wieder ganz von vorn anfangen, ich bitte um Entschuldigung.«

»Es ist schon gut, aber was ist denn dran an dieser Geschichte, daß der Richter May kennt. Das ist ja wirklich ein Schock.«

»Das prüfen wir auch nach. Aber was mich interessiert, ist, wann Sie Mr. Nash zuletzt lebend gesehen haben.« Glitsky erwähnte nicht die offensichtliche Diskrepanz in Farris' Aussagen.

»Ich erinnere mich genau. Wir waren beim Mittagessen unten im Angus.«

»Ja, Sir. Und Sie haben uns gesagt, das sei am Freitag gewesen.«

Piep.

»Hab' ich das? Ich erinnere mich nicht daran, welcher Tag es war. Wenn ich Freitag gesagt habe, muß ich mich geirrt haben.«

»Es war das Wochenende, an dem Sie in Taos waren.«

»Ich weiß, welches Wochenende es war. Ich fliege immer morgens nach Taos raus. Das muß Freitag gewesen sein. Also war das Mittagessen am Donnerstag. Ich könnte das Restaurant anrufen und es noch einmal nachprüfen.«

»Das wäre nett.«

»Wollen Sie einen Augenblick warten? Ich kann das gleich klären.«

Er war nach etwa einer Minute wieder dran und sagte, das Restaurant habe immer noch die Unterlagen über die Reservierung, und es sei Donnerstag gewesen.

Die nächste Frage ließ sich nicht sehr viel harmloser formulieren, doch wenn die Antwort ja war, würde das Glitsky viel Laufereien sparen. »Mr. Farris, gibt es Angestellte dort, wo Sie in Taos wohnen?«

Glitsky brauchte Farris nicht zu erklären, was diese Frage bedeutete. Farris antwortete nicht sofort darauf. Glitsky hörte ihn vor und nach einem Aufnahme-Piepser Luft holen.

»Owen war mein bester Freund, Sergeant. Ich profitiere in keiner erdenklichen Weise von seinem Tod. Im Gegenteil. Ich bin von Owens Tod persönlich tief erschüttert und beruflich in einer Weise gehandicapt, die Sie sich nicht vorstellen können. Ich bin sicher, daß über mein Kommen und Gehen an jenem Wochenende genaue Aufzeichnungen vorhanden sind, und wenn Sie es für Ihre Pflicht halten, Sie sich anzusehen, dann tun Sie das bitte ... Wenn ich Sie wäre, Sergeant, würde ich mir erst mal diesen Richter ansehen. Aber das ist Ihre Sache. Und wenn Sie mich jetzt bitte entschuldigen wollen. Ich habe furchtbar viel zu tun.«

Plötzlich war die Leitung tot, während Glitsky den Hörer noch immer in der Hand hielt. Er trommelte mit dem Stift auf den Notizblock. Farris' Reaktion war nicht ungewöhnlich. Die Leute mochten es im allgemeinen nicht, wenn man ihnen sagte, sie ständen unter Verdacht. Aber Glitsky fiel auf, daß Farris ihm nicht gesagt hatte, daß irgend jemand ihn in Taos oder sonstwo gesehen hatte. Konnte Vergeßlichkeit sein wie Donnerstag oder Freitag oder welcher Tag es auch gewesen sein mochte, an dem er seinen besten Freund zuletzt gesehen hatte. Konnte sein.

Aber das war so ein Punkt, den Glitsky sich merkte.

Die zehn Minuten Schlaf halfen etwas, aber nicht viel.

Nach den drei Schwarzbraunen am Morgen hatte Hardy mit Frannie und Rebecca ein paar ausgezeichnete Gambas im Sol y Luna verspeist. Dazu hatte er, da Frannie überhaupt keinen Alkohol trank, eine ganze Flasche leichten weißen Rioja für sich alleine gehabt. Zum Teufel, er hatte was zu feiern.

Er hatte die Neuigkeiten von seinem Job berichtet, und sie nahm es ähnlich auf wie er selbst. Sie hatten noch fast eine Viertelmillion Dollar auf der Bank, und diese Woche waren die Einnahmen aus Hardys Anteil am Shamrock fällig – Geld war nicht das größte Problem auf der Welt, und ihr gefiel nicht, was seine juristische Tätigkeit aus ihm gemacht hatte.

Nach dem Mittagessen mußte er darauf einen Fundador trinken.

Frannie fuhr sie nach Hause, und Hardy bekam noch sein Hemd ausgezogen, bevor er wie tot ins Bett fiel und einschlief und erst durch Rebeccas Geschrei und seinen Brummschädel wieder aufwachte. Er ging in das hintere Zimmer, hob das Baby auf und klopfte ihr sehr sanft auf den Rücken, während er sie im Arm hielt. Sie versuchte, sich an seiner Brustwarze festzubeißen und schrie um so mehr, als sie nichts herausbekam. Frannie eilte durch die Küche herbei.

»Kriegen wir wirklich noch eins von diesen Babydingern?« fragte er.

»Sie hatte nicht so ein Mittagessen wie du.«

»Sie hat auch nicht den Kopf, den ich habe.« Er hielt sich Rebecca vors Gesicht und sagte: »Sieh her. Ich weiß mit Sicherheit, daß ich mich schlechter fühle als du, und ich schreie nicht.«

Diese Logik hatte keinerlei Wirkung. Er gab sie ihrer Mutter, und innerhalb von Sekunden saugte sie.

»Das ist ein ausgezeichneter Trick«, sagte Hardy. Er zog sich seinen Jogginganzug an, den grünen, der oben in der Schublade lag. »Hast du was dagegen, wenn ich mir ein bißchen Bewegung verschaffe?«

Er wählte den Vier-Meilen-Rundtrip zum Strand hinaus, auf dem harten Sand nach Süden bis zum Lincoln Park. Die Luft war klar, die Temperatur betrug etwa zwanzig Grad und wurde ein bißchen frischer mit dem Wind, der von den Brechern kam.

Nun rannte er den Strand entlang, arbeitslos mitten in einer größeren Rezession und lächelte, während er lief, und seine Kopfschmerzen waren nach zwanzig Minuten weg. Den Strand entlang, zurück durch den Park, die Avenues hinauf und wieder nach Hause.

Er saß auf seiner Veranda und kühlte sich ab, die Sonne stand zwar immer noch am Himmel, war jetzt aber hinter den hohen Häusern verschwunden. Auf dem Rückweg hatte er beschlossen, daß die Familie Hardy, da sein Terminkalender plötzlich leer war, einen Flug nach Hawaii buchen und für ein paar Wochen verschwinden sollte. Er träumte von einem Leben am Strand, von Rum und von Gitarrenklängen in einer sanften Brise.

Die sechsstöckigen Apartmenthäuser links und rechts versperrten ihm den Ausblick auf den größten Teil seiner Straße, so daß er

Celine erst entdeckte, als sie plötzlich in ausgewaschenen Jeans, Sandalen und magentaroter Seidenbluse vor seinem Holzzaun stand.

Er hätte mit so etwas rechnen können. Vielleicht hätte er ihr, Farris und sogar Glitsky telefonisch die Tatsache seines Hinauswurfs mitteilen sollen. Kam sie, um ihm ihr Beileid auszudrücken? Um zu fragen, was geschehen war und zu erfahren, wer den Fall jetzt bearbeitete? Woher hatte sie seine Adresse?

Er erhob sich. Beschloß, sich eine andere Telefonnummer geben zu lassen, ohne Eintragung ins Telefonbuch. Jetzt wurde ihm klar, daß er das hätte erledigen sollen, als er im Februar wieder bei der Staatsanwaltschaft angefangen hatte, aber wegen der Heirat, des neuen Jobs und des neuen Babys hatte er andere Dinge im Kopf gehabt.

Er ging ein paar Schritte von der Veranda nach vorn. Celine sah ihn und blieb stehen.

Er kam herunter, auf sie zu und sah, wie erstarrt ihr Gesicht war. War noch irgend etwas geschehen? Sie stand stocksteif, wie unter Schock.

»Celine, ist alles in Ordnung mit Ihnen?«

Er ging noch ein paar Schritte auf sie zu und blieb vor der Gartenpforte stehen. Sie starrte ihn mit einem Blick an, in dem er Entsetzen und zugleich eine ungeheure Enttäuschung sah.

Hardy hörte, wie die Haustür aufging und Frannie »Diz?« rief.

Celines Augen wanderten an ihm vorbei zu Frannie hinauf, kehrten zu ihm zurück, zuerst schien noch Hoffnung in ihrem Blick zu sein, dann war es fast Panik. »Es tut mir leid«, sagte sie und wich langsam zurück. »Tut mir leid. Es ist ein Irrtum.«

»Celine. Was ist denn?«

Sie schüttelte den Kopf und betrachtete ihn von unten bis oben und wieder zurück. Zwischen ihm und Celine war alles immer zu persönlich gewesen. Jetzt, als sie sein Haus und seine Frau sah, konnte sie die Wirklichkeit nicht mehr ignorieren. Er war nicht nur ein guter Mann, sondern er führte auch ein Leben, in dem es für sie auf keiner Ebene einen Platz gab. Sie wich weiter zurück, dann blieb sie stehen und schien die Beherrschung teilweise zurückzugewinnen.

»Tut mir leid, Dismas. Ich weiß nicht, was ich gedacht habe.«

»Es ist ja gut. Was ist los?«

Sie schüttelte den Kopf. »Nichts. Es ist ein Irrtum.« Sie wich wieder zurück, drehte sich um. Sie hob eine Hand, winkte zaghaft und ging fort.

»Wer war das?« Frannie stand neben ihm und hatte ihren Arm unter seinen geschoben.

»Celine Nash. Owen Nashs Tochter.«

»Gott. Sie ist schön, nicht?«

Hardy legte den Arm fester um sie. »Du bist schön.«

Sie stieß ihn mit der Hüfte an. »Was wollte sie denn?«

Er zuckte die Achseln. »Ich weiß nicht. Vielleicht hat sie gehört, daß sie mich rausgeschmissen haben.«

Celine stieg in ihren Wagen, der ein Stück weiter unten an der Straße geparkt war. Sie sahen ihr beide zu.

»Warum ist sie denn nicht hereingekommen?«

»Seit dem Tod ihres Vaters ist sie etwas labil.«

Sie gingen zur Veranda zurück. Er erzählte Frannie von Celines Wutausbruch, von ihrer Launenhaftigkeit. Er erwähnte allerdings nicht, daß er sich mit ihr im »Hardbodies!« getroffen hatte.

»Ich weiß noch, wie ich mich nach Eddies Tod gefühlt habe.«

Hardy faßte sie fester um die Taille. »Du hast dich aber tapfer gehalten«, sagte Hardy. »Sie ist nicht so stark wie du.«

»Du solltest nicht so streng mit ihr sein.«

Hardy küßte seine Frau. »Ich werde überhaupt nichts mit ihr sein. Die haben mich gefeuert, erinnerst du dich? Das ist jetzt alles vorbei.«

Vierter Teil

38

Hardy flog wirklich mit Frannie und Rebecca nach Hawaii, und sie blieben zwei Wochen dort.

In San Francisco tauchte der Owen-Nash-Fall nicht mehr in den Schlagzeilen auf. Im August und September tat sich anscheinend nichts, obwohl sich Peter Struler (nicht Abe Glitsky) intensiv mit dem Fall beschäftigte, den Elizabeth Pullios zu lösen entschlossen war. Die Polizei und auch Abe hatten sich neuen, dringenderen Straftaten zugewandt.

Jetzt waren seit Hardys Hinauswurf über drei Monate vergangen, und Struler und Pullios hatten ihren Fall komplett. Als sie schließlich einschritten, ging alles sehr schnell.

Die versiegelte Anklageschrift wurde von der Grand Jury am Dienstag, dem 13. Oktober, vormittags übermittelt. Oberrichter Marian Braun las sie und erklärte dann, daß, im Fall eines Haftbefehls, keine Kautionsstellung vorgesehen sei. Ungewöhnlich war, daß Bezirksstaatsanwalt Christopher Locke um 11 Uhr 45 vormittags persönlich und in Gegenwart der stellvertretenden Bezirksstaatsanwältin Elizabeth Pullios sowie des Polizeischefs Dan Rigby den Haftbefehl an Lieutenant Frank Batiste von der Mordkommission überreichte. Als Batiste ihn las, schnappte er nach Luft.

Wäre der Fall auf dem normalen Weg, nach einer Untersuchung durch einen beauftragten Polizeikommissar an die Grand Jury gegangen, dann hätte eben dieser Kommissar, in diesem Fall Abe Glitsky, den Haftbefehl überbracht. Aber Glitsky wußte ebenso wie die übrige Mordkommission nichts von Peter Strulers Arbeit im Auftrag des Büros des Bezirksstaatsanwalts. Und deshalb bekam Marcel Lanier den Auftrag, als er gerade untätig im Büro herumhing und auf irgend etwas wartete.

Richter Fowler hatte einen Zyklon aus Gehässigkeit und Kritik, Geschwätz und Peinlichkeiten über sich ergehen lassen, aber wie alle Stürme war auch dieser vorübergegangen. Die Rüge, die ihm das Ethics Committee erteilte, fiel aufgrund seiner langjährigen und beachtlichen juristischen Leistungen nicht gar so schlimm aus. Die Bar Association – die Anwaltskammer – warnte ihn allerdings: Wenn der Prozeß gegen May Shinn fortgesetzt worden wäre, hätte sich ein vorübergehendes oder auch endgültiges Berufsverbot kaum vermeiden lassen. Aber nach drei Monaten war er wieder juristisch tätig und saß als Partner der Anwaltssozietät Strand, Worke & Luzinski in einem geräumigen Eckbüro am Embarcadero One.

Als Wanda den Summer ertönen ließ und ihm sagte, Officer Marcel Lanier sei draußen und würde ihn gern sprechen, sagte er: »Natürlich! Schicken Sie ihn rein! Er kannte Marcel. Fowler war im Justizpalast nicht völlig geächtet, eine Menge Anwälte und andere Leute dort zeigten Verständnis für ihn und seine – die menschliche – Seite der Angelegenheit. Seine Richterkollegen schnitten ihn allerdings, doch damit hatte er gerechnet. Dagegen kam er nicht an.

Nach Ansicht der Polizei war allein der Bezirksstaatsanwalt an dem Debakel mit May Shinn schuld. Fowlers Geschichte hatte nichts damit zu tun. Von dem Fehlgriff bei der Verhaftung abgesehen, hatte die Polizei sich nichts vorzuwerfen. Und selbst diese Verhaftung konnte man ihr nicht ankreiden, da die Grand Jury sie de facto bestätigt hatte.

Fowler kam um den Schreibtisch herum und streckte die Hand aus, um Laniers zu schütteln. »Wie geht es Ihnen, Marcel? Kommen Sie mich mal zu einem kleinen Plausch besuchen? Womit kann ich Ihnen helfen?«

Lanier blieb stehen. »Nein ... nicht zu einem kleinen Plausch, Richter.«

»Nennen Sie mich doch Andy, bitte.«

»Richter.« Er zog den Haftbefehl aus der Jackentasche. »Ich weiß nicht, wie ich es sagen soll, aber ich habe hier einen Haftbefehl gegen Sie.«

»Einen Haftbefehl gegen mich?«

»Richtig, Sir.«

Andy versuchte zu lächeln. Marcel Lanier lächelte nicht. »Soll das ein Witz sein?«

»Nein, Sir. Die Grand Jury hat heute früh gegen Sie wegen Mordes an Owen Nash Anklage erhoben.«

Fowler bemerkte, daß er sich an die Kante seines Schreibtischs lehnen mußte. »Die Grand Jury«, wiederholte er. Er war blaß geworden, stand da wie vom Donner gerührt. »Owen Nash?«

Lanier stand stumm vor ihm.

Wanda ließ wieder den Summer ertönen, und Fowler drückte auf die Taste. »Ihre Tochter ist da, Richter. Zum Mittagessen.«

»Behalten Sie sie noch einen Augenblick da –«

Aber Jane hatte schon die Tür geöffnet. »Hi, Dad. Oh, Verzeihung. Wanda hat nichts davon gesagt, daß du eine Besprechung hast.« Als sie ihn so blaß sah, blieb sie stehen, »Dad? Was ist los?«

»Jane, Liebling, warte doch bitte einen Augenblick draußen.«

»Bist du okay? Was ist denn?«

»Mir geht's gut. Nun mach schon. Laß mich kurz allein.«

Die Tür schloß sich hinter ihr, als sie zögernd den Raum verließ. »Das ist lächerlich, Marcel. Locke steckt dahinter, nicht wahr? Jetzt will er's mir heimzahlen.«

»Alles, was ich weiß, Sir, ist, daß ich Sie einliefern soll.«

»Natürlich. Ich verstehe. Na klar, damit haben Sie nichts zu tun. Was in aller Welt hat man mir denn vorzuwerfen?«

»Sir, ich soll Ihnen sagen, daß Sie das Recht haben, zu schweigen, und alles, was Sie sagen... «

»Marcel, bitte«, sagte Fowler und hielt eine Hand hoch. »Ich verspreche Ihnen, daß ich mich nicht auf eine unterbliebene Miranda Warning berufen werde.«

»Es muß reine Schikane sein. Locke hat tausendfach geschworen, er werde mich kreuzigen. Jetzt meint er, er hätte eine Chance.«

Die Krümel eines italienischen Sandwiches bedeckten David Freemans Tisch. Während der letzten Bissen war er von Andy Fowlers Anruf aus dem Justizpalast unterbrochen worden. Fowler hatte seit jenem Tag im Juli, als Freeman sich geweigert hatte, ihn als Richter in der May-Shinn-Sache abzulehnen, nicht mehr mit ihm gesprochen. Nun ging es ihm an den Kragen, und er brauchte selbst einen Anwalt.

Was Fowler da sagte, ergab für Freeman keinen rechten Sinn. Gewiß, Christopher Locke haßte Fowler wie die Pest, aber Locke würde in einem Prominentenfall – worum es sich bei der Ermordung Owen Nashs handelte – nicht noch einmal so vollkommen danebenhauen. Sie mußten irgendwelches stichhaltiges Beweismaterial gefunden haben. Und im Gegensatz zu May Shinn könnte Fowler wirklich Gründe gehabt haben, Owen Nash zu töten.

»Hören Sie, Andy, ich bin nicht sicher, ob ich diesen Fall übernehmen kann.«

»Wie meinen Sie das, Sie sind nicht sicher? Was ist denn das Problem?«

»Na ja, es gibt zwei Probleme. Ich sage noch nicht nein, Andy, aber ich muß es mir gründlich überlegen. Erstens vertrete ich immer noch May Shinn in einer Zivilsache. Ich möchte den Anschein vermeiden, daß sich hier ein Interessenkonflikt ergeben könnte.«

»Ich wüßte nicht, wieso hier ein Interessenkonflikt auftreten könnte, David. May und ich haben nichts mehr miteinander zu tun.«

»Ja. Nun, und das andere ist unsere Verdunkelung ...«

»Verdunkelung?«

»Ja, das war es, Andy, so verdammt nahe einer Verschwörung, daß ich immer noch unter Alpträumen leide. Und ich glaube, Sie wissen das.«

»Es war absolut nichts Ungesetzliches an der Beziehung, und *Sie* wissen es.«

»Nun, wie dem auch sei. Es fällt mir ein bißchen schwer, mir vorzustellen, daß wir beide zusammen am Verteidigertisch sitzen. Und daß das Gericht uns auch nur halbwegs vernünftig behandeln wird.«

»Dann beantragen wir einen Wechsel des Gerichtsstandes.«

Freeman lehnte sich in seinen Sessel zurück und biß noch einmal von seinem Sandwich ab. Wieder war er anderer Meinung als Andy. Wechsel des Gerichtsstandes hieß, man erwartete an einem bestimmten Ort, also San Francisco, keine faire Verhandlung, weil die öffentliche Meinung durch Medienberichte oder andere öffentliche Beachtung der in dem Fall behaupteten Tatsachen zu sehr beeinflußt war. Doch das setzte voraus, daß das Vorurteil, mit dem man es zu tun hatte, die Geschworenen beeinflußte.

Was Fowler nicht in Betracht zog, war die Tatsache, daß es im ganzen Staat Kalifornien und vielleicht sogar in den ganzen USA keinen Richter gab, der nicht wußte, was Fowler getan hatte. Alle hatten also dieses Vorurteil gegen ihn. Er war der juristische Sündenbock des Jahres.

Die Richter, die Freeman kannte – und er kannte die meisten –, würden einen der ihren bei weitem härter behandeln als irgendwelche gewöhnlichen Übeltäter. Fowler hatte, der offiziellen

Meinung der Juristen zufolge, aller Nest beschmutzt, und David Freeman wußte, was das hieß. Es käme einem Wunder gleich, wenn Fowler *irgendwo* ein faires Gerichtsverfahren bekommen könnte – und mit Freeman, sozusagen seinem Mitverschwörer an der Seite, wären die Chancen noch schlechter, als sie ohnehin schon waren.

»Der Gerichtsstand wäre schon eine Lösung, Andy. Aber ich muß mir das wirklich mal durch den Kopf gehen lassen.«

»Und inzwischen, David. Was empfehlen Sie mir?« Freeman war überrascht, so etwas wie Zorn in der Stimme des Richters zu hören. Hier spielten persönliche Beziehungen keine Rolle, und Fowler mußte das wissen.

»Ich könnte einen vorläufigen Rechtsbeistand empfehlen, Andy. Mehrere sogar. Auf wieviel hat man die Kaution festgesetzt?«

Fowler schnitt ihm das Wort ab. »Es gibt keine Kaution in diesem Fall. Ich bleibe bis zur Anklageerhebung in Haft. Man möchte nicht, daß ich verschwinde, David. Hören Sie zu, meine zwei Minuten sind gleich um, und ich brauche einen Anwalt.«

»Ich will sehen, was ich tun kann.«

Freeman legte den Hörer auf und steckte den letzten Bissen seines Sandwichs in den Mund. Es mußte irgend etwas in der Luft von San Francisco sein. Salami, Mortadella, Sauerteigbrot. Alles Essen, das eine Zeit dalag und fermentierte, nahm etwas davon auf, irgendeinen Stoff, der den Geschmack verstärkte.

Er legte die Füße hoch und kaute. Er schätzte, daß man Fowlers Kaution auf mindestens eine Million Dollar festsetzen würde, wenn sie ihm überhaupt diese Gnade erwiesen. Er konnte wetten, daß drei der sechs Oberrichter schon allein, um ihren Unmut auszudrücken, Fowler im Gefängnis verfaulen lassen würden. Und alles würde unparteiisch, unpersönlich und innerhalb der ihnen auferlegten Grenzen geschehen.

Institutionalisierte Kleinlichkeit. Völlig legale Sache. Die Justiz war eine vielschichtige Person.

39

Jane Fowler kam ins Little Shamrock und ging zu den Dart Boards, wo Dismas um Geld spielte. Sie ließ ihn seine Runde beenden, sich umdrehen und sie erblicken. Sie hatten seit drei Monaten nicht miteinander geredet, seit sie ihn angeschrien hatte, er zwinge ihren Vater aus dem Amt zu scheiden. Er hatte ihre Anrufe – vier im ganzen, im Schnitt einen in drei Wochen – nicht beantwortet.

Nachdem sie gesehen hatte, wie man ihren Vater in Handschellen aus seinem Büro abführte – so weit trieben sie es – war es ihr gleich, wie Hardy über sie dachte. Sie mußte ihn sehen, also war sie zu ihm hinausgefahren. Frannie, offenbar wieder schwanger, hatte ungefähr sechs andere kleine Kinder und ein paar Mütter im Haus. Hatten sie eine Kindertagesstätte eröffnet, oder was? Nein, das war ihre Spielgruppe – junge Mütter taten sich zusammen, um gemeinsam ... Es gab ihr einen Stich. In den wenigen Monaten, als sie und Hardy zusammen ihren kleinen Jungen gehabt hatten, war so etwas nicht vorgekommen.

Frannie war so höflich wie immer gewesen und hatte ihr gesagt, wo sie Hardy finden konnte, der dienstagnachmittags immer aus dem Haus ging. Sie erklärte, Dismas sei gut mit einem oder vielleicht sogar zwei Kindern. Aber wenn daraus vier wurden, plus dazugehörige Mütter, war die kritische Grenze erreicht, und er neigte zum Verschwinden. Er spielte mit Sicherheit Darts im Little Shamrock. Dort könnte sie es versuchen.

Als Hardy Jane sah, leuchtete sein Gesicht kurz auf, dann runzelte er die Stirn. »Was ist los?« fragte er. Sie erzählte es ihm in ungefähr zwanzig Sekunden. Hardys Dartgegner hatte seine Runde beendet. »Hardy«, sagte er.

Er bat Jane, ihm eine Minute Zeit zu lassen, ging zur Kreidelinie und warf drei Pfeile – einen in die Zwanzig, einen in die Siebzehn und eine Doppelsechs. Der Mann fluchte und nahm die Brieftasche heraus. Hardy zog bereits die Flügel von seinen Pfeilen ab und legte die Schäfte in das Lederkästchen zurück.

»Noch ein letztes Spiel. Doppelter Einsatz um alles?« fragte der Mann.

Hardy schüttelte den Kopf. »Geht nicht.« Er steckte den Schein des Mannes ein und führte Jane zur Bar.

»Was soll ich tun, Jane?«

»Ich möchte, daß du ihn besuchst. Ich möchte, daß du ihm *hilfst.*«

»Wie?«

Sie wußte es nicht. Hardy war seit drei Monaten arbeitslos. Er hatte dreizehn Pfund zugelegt. Unter dem Vorwand, er müsse sich im Pfeilwerfen üben und auf die Teilnahme an irgendwelchen großen Ausscheidungskämpfen vorbereiten, trank er jeden Tag ungefähr sechs Guinness. Zwischen ein Uhr, wenn das Shamrock öffnete, bis fünf, wenn er nach Hause zurückkehrte. Das nächste Guinness kam.

»Daddy braucht dich«, sagte Jane. »Es ist lächerlich. Er könnte keinen Menschen umbringen, Dismas. Du *weißt* das.«

Hardy sagte nichts. Er wußte es nicht, niemand wußte es.

»Komm«, sagte sie.

»Was soll ich tun?«

»Du läßt dir was einfallen. Du bist doch Anwalt.«

»Er auch, und all seine Freunde ebenfalls.«

Hardy schüttelte den Kopf. Er solle sich was einfallen lassen. Das fand er gut. »Ich bin sicher, daß er schon einen Anwalt hat.«

»Aber er braucht jemanden, auf den er sich verlassen kann, nicht nur jemanden, den er bezahlt.«

»Ich bin doch gar kein Anwalt mehr. Und selbst wenn ich einer wäre – ich bin kein Verteidiger. Ich habe noch nie im Leben jemanden verteidigt.«

»Schau mal, ich bitte dich doch nur, ihn zu besuchen. Er hat dir auch schon ab und zu einen Gefallen getan. Du schuldest ihm was.«

Ja, irgendwie vielleicht. Obwohl er sich gar nichts vorzuwerfen hatte, plagte ihn immer noch ein schlechtes Gewissen wegen Andys vorzeitigem Abschied. Er hatte ihn gedrängt, und wie sich dann herausstellte, wäre es doch gar nicht nötig gewesen. Seit ihrer letzten Begegnung in der Bar hatten Hardy und Andy nicht mehr miteinander geredet.

»Ich habe *nichts* ausgeplaudert, Jane.«

Janes Augen wurden schmal. »Aber du warst der, der von ihm und May wußte. Du mußt es gewesen sein.«

Hardy schüttelte den Kopf. »Ich habe es aus den Telefonabrechnungen ersehen. Von der Kaution wußte ich nichts. Das mit der Kaution hat der Reporter vom *Chronicle* herausgekriegt.«

»Daddy dachte, du wärest es gewesen.«

»Tja, ich war's nicht. Und wenn er das denkt, wieso will er mich dann sehen?«

»Er hat nicht wörtlich gesagt, daß er dich sehen will. Ich sage das. Ich glaube, es wäre gut für ihn. Gut für euch beide.«

Hardy seufzte. Jane würde nicht lockerlassen. Außerdem hatte er sonst nichts zu tun. Was konnte es schaden?

Hardy fuhr in seinem Wagen hinter Jane her.

Es war ein warmer Oktobertag, Spätsommer in San Francisco. Das Verdeck war heruntergeklappt, und es blieb genug Zeit zum Nachdenken. Er fand es fast unvorstellbar, daß sie Andy Fowler wegen des Mordes an Owen Nash verhaftet hatten. Er wußte, daß Locke einen persönlichen Widerwillen gegen Fowler empfand und daß Elizabeth Pullios' Groll beträchtliche Ausmaße annehmen konnte. Aber davon abgesehen, brauchten sie doch irgendwelche Beweise, um jemanden – einen ehemaligen *Richter* – wegen Mordes vor Gericht zu stellen, von einer Verurteilung ganz zu schweigen. Hardy hatte nichts von irgendwelchen neuen Indizien in diesem Fall gehört und war sicher, daß ihm so etwas zu Ohren gekommen wäre.

Er traf sich immer noch etwa einmal in der Woche mit Glitsky und telefonierte alle paar Tage mit ihm. Als er mit Frannie aus Hawaii zurückgekehrt war, hatte in den Zeitungen nichts mehr über Nash gestanden. Abe Glitsky war ab und zu bei Hardy zu Hause gewesen und hatte ihn auf dem laufenden gehalten.

Anscheinend war Ken Farris' Irrtum darüber, wann er Nash zuletzt gesehen hatte, wirklich nur harmloser Art. Es *war* ein Donnerstag gewesen. Die Leute machen Fehler. Er war am Freitag nach Taos geflogen, hatte sowohl am Freitag als auch am Sonnabend in Restaurants gespeist und war am Montag früh nach San Francisco zurückgekehrt.

Austin Bruck, Mr. Silicon Valley, hatte den Direktorenposten, auf den Owen Nash ihn gesetzt hatte, aufgegeben und ein neues eigenes Unternehmen – irgendwas mit Keramikfasern – unten in San Jose aufgezogen. Mit fünf Ingenieuren war er in den Monaten April, Mai und Juni täglich in seinem Betrieb gewesen und würde allen Quellen zufolge bis zum Sankt-Nimmerleins-Tag dort unten ausharren.

Glitsky hatte, gründlich wie er war, sogar Celine überprüft. Ihre Fingerabdrücke waren überall auf der *Eloise* gewesen, aber damit mußte man rechnen – sie sagte, sie sei oft mit ihrem Vater segeln gegangen. Die Freunde, die sie in Santa Cruz besucht hatte, waren ein unwahrscheinliches Trio aus zwei schwulen Bodybuildern und der Mutter des einen. Sie alle bestätigten, daß Celine das Wochenende bei ihnen verbracht und ihnen beim Umbau ihres aus der Zeit der Jahrhundertwende stammenden Hauses geholfen hatte.

Die einzige Überraschung war, daß sich Celines Fingerabdrücke in der Datenbank befanden, die über frühere Verhaftungen Auskunft gab. Wenn man noch nie verhaftet worden war, mochten Fingerabdrücke vielleicht in der Verkehrssünderkartei des Department of Motor Vehicles vorhanden sein, aber die Polizei sah immer erst einmal in ihrer eigenen Datenbank nach, ob die Leute schon einmal verhaftet worden waren.

»Celine war schon einmal verhaftet?«

»Zweimal. Mit zwanzig wegen Ladendiebstahls, da hat man einen ›Verstoß aus Leichtsinn‹ draus gemacht und die Sache fallen gelassen. Das zweitemal wegen Prostitution.«

»Prostitution?«

»Ich weiß. Als ob sie Geld brauchte, nicht wahr? Jedenfalls war es vor fünfzehn Jahren. Ich habe sie deswegen befragt. Sie erinnert sich nicht so besonders gern daran. Sie sagt, es sei ein Mißverständnis gewesen. Sie sagt auch, es sei kurz nach dem Ende ihrer ersten Ehe geschehen. Damals sei es ihr schlecht gegangen.«

»Ist es ihr nun schlechtgegangen, oder war's ein Mißverständnis?«

»Ich weiß, das ist so ein bißchen fraglich. Jedenfalls wurde keine Anklage gegen sie erhoben. Wenn dein Vater Owen Nash heißt ...«

»Überzeugungskraft des Geldes, hm?« hatte Hardy gemeint, und Glitsky sagte, so sei das ja wohl.

Nachdem also Farris, Brucker und Celine ein Alibi hatten, blieb nur ein Verdächtiger, und das war Andy Fowler. Aber – dieses Problem hatte den Fall ja von Anfang an so sehr kompliziert – Glitsky konnte keinerlei Indizien entdecken, die Fowler mit Owen Nash oder der *Eloise* in Beziehung gebracht hätten.

Andy war nicht in San Francisco gewesen, sondern in der Sierra herumgewandert, dabei jedoch offenbar niemandem begegnet. Aber er hatte Owen Nash nicht gekannt – es gab keinerlei Hinweis, daß sie sich je getroffen hatten. Während Hardys Hawaiiaufenthalt war herausgekommen, daß Fowler eine längere Beziehung mit May Shinn gehabt hatte, die ungefähr zu dem Zeitpunkt zu Ende gegangen war, als sie Nash kennengelernt hatte.

»Ich glaube nicht, daß das ein Zufall ist, Abe.«

»Nein, glaube ich auch nicht. Aber das beweist nichts. Fowler schwört, er hätte noch nie im Leben von Nash gehört, erst aus den Zeitungen von ihm erfahren.«

»Glaubst du das?«

»Es gibt nichts, das dem widerspricht. Nichts, das darauf hindeutet, daß er auf dem Boot war. Was ist das Motiv? Einen Rivalen ausschalten, sie zurückholen. Die älteste Geschichte der Welt. Du mußt das verstehen, Diz. Die Leute denken wirklich, daß Fowler es getan haben könnte. Locke will ihn mit großem Tamtam aus dem Verkehr ziehen. Aber wenn er das tut, dann tut er's richtig. Weder er noch Rigby, noch sonst jemand wird auch nur den kleinsten Schritt unternehmen, bevor handfeste Beweise vorliegen, und zwar mehr als gegen May Shinn. Und Beweise, zum Teufel, gibt es nicht.«

»Ist denn Fowler wieder mit Shinn zusammen?«

»Dafür gibt es keinerlei Anzeichen. Und glaub mir, die Leute passen scharf auf. Anscheinend hat sie sich verkrochen und versucht, ihr Geld herauszubekommen. Und hat eine Klage gegen mich, die Stadt und das County eingereicht. Freemans Honorar muß sich der Zweimillionengrenze nähern.«

Das waren Glitskys Fakten gewesen.

Um seine eigene Neugier zu befriedigen, hatte Hardy selbst auch ein bißchen nachgeforscht. Er hatte die Telefonabrechnungen. Andy Fowler mochte ja angenommen haben, daß ihm May Shinn vor Owen Nashs Auftauchen ganz allein gehörte, aber unter ihren Telefonnummern waren drei, die sie ungefähr so regelmäßig wie Andy Fowlers angerufen hatte.

Hardy wählte alle drei. Eine war die Vermittlung des Hauptbüros der Timberline Group, einer Consulting-Firma der Holzindustrie mit einer Adresse in der Bay Street. Hardy hielt es für unwahrscheinlich, daß May Shinn viel mit Holz gehandelt hatte.

Als bei der zweiten Nummer eine Frau abhob, kam Hardy sich ein bißchen dumm vor. Er schwindelte der Frau vor, es handle sich um eine demographische Umfrage für die Neilson Ratings. Die Frau sagte, sie und ihr Mann, der außer Haus arbeitete (er handle mit Software), seien beide Mitte fünfzig. Sie wollte sich nicht genau dazu äußern, aber ihr Einkommen lag im unteren sechsstelligen Bereich. Er gab sich damit zufrieden.

Die dritte Nummer war das Privatbüro eines freundlichen Millionärs, dem ein Modehaus gehörte.

Also ...

Offenbar hatte May noch drei andere Kunden gehabt, bevor sie an Owen Nash geraten war. Mit Andy Fowler vier. Und den Telefonabrechnungen zufolge hatte sie alle Anfang Februar fallengelassen. Zahlte ihr Nash mehr, oder hatte sie sich, wie sie behauptete, wirklich in ihn verliebt?

Natürlich wußte er nichts über diese Männer und ob es eine Verbindung zwischen ihnen und Owen Nash gab. Noch nichts. Hardy überlegte einen Tag lang, ob er Glitsky von diesen drei anderen Männern berichten sollte. Dann beschloß er, es nicht zu tun. Er hatte Andy versprochen, daß er die Telefonunterlagen nur herausgeben würde, wenn er dazu gezwungen würde. Die Originale befanden sich ja in der Akte im Büro der Staatsanwaltschaft, falls jemand Lust verspürte hineinzusehen.

Hardy hatte nichts mehr damit zu tun, aber man mußte die kleinen grauen Zellen nicht gerade überanstrengen, um zu begreifen, daß sich mit dieser Entdeckung wieder allerlei neue Möglichkeiten ergaben. Wenn das Motiv, das man Fowler unterstellte, Rivalenmord, auf ihn zutraf, dann traf es auch auf Mays andere drei Kunden/Liebhaber zu. Doch andererseits befand sich die Bezirksstaatsanwaltschaft nicht auf dem Kriegspfad gegen einen der drei anderen Kerle, sondern nur gegen Fowler.

Trotzdem mußte Andy einen Fehler gemacht haben. Irgendeinen Beweis mußten sie haben, aber wo hatten sie den her? Hardy war sicher, daß Glitsky ihn angerufen hätte, wenn das geringste Indiz aufgetaucht wäre, also hatte er ihn nicht beschafft. Und wenn Glitsky es nicht getan hatte, wer dann?

Er war schließlich der Untersuchungsbeamte. Es ergab keinen Sinn. Hardy hatte seit dem Tag nach seiner Entlassung den Justizpalast nicht mehr betreten. Er hatte dann nur noch seine persönliche Habe, sein Dartboard und den Briefbeschwerer abgeholt.

Als er jetzt mit Jane zusammen die Treppe zum Justizpalast hinaufschritt, schüttelte er den Kopf darüber, daß er sich hatte überreden lassen, noch einmal da hineinzugehen. Die falschen Anschuldigungen, der ungenannte Zeuge (wahrscheinlich Pullios), die politischen Intrigen fielen ihm wieder ein.

Er fuhr mit Jane im überfüllten Fahrstuhl zum Gefängnis hinauf. Er wußte nicht genau, was er tun würde, aber er nahm an, daß er sich wenigstens einen ungefähren Eindruck verschaffen konnte. Beim Empfang hob der Sergeant, der am Schreibtisch saß, den Kopf und nickte.

»He, Hardy, haben Sie heute frei?«

Hardy brauchte einen Augenblick, bis er begriff. Er trug weder Anzug noch Krawatte. Der Sergeant dachte, er arbeite noch dort. »Wo waren Sie denn, auf Urlaub oder so?«

»Oder so. Hören Sie, haben Sie Andy Fowler schon bearbeitet?«

»Ja, ich glaub' schon, ich gucke nach. Ist das zu fassen? Der Richter?« Er stand von seinem Sessel auf und verschwand für zwei Minuten, während Hardy betete, daß niemand ihn erkannte. Als der Sergeant wieder herauskam, zeigte er nach rechts und sagte Hardy, er könne hineingehen, sie würden den Richter herunterbringen.

Man ließ Hardy und Jane ein und brachte sie zum Besucherraum A, in dasselbe Zimmer, in dem er May Shinn getroffen hatte.

Jane setzte sich zögernd. »Wie sind wir hier hereingelangt?«

»Ich glaube, unter Vorspiegelung falscher Tatsachen. Nun hör zu, wenn dein Vater kommt, verhalte dich in Gegenwart der Wache ruhig. Spring nicht auf oder schrei irgendwie los. Da sie glauben, ich arbeite noch hier, tu so, als wärest du meine Assistentin, okay?«

Aber so einfach war es nicht. Ihr Vater sah schlimm aus in dem gelben Overall. Vier Stunden zuvor, als sie ihn in seinem Nadelstreifenanzug und in Handschellen abgeführt hatten, hatte Jane gedacht, etwas Beschämenderes gäbe es nicht. Jetzt wußte sie, daß das erst der Anfang gewesen war.

Der Richter spielte mit, verhielt sich kooperativ, nickte den beiden zu und setzte sich ihnen gegenüber an den Tisch. Hardy dankte dem Wächter und sagte ihm, er solle draußen warten. Kaum war die Tür zu, sagte ihr Vater: »Gut. Wie seid ihr hier reingekommen?«

Dismas nickte und legte den Finger auf den Mund. »Ich hab' gemogelt. Wie geht's dir, Andy?«

»Schlecht. Und dir?«

»Einigermaßen.«

Die beiden Männer sahen aneinander vorbei. Jane konnte nicht zulassen, daß diese Begegnung mißglückte. »Dismas hat dich nicht verraten, Daddy. Die Sache mit dir und ... May.«

Ihr Vater schien sich nicht geschlagen zu geben. Im Gegenteil, er sah kampflustig aus. »Das hast du nicht?« Jetzt starrte er Hardy an.

»Ich hab' gesagt, daß ich es nicht tun würde, und ich habe es nicht getan.« Er zuckte die Achseln. »Ich dachte, du hättest andere Dinge im Kopf. So wie ich. Zum Beispiel bin ich deswegen rausgeflogen.«

»Davon habe ich gehört.« Nun wartete er wieder. Jane merkte, daß sie ihre Fingernägel in die Handflächen preßte. Sie verstand dieses Schweigen nicht – die beiden Männer, die ihr am nächsten gestanden hatten, tasteten einander wie zwei Boxer ab, die im nächsten Augenblick aufeinander einschlagen würden.

»Ich glaube, ich war es leid, dauernd zu erklären, was ich alles nicht getan habe. Ganz gleich, was irgendwer behauptet haben mag. Man kriegt das satt.«

»Kann ich mir vorstellen.« Ihr Vater war in sich gekehrt. Er nagte an etwas herum. »Tut mir leid, Diz, ich hatte angenommen, daß ...«

Janes Ex-Ehemann hatte die Hände auf dem Tisch gefaltet. Er öffnete sie. »Ich hab's gemerkt. Was tust du hier?«

»Jemand glaubt, ich hätte Owen Nash getötet.«

»Das weiß ich. Aber was hast du für einen Anwalt? Du solltest längst hier raus sein.«

Ein Lächeln mit zusammengepreßten Lippen. »Das denkst du, was? Aber Locke sieht das anders. Keine Freilassung gegen Kaution, bevor nicht erst Anklage erhoben ist.« Er machte eine Pause. »Und dann wird man weitersehen.«

»Dieser Locke ist ganz schön aufgeblasen.«

Fowler fuhr fort. »Ich habe David Freeman angerufen. Er fand, es sei wohl nicht sehr geschickt, wenn er mich vertrete – wegen May. Er deutete an, er werde es sich mal durch den Kopf gehen lassen. Währenddessen scheint es, als ob ich hinter Schloß und Riegel bleiben soll.« Wieder ein dünnlippiges Lächeln. »Ein mieser Witz.«

»Daddy, können sie denn so etwas tun?«

»Ja, das können sie, Honey. Wie oft hat ein Verteidiger zu mir gesagt, sein Mandant *müsse* freikommen, werde keine weitere Nacht mehr dort drin überleben, es ginge um Leben und Tod. Und ich habe ihm gesagt, er solle bis zum Morgen warten. So sei nun mal das Verfahren...«

»Wir können das nicht zulassen, du kannst hier nicht bleiben. Dismas wird etwas tun.«

Hardy nickte. »Ich könnte es versuchen, Andy.«

»Wieso willst du mir helfen? Was willst du denn versuchen?«

»Ich weiß nicht, ich hab's geschafft, hier mit Jane zusammen hereinzukommen, nicht wahr? Ich könnte versuchen, dich rauszubringen, nach unten und dann auf die Straße.«

Ihr Vater zupfte an seinem Overall. »Meinst du nicht, daß dieser Anzug ein bißchen auffällig ist?«

»Verdammt«, sagte Jane. »Hört ihr jetzt endlich damit *auf.*«

»Du hast recht, ich muß mir etwas anderes ausdenken.«

Der Richter wurde ernst. »Du würdest wirklich etwas tun? Warum?«

Hardy zuckte die Achseln. »Wenigstens bis einer von Freemans Wundertätern auftaucht. Dann hast du zumindest vorläufig jemanden, der sich um dich kümmert. Ich könnte das Mandat dann abgeben, wenn du dich entschieden hast, wen du haben möchtest.« Hardy richtete sich in seinem Sessel auf. »Und ganz nebenbei würde es mir Spaß machen, den Leuten hier zu zeigen, was eine Harke ist. Ich glaube, ich bin ziemlich sauer auf diese Typen hier.«

»Kannst du ihn bis heute *abend* herausholen, Dismas? Gegen Kaution oder so?« Jane sah ihren Vater an. »Du kannst nicht die Nacht über hier bleiben.«

Fowler streckte den Arm aus und tätschelte ihre Hand. »Mach dir keine Sorgen, Honey. Ich habe schon einmal – freiwillig, gebe ich zu – eine Nacht im Gefängnis verbracht. So schlimm war es nicht. Ich wollte feststellen, was wir mit den Leuten machen. Ich werde es überleben, ich schwöre es dir. Außerdem schadet es nicht, wenn ich mich schon mal dran gewöhne. Es könnte sich etwas länger hinziehen, falls die Freilassung gegen Kaution abgelehnt wird.«

»Das können sie doch nicht tun!«

Fowler und Hardy sahen einander an. Der Wächter draußen vor der Tür klopfte.

»Ich rufe Freeman an und sorge dafür, daß er dich nicht vergißt«, sagte Hardy. »Und morgen bin ich wieder hier ... Bist du sicher, daß du mir die Verteidigung übertragen willst. Wenn auch nur vorübergehend?«

Andy schien zum erstenmal darüber nachzudenken. »Vielleicht länger.«

»Ist das dein Ernst?«

Der Richter sah sich in dem winzigen Zimmer um, dann schaute er seine Tochter an, als ob er die Bestätigung für etwas suchte. Er wußte, daß er Hardy zu schnell abgeschrieben hatte, als er dachte, dieser hätte sein Vertrauen mißbraucht. Es war ihm da ein Fehler unterlaufen. Er kannte Hardy – er hatte Andy Fowler nicht verpfiffen. Auf Hardy konnte man sich verlassen, und er gab nicht auf. »Ja, zum Teufel«, sagte er und lächelte.

40

Er ließ Jane im dritten Stock. Er stieg aus dem Fahrstuhl, ging den Korridor hinunter und kam zur Mordkommission. Wenn Glitsky da war, konnten sie vielleicht wie in alten Zeiten zusammen zu Lou's gehen. Aber er war fort. Hardy beugte sich über seinen Schreibtisch und schrieb ihm eine Nachricht, als er Absätze auf den Fußbodenfliesen hörte und hochblickte.

Pullios stand in der Türöffnung.

»Hi, Bets«, sagte Hardy. »Haben Sie ... aufregende Fälle?«

Ihr Lächeln war eisig. »Wie geht's Ihnen, Dismas?«

»Wunderbar«, sagte er. »Ich schreibe meine Memoiren.«

Sie reagierte nicht. Ihre Augen wanderten über den rückwärtigen Teil des Raums. »Hat jemand Lanier gesehen?« fragte sie. Einer der Kriminalbeamten sagte, er glaube, er hätte ihn unten gesehen, wie er mit einem Zeugen Kaffee trank. Sie kam auf Hardy zurück. »Na, dann passen Sie gut auf sich auf.«

Sie wollte sich gerade umdrehen, da sagte Hardy. »Wie ich höre, ist Richter Fowler verhaftet.«

Sie blieb stehen. »Na, das spricht sich ja schnell herum.«

»Buschtrommeln. Wir sind so eine Art Familie.«

»Ach ja, richtig.«

»Glauben Sie wirklich, er hat Owen Nash getötet?«

»Die Grand Jury fand, daß es genügend Beweismaterial gibt, um Anklage zu erheben.«

Hardy verschränkte die Arme und lehnte sich an Glitskys Schreibtisch. »Ich weiß es aus sicherer Quelle: Wenn der Bezirksstaatsanwalt will, wird die Grand Jury auch Anklage gegen ein Schinkensandwich erheben.«

Pullios nickte. »Nun, es war nett, mal wieder mit Ihnen zu reden.«

Draußen im Korridor holte Hardy sie ein. Im lockeren Konversationston fragte er: »Ich nehme an, es sind neue Beweismittel vorhanden, hm?«

Pullios blieb stehen: »Vertreten Sie Fowler?«

»Ich bin nur ein neugieriger Bürger, der sich fragt, was es seit Shinn an sensationellen Tatsachen gibt.«

»Ach, eine ganze Menge. Sie werden es sicher bald in der Zeitung lesen.«

Sie ging weiter.

Hardy blieb vor Wut wie festgewurzelt stehen. Es überkam ihn einfach. Sein Magen drehte sich um, und er hörte das Blut in den Ohren pulsieren.

Bitte tu's nicht, sagte er zu sich selbst. Halt den Mund. Hör auf, sie durch den Korridor zu jagen. Damit gewinnst du nichts.

Er sah ihre elegante Gestalt um die Ecke in die Lobby zu den Fahrstühlen entschwinden. Er bekam keine Luft mehr. Ihm war, als ob er zu atmen aufgehört hätte, und er riß den Mund auf, um wieder tief Luft zuholen. Jetzt brauchte er unbedingt einen Drink.

Oder vier. Oder fünf.

Zusätzlich zu den drei Guinness, die er getrunken hatte, als Jane im Shamrock erschienen war. Er nahm die ersten paar Irish Whiskeys bei Lou's zu sich, aber dann kamen diese Typen rein, die er kannte und die wissen wollten, was er jetzt tat und wie es ihm ging.

Ja, er war vielbeschäftigt, hatte da eine Sache an der Hand, überlegte, ob er noch eine zweite Bar aufmachen sollte oder vielleicht ein Restaurant. Nein, eine Anwaltspraxis eröffnen und den Abschaum verteidigen wollte er nicht.

Als er Lou's verließ, fiel ihm ein, daß er vergessen hatte, David Freeman anzurufen. Das wollte er vom nächsten Lokal aus tun. Und Frannie mußte er auch anrufen. Das durfte er nicht vergessen. Sie würde sich Sorgen machen. Sie machte sich jetzt schon seit ein paar Monaten Sorgen – um ihn, um sie beide, um die Zukunft, das Baby, die Schwangerschaft. Um alles. Ihre Wellenlängen stimmten aus irgendeinem Grund nicht mehr überein. Das machte ihm auch Sorgen, jetzt zweifelte er an sich selbst. Manchmal hatte er das Gefühl, daß er krank davon wurde. Aber wenn er trank, ging es ihm anscheinend besser.

Er überlegte, nicht noch mehr über den Durst zu trinken, vergaß dann aber bald seinen eigenen oft geäußerten Warnspruch »Beer On Whiskey Is Mighty Risky« und kehrte in ein Lokal in der Siebten Straße ein, wo er ein Rainier Ale bestellte.

In der Bar gab es kein öffentliches Telefon.

Er trug die grüne Flasche zu einem Tischchen nahe bei der Tür und starrte den Fernsehschirm an, auf dem gerade die Abendnachrichten liefen. Wieder der Geschäftsmann, der Richter und die Prostituierte. Er setzte sich gegenüber, auf die andere Seite des Tisches, wo er den verdammten Kasten nicht sah. Jetzt rauschte alles an ihm vorbei.

Der Urlaub war wunderbar gewesen. Die zwei Wochen hatten ihnen gutgetan. Erfrischt, von neuer Kraft erfüllt, ein Herz und eine Seele waren sie zurückgekehrt. Über seine Karrierepläne sprachen sie bewußt nicht – dafür hatten sie noch genug Zeit. Statt dessen diskutierten sie über Babys und was für eine Geburt die beste war, ob Moses und Susan es ernst meinten, über Essen und über ihre Vergangenheit – Eddie und Jane. Und ob sie in ein größeres Haus umziehen sollten, bevor oder nachdem das nächste Kind zur Welt kam.

Hardy hatte täglich seinen Strandlauf absolviert. Nach ein paar Tagen mit Rum-Drinks hatte er sich selbst damit überrascht, daß er für den Rest des Urlaubs trocken blieb. Er war braungebrannt und schlank, und das gefiel ihm.

Dann hatte er in der ersten Woche zu Hause von Abe die neuesten Nachrichten über Owen Nash, May Shinn und Andy Fowler gehört. Mit Pico zusammen hatte er im Steinhart-Aquarium ein paar Becken saubergemacht. Und ein paar Schichten im Shamrock eingelegt, um nicht aus der Übung zu kommen.

Zuerst war da eine nagende Unruhe gewesen, gepaart mit einer leichten Schlaflosigkeit. Er hatte nicht zugeben wollen, wieviel er in diesen neuen Job investiert hatte, wie groß das Risiko gewesen war, gleich nach Weihnachten die Arbeit hinter der Bar aufzugeben und wieder Jurist zu werden. Aber jetzt, während dieser langen, ungeregelten Tage, die sich vor ihm hinstreckten, dämmerte in seinem betäubten Hirn die Erkenntnis, daß er in einer der fundamentalen Entscheidungen seines Lebens die falsche Richtung eingeschlagen hatte.

Sie hatten ihn vor die Tür gesetzt. Seine Dienste waren unerwünscht. Nicht, daß die Leute, für die er gearbeitet hatte, so ehrenwert oder begabt oder besser qualifiziert für diesen Job waren als er, jedenfalls war er nicht dieser Ansicht, sondern der springende Punkt war ganz einfach die Tatsache, daß sie ein Urteil über ihn gefällt und ihn unbrauchbar gefunden hatten. Die Maßstäbe, nach denen sie ihn verstoßen hatten, spielten keine Rolle. Er war draußen, sie saßen drin.

Da überkam es ihn. Er merkte, wie er sich ihre Ablehnung zu eigen machte, wie er sich selbst verfluchte. Und dieses Gefühl wurde er nicht mehr los. Wer war er denn schon mit seinen vierzig Jahren? Ein Ausgestoßener. Abfall. Er hatte Frannie erzählt, er wolle verdammt noch mal nicht den ganzen Tag lang die Drecksarbeit für andere Leute erledigen. Er werde sich nach einem besseren Job umsehen, der ihm mehr zusagte, wo er wirklich zeigen konnte, was in ihm steckte. Vielleicht war er ja doch viel mehr wert, als diese Leute ahnten.

Die Leute, mit denen er redete, waren nett. Männer und Frauen – Juristen und Bürochefs –, sie trugen Anzüge wie er. Aber sie stellten ihn nicht ein. Sie würden ihn anrufen, sagten sie, aber das dauerte. Vielleicht konnte er sich als Pflichtverteidiger verdingen.

Er war ein logisch denkender Mensch, und die Logik sagte ihm, daß er auf dem Markt keine Chancen hatte.

So ein Mist, aber das würde er sich nicht bieten lassen. Er hatte doch bisher ein ganz gutes Leben geführt und das konnte, verdammt noch mal, nicht alles gewesen sein. Zum Teufel mit all diesen Schweinehunden.

Und dann beging er einen großen Fehler.

Frannie war ein Fels zu Hause, auf den er bauen konnte. Sie sagte ihm, er solle ja nicht die Nerven verlieren, immer mit der Ruhe, es werde sich schon etwas finden. Sie liebe ihn. Aber sobald man sich erst einmal an den Gedanken gewöhnt hatte, daß die Leute einen nicht wollten, war man bald an dem Punkt angelangt, an dem man sich selbst völlig überflüssig vorkam. Man war nichts als eine Last. Gänzlich unnütz und entbehrlich. Stolperte über die eigenen Füße.

Er meinte zu spüren, wie Frannie sich von ihm abwandte. Sie schwor ihm, das sei nicht wahr. Sie halte zu ihm. Aber er merkte, daß er nicht mehr mit ihr reden konnte. Er sah, wie sie ihr Vertrauen in ihn verlor. Und daß sie *das* ertrug, konnte er nicht von ihr verlangen. Sie brauchte einen selbstsicheren, mutigen Mann, gerade jetzt, wo sie sich auf die Geburt ihres zweiten Kindes vorbereitete. Also entschloß er sich, ein fröhliches Gesicht zu machen. Er lachte viel, und dazwischen schwieg er sich dann wieder lange aus.

Der Gedanke ging ihm durch den Kopf, ob er sich nicht mit jemandem unterhalten könnte, der ihn nicht dauernd an seine miese Situation erinnerte. Natürlich würde er das nicht tun – aber wäre es nicht nett, mit jemandem zusammen zu sein, der einen für okay hielt und der diese ganze Last, die er mit sich herumschleppte, nicht kannte?

In den Tagen der Jobsuche hatte er es sich angewöhnt, für ein oder zwei Runden im Shamrock abzutauchen. Dort brauchte er Frannie nicht gegenüberzutreten. Mit dem Joggen hörte er auf.

Er war jetzt seit fünf oder sechs Wochen zu Hause. Er sagte sich, genug ist genug, jetzt mußte er mal etwas unternehmen, damit die Hundesöhne ihn nicht kaputtmachten. Erst einmal körperlich wieder in Form kommen, sagte er sich. Mit dem Trinken aufhören und trainieren.

Er stand hinter Celine Nash, als sie am Stairmaster übte. Sie hatte ihr Haar im Nacken mit einem leuchtend rosa Stirnband umschlungen. Ein Stück dunkleres Rosa zeigte sich, wo sie zwischen den Schulterblättern schwitzte. Ihr Hintern war eine phänomenale Pumpmaschine. Hinauf und hinunter, Schritt für Schritt. Der Schweiß lief an ihr herunter. Er überlegte, ob er sich umdrehen und hinausgehen sollte.

Es war okay, sagte er sich. Er war hier, um etwas für seinen abgeschlafften Körper zu tun, und er hatte Hardbodies! gewählt, weil er es schon kannte und weil hier die Geräte waren, die er suchte.

Er hatte sie seit dem Tag, an dem sie vor seinem Haus erschienen war, nicht mehr gesehen, und das war vor seinem Urlaub in Hawaii gewesen. Damals hatte sie begriffen, daß für sie kein Platz in seinem Leben war. Nun, er hatte nicht vor, sie nun zurückzuholen. Seither war genug Zeit vergangen. Daß er hier auftauchte, hieß nicht, daß er etwas von ihr wollte.

Er kletterte auf das Gerät neben ihrem. »Yo«, sagte er.

Sie waren zusammen in der Sauna. Er saß auf einem Handtuch im Dampfbad und lehnte sich an die Wand aus Zedernholz. Er trug Turnhosen und ein T-Shirt. Sie war nach dem Training zum Umkleideraum gegangen, hatte sich ihrer Strumpfhose entledigt und war in einem einteiligen schwarzen Badeanzug zurückgekommen.

Sie redeten jetzt ganz locker miteinander. Sie erzählte, es ginge ihr ganz gut, sie habe ja ihre Gymnastik. Er sagte, er beneide sie darum. Na ja, wenigstens habe er jetzt auch damit angefangen. Immerhin etwas. Ja.

Es war fast fünfzig Grad heiß. Der Raum war winzig, vielleicht einen Meter fünfzig mal zwei Meter zehn, und am Fußboden stand der mit Steinen bedeckte Ofen. Celine stand auf und goß aus einer Kanne frisches Wasser darüber. Eine Dampfwolke stieg auf und hing über ihm. Sie wollte sich wieder auf das Holz zurücksetzen, doch dann sprang sie auf und sagte. »Autsch.«

»Hier.« Hardy rückte genug von seinem Handtuch heraus, damit sie Platz darauf fand. Er spürte, wie sein Herz durch das T-Shirt klopfte. Ihre Beine berührten einander.

Sie beugte sich zu ihm herüber, nahm seine Hand und legte sie sich hoch auf ihren Oberschenkel.

»Celine ...«

»Psst ...« Ihre Schulter lehnte sich gegen ihn. »Ich komme jetzt seit sechs Monaten her und habe noch nie eine Seele in diesem Raum gesehen.«

Sie hob das elastische Gewebe ihres Nylonbadeanzugs hoch und schob seine Hand darunter. »Fühl mich«, sagte sie. Sie war glattrasiert, ihre Haut so weich, als ob sie eingeölt wäre, und schon feucht, als sie seine Hand bewegte.

»O Gott«, sagte sie. »O lieber Gott.«

Mit der einen Hand hielt sie seine Hand fest, mit der anderen hob sie sein T-Shirt hoch, fand den Bund seiner Shorts, griff darunter und nahm ihn.

Seide und Öl. Honig und Salz.

Das bewies, daß er recht gehabt hatte. Er war nicht besser als alle anderen und schlimmer als die meisten. Er versuchte sich einzureden, daß er ja nicht richtig untreu gewesen war. Es hatte keine Penetration stattgefunden, also hatte er nicht wirklich mit ihr geschlafen. Schwache Argumentation. Unter aller Kritik. Wäre ehrlicher gewesen, wenn er es getan hätte.

Jetzt hatte er den Nachweis dafür erbracht, daß die Welt ihn richtig einschätzte. Er würde sich selbst nichts Anständiges mehr zutrauen. Er wagte kaum noch, sich im Spiegel in die Augen zu sehen.

Er fing mit den Darts an und kippte literweise Guinness in sich hinein. Ging Frannie aus dem Weg, ging sich selbst aus dem Weg. Nahm zu.

Gott sei Dank hatte Celine nicht auf einer Fortsetzung bestanden. Wenigstens das schien vorbei zu sein.

Aber er lebte in einer tiefen Höhle, in völliger Dunkelheit.

Es war halb elf. Jetzt standen vier Flaschen Rainier Ale auf dem Tisch und ein Kristallglas mit einem Rest darin, hauptsächlich Wasser und ein schwacher Geschmack nach Irish Whiskey. Er blinzelte, fragte sich, wo er gewesen war, und versuchte sich auf die Uhr über dem Tresen zu konzentrieren. Es hatte keinen Zweck. Er stand auf. Unsicher.

Jesus.

Draußen war die Nacht kalt geworden. Die Straße kam auf ihn zu und zwang ihn gegen die Stuckverzierung eines Hauses, wo er Halt suchte. Die Siebte Straße streckte sich, wie es schien, meilenweit und leer dahin und schimmerte, als ob sie naß wäre. Hatte er seinen Wagen am Justizpalast geparkt? Selbst wenn, wie sollte er ihn nach Hause bekommen?

Er versuchte geradeaus zu gehen, aber plötzlich schien alles weh zu tun. Alles schmerzte – die Schulter, wo er in Vietnam verwundet worden war, der Fuß, den er sich letztes Jahr in Acapulco verletzt hatte.

Hinter ihm war ein Geräusch, ein Lachen, dann ein Sprung – Leder auf Zement. Jetzt hörte er es, es kam auf ihn zu.

Er richtete sich auf, sah sich um, sah einen Arm, dann traf ihn etwas an der Stirn, und er kippte zur Seite weg. Er hörte noch einen dumpfen Aufprall – war er das? –, sein Kopf krachte nach hinten gegen die Hauswand, und er ging zu Boden.

Er sah Bilder. Der würgende Schock von Ammoniumkarbonat, Riechsalz. Ein Licht hinter seinen Augen. Etwas Klebriges unter seiner Hand. Der kalte Zement.

»Komm, wir liefern ihn ein.«

»Warte mal. Ist er das?«

Hardy riß mit Gewalt die Augen auf. Das Licht der Taschenlampe traf ihn wieder, und er krümmte sich zusammen. Schatten tauchten auf, die er erkannte. Polizei.

Ein Glück. Einer von ihnen hatte seine Brieftasche in der Gosse gefunden. Das Geld war weg. Hardy hatte seine Marke nicht zurückgegeben. Wenn Locke sie haben wollte, sollte er kommen und sie sich holen.

»Sind Sie Dismas Hardy?« fragte einer von ihnen.

Er glaubte zu nicken, grunzte. Irgendwas.

»Ist er so betrunken, wie er riecht?«

Wieder mit dem Riechsalz vor der Nase. Hardy fuhr sich mit der Hand zum Gesicht, fühlte eine Kruste. Er sah an sich herunter. Sein weißer Pullover war ein dunkler Lumpen.

»Ich bin Hardy«, sagte er.

Sie richteten ihn auf. Schmerz, Übelkeit. »Vorsicht, Leute.« Er stolperte einen oder zwei Schritte und erbrach Galle und Bier. Er lehnte sich gegen die Hauswand. »Sorry.«

Sie wichen ein paar Meter zurück. Er schnappte nach Luft, spuckte ein paarmal und versuchte festzustellen, wie spät es war, aber seine Armbanduhr war weg.

Wenn möglich, würde er lieber nach Hause als ins Krankenhaus gebracht werden, sagte er. Er glaubte nicht, daß was gebrochen sei. Vielleicht eine Gehirnerschütterung. Sein Kopf fühlte sich an, als wäre ein Amboß an seinem Hals befestigt, auf den jemand andauernd mit einem Schmiedehammer schlug.

Sie nahmen ihn auf ihren Rücksitz.

Er lehnte seinen Kopf zurück. Lichter flogen über ihn hinweg, der Freeway. Er schloß die Augen. Nichts zu sehen.

Es war fast Mitternacht, und Moses war seit einer halben Stunde da. Frannie kam ihrem Bruder besonders mitgenommen vor. Sie war jetzt im fünften Monat, und man sah es ihr an. Ihre Arme sahen mager aus, fand er. Ihr Gesicht war zu hohlwangig. Vielleicht war es der Gegensatz zu ihren vollen Brüsten und ihrem Bauch. Unter ihren Augen waren Ringe. Sie saß vorgebeugt auf der niedrigen Wohnzimmercouch, die Ellbogen auf den Knien, die Hände unter dem vorgewölbten Bauch gekreuzt.

Moses sagte ihr, das Beste, was sie tun könnte, sei warten. Er werde schon irgendwann wieder auftauchen. Moses versackte auch manchmal am Wochenende oder nachts irgendwo.

»Er ist nicht versackt, Moses.« Sie zögerte. »Er ist bei Jane. Ich weiß, daß er bei Jane ist.«

Moses schüttelte den Kopf. »Unmöglich, Frannie.«

»Sie war gestern hier und hat nach ihm gefragt.«

»Jane?« Er dachte nach. »Was wollte sie denn?«

»Sie wollte Dismas. Sie will immer Dismas. Er ist schon einmal zu ihr zurückgegangen.«

»Frannie. Komm. Damals war er nicht mit dir zusammen. Er war mit niemandem zusammen. Wahrscheinlich hatte es mit der Verhaftung ihres Vaters zu tun. Er und Diz waren Freunde, stimmt's?«

»Sind sie immer noch, glaube ich.«

»Ja, und nun?«

Warum hatte sie daran nicht gedacht? Diese wütenden Hormone machten sie verrückt.

»Wahrscheinlich ist er hingefahren, um ihn herauszuholen oder was auch immer. Dann hat er nicht mehr auf die Uhr gesehen.«

»Dismas sieht immer auf die Uhr. Und was ist, wenn er Janes Vater herausgeholt hat, sie sind alle irgendwo hingefahren, um zu feiern, und dann hat ihr Vater sie allein gelassen ...?«

»Was ist, wenn ihn eine Patrouille aus dem Weltall sich geschnappt und im Namen der intergalaktischen Forschung lebendig zerschnipselt hat?«

»Mir ist nicht zum Witzemachen zumute.«

»Ich habe keine Lust zum Was-ist-Spielen. Wahrscheinlich hängt er bloß irgendwo herum. Das kommt vor.«

Lange Zeit saßen sie da und sagten nichts. »Er ist bloß in der letzten Zeit so traurig. Als ob er nicht mehr weiter wüßte.«

Moses hob den Kopf hoch, stand langsam auf und ging zum Kamin. Er stellte die Elefantenherde um. Das tat er jedesmal, wenn er kam. Er stellte sie jedesmal anders hin. »Weißt du, Frannie, ich glaube, daß uns nie jemand darauf vorbereitet hat, Dismas und mich und solche Typen, wie hart das Leben wirklich ist.« Er sagte es halb im Scherz, aber es war ernst gemeint, das wußte sie.

»Das Leben mit mir ist nicht hart, Moses.«

»Ich sage nicht mit dir. Ich meine, du weißt schon, das Leben im allgemeinen.«

Sie stand auf und stellte einige Elefanten wieder so hin, wie sie gestanden hatten. »Du wirst einfach alt, Bruder.«

Moses faßte sie sanft bei den Schultern und zog an ihrem Haar. Er war ein Jahr älter als Hardy. Er hatte seine Schwester aufgezogen, seit sie acht Jahre alt war. Von den zehn Dingen, die er auf der Welt am liebsten hatte, so sagte er immer, seien acht Frannie. Die anderen beiden waren streng gehütete Geheimnisse.

Moses, der aus dem Erkerfenster sah, erblickte das Polizeiauto, das vorfuhr. »Da ist er ja«, sagte er. »Siehst du? Er muß irgendwas mit der Polizei gemacht haben.«

41

Überall war Nebel – in seinem Kopf, draußen vor dem Schlafzimmerfenster.

»Ich habe so etwas nicht verdient.« Frannie war schon seit einer Weile auf, hatte geduscht und sich angezogen. Sie saß in der anderen Ecke des Zimmers, an der Tür zum Kinderzimmer, in ihrem Schaukelstuhl. »Ich bin sehr traurig, daß das passiert ist, und das wäre es nicht, wenn du nach Hause gekommen wärest.«

»Frannie ...«

Sie unterbrach ihn, sie mußte jetzt weiterreden. Sie weinte nicht, aber ihre Wangen waren naß. »Ich weiß, daß du es jetzt schwer hast, obwohl ich nicht genau weiß, wieso. Und du brauchst es mir auch nicht zu erzählen. Aber ich verdiene es nicht, daß du mich so behandelst. Du rufst nicht an, du läßt mich hier den ganzen Abend sitzen, und ich mache mir schreckliche Sorgen. Ich will das nicht.«

Hardy hatte eine walnußgroße Beule oberhalb der Stirn. Sein linkes Ohr war zerkratzt, und in der Kopfhaut darüber war eine Platzwunde. Sie mußten ihn getreten haben, als er am Boden lag. Seine Rippen stachen. Seine Kopfschmerzen waren unerträglich, seine Zunge an mehreren Stellen angebissen. Er schmeckte immer noch Blut.

»Tut mir leid –«

»Natürlich tut es dir leid. Und mir auch. Wem würde das nicht leid tun? Was willst du, Dismas? Was willst du? Wenn du mich nicht willst, bin ich sofort weg, mit den Babys und allem, das sag' ich dir. Ich meine es ernst.«

Er bezweifelte es nicht. Frannie pokerte nicht, und das war kein Bluff.

»Ich will dich«, sagte er. Er sah sie Luft holen. Ein Wunder, dachte er, sie wollte ihn immer noch. Sie war wütender, als er sie je gesehen hatte, aber wenigstens war es mit ihnen nicht vorbei. »Ich weiß, daß ich mich beschissen benommen habe. Ich kann dir gar nicht erzählen –«

Sie hob die Hand. »Keine Litanei. Ich möchte bloß nicht so ein mieses Leben führen. Ich will das nicht. Diese Familie hat das nicht verdient. Du auch nicht.«

Hardy hielt den Kopf in den Händen. »Und warum habe ich das Gefühl, daß ich genau das hier verdient habe?«

»Das weiß ich nicht. Du hast es eben irgendwie zugelassen, daß diese Idioten dir das Gefühl gegeben haben, sie wären besser als du, was lächerlich ist. Was ist denn an denen so toll? Warum ist es denn so wichtig, was sie von dir halten?«

»Okay. Aber was ist, wenn sie recht haben? Und vielleicht haben sie recht –«

»*Verdammt*, Dismas. Sie haben nicht recht. Du bist kein Verlierer. Warum? Weil ich schlau bin und keinen Verlierer geheiratet hätte. Laß dir – und mir – das von denen nicht antun. Wenn du das zuläßt, dann haben sie gewonnen.«

Wieso konnte sie es nicht begreifen? Er hatte es doch seit ein paar Monaten immer wieder bewiesen. »Du mußt zugeben, Frannie, daß ich nicht gerade eine Glückssträhne habe.«

Jetzt blitzten ihre Augen wütend. »Vielen Dank! Was bin ich? Was ist dieses Haus und Beck?« Sie zeigte auf ihren Bauch. »Was ist dieses Wesen da drin? Zählt das alles nicht als Glück?«

»Das meine ich nicht.«

»Na, dann!« Sie schlug sich mit ihrer kleinen Faust hart aufs Bein und erhob die Stimme. »Verdammt noch mal! Dann sag so was nicht.« Sie stand auf und ging ins Kinderzimmer. Der Schaukelstuhl knarrte auf dem Hartholz. Nach einer Weile hörte er sie mit Rebecca reden. »Ist schon gut, ich meine dich nicht, Süße. Jetzt schlaf wieder.«

Hardy war übel, und alles tat ihm weh, aber er zwang sich aufzustehen. Er stand an der Kinderzimmertür und hielt den knarrenden Schaukelstuhl mit dem Fuß an.

Sie drehte sich um. »Schau mal«, sagte sie. »Was auch immer passiert ist, laß es hinter dir. Ändern kannst du nichts mehr daran. Laß uns einfach sehen, wie wir weiterkommen, okay? Wir haben hier ein gutes Leben. Aber du mußt mich respektieren. Und du mußt dich selbst respektieren. Ende der Predigt.«

Sie kam durch das Zimmer auf ihn zu und berührte sachte seinen Arm. »Geh, dusch noch mal«, sagte sie. »Mit heißem Wasser. Ich mache Frühstück.«

Hardy saß auf der megaharten Bank im Zuschauerraum der zweiundzwanzigsten Kammer, die unter dem Vorsitz der Richterin Marian Braun stand. Elizabeth Pullios in ihrem rotblauen Powerkostüm würdigte ihn keines Blickes, während sie am Tisch der Staatsanwaltschaft saß. Hardy entdeckte mehrere gutgekleidete Anwälte, die herumhingen, wahrscheinlich hatte David Freeman sie geschickt, damit Fowler sich einen aussuchte. Einer von ihnen würde Andy dann wohl verteidigen, nahm Hardy an.

Jane kam und rutschte neben ihn in die Bank. »Was ist dir denn passiert?«

Hardy trug einen Anzug mit Weste, weißem Hemd und eine seiner besten konservativen Krawatten. Auf der Straße hatte er sich die Schuhe putzen lassen. Abgesehen von seinem Verband um die Stirn und einem Bluterguß um sein verquollenes Auge, sah er ganz anständig aus.

Er sagte ihr, das sei eine lange Geschichte. Jane liebte lange Geschichten, doch er kam nicht mehr dazu, sie ihr zu erzählen, weil die Richterin den Saal betrat und alle aufstanden.

Marian Brauns Beratungszimmer hatte ein Jahrzehnt lang neben Andy Fowlers gelegen. Daß sie die Vorsitzende Richterin im Obergericht geworden war – und deshalb die Anklage von der Grand Jury bekommen hatte –, war eine Frage der Zeit gewesen. Nach Fowlers Abschied war Leo Chomorro nachgerückt, um seinen Sitz zu übernehmen, und das Amt des Vorsitzenden Richters ging an Marian Braun. Seltsam war nur, daß sie, die Andy gut gekannt und die man für eine seiner wenigen Verbündeten gehalten hatte, Bezirksstaatsanwalt Chris Lockes Empfehlung folgte und eine Freilassung gegen Kaution ablehnte.

Wenn jemand eines Mordes beschuldigt wurde, entschied man normalerweise erst bei der Anklageerhebung über die Kautionsfrage, weil man sichergehen wollte, daß der Betreffende auch tatsächlich zur Anklageerhebung erschien.

In Andy Fowlers Fall hätte man aber wohl nicht zu befürchten brauchen, daß der Angeklagte nicht zur Stelle sein würde – daß man ihm die Kautionsstellung verweigerte, zeigte deutlich, daß man auf ihn keine Rücksicht nahm. Andy Fowler gehörte nicht mehr dazu.

Wenigstens ließen sie ihn nicht den ganzen Morgen warten. Er war der erste, den die Richterin aufrief, nachdem sie Platz genommen hatte. Der Gerichtsdiener führte ihn im gelben Overall herein.

Seine Behauptung, das Gefängnis werde ihn nicht umbringen, mochte ja zutreffen, aber die Übernachtung dort hatte ihm sichtbar nicht gut getan. Sein Gesicht war grau, seine Löwenmähne hing schwer und strähnig herunter. Er stand in Habachtstellung allein am Podium vor dem Richterpult.

Hardy warf einen Blick zur Geschworenenbox hin. Keiner der Männer stand auf, um sich zu dem Mandanten zu stellen, als noch einmal, der Form entsprechend, die ganze Mordanklage verlesen wurde.

»Ich nehme an, Mr. Fowler ...« Also würde man den Titel auch weglassen. Man würde Andy nicht mehr »Richter« nennen. Wenn Marian Braun ein Barometer war, dachte Hardy, dann mußte Andy mit sehr schlechtem Wetter rechnen. Braun fragte, ob ein Anwalt anwesend sei.

»Ja, Euer Ehren.« Er drehte sich halb um. »Dismas Hardy.«

Ein Gemurmel erhob sich im Gerichtssaal. Hardy hörte es kaum. Er stand auf und bewegte sich an Jane vorbei aus der Bank. Aber er hatte den Mittelgang noch nicht erreicht, als Pullios aufsprang. »Euer Ehren, ich erhebe Einspruch. Mr. Hardy hat für diesen Fall bei der Staatsanwaltschaft gearbeitet. Abgesehen von dem offensichtlichen Konflikt, hatte er auch Zugang zu Material, das durch anwaltliche Schweigepflicht geschützt ist. Er kann den Angeklagten hier nicht vertreten.«

Hardy hörte sich reden: »Wenn das Gericht bitte ...« Man hörte nicht auf ihn.

Braun zog sich die Brille bis ans Ende der Nase, dann nahm sie sie ganz ab. »Schreiben Sie mir in der Sache einen Antrag, Staatsanwältin, und sorgen Sie dafür, daß er morgen früh auf meinem Schreibtisch liegt.« Sie kritzelte etwas vor sich hin und hob die Augen. »Mr. Hardy, möchten Sie zu uns herüberkommen?«

Hardy ging den Gang entlang und durchquerte die Pforte, die den Zuschauerraum von dem Gericht trennte. »Euer Ehren, ich möchte um eine kurze Unterbrechung der Sitzung bitten. Ich würde gern ein paar Worte mit dem Richter hier sprechen.«

»Es gibt keinen Richter außer mir in diesem Saal, Mr. Hardy. Klar?«

»Ja, Euer Ehren.«

»Wir haben kaum angefangen, und ich habe heute eine außerordentlich große Zahl von Anklagen, also lassen Sie uns nicht unterbrechen, sondern sehen, daß wir weiterkommen. Sind alle damit einverstanden?« Klar, daß alle damit einverstanden sein mußten. »Mr. Hardy«, sagte Braun, »Sie könnten Ms. Pullios eine lange Nacht ersparen, wenn Sie das Gefühl haben, daß Sie sich in irgendeinem Konflikt befinden, wenn Sie den Angeklagten verteidigen.«

Hardy war nicht geneigt, Pullios eine lange Nacht zu ersparen – das war ein kleines Geschenk. »Nein, Euer Ehren, ich bin in keinem Konflikt.«

Pullios stand wieder auf. »Mr. Hardy hat die Akten in diesem Fall zusammengestellt.«

»Das war nicht dieser Fall, Euer Ehren, Ms. Pullios bringt vielleicht die Fälle durcheinander, weil es sich um dasselbe Opfer handelt. Mr. Fowler war nicht angeklagt.«

»Ich bringe nichts durcheinander, Euer Ehren. Mr. Hardy hat überall in den Akten herumgewühlt.«

»Wenn ich mich bitte dazu äußern darf«, sagte Hardy, der seinen Auftritt genoß. »Wie Ms. Pullios sehr wohl weiß, war sie die Anklagevertreterin, als letztesmal Anklage wegen des Mordes an Owen Nash erhoben wurde. Mir wurde eine offizielle Rolle ausdrücklich verweigert.«

Brauns Hammer fiel herunter. »Gut, gut. Ich werde Ihren Antrag lesen, Ms. Pullios. Morgen früh.« Sie setzte ihre Brille wieder auf und schien etwas zu entscheiden.

»Gut gemacht«, flüsterte Fowler. »Was ist mit deinem Kopf geschehen?«

Braun fuhr fort. »Inzwischen lassen Sie uns sehen, daß wir weiterkommen, ja? Haben Sie einen Antrag, Mr. Fowler?«

Hardy hätte Andy diesmal gern seinem festen Vertreter – einem der Anzüge in der Geschworenenbox – überlassen, aber nach dem Krach mit Pullios dachte er, er sollte lieber selbst fortfahren.

»Euer Ehren, bevor wir einen Antrag stellen, würde die Verteidigung gern etwas Zeit haben, sagen wir zwei Wochen, um die Akte dieses Falles zu studieren.«

Pullios wollte wieder Einspruch erheben, aber Braun klopfte mit dem Hammer und schüttelte den Kopf. »Ich glaube nicht, daß Sie zwei Wochen brauchen, um zu beschließen, was Sie für einen Antrag stellen. Wir setzen diese Anklageerhebung nächste Woche fort, und dann können Sie ihren Antrag stellen.«

»Danke, Euer Ehren. Und jetzt zur Kaution ...«

»Ja, Kaution. Der Staat hat beantragt, in diesem Fall keine Kautionsstellung zuzulassen.«

Hardy bat um Erlaubnis, sich dem Gericht nähern zu dürfen. Braun winkte ihn und Pullios zu sich.

»Euer Ehren«, sagte Hardy. »Ist die Verweigerung einer Kautionsstellung nicht etwas ungewöhnlich?«

»Dies ist kein gewöhnlicher Fall, Mr. Hardy.«

»Zugegeben, Richterin, aber als der Staat hier letztesmal jemanden wegen des Mordes an Owen Nash anklagte, bestand bei der Angeklagten Fluchtgefahr, und selbst sie wurde gegen Kaution freigelassen. In diesem Fall besteht keine Fluchtgefahr. Der Richter wird nirgendwohin fliehen.«

Pullios wollte widersprechen, aber Braun antwortete ruhig: »Fowler hat uns ausführlich bewiesen, wie sehr er die juristischen Gepflogenheiten mißachtet. Ich habe kein Vertrauen, daß er vor Gericht erscheinen würde, wenn man ihn freiließe.«

»Richterin, bitte, Sie wissen, das ist lächerlich –«

Braun schnappte nach Luft. »Achten Sie bitte auf die angemessene Form, Mr. Hardy. Wenn ich noch einmal höre, daß Sie eines meiner Urteile als lächerlich bezeichnen, werden Sie einige lächerliche Nächte wegen Mißachtung des Gerichts im Gefängnis zubringen.«

Hardy studierte einen Augenblick lang den Fußboden. »Ich bitte um Entschuldigung, Euer Ehren. Aber darf ich Sie mit allem gebührenden Respekt bitten, es sich noch einmal zu überlegen?«

Hardy kehrte zu dem Platz zurück, an dem Fowler stand, und schüttelte den Kopf. »Dann stell jetzt den Antrag«, flüsterte Fowler. »Nicht schuldig.«

Hardys Augen trafen Fowlers Augen, es war ihm peinlich, aber er mußte es sagen. »Ich weiß nicht, ob du nicht schuldig bist, Andy –«

»*Stell den Antrag*«, fauchte Fowler ihn an. »Verlangt dein Gewissen auch von dir, eine Woche zu vergeuden?«

Das war ein gutes Argument, und Hardy erklärte: »Nicht schuldig!« Die Richterin strich den Aufschub und nahm Hardys Antrag zur Kenntnis. Die Fortsetzung der Verhandlung wurde auf den folgenden Montag, den 18. Oktober um 9 Uhr 30, im selben Saal anberaumt.

Er würde jetzt nicht einmal hinauf zum Bezirksstaatsanwalt gehen und die Akten verlangen. Er wollte Andy sofort oben sprechen und mit ihm über die Wahl eines anderen Anwalts diskutieren. Er stand mit dröhnendem Kopf in der Halle, Jane neben ihm.

»Hardy! Dismas, entschuldigen Sie.« Es war Jeff Elliot mit seinem Lächeln. »Erinnern Sie sich an mich?«

Jeff stützte sich auf eine Krücke, und Hardy stellte ihn Jane vor. »Die Tochter des Richters? Ich würde gern eine Minute mit Ihnen sprechen, wenn das möglich ist.«

»Nimm dich vor dem in acht«, sagte Hardy, um ihm zu entkommen.

»Wo wollen Sie hin?« fragte Jeff.

Hardy blieb stehen und sagte halb zu Jeff umgewandt: »Nach einer kurzen Karriere ziehe ich mich aus dem Strafverteidigerberuf wieder zurück.«

»Tun Sie das nicht«, sagte Jeff. »Sie waren großartig.«

»Danke. Und wenn Sie mich jetzt alle entschuldigen würden ...«

Elizabeth Pullios kam aus dem Gerichtssaal. Sie war in Begleitung eines jungen Assistenten, den Hardy nicht kannte. Pullios berührte ihren Assistenten am Arm, so daß er stehen blieb, und kam auf Hardys Gruppe zu. »Locke gibt Ihnen keine Akten heraus, bevor Braun über meinen Antrag entschieden hat«, sagte sie zu ihm. »Sie haben keine Möglichkeit, es zu schaffen.«

Hardy lächelte. »Ihre rote Krawatte gefällt mir«, sagte er. »Sie paßt irgendwie zu Ihren Augen.«

Sie starrte ihn an. »Wissen Sie was, ich hoffe beinahe, daß mein Antrag abgelehnt wird.«

»Warum?« fragte Hardy.

»Mit Ihnen als Verteidiger landen wir einen Volltreffer.«

42

Hardy fuhr nicht sofort hinauf, um Andy Fowler zu sprechen. Statt dessen ließ er Jane und Jeff Elliot stehen und trug seinen dröhnenden Kopf auf den Parkplatz unter dem Freeway hinaus. Es war kalt draußen, aber die Kälte tat ihm gut.

Pullios dachte also, wenn er Fowler verteidigte, würden Sie einen Volltreffer landen? Es reizte ihn, das auszuprobieren.

Er zwang sich, Andy Fowler in einem neuen Licht zu betrachten. Er konnte ihm einen Tag lang helfen – um Jane zu beruhigen und um dem Mann einen Gefallen zu tun, der ihm selbst einige erwiesen hatte. Aber das durfte man nicht mit einer Verteidigung gegen die Mordanklage verwechseln.

Er sagte sich immer wieder vor, daß er kein Strafverteidiger war. Das war eine andere Haltung, eine Orientierung, die er nicht besaß. Er war ein Polizist gewesen. Er glaubte nicht, daß viele Leute verhaftet wurden, die nichts ausgefressen hatten. May Shinn war eine Ausnahme gewesen.

Aber anzunehmen, daß das bei demselben Opfer zweimal geschehen könnte, war ein bißchen zuviel verlangt. Hardy hatte noch nichts von dem gesehen, was sie gegen Andy gesammelt hatten, aber es mußte ziemlich handfestes Material sein. Selbst wenn alle Richter, Staatsanwälte und Polizeibeamte in der Stadt und im County Andy haßten, würde Chris Locke es Pullios niemals erlauben, noch so eine Anklage in dem Mordfall Owen Nash zu erheben, wenn er nicht überzeugt davon wäre, daß er eine Verurteilung erreichen würde ...

Trotzdem war die Untersuchung in sehr ungewöhnlicher, ja geradezu beispielloser Weise vorgenommen worden. Was auch immer seit May Shinns Entlassung geschehen sein mochte – es schien an der Polizei vorbeigegangen zu sein.

Glitsky hätte es Hardy erzählt, wenn sie irgend etwas Belastendes gegen Andy gefunden hätten, und sei es auch nur, weil es ihn persönlich interessierte. Und sie ersetzten auch keinen erfahrenen

Mordkommissar wie Abe Glitsky durch einen anderen Kollegen aus dem Kommissariat, ohne ihn zu benachrichtigen.

Abe war immer noch mit der polizeilichen Untersuchung beauftragt und hatte nichts entdeckt, und trotzdem hatten sie irgendwoher genügend neues Beweismaterial für eine Grand Jury zusammenbekommen. Ja, und woher? Was hatten sie – wer auch immer »sie« waren – gefunden oder erfunden?

Der Verkehr donnerte hoch oben über den Freeway hinweg. Er stellte seinen Sitz zurück und stöhnte, als seine wunden Rippen einen Ruheplatz suchten. Er schloß eine Minute lang die Augen.

Was tat er denn überhaupt *sonst* noch, zum Teufel?

Die Ereignisse der letzten Nacht sollten ihm doch irgend etwas sagen, wenn er zuhörte.

Okay, sie hatten ihn vor die Tür gesetzt. Natürlich wollte niemand sonst etwas von ihm wissen. Ja, er hatte Frannie verdammt schlecht behandelt. Und im Dampfbad mit Celine schamlos die Gelegenheit ausgenützt.

Celine.

Seine Neugier und der Mangel an Beweismaterial waren zwei Gründe für ihn, Andys Verteidigung zu übernehmen. Und Celine allein wog das wieder auf. Was er mit ihr erlebt hatte, sprach strikt dagegen. Wenn er weiter an dem Fall arbeitete, würde er sie wieder sehen müssen, oft sehen müssen, und diesmal auf der falschen Seite des Falles. Er würde der Mann sein, der den Mörder ihres Vaters verteidigte. Den *angeblichen*, Dismas, vergiß das nicht!

Würde sie den Unterschied beachten? Wahrscheinlich nicht. Er versuchte sie sich hinter ihm im Zuschauerraum vorzustellen, während er Fowler verteidigte. Wie effektiv konnte er sein, während das der Fall war?

Aber dann war da Pullios. Und Locke und Drysdale. Das Team, das ihn gefeuert und aus der Bahn geschleudert hatte. So eine Ungerechtigkeit mußte bestraft werden. Wenn er Andy heraushaute, würden sie darunter leiden, und wäre das nicht ein Genuß?

Hardy rechnete sich Chancen aus, Pullios zu schlagen. Er war ihr schon mächtig auf die Nerven gefallen, sonst hätte sie ihn nicht noch einmal auf dem Korridor angesprochen. Er könnte noch mehr von ihrem Zorn, oder was es war, herauskitzeln, damit die *Geschworenen* sahen, was sie für ein Mensch war. Das mußte man ihnen zeigen. Und wenn sie die Nerven verlor, was war dann mit ihren Argumenten los?

Er konnte sie schlagen.

Er lächelte vor sich hin, und das tat weh. Na und. Was gab's sonst noch Neues? Man stand den Schmerz durch und wurde geheilt. So ging das.

Fowler saß ihm gegenüber am Tisch in Besucherraum A. »Ich bin mehr oder weniger zu dem Ergebnis gekommen, daß du der beste Verteidiger bist, den ich mir wünschen kann, Diz.«

»Wann hast du das festgestellt?«

»Ich glaube, als ich diese Reihe von Geiern in der Geschworenenbox sitzen sah. Ich habe sie alle arbeiten sehen, Diz, und keiner kann David Freeman das Wasser reichen.«

»Ich auch nicht. Ich konnte dich nicht mal gegen Kaution herausbekommen, erinnerst du dich?«

Fowler lächelte. »Ich glaube, nicht mal Abe Lincoln hätte das geschafft. Aber du bist großartig mit Pullios umgegangen. Und du bist gestern abend hier mit Jane hereingekommen. Das hat mich beeindruckt.«

»Ich hatte Glück.«

»Lieber Glück haben als schlau sein und verlieren. Außerdem ist jeder Mensch seines Glückes Schmied.«

Hardy berührte vorsichtig seinen Verband. »Glückliche Leute sagen so etwas immer gern, nicht wahr? Ich glaube nicht daran.«

»Glaubst du, ich bin glücklich?«

»Ich würde sagen, du hast eine Menge Glück gehabt.«

Sein Gesicht umwölkte sich. »Ich bin zweiundsechzig, mein Ruf ist im Eimer, die Frau, die ich liebe, will nichts von mir wissen –«

»Laß uns über die Frau reden, die du liebst.«

»Heißt das, daß du mich verteidigen willst?«

Hardy schüttelte den Kopf. »Ich weiß es nicht, Andy. Ich weiß nicht, was für Material sie haben. Ich weiß nicht, wie Braun entscheiden wird, ob ich dich verteidigen darf.«

Fowler wischte das weg. »Stelle einen Antrag, bevor du gesehen hast, was Pullios hat. Deine mündliche Erklärung war schon recht überzeugend. Ich habe das Recht, mir einen Anwalt zu wählen, und ganz gleich, was Locke sagen mag, ich sehe keinen Konflikt. Ich glaube auch nicht, daß Braun einen sehen wird. Du warst doch nicht Staatsanwalt bei May, richtig?«

Jedesmal, wenn diese Frage auftauchte, gefiel sie Hardy besser. »Absolut nicht.«

»Dann vergiß es. Schreibe deinen Antrag. Laß uns über die Verteidigung reden.«

Bevor sie es taten, wollte Andy über Geld sprechen, ein Thema, an das Hardy, höchst ungewöhnlich für einen Rechtsanwalt, noch gar nicht gedacht hatte. Nachdem Andy ihn deswegen ausgescholten hatte, bot er ihm eine Anzahlung von 25 000 Dollar, ein Honorar von 150 Dollar pro Arbeitsstunde und 1500 Dollar pro Gerichtstag an, was für ihn äußerst preiswert sei, wie er erklärte, weil zehn Stunden pro Sitzungstag das absolute Minimum seien.

Hardy hörte sich die Zahlen an. Er nahm an, er würde sich daran gewöhnen, und als Andy fertig war, sagte er, damit sei er einverstanden. Von wegen für keine Arbeit zu gebrauchen, dachte er und fühlte sich besser.

Andy hatte noch nichts von der Akte gesehen, die sie gegen Andy gesammelt hatten, und wußte auch nicht, wer das getan hatte. Er nahm an, daß sein Leben mit dem Mikroskop untersucht worden war, aber er hatte keine Ahnung, was sie gefunden hatten, um ihm den Mord an Owen Nash anzulasten. Er habe den Mann nie kennengelernt, sagte er.

Hardy war sich dessen aber nicht so sicher. Sicher war er sich nur in einem: Wenn Andy Fowler gegenüber May solche Gefühle gehabt hatte, wie seine Handlungen es nahelegten – von seinen Worten ganz abgesehen –, hatte er ein solides Motiv für den Mord an Owen Nash. Trotzdem mußte er erst einmal die Tatsachen kennenlernen, und damit konnten sie sofort anfangen.

»Und dann nehme ich an, du warst nie auf der *Eloise*?«

»Das ist, als ob du mich fragst: Habe ich ihn umgebracht? Nicht wahr?«

Hardy sagte, ja, das sei vielleicht so. Er wartete.

»Was hat es für einen Zweck, darüber zu reden, Diz? Wir haben auf ›Nicht schuldig‹ plädiert. Jeder Angeklagte der Welt erzählt seinem Anwalt, er hätte es nicht getan, aber laß uns keinen Sand aufwühlen, okay? Es geht darum: Haben sie Beweise, daß ich auf dem Boot war? Ich sage: Die können sie nicht haben. Es gibt keine.«

»Nur mal wegen meines Seelenfriedens, Andy. Angenommen, es ist wichtig für mich, daß ich mich für die gerechte Sache einsetze ...« Hardy grinste, als er merkte, wie pompös das klang. Aber es war ihm wichtig.

»Dann, Anwalt, bekommen Sie mich frei.«

»Also tu mir den Gefallen. Sag es mir ein einziges Mal: Hast du Owen Nash umgebracht? Ja oder nein?«

Fowler schüttelte den Kopf. »Nein«, sagte er.

»Hardy als Strafverteidiger«, sagte Glitsky. »Wie kannst du nur?«

»Pullios sagt, ich kann nicht.«

Sie saßen bei Lou's und aßen das Tagesgericht: süß-saure Lammrippchen mit Couscous. Hardy berichtete Abe von Pullios' Theorie über seinen Interessenkonflikt.

»Kann sein, daß sie recht hat, Diz. Obwohl sie diese Woche nicht meine Lieblingsstaatsanwältin ist.«

Abe war klar, daß die Untersuchung, die da stattgefunden hatte, hinter seinem Rücken erfolgt war. Schon aus Gründen der Höflichkeit hätte man ihn zumindest informieren müssen, falls sich irgendwelche neuen Gesichtspunkte ergeben hatten. Aber Pullios hatte ihn umgangen, und Glitsky war verärgert. Er nagte am Ende eines Rippchens und kaute grüblerisch. »Du glaubst, er hat es vielleicht getan?«

Hardy trank etwas Wasser. Er hatte aufgehört zu essen, weil es weh tat. »Ich möchte sehen, was sie gegen ihn haben.«

»Er hat es nicht abgestritten?«

Hardy schwenkte die Hand hin und her. »Doch, das hat er. So in etwa.«

»In etwa? Tu mir einen Gefallen«, sagte Abe. »Wenn du feststellst, daß er es war, laß ihn nicht freikommen.«

Hardy schob sein Essen hin und her. Es war fettig und schon erstarrt. »Weißt du, warum Hunde ihre Eier lecken, Abe?«

»Warum?«

»Weil sie's können.«

Abe schüttelte den Kopf. »Wenn du dich mit Hunden identifizieren willst, dann tu das.«

»Ich sage nur, so verhält sich ein Profi.« Hardy versuchte mit der Achsel zu zucken, aber auch das tat weh. »Zu deiner und meiner Beruhigung: Wenn aus den Akten hervorgeht, daß er es getan hat, verteidige ich ihn nicht. Und die Akten machen mir Sorgen. Sie müssen etwas gegen ihn in der Hand haben. Das ist nicht nur ein Rachefeldzug – sie versuchen, ihm einen Mord anzuhängen, und er sagt, er hat den Mann nie kennengelernt, war nie auch nur in der Nähe des Boots, und mit May war auch seit vier oder fünf Monaten Schluß.«

Glitsky lutschte an einem Lammknochen. »Ja, das alles habe ich auch festgestellt. Aber offenbar hat jemand etwas anderes entdeckt.«

Hardy legte die Hände an den Kopf und rieb sich die Schläfen. Wenn Fowler ihm gestanden hätte, daß er Owen Nash getötet hatte, wäre es ihm nicht möglich gewesen, den Fall zu übernehmen, nicht mal, um Pullios und Locke zu schlagen. Und daß die Untersuchung nicht nach Vorschrift erfolgt war, würde daran nichts ändern.

Aber wie Glitsky sagte: Sie hatten etwas entdeckt, das auf Andy hindeutete.

Was nicht hieß, daß er es gewesen war. Er hatte es ja bestritten. Natürlich hatte er es bestritten. Was nicht hieß, daß er unschuldig war. Okay, Hardy, darum gibt es ja diese Prozesse und Geschworenen.

Als er von Lou's zu seinem Wagen zurückging, fiel ihm ein, daß er, Kopfweh hin, Kopfweh her, noch etwas in der Stadt erledigen mußte. Er kam gegen ein Uhr im *Chronicle*-Gebäude an und streckte sich auf einer rissigen schwarzen Ledercouch neben Jeff Elliots Schreibtisch aus, wo man ihn etwa zwei Stunden lang in Ruhe ließ. Elliot schüttelte ihn wach.

»Was ist mit Ihnen passiert?« fragte er.

»Sie schulden mir einen Gefallen«, sagte Hardy. Er schilderte Jeff, wie er seinen Job verloren hatte, und erzählte von dem Mißverständnis mit Richter Fowler und dessen Tochter Jane. An alledem sei Jeffs Bericht über Ms. Shinns Kaution schuld, und natürlich auch an der Tatsache, daß Hardy letzte Nacht betrunken gewesen und niedergeschlagen und ausgeraubt worden war.

Im Grunde unterstellte Hardy, daß Jeffs Artikel während der letzten drei oder vier Monate sein, Hardys, Leben ruiniert hätten.

»Okay«, sagte Jeff, »also schulde ich Ihnen was. Tut mir leid, daß Sie solche Probleme haben, aber in dem Artikel wurde Ihr Name nirgendwo erwähnt.«

Es lohnte sich nicht, darauf zu antworten. Hardy kam gleich zur Sache: »Ich werde wahrscheinlich jemanden brauchen, der ein bißchen für mich recherchiert.«

Jeff beugte sich über seinen Schreibtisch und sagte leise: »Ich arbeite hier. Ich kann so etwas nicht machen.«

»Wenn ich Ihnen Informationen geben kann, wieso können Sie

mir dann nicht auch welche geben? Und außerdem: Was Sie für mich herauskriegen, können Sie in Ihrem Blatt veröffentlichen. Es gibt da etwas. Vielleicht kann ich Ihnen ein paar nützliche Tips geben, und wir haben dann beide etwas davon.«

»Ich muß aber meine Quellen geheimhalten«, sagte Jeff.

»Selbstverständlich.«

Jeff dachte darüber nach, aber Hardy wußte nicht, ob er mitmachen würde. Wenn ja, wäre das eine hübsche Umkehrung. Normalerweise wandte sich ja Deep Throat – siehe Watergate – an den Reporter. Und jetzt hätte Hardy, wenn er jemanden dieser Art brauchte, einen persönlichen Sherlock Holmes unter dem Deckmantel eines Journalisten. Wunderbare Vorstellung: Pullios spickte Jeff mit Informationen, die Jeff an ihn weitergab, so daß er immer auf dem laufenden war.

»Haben Sie einen netten Plausch mit Jane gehabt?« fragte Hardy.

»Wissen Sie, daß Jane Owen Nash gekannt hat?«

Hardy saß auf der Couch neben Jeffs Schreibtisch und trank lauwarmen Kaffee aus einem Styroporbecher. Er versuchte die Stimme zu dämpfen. »Was?«

»Jane, die Tochter des Richters.« Der Reporter tippte weiter in die Maschine. »Ihre Ex-Frau, richtig?«

»Sie kannte Owen Nash?«

»Ja. Moment mal.« Er beendete das, woran er gerade arbeitete, dann schwang er seinen Sessel um eine Vierteldrehung herum. »Ist Ihnen nicht gut?«

Hardy saß zurückgelehnt auf der Couch, die Hand am Kopf. »Wie kommt sie denn dazu?«

»Sie hat ihn letztes Jahr in Hongkong kennengelernt. Sie war drüben, um irgendwas zu kaufen. Irgendeine Cocktailparty, Amerikaner im Ausland und so. Die Welt ist klein, nicht wahr?«

Hardy erinnerte sich an Janes Hongkongtrip. Das war, bevor er sich mit Frannie zusammengetan hatte – oder genauer gesagt: als das mit Frannie angefangen hatte.

Bevor Jane nach Hongkong flog, waren sie und Hardy – mehr oder weniger – zusammen gewesen. Nach der Scheidung und den acht Jahren, die seitdem vergangen und in denen sie sich aus dem Weg gegangen waren, hatten sie es noch einmal versucht.

Während Jane drüben war, hatten sich Dismas und Frannie ineinander verliebt, und Jane hatte Hardy nach ihrer Rückkehr gestanden, daß sie ihm auch einmal untreu gewesen sei. Hardy wußte eine Menge über Jane, und auch ein wenig über Owen Nash. Jane war ungefähr im gleichen Alter wie May. Jane und Nash, beide hatten sie etwas für Abenteuer und spontane Aktionen übrig.

Aber in Hongkong gab es eine Menge Leute. Daß ihr Owen Nash dort über den Weg gelaufen war, mußte nicht heißen, daß sie mit ihm geschlafen hatte. Allerdings sah Hardy auch keinen Grund, warum sie es nicht hätte tun sollen.

Und wenn sie es getan hatte ...

Als er nach Hause fuhr, ging ihm noch ein wirklich abwegiger Gedanke durch den Kopf. Sein Freund Abe Glitsky war sauer auf Elizabeth Pullios, weil sie unter Umgehung der Mordkommission eine Mordanklage aufgebaut hatte. Abe überlegte sogar, ob er nicht eine Klage gegen die Bezirksstaatsanwaltschaft wegen Behinderung der Justiz einreichen sollte. Wäre das nicht wunderbar? Natürlich würde er das niemals tun, aber es zeigte, was in Abe vor sich ging.

Wäre es nicht herrlich, wenn Abe Pullios' Untersuchung diskreditierte, indem er seine eigene durchführte? So würde er Pullios und dem Bezirksstaatsanwalt eine Lektion erteilen, was die Zuständigkeit der beiden Abteilungen betraf. Und das würde bedeuten, daß Abe seine Polizeiarbeit praktisch im Dienste der Verteidigung leistete. Wenn Hardy lächelte, tat es noch immer weh.

Er hatte den Arm um Frannie gelegt und saß auf dem Oberdeck der Fähre zum Jack-London-Square in Oakland. Sie hatten immer noch zwei Wochen Sommer vor sich, und die Sonne stand noch am Himmel. Die Bay war ruhig, und als sie sich Alameda näherten, schien es wärmer zu werden. Obwohl die beiden Städte nur zwölf Meilen voneinander entfernt lagen, schien es in Oakland zehn Grad wärmer zu sein als in San Francisco.

Heute war Mittwoch, und Kopfschmerzen hin oder her, der Abend gehörte ihnen. Er zog sie enger an sich. »Hältst du's noch ein bißchen aus?« fragte er. »Es kann noch eine Weile dauern.«

»Eine Weile ja. Sogar ziemlich lange. Aber paß ja auf, daß du mich nicht vergißt. Wir sind auf derselben Seite.«

»Ich versprech's«, sagte er.

»Wenn du schon dabei bist, Versprechen zu machen – ich brauche noch ein weiteres von dir.«

Er nickte.

»In vier Monaten kommt dieses Baby zur Welt. Und ganz egal, ob du zum Prozeß mußt oder nicht, ich will, daß du dabei bist, genau wie bei Rebeccas Geburt.«

»Hoffentlich nicht genau wie bei Rebeccas Geburt.« Rebecca war erst nach dreißig Stunden mörderischer Wehen zur Welt gekommen.

»Du weißt, was ich meine.« Seine Frau kuschelte sich an ihn. Sie sah zu ihm hoch. Gott, sie war schön. Hardy und Frannie hatten sich gefunden, als sie ungefähr im fünften Monat mit Rebecca schwanger gewesen war – genau wie jetzt mit dem neuen Kind. Hardy fand, das mußte wohl die Zeit sein, wenn eine Frau am schönsten war.

Jetzt hatten sie endlich die Quälerei überstanden und waren wieder voller Zuversicht. Es war eine schlimme Zeit gewesen. Es hieß ja »in guten und in schlechten Zeiten«, und das bedeutete wohl, daß es auch schlechte Zeiten geben mußte, oder?

Er küßte sie. »Ich weiß, was du meinst«, sagte er.

»Du versprichst es mir?«

»Ich versprech's.«

43

Um halb zehn Uhr abends waren sie wieder zu Hause, und Hardy setzte sich an den Schreibtisch, um seine Stellungnahme zu dem angeblichen Interessenkonflikt zu schreiben. Er tippte sie selbst. Ohne juristische Bibliothek mußte er an manchen Stellen improvisieren, doch ein paar Bücher- und Heftreihen hatte er in seinem Regal, und der Tenor war ja schon in der Verhandlung klargeworden, er mußte es nur noch etwas ausführen und begründen.

Es hatte mal einen Fall von Interessenkonflikt gegeben, als ein stellvertretender Staatsanwalt mitten in der Verhandlung gegen ein Mitglied der Hell's Angel stand und dann von der Anwaltskanzlei engagiert wurde, die den Angeklagten vertrat. Diesen Strafverteidiger hatte der Richter abgelehnt.

Und Hardy fand, daß dort wirklich ein Konflikt vorhanden gewesen war. Er war sicher, daß Pullios auf die Parallelen zu diesem Fall hinweisen würde; seines Erachtens jedoch fielen die Unterschiede weit mehr ins Gewicht: Er war im Fall Shinn nicht der Anklagevertreter gewesen. Und Fowler war nicht der Angeklagte gewesen. Die einzige Parallele bestand darin, daß es sich um dasselbe Opfer handelte. Außerdem war das in jenem vorausgegangenen Fall gegen May Shinn gesammelte Beweismaterial inzwischen längst öffentlich zugänglich. Hardy fand, daß er – offiziell – nichts wußte, was ein interessierter Laie nicht auch erfahren konnte.

Natürlich kannte er die Telefonabrechnungen, aber das war inoffiziell. Und er wußte auch nicht, ob irgend jemand bei der Bezirksstaatsanwaltschaft die Telefonabrechnungen kannte.

Er war um ein Uhr früh fertig und bestellte einen Botendienst, der auch nachts arbeitete. Wenn die Richterin Braun am Morgen in ihr Büro kam, würde sie seinen Antrag vorfinden.

Nun gab es nichts für ihn zu tun als zu warten, bis Braun die beiden Anträge gelesen und ihre Entscheidung getroffen hatte.

Er schlief bis halb zehn und brach dann zu seinem ersten Lauf seit Wochen auf – zu seinem Vier-Meilen-Rundtrip. Seinen Rippen gefiel das gar nicht, aber er rannte trotz der Stiche auf beiden Seiten. Wenn er diesen Fall übernahm, wollte er wenigstens in Form sein.

Frannie besuchte ihre Schwiegermutter, die im Sunset-Viertel südlich des Golden-Gate-Parks wohnte, und Hardy holte seine schwarze gußeiserne Pfanne heraus und stellte sie auf eine heiße Flamme.

Dann zerschnitt er eine halbe Zwiebel, warf ein paar Knoblauchzehen hinein, zerlegte eine kleine Kartoffel in Scheiben, öffnete den Kühlschrank und fand zwei Schweineschnitzel, die er zerstückelte. Er summte irgendeine Melodie der Dire Straits und rührte, als das Telefon läutete.

Marian Brauns Sekretärin war dran und sagte, die Richterin hätte zu seinen Gunsten entschieden.

Jetzt mußte er ziemlich aufpassen. Keinesfalls durfte Abe auf die Idee kommen, daß er, Hardy, selbst die Justiz behinderte. Abes Toleranzschwelle war, verständlicherweise, ziemlich niedrig, wenn es um diesen Fall ging.

Hardy beugte sich über Glitskys Schreibtisch. »Du hast sie immer noch«, sagte er. »Und mit ›du‹ meine ich die Anklagevertretung. Sie sind immer noch in der Akte.«

»Wieviel weißt du darüber?« Die Telefonabrechnungen.

»Fast nichts.« Stimmte nicht. »Ich habe Fowlers Anrufe bei Shinn geprüft, aber ich überlege gerade, ob es da nicht noch andere gegeben hat, ob sie nicht noch andere Kunden hatte, die ein Motiv gehabt haben könnten.«

Glitsky überlegte eine Minute lang. »Diz, der Staat hat Anklage erhoben. Es ist nicht so, als ob ich mich hier langweile. Es gibt noch mehr ungeklärte Morde in der Stadt, und ich habe jetzt fünf Stück am Hals. Der Fall Nash ist von uns aus betrachtet abgeschlossen.«

Hardy wühlte in etlichen Akten herum, die auf Glitskys Schreibtisch lagen. »Dann tu das, was du nicht lassen kannst, aber ich werde dafür sorgen, daß Fowler freigesprochen wird, weil er unschuldig ist, und damit ist der Fall Nash wieder offen. Denn dann hat es jemand anders getan, richtig? Und wenn du etwas entdeckst, soll Pullios ruhig erfahren, woher du es hast. Wir reden hier über Gerechtigkeit, Abe.«

»Und eine Menge Wenns und Obs. Plus einen Haufen Rennerei.«

»Aber das ist doch dein Job, Abe. Die Rennerei.«

»Die müßte ich aber dann in meiner Freizeit tun.«

»Egal wie«, sagte Hardy. »Ich habe so ein Gefühl, als ob es noch allerhand zu entdecken gibt, was man bisher übersehen hat. Locke will Fowler aus dem Weg räumen. Das spricht sich herum, und die Leute fangen an, Dinge zu sehen, die gar nicht da sind.«

»Es gibt aber keinerlei Spuren, Diz. Ich habe doch alles haargenau nachgeprüft.«

»Und was ist, wenn ich etwas finde? Was ist, wenn uns diese Anrufe auf die richtige Spur bringen?«

»Was ist wenn, was ist wenn.«

»Das ist deine Sache«, sagte Hardy.

Es war halb zwei Uhr, und Hardy hatte den größten Teil der Akte gelesen. Er saß im Besucherraum B, dem Gegenstück zu Raum A. Fowler kam herein – optimistisch. Sobald der Wärter draußen war, streckte er die Hand aus. »Gratuliere«, sagte er. »Willkommen, Anwalt.«

Hardy übersah die Hand und sagte: »Andy, ich kann dich nicht vertreten, wenn du mich belügst.«

»Wovon redest du?«

»Ich rede von dieser Akte, die ich jetzt zu zwei Dritteln durchgelesen habe.«

Die Euphorie über seinen ersten Erfolg hatte sich sofort verflüchtigt, als er bei der Bezirksstaatsanwaltschaft die Akte abgeholt hatte. Er war hinuntergefahren, hatte sich in der Halle hingesetzt und die Aussage eines gewissen Emmet Turkel vor der Grand Jury gelesen. Der Name hatte ihn angesprungen, weil er ihm noch nicht begegnet war.

> Hier ist Peter Struler, Polizeinummer 1134, vom Bezirksstaatsanwalt von San Francisco mit der Untersuchung beauftragt. Das Datum ist der 13. Juli 1992, 2 Uhr 40 nachmittags. Der Fall hat noch keine Nummer. Ich vernehme einen Herrn, der sich als Emmet Turkel, Einwohner des Staates New York, Geschäftsadresse 340 West 28th Street in Manhattan identifiziert.
>
> F: Mr. Turkel, was ist Ihr Beruf?
>
> A: Ich bin Privatdetektiv.

F: Haben Sie in Ihrer Eigenschaft als Privatdetektiv für einen Mann namens Andrew Bryan Fowler gearbeitet?
A: Ja. Mr. Fowler ist ein Richter in San Francisco.
F: Und er hat sie beauftragt?
A: Stimmt.
F: Womit?
A: Nun, der Richter hatte sich geärgert, weil eine Frau, die er kannte, May Shinn, ihn nicht mehr sehen wollte. Er wollte wissen, warum.
F: Hatte sie ihm nicht gesagt, warum?
A: Ja, schon, ich meine, sie hatte ihm gesagt, sie wollte ihn nicht mehr sehen, weil sie jemand anderen kennengelernt hatte. Der Richter wollte wissen, wer das war.
F: Der, den sie jetzt hatte?
A: Ja.
F: Und sie hat ihm nicht gesagt, wer das war?
A: Nein. Sie sagte, es gäbe da jetzt jemand anderen und mit ihr und Fowler wäre Schluß. Schluß, das hat er gesagt. Ich erwähne das, weil diese Beziehung nicht gerade typisch war.
F: Inwiefern?
A: Ich meine, von Schluß machen spricht man doch nicht, wenn man jemanden bezahlt.
F: Und der Richter hat Ms. Shinn bezahlt?
A: Ja, so habe ich das verstanden.
F: Für Sex?
A: Sex, Gesellschaft, wofür auch immer. Sie war seine Geliebte.
F: Und was haben Sie festgestellt?
A: Ich habe festgestellt, daß Owen Nash der neue Mann war.
F: Und was haben Sie dann getan?
A: Ich habe es meinem Kunden, Richter Fowler, mitgeteilt.
F: Wann war das?
A: Ach, so Mitte März. Oder Ende März. Ich kann es Ihnen genau sagen, wenn ich nachschaue.
F: Das ist in Ordnung. Vielleicht später. Ich habe noch eine Frage. Fanden Sie es ungewöhnlich, daß jemand aus Kalifornien nach New York zu Ihnen kam, um Ihnen einen Auftrag an der Westküste anzubieten?
A: Nein, eigentlich nicht. Das kommt schon vor, wenn jemand es geheimhalten möchte. Ich kannte den Richter von Aufträgen her, die ich im Laufe der Jahre für andere Kunden

erledigt habe. Ich habe ein paarmal bei ihm vor Gericht ausgesagt und so. Also wußte er, wie er mich erreichen konnte. Und er wollte nicht, daß jemand in San Francisco von seiner Beziehung zu Shinn erfuhr. Ich nehme an, er fürchtete sich vor einem Skandal. Darum hat er sich an mich gewandt.

Fowler kreuzte die Hände vor sich auf dem Tisch. Er machte ein ernstes Gesicht. »Wie haben die Turkel gefunden?«

»Ich weiß es nicht, Andy. Aber darum geht es nicht. Wenn ich dich vertrete, mußt du mir alles sagen. Wie erklärst du das?«

Hinter Turkels Aussage waren ein paar photokopierte Seiten aus Fowlers Schreibtischkalender abgeheftet. Auf der Seite des 2. März hatte jemand den Namen Owen Nash geschrieben. Er war unterstrichen und mit einem Kreis umrandet. Auf dem Blatt des 16. Mai stand: O. N. – heute abend. *Eloise.*

»Ich dachte, du kanntest Owen Nash nicht.« Hardys Tonfall war mehr der eines Staatsanwalts. Aber so mußte es sein. Wenn Fowler den Mord begangen hatte und ihn dann auch noch anlog, wollte er nichts damit zu tun haben.

»Ich sagte, ich bin ihm nie begegnet, Diz. Ich wußte, wer er war.«

Hardy stand auf, ging zum Fenster, sah zu den hoch oben am Himmel stehenden Wolken hinauf und schüttelte den Kopf. »Das ist nicht wahr, Andy. Du hast gesagt, du hättest erst nach Owens Tod erfahren, daß er mit May zusammen gewesen war.«

Das schien den Richter nicht sehr zu erschüttern. »Ja, wirklich? Ich erinnere mich nicht.«

Hardy setzte sich wieder ihm gegenüber an den Tisch. »Andy, hör zu. Du mußt dich erinnern. Hast du noch irgend jemandem gesagt, du hättest Nash nicht gekannt, wärest ihm nie begegnet, was auch immer?«

»Ich weiß es nicht. Wahrscheinlich, während sie mich wegen der Kaution befragt haben. Ich mußte das doch sagen.«

»Jesus«, rief Hardy. Er blätterte durch den Hefter. Es lagen noch Protokolle darin, die er bisher nicht gelesen hatte. Sein Gefühl war, daß die meisten dazu dienten, den Richter als charakterlosen Menschen darzustellen. Sie bewarfen ihn mit Dreck, und Andy hatte ihnen die Schaufel geliefert.

»Ich hab' nicht gedacht, daß sie Turkel ausgraben würden, Diz. Und wenn man lügt, dann bleibt man am besten dabei. Ich weiß, es sieht nicht gut aus, aber es heißt doch nicht –«

Hardy wischte es weg. »Also, warum hast mit dem Lügen angefangen?«

Fowler hielt die Handflächen hoch. »Aus demselben Grund, aus dem ich mich an Turkel in New York gewandt habe. Es war mir peinlich. Ich wußte doch, wie verdammt unangenehm das für mich sein würde, wenn es herauskam.«

»Und das ist wichtig? Was es für einen Eindruck macht?«

Aber Fowler war nicht umsonst so viele Jahre Richter gewesen. Seine Kinnbacken wölbten sich vor. »Man gibt sich doch nicht so einfach auf, Diz. Man versucht festzuhalten, was man hat.«

»Und was hast du jetzt, Andy? Sag's mir.«

»Niemand kann beweisen, daß ich auf dem Boot war. Warum soll ich etwas gestehen, woraus man ein Motiv ableiten könnte, daß ich ihn umgebracht habe?«

»Aber vielleicht hast du gelogen, *damit* dir niemand auf die Schliche kommt. Unschuldige Menschen lügen nicht.«

»Erzähl mir nicht so was, Diz. Natürlich lügen sie. Unschuldige Menschen lügen die ganze Zeit, und das weißt du.«

Hardy wußte es tatsächlich. »Also gut, Andy, aber du gibst zu, daß es einen schlechten Eindruck macht. Und die Geschworenen urteilen nun einmal entsprechend ihren Eindrücken. Und dann sprechen sie dich schuldig.«

Fowler nickte. »Ich habe gelogen. Ich habe immer wieder dieselbe Lüge erzählt. Aber dafür gibt es eine Erklärung. Ich wollte dieses peinliche Eingeständnis vermeiden. Aber wie gesagt: Das heißt nicht, daß ich jemanden umbringen wollte.«

»Andy, es geht hier um mehr als um Peinlichkeiten.«

»Ich *weiß*, ich habe das akzeptiert.« Der Richter starrte aus dem Fenster, dann sah er die geschlossene Tür an. »Sie haben Spaß daran, die Mächtigen zu demütigen, was?«

»Darum geht's hier auch nicht, Andy.«

Fowler hob den Zeigefinger. »Mach dir nichts vor, Diz. Darum geht es.«

»Laß uns auf die Tatsachen zurückkommen, Andy. Also, woher stammen diese Blätter?«

Fowler zog den Hefter zu sich hin. »Das ist mein Terminkalender. Er lag auf meinem Schreibtisch im Beratungszimmer.« Er überlegte einen Augenblick. »An dem Tag, an dem ich meinen Abschied nahm, als die Geschichte mit Mays Kaution in der Zeitung stand. Da bin ich nicht im Büro gewesen. Um erst mal abzuwarten. Erinnerst du dich?«

Hardy erinnerte sich.

»Da müssen sie sehr schnell gehandelt haben. Ich bin in der nächsten Woche noch einmal hingegangen und habe meinen Schreibtisch ausgeräumt. Da muß schon jemand vermutet haben, ich hätte Nash getötet.«

»Pullios«, sagte Hardy. »Sieht ihr ähnlich. Bei ihr kommt erst die Theorie, und dann sucht sie sich Beweise, um ihre Theorie zu untermauern. Jemand sollte ihr mal sagen, daß sie das Pferd von hinten aufzäumt.« Hardy zog den Hefter wieder an sich, und es fiel ihm etwas ein. »Das heißt, sie sind ohne deine Genehmigung, vielleicht ohne einen Durchsuchungsbefehl in dein Büro gegangen?«

Fowler schüttelte den Kopf. Darin kannte er sich aus. »Mach dir keine falschen Hoffnungen, Diz. Wahrscheinlich dürfen sie das. In Kalifornien gehört das Büro dem Arbeitgeber. In meinem Fall hatten die Stadt und das County jederzeit das Recht, mein Zimmer im Justizpalast zu betreten. Darum habe ich meinen eigenen Schreibtisch mitgebracht. Der ist mein persönliches Eigentum. Wenn ich ihn verschließe, brauchen sie einen Durchsuchungsbefehl, um hineinzukommen. Aber alles, was draufliegt, können sie sich ansehen.« Plötzlich strahlte er. »Es ist gar keine Katastrophe, Diz. Wir können darauf hinweisen, daß ich nichts mitgenommen habe. Ich hatte nichts zu verbergen.«

Hardy wußte: Die Anklagebehörde würde daraufhin erwidern, der Richter wäre so anmaßend, daß er gar nicht mit der Möglichkeit gerechnet hätte, jemand könnte sich in sein Zimmer wagen und darin herumspionieren – obwohl es ein öffentlicher Raum war. Aber das sagte er ihm nicht. »Also nehmen wir an, dieser Beweis wird zugelassen. Was heißt das, Andy? ›O. N. heute abend – *Eloise*‹?«

»Jemand im Club«, fing er an.

»In welchem Club?«

»Im Olympic. Dort sagte jemand, er hätte eine Einladung auf die *Eloise* bekommen. Da sollte Geld gesammelt werden. Ich glaube, das war im März oder April oder so.«

Hardy sah nach. »Am sechzehnten *Mai*.« Etwa einen Monat vor dem Mord.

Die Nähe dieses Datums ließ Fowler kalt. »Gut, Mai. Meinetwegen. Jedenfalls dachte ich, ich gehe mal mit und sehe mir den berühmten Hundesohn an.« Er schüttelte den Kopf. »Dann habe ich es mir anders überlegt.«

»Warum?«

»Ich weiß nicht genau. Ich nehme an, aus verschiedenen Gründen. Ich dachte, May wäre vielleicht auch dort, und das hätte ich vielleicht nicht ertragen. Sie mit ihm zusammen zu sehen.«

Hardy kehrte zum Fenster zurück. Am Tisch unter dem Neonlicht hatten seine Kopfschmerzen wieder angefangen. Er stand eine Weile da, dann wandte er sich um. »Andy, wenn ich dich jetzt um etwas bitte, dann wirst du das vielleicht als Beleidigung auffassen. Aber ich möchte mit dir einen Test am Lügendetektor machen.«

Der Richter schürzte die Lippen. Man sah deutlich, wie sehr ihn diese Vorstellung ärgerte. »Aber Lügendetektoren sind völlig unzuverlässig, Diz. Sie geben kein richtiges Bild. Ein solcher Test wird vom Gericht nicht anerkannt.«

»Das weiß ich.«

Sie schwiegen beide. Hardy stand am Fenster. Fowler lehnte sich in seinen Sessel zurück. »Ich habe dir doch gesagt: Ich habe ihn nicht getötet.«

»Ich weiß.«

»Und du glaubst mir nicht?«

Hardy schwieg, und das war auch eine Antwort.

Der Richter drängte ihn. »Nicht wahr, es ist wegen dieser einen Lüge – daß ich Nash nicht gekannt hätte? Ich habe es dir jetzt erzählt. Ich dachte nicht, daß du oder irgendwer sonst das wissen müßte. Ich dachte nicht, daß es herauskommen würde.«

»Aber jetzt ist es heraus, und du kannst dir deine langatmigen Erklärungen sparen. Ich muß alles erfahren. Und ich entscheide darüber, ob du davon etwas für dich behalten darfst. Wenn du willst, daß ich dich verteidige, mußt du tun, was ich dir sage. Sonst kannst du dir einen anderen Anwalt nehmen.«

»Und du brauchst einen Lügendetektortest?«

»Um aus Pullios' bevorstehendem Plädoyer zu zitieren: ›Diese Lüge entspricht dem Charakter des Angeklagten, Euer Ehren.‹«

»Und du glaubst, daß ich mit einem Lügendetektortest einverstanden bin?«

Hardy trommelte einen Augenblick mit den Fingern, sah die Wände und das vergitterte Fenster an. »Weißt du, Andy, ich fürchte, es ist nicht nur eine Bitte.«

»Diz, sie sind nicht zulässig!« wiederholte Fowler. Er schluckte. Dann sagte er ruhiger: »Weißt du, *warum* sie nicht zulässig sind? Weil sie nichts beweisen. Überhaupt nichts.«

Hardy nickte. »Das ist mir bekannt.« Vor Gericht jedenfalls galten sie nicht.

Fowler starrte ihn an. »Ja, wozu denn dann?«

Hardy schluckte es herunter. Wenn er es ausspräche, würde es eingebildet und selbstgerecht klingen. Aber er brauchte etwas, das sein Gewissen beruhigte, damit er Andy verteidigen konnte. Etwas, das, wenn es schon nicht Fowlers Unschuld bewies, wenigstens die Möglichkeit dazu offen ließ.

Vielen Anwälten wäre das gleich. Es ging nicht um die Tatsachen als solche, sondern darum, ob sie sich beweisen ließen. Doch Hardy war zuerst ein Polizist gewesen und dann Staatsanwalt geworden. Er war darauf abgerichtet, Übeltäter festzunageln, und das Gefühl, einen Schuldigen zu verteidigen, selbst wenn es sich um einen alten Freund wie Andy Fowler handelte, widerte ihn an.

»Ich habe meine Gründe«, sagte er schließlich. »Entweder du akzeptierst es, oder ich kann nicht für dich arbeiten, Andy.«

Fowler sah ihm in die Augen. »Ich habe ihn nicht getötet, Diz.«

Hardy spreizte die Hände. »Dann sollte es doch kein Problem für dich sein, richtig?«

Schließlich nickte der Richter. »Also gut, Dismas. Es gefällt mir nicht, aber meinetwegen.«

44

Glitsky trug grüne Khakihosen, Kletterschuhe und eine lederne Pilotenjacke. Er war einen Meter sechsundachtzig groß und wog etwas über 95 Kilogramm. Sein schwarzes Haar war kurzgeschnitten, fast so kurz wie bei den Marines. In jüngeren Jahren hatte er – hauptsächlich, um die obere Hälfte seiner Narbe zu verdecken – einen Fu-Man-Chu-Schnurrbart getragen, aber seit sechs Jahren war er glattrasiert.

Seit er vor drei Jahren Mordkommissar geworden war, hatte er mit Elizabeth Pullios in mindestens vierzehn Fällen zusammengearbeitet. Ihre Beziehung war meistens herzlich und offen gewesen. Sie befanden sich auf derselben Seite. Deshalb hätte sie es wahrscheinlich nicht als ein böses Vorzeichen aufzufassen brauchen, als Abe plötzlich in der Türöffnung stand. Aber sie tat es.

Vielleicht weil er nichts sagte. Sie war gerade dabei, die Zeugenaussagen zu einem Fall zu überprüfen, der in zwei Monaten verhandelt werden sollte, und vieles davon auswendig zu lernen, wie sie es meist zu tun pflegte. Und dann stand er da. Wie lange schon, wußte sie nicht.

»Hi, Abe«, sagte sie. Sie klappte den Hefter zu und bleckte kurz lächelnd die Zähne. »Was gibt's?«

Glitsky lehnte sich gegen die Tür, die Hände in der Jackentasche. Als ob er sich's jetzt anders überlegte, warum auch immer, stieß er sich mit der Schulter vom Türpfosten ab und trat ins Zimmer. Ihr Kollege Jamie Jackson war vor einer Stunde nach Hause gefahren. Glitsky schloß die Tür hinter sich. Er blieb stehen, und Pullios zog ihren Stuhl etwas zurück, um ihn besser sehen zu können.

»Wie lange sind Sie Staatsanwältin?« fragte er.

Pullios versuchte immer noch zu lächeln. Dieser Zauber wirkte so gut. »Sie sind wütend auf mich, und das kann ich verstehen.«

Glitsky war kein großer Lächler. Er hatte zu viele Betrügereien und zu viel Falschheit erlebt bei diesen Leuten mit der fröhlich ausgestreckten Hand und dem Elfenbeingrinsen. Wenn er Leute lächeln sah, biß er die Zähne zusammen. »Ungefähr. Sechs, sieben Jahre?« Er war ein geübter Verhörspezialist, er wußte, wie man durch Pulverrauch und Nebelvorhänge auf sein Ziel zusteuerte, bis man bei der eigentlichen Frage angekommen war. »Seit Sie hier angefangen haben?«

Pullios nickte. »Ungefähr, ja, Abe. Etwas über sieben.«

»Wissen Sie, seit wann ich Polizist bin?« Es war keine Frage. »Wir haben lange zusammengearbeitet, und ich glaube nicht, daß Sie irgend etwas über mich wissen.«

Sie starrte ihn immer noch an. Sein Gesichtsausdruck war der, mit dem er Verbrecher betrachtete.

»Ich hatte vier Jahre ein Stipendium an der Universität in San Jose, weil ich ein Football-As war. Stürmer. Immer mit den Beinschützern und dem Helm den Angriff vorgetragen und den Gegner gestoppt. Aber ich war nicht nur ein blöder Sportler. Ich hab' nämlich gemerkt, daß ich etwas zu langsam für den Profisport war, also hab' ich ein bißchen studiert und mit einem Durchschnitt von drei Komma vier Punkten abgeschlossen. Mein Tutor sagte, das reiche zum Jurastudium, und ob ich nicht Anwalt werden wollte.«

Jetzt streckte sich sein Mund, es war die Karikatur eines Lächelns, das die breite Narbe auseinanderzog, die seine Ober- und Unterlippe senkrecht zerschnitt. »Stellen Sie sich das vor«, fuhr er fort, »ein Jurastudium.«

»Abe ...«

Er achtete nicht auf sie. »Aber dann trat ich in die Polizeiakademie ein – ja, damals nahmen sie einen noch auf –, nachdem ich meinen Abschluß an der Uni hatte, und ich dachte, das macht doch mehr Spaß als Jura, da passiert was, nicht wahr? Ich war damals dreiundzwanzig. Ich bin jetzt einundvierzig. Achtzehn Jahre, davon die letzten sieben in der Mordkommission.«

Er hörte auf. Irgendwo in einem anderen Büro klingelte ein Telefon. Draußen vor dem Fenster brach die orangefarbene und rosa Dämmerung herein.

Pullios atmete heftig, sie mußte sich beherrschen. »Es gab eine Menge Gründe, Abe«, sagte sie. Er antwortete nicht, stand nur einfach da wie eine böse bronzene Figur, Hände in den Jackentaschen, die Füße flach und fest auf dem Fußboden. Sie drehte ihren Sessel herum, um seinem Blick auszuweichen. »Diese Shinn-

Geschichte, diese Verhaftung ...« Sie legte ihre Hände zu einem Dreieck unter ihren Mund und sah zur Bay-Brücke hinaus. »Ich weiß, daß Sie mit Hardy befreundet sind. Ich glaube, ich hatte einfach nur den Eindruck, Sie könnten sich in dieser Sache nicht voll einsetzen.«

»Ich setze mich bei meiner Arbeit immer voll ein.«

»Kommen Sie, Abe, Sie wissen, was ich meine. Wir brauchen das nicht noch einmal alles aufzuwärmen.« Sie ließ sich nicht mehr unterbrechen. »Niemand hat Ihnen den Fall weggenommen, nicht wahr. Hätten Sie etwas gefunden, wären wir sehr froh darüber gewesen. Und nun war es eben Peter Struler, der's entdeckt hat.«

»Rein zufällig ist er in Fowlers Büro marschiert, um es zu durchsuchen? Ich mach' das auch ganz gern ab und zu, wenn gerade mal nichts los ist, bei so einem Richter herumkramen, mal sehn, ob sich was findet.«

»Na ja, ich hatte eben eine Theorie und habe ihm davon erzählt ...«

»Sogar ein blöder Sportler wie ich könnte so etwas rauskriegen, Elizabeth. Traditionell teilt man Theorien allerdings demjenigen mit, der den betreffenden Fall bearbeitet, und das war in diesem Fall ich.«

»Das weiß ich doch, Abe.« Zerknirschte, reuige Sünderin. Sie stand auf. »Es war ein Fehler, Abe. Es tut mir leid.«

»Ja ja, leid tun, das ist mir eine große Hilfe. Sehen Sie sich das Beweismaterial an, das Struler hat, und dann erklären Sie meinen Chefs mal, wieso ich das nicht gefunden habe. Zum Beispiel, als ich Fowlers Büro gefilzt habe, natürlich nach Absprache mit meinem Lieutenant, weil das vielleicht ein bißchen heikel war – warum habe ich da nichts mehr gefunden?«

»Wir haben nicht nur sein Büro durchsucht.«

Glitskys Stimme sank zu einem Flüstern herab. »Wissen Sie, Elizabeth, es ist mir egal, ob's im Regenwald des Amazonas war. Wir haben oben eine Mordkommission sitzen, das ist ein Team, das sich mit Morden befaßt. Wir besorgen Ihnen Ihr Beweismaterial, ohne das Sie arbeitslos wären. Sie haben sich jetzt eine neue Methode ausgedacht, okay, dann werde ich mich darauf einstellen.«

»Ich verstehe Sie, Abe. Ich habe Sie doch schon um Entschuldigung gebeten. Es kommt nicht wieder vor. Es tut mir wirklich leid.«

Glitsky nickte. Manchmal mußte man ihnen das letzte Wort lassen, und sie dachten, es sei alles wieder in Ordnung, vergeben und vergessen.

»Sag mir nur, daß du nicht mit ihm geschlafen hast.«

»Das geht dich nichts an.«

»Doch, es geht mich etwas an.« Hardy sprach jetzt leiser ins Telefon. »Besonders, wenn es letzten September war. Und du weißt, was ich meine.« Er saß zu Haus in seinem Büro und hatte die halbe Akte durchgearbeitet, als er sich an Jane erinnerte.

Er stellte sie sich vor: daheim in ihrer Küche – in dem Haus, in dem sie beide zusammen gelebt hatten, in der Jackson Street. Sie saß auf dem Hocker, vielleicht mit einem Glas Weißwein in der Nähe. An die vierzig, zweimal geschieden und unter dem offenbaren Verfall ihres Marktwerts leidend, der wie ein Schock kam, trotzdem immer noch sehr attraktiv. Auch intelligent, selbständig, warum flogen die Männer nicht auf sie? Männer in ihrem Alter, die eine Beziehung wollten, sahen sich – genau wie Hardy (und das hatte sie ihm auch gesagt) – nach jüngeren Frauen um, die schlanker und straffer waren und mit denen es mehr *Spaß* machte. Mit den jüngeren Frauen konnten sie wieder zu träumen anfangen und so tun, als wären sie selbst auch jünger. Im fortgeschrittenen Alter noch einmal ganz neu anfangen. Die älteren Männer nahmen eine Frau von vierzig Jahren, wie sie war. Denen brauchte man nichts vorzuspielen. Sex war eine Selbstverständlichkeit. Wie ein Juckreiz, so daß man sich kratzen mußte. Essen gehen, Cognac trinken, Orgasmus. Vielen Dank. Du bist große Klasse, Mädchen. Oder die ganz jungen Typen, die gerne mal eine Erfahrung mit einer älteren Frau möchten, aber nicht im Traum daran dachten, eine dauerhafte Beziehung einzugehen.

Hardy hatte von allen Altersstufen gehört und gelesen. Meistens war Jane bestimmt verdammt einsam. Sogar mit Chuck Chuck Bo-Buck, ihrer neuesten Eroberung.

Aber doch bitte nicht mit Owen Nash. Hoffte er.

»Jane.«

»Es war nichts«, sagte sie. »Nur eine Nacht.«

Ihre Stimme klang tot.

Er hatte jetzt zwanzig Blätter seiner gelben Juristenkladde vollgeschrieben. Es war fast Mitternacht, und er rieb sich die Augen, deren Schwellung mittlerweile einen hellen Purpurton angenommen hatte. Das Hämmern im Kopf war immer noch da, aber auszuhalten. Er war in Gedanken von einem Thema zum nächsten weitergesprungen und dem Ideenfluß gefolgt, hatte kleine Zettel an die verschiedenen Seiten geklebt und Stichworte draufgeschrieben. Gerichtsstand, über den er schon mit Andy gesprochen hatte. Kaution. Beweismittel. Theorie. Geschworene.

Er fand, daß er es noch einmal versuchen mußte, Andy aus dem Knast loszueisen. Selbst wenn sie eine Million Dollar Kaution verlangen würden, er konnte ihn nicht drin sitzen lassen. Er wußte, daß er beim Berufungsgericht beantragen konnte, Braun zu zwingen, eine vernünftige Kaution festzusetzen, und vielleicht hatte er damit sogar Erfolg. Drysdale kannte sich da sicher aus. Vielleicht konnte er mit ihm reden und außergerichtlich ein paar Konzessionen herausschlagen.

Dann mußte er sofort einen Antrag auf gerichtliche Prüfung des Beweismaterials stellen, das ihm jetzt, nachdem er die Akte gelesen hatte, außerordentlich dünn vorkam. Nichts als Indizienmaterial.

Negativ wirkten sich Andys unbestätigtes Alibi, seine Lügen (oder die eine oft wiederholte Lüge) und das ungeheure Risiko aus, das er eingegangen war, als es um Mays Verteidigung ging, aber trotzdem: Beweise, daß er auf dem Boot gewesen war, gab es nicht. Und Hardy konnte sich nicht vorstellen, daß irgendein Geschworener ihn daraufhin schuldig sprechen könnte.

Geschworene hatten zwar schon alles mögliche getan, aber auch dann würde ein unparteiischer Richter, falls er einen finden konnte, diesen Fall abschmettern.

Von Pullios und der ihr persönlich so ergebenen Grand Jury abgesehen, gab es auch noch so etwas wie eine mißbräuchliche Anklageerhebung, und für einen solchen Fall war eine richterliche Kontrolle vorgesehen, um festzustellen, ob genügend Beweismaterial für einen Prozeß vorhanden war. Es lag schließlich nicht im Interesse der Justiz, einen Fall vor Gericht zu bringen, für den es keine Beweise gab. Hardy dachte, daß er Andy vielleicht auf diese Weise heraushauen konnte. Einen Versuch war es immerhin wert.

Wenn das nicht ging, konnte er vielleicht eine Verlegung des Verfahrens an einen anderen Ort als San Francisco erreichen. Angefangen mit der Notiz im *Chronicle* über die Hand, die er und Pico im Steinhart-Aquarium gefunden hatten, enthielt seine Akte noch über fünfundsechzig Zeitungsartikel aus lokalen und überregionalen Publikationen über den Fall. Darin war von Nash, Shinn, ihm selbst, Freeman und Fowler die Rede. Es war genau die Art Geschichte, die die Leute gern lasen und woran sie sich erinnerten; und wenn sie etwas darüber im Radio hörten oder auf der Mattscheibe erblickten, horchten sie auf.

Wenigstens kam er langsam auf die Theorie, deren er sich bei seiner Verteidigung bedienen wollte. Man brauchte als Verteidiger so eine Theorie. Er hatte selbst genügend Anklagen vertreten, um zu wissen, daß diejenigen Verteidiger, die nur einfach sein Beweismaterial zerpflückten und seine Schlußfolgerungen anzweifelten, geschlagen wurden. Ein Verteidiger mußte selbst Anklage erheben, und zwar kämpfend und mit vor Empörung über die unfaire Anklage singender Stimme.

Die Theorie war ihm heute eingefallen, und nun brauchte sie noch ein paar kräftige Beine. Er hatte auch deshalb seinen Spaß daran, weil er jetzt persönlich gegen Pullios vom Leder ziehen konnte: Sie hatte ja die Dinge auf den Kopf gestellt. Eine ordentliche staatsanwaltschaftliche Arbeit (würde er dem hohen Gericht darlegen) sah so aus: Zuerst sammelte die Polizei in fairer Weise von überallher das Beweismaterial. Erst wenn dieses eine kritische Masse erreichte, erhob man Anklage und ließ einen Haftbefehl ausstellen. In Fowlers Fall aber – nichts von alledem!

Hardy glaubte, daß er den Geschworenen klarmachen konnte, daß sich jemand – Locke oder Pullios oder wer auch immer – aus persönlicher Animosität oder aus Wut über seine berufliche Leichtfertigkeit auf eine Anklage gegen Fowler versteift hatte. Es handelte sich hier um einen politisch motivierten Rachefeldzug gegen den Richter und *nicht* um eine strafrechtlich begründete Anklage.

Hardy hatte noch nie zuvor in irgendeinem seiner Fälle Glitsky in den Zeugenstand berufen, jetzt aber schrieb er seinen Namen unter all seine Beweisanträge ... der zuständige Kriminalkommissar als Zeuge der *Verteidigung*. Das würde der alten Betsy gar nicht gefallen.

Und er mußte noch einen Schritt weiter gehen, wenn er den Richter für unschuldig hielt. Dafür wollte er Jeff Elliot, Abe Glitsky und alle möglichen anderen Leute benutzen. *Irgend jemand* hatte Owen Nash getötet. Aber auf Geschworene war letztlich kein Verlaß. Sie konnten einen Fehler machen und Andy verurteilen. Am sichersten bekam er Fowler frei, indem er den fand, der es getan *hatte*.

Das würde allerdings nicht so leicht werden, da offensichtlich keiner der bisher Verdächtigten – Shinn, Farris, Mr. Silicon Valley – in Frage kam. Aber es gab da draußen eine(n) große(n) Unbekannte(n). Jane? Unmöglich. Nur eine Nacht, hatte sie gesagt. Sie hatte *Nein* gesagt. Er kannte Jane, sie konnte niemanden *umbringen*. Warum hätte sie außerdem Jeff Elliot erzählt, daß Nash ihr einmal begegnet war, wenn sie ihn seither wiedergesehen hatte und eine Beziehung daraus geworden war? Warum hätte sie das dann ausgeplaudert? Höchstens, wenn sie damit rechnete, daß es ohnehin herauskommen würde und sie sich den Anschein geben wollte, sie hätte nichts zu verbergen. Nein, lächerlich. Jane hatte kein Motiv.

Farris? Er war die Nummer eins geworden, nachdem Nash tot war, oder zumindest in eine Position geraten, von der aus er jetzt der mächtige Mann hinter dem neuen Geschäftsführer werden konnte, seiner zur Schau getragenen Trauer zum Trotz.

Hardy lehnte sich in den Sessel zurück und streckte sich. Das reichte schon, obwohl er sich nur an Strohhalme klammerte. Und Abe hatte sich Mays andere Kunden, die drei, die Hardy in den Telefonunterlagen entdeckt hatte, noch nicht einmal angesehen. Es gab ein ganzes Universum potentieller Verdächtiger. Einer von ihnen, jemand mußte einen Fehler begangen haben, aber Hardy würde ihn wohl nicht in seinem Sessel träumend entdecken. Dazu mußte er jemanden losschicken.

Er nahm seinen letzten Dart vom Schreibtisch und warf ihn aufs Brett, wo er zehn Zentimeter unterhalb der Mitte steckenblieb.

Jane ... hatte Andy von Jane und Owen gewußt? Könnte das der Grund – ein weiterer Grund – für *Andy* gewesen sein, Nash umzubringen? ... Vielleicht hatte das erst das Faß zum Überlaufen gebracht. Zunächst hatte »der berühmte Hundesohn« ihm May weggenommen, und dann, vielleicht fünf Monate später, als Andy schon fast darüber hinweg war, stellte er fest, daß der Kerl auch noch *seine Tochter gebumst* hat – also peng, und ab über Bord mit dem Schurken ...?

Hardy, du spielst des Teufels Advokaten. Andy hat es nicht getan, am nächsten Morgen würde der Lügendetektor, so technisch mangelhaft er ansonsten auch sein mochte, die letzten Zweifel ausräumen ... nicht, daß er noch echte Zweifel hatte – Andy war ja erst gar nicht damit einverstanden gewesen, und dann hatte er sich plötzlich doch damit abgefunden, und das sprach auch dafür, daß er unschuldig war. Nicht wahr?

Er war jetzt fast am Schluß der Akte angekommen. Hardy fand, daß er ziemlich objektiv war und trotzdem immer noch keine Ahnung hatte, was für *Beweise* Pullios entdeckt haben wollte, die sie zu einer solchen Anklageerhebung ermutigten. Soweit er dem Protokoll der Grand-Jury-Sitzung gefolgt war, hatte sie nichts vorzuweisen gehabt. Wahrscheinlich hatte sie geredet und geredet, bis ihr Gesicht blau anlief, und mit ihren süßen, überzeugenden Worten, die sie so gut beherrschte, geschildert, was für ein unmoralischer Kerl und lausiger Richter dieser Andy war, daß er noch nicht einmal ein Alibi hatte und daß der Name Owen Nash in seinem Kalender stand und er mit May Shinn ein Verhältnis gehabt hätte, daß er seine Karriere und seinen Ruf rücksichtslos aufs Spiel gesetzt, Dinge im Verborgenen getan und unethisches Verhalten an den Tag gelegt hätte – aber wenn schon? Wieso sollte das alles denn beweisen, daß er ein Mörder war?

Es mußte also noch etwas anderes geben, sonst wäre der Fall nicht zur Anklage gekommen. Aber daß eine Anklage erhoben worden war, hieß nicht, daß die Geschworenen ihn schuldig sprechen würden. Hardy wurde jetzt müde, aber er dachte, ein weiteres Mal sollte er sich noch über dieses Zeugs hermachen, das er nun schon so genau zu kennen glaubte. Die Papiermasse war in einem Tag auf drei Ordner und einen Stapel Schreibblöcke angeschwollen.

Er überflog Glitskys Befragungen der beiden Pförtner am Yachthafen – da war nicht viel. Von seinen eigenen Notizen las er noch einmal die Aussagen von Strout, Abe, Celine und allen anderen, die in dem Prozeß gegen May Shinn der Grand Jury präsentiert worden waren. Damit es nicht zu irgendwelchen unliebsamen Überraschungen kam, prüfte er die Liste der materiellen Beweise, die die Anklagevertretung den Geschworenen vorlegen wollte. Es war, mit den Notizen in Fowlers Kalender und der Vernichtung des handschriftlichen Testaments über zwei Millionen Dollar, ziemlich genau das, was er erwartet hatte, und das war im Grunde immer noch nichts – dann kamen die Obduktionsphotos von Owen Nash, die Tatwaffe, die Telefonunterlagen, die Andys Beziehung zu May bewiesen, und Papiere über die Kautionsfrage.

Er schloß die Aktenordner. Zeit zum Überschlafen.

45

Auf Mays Küchentisch lag stapelweise Papier.

Unter David Freemans Anleitung hatte sie, wie es schien, die halbe westliche Welt auf Schadenersatz verklagt wegen der Dinge, die man ihr angetan hatte – da lagen Klagen gegen den Polizeibeamten, der sie verhaftet hatte, gegen seine Vorgesetzten, die Bezirksstaatsanwaltschaft und die Stadt und den Bezirk von San Francisco. Freeman hatte eine ganze Speisekarte von strafbaren Handlungen zitiert, die von willkürlicher und ungesetzlicher Verhaftung über verschiedene Verstöße gegen die bürgerlichen Rechte bis zu Verunglimpfung, Beleidigung und üble Nachrede reichten.

Außerdem hatten sie über die Rückgabe der vielen persönlichen Habseligkeiten – Kleidung, Make-up und so weiter – verhandelt, die sie auf der *Eloise* aufbewahrt hatte. Vier Monate nach dem Mord war das Boot noch immer versiegelt, und jetzt näherte sich der Winter. Es gab Dinge, die Owen ihr geschenkt hatte. Sie hatte mit David eine Liste aufgestellt, und David fand, daß sie das alles zurückbekommen mußte – Schuhe, Regenmäntel, ihren hübschen Morgenmantel, ihre sibirische Pelzmütze, Glas- und Jadestücke, die sie in seinem Rollpult verwahrt hatte, und einige Trainingsgeräte. Über letztere mußte sie lachen – sie hatte seit Juni nichts mehr für ihren Körper getan.

Bei weitem die meiste juristische Arbeit betraf das Testament. Zuerst hatte sie sich nicht für das Geld interessiert, oder jedenfalls hatte sie das geglaubt. Aber allmählich lernte sie wieder praktisch zu denken, und dann ging es auch um das Prinzip. Warum sollte die Firma, die es nicht brauchte, das Geld bekommen? Oder seine Tochter, die ohnehin so viel hatte? Sie – May – war es, die ihn geliebt hatte, und ihr hatte er es vererben *wollen*.

Sie stand da, mit der Tasse Tee in der Hand, und sah auf die Papierstapel hinunter. Sie trug einen schwarz-roten, an der Taille gegürteten seidenen Kimono. Es war ein klarer, sonniger Tag Mitte Oktober.

Der Friede, den sie mit Owen gefunden hatte oder gefunden zu haben glaubte, war durch ihren Gefängnisaufenthalt und die verrückten Umstände ihrer Verhaftung zerstört worden. David Freeman, ein lieber Mensch, hatte gesehen, wie die Hoffnungslosigkeit wieder in ihr emporkroch, und ihr vernünftigerweise diese Beschäftigung mit den gerichtlichen Klagen verordnet.

Und eine Weile hatte sie das ja auch von der Leere abgelenkt. Sie hatte emsig daran gearbeitet, so wie eine Ameise sich betätigte, die immer wieder Kleinigkeiten heranschaffte, bis sich daraus etwas Großes ergab. Sie hörte nicht auf, weil diese Emsigkeit ja der Sinn der ganzen Übung war. Jetzt lag da etwas Neues – eine schriftliche Aufforderung, aber ohne Strafandrohung im Falle des Nichterscheinens, als Zeugin der Anklage gegen Andy Fowler vor Gericht zu erscheinen.

Sie ging zu ihrem Türmchen hinüber und sah hinunter auf die Straße. Dort gingen Leute in den Delikatessenladen, und das hübsche kleine Cable Car fuhr vorbei. Sie versuchte, irgendeine Erinnerung an das Gefühl heraufzubeschwören, das sie mit Owen zusammen empfunden hatte, die Übereinstimmung, die sie zusammen entdeckt hatten.

Aber es war nichts mehr da. Sie hatte eine Familie gehabt, in der keine Liebe für sie dagewesen war und die zu große Angst vor dem Leben gehabt hatte. Und dann zwei unfruchtbare Ehen, bedeutungslose Affären. Tag für Tag eintönige Handlungen, Hoffnung auf jemanden, den sie bewundern konnte, der sie bewundern konnte. Dann dachte sie, sie hätte ihn gefunden, und alles wurde ihr zerschlagen.

Und jetzt diese vielen Papiere. Sie meinte es David zu schulden, daß sie weiter daran arbeitete. Was schuldete sie Andy Fowler?

»Wer war das?«

Dorothy wachte jeden Morgen fröhlich auf. Die Matratze, die am Boden gelegen hatte, war auf ein stabiles Plattformbett mit einem modernen Kopfbrett aus Kiefernholz gewandert. Eine Wand wurde von einer Tapete mit einem Blumenmuster geschmückt, darauf waren ein paar von Glasscheiben geschützte Degas- und Monet-Drucke befestigt. Einstein blickte noch immer auf sie herab und warnte vor geistiger Mittelmäßigkeit. Neue Vorhänge, ein großer bunter Teppich, ein Zweisitzer aus Rattan, ein Ecktisch, ein Kaffeetisch, drei moderne Lampen. Es war nicht mehr dasselbe Zimmer.

Jeff konnte jetzt sogar etwas besser laufen. Vom Tresen zum Bett schaffte er es ohne Krücken. Er glaubte nicht, daß das ewig so weitergehen würde, aber er nahm es mit, solange es da war. Vielleicht hatte das Prednison, das er wegen seiner Augen nehmen mußte, auch etwas für seine Beine getan. Vorhersagen ließen sich diese Symptome nicht, wenn es also mal ein bißchen besser wurde, stellte man keine Fragen. Er stieß sich zurück aufs Bett.

»Das war Hardy, der Anwalt, von dem ich dir erzählt habe. Diesmal bei der Verteidigung.«

Mit einer wunderbaren Schamlosigkeit rückte sie ihren nackten Leib gegen ein Lesekissen, zog ihn wieder an sich, breitete die Decke über ihn und sich aus und rieb ihm mit den Händen die Brust. »Und was will Mr. Hardy?«

»Fowler unterzieht sich heute dem Lügendetektortest. Das wollte er mir mitteilen.«

»Warum?«

Er lehnte sich mit dem Kopf an sie. »Wenn er ihn besteht, ist das eine Nachricht wert. Es ist kein Beweis, aber dann kommt etwas in die Zeitung. Und er meint, daß es ihm hilft.«

»Und was ist, wenn er ihn nicht besteht?«

»Dann ist es auch eine Meldung wert und kommt auch in die Zeitung. Für mich ist es so oder so gut. Aber Hardy hat wohl Grund zu der Annahme, daß er gut dabei abschneidet, sonst hätte er mir das nicht gesagt.«

»Es kommt mir ein bißchen riskant vor ...«

»Hardy muß etwas riskieren. Sie gewinnen beide, wenn Fowler unschuldig ist.«

»Glaubst du, daß er es ist?«

»Du meinst, unschuldig?«

Sie nickte.

»Nein.«

Die Tatwaffe.

Pullios und Struler, schlaue Teufel.

Hardy wußte, daß es unklug sein würde, seinen Antrag auf Einstellung des Verfahrens nach 995 Strafgesetzbuch zu stellen, bevor er jedes einzelne Wort in der Akte gelesen hatte. Wie er schon am

Abend zuvor festgestellt hatte, war ihm der größte Teil bekannt, und die Versuchung war groß, darüber hinwegzulesen.

Die Offenlegung der prozeßwichtigen Urkunden diente dazu, Überraschungen im Gerichtssaal auszuschließen. Daß jemand, so wie Perry Mason, der Anwalt aus der Fernsehserie, plötzlich unvorhergesehene Schlüsse zog – ähnlich einem Zauberer, der aus seinem Zylinder ein Kaninchen springen ließ –, kam wirklich nur in Filmen vor. Vielmehr mußte die Staatsanwaltschaft, schon lange bevor sie jemanden vor Gericht stellte, alles offenlegen, was sie an Beweismitteln, Zeugen und Sachverständigen anzubieten hatte. Theoretisch sollte es nicht möglich sein, daß man seinen Prozeßgegner mit überraschenden Enthüllungen außer Gefecht setzte (falls es einem trotzdem gelang, war das natürlich ein netter kleiner Vorteil), in dem Verfahren sollte das Beweismaterial vor den Geschworenen ausgebreitet und dessen Relevanz erklärt werden.

Falls Glitsky oder jemand anders während des Prozesses zufällig auf beweiskräftige Tatsachen stieß, würde Hardy das Gericht natürlich damit bekannt machen, aber so etwas kam selten vor. Meistens kannten beide Parteien die gegnerischen Karten, und die Kunst bestand darin, sie geschickt auszuspielen.

Was nicht hieß, daß Pullios, die ihrem Gegner Hardy alles gegeben hatte, was sie ihm geben mußte, ihm dann auch noch die Gebrauchsanweisung dazu lieferte.

Also mußte Hardy alles sehr gründlich lesen. Daß der Revolver als Beweisstück vorgelegt wurde, überraschte nicht, er war schließlich das Mordinstrument.

Was Hardy *nicht* erwartet hatte, war, daß sich Fowlers Fingerabdrücke auf dem Ladestreifen befanden.

Damit konnte er seinen Antrag auf gerichtliche Überprüfung des Beweismaterials natürlich vergessen. Jetzt begriff Hardy erst, daß zu einer Anklageerhebung gegen Fowler ausreichend Material vorhanden war.

»Wie konnte das geschehen? Wie ist es möglich, daß das zuvor niemand entdeckt hat. Damit ist er dran. Kein Geschworenengericht der Welt wird ihm abnehmen, daß er ihn nicht getötet hat.«

Hardy hatte Glitsky telefonisch am Schreibtisch erreicht, bevor er von zu Hause losgefahren war, und jetzt aßen sie weit entfernt vom Justizpalast Hamburger. Glitsky wollte verständlicherweise nicht im trauten Gespräch mit einem Strafverteidiger gesehen werden. Freundschaft hin, Freundschaft her, Hardys neue Tätigkeit hinterließ ihre Spuren.

Glitsky lutschte an seinem Eiswürfel herum, was eine Gewohnheit von ihm war, die er nicht ablegen konnte. Hardy machte das verrückt. »Nicht unbedingt.«

»Was meinst du mit nicht unbedingt? Die Waffe war auf dem Boot, und Fowlers Fingerabdrücke waren drauf.«

»Die können schon drauf gewesen sein, bevor die Waffe auf das Boot gelangt ist.«

»Nun, das werde ich natürlich auch vorbringen, aber damit gewinne ich nicht unbedingt den Prozeß. Wie ist es möglich, daß er mir nichts davon erzählt hat? Er muß es doch gewußt haben.«

Glitsky biß etwas von seinem Hamburger ab. »Er hat gelogen.«

»Danke.«

Abe schluckte, trank etwas Cola hinterher, lutschte Eis. »Gern geschehen.«

»Wieso hat man die beim letztenmal nicht gefunden. Die Fingerabdrücke?«

Abe rieb sich das Gesicht. »Gibt vielleicht zwei Möglichkeiten. Erstens: Es hat sich keiner den Ladestreifen angesehen. Shinns Abdrücke waren am Lauf, sie war die Verdächtige. Schluß der Suche. Zweitens« – Abe hielt zwei Finger hoch –, »sie hatten einen Abdruck, wußten aber nicht, wohin damit. Und dann, als Fowler verdächtigt wurde, verglichen sie ihn mit seinen.«

»Das hätten sie doch sofort tun müssen.«

»Nein. Seine Abdrücke waren nicht in unserer Datenbank. Wenn wir einen Abdruck an einer Waffe finden, wird er mit denen der uns bekannten Verbrecher verglichen. Wenn keiner paßt, was sollen wir tun? Alle Fingerabdrücke im Universum prüfen?« Glitsky zuckte die Achseln. »Ich sag's nicht gerne, aber da rutscht schon mal einer durch.«

Hardy fluchte.

Glitsky nickte wieder. »Wahrscheinlich war es eine Kombination von beidem.«

»Abe, ich habe den Advocatus Diaboli zu spielen versucht, aber ich glaube wirklich nicht, daß er es getan hat. In *so* einer Sache würde er mich nicht anlügen –«

Glitsky starrte ihn einen Augenblick lang böse an und rieb sich dann mit dem Finger das Ohr, als hätte er nicht richtig gehört.

»Entschuldige«, sagte er. »Ich glaubte eben verstanden zu haben, ein Straftäter lüge dich nicht an.«

»Er ist nicht irgendein Straftäter, Abe. Er ist mein Ex-Schwiegervater. Ich kenne ihn.« Das hatte er wenigstens geglaubt. »Ein Oberrichter, um Himmels willen.«

Abe streckte die Hand nach Hardys restlichem Burger aus. »Wie ich sehe, ißt du das nicht mehr ... Du sagtest, du setzt ihn heute in den Lügendetektor, richtig? Dann wirst du's sehen. Vielleicht. Vielleicht auch nicht.« Abe lächelte sein scheußliches Lächeln.

Der Techniker des Polygraphen – Ron Reynolds, ein großer, dünner Mann im grauen Anzug mit weißem Hemd und blauschwarzer Krawatte – erwartete ihn im Vorzimmer seines Büros im ersten Stock eines Gebäudes nahe dem Civic Center.

Nachdem sie sich vorgestellt hatten, kamen sie gleich zur Sache.

»Wollen Sie beantragen, daß das Ergebnis in die Beweisaufnahme kommt?« fragte Reynolds.

»Ich will das nicht bei Gericht verwerten. Ich mache es für mich selbst.«

Reynolds hörte so etwas nicht zum erstenmal von einem Strafverteidiger. Gelegentlich, wenn auch ziemlich selten, wollten sie ihren Mandanten glauben.

Hardy fuhr fort. »Obwohl natürlich die Bereitschaft meines Mandanten, sich einem solchen Test zu unterziehen, bei den Geschworenen einen positiven Eindruck hervorrufen könnte.«

»Falls Sie es den Geschworenen gegenüber erwähnen dürfen, was ich bezweifle.«

»Na ja, ich kann es versuchen.« Hardy zog einen Notizblock heraus, und sie gingen die Fragen durch. Hardy hatte etwa fünfundzwanzig Fragen aufgeschrieben, die sich auf Owen Nash und May Shinn bezogen und die Fowler entweder mit »Ja« oder »Nein« beantworten konnte. Reynolds hatte dann noch einmal ungefähr fünfzehn Kontrollfragen, die er für die Kalibrierung brauchte.

»Vor dem Test gehen Sie mit ihm noch einmal all diese Fragen durch? Keine Überraschungen, klar?«

»Ist klar. Wollen Sie dabei sein?«

»Draußen. In der Nähe.«

Reynold fand, daß das die richtige Antwort war. »Es ist besser ohne Unterbrechungen«, sagte er.

Aber bevor er Fowler in den Test schickte, mußte er ihm selbst noch ein paar Fragen stellen.

Sie befanden sich wieder im Besucherraum A. Der Wärter hielt den Richter noch am Arm, als Hardy, der am Tisch auf und ab gegangen war, begann. »Würdest du mir erzählen, wie deine Fingerabdrücke *in* die Mordwaffe, auf den Ladestreifen gekommen sind?«

Fowler blieb wie vom Donner gerührt stehen. Auch der Wärter stand wie festgenagelt da. Hardy starrte seinen Mandanten einen Augenblick lang an, dann hatte er sich wieder in der Gewalt. Er dankte dem Wärter ausdrücklich und wartete, bis er sich zurückgezogen und die Tür hinter sich geschlossen hatte.

Andy hatte sich von dem Schreck erholt. »Machst du Witze?«

»Komm, erzähl mir jetzt keine Märchen.«

»Meine Fingerabdrücke?«

Hardy war wütend. Jeden Tag ging er mehr in diesem Fall auf, immer fester wurde sein Entschluß, Andy herauszuholen, und zwar vor allem, weil er sich selbst immer wieder einredete, daß der Richter unschuldig sei. Aber er hatte sich vorgenommen, Andy nur dann zu verteidigen, wenn er einigermaßen sicher sein konnte, daß er nicht der Täter war. Hundertprozentig sicher konnte natürlich nur der Mörder selbst sein, ob er nun Andy oder sonstwie hieß. Nur der Mörder wußte, was wirklich auf der *Eloise* geschehen war. Aber Hardy war nicht käuflich. Wenn er wüßte, daß Andy es getan hatte, würde er aufhören.

Fowler, der hinter ihm stand, fluchte leise vor sich hin, und Hardy drehte sich um.

»Ich habe die Waffe für sie *geladen*, Diz. Es ist unglaublich. Das war Monate vorher. Auf den Gedanken bin ich nie gekommen, Diz, ich schwöre es dir bei Gott.«

»Du hast die Waffe für sie geladen?«

Er nickte. »Sie hatte Angst davor, das Ding anzufassen. Einer ihrer früheren – jemand hatte es ihr geschenkt, und sie hatte es nie geladen. Es lag in einer Schublade am Kopfende ihres Bettes. Ich sagte ihr, eine Waffe zu haben, mit der man sich schützen könnte, wäre doch sinnlos, wenn sie nicht geladen war, also lud ich sie.«

»Sie war nicht in einer Schublade am Kopfende ihres Bettes Andy. Sie war auf der *Eloise*.«

»Sie sagte mir, sie wolle das Ding nicht im Haus haben. Sie haßte die Waffe. *Ich* konnte sie nicht zu mir mitnehmen. Sie war auf ihren Namen eingetragen.«

»Weil du Richter warst und nicht gegen das Gesetz verstoßen wolltest?«

Fowler versuchte zu lächeln. »Vor meinem kleinen Problem mit Shinns Prozeß war ich so, Diz.«

Hardy schlug mit der Faust auf den Tisch, der zwischen ihnen stand. »Verdammt! Andy! Shinns Prozeß war kein ›kleines Problem‹. Darum sind wir jetzt hier.«

»Ich verstehe das, Diz«, sagte er leise.

»Ja, und wie erwartest du, daß ich den Geschworenen diese Idee verkaufen soll? Zuerst warst du so ein Tugendbold, daß du nicht mal ihre Waffe mit zu dir nach Haus nehmen durftest, und sechs Monate später ...?« Er riß sich zusammen. Wenn er seinen Mandanten anbrüllte, nützte es keinem von beiden. Er wandte sich von ihm ab.

»Das ist ein wichtiger Gesichtspunkt, Dismas. Aber zufällig war's nun mal so.«

»Und als May dann Nash kennenlernte, hatte er keine solchen Skrupel, und sie durfte die Waffe auf seinem Boot lassen?« Hardy stand wieder am Fenster. Andy Fowler wußte auf alles eine Antwort, aber es war leichter, ihm zuzuhören, wenn man sein Gesicht nicht sehen mußte.

Einen Augenblick lang kam er sich vor wie in *Vom Winde verweht*. Er dachte nicht an morgen. Heute hatte er jedenfalls eine Erklärung für diese neueste Enthüllung – morgen würde er sehen, ob er daran glauben konnte.

Sie waren die Fragen einzeln durchgegangen, die Reynolds dem Richter stellen sollte, wenn dieser im Lügendetektor saß. Fowler riet Hardy, sich an Pullios zu wenden und ihr die Zulassung der Ergebnisse bei der Beweisaufnahme vorzuschlagen. Wenn er das noch vor dem Test machte und Pullios die Verwendung der Resultate anbot, egal wie sie ausfielen, wäre sie vielleicht damit einverstanden.

Vielleicht aber auch nicht. Jedenfalls bestärkte Andys Vorschlag Hardy wieder in dem Glauben an die Unschuld seines Mandanten. Aber darauf hatte Andy ja vielleicht spekuliert. Kreise innerhalb von Kreisen.

Jedenfalls hatte Hardy keine große Hoffnung, daß Pullios sich darauf einlassen würde. Von ihrem Standpunkt aus war es schlauer, auf die Unzulässigkeit von Lügendetektortests hinzuweisen. Sie hatte genug Material gegen Fowler zusammen, und wenn Fowler im Polygraphentest gut abschnitt, könnte ihr das nur schaden.

Anders als ein Verteidiger, der nur seinem Mandanten gegenüber verpflichtet war, gehörte es zu dem Job eines Staatsanwalts, nicht nur die Beweise der Anklagebehörde vorzulegen, sondern auch dafür zu sorgen, daß der Angeklagte einen fairen Prozeß bekam. Der Angeklagte war ein Bürger des Staats, für den die Staatsanwaltschaft tätig war, einer aus dem Volk, das zu beschützen der Ankläger geschworen hatte.

Nur daß Hardy Pullios kannte und annahm, daß sie auf solche Feinheiten nicht achtete.

So daß er auf seine kühne, unorthodoxe Strategie verfallen war –

»Wie geht es dir denn im Knast?«

Fowler zuckte die Achseln. »Es ist wie ein gutes Hotel, nur schlecht. Wieso?«

»Ich möchte nicht, daß sie dich schikanieren. Es ist untragbar, daß du nicht auf Kaution freigekommen bist.«

»Marians Verhalten hat mich etwas überrascht.«

Marians Verhalten hat ihn etwas überrascht! Die Richterin Marian Braun. Hardy konnte es nicht fassen, wie kaltblütig Andy Fowler sich ausdrückte. Wie Marie Antoinette, die ihren Henker um Entschuldigung bittet, weil sie ihm auf den Zeh getreten ist. Fowler war so furchtbar höflich, so feinsinnig, von einem solchen Edelmut. Draußen in der Welt machte sich das gut, aber hier hinter Gittern, in seiner Gefängniskluft, wirkte es unangemessen und jämmerlich.

Es würde praktisch unmöglich sein, Geschworene zu finden, die ihm ebenbürtig waren.

»Nun, *Marian* ungeachtet, Richter …«

»Gewöhn dir das mal lieber ab, Diz. Nicht Richter, sondern *Mister* Fowler. Erinnere dich, daß Marian dir das schon gesagt hat.«

Hardy ließ sich nicht aus dem Konzept bringen: »Marian ungeachtet, Andy. Ich glaube, wenn du es noch ein bißchen aushältst, können wir deine Situation zu unserem Vorteil nutzen.«

Hardy war zwar der Meinung, daß viele altehrwürdige Traditionen des Oberen Gerichts auf den Schrottplatz gehörten, aber er glaubte nicht, daß er oder Fowler sich noch neue Feinde machen könnten – sie hatten schon alle gegen sich.

Seine Hauptverteidigungslinie sah natürlich so aus, daß es der Anklagebehörde nicht gelungen war, Andys Schuld zweifelsfrei zu beweisen. Die Beweismittel reichten nicht aus, um zu belegen, daß Andy Fowler Owen Nash getötet hatte. Es gab wahrscheinlich ein Motiv – oder ein angebliches Motiv –, aber ein Motiv allein genügte nicht zur Verurteilung eines Angeklagten. Das war also seine Argumentation, eine passive Art von Verteidigung. Doch er wußte, daß das kaum ausreichen würde.

Pullios würde natürlich ihr gesamtes Beweismaterial vorlegen, aber sie würde es um eine »Schuldbewußtseins«-Theorie herum aufbauen, bei der in die Beweisaufnahme eingebracht werden durfte, wenn der Angeklagte beispielsweise zu fliehen versuchte, sich der Verhaftung widersetzte oder bei der Vernehmung log, um zu zeigen, daß der Angeklagte ein »schlechtes Gewissen« hatte; trotz nicht ausreichender Beweise könnte das *juristisch* genügen, um seine Schuld zweifelsfrei zu beweisen.

Die berühmte noch qualmende Tatwaffe war hier zwar nicht zu finden, aber Fowlers unethisches Verhalten in seinem Richteramt dürfte zusammen mit dem »schlechten Gewissen« des Angeklagten für ein solches Urteil genügen.

Deshalb brauchte Hardy noch etwas anderes, wenn er Andy aus dem Gefängnis herausholen wollte, und in der Verhandlung hatte er erkannt, in welcher Richtung er sich bewegen mußte. Angefangen mit Pullios, die das Pferd vom Schwanz her aufgezäumt, sich erst einen Verdächtigen gesucht und dann eine Untersuchung begonnen hatte, und weiter über Marian Brauns Entscheidung, den Antrag auf Freilassung gegen Kaution abzulehnen, war dieser Fall, wie er darlegen konnte, mit Vorurteilen gegen Andy Fowler gespickt. Wegen dieser in San Francisco bei den Staatsanwälten und Richtern vorhandenen Vorurteile hatte Hardy zuerst einen Wechsel des Gerichtsstands, also eine Verlegung der Verhandlung an einen anderen Ort, beantragen wollen. Aber dann war ihm dieser andere Gedanke, die neue Strategie, eingefallen.

In San Francisco würden sie wahrscheinlich einen Richter bekommen, der Andy – vielleicht sogar dem Verteidiger Hardy – feindselig gegenüberstand. Dann würden sie sowohl den Richter als auch Pullios zusätzlich gegen sich aufbringen, indem sie eine umgehende Verhandlung verlangten, wozu sie berechtigt waren. (In dem Shinn-Fall hatte Pullios so schnell wie möglich mit dem Prozeß beginnen wollen und war damit hereingefallen – jetzt, da sie ihre Anklage, die sie für bombensicher hielt, langsam, Schritt für Schritt aufbaute, kam ihr ein hastiges Verfahren ungelegen.)

Solange sein unschuldiger Mandant keine Kaution stellen durfte, sondern im Gefängnis sitzen mußte, sollte man ihm nicht auch noch eine Verzögerung des Prozesses zumuten, so wollte Hardy argumentieren. Denn bevor man ihm keine Schuld nachgewiesen hatte, war er unschuldig, und dennoch verfaulte er jetzt im Gefängnis.

Hardy nahm an, daß er mit dieser Argumentation Verschiedenes erreichen konnte. Erstens würde sich der vorsitzende Richter die Kautionsfrage noch einmal durch den Kopf gehen lassen. Wenn er es nicht tat, würde die sofortige Anberaumung eines Verhandlungstermins Pullios vielleicht aus dem Konzept bringen. Hardy hatte ja in dem Verfahren gegen May Shinn erlebt, daß es sogar Pullios im Wirbel der Ereignisse versäumt hatte, die Telefonabrechnungen genauer zu überprüfen. Außerdem war sie leicht reizbar und wurde schnell persönlich, so daß ihre Glaubwürdigkeit bei den Geschworenen litt – wie Hardy hoffte. Wenn er ihr auf diese Art und Weise ein bißchen zusetzte, schränkte er zumindest ihren Spielraum ein, behinderte sie in ihrer Argumentation und schwächte ihre Schlagkraft.

Falls Andy im Gefängnis bleiben mußte, wenn der Prozeß begann, und Pullios eine Verurteilung durchsetzte, konnte Hardy im Berufungsverfahren schließlich auf die feindselige Haltung des Gerichts gegenüber seinem Mandanten hinweisen und darauf, daß es sich de facto um eine Verschwörung gegen Fowler gehandelt hatte, mit dem Ziel, die Justiz und das faire Verfahren zu behindern. Außerdem konnte er erwähnen, daß dieses Charakteristikum von der Untersuchung über die Verhaftung bis zur Verurteilung durchgängig zu beobachten war.

Fowler hörte sich Hardys Argumentation an. »Der Gedanke, einen fehlerhaften Prozeß zu inszenieren, um dann die Berufung zu gewinnen, begeistert mich nicht.«

»Das ist doch nur unsere letzte Möglichkeit, Andy. Wenn alle Stricke reißen. Aber es wäre töricht, nicht jetzt schon damit zu rechnen. Und Pullios verliert zwei Drittel ihrer Vorbereitungszeit.«

»Wir auch.«

Hardy nickte. »Das stimmt, Andy. Aber das Beweismaterial wird letztlich nicht das Entscheidende sein. Es kommt darauf an, wer es besser durch die Gegend schleudert. Und glaub mir, so setzen wir sie unter Druck. Ich kenne sie.«

»Und was ist mit dir?«

Hardy erlaubte sich ein Grinsen. »Ich arbeite besonders gut, wenn man mich hetzt.«

»Aber dann bleibt uns weniger Zeit, den Mörder zu finden.«

Hardy saß auf einem harten Holzstuhl. Seine Rippen, die schwarz, blau und gelb unter seinem Hemd waren, stachen ihn, als er jäh herumrutschte. Er zog eine Grimasse und starrte Fowler über den Tisch hinweg an.

»Geht es dir nicht gut?« fragte ihn der Richter.

»Doch. Aber weißt du was? Jetzt habe ich von dir zum erstenmal etwas gehört, was so klingt, als ob du unschuldig bist.«

46

Mordfall Owen Nash – Ex-Richter Andrew Fowler im Lügendetektor: kein schlüssiges Resultat

von Jeffrey Elliot
Chronicle-Redaktion

Der gegen den ehemaligen Oberrichter Andrew B. Fowler erhobene Verdacht ließ sich gestern durch den Lügendetektor nicht entkräften. Ergebnisse des sogenannten Polygraphentests sind in kalifornischen Gerichten als Beweismaterial nicht zulässig, trotzdem bezeichnete die Bezirksstaatsanwaltschaft gestern den mißlungenen Versuch, Fowler von dem Verdacht zu befreien, als einen schweren Schlag für die Verteidigung.

Fowlers Anwalt, der ehemalige Anklagevertreter Dismas Hardy, stellte das Ergebnis etwas positiver dar. »Der Test hat *nicht* gezeigt, daß Richter Fowler lügt. Der Richter hat sich *freiwillig* dem Test unterzogen. Hätte er es getan, wenn er schuldig wäre?«

Ron Reynolds, ein in der Polygraphie ausgebildeter Psychologieprofessor, der den Test vorgenommen hat, stimmte Hardy zu. »Die Polygraphie ist vor Gericht deshalb nicht zulässig, weil es je nach der Stimmung des Betreffenden, seiner Vertrautheit mit der Prozedur und der Art, wie er die Fragen versteht, zu recht unterschiedlichen Ergebnissen kommen kann. Richter Fowler war das gesamte Verfahren offensichtlich sehr unangenehm – wir konnten bei vier Durchgängen keine einzige zufriedenstellende Kalibrierung erreichen.«

Hardy fügte hinzu: »Es gab keinerlei Anzeichen, daß der Richter nicht die Wahrheit gesagt hat.«

Mr. Drysdale erwiderte: »Es gab keinerlei Anzeichen, daß der Richter nicht gelogen hat.«

Außerdem war gestern aus einer zuverlässigen Quelle im Gericht zu erfahren, daß man Richter Fowlers Fingerabdrücke auf der Ladekammer der Mordwaffe, einer halbautomatischen .24-Kaliber-Beretta-Pistole gefunden hat, die auf May Shinn, die ehemalige Geliebte Owen Nashs und des ehemaligen Richters Fowler, zugelassen ist.

Ein Prozeßtermin für diesen Fall wird am Montagmorgen festgesetzt werden.

Hardy mußte lernen, sich in Gegenwart von Gefangenenwärterin diskreter zu verhalten, obwohl das, was er gesagt hatte, der Anklagevertretung bekannt sein mochte. Er ahnte, wer die »zuverlässige Quelle im Gericht« gewesen war, die das mit den Fingerabdrücken auf der Ladekammer ausgeplaudert hatte. Der Polygraphentest war natürlich ein Schlag ins Kontor, obwohl er seinen Standpunkt der Presse gegenüber ganz gut vermittelt hatte. Jeff Elliot hatte er noch erzählen können, daß nichts dabei herausgekommen war, was Andys Glaubwürdigkeit erschütterte, aber in Hardy selbst waren wieder die Zweifel an Andys Unschuld erwacht. Andererseits konnte Andys Nervosität natürlich auch echt gewesen sein – was er im Gefängnis durchmachte, war schrecklich genug. Und dann hatte er doch auch davon gesprochen, daß er seine Unschuld im Mordfall Nash am besten dadurch bewies, indem er den *wahren* Täter entdeckte. Aber wer außer Glitsky und vielleicht Jeff, der ihm noch etwas schuldete, sollte den finden? Und selbst mit ein paar erfolgversprechenden Spuren und Jeffs unverschämtem Glück beim Aufspüren sensationeller Fakten standen die Chancen nicht besonders gut.

Hardy hatte sich vor seinem Schreibtisch aufgebaut und warf seine Darts, Runde um Runde. Aus einem anderen Zimmer hörte er Frannies Staubsaugerlärm, und dazwischen schrie Rebecca, weil sie hungrig war, während Garth Brooks' Serenade aus dem Wohnzimmer schallte. Die Sonne stieg höher.

In zwei Tagen würde er vor die für den Geschäftsplan zuständige Richterin treten. Aufgrund dessen, daß sein Mandant unschuldig war und ihm eine Kautionsstellung verweigert wurde, wollte Hardy auf eine baldige Verhandlung drängen. Er würde einem Aufschub nicht zustimmen und damit Pullios und den Richter ärgern, wer auch immer das sein mochte. Die Zeitungen tippten schon auf Fowler als den Schuldigen, und Hardy hatte den Eindruck, daß man eher auf der Castro Street einen Heterosexuellen als in ganz San Francisco einen Geschworenen finden konnte, der sich nicht schon über Andy Fowler und Owen Nash eine Meinung gebildet hatte.

Risiken. Zu viele?

An das größte Risiko – daß Andy es vielleicht wirklich getan hatte – dachte Hardy möglichst nicht, aber die Zweifel kamen und gingen. Er *wußte* es einfach nicht. Jedenfalls noch nicht.

Persönlich fühlte sich Hardy besser. Die finsteren Gedanken waren fort – wie eine Grippewelle, die ihn niedergeworfen und dann in Ruhe gelassen hatte, um sich andere Opfer zu suchen.

Er konnte sich keine bessere Arbeit vorstellen als seine jetzige – Andy Fowlers Verteidigung. Seit er im Juni Owens Nashs Hand entdeckt hatte, hatte sich sein Leben um diesen Mittelpunkt gedreht, und alles – seine Ehe, seine Karriere, sein Selbstbewußtsein – war davon betroffen worden. Er würde das bei Gott durchstehen, und wenn er es aus den betreffenden Hälsen herauswringen mußte: Er würde die Wahrheit finden.

47

Oberrichterin Marian Braun ließ ihren Hammer herabfallen, und im Gerichtssaal kehrte Ruhe ein. Hardy hatte rechts von Braun in der Geschworenenbox gesessen. Zwanzig Minuten zuvor war Elizabeth Pullios mit ihrem Gefolge eingetreten – demselben Assistenten der Bezirksstaatsanwaltschaft, der schon das letztemal dabeigewesen war, und jemandem, der wie ein Jurastudent oder Sekretär aussah. Sie setzte sich an den Staatsanwaltstisch, diskutierte eifrig und ignorierte Hardy völlig.

Sechs Beschuldigte waren schon abgefertigt. Zwei waren Richtern zugewiesen worden, drei hatten Pflichtverteidiger erhalten, und einer war mit einer Geldstrafe davongekommen.

Hardy bemühte sich, nicht in den Zuschauerraum zu blicken. Celine saß dort schwarz gekleidet neben Ken Farris in der zweiten Reihe. Er hatte sie seit dem Tag im Dampfbad bei Hardbodies! nicht mehr gesehen. Jeff Elliot saß inmitten einer Gruppe von Leuten, die Hardy ebenfalls für Reporter hielt. Jane war natürlich auch anwesend und saß in der ersten Reihe, Celine gegenüber. Art Drysdale kam durch die Tür und lehnte sich mit verschränkten Armen an die Rückwand des Saals.

Hardy hatte am Tag zuvor – am Sonntag – mit Andy darüber diskutiert, was er als Angeklagter im Gerichtssaal tragen sollte. Da Andy nur Anzüge ab 700 Dollar besaß, hatte Hardy Jane, die Einkäuferin von I. Magnin gebeten, etwas Billigeres von der Stange in Andys Größe zu besorgen, damit er bei den Geschworenen keine Neidgefühle weckte. Andy sollte gut aussehen – wenn Geschworene fanden, daß man wie ein Verbrecher aussah, hatte man bereits schlechte Karten –, aber nicht zu gut. Den Geschworenen würde es ohnehin nicht leichtfallen, sich in den Ex-Richter Andy Fowler hineinzudenken.

Als der Gerichtsdiener wieder die Anklage vorlas, stand Hardy von der Geschworenenbox auf und trat zu Andy ans Podium, fünf

Meter vom Pult der Richterin Marian Braun entfernt. Hinten im Saal hörte er Lärm. Hardy drehte sich um und sah durch die offene Tür eine Traube von Reportern hereindrängen.

Braun ließ ihren Hammer herabfallen. »Setzen Sie sich, Sie da hinten. Übrigens möchte ich Ihnen allen sagen, daß das Photographieren in diesem Saal nicht gestattet ist. Ich bitte um Ruhe. Es dauert nicht lange.«

»Hörst du«, flüsterte Fowler. »Es dauert nicht lange.«

Hardy nickte Fowler zu, dann wandte er sich an das Gericht. »Euer Ehren?«

»Mr. Hardy.«

»In der Kautionssache ...«

»Die Kautionssache ist entschieden.«

»Ja, Euer Ehren, aber ich hatte Sie so verstanden, daß Sie Ihre Haltung noch einmal überdenken wollten.«

Braun starrte wütend auf ihn herab. »Wieso haben Sie mich so verstanden? Was könnte ich gesagt haben, daß Sie so etwas annehmen?«

Hardy hatte Feindschaft erwartet, aber Brauns Antwort auf so ein Pro-forma-Ersuchen verblüffte ihn. »Euer Ehren, Mr. Fowler ist ein geachteter Jurist –«

»War, Mr. Hardy. Jetzt ist er ein Angeklagter in einem Mordprozeß. Es ist nicht unüblich, eine Kautionsstellung in einem solchen Fall abzulehnen. Ich dachte, das hätte ich Ihnen bereits hinlänglich erklärt. Ms. Pullios, haben Sie das richtig verstanden?«

»Ja, Euer Ehren.«

»Mr. Hardy hat aus irgendeinem Grund angenommen, daß ich es noch einmal überdenken würde.«

Eine Antwort hierauf war nicht erforderlich. Es herrschte Stille im Saal. Marian Braun starrte ihren früheren Kollegen an. Sie sah auf den Computerausdruck, der vor ihr lag.

»Die Kaution wird auf eine Million Dollar festgesetzt.«

FÜNFTER TEIL

48

Es war ein klarer, kalter Montagmorgen. Der 7. Dezember 1992, einundfünfzigster Jahrestag des Angriffs auf Pearl Harbor. Draußen im Korridor vor der 27. Kammer wandte sich Hardy von der Gruppe ab, die sich um Ken Farris und Celine Nash herum gebildet hatte. Er tat, als müsse er sich die Schnürsenkel binden, und bückte sich. Er wollte hören, was sie sagte. Ihre heisere Stimme drang durch den Lärm zu ihm.

»Ich bin hier, und ich werde jeden Tag hier sein, um die Geschworenen daran zu erinnern, daß Owen Nash ein wirklicher Mensch und nicht nur etwas in der Statistik, kein – Zitat – superreicher Geschäftsmann – Zitatende –, sondern mein *Vater*, eine lebendige, atmende Person war, die ich geliebt habe und um die ich jeden Tag trauere.«

Jane stand neben Hardy. »Chomorro« sagte sie. »Ist das nicht der Schlimmste?«

Hardy hatte mit seiner Ex-Frau nicht mehr gesprochen, seit er erfahren hatte, daß sie mit Owen Nash – »nur eine Nacht« – zusammen gewesen war. »Hi, Jane.« Er richtete sich auf. Er hatte keinen Grund gesehen, weshalb er sie mit einer antagonistischen Prozeßstrategie belasten sollte. Wenn er ein unfaires Verfahren suchte, schien Chomorro geradezu ideal zu sein.

»Werden wir ihn ablehnen?«

Hardy fand es am besten, wenn er den Korridor entlang, weg von Celine und Farris ging. Rechts sah er Jeff Elliot ein paar Takte mit Pullios reden. Es blieben noch ungefähr fünfzehn Minuten, bis Chomorro den Hammer im Gericht herunterfallen lassen würde.

»Chomorro? Nein.«

»Machst du Witze.«

Hardy fand, daß er sich im Reden üben mußte, später, wenn die Reporter kamen, würde ihm das nützlich sein. »Warum sollte ich ihn ablehnen, Jane? Es ist sein erster Mordprozeß. Dein Vater wollte nicht zu Chomorro gehen und sich von dem May-Shinn-

Fall befreien lassen, weil er dachte, daß Chomorro die Geschichte nicht für sich behalten würde. Nein, ich habe es mit deinem Vater durchgesprochen. Chomorro ist ideal, weil er sich als Richter überhaupt erst einmal bewähren muß. Er wird sich besonders große Mühe geben, jemandem, der ihn als Feind betrachtet hat, zu einem fairen Prozeß zu verhelfen. Es ist seine Chance, sich einen guten Namen zu machen – und so betrachtet, ist er wahrscheinlich der beste Richter, den wir bekommen konnten.«

Vom letzten Satz abgesehen, glaubte Hardy kein Wort von dem, was er sagte, aber es freute ihn, wie glatt es ihm von der Zunge floß.

Sie waren in der 27. Kammer, die einmal Fowlers gewesen war. Hardy drehte sich um und blickte in den Zuschauerraum – Jane, Farris, Jeff Elliot. Glitsky kam demonstrativ zu ihm herunter. Hardy freute sich, als er ihn sah. Glitsky hatte sich einen der drei anderen ehemaligen Kunden von May Shinn angesehen, aber ohne Ergebnis. Abe durfte man nicht drängen, obwohl er derzeit Hardys einziger Detektiv war und überdies offiziell für die Staatsanwaltschaft arbeitete. Hardy war froh darüber, wie unzufrieden Glitsky mit dem Untersuchungsverfahren der Staatsanwaltschaft war. Jedenfalls war es gut, ihn dabei zu haben. Er ging über zu Celine. Er konnte nicht genau definieren, was er in ihren Augen sah, aber sie sah ihn einen Moment lang an. Er fragte sich, was er zu ihr sagen könnte, wenn sie, was unvermeidlich war, wieder miteinander sprachen. Daß es ihm leid tat? Daß es ein Ausrutscher von ihm gewesen war und daß er durcheinander war und sie nicht an der Nase hatte herumführen wollen, falls er das getan hatte?

Ihr Gesicht erschien ihm ausdruckslos, und in dieser Ausdruckslosigkeit sah er Zorn, Enttäuschung und Ekel. Er wandte die Augen von ihr ab, als der Gerichtsdiener bekanntgab, daß die Sitzung der 27. Kammer des Oberen Gerichts der Stadt und des County von San Francisco unter dem vorsitzenden Richter Leo Chomorro nunmehr eröffnet war.

Chomorro sah jung, fit und energisch aus. Er war nicht so sehr der hagere, drahtige Typ, wie man ihn in der Werbung sah, sondern er wirkte eher solide und schwer, mit keinem überflüssigen Gramm Fett und einem starken Knochenbau wie bei einem altmodischen Hockey-Verteidiger. Sein Gesicht war leicht olivfarben. Seine

Augen waren dunkel, und die Augenbrauen trafen sich fast über dem Nasenrücken. Das mit einem Rasierer geschnittene Haar war kurz und ohne eine Spur Grau.

Als er sich an seinem Richterpult niedergelassen hatte, erhob die Gerichtsangestellte die Stimme: »Wir rufen Kriminalfall Nummer 921072979, Paragraph 187, Mord auf. *Der Staat Kalifornien gegen Andrew Bryan Fowler*.«

Weil durch Verabschiedung von Proposition 115 in Kalifornien seit Juni 1991 das Voir-Dire-Verfahrensrecht – also die Vorvernehmung der als Geschworene in Frage Kommenden – für die Staatsanwaltschaft und die Verteidigung abgeschafft war, konnte nun nur noch der Richter selbst die Befragung der zur Auswahl Stehenden durchführen. Das hieß nicht, daß die Anwälte keinen Einfluß mehr darauf hatten, wer schließlich in die Jury aufgenommen wurde – sie konnten immer noch einzelne Geschworene ablehnen –, aber der Richter hatte jetzt die Sache in der Hand. Er oder sie stellte die Fragen und belehrte mögliche Geschworene, und Leute wie Hardy und Pullios mußten sehen, wie sie durch eine Kombination von Information, Instinkt und Glück die für sie vorteilhaftesten Leute in die Jury hineinbekamen.

Hardy hatte Chomorro gefragt, ob er während dieses Ausleseverfahrens den Kandidaten wenigstens sachdienliche Fragen stellen dürfte, aber der Richter hatte diese Bitte abgelehnt. Hardy reichte dann eine Liste von Fragen ein, die Chomorro, wie er hoffte, stellen würde, machte sich aber keine großen Hoffnungen, daß der Richter ihm diesen Gefallen tun würde.

Die Auswahl der Geschworenen konnte Stunden, aber auch Wochen dauern. Mit der neuen, verbesserten Regelung ging es im allgemeinen schneller als früher – und die Beschleunigung war ja in der Tat das Ziel von Proposition 115 gewesen. Andy Fowlers Jury würde aus zwölf Geschworenen und zwei Ersatzleuten bestehen, und Chomorro hatte Hardy und Pullios mitgeteilt, es würde ihn sehr enttäuschen, wenn sie nicht am Ende des ersten Tages ihre Jury ausgesucht und vereidigt hätten.

Die Menge, die zu erwarten war, fand sich im Zuschauerraum ein. Von der Vorbereitung der Verteidigung abgesehen, hatte Hardy in den letzten beiden Monaten ein volles Dutzend Interviews zu diesem Fall für das Fernsehen, Zeitschriften und Tageszeitungen gegeben. Jetzt, als das Verfahren in den Mittelpunkt des allgemeinen Interesses rückte, füllten sich die ersten vier Reihen des Zuschauerraums hinter Pullios mit Medienvertretern. Auf der anderen Seite hatte Hardy Jane bereits erblickt. Er wußte, daß Celine im Saal war, und Farris fehlte sicher auch nicht.

Da niemand wußte, wie lange die Auswahl der Jurymitglieder dauern würde, hielt Pullios schon jetzt ein paar Zeugen bereit, um sofort anfangen zu können, falls es schnell ging. Hardy meinte, die beiden Pförtner vom Yachthafen beieinander sitzen gesehen zu haben. John Strout konnte man innerhalb von Minuten aus der Gerichtsmedizin heraufrufen. Nun brauchten sie nicht mehr lange zu warten.

Fowler hatte, nachdem die eine Million Dollar hinterlegt war, wieder so etwas wie ein normales Leben angefangen. Er begab sich jeden Tag in sein Büro, verabredete sich mit einigen seiner Kollegen zum Mittagessen, spielte vielleicht sogar ein wenig Golf und Tennis. Hardy traf sich mit ihm entweder im Embarcadero Center oder im Olympic Club, und dann tüftelten sie ihre Strategie aus – die affirmative Verteidigung, zu der sie allmählich Zutrauen faßten.

Es hätte Hardy eigentlich nicht überraschen dürfen – tat es aber irgendwie doch –, daß Fowler bei seiner eigenen Verteidigung eine große Hilfe war. Er wirkte immer noch sehr distanziert – als beträfe der Prozeß eine andere Person und gar nicht ihn selbst –, aber das war nun mal sein persönlicher Stil, und nachdem er aus dem Gefängnis entlassen war und sich wieder in dem ihm angemessenen Milieu bewegte, war es nicht mehr so aufreibend mit ihm. Andy besaß eine Kopie von Hardys gesamten Akten – Zeugenaussagen, Vernehmungen, Beweismittelliste und Zeitungsartikel – und notierte sich fast täglich irgendwelche Ideen, die entweder die Anklage schwächen oder »X«, den Unbekannten finden helfen sollten. Daß Andy immer wieder davon sprach, es müsse diese unbekannte Person ja irgendwo geben, bestärkte Hardy in der Tat in dem Glauben an Andys Unschuld.

Hardys »Detektive« hatten keine Ergebnisse gebracht. Glitsky behauptete, immer noch daran interessiert zu sein, Hardy zu helfen, aber er hatte andere, aktuelle Fälle zu bearbeiten, und bislang war er in der Sache Owen Nash auf allen Strecken an einen toten Punkt gelangt. Alle anderen Kunden von May hatten solide Alibis und ohnehin kein echtes Motiv. Alle waren kooperativ gewesen, solange Abe ihnen versprach, nichts über ihre Beziehungen zu May Shinn bei ihren Ehefrauen/Freunden/Geschäftspartnern verlauten zu lassen.

Jeff Elliot blieb mit Hardy in Kontakt, aber seit Fowlers Polygraphentest hatte es keinen Knüller mehr gegeben, und selbst der war nicht besonders toll gewesen, wenn man Jeff fragte. Aber Jeff war einer der Leute, denen Hardy seine neue Telefonnummer gegeben hatte, und da der Fall nun wieder heiß wurde, hatte ihn Jeff letzte Woche angerufen. Doch Hardy hatte ihm nichts Neues mitteilen können.

Wenn Fowler es also nicht gewesen war, und an dieser Überzeugung hielt Hardy fest – von gewissen Augenblicken abgesehen, wenn er schweißgebadet mitten in der Nacht zweifelnd erwachte –, dann sah es wohl ganz so aus, als ob die Person, die Owen Nash wirklich getötet hatte, ungeschoren davonkommen würde.

Achtzig Leute bildeten das erste Jury-Aufgebot.

Es gab so viele Theorien über die richtige Zusammenstellung einer Jury, wie es Anwälte gab. Hardy und Fowler diskutierten stundenlang über die relativen Vorteile, die man bei bestimmten Berufsgruppen und »Typen« von Leuten hätte, und währenddessen war ihnen trotzdem immer wieder klar, daß man sich furchtbar täuschen und statt einen Freispruch zu erzielen einen Schuldspruch heraufbeschwören konnte.

Zum Beispiel ergab es sich immer wieder einmal, daß eine Sekretärin – deren Berufsstand aus irgendeinem Grund normalerweise mit der Staatsanwaltschaft sympathisierte – ein großes Herz bewies und die Verteidigung unterstützte. Andererseits konnte sich ein langhaariger Musiker (der als Geschworener normalerweise auf der Seite der Verteidigung war) als ein Heavy-Metal-Mann und Neonazi herausstellen und eine Verurteilung des Angeklagten verlangen.

Trotz dieser Möglichkeiten hatten sich Fowler und Hardy auf ein allgemeines Konzept darüber geeinigt, wen sie in der Jury haben wollten und wen nicht. Ob Chomorro den Leuten Fragen stellen würde, durch die die Charakterzüge oder Berufe herauskamen, die sie suchten, konnten sie nicht ahnen.

Wie es sich zeigte, trug Hardys ursprüngliche Idee, die Vorurteile des Gerichts herauszukitzeln – siehe Chomorros Ablehnung des Voir-Dire –, immer neue saure Früchte.

Doch Fowler meinte, es würden sich bestimmt noch genügend Anzeichen für das richterliche Vorurteil gegen ihn finden, die man in einem Berufungsverfahren benützen könne, aber zunächst solle man versuchen, den Prozeß zu gewinnen. Wenn man sich zu sehr auf diese Absicherung konzentriere, stehe man am Ende vielleicht ganz ohne eine vernünftige Verteidigung da.

So lief es nach all den Vorbereitungen und Diskussionen am Ende wieder auf die gute alte Intuition hinaus.

Allerdings gab es bei der Auswahl dieser speziellen Jury einen bestimmten Haken zu beachten. Richter galten in Amerika ganz allgemein als höchst ehrenwerte und erhabene Personen, und Andy Fowler war Richter gewesen. Würden Leute, die Autoritätspersonen gegenüber kritisch eingestellt sein mochten – wie es die Geschworenen auf der Seite der Verteidigung im allgemeinen waren –, in Fowler einen Rebellen sehen, den sie bewunderten? Würden die Law-and-Order-Typen, die normalerweise für die Staatsgewalt votierten, in Fowler einen der ihren vermuten, der sich mal einen kleinen Fehler erlaubt hatte, oder würden sie ihn als einen Verräter betrachten und brandmarken wollen?

Am Ende einigten sie sich, daß ihr idealer Geschworener ein vernünftiger weißer Fabrikarbeiter war, der eine angemessene Ausbildung genossen hatte und aus guter Familie stammte. Entweder das, sagte Fowler, oder Mr. Ed, das sprechende Pferd.

Sie stellten sich auch vor, daß sie mit einer älteren gebildeten Schwarzen oder Asiatin ganz gut wegkommen könnten. Eine spanischstämmige Frau hingegen könnte sich zu sehr an Chomorro, und auch an Pullios, orientieren. Einig waren sie sich darin, daß eine ältere Weiße eine Katastrophe wäre – wie konnte Fowler alles, was er erreicht hatte, für *bezahlten* Sex mit einer japanischen Prostituierten wegwerfen? Aber eine jüngere, aufgeschlossene Weiße, solange sie keine Sekretärin war, wäre auch in Ordnung – denn das, was Fowler für die Liebe getan hatte, war wildromantisch und dramatisch. Schwule Männer und lesbische Frauen wären wahrscheinlich ebenfalls gut für die Verteidigung – Außenseiter, die mit einer Autoritätsperson sympathisierten, die nun selbst Außenseiter war und von den »ehrenwerten« Leuten schief angesehen wurde. Aber natürlich würde Pullios solche sexuellen Abweichler ablehnen, sobald sie sie entdeckte, ohne die wahren Gründe zu nennen.

Wenn sie die Chance bekamen, würden sie alle Wissenschaftler und Ingenieure behalten, falls sich welche unter diesen achtzig Kandidaten fanden. Hardy war jetzt sicher, daß Pullios auf

Fowlers Schuldbewußtsein herumreiten würde, und da konnten Leute, die mehr von Tatsachen als von Theorien hielten – also Wissenschaftler im Gegensatz zu Philosophen –, der Verteidigung nur nützen. Natürlich neigten Wissenschaftler allgemein zu einem eher konservativen Weltbild, sympathisierten also mit der Staatsanwaltschaft, aber zum Teufel, man konnte ja nicht alles haben. Niemand, keine Gruppe war ganz und gar wünschenswert oder berechenbar.

Hardy und Fowler fanden diese Einteilung in Stereotype schrecklich. In San Francisco gingen einem solche Übungen besonders gegen den Strich. Es war zwar ein Klischee, das zu sagen, aber zwei der besten Freunde Hardys waren in der Tat der »Mulatte« Abe Glitsky und Pico Morales, dessen Vorfahren nicht aus Nordeuropa stammten. Aber irgendwelche Kriterien mußten sie trotzdem entwickeln. Sie achteten, so hofften sie wenigstens, vor allem auf Beruf, Zugehörigkeiten und Haltung – wenn sie Rasse und Geschlecht ignorierten, taten sie sich keinen Gefallen.

»Ich hasse das«, flüsterte Fowler. »Ich habe es als Richter gehaßt, und ich hasse es heute noch.«

Jede Seite, Verteidigung und Staatsanwaltschaft, konnte zwanzig zur Auswahl stehende Geschworene ablehnen, ohne einen Grund dafür angeben zu müssen. Hardy und Fowler hatten eine Skizze von den zwölf Geschworenenplätzen angefertigt und beschlossen, all diejenigen auszukreuzen, die sie nicht haben wollten. Zwischen ihnen auf dem Verteidigertisch lag der gelbe juristische Schreibblock, und so ließ sich das Auskreuzen relativ unauffällig bewerkstelligen, sie brauchten nicht miteinander zu sprechen und liefen nicht Gefahr, die übrigen Geschworenen zu verärgern. Die Leute mochten es nicht, daß man über sie urteilte, selbst wenn man sie nicht persönlich angriff.

Die Geschworenenkandidaten leisteten ihren Eid, und Chomorro fing an, ihnen den Fall zu erklären. »Andrew Bryan Fowler wird auf Grund der Anklageerhebung durch die Grand Jury des Staates Kalifornien des Mordes beschuldigt.«

Hardy sah, daß Fowler nicht den Kopf hängen ließ oder irgendein äußeres Zeichen der Schuld oder des Peinlich-Berührtseins erkennen ließ, während die Anklage – wieder einmal – in voller Länge verlesen wurde.

Richter waren, wenn sie sich an Geschworene oder mögliche Geschworene wandten, ganz unterschiedlich. Die einen sprachen freundlich und auf die onkelhafte Tour; andere erledigten es streng und geschäftsmäßig. Hardy hatte den Eindruck, daß Chomorro – der ja relativ neu in diesem Amt war – um Leutseligkeit bemüht war, so als hätte er in der Beschreibung seiner Tätigkeit gelesen, daß es auf Freundlichkeit gegenüber den Geschworenen ankomme. Wenn er sich weiterhin so benahm, könnte das für Andy günstig sein, dessen heitere Herzlichkeit, wie Hardy fand, echt war.

»Ich werde Ihnen allen eine Reihe von Fragen stellen.« Er wandte sich sowohl an die Zwölf, die innerhalb der Schranke des Gerichts saßen, als auch an die mehr als sechzig möglichen Geschworenen, die im Zuschauerraum warteten. »Wenn Ihre Antwort auf irgendeine dieser Fragen ›Ja‹ lautet, bitte ich diejenigen, die hier oben sitzen« – er zeigte zur Geschworenenbox –, »die Hand zu heben. Diejenigen von Ihnen, die im Zuschauerraum sitzen, bitte ich gut zuzuhören und uns sofort zu informieren, falls Sie hier heraufgerufen werden und auf irgendeine dieser Fragen mit ›Ja‹ geantwortet hätten.«

Unter den Fragen, die Hardy Chomorro mit der Bitte, sie den Geschworenen zu stellen, übermittelt hatte, war die wichtigste natürlich auch zugleich die augenfälligste: Hatte irgendeiner der Geschworenen aufgrund von etwas, das er oder sie in den Medien gehört oder gesehen hatte, sich hinsichtlich der Unschuld oder Schuld des Angeklagten bereits eine Meinung gebildet?

Chomorro stellte diese Frage, auf die er wohl auch von selbst gekommen wäre, es war eine Routinefrage. Niemand antwortete darauf, niemand hob die Hand, aber viele wandten die Köpfe hin und her und sahen einander an. Chomorro hakte nach. »Lassen Sie es mich anders ausdrücken oder Ihnen eine ähnliche Frage stellen. Und Sie, die möglichen Geschworenen im Zuschauerraum, dürfen hier Ihre Hand direkt erheben. Wie viele von Ihnen haben über diesen Fall gelesen oder davon im Fernsehen oder Radio gehört?«

Hier und da gingen Hände hoch, acht in der Geschworenenbox. Hardy drehte sich um und sah in den Zuschauerraum. Dort waren es noch einmal zehn. In den beiden Monaten, die er auf die Vorbereitung des Verfahrens verwandt hatte, waren die meisten seiner »kreativen« Ideen für die Katz gewesen. Wenn ein Wechsel des Gerichtsstands Andy eine bessere Chance für ein faires Verfahren geboten hätte, hätte er es beantragt. Aber er hatte sich einen Berater genommen, der eine Befragung durchgeführt und festgestellt hatte, daß überhaupt nur zwischen dreiundzwanzig und dreißig Prozent der Erwachsenen in San Francisco jemals von diesem Fall gehört hatten. Zuerst hatte ihn das schockiert. Er wußte, daß die Leute immer weniger lasen und zu beschäftigt waren, als daß sie die meisten Ereignisse mitbekommen hätten, aber trotzdem ...

»Glaubt jemand von denen, die jetzt die Hand erhoben haben, über das Bescheid zu wissen, worum es in diesem Fall geht?« Ein paar Hände sanken herab.

»Sie werden Zeugenaussagen und Beweismittel sehen, die das, was Sie bereits zu wissen glauben, vielleicht bestätigen, vielleicht auch nicht bestätigen werden. Würde jemand von denen, die jetzt noch übrigbleiben, es schwierig finden, solche neuen Beweise oder Argumente zu akzeptieren?« Das war schwächer, als Hardy gehofft hatte. Nur vier Leute hielten die Hände hoch, davon keiner in der Geschworenenbox. »Danke. Dann, glaube ich, können wir fortfahren.«

Nun fing Chomorro mit dem allgemeinen Ausleseverfahren an. Kannte einer der Geschworenen den Angeklagten? Hatte einer von ihnen das Opfer gekannt? Kannte jemand den Ankläger oder den Verteidiger? Chomorro las ihnen die Liste der vorgeschlagenen Zeugen vor und fragte, ob jemand einen von ihnen kannte.

Die ermüdende Prozedur ging weiter. Gab es unter den Geschworenen oder deren Familienangehörigen Friedensrichter oder Juristen? Waren sie oder ihre Angehörigen jemals Opfer eines Gewaltverbrechens geworden? Oder eines nicht gewaltsamen Verbrechens? War jemand von ihnen schon einmal verhaftet worden?

Fünf der zwölf Geschworenen hoben auf eine dieser Frage hin die Hand, ein hoher Anteil. Chomorro befragte jeden einzelnen von ihnen und schloß sie dann alle fünf aus. Fünf neue Kandidaten übernahmen ihre Plätze.

Als die allgemeinen Fragen zu Ende waren, begann Chomorro sich die Leute einzeln vorzunehmen. Von diesem Augenblick an hätte Hardy vor Juni 1991 die Geschworenen selbst ausfragen können, aber jetzt war er auf Chomorros Fragen angewiesen.

Auf Platz Nummer 1 saß eine untersetzte Frau von etwa vierzig Jahren. Sie nannte ihren Namen: Monica Sellers. Sie war seit siebzehn Jahren mit demselben Mann verheiratet und hatte drei Kinder. Während der letzten drei Jahre – seit die Kinder alt genug waren – arbeitete sie halbtags als Buchhalterin für eine Zeitarbeitsvermittlung in der Nähe der Mission Street. Davor war sie Hausfrau gewesen.

»So, Mrs. Sellers – nebenbei, sind Sie lieber Mrs. oder Ms.?«

Sie lachte nervös. »Oh, Mrs., definitiv. Ich bin Mrs. Sellers.«

»Gut, Mrs. Sellers, dann lassen Sie mich Ihnen eine Frage stellen. Und würden die anderen bitte auch zuhören? Ich werde Sie über gewisse juristische Dinge aufklären, und eines der Worte, das sie in den nächsten Wochen sehr oft hören werden, ist ›Beweis‹. Das kann sowohl Beweismittel als auch Zeugenaussage sein. Es gibt außerdem zwei grundsätzlich unterschiedliche Arten eines ›Beweises‹. Die eine ist der ›direkte Beweis‹, zum Beispiel, wenn ein Augenzeuge etwas sieht und seine Aussage beschwört. Wenn Sie diesem Zeugen oder dieser Zeugin glauben, dann ist seine oder ihre Aussage ein ›direkter Beweis‹. Ein indirekter Beweis kann zum Beispiel ein Fingerabdruck sein –«

Hardy sprang auf. »Einspruch, Euer Ehren.«

Chomorro, der in seinem Monolog unterbrochen worden war, sah stirnrunzelnd vom Richterpult herab. »Einspruch wogegen, Mr. Hardy? Ich wollte gerade sagen, daß ein Fingerabdruck auf einem Gegenstand ein indirekter Beweis dafür sein kann, daß die Person, die Fingerabdrücke darauf hinterlassen hat, den Gegenstand berührt hat. Wollen Sie dagegen Einspruch erheben?«

»Nein, Euer Ehren. Sorry.«

Chomorro wandte sich wieder den Geschworenen zu. »Die klassische Analogie, die man anführt, um direkte von indirekter Beweisführung zu unterscheiden, nennen wir die Kirschtortenanalogie.« Chomorro schien dieser hausbackene Begriff etwas peinlich zu sein. »Wenn Sie in ihre Küche gehen und sehen, daß Ihr Kind Kirschtorte ißt, dann haben Sie den direkten Beweis, daß es die Torte gegessen hat. Wenn Sie andererseits hineinkommen und eine halbleere Tortenplatte und ein mit Tortenbelag beschmiertes Gesicht und Hemd Ihres Kindes sehen, haben Sie den indirekten Beweis, daß es die Torte gegessen hat. Ich brauche kaum hinzuzufügen, daß beide Arten von Beweis ziemlich überzeugend sein können.«

Die Geschworenen nickten, das verstanden sie, und Chomorro, nun schon etwas entspannter ob der positiven Reaktion, fuhr fort. »Nehmen wir ein anderes Beispiel, da sich bei einem Prozeß ja alles um Beweise dreht. Was ist mit Lippenstift an einer Zigarette, die auch ein Beweisgegenstand sein kann? Mr. Smith sieht Mrs. Jones eine bestimmte Zigarettensorte rauchen und einen Lippenstiftfleck von einem bestimmten Farbton darauf hinterlassen. Dann, sagen wir, geht er in ein anderes Zimmer in ihrem Haus und sieht in einem anderen Raum eine ähnliche Zigarettenkippe liegen. Die zweite Zigarettenkippe ist ein indirekter Beweis dafür, daß Mrs. Jones in dem Zimmer gewesen ist. Sie kann in dem Raum gewesen sein, aber es ist keine Tatsache, die bewiesen ist. Ich nehme an, das ist klar.«

»Das ist gut«, flüsterte Fowler. Hardy nickte zustimmend und sah zu Pullios hinüber. Ihr Mund war fest. Sie blickte geradeaus.

»Aber«, fuhr Chomorro fort, »trotzdem teile ich Ihnen mit, daß juristisch gesehen unter gewissen Umständen viele indirekte Beweise ausreichend sein können, um eine Schuld zweifelsfrei zu belegen. Würde Ihnen das Schwierigkeiten bereiten?«

Mrs. Sellers sah nachdenklich aus. »Nein, ich glaube nicht.«

Pullios schien ein Lächeln zu unterdrücken. Hardy kreuzte den Platz Nummer 1 durch (er lehnte nicht so gern ab, aber hier blieb ihm keine Wahl), als Chomorro Mrs. Sellers zunickte. »Würde das jemand anderem Schwierigkeiten bereiten?«

Zuerst wollte einer und dann noch zwei der möglichen Geschworenen eine Erklärung haben. Chomorro beschäftigte sich mit ihnen einzeln nacheinander, ließ sie ihren Namen nennen, fragte, ob sie verheiratet wären, welchen Beruf sie ausübten – so entstanden Persönlichkeitsprofile. Alle drei waren Männer, zwei waren über fünfzig, einer, ein Schwarzer, um die dreißig. Schließlich waren sie mit Chomorros Erläuterungen einverstanden, jedoch nur, wenn eine Menge indirektes Beweismaterial vorhanden sei.

Woraufhin Chomorro eine pedantische Erörterung über Qualität gegenüber Quantität von Beweisen begann. Wenig direkte Beweise könnten viele indirekte Beweise aufwiegen. Und umgekehrt.

Auf Platz Nummer 2 saß Shane Pollett, ein Kunsttischler und Relikt aus den sechziger Jahren mit grau werdendem, langem Haar, einem selbst gefärbten T-Shirt, einem mittellangen Bart und einem Gesicht, das Belustigung und Toleranz ausdrückte. Er war vierundvierzig, zum zweitenmal verheiratet und hatte drei kleine Kinder. Dazu zwei bereits erwachsene.

Hardy fing an, Chomorros Technik zu verstehen. Er fragte sich durch die Geschworenengruppe durch, stellte jedem von ihnen eine oder zwei technische Fragen oder erklärte etwas Juristisches, um auch die anderen einzubeziehen. Wenn er das Ziel verfolgte, schnell vorwärtszukommen, war es die richtige Art. Für Hardys Zwecke genügte es bei weitem nicht.

»Mr. Pollett, lassen Sie mich Ihnen diese Frage stellen.«

»Klar«, sagte Pollett.

Diese Formlosigkeit und mangelnde Ehrerbietung mißfiel Chomorro, aber er zwang sich zu einem Lächeln. »Wenn die Staatsanwaltschaft niemanden hat, der hereinkommt und sagt: ›Das ist passiert, ich hab's gesehen‹, würden Sie akzeptieren, daß es eine andere Möglichkeit gibt, mit der die Staatsanwaltschaft beweisen kann, daß etwas geschehen ist? Um mein Beispiel zu nehmen?«

»Klar, warum nicht?«

Hardy beugte sich vor und flüsterte Fowler zu: »Wieso gefällt mir der Kerl?«

Fowler zuckte die Achseln. »Falsche Antwort für uns, aber der richtige Ton. Bringt einen zum Nachdenken. Halte die Augen offen.«

Jane trug Sandwiches in das Zimmer im ersten Stock des Justizpalasts, das man ihnen zugewiesen hatte. Es war kurz nach eins am ersten Tag, und sieben Geschworene waren schon bestimmt – Chomorro wollte eine Jury innerhalb von zwei Tagen, und die würde er, bei Gott, bekommen.

»Wie läuft's?« fragte sie.

»Großartig«, sagte ihr Vater und strahlte. Er nahm ein Riesensandwich und eine Flasche Sodawasser aus der Tasche, die Jane vor ihn hinstellte. »Keine Chips?«

Jane schlug sich an die Stirn. »Tut mir leid. Ich hab' die Chips vergessen.«

Hardy zog die Tasche zu sich herüber. Er wußte, daß dieses alberne Gerede beweisen sollte, wie leicht sie diesen Prozeß nahmen, aber seine Geduld war bald erschöpft. »Laßt uns noch über Chips reden, Chips sind jetzt ganz wichtig.« Er fing an, sein eigenes Sandwich auszuwickeln. »Okay, ich hab' jetzt vier gegen drei, ein leichter Vorteil für uns.«

»Ist irgend jemand dabei, den du haßt?« fragte Jane mit ernstem Gesicht.

»Wenn ich jemanden hasse, lehne ich ihn oder sie ab. Aber es gibt verdammt wenig Anhaltspunkte.«

»Ich weiß«, sagte Fowler. »Die Bezeichnung Voir-Dire ist etwas irreführend. Ich glaube nicht, daß Leo so genau weiß, was er tut.«

»Was läßt er aus?« fragte Jane.

»Es ist nicht so, daß er –« sagte Fowler.

Hardy ergriff das Wort: »Die Leute sollen sich erklären. Sich öffnen. Dafür sorgt er nicht. Wer sind diese Leute? Was sind ihre Gedanken? Was für Filme mögen sie? Was haben sie für Hobbys? All das. Wenn er fertig ist, wissen wir nicht mehr, als wir jetzt schon wissen, also nichts. Wir sehen, wie sie gekleidet sind, ob sie ein nettes Gesicht haben, ob sie uns anstarren und damit verraten, daß sie deinen Vater hassen, und das wär's. Das und seine sogenannten juristischen Erklärungen.«

»Es stimmt, daß er Suggestivfragen bevorzugt«, gab Fowler zu. »Aber er ist ein Politiker, was kann man da erwarten?«

»Ich habe ja auch nicht mit mehr gerechnet, zugegeben. Aber meine Erwartungen sind in so vielen anderen Hinsichten enttäuscht worden ... Warum konnten wir hierbei nicht Glück haben? Was die Beweislastfrage angeht, nimmt er es verdammt leicht, findest du nicht?«

»Na ja, das wußten wir.«

Hardy kaute einen Augenblick lang. »Das Argument Schuldbewußtsein muß man doch ausschließen können.«

»Ich wüßte nicht, wie«, sagte Fowler. »Du kannst das Gegenteil nicht beweisen.«

»Wenn er wenigstens einmal erwähnt hätte, daß jeder Angeklagte das Recht auf einen fairen Prozeß hat. Ich habe ihm zwanzig Fragen zur Untersuchung, zur Anklageerhebung und zum Grand-Jury-Verfahren gegeben, all das.«

»Was war denn das?« fragte Jane.

»Gott, alles«, sagte Hardy. »Alles, was diese Leute wissen müßten und wahrscheinlich nicht wissen – daß zu einer Anklageerhebung ein minimaler Grund genügt, daß während des Grand-Jury-Verfahrens niemand von der Verteidigung dabei ist, und daß die Staatsanwaltschaft praktisch tun kann, was sie will. Diese möglichen Geschworenen da draußen sind ohnehin schon ziemlich eingeschüchtert. Und nun sagt man ihnen, daß eine andere Jury und dann auch noch eine *Grand Jury* der Ansicht war, daß dein Vater Owen Nash getötet hat, was sollen sie denn da noch nachdenken?« Hardy wandte sich seinem Mandanten zu. »Er muß davon etwas erwähnen. Sonst verstehen sie überhaupt nichts.«

Fowler schüttelte den Kopf. »Das tut er nicht, darauf kannst du wetten. Er sagt uns, das ist irrelevant.« Fowler lächelte grimmig. »Was ein Richter denkt, wird im Gerichtssaal eine Art Gesetz. Glaub mir, ich weiß das. Mit deinem Argument ›Fairneß im Prozeß‹ kommst du vielleicht in einem Berufungsverfahren durch, aber um es hier vortragen zu können, mußt du sehr schlau sein und Glück haben.«

Jane klopfte mit ihrer Sodawasserflasche ein paarmal auf den Tisch. »O je, ihr macht mir ja Mut, Leute«, sagte sie.

Chomorro beendete seine Befragung und wandte sich an die Staatsanwaltschaft und die Verteidigung: ob sie irgendwelche Geschworenen ablehnten. Hardy lehnte die zuerst befragte Person nur ungern ab – die Geschworenen würden das nicht nett finden –, aber da Mrs. Sellers sich so positiv gegenüber indirekten Beweisen geäußert hatte (falls genug davon vorhanden waren), blieb ihm keine andere Wahl. Er sah, wie überrascht und verletzt sie war, als wäre sie bei einer Prüfung durchgefallen. Er betrachtete die elf Gesichter links von ihr. Die meisten sahen ihr mit einem Ausdruck feierlichen Ernstes nach, als sie durch die Schwingtür, die den Gerichtssaal vom Zuschauerraum trennte, davonschritt. Die Gerichtsangestellte rief einen Namen auf, damit der leere Platz gefüllt wurde.

Um 4 Uhr 25 hatten sie eine Jury und zwei Ersatzleute zusammen. Es waren sieben Männer und fünf Frauen, darunter vier Schwarze – zwei Männer und zwei Frauen – und trotz Hardys ursprünglicher Bedenken ein Asiate – ein fünfundfünfzigjähriger bebrillter vietnamesischer Ladenbesitzer namens Nguyen Minh Ro. Fowler hatte ihn fast augenblicklich, als er zu reden anfing, von der Skizze gestrichen, aber dann hatte Ro, der die Gesetze seines neuen Landes nicht so recht verstand, genau die Frage gestellt, die Hardy unbedingt in dem Verfahren haben wollte: Wie kam es, daß Fowler als unschuldig gelten sollte, obwohl die Grand Jury doch schon gesagt hatte, daß er schuldig war? Hardy hätte den Mann küssen können. Vielleicht hätte er ihn dann immer noch abgelehnt, aber als Chomorro ihm das Anklageerhebungsverfahren erklärte, zeigte sich etwas in der Körpersprache des vietnamesischen Krämers, das auf die Verteidigung positiv wirkte. Überraschenderweise lehnte Pullios ihn nicht ab, und damit war er drin.

Sie konnten es demographisch verschiedenartig aufschlüsseln:

sieben Männer, fünf Frauen; sieben Weiße, fünf Nichtweiße. Ihre Hoffnung auf ein paar Leute mit wissenschaftlicher oder Ingenieurs-Ausrichtung erfüllte sich insofern, als drei der Geschworenen irgend etwas mit Computern zu tun hatten. Außerdem hatten sie eine Architektin, eine Schwarze mittleren Alters namens Mercedes Taylor.

Sekretärinnen gab es nicht. Sie hatten den Kunsttischler Pollett behalten. Drei Computerfreaks, ein Architekt, zwei Vertreter, eine Hausfrau, zwei kleine Geschäftsleute (darunter Ro), ein Bauarbeiter und ein Highschool-Lehrer.

Chomorro hatte eine Lesebrille aufgesetzt, als der Nachmittag hereinbrach, und seine Leutseligkeit schwand offensichtlich mit seiner Sehkraft. Als er gegen vier Uhr anfing, die Ersatzleute zu befragen, drückte er sich so knapp aus wie ein Sergeant auf dem Kasernenhof. Er fragte sie, ob sie während der Befragung und Unterrichtung der anderen Geschworenen etwas gehört hätten, das ein Grund wäre, sie zu disqualifizieren. Nein? Okay, dann ... Und für die beiden brauchte er keine zwanzig Minuten mehr.

49

»Ich kann's ihr nicht übelnehmen. Warum sollte sie dir helfen.«

Die »sie«, von der Peter Struler sprach, war May Shinn. Er saß auf dem Schreibtisch seiner »Molly« und hatte die Beine links und rechts von ihrem Sessel hingestreckt, in dem sie saß und zu ihm hinaufschaute. Pullios hatte ihren Sessel fast bis an die Wand zurückgeschoben.

»Ich dachte, das ginge aus meinem Brief sehr klar hervor«, sagte sie. »Sie hat ein halbes Dutzend Zivilklagen angestrengt. Freeman weiß, daß sie bei der Jury bessere Chancen hat, an das Geld heranzukommen, wenn sie sich als aufrechte Bürgerin bewährt und der Behörde hilft, den Mordfall zu lösen, in dem sie ungerechtfertigterweise angeklagt worden ist. Außerdem haben wir nur Polizisten und Leute von der Staatsanwaltschaft als Zeugen. Wir könnten ihr nützlich sein. Ihre Klage ist zwar gegen uns gerichtet, aber zahlen tut schließlich die Stadt.«

Struler schüttelte den Kopf. »Ich würde sie einfach verhaften.«

»Und weswegen?«

Ohne das Gesicht zu verziehen, antwortete Struler: »Wie wäre es mit AAA, irgend so was?«

Pullios kannte die Gesetze, und von AAA hatte sie nie gehört. »Okay. Ich beiße an. Was ist AAA?«

Struler grinste. »Du weißt schon, Autofahren als Asiate. Das klappt immer.«

Der Kerl war nicht zu bändigen. »Liegt das an mir, oder stimmt es, daß dein politisches Einfühlungsvermögen mal wieder nachläßt?«

»Wer gibt«, sagte er und wurde sehr deutlich, »einen großen, dampfenden Haufen Scheiße darauf?« Er legte seine Füße auf die Armlehne ihres Sessels. Hinter dem Fenster in Mollys Rücken war es pechschwarz, obwohl der Nachmittag gerade erst vorbei war. »Du kannst sie unter Strafandrohung vorladen.«

»Ich weiß, aber sobald ich das tue, kommt sie auf die offizielle Zeugenliste.«

»Na, entschuldige mal, aber das sind nun mal die Bestimmungen.«

Sie warf ihm diesen Nimm-endlich-Vernunft-an-Blick zu, und er fragte, ob Hardy May Shinn befragt habe.

»Sie sagte, nein.«

»Warum sollte sie also mit dir reden?«

Pullios lächelte. »Ich habe Freeman gebeten, das für mich zu klären: daß ich sie wegen der Unannehmlichkeiten, die sie gehabt hat, persönlich um Entschuldigung bitte.«

Struler schüttelte den Kopf vor Bewunderung. »Du bist eine grausame, schreckliche Frau.«

»Thank you, Sir. Und dann hat sie mit mir über Fowler und die Waffe geredet. Aber sie sagte, gegen ihn aussagen würde sie nicht.«

»Heh, sie ist nicht mit ihm verheiratet. Es bleibt ihr nichts anderes übrig.«

»Aber ich möchte sie, solange es geht, auf meiner Seite haben. Darum hab' ich ihr den netten Brief geschrieben und all das.«

»Brauchst du sie denn?«

Pullios nickte. »Unbedingt.«

»Okay«, sagte Struler. »Ich schlage dir folgendes vor. Warte bis zum letztmöglichen Augenblick, damit Hardy nichts davon mitkriegt. Dann schickst du jemanden – so einen Bezirksstaatsanwaltschafts-Detektiv wie mich zum Beispiel – los, der sie mit einem Submeister klatscht.«

»Was ist das?«

Struler schüttelte den Kopf. »Komm, Molly«, sagte er, »wach auf. *Saturday Night Life?* Submeister, sub-a-rama, Mr. Sub, Subster.« Als sie ihn weiterhin mit leerem Gesicht anstarrte, ließ er sich schließlich erweichen. »Ihr Anwälte solltet mal öfter ausgehen, ich schwör' es bei Gott. Subpoena, Molly, Vorladung mit Strafandrohung oder auch Verhaftung mit Vorführung. Gib's ihr mit der Strafandrohung.«

Hardy stöpselte den Stecker der elektrischen Weihnachtsbeleuchtung ein, die er am Wochenende über seinen Rasen gespannt hatte. Rebecca, die jetzt schon laufen konnte, klatschte in die Hände, blieb stehen und schrie aus voller Lunge. Es klang wie »why why why«. Hardy hob sie hoch und hielt sie näher an die Lichter.

»Light light light«, sagte er.

Beck schüttelte den Kopf und lachte.

»Ist sie nicht das großartigste Kind der Welt?« fragte Frannie.

»Des Universums«, sagte Hardy.

»Why«, sagte Rebecca. Einige der Lichter hatten zu blinken angefangen. Sie zeigte zu ihnen hin. »Why why.«

»Ich glaube, sie ist philosophisch interessiert«, sagte Hardy, »genau wie ihr Vater.«

»Vielleicht wie ihr Onkel Moses, aber nicht genau wie ihr Vater.«

Frannie, jetzt in ihrem achten Schwangerschaftsmonat, hatte den Arm um Hardys Taille gelegt. Hardys Probleme, die zu dem Überfall im Oktober geführt hatten, lagen hinter ihnen. Er hatte eine Menge Arbeit, aber er teilte sie wenigstens mit ihr – und sie lachten auch wieder zusammen, hänselten einander und freuten sich über Beck.

Der Wagen fuhr vor und hielt in zweiter Reihe vor dem Haus. »Wer ist das?« fragte Frannie.

Hardy wußte es sofort. Er küßte seine Frau auf die Wange und gab ihr das kleine Kind zurück. »Ich bin gleich wieder da.«

Er hatte es irgendwie erwartet. Er ging die paar Stufen hinunter, auf den Weg, der von der Haustür über den Rasen zu der Pforte im Zaun führte. Dort trat er ihr besorgt entgegen.

»Du hättest nicht hierherkommen sollen, Celine.«

Sie schien unsicher auf den Beinen, als ob sie getrunken hätte, aber er war nahe genug bei ihr, um es zu riechen – doch da war nichts. »Ich muß mit dir sprechen. Deine Telefonnummer stimmt nicht mehr.«

»Celine, du warst doch den ganzen Tag im Gerichtssaal. Ich bin ja morgen wieder da.«

»Heute früh wußte ich nicht, was ich sagen sollte.«

Er hielt die Luft an. Jetzt kam's. »Okay.«

»Ich, ich …«, fing sie an, dann kam nichts mehr.

»Es ist okay.« Hardy hörte, wie sich die Haustür schloß. Frannie war mit Rebecca hineingegangen.

»Du sollst nur wissen, daß ich dich verstehe. Du sollst mich nicht hassen und sollst nicht glauben, daß ich dich hasse.«

Hardy nickte. »Das hör' ich gern. Ich hasse dich ganz bestimmt nicht –«

»Du hast dich aber so benommen.«

»Nein, ich habe dich zu ignorieren versucht. Das ist was anderes. Das muß ich tun.«

»Ja natürlich, aber ich werde trotzdem jeden Tag da sein. Das mußt du wissen.«

»Okay. Aber ich glaube nicht, daß du hierherkommen solltest. Letztesmal –«

»Ich weiß. Das war ein Fehler.«

Er erinnerte sich an ihr panikartiges Zurückweichen, nachdem sie das vorige Mal an seiner Gartentür erschienen war. »Mein Leben ist hier«, sagte er. »Das habe ich für einen Augenblick vergessen. Es tut mir leid ...«

»Nein, das war es nicht, es hat nicht mal was mit dir zu tun ... du hast mich nur plötzlich so sehr an meinen Vater erinnert ...« Sie hielt sich an der Gartenpforte fest. »Ich wollte das nicht so sagen, aber deine Frau, dein Kind ... was mir versagt wurde.«

Hardy hatte die Hände in den Taschen. Ihre Atemwolken mischten sich zwischen ihnen in der kalten Luft. Dann schien sie sich zusammenzureißen und ihrer Schwäche Herr zu werden. »Dein Mandant, der Richter. Du glaubst offenbar nicht, daß er es getan hat.«

»Nein, das glaube ich nicht.«

»Aber *wer* hat es dann getan?«

»Ich weiß es nicht. Wir sind auf der Suche, aber bisher weiß man nicht viel –«

»Viel?«

»Um ganz ehrlich zu sein: nichts.«

»Armer Daddy«, flüsterte sie.

Nun gab es nichts mehr zu sagen. Sie sah zu dem Haus hinter ihm, nickte, drehte sich um und ging schnell zu ihrem Wagen.

Für die Abende zu Hause hatte er eine bestimmte Routine entwickelt. Erstens trank er unter der Woche, von Sonntag bis Donnerstagabend, überhaupt nicht. Nach dem Abendessen half er Frannie beim Geschirrabräumen und -spülen. Sie sprachen über das, was sie den Tag über getan oder erlebt hatten. Sie konnte ihre Sorgen bei ihm abladen.

Dann nahm er sich eine Tasse Kaffee und ging ins Büro, um dort seine sogenannte kreative Entspannung zu betreiben: Er warf ein paar Darts, studierte noch einmal die Beweismittel, die er nun schon auswendig zu kennen glaubte, und spielte aus jeder Position, die ihm in den Kopf kam, den Advocatus Diaboli. Manchmal rief er Abe an, nur um ihn ein bißchen anzustacheln. Am

Wochenende und mittwochabends arbeitete Hardy, wenn es sich vermeiden ließ, nicht, obwohl er Frannie gesagt hatte, sie müßten das Abendprogramm während der Dauer des Prozesses ausfallen lassen und freie Wochenenden gäbe es da natürlich auch nicht.

Sein Aktenberg umfaßte jetzt sechs volle Ordner, vier juristische Notizblöcke und ein Dutzend Kassetten mit Tonaufnahmen. Erstaunlich, daß er jedesmal, wenn er das Material studierte, etwas entdeckte, das ihm bisher entgangen war. Er erinnerte sich an die Zeit im College. Da hatte er seine Aufsätze auch unzählige Male geprüft und noch einmal durchgelesen, bis er sie schließlich abgab und dachte, nun seien wirklich keine Fehler mehr darin, und dann hatte er sie zurückbekommen, und schon in der ersten Zeile hatte ihn ein häßlicher Tippfehler oder eine fürchterliche Unstimmigkeit angegrinst.

Aber heute abend war die Choreographie komplett – morgen ging der Tanz im Ernst los. Er reihte seine Bücher, Ordner, Notizblöcke und Tonbänder auf dem Schreibtisch fein säuberlich aneinander, knipste das Licht in dem Büro aus und schritt durch das Haus.

Er warf einen Blick in Rebeccas Zimmer und zog das Deckbett über sie. Das Kinderzimmer war in ein blaues Licht getaucht, das von dem Aquarium kam. In der Küche hingen Töpfe und Pfannen ordentlich an ihren Haken. Auf dem Gasherd schimmerte die schwarze Pfanne.

Als er weiter durch das Eßzimmer kam, atmete er einen Hauch Zitronenöl ein, der von dem polierten Tisch aufstieg – und dann den unverwechselbaren, verführerischen, Erinnerungen weckenden Duft des Weihnachtsbaums und der flackernden Scheite im Kamin.

Frannie saß in dem Liegesessel neben dem Feuer. Sie hatte die Füße hochgelegt und die Hände über ihrem Bauch gefaltet. Das einzige andere Licht im Zimmer kam vom Weihnachtsbaum, der rot, grün und blau blinkte. Nat King Cole sang leise auf deutsch »Oh Tannenbaum«. Hardy nahm das alles einen Augenblick lang in sich auf.

»Bist du vorbereitet?« fragte sie.

»So gut ich kann.«

Frannie tippte mit der Hand an die Seite ihres Sessels, Hardy durchquerte das Zimmer und setzte sich auf den Fußboden neben sie. Sie strich ihm mit der Hand über den Kopf, fuhr ihm durchs Haar. »Hast du schon mal an die Zeit nach dem Prozeß gedacht?«

»Noch nicht viel. Ich dachte, wir bekommen dieses Baby und fangen wieder ein richtiges Leben an.«

»Wirst du mit dem richtigen Leben zufrieden sein?«

»Ich bin mit *diesem* Leben zufrieden, Frannie.«

Die Scheite knackten. Er wußte, was sie meinte. Er war mit dem Prozeß beschäftigt – alles nahm eine riesige Bedeutung an, die mit der prosaischen Realität des alltäglichen Lebens nichts mehr zu tun hatte. Sie machte sich Sorgen, daß er sich wieder, so wie im Sommer, gehen lassen könnte.

»Wie weit bist du mit ihr denn gegangen?« fragte sie.

Er sah zu ihr hoch. Ihre Hand lag immer noch auf seinem Kopf. Ihr Gesicht war unbesorgt, faltenlos und schön im Lichtschein des Kamins. »Ich will keine Einzelheiten«, sagte sie, »und ich wäre froh, wenn du damit selbst fertig wirst. Ich weiß, was Vernarrtsein bedeutet, und ich glaube, wir brauchen uns nicht darüber zu unterhalten. Aber ich muß wissen, wie weit es gegangen ist.«

Hardy starrte ins Feuer und merkte plötzlich, daß die Musik zu Ende war.

»Es ist komisch, ich dachte, es wäre Jane.«

»Nein.« Alles Herumzappeln half nichts, er mußte es ihr sagen. »Es hat noch rechtzeitig aufgehört. Es ist nichts geschehen.«

Sie gab einen Stoßseufzer von sich. »Ich weiß nicht, was du alles brauchst, Dismas, aber wenn du versuchen wirst, es mir zu erzählen, dann kann ich versuchen, es dir zu geben.«

»Das tust du schon, Frannie.«

»Ich sage es dir nur – was auch geschieht, wir halten zusammen, okay? Aber du mußt mich wollen –«

»Ich *will* dich. He, darum bin ich hier.«

»Okay«, sagte sie, »darum bin *ich* hier.«

50

»Guten Morgen.«

Pullios sah nett aus – freundlich, zugänglich, das Mädchen von nebenan. Sie trug flache braune Pumps und ein gelbbraunes Kostüm, das ihre Rundungen kaum hervortreten ließ. Das schulterlange braune Haar umrahmte ein Gesicht, das fast ungeschminkt war. Sie lächelte alle Welt an, lieb und nett, mit ernsthafter Geschäftigkeit.

»Ich möchte mich bei Ihnen allen zunächst einmal für Ihre große Geduld bedanken, die Sie hier gestern bewiesen haben. Es war für uns alle ein langer Tag, aber seien Sie versichert, daß Ihre Tätigkeit in dieser Jury eine der wichtigsten Pflichten darstellt, die die Bürger unserer Gesellschaft zu leisten haben, und wir danken Ihnen sehr für die Zeit und die Aufmerksamkeit, die Sie unserer Sache widmen.«

Hardy überlegte, ob er nicht sofort einen Einspruch einlegen sollte – Pullios hatte kein Recht, die Geschworenen so zu massieren. Das war, wenn überhaupt, nur dem Richter gestattet. Aber er wußte, daß er mit seinem Einspruchsrecht haushalten mußte. Er durfte die Geschworenen nicht verärgern, und wenn er etwas dagegen sagte, daß man ihnen dankbar war, würden sie das zweifellos mißverstehen.

»Obwohl, wie bei vielen wichtigen Jobs«, fuhr sie fort, »die Bezahlung besser sein könnte.«

Man kicherte. Sogar Chomorro lächelte. Was für eine nette Person diese Staatsanwältin doch war. Sie kehrte zu ihrem Tisch zurück, schob ihren Notizblock ein paar Zentimeter weiter und wandte sich wieder den Geschworenen zu.

»Ich werde Ihnen eine Menge von dem erzählen, was wir über den Angeklagten Andrew Fowler und den Mann, den er ermordet hat, Owen Nash, wissen. Ich weise darauf hin, daß ich Ihnen eine Menge erzählen werde, weil man Ihnen zweifellos entgegnen wird ...«

Fowler hatte ihn angestoßen. Früher oder später mußte Hardy anfangen.

»Einspruch, Euer Ehren.«

Zu seiner Überraschung nickte Chomorro. »Stattgegeben«. Er sah auf Pullios hinunter. »Erklären Sie nur Ihren Fall, Staatsanwältin. Sie eröffnen das Verfahren. Lassen Sie die Kommentare weg.«

»O, es tut mir leid, ich bitte um Entschuldigung, Euer Ehren.« Charmant und ganz ruhig. Sie fuhr fort. »Am frühen Morgen des zwanzigsten Juni, im letzten Sommer an einem Sonnabend – es war ein sehr windiger Tag – begab sich das Opfer dieses Falles, Mr. Owen Nash, an Bord seiner Yacht, der *Eloise*, und bereitete sich auf das vor, was seine letzte Ausfahrt werden sollte. Die Anklagebehörde, meine Damen und Herren, wird Ihnen zweifelsfrei beweisen, daß sich an diesem Morgen mit ihm an Bord der *Eloise* die Person befand, die ihn ermorden sollte – der Angeklagte Andrew Fowler.

Ein ehemaliger Kollege des Angeklagten, der wie er selbst Mitglied im Olympic Club ist, wird Ihnen berichten, daß Mr. Fowler ihm gegenüber erwähnt hat, er wolle sich aus politischen Gründen mit der Bitte um Spenden an Mr. Nash wenden. Das war der Vorwand, dessen er sich bediente, um eine Einladung von ihm zu erhalten.

Das Beweismaterial wird belegen, daß Mr. Nash und sein Mörder unter der Golden-Gate-Brücke hindurch und dann nach Süden die Küste hinuntergesegelt sind. Wir haben einen Sachverständigen für Gezeiten und Meeresströmungen, der Ihnen ziemlich genau erklären wird, wo Owen Nash ins Meer stürzte, nachdem der Mörder seine .25-Kaliber-Waffe zweimal auf ihn abgefeuert hatte. Der Gerichtsmediziner wird Ihnen sagen, daß die erste Kugel Mr. Nash knapp oberhalb und etwas rechts von seinem Penis traf, während die zweite Kugel das Herz durchschlug. Ein Experte für Blutflecke wird Ihnen darlegen, wie diese zweite Kugel Mr. Nash über die Reling seines Bootes ins Meer geschleudert hat, für den Mörder eine auf den ersten Blick sehr bequeme Lösung.

Wir werden Ihnen beweisen, daß Mr. Fowler auch ein erfahrener Segler ist und daß er die *Eloise* bis zum Abend leicht weiter draußen auf See gemeistert haben kann, um sie dann, selbst durch hohe Wellen, sicher in den Yachthafen zurückzubringen. Ein Meteorologe wird das Wetter beschreiben, das an jenem Abend herrschte – es wehte ein starker Wind, und man hatte den Besitzern nicht seegängiger Boote dringend vom Auslaufen abgeraten. Kein Wunder, daß bei diesem Wetter niemand mehr im Yachthafen war, als Mr. Fowler zurückkehrte.

Er machte das Boot fest, ließ es unverschlossen und wurde von keinem Menschen mehr erblickt, bis er am folgenden Montagmorgen genau in diesem Haus wieder zur Arbeit erschien.«

Hier war wieder ein Einspruch fällig, aber diesmal machte sich Hardy nur eine Notiz. In der Eröffnungserklärung sollte die Staatsanwältin nicht von Beweismitteln reden.

Pullios redete frei, aber sie kehrte wieder zu ihrem Tisch zurück, warf einen Blick auf ihr Material und fuhr fort. Sie wollte den Eindruck vermeiden, daß sie eine Superfrau war, die alles auswendig wußte.

»Statt vorherzusagen, welche Einwendungen die Verteidigung gegen das Beweismaterial erheben wird« – hier nickte sie Chomorro zu und lächelte die Geschworenen an –, »werde ich Ihnen gleich jetzt sagen, daß die Anklagebehörde niemanden gefunden hat, der mit dem Finger auf Mr. Fowler deuten und sagen kann: ›Das ist der Mann, den ich am zwanzigsten Juni mit Owen Nash auf der *Eloise* gesehen habe.‹ Niemand hat Mr. Fowler auf der *Eloise* gesehen außer Owen Nash, und der ist tot.«

»›Nun‹, werden Sie fragen, ›warum sind wir dann hier?‹ Wir sind hier«, antwortete sie selbst, »erstens, weil Mr. Fowlers Verhalten über mehrere Monate hinweg nur als Eingeständnis seines Schuldbewußtseins erklärbar ist. Doppelzüngigkeit, Betrug, Verrat hoher ethischer Prinzipien –«

»Einspruch, Euer Ehren.«

Chomorro nickte. Beide Male stattgegeben, dachte Hardy, nicht schlecht.

»Stattgegeben. Bleiben Sie bei den Beweismitteln. Ms. Pullios.«

Sie bat den Richter und die Geschworenen wieder um Entschuldigung. Aber man sah deutlich, daß sie nicht aus dem Konzept kam. »Die Staatsanwaltschaft wird beweisen, daß Mr. Fowler genau wußte, wo sich an Bord der *Eloise* die Mordwaffe befand, und daß er einen zwingenden Grund hatte, Mr. Nash zu töten – es war das älteste und tödlichste Motiv der Welt: Eifersucht. Mr. Nash hatte ihn aus seiner Position des Liebhabers derjenigen Frau verdrängt, die er liebte und für die er schließlich – und dies ist eine Tatsache und keine Vermutung – seine ganze Karriere und seinen Ruf als Richter und Ehrenmann aufs Spiel setzte.

Wir werden zeigen, daß der Angeklagte zuerst mit Hilfe eines Privatdetektivs seinen Rivalen ausfindig gemacht und ausspioniert hat. Dann dachte er sich einen Plan aus, wie er mit ihm zusammenkommen konnte, während er sich gleichzeitig mit viel Mühe und Überlegung ein Alibi für die betreffende Zeit erarbeitete. All diese *Tatsachen* beweisen Mr. Fowlers Schuldbewußtsein.

Aber das alles heißt nicht, daß kein *direkter* Beweis für seine Tat vorhanden wäre. Es gibt zum Beispiel eine Mordwaffe. Und auf der Mordwaffe – nicht auf der Außenseite, sondern auf dem Ladestreifen, der die Patronen der Waffe enthält – befinden sich die Fingerabdrücke des Angeklagten Andrew Fowler.«

Im Gerichtssaal kam Bewegung auf. Hardy wußte, daß dies ein böser Punkt sein würde, aber dagegen konnte er nichts tun. Er konnte nur Andys Geschichte erzählen.

Pullios drängte voran. Jetzt waren sie gefesselt. »Nun, das ist natürlich kein direkter Beweis dafür, daß Mr. Fowler mit Mr. Nash zusammen auf der *Eloise* war. Natürlich ist auch die Tatsache, daß er nirgendwo sonst gesehen wurde, kein direkter, zwingender Beweis dafür. Auch ist für sich genommen das Gespräch mit seinem Kollegen über eine Begegnung mit Mr. Nash aus politischen Zwecken kein solcher direkter Beweis. Ebensowenig seine Eifersucht, auch nicht der Auftrag an den Privatdetektiv. Und wenn er ängstlich darum bemüht war, die Beziehung zu seiner Geliebten May Shinn und die zu seinem Rivalen Owen Nash geheimzuhalten, ist das auch alles kein Beweis. Aber das Volk des Staates von Kalifornien behauptet, daß die Beweismittel in diesem Fall zusammengenommen *zweifelsfrei zu keinem anderen Schluß führen können* als zu dem, daß Andrew Fowler mit bösem Vorsatz irgendwann am Morgen des zwanzigsten Juni 1992 auf Owen Nash geschossen und ihn getötet hat.«

Hardy dachte, sie sei fertig. Er trank einen Schluck Wasser und bereitete sich vor, aufzustehen und mit seiner Eröffnungsrede zu beginnen, aber sie warf jetzt wieder einen Blick auf ihren Tisch.

»Ich möchte zum Schluß noch zwei wichtige Punkte erwähnen. Erstens: Indirekte Beweise können ausreichen, um die Schuld eines Angeklagten zu belegen. Richter Chomorro hat Ihnen das gestern erklärt, und es ist hier von entscheidender Bedeutung. Indirekte Beweise *sind* Beweise, und die Beweise verlangen hier unausweichlich einen Schuldspruch.«

Hardy wußte, daß er Einspruch einlegen konnte, aber er fürchtete damit den Unwillen der Geschworenen zu erregen. Alle weiteren Einsprüche würden den Eindruck erwecken, als ob er etwas vor ihnen verbergen wollte. Er ließ sie weiterreden.

»Zweitens: Warum gibt es hier so wenig direkte Beweise? Kann es denn sein, daß ein Mann einen Mord begeht und so wenig Spuren hinterläßt? Nun, vergessen wir nicht, daß Mr. Fowler fast dreißig Jahre lang als Richter in eben diesem Oberen Gericht von San Francisco gesessen hat. Während dieser Zeit hat er Hunderte, wenn nicht Tausende von Strafsachen verhandelt. Ist es da ein Wunder, daß ein so erfahrener Mann wenige oder gar keine Spuren hinterläßt?

Überlegen Sie selbst: Wenn es Ihr Job ist, Beweise zu prüfen, wenn Sie mit allen juristischen Feinheiten vertraut sind, wenn Sie jeden Labortest und jedes technische Verfahren kennen, das man anwenden wird, um Sie zu fassen, glauben Sie nicht, daß es Ihnen gelingen könnte, einen sogenannten perfekten Mord zu begehen?

Ich glaube, mir würde das gelingen. Und ich glaube, daß es Andrew Fowler gelingen könnte. Und daß es ihm gelungen *ist*. Die Beweise sprechen für sich.«

»Sie müssen sich bei mir ein bißchen gedulden«, fing Hardy an. »Ich stecke in einer ziemlichen Klemme.« Seine Beine waren so schwach, daß er glaubte, kaum stehen zu können. Seine Nerven spielten verrückt. Darum lehnte er sich gegen den Tisch und hoffte, daß die Beine mit der Zeit besser würden. »Mein Mandant wird des Mordes angeklagt, des größten Verbrechens, das wir kennen, und trotzdem hat die Staatsanwaltschaft hier eine so phantastische Theorie vorgetragen, daß ich kaum weiß, wie ich darüber sprechen soll, ohne einen Wutanfall zu bekommen oder Ihre Intelligenz zu beleidigen oder beides zugleich.«

Ein Meer ausdrucksloser Gesichter. Waren das dieselben Leute, die wie auf Befehl gelächelt, die Stirn gerunzelt, gekichert und nach Luft gerungen hatten, als Elizabeth Pullios vor ihnen stand? Aber daran ließ sich nun einmal nichts ändern. Hier stand er jetzt, und es wurde Zeit, daß er sich zusammenriß und loslegte.

»Ziehen wir mal die ganze Rhetorik und den höflichen Formelkram ab und hören wir uns den Unsinn an, den die Anklagebehörde hier vorträgt. Diese Theorie ist wirklich erstaunlich: Weil es keine Beweise gibt, muß der Angeklagte schuldig sein.« Hardy machte eine Pause, damit das ankam. »Wir haben gerade gehört:

Es gibt keine Beweise in diesem Fall, weil Mr. Fowler zu schlau war, welche zu hinterlassen. Ich will Ihnen mal was sagen: Wenn das Gesetz unseres Landes so aussähe, wie Ms. Pullios es darstellt, dann könnte man uns alle – Sie alle, die Geschworenen, mich, den Richter und die Zuschauer dort draußen – ebenso des Mordes an Owen Nash schuldig sprechen, falls wir nicht bereit wären zuzugeben, daß wir nicht schlau genug waren, uns eine Methode auszudenken, wie man uns nicht erwischt.«

Die Geschworenen wachten auf. Die Zuschauer fingen an, sich zu regen. Pullios war aufgesprungen und erhob Einspruch. Gut. So sahen die Geschworenen, daß *sie ihn* unterbrach. Der Richter gab ihrem Einspruch statt. Hardy hatte ihr Statement unfair charakterisiert, und er hatte argumentiert. Er sagte dem Richter, es täte ihm sehr leid. Die Geschworenen wurden davon unterrichtet, daß sie das, was der Verteidiger gesagt hatte, nicht beachten durften. Hardy war sicher, daß sie es versuchen würden, und hoffte, daß es ihnen mißlänge. Seine Beine, die wie Gummi gewesen waren, wurden etwas fester.

»Okay«, sagte er. »Also will ich Ihnen erklären, so wie der Richter es von mir verlangt, was die Verteidigung beweisen *muß*. Und dann, was die Verteidigung beweisen *wird*. Das erste ist einfach – die Verteidigung braucht überhaupt nichts zu beweisen. Die Beweislast obliegt der Anklagevertretung, und während dieser Prozeß seinen Verlauf nimmt und man Sie bittet, alle direkten und indirekten Beweise zu beurteilen, wird die Anklagevertretung beweisen müssen, daß Andy Fowler schuldig ist.« Pullios erhob wieder Einspruch: Hardy argumentierte juristisch, statt die Tatsachen vorzutragen. Dem Einspruch wurde stattgegeben. Es war Hardy egal. »Wenn Sie alles gehört und gesehen haben, was die Staatsanwaltschaft an Beweisen hat, wird der unausweichliche Schluß sein, daß diese Beweise nicht ausreichend sind. Die Staatsanwaltschaft kann nicht beweisen, daß Andy Fowler Owen Nash getötet hat. Meine Damen und Herren, diese Theorie vom Schuldbewußtsein ist ja sehr phantasievoll, aber in einem Geschworenengericht kommt es auf Beweise an. Solange Sie, die zwölf Geschworenen, noch nicht alle Beweismittel kennengelernt *und auf Grund dieser Beweismittel* den Angeklagten noch nicht schuldig gesprochen haben, ist davon auszugehen, daß Andy Fowler es einfach nicht getan hat. Das ist das Gesetz, und ich bin sicher, daß Sie alle das verstehen.«

Wieder – sie befremdete die Geschworenen und schien es nicht zu merken – erhob Pullios Einspruch. Diesmal lehnte Chomorro mit spitzem Hinweis auf die Freiheiten, die sie sich in ihrer Eröffnung genommen hatte, ab. Hardy behielt ein gleichmütiges Gesicht und kehrte zu seiner Arbeit zurück.

»Aber mein zweiter Punkt: Die Verteidigung beabsichtigt, darüber hinauszugehen. Viele von Ihnen sitzen hier wahrscheinlich in der Geschworenenbox und wundern sich, wieso ein hervorragender Jurist wie –«

»Einspruch.«

»Stattgegeben. Mr. Hardy, Mr. Fowler ist Angeklagter in einem Mordprozeß. Er ist kein hervorragender Jurist.«

»Okay, Euer Ehren.« Hardy ging zu seinem Tisch und trank Wasser. Die Geschworenen warteten auf ihn, als er sich ihnen wieder zuwandte. »Ich bin sicher, daß Sie alle, in größerem oder geringerem Maße, an unser Strafrechtssystem glauben. Darum sind Sie hier und tun Ihre Bürgerpflicht. Wie Ms. Pullios schon sagte, leisten Sie eine wichtige Arbeit und lassen eine andere wichtige Pflicht ruhen, um an diesem Prozeß teilzunehmen. Wir danken Ihnen allen sehr.«

Hardy hatte sich halb von den Geschworenen abgewandt und nickte Pullios zu. Zurück zur Box.

»Zu sagen, daß man an die Unschuldsvermutung glaubt, ist eine Sache. Eine ganz andere ist es, hierherzukommen, so wie Sie, in einer Geschworenenbox zu sitzen und einen Mann anzusehen – einen ehemaligen Richter –, der am Tisch der Verteidigung sitzt und des schwersten Verbrechens angeklagt ist, das ein Mensch überhaupt begehen kann: des Mordes, und dann *nicht* zu glauben, daß es irgendeinen zwingenden, überwältigenden Grund geben muß dafür, daß dies der Mann hier ist. Daß er hier ist, das ganz allein scheint schon ein Beweis für seine Schuld zu sein.«

Der Richter klopfte mit dem Hammer. »Mr. Hardy, das haben wir im Voir-Dire besprochen.«

Hardy hielt ein, zögerte jetzt bewußt. Obwohl er eigentlich nicht zur Theatralik neigte, fand er es plötzlich völlig natürlich, mit dem Finger auf Andy Fowler zu zeigen. »Dieser Mann«, sagte er, und seine Stimme wurde leiser, »ist mehr als sein halbes Leben lang ein Mitglied der juristischen Gemeinschaft in dieser Stadt gewesen –«

Pullios rief: »Einspruch, Euer Ehren.«

»Nein, das weise ich ab, Staatsanwältin. Das ist eine Tatsache.«

Hardy dankte dem Richter. »Dieser Mann«, wiederholte Hardy und zeigte immer noch auf Fowler, »wird als erster bereit sein zuzugeben, daß er einen bedauerlichen Fehler gemacht hat. Er hat eine falsche Entscheidung getroffen. Nach diesem einen Fehler beging er weitere Fehler, vielleicht sogar noch größere, bis er zuletzt seinen guten Namen und sein Ansehen in der Gemeinschaft, den Respekt seiner Standesgenossen eingebüßt hatte.«

Plötzlich stand er sehr nahe an der Schranke, die die Geschworenen vom Gerichtsraum trennte.

»Nun, wer sind Andy Fowlers Standesgenossen? Es sind die Staatsanwälte, die Polizisten und die anderen Richter in diesem Haus. Es sind genau die Leute, die diese Mordanklage gegen ihn vorbringen.«

»Euer Ehren!« Pullios war aufgesprungen. »Mr. Hardy greift das gesamte Grand-Jury-Verfahren an.«

Chomorro schien ihrer Meinung, aber auch unsicher zu sein. »Ist das bezüglich irgendwelcher Beweismittel relevant, Herr Verteidiger?«

»Euer Ehren, die Verteidigung wird direkte und unwiderlegbare Beweise erbringen – Augenzeugenberichte von Mitgliedern aus dem eigenen Stab des Bezirksstaatsanwalts und der Polizei von San Francisco –, die bestätigen, daß eine unparteiliche Untersuchung nicht im mindesten stattgefunden hat. Die Anklageerhebung gegen Mr. Fowler ist auf einem ganz anderen Weg erfolgt. Man hat sich bei der Bezirksstaatsanwaltschaft eine Theorie aus den Fingern gesogen und sie dann mit dem ausgefüllt, was man brauchte, um eine Anklage durchzubringen.«

So – jetzt war es heraus, und nun konnte Chomorro ihn zurechtweisen, wenn er wollte.

Pullios ergriff das Wort. »Nennt man das eine paranoide Verteidigung, Euer Ehren? Jemand wollte Mr. Fowler ans Leder, also haben wir uns zusammengetan und ihm einen Mord angedichtet?«

»Mr. Hardy?«

»Es hat mit der Bewertung der Beweismittel zu tun.«

»Die Beweise zu bewerten ist Aufgabe der Geschworenen.«

Hardy nickte. »Genau das meine ich, Euer Ehren.«

Aber Pullios war nicht bereit aufzugeben. »Die Beweise müssen für sich selbst sprechen, Euer Ehren.«

Chomorro hieb mit dem Hammer auf den Tisch. »Okay, okay. Moment mal.«

Schweigen herrschte im Gerichtssaal. Hardy fiel zum erstenmal das Klicken der Schreibmaschine der Protokollführerin auf – weil es verstummt war. Schließlich ergriff Chomorro das Wort. »Ich weise Ms. Pullios' Einwand ab. Sie können fortfahren, Mr. Hardy.«

Hardy holte tief Luft und atmete langsam aus. Er wollte nicht verraten, wie erleichtert er war. Außerdem hatte er den Faden verloren. Er ging zu seinem Tisch und warf einen Blick auf seine Notizen.

»Sie haben den Ausdruck ›Schuldbewußtsein‹ bereits in der Eröffnung der Staatsanwaltschaft gehört. Und ich bestreite nicht, daß es gewisse Handlungen gibt, die auf ein Schuldbewußtsein deuten können, zum Beispiel eine Flucht, um sich einer Strafverfolgung zu entziehen oder um einer Verhaftung zu entgehen, und so weiter. Aber wir begeben uns auf ein sehr unsicheres Terrain, wenn wir Schuldbewußtsein – einen juristisch sehr ungenauen Begriff – benutzen, um jemanden auf ein *spezifisches* Verbrechen festzunageln.«

Hardy schilderte ein Beispiel: Polizeibeamte wollten jemanden verhaften, der sich der Festnahme widersetzte und floh. Wenn in dem Viertel jemand ermordet worden war, wäre das Verhalten dieser Person dann in irgendeiner Weise ein *Beweis*, daß er etwas mit dem Mord zu tun hatte? Natürlich nicht. Vielleicht hatte der Mann einen Wagen gestohlen. Vielleicht wurde er wegen verkehrswidrigen Überschreitens der Straße gesucht. Vielleicht gehörte er zu einer Minderheit und lebte in einer Gegend, in der Minderheiten ständig schikaniert wurden. »Diese Person kann also *irgend etwas* getan oder unterlassen haben, und man merkt ihr ein Schuldbewußtsein an. Aber dieses Schuldbewußtsein macht sie nicht automatisch eines spezifischen Verbrechens schuldig oder auch nur verdächtig.«

Er fand, daß er diesen Punkt ganz gut dargestellt hatte. »Jetzt haben wir schon zugegeben, daß Andy Fowler ein schlechtes Gewissen hatte. Wir gehen einen Schritt weiter – er *handelte* auffällig schuldbewußt. Die Anklagebehörde sagte Ihnen, daß sie zweifelsfrei beweisen wird, daß Mr. Fowlers Verhalten *keine andere Erklärung zuläßt*, als daß er einen Mord begangen hat. Wir glauben nicht, daß das zulässig ist. Wir glauben nicht, daß Sie das zulassen werden. Weil es nicht wahr ist.«

Er ließ noch drei oder vier Sekunden verstreichen, bevor er die Geschworenen in ihrer Box von unten nach oben und wieder nach unten ansah. Dann dankte er ihnen und setzte sich.

51

Fowler erzählte seiner Tochter, daß sich Chomorro in der Mittagspause offenbar mit ein paar Kollegen unterhalten hatte. Deshalb habe er, bevor sie nachmittags mit der Aussage des Gerichtsmediziners John Strout begannen, die Konferenz in seinem Besprechungszimmer einberufen.

»Worum ging es?« fragte Jane ihren Vater.

Sie saß neben ihm am Tisch der Verteidigung, was erlaubt war, wenn das Gericht nicht tagte. Hinter ihnen strömten die Leute nach der Mittagspause wieder in den Zuschauerraum.

»Chomorro geht noch einmal die Bestimmungen durch«, sagte er. »Vergiß nicht, es ist sein erster Mordprozeß. Er will ihn sich nicht verderben und wegen Prozeßfehlern scheitern.«

»Wie könnte das denn geschehen?«

Fowler tätschelte die Hand seiner Tochter. »Siehst du? All die Jahre habe ich so getan, als ob es ganz leicht wäre. Zum Beispiel darf während der Eröffnung nicht über juristische Fragen geredet werden. Man kann sagen, was man zeigen wird, aber man soll es nicht erklären, und das hat Ms. Pullios – wie du vielleicht bemerkt hast – getan. Auch diese vielen Einsprüche und Unterbrechungen sind nicht gut. Es wird jetzt schon ein bißchen persönlich, dabei soll es doch ein unparteiischer Prozeß sein.«

»War das nicht in Dismas' Sinne?«

Fowler nickte. »Doch. Und so weit macht er es auch gut, aber Chomorro – wette ich – hat da hinten ein paar Doppelgänger.« Er wies in den Zuschauerraum. »Ein paar Leute, die mitschreiben. Ein Prozeß soll von Beweismitteln, nicht von persönlichen Dingen handeln. Wenn es zu bitter wird, gerät der Prozeß in Gefahr.«

»Wollen wir das?«

»Nein, Jane. Ich will keinen fehlerhaften Prozeß. Ich will ein faires Verfahren. Dismas auch, allerdings will er kämpfen, was bis zu einem gewissen Grade gut ist. Aber wenn ich nach alldem hier noch ein anständiges Leben führen will, dann müssen wir auf faire

Art gewinnen, damit jeder weiß, daß ich unschuldig bin. Sogar Diz.«

»Daddy, er glaubt nicht, daß du es getan hast. Sonst würde er dich nicht verteidigen.«

Fowler war dessen nicht sicher. Hardys Zweifel waren ihm nicht entgangen. »Ich kenne ihn schon lange, Jane, länger als du, vergiß das nicht. Er gibt sich Mühe und tut so, als ob er mir glaubt, daß ich unschuldig bin. Er redet es sich sogar selbst ein. Aber ich frage mich, ob es nicht nur so ein Fall ist von ›Man kann es ihm nicht nachweisen, also –‹«

»Aber das ist doch egal.«

Fowler schüttelte den Kopf. »Nein, das ist es nicht, Jane. Das ist etwas ganz anderes.«

Hardy hatte zwanzigmal die Erklärung gelesen, die Dr. John Strout gegenüber der Grand-Jury abgegeben hatte. Er hatte den ganzen Autopsiebericht auswendig gelernt und einen anderen Mediziner, einen Freund von Pico namens Walter Beckman, dafür bezahlt, daß er ihm einen ganzen Abend lang Verschiedenes erklärte, und war zu dem Ergebnis gelangt, daß Strouts Aussage Andy Fowler nicht schaden konnte. Man brauchte die Aussage des Gerichtsmediziners, um die Tatsache zu belegen, daß Owen Nash erschossen worden war, doch ihrem Wesen nach war sie neutral. Sie war die Grundlage für das, was folgte.

Womit er, wie er bald feststellen sollte, Pullios unterschätzt hatte. Warum war er nur so leichtsinnig?

Strout, lang und schmal, schob den Zeugenstuhl zurück, so daß er Platz für seine Beine bekam. Er wirkte gelassener als irgend jemand sonst im Saal, was zu erwarten war. Während der vergangenen zwölf Jahre hatte er im Durchschnitt etwa einmal pro Woche sein Urteil abgegeben. Er saß sehr gerade da, die Ellbogen auf den Armlehnen des Sessels.

Pullios und Hardy waren beide angewiesen worden, nicht nahe an die Zeugen heranzutreten, wenn sie sie befragten, also stand Pullios dort, wo sie ihre Eröffnungsrede gehalten hatte, etwa im Mittelpunkt eines Kreises, der Hardy, die Geschworenen, Strout und Chomorro umfaßte.

Nachdem sie den Doktor seine Qualifikationen abgefragt hatte, die nicht strittig waren, bat sie ihn, die Wunden zu beschreiben, die er in Owen Nashs Leichnam entdeckt hatte.

»Ja«, ergriff er in seinem gedehnten Südstaatenakzent das Wort, »es waren zwei Wunden da, beide stammten von .25-kalibrigen Pistolenkugeln aus einer halbautomatischen Waffe. Die untere Wunde, an sich nicht tödlich, befindet sich in der Schamgegend des Körpers –«

»Entschuldigen Sie bitte, Mr. Strout«, sagte Pullios. »So peinlich das ist, aber könnten sie den Ort dieser ersten Wunde etwas genauer beschreiben?«

Die Sprechweise wurde noch gedehnter. »Ja, wenn wir nicht die lateinischen Ausdrücke benutzen wollen, ist Schamgegend relativ genau. Es ist die Gegend, die oberhalb der Genitalien vom Schamhaar bedeckt ist.«

»Mit anderen Worten, im Umkreis von zwei Zentimetern oder so vom Penis?«

Hardy sah, worauf sie hinaus wollte. Wenn ein Mann seinen sexuellen Rivalen eliminierte ...

»Einspruch. Das ist eine Suggestivfrage.«

Pullios sagte rasch, sie werde ihre Frage umformulieren. »Können Sie uns den Ort dieser ersten Wunde im Verhältnis zu Mr. Nashs Penis beschreiben?«

»Der Eingang befand sich ungefähr an der Basis des Penis, etwas höher rechts.«

Einige männliche Geschworene schienen zusammenzuzucken.

»Noch irgend etwas über diese Wunde?«

Strout beschrieb ausführlich, wie die Kugel Nashs Körper durchschlagen, das Darmbein angekratzt und einige Knochensplitter im größten Gesäßmuskel hinterlassen hatte, bevor sie hindurchgegangen war. Von Pullios darauf hingeführt, sagte er, diese Wunde sei sehr wahrscheinlich die erste von den beiden gewesen.

»Und warum glauben Sie das, Doktor?«

Strout kreuzte wieder die Beine übereinander. »Nun, der zweite Schuß war tödlich, fast sofort. Er ging genau durchs Herz, prallte gegen eine Rippe und ging dann in die linke Lunge hinauf. Wenn Mr. Nash jetzt also nicht noch eine Weile, nachdem er gestorben war, auf den Füßen gestanden hat, können wir annehmen, daß er innerhalb einer Sekunde, nachdem er erschossen worden war, gestürzt ist. Und wenn er auf dem Boden gelegen hätte, wäre die Kugel, die durch seine Schamgegend gegangen ist, im Deck des Bootes eingeschlagen und nicht am Bordrand unter der Reling, wo man sie, glaube ich, gefunden hat.«

Hardy erhob Einspruch, bezweifelte die Relevanz, obwohl er wußte, daß diese Aussage für das, worauf Pullios hinaus wollte, sehr wohl relevant war, nämlich in die Köpfe der Geschworenen das Bild vom eifersüchtigen, verschmähten Liebhaber einzupflanzen, der ausgezogen war, um seinem Rivalen mit dem Revolver das Geschlecht zu zermalmen und ihn dann mit einem Herzschuß hinzurichten.

Chomorro verwarf Hardys Einspruch, aber Pullios ließ es dabei bewenden. Sie bedankte sich freundlich bei Dr. Strout und sagte ihm, sie habe keine weiteren Fragen.

Also hatte der Deich schon an einer Stelle ein Loch bekommen, an der er keine Gefahr vorausgesehen hatte. Er mußte versuchen, den Finger hineinzustopfen.

»Dr. Strout«, begann er. »Diese .25-Kaliber-Kugeln, von denen die Wunden in Owen Nashs Körper stammen – können Sie den Geschworenen einmal deren Wirkung im Gegensatz zu Kugeln eines anderen Kalibers beschreiben?«

Strout, nicht weniger entspannt, als er bei Pullios gewesen war, lehnte sich in den Sessel zurück. Er sah die Geschworenen direkt an und antwortete in seinem angenehmen Tonfall: »Nun ja, was Schußwaffen angeht, handelt es sich um ein sehr kleines Kaliber. Das kleinste ist .22, und das hier ist etwas größer, der Durchmesser ist etwas größer.«

»Vielen Dank. Konnten Sie bei der Obduktion feststellen, um was für eine Ladung es sich gehandelt hat. Wieviel Pulver in der Patrone war?«

Strout wurde nachdenklich. Das waren Fragen, die er mochte. »Angesichts der Tatsache, daß die zweite Kugel keine Austrittswunde hervorgerufen hat, kann es keine sehr starke Ladung gewesen sein.«

»Etwa durchschnittlich, würden Sie sagen?«

»Ja, ungefähr durchschnittlich.«

»Also haben wir hier eine kleine Kugel mit einer ungefähr durchschnittlichen Pulverladung, die einen voll ausgewachsenen Mann trifft. Muß die Wirkung einer solchen Kugel den Mann unbedingt nach hinten werfen, selbst wenn sie ihn genau in die Brust trifft?«

»Einspruch, Euer Ehren. Das ist nicht Dr. Strouts Gebiet.«

»Worauf wollen Sie hinaus, Mr. Hardy?«

»Ms. Pullios hat sich Zeit genommen, um Dr. Strouts Glauben herauszuarbeiten, daß der erste Schuß Mr. Nash in die Schamgegend traf.«

Chomorro kaute eine Sekunde darauf herum, dann lehnte er Pullios' Einspruch ab.

»Dr. Strout. Ist es möglich, daß ein Mann, selbst wenn ihn eine Kugel mit einer solchen Ladung ins Herz getroffen hat, noch eine halbe Sekunde stehenbleiben könnte, vor allem, wenn er sich in dem Augenblick, in dem die Kugel abgefeuert wurde, auf die Waffe zubewegt hat?«

»Ja, würde ich sagen.«

»Und könnte sein Angreifer in dieser Zeit aus einer Automatikpistole wie der Mordwaffe noch einen Schuß abfeuern?«

»Halbe Sekunde? Ich würde sagen, das ist möglich.«

»Das ist alles. Danke, Doktor.«

»Was mich ärgert, ist, daß ich das noch nicht mal vorhergesehen habe.«

»Du hast das großartig gemacht«, sagte Fowler. »Ich bezweifle ohnehin, daß es relevant ist. Was spielt es für eine Rolle, wohin der erste Schuß ging.«

Zehn Minuten Pause waren angekündigt worden, und sie saßen immer noch am Tisch der Verteidigung. Hardy erklärte Fowler, warum Pullios seiner Ansicht nach diese Strategie verfolgt hatte, und Fowler malte eine Weile Männchen auf den Block und sagte dann: »Schau mal, Diz, es ist kein direkter Beweis, der auf mich hindeutet, darum ist es irrelevant. Es ist eine Spekulation, Kombination, nenne es, wie du willst, aber behalte mich im Mittelpunkt des Bildes, oder wir kommen in Schwierigkeiten.«

»Du warst im Mittelpunkt, Andy.«

Fowler zeigte nun zum erstenmal wieder sein Mißfallen, schüttelte den Kopf und sagte: »Nein, der Mörder war im Mittelpunkt.«

Nach Strout hörten sie einen Ballistikexperten, der die Mordwaffe identifizierte. Es handelte sich um einen Beretta, Modell 950, eine Halbautomatik, die acht Schuß .25-Kaliber-ACP-Munition enthielt. Halbautomatik, weil der Hahn vor jedem Schuß gespannt werden mußte. Die Waffe war auf den Namen May Shinn zugelassen und wurde als Beweisstück Nummer 1 der Staatsanwaltschaft vorgelegt. Die Geschworenen waren überrascht, wie klein sie war – sehr klein, der Lauf war nur sechseinhalb Zentimeter lang.

Die Kugel, die Nashs Körper durchschlug, hatte man in der Bordwand hinter dem Steuerrad gefunden. In einer fünfzehnminütigen Dia-Schau wurde die Übereinstimmung der Riefungen an den an Bord gefundenen Kugeln mit anderen aus eben dieser Waffe abgefeuerten gezeigt. Als das Licht wieder anging, fuhren die Köpfe einiger eingenickter Personen hoch. Pullios erklärte, was ohnehin bekannt war – daß es sich bei dem Beweisgegenstand Nummer 1, May Shinns kleinem Revolver, um die Tatwaffe handelte.

Na toll, dachte Hardy und entschloß sich, auf ein Kreuzverhör zu verzichten.

Die Spezialistin für Fingerabdrücke war eine junge Schwarze namens Anita Wells. Sie sagte aus, es hätten sich auf der Waffe zwei verschiedene identifizierbare Fingerabdrücke gefunden – diejenigen May Shinns, der registrierten Eigentümerin, und diejenigen des Angeklagten Andrew Fowler.

Hardy wollte unbedingt das May-Shinn-Fiasko in die Verhandlung einführen und wußte, daß Pullios keine Wahl blieb, wenn sie Fowlers Fingerabdrücke drinhaben wollte, und das mußte sie. Er war sich sicher, daß sie Wells deshalb gleich am ersten Tag in den Zeugenstand gerufen hatte.

Als Pullios mit ihrer kursorischen Befragung zu Ende war, ging Hardy in die Mitte des Gerichtssaals. »Ms. Wells«, fragte er sie, »hatten Sie mehr als einmal Gelegenheit, das Beweisstück der Staatsanwaltschaft auf Fingerabdrücke hin zu überprüfen?«

Wells sah zum Richter hoch, dann sah sie Pullios an. Sie nickte, und der Richter sagte ihr, sie solle laut, mit Worten antworten. »Ja«, sagte sie.

»Und wann haben Sie diese Waffe zuerst gesehen?«

Die Zeugin dachte eine Minute nach. »Ungefähr Anfang Juli.«

»Und damals, als Sie sie auf Fingerabdrücke hin untersucht haben, können Sie den Geschworenen sagen, was Sie da fanden?«

Pullios stand auf und erhob Einspruch. »Gefragt und beantwortet, Euer Ehren.«

Hardy schüttelte den Kopf. »Ich formuliere es anders. Als Sie sie zum erstenmal geprüft haben, haben Sie da die Fingerabdrücke des Angeklagten identifiziert?«

Wells schluckte. »Nein.«

»Haben Sie damals *irgendwelche* Fingerabdrücke identifiziert?«

»Ja. May Shinns.«

»May Shinn. Die registrierte Eigentümerin der Waffe. Und wo waren Ms. Shinns Abdrücke?«

»Es waren mehrere klare Abdrücke auf dem Lauf und am Griff.«

»Aha. Und nachdem Sie Ms. Shinns Fingerabdrücke identifiziert hatten, was taten Sie dann?«

»Nun, da habe ich erst einmal die Vergleichsabdrücke auf Übereinstimmung geprüft – und sie waren, was ich suchte.«

»Also, mit anderen Worten: Sie suchten Ms. Shinns Fingerabdrücke. Stimmt das?«

»Ja.«

»Und nachdem die Anklage gegen Ms. Shinn verworfen worden war, suchten Sie Andy Fowlers Fingerabdrücke und fanden sie, ist das nicht so?«

Pullios erhob Einspruch, aber Hardy wollte sich das nicht entgehen lassen. »Euer Ehren, wenn die Anklage gegen Mr. Fowler fallengelassen wird, beabsichtigt die Staatsanwaltschaft dann, weitere Fingerabdrücke zu suchen? Die Fingerabdrücke des Angeklagten auf dieser Waffe sind ein entscheidend wichtiges Argument gegen ihn. Die Geschworenen sollten so genau wie möglich erfahren, wie man sie identifiziert hat.«

Pullios ließ auch nicht locker. »Ms. Wells hat bereits gesagt, daß sie auf der Waffe waren.«

»Das stimmt, Mr. Hardy. Wir sprechen über Mr. Fowlers Fingerabdrücke, nicht über May Shinns. Sie sprechen über Beweismittel, die *in diesem Fall* nicht vorliegen. Versuchen Sie die Geschworenen nicht zu verwirren, indem Sie sich auf etwas beziehen, das ihnen nicht ordnungsgemäß vorliegt.«

Hardy hatte das Gefühl, daß er hier eine schwere Niederlage erlitt. Er schwieg einen Augenblick, um Kraft zu sammeln.

»Sind Sie noch da, Mr. Hardy?« fragte Chomorro.

Hardy hatte mit Chomorros Feindseligkeit gerechnet, aber jetzt, als sie zum erstenmal zum Vorschein kam, merkte er, wie mächtig ihre Wirkung sein konnte. Wenn er es Chomorro erlaubte, ihn herablassend zu behandeln, würden die Geschworenen sich danach richten, und Hardys Glaubwürdigkeit würde Schaden nehmen. Andy Fowler hatte recht gehabt – hieraus ergab sich kein Grund für eine Berufungsverhandlung. Es war eine schlechte Strategie gewesen.

»Natürlich, Euer Ehren«, sagte Hardy milde. »Ich wartete auf Ihre Entscheidung.«

Chomorros Gesicht spannte sich etwas. »Ich dachte, ich hätte es klar ausgedrückt. Dem Einspruch wird stattgegeben.«

Diesmal nickte Hardy nur. Er spreizte die Hände zu den Geschworenen hin aus und lächelte sie an. »Tut mir leid, mein Fehler.« Aber die Botschaft war klar – er war ein vernünftiger Mensch, der lieber etwas wartete, um sicher zu sein, daß er die Entscheidung richtig verstanden hatte. Zwischen ihm und Chomorro gab es keinerlei Gegnerschaft. Er kehrte zu Anita Wells zurück. »Können Sie uns sagen, wie lange sich ein Fingerabdruck halten kann?«

»Ich verstehe nicht?«

»Ich meine, verschwindet er nach einer Weile von selbst? Verdampft er?«

»Nein, Fingerabdrücke bestehen auf einer Ölbasis. Sie bleiben, bis sie weggewischt werden.«

»Also müssen Mr. Fowlers Fingerabdrücke auf dem Ladestreifen nicht unbedingt in der Zeit kurz vor dem Abfeuern der Waffe draufgekommen sein?«

»Das ist richtig.«

»Haben Sie irgend etwas entdeckt, das die Möglichkeit ausschließt, daß sie auch schon lange davor draufgekommen sein könnten?«

»Nein.«

»Also könnten Mr. Fowlers Fingerabdrücke auch schon ein Jahr lang draufgewesen sein?«

Pullios stand auf. »Gefragt und beantwortet, Euer Ehren.«

»Ich ziehe meine Frage zurück«, sagte Hardy. »Keine weiteren Fragen.«

»Es ist noch früh, aber ich glaube, wir haben jetzt einen kleinen Vorsprung.« Sie hatten ihre Jacketts ausgezogen, die Krawatten gelockert und saßen in Fowlers Büro hoch oben im Embarcadero One. Draußen lag funkelnd die Stadt mit ihrer Weihnachtsbeleuchtung.

Hardy war sich dessen nicht so sicher. »Ich wollte Shinn dabei haben.« Er hatte sie von Anfang an als Zeugin der Verteidigung vorladen wollen, aber Fowler war strikt dagegen gewesen. Was könnte sie denn Nützliches für die Verteidigung aussagen, hatte er argumentiert. Fowler hatte sie schließlich in den vier Monaten vor dem Mord nicht mehr gesehen. Davon, daß sie Hardys mehrfach geäußerte Bitte um eine Aussage immer wieder abgelehnt hatte, ganz zu schweigen. Sie hatte ihn noch aus Besucherraum A in schlechter Erinnerung. Nein, danke.

Die Staatsanwaltschaft, so nahmen sie an, würde sich nicht um sie bemühen. Der gegenüber war sie verständlicherweise feindselig eingestellt. Also würde, sonderbar genug, die andere zentrale Figur in diesem Fall wohl keine aktive Rolle in dem Verfahren spielen. Dieser Gedanke gefiel Hardy überhaupt nicht.

Andy hatte sich einen Scotch eingeschenkt und nippte jetzt daran. Er stand auf und trug das Glas zum Fenster hinüber.

Hardy betrachtete eine Weile seinen Rücken. »Du hast sie nicht mehr gesehen, Andy?«

Es ging immer noch um May Shinn. Andy konnte sie nicht vergessen. Obwohl er nie von ihr sprach. Vor einem Jahr hatte er eine Beziehung mit ihr gehabt, Mitte Februar hatte sie ihm wegen Owen Nash den Laufpaß gegeben, im Juli hatte er seine Karriere für sie geopfert, im Oktober war er als Mörder ihres Geliebten verhaftet worden. Und trotzdem hatte er in den beiden Monaten, in denen er sich täglich mit Hardy getroffen hatte, soweit Hardy wußte, nicht ein einziges Mal versucht, sie wiederzusehen.

Fowlers Schultern sackten herab. »Nein. Wozu?«

»Es könnte doch sein.«

Fowler überlegte einen Augenblick und nickte dann. »Ja, nehme ich an.« Er kehrte zu dem Sessel hinter seinem Schreibtisch zurück und ließ sich hineinfallen. »Was soll ich denn sagen?«

»Ich weiß nicht. Vielleicht könnte sie uns helfen? Daran, daß sie uns schaden kann, besteht kein Zweifel.«

»Wie?«

Hardy zuckte die Achseln. »Vielleicht weiß sie etwas. Wir haben jetzt alle anderen geprüft und keine Spur von dem Täter.«

Fowler nippte und starrte. »Nein, Diz. Ich glaube nicht.«

Plötzlich kam Hardy ein erschreckender Gedanke: Andy war immer noch verrückt nach ihr. Hardy hatte (außer Glitsky) niemandem von Shinns anderen Kunden erzählt, aber jetzt dachte er, es könnte Andy ganz gut tun, die Wahrheit zu erfahren. Wenn er ihn damit konfrontierte, war er vielleicht auch bereit, sie als Zeugin zu benennen.

»Weißt du«, sagte Hardy, »es gab da noch andere Männer ...«

Fowler schob sein Glas in einem Kreis, in Vierteldrehungen, auf dem Schreibtisch herum. »Was?«

Hardy brauchte fünf Minuten, um es Andy zu erklären: Die Telefonabrechnungen bewiesen, daß sie ihn belogen hatte. Fowler starrte in den leeren Raum hinter Hardys Kopf. »Warum erzählst du mir das alles ausgerechnet jetzt?«

»Weil es hier um dein Leben geht, Andy, und ich dachte, du möchtest vielleicht einen Freispruch erreichen und diesen Prozeß hinter dich bringen und gleichzeitig nicht das gefährden, was für dich immer noch deine Beziehung zu dieser Frau ist. Und wenn das stimmt, dann solltest du doch wissen, was für eine Art Beziehung es in Wirklichkeit war.«

Er brauchte einen Augenblick. »Ich weiß, was es für eine Beziehung war. Es ist mir klargeworden. Bevor du mir das erzählt hast.«

»Und?«

»Was und?«

»Vielleicht könntest du mit ihr sprechen, vielleicht weiß sie etwas.« Er machte eine Pause, wartete auf Andy. »Über den Täter zum Beispiel.«

Der Ex-Richter, der plötzlich alt und müde aussah, lehnte den Kopf in den Sessel zurück und blies zur Decke. »Meinst du, das hätte sie im Sommer bei ihrer Verteidigung nicht erwähnt?«

»Dazu hatte sie gar keine Gelegenheit.«

»Sie hatte reichlich Gelegenheit. Sie weiß nichts.«

»Denkst du.« Er mußte es ihm jetzt noch einmal sagen. »Aber du hast auch gedacht, daß sie deinetwegen ihre anderen Kunden aufgeben hätte, erinnerst du dich? Sie sollte doch mit niemandem sonst mehr schlafen.«

Fowler drückte sich die Finger in die Augen. »Es muß da so einen Aphorismus über alte Narren und junge Frauen geben.« Er nahm die Hände vom Gesicht. »Okay, okay, tu, was du tun mußt.«

Als Hardy gegen elf Uhr abends nach Hause kam, schliefen die beiden schon. Vorn auf der Veranda lag ein Päckchen vom Redi Delivery Service, er nahm es mit in sein Arbeitszimmer und öffnete es: das Prozeßprotokoll dieses Tages. Nur Verteidiger, die die

Todesstrafe abzuwenden versuchten, und Leute, die so reich wie Andy Fowler waren, daß sie es sich leisten konnten, bekamen diese Tagesprotokolle. Einhundertachtundachtzig Seiten Transkript, die er bis morgen früh um neun durchgelesen haben sollte. Vielleicht hatte heute jemand in dem Prozeß etwas gesagt, das er überhört oder nicht richtig verstanden hatte.

Am Telefon sah er eine Notiz von Frannie liegen. Elizabeth Pullios hatte angerufen. Sie ließ ihm ausrichten, daß die Staatsanwaltschaft noch einen Namen auf ihre Zeugenliste setzte: »May Shinn – betreffs Fowlers Wissen Waffe an Bord.«

Wieder Shinn. Was wußte diese Frau?

War das erst der zweite Verhandlungstag? Er konnte sich nicht mehr vorstellen, daß er je wieder zum Schlafen kommen würde. Einmal hatte er es kurz nach Mitternacht versucht. Dann noch einmal gegen zwei. Jetzt war es 3 Uhr 15 auf dem Wecker an seinem Bett, und gerade hatte er einen Adrenalinstoß verspürt, als er sich an Strouts Aussage erinnerte, auf die er gar nicht gefaßt gewesen war und die sich dann als so verheerend erwiesen hatte.

War er nicht eben mit dem Gedanken an Tom und José aufgewacht? Sie standen auf der Zeugenliste, und er hatte sie im Gerichtssaal gesehen. Und genau wie die Strouts hatte er auch ihre Aussagen immer wieder gelesen und überprüft und noch einmal überprüft und war schließlich zu der Überzeugung gelangt, daß keiner der beiden etwas für Fowler Nachteiliges zu berichten hatte.

Aber dann war er aus dem Schlaf mit dem Gedanken aufgeschreckt, daß er sich täuschte: Es *mußte* etwas dahinterstecken. Wenn Pullios sie bestellte, bezweckte sie etwas damit. Er hatte wieder irgend etwas Entscheidendes übersehen.

Müde warf er das Deckbett von sich und tappte barfuß in sein Arbeitszimmer.

52

»Wir haben gestern abend mit ihr geredet«, sagte Pullios. »Ich glaube, sie hat das alles satt.«

»Das kommt vor.«

Es war neun Uhr früh, und Hardy unterhielt sich, über den Tisch der Staatsanwaltschaft gebeugt, mit seiner Prozeßgegnerin über May Shinn. »Wollen Sie mir erzählen, was sie gesagt hat?«

Daß Pullios ihn angerufen hatte, um ihm mitzuteilen, daß sie Shinn in den Zeugenstand rufen wollte, war eine Höflichkeitsgeste gewesen, die ihn nervös machte.

»Kennen Sie Peter Struler? Er hat sich darum gekümmert. Er befragt sie heute. Natürlich können Sie das Transkript lesen.«

Hardy sagte, daß er das vorhätte. »Aber Sie haben May gestern abend gesehen? Wie haben Sie sie denn dazu rumgekriegt, mit Ihnen zu reden?«

»Nun ja, sie ist über das alles sehr erbittert, über diesen Rechtsstreit und wie man sie behandelt hat. Ich dachte, mit einer kleinen Geste ... Nun, Sergeant Struler hat das übernommen.«

Hardy wartete.

»Sie wissen, daß wir ihr die Sachen, ihre Kleidung, persönliche Gegenstände, Schmuck und so weiter, die sie an Bord der *Eloise* hatte, noch nicht zurückgegeben haben. Der Sergeant meinte, er könnte sich da mal für sie einsetzen, daß sie wenigstens dieses Zeugs wiederkriegt. Streng genommen ist ja nichts mehr davon auf unserer Beweisliste.«

»Ja, und worum geht es jetzt?« fragte Hardy.

»Natürlich um ihre Aussage hier.« Pullios lächelte süßlich. »Hat Ihnen Ihr Mandant erzählt, woher er erfahren hat, daß die Waffe an Bord war und wo sie lag?«

Andy Fowler wirkte noch immer so erschöpft wie am Abend zuvor in seinem Büro. »Falls sie wirklich aussagt, ist der Fall gelöst«, sagte er.

Hardy versetzte dem Papierkorb einen Tritt, er flog gegen die Wand und kippte um. »Du wußtest, daß sie das wußte! Die ganze Zeit!«

Jane war mit ihrem Vater zum Gericht gekommen und hatte ihn ins Sprechzimmer begleitet. »Dismas, um Gottes willen ...«

Ein Wärter öffnete die Tür und fragte, was denn da drin los wäre. Hardy sagte: Gar nichts und vielen Dank, lassen Sie uns bitte allein.

Fowler, offensichtlich ungerührt, schüttelte den Kopf. »Sie war nicht als Zeugin geladen, oder? Warum glaubst du wohl, daß ich sie nicht im Prozeß haben wollte?«

»Aber *jetzt* ist sie drin. Wie konntest du mir das verschweigen?«

Fowler antwortete nicht. Dann sagte er: »Vielleicht kann ich jetzt noch einmal mit ihr sprechen.«

»Aber gestern abend konntest du es noch nicht, erinnere dich. Seltsamer Zufall, daß du es dir plötzlich anders überlegst. Sie sagt heute aus.« Hardy sah sich nach etwas anderem zum Treten um. »Verdammt, ich muß wenigstens die Tatsachen kennen, Andy. Sonst kann ich dich nicht verteidigen. Jesus, du weißt das.«

»Ich habe ehrlich nicht gedacht, daß das herauskommen würde, Diz.«

Hardy legte beide Hände auf den Tisch und beugte sich vor. »Und jetzt ist es heraus. Was nun? Willst du mir nicht noch irgend etwas sagen? Etwas, von dem du meinst, daß es nicht herauskommen wird?«

Jane mischte sich ein. »Dismas, hör *auf*.«

Er wandte sich zu ihr um und versuchte sich zusammenzureißen. »Jane, paß mal auf. Dein Vater hat recht: Der Fall ist gelöst. Und zwar konnte man ihm bisher keinen Mord nachweisen, weil er ja nicht wissen konnte, wo sich die Waffe an Bord der *Eloise* befand. Wenn er also an Bord kam, ohne das zu wissen, fehlte ihm der Vorsatz, Owen Nash zu töten. Und deshalb konnten sie ihm bisher nichts anhaben.«

Er hatte nur zwei Stunden geschlafen. Sein Magen brannte, und sein Kopf brummte von vier Tassen Espresso. Dieses Argument von dem fehlenden Wissen bezüglich des Aufbewahrungsorts der Waffe hatte er wie ein As im Ärmel mit sich herumgetragen und irgendwann in seinem abschließenden Plädoyer hervorziehen wollen. Und gerade diese vermeintliche Unkenntnis des Angeklagten hatte Hardys Hoffnung genährt, daß er nicht der Täter war.

Er hatte Andy ja auch gleich am Anfang diese Frage gestellt: »Wußtest du, daß sich die Waffe an Bord der *Eloise* befand?« Eine ganz klare Aufforderung, mit der Wahrheit herauszurücken, falls da etwas war. Und Andy hatte ihn angesehen und gedacht, *daß es nicht herauskommen würde*, und gelogen, genauso wie bei der Frage, ob er Owen Nash gekannt hatte. Kein Wunder, daß er May nicht im Zeugenstand sehen wollte.

»Ich muß dir was sagen, Andy«, murmelte Dismas. »Ich überlege, ob ich dich noch weiter verteidigen kann.«

»Dismas, du darfst ihn nicht sitzenlassen!«

»Doch, ich darf, Jane. Du würdest dich wundern.«

Fowler wackelte bedächtig mit dem Kopf. »Es hat sich nichts geändert: Ich habe es nicht getan, Diz, wenn es dir hilft, daß ich es dir noch einmal sage. Ich habe nie behauptet, daß mein Verhalten mit oder ohne May völlig vernünftig, geschweige denn besonders klug war. Aber –«

»Jane«, sagte Hardy, »könntest du uns mal einen Augenblick allein lassen?«

»Ist okay, Honey, geh nur«, sagte Fowler zu ihr.

Die Tür krachte hinter ihr ins Schloß, aber Hardy hörte es kaum.

»Hör mal zu Andy«, sagte er. »Ich bin kein Idiot. Ja, May hat dich aus der Bahn geworfen, und das erklärt wohl manches. Aber du tust immer noch so, als ob sich nichts verändert hätte, du spielst immer noch den Richter, obwohl es dir jetzt an den Kragen geht. Immer noch bemühst du dich, nicht das Gesicht zu verlieren. Als wäre es völlig egal, was du getan oder nicht getan hast. Du fühlst dich als *Richter* und bist so ein netter Kerl, und das sollen die Leute ruhig sehen. Aber das ist *vorbei*, Andy. Begreif es endlich. Du stehst wegen Mordes vor Gericht. Wenn du mir also noch irgend etwas sagen mußt, dann sage es mir jetzt. Was ich von dir denke oder was irgendwer von dir denken könnte, ist nicht wichtig. Ich weiß, daß das deinen Lebensidealen widerspricht, aber so sieht es nun einmal aus. Es kommt jetzt wirklich *nur* noch darauf an, ob du Owen Nash ermordet hast.«

Fowlers Augen waren blutunterlaufen. »Hab' ich nicht«, flüsterte er.

»Ich glaube dir«, sagte Hardy. »Und nur deshalb bin ich noch hier.«

Hardy war bereit gewesen, außer Frage zu stellen, daß Owen Nash irgendwann am Samstagnachmittag, dem 20. Juni, an Bord der *Eloise* erschossen worden war, auch mit anderen zeitlichen und die Spurensicherung betreffenden Darstellungen der Staatsanwaltschaft war er einverstanden. Aber Pullios wollte gar nichts außer Frage stellen, sondern alle Zeugen befragen und ins Kreuzverhör nehmen. Fowler meinte, das käme daher, daß sie nicht genügend Tatsachen vorzuweisen hätte und dies durch eine lange Zeugenparade vertuschen wollte.

Also mußten sie sich José anhören, der erzählte, daß die *Eloise* am Samstagmorgen gegen sieben, als er seine Arbeit angetreten hätte, schon draußen gewesen sei und dann am Sonntagmorgen wieder an ihrem Platz gelegen habe. Hardy wollte in seinem Kreuzverhör noch ein oder zwei Punkte klären. Hatten José oder Tom, als sie am Mittwoch auf das Boot gegangen waren, dort irgend etwas angefaßt oder verändert? José sagte ihm, er sei gar nicht auf der *Eloise* gewesen und habe auch niemanden in der Nähe des Bootes gesehen. Tom bestätigte, daß der Yachthafen bei dem stürmischen Wetter fast den ganzen Tag menschenleer gewesen sei und daß er Nashs Boot nicht gesehen habe. Als er abends seinen Dienst beendete, war es noch nicht wieder zurückgekommen.

Als Pullios mit Tom fertig war, stand Hardy auf. Er wollte nicht, daß die Geschworenen sich von der Staatsanwaltschaft einlullen ließen, selbst wenn er gegen die Antworten der Zeugen an sich nichts einzuwenden hatte.

»Mr. Waddell«, sagte er. »Haben Sie am Sonntag, als die *Eloise* an ihrem Platz lag, dort mal nachgesehen?«

»Was meinen Sie mit nachgesehen?«

»Sind Sie an Bord gegangen, haben Sie nachgeprüft, ob die Kabine abgeschlossen war, irgend so etwas?«

»Nein, habe ich nicht.«

»Wann sind Sie das erstemal an Bord der *Eloise* gegangen?«

»Das war mit Ihnen am folgenden Mittwochabend.«

»Ich erinnere mich. Und war die Kabine da verschlossen, als Sie das Schiff betraten?«

»Nein, Sir.«

»Mit anderen Worten: Es konnte zwischen Sonntag und Mittwochabend jeder in die Kabine der *Eloise* hinein –«

»Einspruch. Verlangt eine Schlußfolgerung des Zeugen.«

»Stattgegeben.«

Hardy wartete einen Augenblick. Er brauchte diese Aussage eigentlich nicht mehr. Es war heraus, die Geschworenen hatten es gehört. Er sagte, er habe keine Fragen mehr.

Er rechnete fast damit, daß Pullios Tom nun noch einmal ins Kreuzverhör nehmen würde, aber sie ließ ihn gehen. Hardy atmete auf. Er hatte alles, was Tom und José ihm oder Glitsky erzählt hatten, zu Hause noch einmal gelesen und nichts gefunden, was für die Verteidigung gefährlich aussah. Und dieser Eindruck hatte sich nun bestätigt. Er faßte also wieder Hoffnung.

Emmet Turkel kämmte seine rotblonde Locke aus der Stirn und lächelte Pullios an. Dieser grinsende New Yorker Detektiv mit der Zahnlücke hatte einen altmodischen Brooklyn-Akzent. Im Zeugenstand fühlte er sich offensichtlich heimisch. Genauso offensichtlich war, wie attraktiv er die Staatsanwältin fand. Die Geschworenen schien das zu belustigen.

Es war früher Nachmittag. Turkel und Pullios hatten über die frühere berufsmäßige Beziehung des Detektivs zu dem Angeklagten gesprochen und das wiederholt, was auf dem Tonband zu hören gewesen war.

Andy Fowler hatte Turkel am 20. Februar telefonisch engagiert. Turkel hatte noch andere Aufträge zu erledigen, flog trotzdem am folgenden Mittwoch, dem 26. Februar, nach San Francisco und traf sich mit dem Richter in einer »astreinen Pizzeria – Mann, was ihr hier alles auf der Pizza habt!«

Turkel sagte, er habe nur ein paar Tage gebraucht, um festzustellen, weshalb May Shinn ihre professionelle Beziehung mit Andy Fowler beendet hatte. Als Pullios ihn fragte, weshalb, erwiderte er, sie habe sich einen neuen Sugar Daddy angeschafft.

Hardy erhob Einspruch, und Chomorro gab dem statt, aber die Geschworenen hatten es natürlich schon gehört. Turkels Aussage, in der er Fowlers Beziehung zu May, seinen Wunsch nach Geheimhaltung und seinen Charakter im allgemeinen beschrieb, ließ den Angeklagten in keinem guten Licht erscheinen.

Doch Hardy hatte das zumindest vorausgesehen. Turkels Aussagen während der ersten beiden Stunden überraschten nicht, wenn man den Inhalt seiner Aussage Struler gegenüber kannte. Keine Überraschung, aber auch keine Hilfe.

Pullios legte als Beweismittel Nummer 7 das Kalenderblatt vom 2. März vor, das man auf Fowlers Schreibtisch gefunden hatte und auf dem Owens Name stand. Turkel sagte, an dem Tag hätte er Fowler von dem Ergebnis seiner Ermittlungen unterrichtet. Pullios fragte Turkel, ob Fowler ihm gegenüber erwähnt hätte, was er mit dieser Information anfangen wollte.

»Nein, damals nicht«, sagte Turkel.

»Hat er es irgendwann einmal erwähnt?«

»Nein. Nicht so richtig. Hat nur Witze gemacht, verstehen Sie?«

»Ich verstehe nichts, Mr. Turkel. Ich wiederhole die Frage: Hat Fowler Ihnen gegenüber irgend etwas über Mr. Nash gesagt, nachdem Sie ihm berichtet hatten, daß er Ms. Shinns derzeitiger ... Kavalier war?«

»Tja, naja, wir haben im April oder Mai mal wieder drüber geredet – ich hab' ihn angerufen, nur um den Kontakt nicht zu verlieren, und ich frage ihn, ob er immer noch dieses Problem mit diesem Nash hat, ob ich rüberkommen und es für ihn aus der Welt schaffen soll.«

»Aus der Welt schaffen?«

»Na ja, Sie wissen schon.«

»Sie haben Mr. Fowler gefragt, ob er möchte, daß Sie Mr. Nash töten?«

»Na ja, so könnte man es natürlich verstehen, aber –«

»Können Sie uns bitte sagen, was Fowler genau wörtlich darauf geantwortet hat?«

»Aber ich sage Ihnen doch, das war ein *Witz*. Sie wissen doch, die Leute machen dauernd Witze.«

»Trotzdem, Mr. Turkel, wenn Sie den Geschworenen sagen könnten, wie der Wortlaut Ihrer Unterhaltung war.«

Turkel sah Fowler an und zuckte demonstrativ die Schultern. Chomorro schlug mit dem Hammer auf den Tisch und sagte Turkel, er solle die Gesten lassen und die Frage beantworten.

Turkel seufzte. »Ich sagte: ›Hey, ich hab' die nächsten paar Wochen nichts zu tun, könnte Urlaub gebrauchen, ich komme rüber und kümmere mich um den Kerl.‹ Der Richter sagte: ›Nein danke, wenn ich den Mann beseitigen will, mache ich das selbst.‹«

»Dann ist ja alles klar«, sagte Moses McGuire. »Das würde keine Jury kaufen –«

»Man weiß nie, was so eine Jury denkt«, erklärte ihm Hardy.

»Ja, aber es stimmt, was Turkel sagt. Die Leute reden tatsächlich so ein Zeugs, und es bedeutet gar nichts.«

»Außer, wenn es doch was bedeutet.«

Es war Mittwochabend. Mit Dismas ausgehen konnte Frannie in ihrem Zustand nicht mehr, aber sie hatte ihren Bruder zu sich eingeladen. Als Hardy um halb acht heimkam, schenkte sie ihm ein Bier ein, erklärte ihm, sie erteile ihm einen Spezialdispens von dem Alkoholverbot, das wochentags galt, und führte ihn zu seinem Sessel im Wohnzimmer. Seine juristischen Leistungen würden durch eine vorübergehende Entspannung gesteigert. Moses komme auch gleich. Sie habe eine tolle Lammkeule und er solle sich hinsetzen und essen.

Aber er hatte doch so viel zu lesen, das Gerichtsprotokoll, wahrscheinlich war auch die Niederschrift von May Shinns Aussage im Anrollen. Er mußte Wort für Wort durchgehen, was Turkel gesagt hatte. Nachdem Pullios mit Turkel fertig gewesen war, hatte Chomorro die Sitzung beendet, und am nächsten Morgen mußte Hardy den Detektiv ins Kreuzverhör nehmen.

Plötzlich merkte er: Genug war genug. Frannie hatte recht, er war zu abgekämpft, er konnte keinen klaren Gedanken mehr fassen. Er trank das Bier aus, zündete das Feuer im Kamin an, knipste die Christbaumlichter ein und hörte den passenden Gitarrenklängen von John Fahey zu.

Und jetzt war Moses da. Frannie summte geschäftig zwischen Küche und Eßzimmer herum und deckte den Tisch, Hardy holte sich noch ein Bier. Die Beklemmung, die ihn seit zwei Tagen quälte, ließ nach, auch die Müdigkeit schwand.

»Das eigentliche Problem ist, daß Turkel da ist«, sagte er. »Punkt. Nicht so sehr, was er sagt, obwohl das schlimm ist, sondern die Tatsache, daß Andy ihn engagiert hat.«

»Wieso denn? Er wollte feststellen, was los war, warum May ihn abgehängt hatte.«

»Und dazu engagiert er einen Privatdetektiv? Würdest du da einen Privatdetektiv engagieren?«

Moses zuckte die Achseln. »Er hatte seinen Job als Richter. Vielleicht blieb ihm selbst keine Zeit. Ich weiß nicht ... was hat er dir erzählt?«

»Das hat er mir erzählt. Aber was soll ich der Jury verkaufen? Ich meine, wir haben alle schon mal eine Beziehung in die Brüche gehen sehen, stimmt's? Suchen wir uns dann in New York einen Privatdetektiv und lassen die Frau verfolgen?«

Frannie stand im Durchgang zwischen dem Wohn- und dem

Eßzimmer. »Ich würde dich bis ans Ende der Welt verfolgen«, sagte sie. »Übrigens, das Essen steht auf dem Tisch.«

Sie hatte sich riesige Mühe gegeben. Zuerst gab es eine Fleischbrühe mit Tapioca und saurer Sahne. Dann kam die Lammkeule, die mit Knoblauch, Rosmarin und Zitronensaft zubereitet war, dazu Kartoffeln und Spinat mit Muskatnuß und einem Tropfen Essig. Sie trank sogar ein halbes Glas von dem ausgezeichneten Pinot Noir aus Oregon. Sie sprachen über vergangene Weihnachtsfeste, Moses erzählte von seinen und Frannies Eltern, Hardy schilderte, wie es bei ihm zu Hause gewesen war. Der Prozeß war vergessen.

Nachdem Moses fort war, räumten Hardy und Frannie den Tisch ab, spülten zusammen das Geschirr, tauschten ihre neuesten Erlebnisse aus, überlegten, welche Namen für das Kind in Frage kamen, und fingen wieder an, sich zu necken.

»Würdest du's schrecklich finden, wenn ich heute abend nicht mehr arbeite?« fragte Hardy.

Frannie strahlte. »Ich glaube nicht, daß ich dir das verzeihen könnte.« Sie nahm ihn in die Arme.

»Wie wär's, wenn ich früh aufstehe?«

»Wie früh?«

»Sehr früh?«

Frannie tat, als überlege sie. »Also, was würdest du statt dessen tun? Statt zu arbeiten, meine ich.«

»Vielleicht zu Bett gehen, ein bißchen schlafen.«

»Was denn von beidem?«

53

Sehr früh war vier Uhr, aber als er aufwachte, fühlte er sich viel besser, die Angst, die ihn verfolgt hatte, war irgendwie nicht mehr da. Er zog einen Trainingsanzug an – lange Hosen und eine Windjacke – und brach zu seinem Vier-Meilen-Rundtrip auf.

Um Viertel nach fünf hatte er geduscht und saß angezogen am Schreibtisch, vor sich die Protokolle des vorherigen Tags und eine Abschrift des Tonbands mit May Shinns Aussagen von der Bezirksstaatsanwaltschaft.

Es war genauso schlimm, wie er befürchtet hatte.

F: Sie hatten Ihre Beziehung mit Mr. Fowler zu dem Zeitpunkt bereits beendet, ist das richtig?

A: Ja, ich glaube, es war Anfang März. Er erwischte mich zufällig am Telefon. Normalerweise nehme ich den Hörer nicht ab, sondern lasse die Anrufer auf das Tonband sprechen, aber ich erwartete Owen, deshalb ging ich ran.

F: Was hat Fowler gesagt?

A: Er sagte, er mache sich meinetwegen Sorgen.

F: Warum?

A: Er hätte gehört, ich träfe mich mit Owen. Ich glaube, er hatte Schlechtes über ihn gehört oder bildete sich das ein. Er sagte, er wolle wissen, ob es mir wirklich gut gehe.

F: Was haben Sie ihm gesagt?

A: Ich wollte ihn vor allem zu der Einsicht bringen, daß sein Verhalten albern war. Aber ich wollte ihm nicht weh tun. Dann sagte er, wenn Owen mir jemals ein Haar krümmte, solle ich zu ihm kommen, er sei immer für mich da. Also habe ich versucht, es ihm nicht so schwerzumachen. Ich habe gesagt: »Keine Angst, ich fühle mich bei Owen sicher aufgehoben. Sicherer als bei dir. Owen hat den Revolver mitgenommen.«

F: Welchen Revolver, Ms. Shinn?

A: *Den* Revolver. Ich hatte immer Angst mit dem Ding in meiner Wohnung und hatte Andy gebeten, er solle ihn doch mit zu sich nach Haus nehmen, um mich davon zu befreien. Aber er weigerte sich. Als Richter könne er so etwas nicht tun …

F: Und dann?

A: Ich habe ihm erzählt, wohin wir den Revolver getan haben. Owen hat ihn mit auf die *Eloise* genommen und wir haben ihn in den Schreibtisch rechts neben dem Bett gelegt für den Fall, daß eine Situation eintrat, in der ich ihn brauchte. Aber so hatte ich ihn wenigstens aus dem Haus. Von da an fühlte ich mich sicherer.

F: Und was hat der Richter – Mr. Fowler – darauf gesagt?

A: Eigentlich gar nichts. Er fragte mich, warum ich ihn nicht mehr sehen wollte. Es war wirklich hart, aber ich erzählte es ihm. Daß ich mich in Owen verliebt hätte.

F: Wie hat er darauf reagiert?

A: Er sagte, er hätte immer gedacht, daß ich ihn liebte. Ich habe ihm geantwortet: »Ich habe dich immer gern gemocht, und du bist sehr wichtig für mich gewesen.« Er fragte mich, ob ich mir vorstellen könnte, wieder mit ihm zusammen zu sein, wenn Owen nicht mehr da wäre.

F: Und was haben Sie ihm geantwortet?

A: Ich sagte: »Es tut mir leid, aber ich kann mir das nicht vorstellen.« Owen hatte mich verändert, oder ich hatte mich selbst verändert. Ich war nicht mehr derselbe Mensch wie vorher. Fowler sagte, wenn Owen nicht mehr da wäre, würde es vielleicht wieder so wie früher werden, und meine Gefühle für ihn würden wieder neu entstehen. Ich sagte ihm, ich würde mit Owen zusammen bleiben …

F: Ja, es ist gut, Ms. Shinn, lassen Sie sich Zeit.

A: Ich sagte, ich könnte seine Frage nicht beantworten.

F: Welche Frage?

A: Was ich täte, wenn Owen nicht mehr da wäre. Ich konnte daran nicht denken. Ich habe an Owen geglaubt: Er würde mich nicht verlassen. Dann sagte Andy … der Richter, was ich tun würde, wenn Owen etwas zustieße, was dann?

F: Und was haben Sie darauf geantwortet?

A: Ich glaube, ich habe gesagt, ich wüßte es nicht. Ich wollte an so etwas nicht einmal denken.

In der Eingangshalle des Gerichts, unter der Gedenktafel, die an die im Dienst umgekommenen Polizisten erinnerte, lief Hardy Glitsky über den Weg. Es war zwanzig Minuten nach neun. In zehn Minuten begann die Sitzung, und Andy Fowler war noch nicht da. Jane rief bei ihm zu Hause an, zum zweitenmal seit neun Uhr. Es hatte bislang niemand abgehoben.

Hardy erzählte Abe von May Shinns Aussage und wie verheerend sie für Fowler war.

»Vielleicht hat er eingesehen, daß es für ihn besser ist, wenn er verschwindet.«

»Das würde er nicht tun. Er hat eine Million Dollar Kaution gezahlt, Abe. Er hat seinen Paß abgegeben.«

Glitsky, der sich in solchen Dingen besser auskannte, lächelte spöttisch. »Willst du einen neuen Paß? Gib mir zehn Minuten. Kostet dich fünfzig Eier.«

»Das würde er nicht tun.«

»Lebenslänglich hinter Gittern ist mehr als eine Million Dollar wert. Und so ein Mann wie Fowler ... weißt du, der macht's da drin nicht lange, das ist die gute Nachricht. Die schlechte: daß man ihm alle Knochen brechen wird.«

»Er muß da nicht rein, Abe.«

»Richtig. Hatte ich vergessen.«

Jane kam und schüttelte den Kopf: noch nicht da.

»Weißt du«, sagte Hardy, »deines Vaters wegen werde ich vor der Zeit alt.«

»Er kommt bestimmt.«

»So wie Weihnachten und Neujahr und Ostern, Jane.«

Glitsky warf einen Blick auf seine Armbanduhr. »In drei Minuten ist er wegen Mißachtung des Gerichts dran.«

»Ja, Mr. Hardy?«

»Euer Ehren, Mr. Fowler hat vor ungefähr zwanzig Minuten von einer Tankstelle aus angerufen. Er hat Schwierigkeiten mit seinem Wagen. Er hat sich dort, wo er war, ein Taxi genommen – es dürfte nicht mehr als eine halbe Stunde dauern.«

Chomorro verbrachte eine Minute damit, Dinge auf seinem Tisch herumzuschieben. Er versuchte, sich zu beherrschen. Man sollte nicht sehen, wie wütend er war, doch es gelang ihm nicht, seinen Zustand zu verbergen. »Ms. Pullios?« fragte er.

»Was bestimmen Sie, Euer Ehren?«

Der Richter versuchte die Geschworenen anzulächeln. Hardy wußte, daß die Staatsanwaltschaft wieder ganz großartig dastand. Der Angeklagte war schuldig und kam zu spät. Spielte immer noch den Überlegenen ...

»Nun, meine Damen und Herren, gehen Sie doch ruhig hinaus und trinken Sie eine Tasse Kaffee.« Das Lächeln verschwand. »Mr. Hardy, wenn Mr. Fowler nicht um eine Minute nach zehn hier ist, werde ich ihn wieder in Haft nehmen. Verstanden?«

»Ja, Euer Ehren.«

Von seiner eigenen Mißachtung des Gerichts ganz zu schweigen, dachte Hardy, aber wenn sich herausstellen sollte, daß Andy tatsächlich geflohen war – es war nicht empfehlenswert für einen Anwalt, das Gericht zu belügen, so wie er es gerade getan hatte. Aber was blieb ihm übrig?

Er stand vom Tisch der Verteidigung auf und ging durch die Schwingtür zurück in den Zuschauerraum, wo Jane neben Glitsky saß, der geblieben war, um die Verhandlung zu sehen.

»Was ist, wenn er nicht kommt?« fragte Abe.

»Danke, Abe, auf den Gedanken wäre ich gar nicht gekommen.« Er sah seine Ex-Frau an. »Fällt dir etwas ein?«

»Wozu?« Pullios hatte den Tisch der Staatsanwaltschaft verlassen und stand am Ende des Mittelgangs, von wo aus sie mitgehört hatte.

Hardy drehte sich schnell herum. »Mittagessen«, sagte er. »Wir überlegen gerade, ob chinesisch oder italienisch.«

Wieviel hatte sie verstanden? Wie auch immer, ihr Gesicht war ausdruckslos. »Es wird ein langer Tag werden«, sagte sie. »Chinesisch, da ist man nach einer halben Stunde wieder hungrig. Ich würde italienisch nehmen.« Ihre Augen wanderten von Hardy zu Glitsky. »Hallo, Abe. Ich hätte Sie fast nicht wiedererkannt. Sie sitzen jetzt bei der Verteidigung?«

Der Sergeant nickte finster. »Die andere Seite war schon besetzt.«

Pullios beschloß sich das, was sie eigentlich sagen wollte, zu verkneifen, was auch immer es war, und ging mit flotten Schritten weiter durch den Zuschauerraum, bis sie im Korridor verschwand. »Dieses Biest«, sagte Jane.

Hardy sagte nichts. Er kreuzte ein Bein über das andere, sah auf seine Armbanduhr und wartete.

»Dein Wagen fährt nicht mehr – die Kupplung ist kaputt. Du hast mich aus der Lombard Street angerufen und ein Taxi genommen.«

Es war zwei Minuten vor zehn. Andy Fowler schlenderte durch den Mittelgang, als gehörte der Gerichtssaal ihm. Er schüttelte Hardy die Hand und küßte seine Tochter auf die Wange. Hardy dachte, er sollte ihm erst mal die Kurzinformation geben und den Rest später.

»Aber mein Wagen steht auf dem Parkplatz. Ich glaube, ich sage, ich hätte eine Reifenpanne gehabt und mußte so lange warten.«

Hardy fragte sich manchmal, ob er nicht vielleicht das Lügen so haßte, weil er Angst davor hatte, dabei durcheinanderzukommen. Hatte er Chomorro etwas von der Kupplung erzählt? Oder nur von Schwierigkeiten mit dem Wagen gesprochen? Hardy wußte, wie man log: So einfach wie möglich war am besten. Er hatte wahrscheinlich so einfach wie möglich gelogen. »Also gut, also Reifenpanne. Um Himmels willen, Andy, wo zum Teufel warst du?«

Fowler sah schuldbewußt aus. »May«, sagte er leise. »Ich habe sie endlich besucht.«

Bevor Hardy reagieren konnte, rief die Gerichtsangestellte »Ruhe im Saal«. Die Geschworenen waren zum größten Teil in der Box sitzen geblieben. Es war jetzt genau zehn Uhr.

Hardy hatte keine große Hoffnung, sehr viel aus Turkel herauszubekommen. Der Privatdetektiv trug einen Rollkragenpullover und eine limonengrüne Sportjacke. Nachdem er seinen Eid geleistet hatte, machte er es sich wieder auf dem Zeugenstuhl bequem und sah die Geschworenen an.

Hardy ließ ihn eine Weile in Ruhe. Er tat so, als lese er seine Notizen am Tisch, dann ging er in die Mitte des Gerichtsraums. »Mr. Turkel«, begann er, »als Mr. Fowler Sie damals im Februar angerufen hat, wie klang er da?«

»Einspruch. Schlußfolgerung.«

»Stattgegeben.«

Hardy versuchte es noch einmal. »Können Sie sich an irgendeinen Teil des Gesprächs mit ihm genau erinnern?«

Turkel verschlang immer noch Pullios mit den Augen, aber irgendwie schien sie ihn infolge der Eile ihrer Befragung beleidigt zu haben, der Detektiv ließ sich nicht gern so schroff behandeln, vor allem wenn er sich auch noch an die im Gerichtssaal üblichen

Regeln halten mußte. Jetzt ging er gern auf die Fragen des Verteidigers ein.

»Also der Richter sagte ›Hi Em‹, fragte, ob ich zu tun hätte, und ich sagte ›Ja, ein bißchen‹, wie ich immer sage.« Er lächelte den Geworenen zu. »Geschäftsgeheimnis.«

Pullios ergriff das Wort. »Euer Ehren ...«

Chomorro beugte sich herüber. »Beantworten Sie nur die Fragen.«

»Klar, Euer Ehren, genau wie gestern.«

Chomorro verstand ihn nicht und nickte. »Richtig.«

Hardy glaube ihn zu verstehen ... ein Zeuge der Anklagevertretung, der meinte, nebenbei noch ein bißchen für die Verteidigung arbeiten zu können. Doppelter Verdienst. »Fahren Sie fort«, sagte er.

»Na gut, und der Richter sagte –«

Chomorro unterbrach ihn. »Mr. Turkel, würden Sie Mr. Fowler bitte entweder Mr. Fowler oder den Angeklagten nennen.«

Turkel zeigte sich vernünftig. »Selbstverständlich, Euer Ehren. Tut mir wirklich leid.«

»Fangen wir noch einmal an, ja?« fragte Hardy. »Seit wann kennen Sie den Angeklagten?«

»Euer Ehren? Relevanz?«

Jetzt sah Hardy die Geschworenen an. »Euer Ehren, ich hätte es gern, daß Mr. Turkel irgendwann mal während dieses Kreuzverhörs ein paar Sätze sagen darf. Seine Beziehung zu dem Angeklagten ist wichtig, wenn wir den Zusammenhang verstehen wollen, in dem ihre Unterhaltung stattfand.«

Das hatte natürlich direkt mit Turkels Aussage vom Vortag zu tun, Andy hätte gesagt, er würde Nash beseitigen. Aber Hardy dachte, falls er Pullios auf Trab bringen könnte, würde sie vielleicht über ihre eigenen Füße stolpern. Chomorro lehnte ihren Einspruch ab, und Turkel konnte antworten.

»Ungefähr seit vier Jahren, ich kenne Mr. Fowler ungefähr seit vier Jahren.«

»In welcher Eigenschaft?«

»Meistens beruflich. Recherchen und so. Aber wir verstehen uns nicht schlecht. Haben schon ein paarmal zusammen Golf gespielt.« Turkel sah wieder die Geschworenen an. Erklärte es. »Er hat mich mal im Gericht in dieser netten grünen Jacke gesehen. Dachte, ich hätte die Meisterschaft gewonnen.«

Diesmal sagte Chomorro nichts. Gut. Hardy wandte sich um. Fowler lächelte, ein paar Geschworene würden das sehen.

»Also war der ... Angeklagte mehr als ein beruflicher Bekannter, aber weniger als ein Freund?«

»Einspruch, Euer Ehren, Suggestivfrage.«

»Sie dürfen das im Kreuzverhör tun, Ms. Pullios. Abgelehnt.«

Hardy holte tief Atem und hielt die Luft an. Hier war ein Exzentriker im Zeugenstand, die Geschworenen mochten ihn, wie man sah, die Staatsanwaltschaft schikanierte ihn. »Einen Augenblick, Euer Ehren.«

Hardy kehrte zu seinem Tisch zurück und tat so, als lese er irgendwelche Aufzeichnungen. Er glaubte nicht, daß Turkel irgend etwas sagen konnte, das der Verteidigung half. Die nackten Tatsachen waren ziemlich niederschmetternd: Andy hatte ihn beauftragt herauszufinden, warum May ihn nicht mehr liebte, Turkel hatte es festgestellt und ihm von Owen Nash berichtet. Und wenn man Informationen suchte, dann mit dem Ziel, etwas damit anzufangen. Wenn man sie hatte, war jedenfalls die Versuchung groß, etwas zu unternehmen. Da folgte eins logisch aufs andere, und man brauchte keine Phantasie, um sich vorzustellen, was Fowler dann getan hatte ...

Trotzdem hatte Hardy den Eindruck, daß Turkel im Zeugenstand in diesem Augenblick den Eindruck vermittelte, daß Andy ein netter Kerl war und daß die, die sich gegen ihn zusammengetan hatten, Spießer und Bürokraten und vielleicht noch Schlimmeres waren. Lassen wir es dabei. Er drehte sich um und sagte vom Verteidigertisch aus: »Ich habe keine weiteren Fragen an diesen Zeugen.«

Wie es sich herausstellte, wollten sie dann doch chinesisch. Andy sagte, er zahle – was er sowieso immer tat. Hardy, Jane und ihr Vater schnappten sich vor dem Justizpalast ein Taxi und waren in etwa acht Minuten in der Grant Street mitten in Chinatown.

Hardy schwieg den ganzen Weg lang. Er wußte nicht, wie lange er das noch aushalten würde. Der überschwengliche, charmante Andy Fowler, sein Mandant, ging ihm auf die Nerven.

»Ich mußte sie sehen«, sagte er. »Ich war sicher, daß sie mit mir sprechen und mir erklären würde, warum sie nicht gegen mich aussagen wollte.«

»Was hat sie gesagt?«

Ihre Antworten waren auf dem Tonband und standen im Transkript. »Du weißt, wie sie einen hereinlegen«, sagte er mit der Stimme der Vernunft. »Sie hat die Übersicht verloren. Sie wußte nicht, was der Staatsanwalt von ihr wollte.«

»Warum hat sie sich denn auf so ein Gespräch mit der Staatsanwaltschaft eingelassen?« fragte Jane.

»Sie haben eine Menge ihrer Wertsachen, die auf der *Eloise* waren, zurückbehalten und ihr gesagt, um sie wiederzubekommen, müßte sie sich nur auf diese kleine Formalität einlassen und ein paar Fragen beantworten. Sie haben sie mit Bergen von Papier überschwemmt. Ich wollte nicht, daß sie sie reinlegen. Sie sagte mir, sie hätte nichts gegen mich auszusagen – sie wußte natürlich, daß ich Owen nicht getötet habe, also hätte ich doch gar kein Problem. Nun hatte sie ihnen allerdings schon versprochen ...« Er schüttelte den Kopf. »Also habe ich ihr erklärt, was für ein Eindruck dadurch entstanden ist, daß ich wußte, daß sich der Revolver auf dem Boot befand ...«

Das Taxi war am Restaurant angekommen. Sie wählten eine Nische mit einem Vorhang. Dann kam das Essen – Pork Bao, Haifischflossensuppe, Pot Stickers. Hardy rührte nichts davon an. Schließlich mußte er etwas sagen. »Du verstehst doch, Andy, wenn Pullios herausbekommt, daß du versucht hast, Mays Aussage zu beeinflussen, sieht es für dich noch schlimmer als ohnehin schon aus.«

Doch Andy wollte sich anscheinend nicht deprimieren lassen. »May und ich, wir haben uns gut unterhalten. Sie versteht es jetzt. Warum sollte es herauskommen?«

»Frag dich lieber mal, wieso du denkst, daß es nicht herauskommen wird.«

Fowler löffelte etwas Suppe und sagte zu seiner Tochter: »Dieser Mann ist zu pessimistisch.« Und dann zu Hardy: »Hör mal, Diz, sie ist eine gute Frau, es ist mir gleich, was sie früher getan hat. Ich kenne sie ... sie ist *nicht* darauf aus, mich ans Messer zu liefern. Im Gegenteil, sie findet das Verhalten der Staatsanwaltschaft unerträglich.« Er nahm noch ein paar Bissen. »Mir sind endlich mal die Augen aufgegangen, weißt du. Als ich Richter war, habe ich geglaubt, wir wären nicht nur eine gute Mannschaft, sondern es gäbe auch bestimmte feste Regeln. Ich persönlich war von diesem Fallenstellen, dieser verdeckten Polizeiarbeit zwar gar nicht angetan, das fand ich unsauber, darin unterschieden wir uns, und die Staatsanwaltschaft mochte mich deshalb nicht besonders gern, aber im großen und ganzen waren wir doch eine juristische Gemeinschaft. Und jetzt merke ich, daß die allgemein akzeptierten Regeln, jedenfalls in diesem Fall hier, nicht gelten. Man hat May hinsichtlich des Verwendungszwecks ihrer Aussage irregeführt, und sie haben auch ziemlich schlampig gearbeitet.«

Hardy fragte, was sie getan hätten.

»Man sollte annehmen, da sie ihr für ihre Aussage die Rückgabe ihrer Sachen versprochen hatten, würden sie wenigstens darauf achten, daß sie auch wirklich alles zurückbekam. Aber offensichtlich hat ihr irgend jemand bei der Polizei ausgerechnet das gestohlen, woran sie am meisten hängt. Sie wäre also auch ohne mein Erscheinen bei ihr zu keinem Entgegenkommen mehr bereit.«

»Sie hat schon ausgesagt Andy. Ich habe heute früh das Protokoll ihrer Aussage gelesen.«

Fowler zuckte die Achseln. »Im Zeugenstand wird sie das nicht mehr wiederholen.«

»Wird sie einen Meineid begehen, um dich zu decken?«

Fowler nahm einen Schluck Tee. »Sie wird sagen, daß man sie zu diesen Aussagen gezwungen hat – was auch stimmt – und daß sie sich nicht mehr erinnern kann, falls man sie vereidigt –«

Hardy legte die Hand auf die Stirn. »Herr, hilf mir.«

»Was haben sie gestohlen?« Jane hielt sich ans Wesentliche.

»Ihren Lieblingsmantel«, sagte Fowler. Sein Gesicht zog sich zusammen ... »Nash hatte ihn ihr geschenkt. Sie sagte, es war eine Art Kunstwerk aus Gänsedaunen. Er hat ihn ihr in Japan gekauft. Bemerkenswertes Design, Farben ...«

Hardy konnte es nicht mehr hören. »Also was wird sie sagen, wenn sie sie in den Zeugenstand rufen?«

»Diz, beruhige dich. Also, es ist völlig klar, denk doch mal nach. Sie müssen doch wissen, wie feindselig sie ihnen gegenüber eingestellt ist. Um Gottes willen, sie klagt gegen die Stadt. Man wird sie überhaupt nicht als Zeugin wollen.«

Hardy war sich dessen nicht so sicher, aber es hatte keinen Zweck, jetzt darüber zu reden, es war sowieso schon alles geschehen. Falls Fowler recht behielt – falls! –, dann würde sich sein Besuch vielleicht positiv für die Verteidigung auswirken. Aber welch ein Risiko!

»Also, was jetzt? Wenn du wieder eine Beziehung mit ihr anfangen willst, dann tu mir einen Gefallen und warte wenigstens bis nach dem Prozeß.«

»Darüber haben wir überhaupt nicht geredet.«

»Wie hat sie sich denn dir gegenüber verhalten?« fragte Hardy.

Fowler machte ein unglückliches Gesicht. »Naja, wenn ich dir die Wahrheit sagen soll, es war nicht sehr ermutigend, aber nun, es war trotzdem gut, sie wiederzusehen, obwohl ich den Eindruck hatte, daß die alten Gefühle bei ihr nicht mehr vorhanden waren. Als ob sie durch diese Erlebnisse ihre ganze Kraft eingebüßt hätte. Sie sagte, ihr wäre alles mißglückt, also hätte es sie nicht mehr besonders überraschen dürfen, daß man ihr den Mantel gestohlen und sie angelogen hat ... Es kam mir vor, als ob ... als ob sie überhaupt kein Interesse mehr am Leben hatte. Als ob das alles Zeitvergeudung wäre. Was sie ausgesagt hatte, schien nicht mehr so wichtig zu sein, aber wenn ich meinte, daß sie mir helfen könnte, würde sie es tun.«

»Vielleicht sucht sie wieder etwas«, sagte Jane. »Vielleicht wenn dieser Prozeß vorbei ist ...«

Der Richter nickte. »Ich glaube, diese Hoffnung darf ich nicht aufgeben. Und darum bin ich zu spät gekommen«, sagte er und wandte sich an Hardy. »Ich konnte sie einfach nicht so, in dieser deprimierten Stimmung, verlassen. Ich ... Wir haben einfach geredet. Ich habe versucht, sie zu überzeugen, daß es eine Zukunft für sie gibt. Und mit der Erbschaft, wenn sie sie bekommt, kann sie doch etwas anfangen.«

Hardy griff nach hinten, zog den Vorhang auf und winkte dem Kellner, damit er die Rechnung brachte. »Wir müssen jetzt los«, sagte er.

Verglichen mit diesem Nachmittag war eine Wurzelbehandlung wie ein Spaziergang im Park, fand Hardy.

In Weiterverfolgung ihrer Schuldbewußtseinstheorie rief Pullios immer neue Zeugen in den Zeugenstand – darunter zwei Oberrichter, mehrere Kommunalpolitiker, einen Stadtdirektor und Fowlers eigene Sekretärin –, und alle bestätigten, daß Fowler ihnen nach dem Ende des Shinn-Prozesses, jedoch vor der Anklageerhebung gegen ihn selbst erklärt hatte: Abgesehen von Berichten, die er dann und wann in den Zeitungen gelesen habe, habe er erst nach dessen Tod von Owen Nash gehört. Und davon, daß es eine Beziehung zwischen Nash und May Shinn gab, habe er keine Ahnung gehabt.

Von diesen Zeugen schien Hardy nur Pat Shields, der silberhaarige Präsident des Olympic Club, für ein Kreuzverhör geeignet zu sein, der angedeutet hatte, daß Andy Fowler und Owen Nash als Mitglieder desselben Clubs einander gekannt haben mußten.

Hardy flüsterte Fowler am Tisch der Verteidigung zu: »Bitte sag mir, daß du Owen Nash nie persönlich kennengelernt hast.«

Fowler sagte, nein, nicht persönlich, und Hardy, der hoffte, daß das endlich mal keine Lüge war, stand auf.

»Mr. Shields«, sagte er, »wie lange ist Mr. Fowler ein Mitglied des Olympic Club?«

»Ich würde sagen, schon ewig. Jedenfalls länger als ich selbst. Er gehört zur zweiten Generation.«

»Und Mr. Nash?«

»Wir haben ihn seit Jahren umworben. Natürlich diskret, aber ... jedenfalls ist er erst vor etwa einem Jahr beigetreten.«

»Also war er wie lange im Club?«

»Ein paar Monate.«

»Ein paar Monate. Er ist im Juni gestorben und im November oder Dezember beigetreten.«

»Ja, ich glaube. So ungefähr.«

»Und war er jeden Tag im Club?«

»Der Club ist an zwei Orten vertreten, wissen Sie, einmal im Stadtzentrum und dann draußen auf dem Golfplatz. Ich kann also nicht über beides aussagen. Aber was den Club in der City angeht, würde ich sagen, nein, vielleicht einmal im Monat.«

»Sechsmal?«

Shields hob die Schultern. »Sagen wir, zwischen fünf- und zehnmal. Ich habe es nicht gezählt.« Er lächelte freundlich. »Wir schreiben nicht auf, wann ein Mitglied kommt oder geht.«

Hardy wurde liebenswürdig. »Natürlich nicht. Wenn Mr. Nash in die Stadt zu Ihnen kam, kam er dann zum Essen oder zum Training oder wozu?«

»Ich würde sagen, meistens zum Mittagessen, so kam es mir zumindest vor.«

»Gut. Ich möchte Sie mal fragen: Haben Sie jemals Mr. Nash und Mr. Fowler gemeinsam beim Essen gesehen?«

»Nein.«

»Erinnern Sie sich, jemals Mr. Nash und Mr. Fowler zur gleichen Zeit im Club beim Mittagessen gesehen zu haben.«

»Nein, nicht speziell.«

»Nicht speziell? Sie meinen, es könnte sein und Sie erinnern sich nicht? Kommt Ihnen das so vor?«

»Nein ... Ich meine, ich habe sie nicht zusammen oder zur gleichen Zeit gesehen.« Er sah die Geschworenen an und wirkte nervös. »Es war nur so eine Ausdrucksweise.«

»Natürlich. Was ist mit Sport? Squash, Golf? Hat Mr. Nash Ihres Wissens eines von beiden mit Mr. Fowler gespielt?«

»Meines Wissens nicht.«

»Nun, ist es nicht eine Tatsache, Mr. Shields, daß die Staatsanwaltschaft Sie gebeten hat, die Reservierungskarten für den Golfplatz draußen am Meer und die Tennis- und Squashplätze in der Innenstadt zu überprüfen, um festzustellen, ob Mr. Nash und Mr. Fowler irgendwann zusammen eingetragen waren?«

Shields runzelte die Stirn. Offenbar sah das so aus, als ob sie aufschrieben, wann ein Mitglied kam oder ging. Selbst wenn eines von ihnen wegen einer Mordanklage vor Gericht stand, Mitglieder waren immer noch Gentlemen, und es gehörte sich nicht, daß man sie überprüfte. »Ja, das stimmt.«

»Und haben Sie das getan?«

Er nickte. »Ja. Ja, ich habe es getan.«

»Und haben Sie feststellen können, daß Mr. Nash je eine dieser Sportarten mit Mr. Fowler gespielt hat? Oder daß die beiden auch nur in annähernd derselben Zeitspanne auf einem der Plätze gespielt haben?«

»Nein ...«

»Mr. Shields, stimmt es, daß sie also keinerlei Anzeichen dafür haben, daß Mr. Nash und Mr. Fowler einander kannten oder auf irgendeine Weise eine gewisse Zeit miteinander verbracht haben?«

»Ja, ich nehme an, das stimmt.«

Hardy sagte, er habe keine weiteren Fragen.

Natürlich bewies das immer noch nicht, daß Fowler zu Shields in der Frage, ob er Owen Nash kannte, die Wahrheit gesagt hatte. Ja, nun hatte Hardy diesen Mann fast eine halbe Stunde ausgefragt und an seiner eigentlichen Aussage nichts geändert. Was hätte es daran denn auch zu ändern gegeben? Genau wie die anderen Zeugen an diesem Nachmittag war Shields ein guter Mann, der zweifellos die Wahrheit erzählte. Fowler war ein Mann, von dem man wußte, daß er gelogen hatte. Hardy konnte ein paar Rauchwolken erzeugen, doch diese Tatsache konnte er vor den Geschworenen nicht verbergen.

54

Glitsky kam durch den Zuschauerraum herauf, stieß die Schwingtür auf und betrat den eigentlichen Gerichtssaal. Er war ein bekannter, geachteter Polizeibeamter, und daß er hier hereinkam, war, wenn auch nicht unerhört, so doch höchst ungewöhnlich.

Pullios stand da und wollte gerade mit der Befragung von Gary Smythe, Andy Fowlers Golfpartner beginnen, der Börsenmakler und ebenfalls Mitglied im Olympic Club war. Die Staatsanwaltschaft hatte ihre Hausaufgaben gemacht, und von überallher kamen die Zeugen angekrochen.

Glitsky beugte sich über den Tisch der Verteidigung und legte seine Hand auf Hardys Arm. Hardy schaute ihm ins Gesicht und fand, daß er noch nie so abgehärmt ausgesehen hatte. Er war bleich unter seinem braunen Teint. Seine Augen flackerten, und Hardy erinnerte sich an Soldaten, die er in Vietnam gesehen hatte und die während der Bombardements den Verstand verloren hatten. »Beantrage eine Pause«, flüsterte er. »Wir müssen reden, jetzt gleich.«

Abe Glitsky hatte keinen Hang zur Theatralik. Wenn er »jetzt gleich« gesagt hatte, gab es dafür einen Grund. Hardy nickte. »Entschuldigen Sie mich«, sagte er und unterbrach Pullios, die mitten in ihrer Befragung war. Sie drehte sich um und sah ihn unfreundlich an.

»Ja, Mr. Hardy?« fragte Chomorro.

»Euer Ehren, könnte das Gericht bitte wegen einer dringenden Angelegenheit eine kurze Pause gestatten!«

»Euer Ehren«, rief Pullios wutschäumend. »Ich habe gerade mit diesem Zeugen angefangen.«

»Zehn Minuten, Euer Ehren.«

Pullios warf Glitsky einen bösen Blick zu.

Chomorro betrachtete die Wanduhr. »Wenn ich Ihnen jetzt zehn Minuten gebe, müssen Sie auf das Kreuzverhör verzichten.« Er sah die Geschworenen an und lächelte müde. »Wie wäre es, wenn wir heute Schluß machen und morgen mit Mr. Smythe fortfahren?«

»*Nein*«, sagte Glitsky leise zu Hardy. »Laß das nicht zu.«

Hardy stand auf. »Das wird nicht nötig sein, Euer Ehren. Ein paar Minuten werden genügen.«

Chomorro wurde ärgerlich. »Ja, was denn nun, Mr. Hardy? Wollen Sie eine Unterbrechung oder nicht?« Er wandte sich an Glitsky. »Worum geht es, Sergeant? Wollen Sie es dem Gericht nicht mitteilen?«

Man sah Glitsky an, daß er zögerte. Es war nicht üblich, daß Polizisten mit der Verteidigung sprachen, auch nicht, wenn es, wie in diesem Fall, eine persönliche Beziehung gab. Es mußte ihm ja unangenehm sein. Er sah Hardy an und zuckte die Achseln, als wollte er sagen ›Ich habe es versucht.‹ Dann fragte er Chomorro und Pullios: »auch den Anwälten?«

Der Richter winkte sie alle zu sich, und sie trafen sich vor seinem Pult. Glitsky sah immer noch blaß aus. »Es ist inoffiziell, Euer Ehren, und ich bitte um Entschuldigung wegen der Unterbrechung, aber ich komme gerade von der Mordkommission.«

»Ja?«

Glitsky holte Luft. »May Shinn ist tot.«

»Jesus Christus!« stieß Hardy hervor. Pullios stand da, als hätte sie der Schlag getroffen. »Was?«

»Und wir haben zwei Nachbarn, die Zeitung gelesen und ferngesehen haben.« Glitsky wandte sich an Hardy. »Sie haben beide – unabhängig voneinander – gesagt, Sie hätten den Richter heute früh bei ihr gesehen.«

»Fowler?« Pullios schrie beinahe.

Glitsky drehte sich zu ihr um und nickte. »Genau den.«

In diesem Augenblick stieß Peter Struler die äußeren Schwingtüren des Gerichtssaals auf und kam den Mittelgang herunter, er rannte fast. »Ich nehme an, jetzt ist es offiziell«, sagte Glitsky.

Nashs Geliebte tot aufgefunden
Offenbar Selbstmord, Mord jedoch nicht ausgeschlossen

von Jeffrey Elliot
Chronicle-Redaktion

May Shinn, während des letzten Sommers des Mordes an Owen Nash verdächtigt, wurde heute nachmittag tot in ihrer Wohnung aufgefunden. Offenbar handelt es sich um einen Selbstmord. Der Leichnam wurde von Special Investigator Sergeant Peter Struler entdeckt, der mit Ms. Shinn verabredet gewesen war, nachdem sie gestern in der Mordsache Nash gegen den ehemaligen Oberrichter Andrew Fowler ausgesagt hatte.

Obwohl ein Selbstmord vorzuliegen scheint, wollte man seitens der Polizei und der Staatsanwaltschaft einen Mord nicht ausschließen. Nachdem feststand, daß Mr. Fowler Ms. Shinn heute früh in ihrer Wohnung besucht hat, wurden die Geschworenen, die ein Urteil über Mr. Fowler fällen sollen, abgesondert, und Mr. Fowler selbst wurde in Haft genommen. Mr. Fowler war am Morgen verspätet im Gericht erschienen und hatte dem Gericht erzählt, er habe Schwierigkeiten mit seinem Wagen gehabt.

Zu Redaktionsschluß stand der genaue Zeitpunkt von Ms. Shinns Tod noch nicht fest. Ihr Leichnam wurde vornübergebeugt auf einem improvisierten Altar in ihrer Wohnung entdeckt. Sie war in die zeremoniellen weißen Gewänder des Seppuku, auch als Harakiri bezeichneten rituellen japanischen Selbstmordes gekleidet. Die meisten anderen wesentlichen Elemente dieses Rituals waren laut Polizeiangaben (siehe Kasten auf der letzten Seite) ebenfalls ausgeführt. Auf dem Altar verstreut lagen juristische Papiere, die einen Streitfall zwischen Ms. Shinn und der Staatsanwaltschaft betrafen, nachdem diese vorigen Sommer durch ein Grand-Jury-Verfahren Mordanklage gegen sie erhoben hatte.

Ms. Shinns Anwalt David Freeman sagte, der Tod seiner Mandantin hätte ihn »furchtbar erschüttert und traurig gestimmt. Auch May Shinn ist ein Opfer der unfairen Behandlung durch unsere Justiz geworden«, so Freeman. »Durch ihre ungesetzliche, voreilige Verhaftung nach dem Tode des Mannes, den sie geliebt hat, geriet sie in eine immer tiefere Depression, aus der es für sie kein Entkommen mehr gab. Man kann nur hoffen, daß sie jetzt ihren Frieden gefunden hat ...«

Als Jeff Elliot die letzten Worte in seinen Computer tippte, trank Dismas Hardy ungefähr seine zwanzigste Tasse Kaffee. Er wußte nicht, wohin er gehen sollte, und saß auf einer gelben Bank im fensterlosen Besucherraum des Leichenschauhauses.

Strout war immer noch drin, er nahm persönlich die Obduktion von May Shinn vor. Sogar Locke hatte sich sehen lassen, außerdem Drysdale, Pullios und natürlich Struler. Glitsky war gegen halb neun gekommen und eine Weile geblieben, um ihm Gesellschaft zu leisten, doch Hardy saß nur unbewegt da.

Er hatte noch immer die Szene in Chomorros Gerichtssaal vor Augen, als Struler mit der offiziellen Nachricht hereingekommen war.

Sie befanden sich in Andy Fowlers ehemaligem Büro, doch alle Relikte der Vergangenheit, die Andy eindeutig als Mitglied der weißen, angelsächsischen Oberschicht auswiesen, waren entfernt. Der graue Berber-Spannteppich war verschwunden, und der Parkettboden glänzte einem entgegen. Indianische Läufer lagen unter schwerem dunklem Mobiliar aus Südamerika. Die hintere Wand war von Photos bedeckt, auf denen Reagan, Bush, Quayle, George Deukmejian und Pete Wilson Leo Chomorro die Hand schüttelten. Der Schreibtisch war schwarz und wuchtig, und die Schreibtischplatte – anders als bei Andy – fast leer. Chomorro saß dahinter, hatte die Ellbogen darauf gestützt und die Hände gefaltet.

Pullios stand mit vor der Brust verschränkten Armen an das Bücherregal gelehnt, Struler saß mit gespreizten Beinen auf einem Klappstuhl, und Glitsky wartete in der Nähe der Tür. Drysdale saß in einem der Sessel neben Hardy, der seine Nervosität zu verbergen suchte.

Chomorro richtete das Wort an ihn.

»Wollen Sie mir sagen, Sie wußten, daß Fowler heute früh bei Shinn war, als Sie mir sagten, er hätte Schwierigkeiten mit seinem Wagen gehabt?«

»Nein, Richter, da noch nicht. Er hat es mir beim Mittagessen erzählt –«

»Und wie lange wollten Sie uns diese Information vorenthalten?«

»Ich weiß es nicht.« Es war die Wahrheit.

»Sie *wissen* es nicht. Ihr Mandant versucht eine Zeugin der

Staatsanwaltschaft zu bestechen, zu bedrohen, möglicherweise zu ermorden –«

»Das wissen wir nicht, Euer Ehren. Darauf deutet nichts –«

»Bisher noch nichts«, sagte Pullios.

»Jedenfalls glaubten Sie, es für sich behalten zu können? Das werde ich zumindest der Bar Association melden müssen.«

»Er hat sie nicht bedroht«, sagte Hardy, »und Struler sagt, sie hat Selbstmord begangen –«

»Scheinbar«, sagte Struler rasch.

»Fowler hat sie nicht getötet.«

Pullios sah ihn an. »Genauso wie er auch Nash nicht getötet hat, richtig?«

Hardy sagte so trocken es ging: »Richtig, Bets. Wie wäre es, wenn wir zur Abwechslung mal auf den Obduktionsbericht warten? Erst mal sehen, was los ist, bevor wir Anschuldigungen erheben.«

Chomorro machte dieser privaten Unterhaltung ein Ende. »Ganz gleich, was Mr. Fowler getan oder nicht getan hat, der Angeklagte hat eine Zeugin der Staatsanwaltschaft aufgesucht. Ihre Aussage wird mindestens unbrauchbar sein.«

»Sie wird nicht mehr aussagen«, erklärte Pullios. »Sie ist tot.«

Chomorro schüttelte den Kopf. »Ich weiß nicht. Ich glaube, wir haben hier einen Verfahrensfehler. Vielleicht müssen wir noch einmal ganz von vorn anfangen.«

»Damit wäre ich einverstanden«, sagte Hardy rasch. Er wollte es sich nicht eingestehen, aber der Gedanke ließ ihn nicht los ... *hatte* Andy May getötet?

Pullios war nichts an einem Verfahrensfehler und einem notwendigen Neubeginn gelegen – ihrer Ansicht nach hatte sie dieses Verfahren nun gewonnen. Hardy konnte es ihr nicht übelnehmen.

»Es tut mir leid, Richter, aber ich bin nicht Ihrer Meinung.« Sie erklärte, May Shinn sei nur *eine* Zeugin, und eine Verleitung zum Meineid liege ja *tatsächlich* nicht vor. »Wenn Mr. Hardy die Tatsache, daß dem Angeklagten das Vorhandensein der Waffe an Bord des Bootes bekannt war, anzuerkennen bereit ist –«

»Auf gar keinen Fall«, sagte er.

»Ich bin sicher, daß Sie in Gegenwart seiner Tochter darüber gesprochen haben«, sagte Pullios. »Ich werde sie befragen.«

»Sie wird niemals gegen ihren Vater aussagen.«

Chomorros schwarze Augen starrten ihn wütend an. »Das soll

sie mal lieber tun, oder ich sperre sie wegen Mißachtung des Gerichts so lange ein, bis sie es tut ...«

Und so weiter. Hardy mußte Janes Erscheinen im Zeugenstand aus verschiedenerlei Gründen verhindern. Am Ende wäre es ihr sogar noch herausgerutscht, daß sie und Owen Nash einander, biblisch ausgedrückt, erkannt hatten. Was war schlimmer? Daß die Geschworenen über Fowlers Wissen, daß und wo sich die Pistole an Bord befand, informiert waren – oder daß sie noch einen weiteren Grund erfuhren, aus dem Fowler versucht gewesen sein mochte, Nash zu töten?

Chomorro entschied dann schließlich, daß Fowler erneut in Haft zu nehmen war und zumindest so lange darin verbleiben mußte, bis die Ursache für May Shinns Tod eindeutig geklärt war. Die Geschworenen, die bisher unter der Bedingung, daß sie mit niemandem über den Prozeß sprachen, abends nach Hause hatten zurückkehren dürfen, wurden nun in ein Hotel verfrachtet, bis der offizielle Obduktionsbericht herauskam, und diese Tatsache weckte in ihnen sicherlich keine freundlichen Gefühle gegenüber dem Angeklagten.

Glitsky steuerte schließlich auch noch einen Gedanken bei: Man solle Fowlers Kleidung auf Fasern, Haare, Sperma und Blut testen. Er war Mordkommissar, und falls tatsächlich ein Verbrechen vorlag, wollte er, daß die Indizien diesmal nicht weggeworfen wurden. Pullios sagte, das sei eine gute Idee, und er sagte, das sei ihm klar. Mordfälle untersuchen, das war sein Job, wenn man ihn nicht daran hinderte.

55

Die Tür des Besucherraums ging auf. Es war nach halb elf Uhr abends; Hardy sah hoch und rechnete fast damit, daß Strout hereinkam und ihm mitteilte, May sei in der Tat ermordet worden, diese Wunden habe sie sich nicht selbst beigebracht, sondern eine andere Hand müsse das Messer geführt haben. Statt dessen erblickte er das Dackelgesicht von David Freeman, der höflich fragte, ob er sich setzen dürfe.

»Ah, Mr. Hardy. Ich wollte Ihnen nur meine Hochachtung ausdrücken«, sagte er. In den vergangenen Monaten hatten sich die beiden zweimal in Freemans Büro über die Zeugen unterhalten, die Hardy in diesem Prozeß benennen wollte. Obwohl sie einander als Gegner gegenübergestanden hatten, waren sie auch beide Außenseiter und spürten eine Art Verwandtschaft, die ein gewisses unterschwelliges Vertrauensverhältnis zwischen ihnen schuf. »Ist Strout immer noch bei ihr drin?« fragte Freeman.

Hardy nickte, überlegte einen Augenblick und entschloß sich, offen mit ihm zu reden. »Wissen Sie«, sagte er, »ich wünschte, Sie hätten den Fall damals übernommen, als Andy Sie darum bat.«

Freeman schüttelte den Kopf. »Ich glaube nicht, daß Sie ihn schon verloren haben. Er ist erst dann zu Ende, wenn die Tür aufgeht und die Geschworenen in den Saal kommen.«

Hardy hob den Blick. »Ja, das sagt man so.«

»Vor allem, wenn Andy May nicht getötet hat. Ich glaube, man übertreibt ein wenig, wenn man behauptet, daß er das getan hat.«

»Er war aber heute früh bei ihr«, sagte Hardy.

Freeman zuckte die Schultern. »Ich war vor zwei Tagen dort. Wissen das die Geschworenen? Müssen sie es wissen?«

Hardy klammerte sich an den Strohhalm. In diesem Augenblick brauchte er einen Hoffnungsschimmer. »Warum glauben Sie, daß übertrieben wird? Ich meine, abgesehen davon, daß man ihn festnageln will.«

Während der vier Stunden, in denen sie schon vor einiger Zeit miteinander diskutiert hatten, waren sie Hardys Ansicht nach alle wichtigen Themenkomplexe dieses Prozesses durchgegangen, aber jetzt wurde ihm klar, daß Freeman die Eigenschaft hatte, nur auf das zu antworten, was man ihn fragte, und Hardy war immer wieder bei Fowlers Verhalten in Hinsicht auf die Schuldbewußtseinstheorie hängengeblieben. Die Person May Shinn hatte er fast gar nicht in Betracht gezogen, sondern angenommen, daß sie keine Rolle mehr spielte. Jetzt war er sich dessen nicht mehr sicher.

»Wegen ihrer Depressionen *neigte* May zum Selbstmord. Ich habe gestern abend über eine Stunde lang mit ihr geredet, um sie davon abzubringen.«

»Warum war sie so deprimiert?«

»Ich glaube, das ist ziemlich klar? Meinen Sie nicht?«

»Doch nicht nur wegen eines Mantels.«

»Mantels? Ach, das? Nein, das könnte ihr den letzten Rest gegeben haben – noch so ein Beweis, daß das Leben ihr alles versagte. Deshalb hat sie mich ja auch angerufen, nehme ich an – sie war aufgeregt, weil man ihn ihr gestohlen hatte. Aber die Depression selbst hat schon im Sommer eingesetzt. Sie liebte Owen Nash. Dachte sie jedenfalls. Sie setzte ihre Hoffnungen in ihn. Als er tot war, war alles dahin, was sie am Leben gehalten hatte. Und dann die Verhaftung. Die Mordanklage. Der Prozeß ...«

Hardy schüttelte den Kopf. Er wollte ihn auf die Probe stellen: »Ich weiß nicht, was sie Ihnen erzählt hat, aber sie hat Owen Nash nicht geliebt.« Das hatte jedenfalls Farris gesagt.

»Nein. Nein, da irren Sie sich. Warum sagen Sie das?«

»Genau wie bei Fowler. Man nimmt nicht Geld von jemandem, den man liebt. Jedenfalls nicht für Sex.«

»Sie hat von Nash nie Geld genommen.«

Das war Hardy neu. »Wie bitte?«

»Sie hat nie Geld von ihm genommen.«

»Was ist mit dem Testament?«

»Ja, was ist damit? Das Testament war ein Testament. Ich glaube, es war ursprünglich eher eine Geste, aber als Owen starb ... Ich meine, würden Sie auf zwei Millionen Dollar verzichten?«

Hardys Kopf fing wieder zu schmerzen an. Er streckte die Hand nach der Tasse mit dem inzwischen kalten Kaffee aus, die vor ihm auf dem Tisch stand. Warum hatte er immer gedacht, daß Owen

May Shinn bezahlte? Hatte Ken Farris das nicht gleich zu Anfang erzählt? Hatte Farris gelogen?

»Nein«, fuhr Freeman fort. »May hat Owen Nash geliebt. Daran besteht kein Zweifel. Und ich glaube jetzt, daß er sie ebenfalls geliebt hat. Als man ihn fand, trug er ihren Ring. Sie war eine liebenswerte Frau.«

Das stimmte. Man mußte sich nur ansehen, was aus Andy Fowler geworden war. May war offenbar mehr wert gewesen, als man ihr hatte zugestehen wollen. Aber sie hatte Andy Fowler betrogen, und Hardy erinnerte Freeman daran.

Freeman nickte, als ob das keine Rolle spielte. »Das war vor Owen Nash. Vor Nash war sie eigennützig orientiert. Das hat sie mir erzählt. Für gewisse Kunden war sie so was wie ein Beichtstuhl. Psychologin, Advocata Diaboli. Dann entwickelt sich eine Abhängigkeit.«

Hardy, der sich an Celine erinnerte, wußte, was Freeman meinte.

»May und ich, wir sind uns eigentlich recht nahe gekommen. Wir hatten viel Papierkram zu erledigen.« Als Hardy ihn ansah, fuhr Freeman fort: »Nein, wir haben *nicht* miteinander geschlafen. Jedenfalls scheint sich zwischen May und Owen eine sehr innige Beziehung entwickelt zu haben, obwohl beide zuerst ziemlich zynisch eingestellt waren. Sie haben einander zum Besseren hin verändert.«

»Was heißt denn das?«

»May hat ihre alten Liebhaber nicht mehr empfangen, zum Beispiel Andy Fowler. Sie hätte Owen Nash ja einfach hinzunehmen können, so wie sie es mit den anderen Männern getan hatte, aber sie wollte ein neues Leben beginnen.«

»Und Nash?«

»Ich nehme an, ihm ging es ziemlich ähnlich, obwohl er natürlich einen größeren Bekanntenkreis und mehr Verpflichtungen hatte. Es hätte womöglich noch länger gedauert, bis er zum Beispiel sein Versprechen, sie zu heiraten, öffentlich bekannt gemacht hätte.«

Hardy erinnerte sich an das, was Farris gesagt hatte – daß Owen sich während der letzten Monate seines Lebens »verändert« hätte. War das die Erklärung?

»Glauben Sie wirklich, daß er sie geheiratet hätte?«

»Ja. Und ich bin nicht so leicht hereinzulegen.«

Hardy hatte diese Möglichkeit nie ernsthaft in Erwägung gezogen. Und warum nicht? Vor allem deshalb nicht, weil Ken Farris ihm gesagt hatte, mit May und Owen sei es definitiv *aus* gewesen. Hardy überlegte jetzt, was er sonst noch übersehen oder ignoriert haben mochte.

Sein guter Freund, der sehr fähige Polizist Abe Glitsky hatte wohl das Alibi überprüft, das Ken Farris angegeben hatte, aber nun ging Hardy durch den Kopf, ob Pullios vielleicht doch recht hatte und Abe über seinen eigenen Mißgriff bei Shinns Verhaftung eventuell so enttäuscht war, daß er die anderen Spuren nicht mehr sorgfältig genug verfolgt hatte. Zum Beispiel den nicht identifizierten Fingerabdruck auf der Mordwaffe. Struler hatte das geschafft. Er hatte auch den Privatdetektiv Emmet Turkel aufgespürt. Hardy überlegte, ob Abe wirklich nach Taos geflogen war oder sich mit ein paar Anrufen begnügt hatte.

Durch Nashs Tod war Ken Farris Herr über ein 150-Millionen-Dollar-Imperium geworden. Der lästige Exzentriker Owen mischte sich nicht mehr ein. Wäre das nicht vielleicht ein Grund gewesen, jemanden umzubringen?

»Ist Ihnen die Erleuchtung gekommen?« fragte Freeman freundlich.

»Vielleicht.«

Sie hörten Schritte und sprangen beide auf. Strout öffnete die Tür. »Wollen Sie bitte kommen?« bat er sie.

Der Leichnam lag, von einem Tuch bedeckt, im Kühlraum auf einer Bahre. Strout ging voraus und zog das Tuch von ihrem Gesicht zurück. Hardy erstaunte es, wie jung sie gewesen war. Ihr Gesicht – ungeschminkt und ausdruckslos – war das eines schlafenden jungen Mädchens.

Freeman ging näher an die Bahre heran, strich mit einem Finger Mays Kinnlade entlang, hob das Tuch etwas höher und sah an ihrem Körper hinunter, wobei sich sein Gesicht zu einer Grimasse verzog. Strout und Hardy wichen zurück.

»Wo ist ihre Kleidung?« fragte Hardy.

»Eingetütet und weg. Sie überprüfen sie auf Gewebespuren, Haare, Flecke, das Übliche. Eine Zeitvergeudung.«

»Warum?«

»Weil diese Frau sich zweifellos selbst getötet hat.«

Hardys Müdigkeit war auf einmal wie fortgeweht. Die Uhr über den Kühlfächern zeigte kurz nach elf, und plötzlich war sein

Mandant wenigstens in einem Mordfall freigesprochen – weil es tatsächlich kein Mord gewesen war.

Irgendwie hatte Hardy das Gefühl, daß eine Wende stattgefunden hatte. Fowler hatte May nicht umgebracht. Am Fall Nash änderte das eigentlich nichts, und trotzdem schien es sehr viel zu bedeuten. In allem, was Andy Fowler getan hatte, sah Hardy Anzeichen seiner Verwirrung, er war auf seinen Ruf bedacht gewesen und hatte irgendwie angenommen, daß er mit zehn Fingern elf Löcher stopfen könnte.

Aber ein Mörder – das sah Hardy plötzlich in aller Klarheit – war sein ehemaliger Schwiegervater nicht. Andy beging impulsiv irgendwelche Dummheiten und dachte sich dann lächerliche Märchen aus, um sein törichtes Verhalten zu kaschieren, er war ein Mann, der nicht genau wußte, was er mit seinen Gefühlen anfangen sollte.

Kaltblütig einen anderen Menschen umgebracht hatte Andy nicht. Das hatte ein anderer getan – jemand, der intelligent, berechnend und gefühllos war. Jemand, der keine Gewissensbisse kannte. In der Tat, Owen Nashs Mörder mußte nahezu das Gegenteil von Andy Fowler sein.

Jeff Elliot hätte früher, sechs Monate zuvor, ehe er Dorothy begegnet war, so lange in der Leichenhalle ausgeharrt, bis das Untersuchungsergebnis bekannt war, so daß er es noch in die Ausgabe vom nächsten Morgen hätte hineinbringen können. Aber jetzt hatte er seinen Artikel geschrieben, geprüft, abgegeben und war nach Hause gefahren.

Nun standen auch ganz andere Nachrichten aus dem Justizpalast in den Zeitungen, und Rundfunk und Fernsehen berichteten davon: Aufgrund der Arbeiten an dem neuen Gefängnisgebäude waren Mäusescharen im Justizpalast aufgetaucht, und der Bezirksstaatsanwalt hatte einen Kater namens Arnold Mousenegger erworben, um dieser Plage Herr zu werden. Der *Chronicle* hatte schon einige Nachrichten über die Katze gebracht und als »Zitat des Tages« Chris Locke mit den folgenden Worten erwähnt: »Arnold ist budgetmäßig ein Gottesgeschenk. Wir können uns keinen Kammerjäger für das ganze Haus leisten.« In Channel 5 hatte sich der Bezirksstaatsanwalt ebenfalls in diesem Sinne geäußert. Heiße Sache.

Und Owen Nash war immer noch genauso tot wie ehedem.

Andy Fowler saß im Gefängnis und würde jedenfalls heute nacht niemanden mehr umbringen. Der Prozeß ging seinen schleppenden Gang. Jeffs Arbeit konnte bis zum Morgen warten.

Dorothy hatte bereits geschlafen, aber sie stand auf, um ihn zu begrüßen, als er die Tür öffnete. Sie füllte zwei Gläser mit Weißwein, während er sich auf dem Bett sitzend auszog. Das Telefon klingelte, und ohne nachzudenken, hob er ab.

»Jeff, hier ist Dismas Hardy, und ich tue Ihnen einen Gefallen.«

»Sind Sie noch wach? Haben Sie nicht morgen früh einen Prozeß?«

»Gute Anwälte schlafen nie, und ich wollte, daß Sie es als erster erfahren. Inoffiziell. Strout hat festgestellt, daß May Shinn ein Selbstmord war. Andy Fowler hat sie nicht getötet. Niemand hat sie getötet. Sie hat sich selbst umgebracht.«

»Abteilung Redundanz-Abteilung«, sagte Jeff. »Selbstmord heißt, daß sie sich selbst umgebracht hat.«

Hardy dankte ihm aufrichtigst für den Sprachunterricht. Dorothy kam herbei und stellte das Weinglas neben das Telefon. Sie setzte sich zu Jeff und rieb ihm die Schultern.

»Ist das hieb- und stichfest?« fragte Jeff.

»Das hat Strout gesagt. Ich bin immer noch in der Leichenhalle. Ich dachte, Sie würden es vielleicht gern wissen.«

Jeff zögerte einen Augenblick – das hieß, daß er ein paar Stunden Schlaf versäumen würde. »Ich habe meinen Artikel für morgen schon abgegeben.«

»Hey«, sagte Hardy, »es ist noch nicht mal Mitternacht. Haltet ihr nicht die Druckerpressen an und reißt die Titelseite heraus?«

»Höchstens wenn Arnold Mousenegger nachweislich vier Mäuse an einem Tag erledigt hätte.«

Alle kannten Arnold. »Nebenbei«, fragte Hardy, »sind Sie immer noch bereit, ein bißchen Staub aufzuwirbeln, wenn ich Ihnen ein Loch zeige?«

»Nebenbei, hm?«

»Fiel mir gerade ein.«

»Klar. Ja, glaub' schon. Worum geht's denn?«

»Ich bin noch nicht sicher. Ich melde mich bei Ihnen.«

Als Jeff aufgelegt hatte, trank er einen Schluck Wein und küßte Dorothy. »Sorry«, sagte er, »Nachrichten sind bares Geld ...«

Sie küßte ihn auch. »Wenn du den Pulitzer-Preis gewinnst«, sagte sie, »verzeihe ich dir das.«

»Dismas, du mußt jetzt schlafen.« Frannie sah sehr schwanger aus, als sie in der Tür seines Büros stand. »Wie spät ist es?«

Hardy streckte sich und wagte nicht, auf die Armbanduhr zu sehen. »Zeit ist etwas für Schwächlinge«, sagte er.

Sie kam hinter seinen Schreibtisch, legte die Arme um ihn und drückte ihn an sich. »Wie willst du denn morgen einen klaren Gedanken fassen?«

»Morgen ist Freitag«, sagte er.

»Gut. Eigentlich ist heute Freitag. Bedeutet das irgendwas?«

»Das bedeutet, daß ich morgen schlafen kann. Jetzt muß ich diese Protokolle lesen« – er hob einen dicken Stapel Schreibmaschinenseiten auf –, »das sind die von zwei Tagen. Gestern abend habe ich nichts getan, erinnerst du dich?« Er lehnte den Kopf an sie. »Erinnerst du dich?«

Sie zerwühlte sein Haar. »Ich erinnere mich sehr gut. Aber trotzdem ...«

»Andy Fowler hat May nicht getötet«, sagte er. »Sie hat sich selbst umgebracht, so wie es den Anschein hatte.«

Frannie richtete sich auf. »Na ja, das ist gut, nehme ich an.«

»Es ist gut, aber warum ist der Idiot zu May gegangen –«

Sie sagte: »Psst. Reg dich nicht auf. Lies und komm zu Bett. Jetzt.«

»Noch ein paar Seiten. Ich verspreche es.«

Als erstes mußte er morgen früh Ken Farris anrufen und ihm ein paar Fragen stellen. Wenn ihm die Antworten nicht gefielen, würde er Jeff Elliot anrufen. Vielleicht sogar selbst so einen Emmet Turkel beauftragen und jemandem ein Wochenende im Juni in Taos um die Ohren hauen.

Er mußte sich auch die Fragen merken. Sie flitzten ihm durch den Kopf, und er brauchte eine Liste, die er mit der einen Hand schrieb, während er mit der anderen die Protokolle der beiden Tage durchblätterte und zu lesen versuchte. Nach allem, was geschehen war, erinnerte er sich kaum noch an Tom Waddell und José Ochorio, noch weniger an das, was sie gesagt hatten oder warum es wichtig sein könnte.

Auf seinem gelben Block stand: »Nash May bezahlt? Nachweise?« In einer anderen Zeile: »O. N. spezielle Veränderung? Wie?« Dann: »Es war *aus*? Wieso Anruf?«

Daß May aufrichtig gewesen war, ließ das ganze Geschehen in

einem anderen Licht erscheinen. Hardy fing einen neuen Block an: Angenommen, May und Owen hatten einander in der Tat geliebt. Er würde die allerersten Hefter – die er damals kopiert hatte – über das Wochenende noch einmal genau durchgehen und jedes einzelne Wort prüfen, das sie gesagt hatte.

Er schrieb etwas in den neuen Block, dann nahm er sich die Protokolle vor. Er mußte zurückblättern, um zu sehen, wer was sagte, Tom oder José. Tom war doch der Nachmittagsmann gewesen, der, den er am ersten Tag draußen getroffen hatte. Er griff sich den ersten Hefter, schlug ihn dort auf, wo Glitsky beide befragt hatte, wollte noch mal von neuem anfangen, die Sache mit anderen Augen ansehen. Noch einmal.

Er war seit zwanzig Stunden wach. Jetzt las er: José hatte May Shinn am Donnerstag vom Boot weggehen sehen. Aber José war der Vormittagsmann, also konnte er May nicht am Donnerstagvormittag gesehen haben, es mußte der Mittwoch gewesen sein. Das jedoch ergab keinen Sinn, weil May gesagt hatte, sie sei am Donnerstag zum Boot hinausgefahren, also – schnell! – die Frage auf den neuen May-Block aufgeschrieben.

Er überlegte. Ach, das mußte ja doch Tom gewesen sein – der das gesagt hatte. Einer der Hefter war bei Toms Aussage aufgeschlagen.

Frannie hatte recht – man konnte nicht arbeiten, wenn man nicht denken konnte, und Hardys Gehirn hatte gerade auf Aus geschaltet. Genug. Er blickte nicht mehr durch.

56

Nach ein paar Sekunden, wie es ihm vorkam, läutete das Telefon an seinem Ohr, er lag im Bett, und draußen war es hell.

»Hab' ich dich geweckt?« fragte Glitsky munter.

Hardy sah auf die Uhr: zehn nach sechs. »Nein«, sagte er, »ich habe gerade meine Socken sortiert. Ich tue das gern, bevor das Wochenende anfängt.«

»Jetzt ist die Zeit, zu der Leute, die richtig arbeiten, aufstehen«, sagte Glitsky. »Nebenbei dachte ich, du warst vielleicht gestern abend noch in der Stadt und hast gehört, was Strout gesagt hat.«

»Strout hat gesagt, May Shinn hat sich umgebracht.« Er erzählte Abe vom letzten Abend und seinem Gespräch mit Freeman. Frannie kam mit einer Tasse heißem Kaffee herein, und Hardy schwang sich, während er weiterredete, herum, bis er auf dem Bettrand saß. »Freeman sagt also, sie hätten tatsächlich vorgehabt zu heiraten«, schloß er. »Jetzt kommst du.«

Glitsky schwieg eine Weile. »Nash trug den Ring, nicht wahr?«

»Richtig, an seinem Finger.«

»Aber nicht, als Farris ihn das letztemal sah?«

»Wenn Farris nicht gelogen hat.« Hardy fuhr fort und nannte Glitsky ein paar Widersprüche, die er während der letzten zwölf Stunden entdeckt hatte. »Also, was glaubst du?«

»Da muß man mal drüber nachdenken«, sagte Glitsky, »vor allem, wenn du überzeugt bist, daß Farris gelogen hat.«

Hardy war hellwach, schlürfte seinen Kaffee. »Diese ganze Geschichte war mir von Anfang an unverständlich, Abe. Erst war ich nicht sicher, ob May Owen geliebt hat und umgekehrt. Jetzt bin ich bereit, daran zu glauben, und schon tut sich mir eine ganze neue Büchse Würmer auf.«

»Vorurteile hab' ich am liebsten.«

»Ja, sie machen Spaß.« Hardy war immer noch bei seinem früheren Problem. »Ich glaube, jetzt weiß ich nur noch eins: *Wenn*

May nicht gelogen hat, muß ich über das Wochenende noch einmal den ganzen Aktenberg durchackern.«

»Na, du weißt ja«, sagte Abe, »ich habe zu tun, aber ich bin hier.«

Hardy wußte, daß ihm das Angebot nicht leichtfiel. Allerdings hatte auch Abe seine Gründe. Genau wie es Hardy vor etlichen Monaten geschmerzt hatte, als Pullios ihm *seinen* Fall weggenommen hatte.

Hardy überlegte einen Augenblick, was Abe tun konnte: etwas, zu dem er als Polizist Zugang hatte und Hardy nicht. »Du könntest mal feststellen, wer sich den Mantel unter den Nagel gerissen hat«, sagte er. »Ich meine, vielleicht muß man denen mal auf die Finger sehen. Jemand bei euch drüben ...«

Keine Antwort.

»Abe, bist du noch dran?«

»Klar. Ich dachte, du redest mit Frannie.«

»Nein, Abe, ich hab' mit dir geredet.«

»Du hast mit mir über einen *Mantel* geredet?«

Hardy erklärte ihm, worum es ging, dann sagte er ihm, was er tun konnte: Sich die Inventarliste der *Eloise* besorgen, jemanden aus der Abteilung finden, der Mays Mantel mitgenommen hatte, ihn ein bißchen unter Druck setzen und feststellen, ob irgendwelche Beweismittel falsch abgelegt worden waren.

»Diz«, sagte Abe. »Unsere Leute stehlen nicht von Tatorten. Ich meine, wenn sie es tun, müssen wir die Abteilung für interne Angelegenheiten informieren. Aber so etwas kommt bei uns nicht vor.«

Hardy trank noch etwas Kaffee. »Aber du kannst doch mal nachsehen. Vielleicht entdeckst du etwas. Vielleicht – ich meine, ich würde dir so etwas nie vorschlagen – redest du mal privat ein paar Takte mit denen, die dabei waren.«

»Als das Inventar auf der *Eloise* aufgenommen wurde?«

»Richtig.«

»Das bring' ich nicht fertig.«

»Ich weiß«, sagte Hardy. »Und wie gesagt, ich würde dich nie darum bitten.«

Hardy hatte Farris zu Haus zu erreichen versucht und seinen Anrufbeantworter erwischt.

Er rief ihn in seinem Büro an, hatte wieder einen Anrufbeantworter dran, hinterließ eine Nachricht und hörte es ein paarmal piepsen, während er sprach. Das war ein Konzept, dachte er. Tonbandaufnahme des Ton aufnehmenden Anrufbeantworters. Abteilung Redundanz-Abteilung, in der Tat.

Er kam sich wie jemand in einer Telefonvermittlung vor. Er hatte gerade bei den Owen Industries eine Bitte um Rückruf und seine Nummer für Farris hinterlassen, als sein Telefon wieder läutete.

»Grand Central Station«, sagte er, als er den Hörer abnahm.

»Was soll Andy denn heute anziehen?« Jane war dran. Sie erklärte ihm, daß man ihrem Vater den Anzug für die Labortests weggenommen hatte, wie sollte er nun im Gerichtssaal erscheinen? Hardy riet ihr, zum Haus ihres Vaters zu fahren, ein paar anständige Sachen zusammenzupacken und um Viertel nach acht bei ihm im Knast zu sein, damit er noch genug Zeit zum Umziehen und zum Überlegen hatte, wie der Tag heute laufen sollte mit den feindseligsten Geschworenen in der Geschichte der Justiz, weil man sie selbst eingesperrt hat. Da Jeff Elliots Artikel es in die Morgenausgabe geschafft hatte, wußte Jane nun ebenso wie der Rest der Welt genau, daß ihr Vater May nicht umgebracht hatte.

Als er diesmal auflegte, steckte Frannie den Kopf in sein Büro. »In Anbetracht deiner Popularität heute früh«, sagte sie, »bittet auch deine Tochter dich um eine kurze Audienz.«

Hardy betrachtete den Stapel auf dem Schreibtisch – die Protokolle von den beiden Tagen, die Ordner, Notizblöcke und Kassetten. Er schlug die Augen wieder zu seiner Frau auf. Sie lächelte, schien aber nicht zum Scherzen aufgelegt.

Beck erschien auf ihren immer noch wackeligen Beinen neben Frannie. Als sie Hardy sah, strahlte sie wie ein Weihnachtsbaum, stolperte über ihre eigenen Füße und fiel mit dem Kopf zuerst gegen die Vorderseite seines Schreibtischs.

Hardy war aufgesprungen und herumgehechtet, bevor Frannie sie erreichen konnte. Er hob sie auf, drückte sie an sich, rieb den roten Fleck an ihrer Stirn, wo die Beule herauskommen würde, und küßte sie. Er wiegte sie hin und her und sagte: »Ist ja gut, Beck. Ist ja gut, Honey. Daddy ist hier. Alles ist gut.«

Er nahm die Protokolle der beiden Tage mit. Er würde sie irgendwann lesen, vielleicht in der Mittagspause oder während Andy sich umzog. Er und Jane hatten den neuen Anzug oben abgegeben, ihn dem Wärter auf den Tisch gelegt und gesagt, was damit zu geschehen hätte, dann hatte er sie gefragt, ob sie ihn bis Viertel nach neun – eine kostbare halbe Stunde lang – mit seiner Lektüre allein lassen könnte.

Er setzte sich in das kleine Sprechzimmer, entnahm seiner riesigen Aktentasche die Ordner und breitete sie aus, um an der Stelle weiterzulesen, an der er in der Nacht aufgehört hatte oder aufgehört zu haben glaubte – bei Toms Aussage, daß May am Donnerstag zur *Eloise* gekommen war.

Doch er konnte sie nicht finden.

Nachdem Hardy Wort für Wort gelesen hatte, was Tom ihm, Glitsky oder dem Gericht gesagt hatte, rieb er sich die Augen und fragte sich, ob er den Verstand verloren habe. Vielleicht war er nicht für einen solchen Druck geschaffen. Am besten kaufte er sich ein Boot, ging nach Mexiko und gründete eine Fischfangflotte.

Nicht vom Brot allein, dachte er. Nein, auch vom Schlaf. Der mußte sein. Er fragte sich, ob Pullios jemals schlief. Ob er jemanden engagieren sollte, der sie einmal pro Stunde anrief, damit ihre Startchancen gleich waren?

Er zwang sich zurück an die Arbeit. Also gut, es stand nicht in Toms Aussage, wo könnte es denn sonst stehen? In Josés?

Schließlich fand er es am Ende von Glitskys erster Befragung von José. Aber das konnte nicht stimmen. Hardy las noch einmal das Transkript. José antwortete auf Glitskys Frage, ob er sich genau erinnere, was May getan hatte, als er sie sah:

A: Ich weiß nicht. Sie war draußen auf der Straße. Vielleicht ist sie gerade zu ihrem Auto zurückgegangen, ich weiß es nicht. Ich habe sie wegfahren sehen.

F: Und Sie sind sicher, daß das May war.

A: Sí. Das war sie.

F: Wissen Sie genau, welcher Tag das war? Das könnte sehr wichtig sein.
(Pause)

A: Ich glaube, es war Donnerstag. Oh, ja. Ach klar. Es muß Donnerstag gewesen sein. Ich weiß noch, Tom hat mir die Nachricht hinterlassen, daß er das Boot abgeschlossen hat, und das war Mittwochabend, richtig? Also ging ich hin und sah nach. Es war immer noch abgeschlossen. Das war Donnerstag, ja, ich bin sicher, Donnerstag.

Hatte May erwähnt, daß sie am Donnerstag zweimal auf der *Eloise* gewesen war? Aus irgendeinem Grund, weil sie beide, Tom und José, May am Donnerstag gesehen hatten, hatte Hardy angenommen, daß es sich um denselben Augenblick gehandelt hatte. Aber das war unmöglich, weil José am Morgen dort gewesen war und sie da gesehen hatte. Und später, nachmittags, hatte Tom sie dort wieder gesehen.

Hardy zog noch einen anderen juristischen Schreibblock heraus und schrieb obendrauf: »Fragen an Freeman.« Jemand, der häufiger mit May gesprochen hatte, könnte vielleicht darauf antworten. Unter diese Titelzeile schrieb er: »Anzahl der Besuche – Donnerstag?«

Es spielte ja gar keine Rolle, oder er konnte sich nicht vorstellen, was es für eine Rolle spielen könnte, aber allmählich dachte er, daß das alles irgendeine Bedeutung haben müßte.

Hardy ging neben Jane her, sie wollten gerade den Gerichtssaal betreten, als Celine vorbeikam. Sie hatte es sich angewöhnt, durch ihn hindurchzusehen. Vielleicht war das für sie die beste Methode. Wahrscheinlich auch für ihn selbst, dachte er. Weil sie einander jetzt täglich erblickten, war es leichter, wenn sie es vermied, ihn anzusehen. Aber nun standen sie einander von Angesicht zu Angesicht gegenüber. Er streckte die Hand nach ihrem Arm aus und hielt sie an.

Sie erstarrte

Hardy trat einen Schritt zurück und bat um Entschuldigung. »Ich fragte mich nur gerade, ob Sie in letzter Zeit von Ken Farris gehört haben.«

Sie versuchte sich zusammenzureißen. »Ich habe ihn gestern abend gesprochen. Ich habe ihn gefragt, was nun mit dem Erbanspruch dieser Shinn los ist, jetzt, da sie tot ist.« Als Hardy sie fassungslos anstarrte, fügte sie schnell etwas verärgert hinzu: »den zwei Millionen Dollar.«

Hardy hatte nie den Eindruck gehabt, daß Celine an dem Geld irgend etwas lag. Er wollte wissen, wo Farris war. »Er war also zu Hause? Er war gar nicht verreist?«

»Ich glaube, das sagte ich gerade.«

»Richtig, das sagten Sie gerade.« Sie wollte nicht mit ihm reden, und er wollte sie nicht zwingen. Er verteidigte schließlich den Mann, der wegen Mordes an ihrem Vater vor Gericht stand. »Wenn Sie noch mal mit ihm sprechen, würden Sie ihm ausrichten, daß ich gern mal mit ihm reden würde?«

Sie betrachtete ihn von oben bis unten, sah Jane an und dann wieder ihn. »Gewiß«, sagte sie. »Wenn Sie mich jetzt bitte entschuldigen möchten.«

Jane nahm, wie um ihn zu beschützen, Hardys Arm und hielt ihn fest, während sie sie davongehen sahen.

Als Celine die Türen des Gerichtssaals öffnete, wandte sie sich um und sah Hardy, Arm in Arm mit Jane. Diese attraktive Frau, die sich seit Prozeßbeginn an seiner Seite befand, war mindestens seine neue Freundin – so mußte es Celine erscheinen, dachte Hardy. Celine wußte, daß sie nicht seine Frau war, denn die hatte sie zweimal vor Hardys Haus gesehen.

Noch mehr Grund für sie, ihn als ihren Feind zu betrachten, dachte er. Celine mußte denken, daß er sie belogen hatte: Nicht weil er verheiratet, sondern weil er mit seiner neuen Freundin zusammen war, wollte er sie nicht mehr sehen.

Als Fowler hereingeführt wurde, drückte Jane Hardys Arm. »Oh, mein Gott.«

Er trug die Kleidung, die Jane mitgebracht hatte, aber er sah eher wie ein Stadtstreicher in einem geliehenen Anzug aus. Alles hing erbärmlich an ihm herunter. Die Krawatte war nicht richtig gebunden, der Kragen nicht zugeknöpft. Die Hosen, an denen der Gürtel fehlte, fielen ihm über die Schuhe. Sein Haar sah ungewaschen und ungekämmt aus. Seine Augen waren rotgerändert.

Er tätschelte die Hand seiner Tochter, nachdem der Wärter ihn zum Tisch geführt hatte. Mit einem matten Lächeln sagte er ihr und Hardy, er sei in Ordnung, und alles werde sich schon regeln. Mays Tod habe ihn hart getroffen, das sei alles.

Jane gab sich Mühe, ihn herzurichten, bevor man die Geschworenen hereinbrachte: Krawatte, Kragenknopf, Haare. Als die mürrische Jury im Gänsemarsch hereinkam, kehrte Jane in den Zuschauerraum zurück, und alle warteten auf den Richter.

Chomorro entschuldigte sich als erstes bei den Geschworenen dafür, daß er sie hatte absondern müssen. »Gestern nachmittag haben sich einige außerordentliche Umstände ergeben, und da wir Ihnen nun schon all das Bisherige abverlangt hatten, hielt ich es für das Beste, Ihnen diese Isolierung aufzuerlegen, damit wir einen Verfahrensfehler vermeiden, wodurch alle Anstrengungen umsonst gewesen wären. Ich will Ihnen nur mitteilen, daß eine wichtige Zeugin der Staatsanwaltschaft – May Shinn – gestern Selbstmord begangen hat.«

Das war den Leuten im Zuschauerraum längst bekannt, so daß dort niemand zu tuscheln anfing. Aber Hardy sah, wie diese Nachricht auf die Geschworenen wirkte: Alle – manche unverholen, andere etwas verstohlener – blickten zum Tisch der Verteidigung hin.

»Gestern kam es, wie Sie sich denken können, zu allerhand Spekulationen in den Medien, wie dieses Ereignis mit dem hier zu beurteilenden Fall zusammenhängen könnte, und mein Ziel war es, Sie vor einer Beeinflussung durch diese Vermutungen zu bewahren. Ich bitte Sie um Entschuldigung dafür, daß ich das tun mußte, aber meiner Ansicht nach war es erforderlich, um diesen Prozeß nicht zu gefährden.

Dieser Zwang besteht nun nicht mehr, und ich werde Sie zum Wochenende nach Hause entlassen. Aber ich möchte Sie alle noch einmal ausdrücklich darum bitten, über diesen Fall und die Beweismittel, die Sie beurteilen sollen, mit niemanden zu sprechen, solange wir uns noch in diesem Verfahren befinden.« Chomorro trank einen Schluck Wasser. »Sie werden es wahrscheinlich nicht vermeiden können, Meinungen über die Beziehung des Angeklagten zu Ms. Shinn zu hören. Sie werden vielleicht auch hören, daß Mr. Fowler Ms. Shinn gestern früh besucht hat. Ich muß Ihnen aber deutlich machen, daß diese beiden Ereignisse – Mr. Fowlers Besuch und Ms. Shinns Tod – nicht kausal zusammenhängen und für diesen Prozeß ohne Bedeutung sind.

Der Gerichtsmediziner hat bei Ms. Shinn als Todesursache eindeutig einen Selbstmord festgestellt. Die Ermittlungen der Polizei haben auch bereits ergeben, daß nichts auf einen Zusammenhang zwischen Mr. Fowler und Ms. Shinns Tod hindeutet. Deshalb bitte ich Sie, alle Gerüchte oder Meinungen, die Sie vielleicht hören und die einen solchen Zusammenhang herstellen wollen, außer acht zu lassen – sie entbehren jeder Grundlage.«

Chomorro hielt wieder ein. Hardy berührte Fowlers Handrücken und bekam ein mattes Lächeln zur Antwort.

Der Richter nahm noch einen Schluck Wasser zu sich. »Ich setze jetzt die Verhandlung fort. Staatsanwaltschaft und Verteidigung haben hier einvernehmlich den Tatbestand festgestellt, den Ms. Shinn in ihrer Aussage dem Gericht bekanntmachen wollte.« Chomorro hörte auf zu lesen und sah die Geschworenen an.

»Vielleicht wollen Sie sich Notizen machen, da die Tatsachen, die Sie jetzt hören, womöglich nicht den Eindruck bei Ihnen hervorrufen werden, den Sie hätten, wenn Sie sie aus dem Zeugenstand vernähmen.« Er rückte seine Brille gerade und sah wieder hinunter auf seinen Tisch. »Erstens sollen Sie es als erwiesene Tatsache betrachten, daß Ms. Shinn im März mit Mr. Fowler gesprochen und ihm gesagt hat, sie habe die Waffe – die Mordwaffe, Beweisgegenstand Nummer 1 der Staatsanwaltschaft – aus ihrer Wohnung entfernt und bewahre sie in dem Schreibtisch neben Mr. Nashs Bett an Bord der *Eloise* auf.«

Ihrer Reaktion nach zu urteilen, verstanden die Geschworenen, was diese Tatsache bedeutete. Sie allein wirkte schon sehr negativ, aber Hardy hatte keine Möglichkeit gesehen, diese Aussage zu verhindern. Er hatte darum gekämpft, den Rest der Erklärung abzumildern, und beugte sich jetzt vor, als er auf die Fortsetzung wartete.

»Zweitens«, sagte Chomorro, »ist es auch eine erwiesene Tatsache, daß Mr. Fowler Ms. Shinn während desselben Gesprächs gefragt hat, ob sie eine Wiederaufnahme ihrer Beziehung – zwischen Fowler und Shinn – in Betracht ziehen würde, falls sie aufhörte, Mr. Nash zu sehen.«

Hardy hatte die Luft angehalten und ließ sie langsam heraus. Das war besser als »wenn Mr. Nash etwas zustöße«.

Chomorro las weiter: »Ms. Shinn habe darauf erwidert, das wüßte sie nicht und das könnte sie nicht sagen. Sie sagte, daß sie Owen Nash liebte und daß Mr. Fowler jemand *gewesen ist*, dem sie sich sehr nah gefühlt habe.«

Hardy zuckte innerlich zusammen, als er die Betonung hörte.

Pullios befragte Gary Smythe sehr ruhig und sachlich, trotzdem ging sie ihm auf die Nerven. Fowlers Börsenmakler und Golfpartner merkte man es deutlich an, wie ungern er seinen Freund belastete. Ironischerweise wirkte sich das aber positiv für die Staatsanwaltschaft aus. Wenn er Fowler angegriffen hätte, wären die Geschworenen vielleicht auf den Gedanken gekommen, daß er Andy aus irgendeinem Grund grollte, es ihm jetzt zurückzahlte und Fowlers Demütigung genoß. Statt dessen mußte Pullios ihm jedes Wort abringen, so daß das, was er sagte, sehr glaubwürdig wirkte.

Pullios war zufrieden, kein Wunder, dachte Hardy, nach den Ereignissen, die mit Andys Verspätung im Gericht begonnen hatten – Mays Tod, die Absonderung der Geschworenen, Chomorros

Ermahnung an die Jury und schließlich Mays außer Frage stehende Aussage –, stand es um ihre Sache nicht schlecht.

Zwar hatte Freeman ihm am Abend zuvor erzählt, er könne noch gewinnen, und mit den neuen Fragen, die er an Farris und die beiden Pförtner am Yachthafen hatte, war Hardy von Fowlers Unschuld überzeugter denn je, aber jetzt merkte er, wie er zugunsten von Pullios die Unterstützung der Geschworenen immer mehr verlor.

»Mr. Smythe, ich zeige Ihnen hier ein Blatt aus dem Schreibtischkalender des Angeklagten vom sechzehnten Mai. Es sind darauf die Initialen ›O. N.‹ und das Wort *Eloise* geschrieben.« Sie reichte das Blatt als Beweisstück Nummer 18 der Staatsanwaltschaft ein und wandte sich wieder dem Zeugen zu. »Führten Sie mit Mr. Fowler am oder um den siebzehnten Mai herum eine Diskussion, die Mr. Nash betraf?«

»Ja.« Es war Smythe unangenehm.

»Sagen Sie uns das Wesentliche dieser Diskussion.«

»Nun, das war nicht viel ...«

Chomorro beugte sich über sein Pult vor. »Versuchen Sie nicht zu charakterisieren, was es war, Mr. Smythe. Teilen Sie uns nur mit, was gesagt wurde.«

Smythe nickte, schwieg eine Weile, dann versuchte er es wieder. »Richter Fowler und ich sind seit langer Zeit bei der Beschaffung von Spendengeldern aktiv. Ich erwähnte ihm gegenüber, daß ich eine Einladung zu einer Spendenveranstaltung erhalten hatte, die Owen Nash an Bord seiner Yacht plante, und er fragte mich, ob ich ihm eine Einladung besorgen könne. Wir könnten Nash dann doppelt bearbeiten.«

»Und was haben Sie darauf erwidert.«

»Ich fand, das war eine gute Idee.«

»Und Sie haben ihm eine Einladung besorgt?«

»Ja.«

»Also waren Sie beide dort?«

»Nein. Es ist dann doch keiner von uns beiden hingegangen. Ich wurde krank, und Andy hatte es sich anders überlegt.«

»Hat er gesagt, warum er es sich anders überlegt hat, nachdem er doch erst um eine Einladung bemüht gewesen war?«

Smythe blickte zuerst zu Fowler, dann auf seinen Schoß. »Es ging ihm damals schlecht, er fühlte sich nicht so, daß er ausgehen mochte.«

»Es ging ihm schlecht? Persönlich?«

Hardy stand auf und erhob Einspruch, dem stattgegeben wurde.

»Und was ist aus Ihrer Geldsammelaktion bei Mr. Nash geworden?«

»Sie müssen wissen, daß es sich da um eine kontinuierliche Tätigkeit handelt. Sie ist nicht an bestimmte Termine gebunden. Trotzdem war ich etwas enttäuscht, daß weder Andy – Richter Fowler –, daß keiner von uns diese Gelegenheit genutzt hatte, und das habe ich Andy auch gesagt.« Er machte eine Pause und sah wieder seinen Freund am Tisch der Verteidigung an. »Andy sagte, er hätte sowieso andere Gründe, mit Owen Nash zu reden, und er versprach, innerhalb eines Monats zu ihm zu gehen.«

Pullios wartete einen Augenblick, dann wandte sie sich an die Geschworenen. »Er versprach, innerhalb eines Monats zu ihm zu gehen«, wiederholte sie. Dann sagte sie zu Hardy: »Ihr Zeuge.«

»Mr. Smythe«, sagte Hardy. »Ist Mr. Fowler Ihres Wissens nach Mr. Nash je von Angesicht zu Angesicht begegnet?«

»Nein.«

»Hat Mr. Fowler Ihnen je gesagt, er hätte mit Mr. Nash eine Verabredung getroffen, um – an Bord der *Eloise* oder anderswo – etwas mit ihm zu diskutieren?«

»Nein, hat er nicht.«

»Haben Sie Gelegenheit gehabt, zwischen dem sechzehnten Mai und dem zwanzigsten Juni, dem Tag, an dem Owen Nash starb, mit Mr. Fowler zu sprechen?«

»O ja. Wir haben fast jeden Tag miteinander gesprochen.«

»Sie haben fast jeden Tag miteinander gesprochen. Erinnern Sie sich, ob Mr. Nashs Name zwischen dem sechzehnten Mai und dem zwanzigsten Juni gefallen ist?«

»Ja, bei der Gelegenheit, von der ich Ms. Pullios erzählt habe.«

»Und danach?«

»Nein.«

»Nein, Sie erinnern sich nicht oder nein, er ist nicht gefallen?«

»Ich erinnere mich nicht, daß er gefallen ist.«

»Wenn er sich mit Mr. Nash verabredet hätte, glauben Sie nicht, daß er es Ihnen gesagt hätte –«

»Einspruch!« sagte Pullios. »Spekulation.«

Dem wurde stattgegeben, was Hardy gewußt hatte, aber das machte ihm nichts aus.

Er fuhr fort. »Ich würde das gern klarstellen. Am sechzehnten Mai ist Mr. Fowler – obwohl er eine Einladung hatte – *nicht* zur *Eloise* gegangen?«

»Das stimmt.«

»Er hat während des folgenden Monats zu keinem Zeitpunkt von einer Verabredung mit Owen Nash oder einem Besuch auf der *Eloise* gesprochen?«

»Richtig.«

»Wenn ich also die in Ihrer Aussage genannten *Tatsachen* zusammenfassen darf, Mr. Smythe, ist Mr. Fowler Ihres Wissens Mr. Nash nie begegnet und nie an Bord der *Eloise* gewesen?«

»Das ist richtig. Meines Wissens nicht.«

»Ist es eine *Tatsache*, Mr. Smythe, daß Mr. Fowler, wie Sie gesagt haben, versprochen hat, er würde innerhalb eines Monats nach dem sechzehnten Mai ›zu Owen Nash gehen‹?«

Smythe runzelte die Stirn. »Ja, das hat er gesagt.«

»Die *Tatsache* ist also, daß er Ihnen gesagt hat, daß er es tun würde. Es ist keine Tatsache, daß er es wirklich getan hat? Sie kennen keinerlei Beweis dafür, daß er es getan hat. Ist das richtig?«

»Ja, das ist richtig.«

Pullios hatte ihre Zeugenliste bis auf David Freeman und Maury Carter, den Kautionssteller, abgearbeitet. Nach der Mittagspause wollte sie offenbar die Frage, um was für einen Charakter es sich bei Mr. Fowler handelte, geklärt haben, um bei den Geschworenen den Eindruck zurückzulassen, daß Andys Schuldbewußtsein wegen des begangenen Mordes die einzig mögliche Erklärung für sein Verhalten war. Chomorro hatte deutlich gemacht, daß er alle in diese Richtung zielenden Aussagen zulassen wollte.

Hardy freute sich auf Freeman. Was Pullios ihm entlocken würde, bewies zwar, wie unethisch Andy gehandelt hatte, aber als professioneller Verteidiger war er instinktiv gegen Pullios eingestellt. Hardy hatte natürlich während der beiden Monate der Vorbereitung auf den Prozeß mehrmals mit ihm gesprochen, und der Gedanke an seine Bürgerpflicht, demnächst für die Staatsanwaltschaft auszusagen, war Freeman sichtlich unangenehm gewesen.

Aber Tatsachen waren Tatsachen – Andy Fowler hatte ihn engagiert, um May Shinn zu verteidigen. Freeman hatte Andy in dessen Besprechungszimmer klipp und klar gesagt, es bliebe ihm nichts anderes übrig, als diesen Fall Chomorro zurückzugeben, er dürfe die Verhandlung nicht führen. Freeman hatte in Andys Auftrag bei Maury Carter die Kaution bestellt.

Freeman hatte in seiner gesamten beruflichen Laufbahn noch nie einen Richter so etwas tun sehen. Natürlich würde er es im Zeugenstand nicht so pointiert ausdrücken, aber Fowlers Handlungen waren in Freemans Augen so unglaublich, daß sie jeder Beschreibung spotteten.

Und trotzdem hatte Freeman Hardy gegenüber angedeutet, daß der Fall Fowler noch nicht verloren war. Und zwar bevor die Tatsache feststand, daß May Shinn Selbstmord begangen hatte. Wollte er in seiner Aussage vielleicht einen Gesichtspunkt betonen, der Andys Handlungen nicht ganz so verdammenswert erscheinen ließ?

Chomorro erklärte, aufgrund der Kaution könne der Angeklagte wieder aus der Haft entlassen werden, und der niedergedrückte ehemalige Richter und seine Tochter ließen nun durchblicken, daß sie gerne ohne Anwalt sein wollten und gingen zum Essen. Was Hardy in diesem Augenblick ganz recht war.

57

»Haben Sie von May eine chronologische Aufstellung für die ganze Woche bekommen?« fragte Hardy David Freeman.

»Natürlich.«

Hardy und Freeman redeten in der Halle miteinander. Sie durften sich, bevor Freeman in den Zeugenstand trat, nicht zu einem trauten Zwiegespräch bei Lou's niederlassen, also nutzte Hardy den offenen Raum der Korridore und Treppen.

»Erinnern Sie sich daran, daß sie zur *Eloise* gegangen ist?«

Freeman sah aus, als ob er in den Sachen geschlafen hätte, die er seit dem letzten Abend in der Leichenhalle trug. »Ja. Keine gute Idee.«

»Warum war sie da? Was hat sie Ihnen gesagt?«

»Wissen Sie, danach wird mich Pullios nicht fragen. Sie will hören, wie es kam, daß Richter Fowler mich engagiert hat. May Shinn interessiert sie nicht.«

Hardy wollte ihn nicht drängen, aber lockerlassen wollte er auch nicht. »Ich frage das nicht wegen Pullios. Es interessiert mich, was May Shinn für ein Mensch war«, sagte er.

»Also gut. Aber ich kann mir nicht vorstellen, warum es eine Rolle spielt, wann, ob oder warum May Shinn auf der *Eloise* war. Ich sage Ihnen, was sie mir erzählt hat, okay?« Sein Blick wanderte den Korridor entlang, vielleicht um festzustellen, ob sich dort Leute aus dem Team der Staatsanwältin aufhielten, und kehrte dann zu Hardy zurück. »Sie las am Donnerstagmorgen im *Chronicle* einen Artikel über Nash, in dem ihr Name vorkam – es wurde dort zum erstenmal die Vermutung geäußert, daß die geheimnisvolle Hand Nash gehören könnte. May hatte Angst, man würde sie da irgendwie hineinziehen wollen – eine sehr berechtigte Angst, wie sich herausstellte. Ihr Revolver befand sich auf der *Eloise*, und sie beschloß ihn dort abzuholen, bevor man ihn entdeckte. Aber als sie hinkam, war es Mittag, und sie sah ein, daß man sie erkennen oder, schlimmer noch, mit dem, was da geschehen war, in Verbindung bringen würde. Darum wollte sie später wiederkommen, wenn es dunkel war oder wenn sich niemand dort aufhielt, aber inzwischen hatte die Polizei das Boot schon abgesperrt.«

Hardy stand mit verschränkten Armen da und dachte nach. »Woher wußte sie, daß sie in die Kabine hineinkommen würde? Hatte sie einen Schlüssel?«

»Gut.« Es war, als hätte Freeman das alles vorher durchdacht und prüfte jetzt Hardys Kombinationsvermögen. »Nein. Sie besaß keinen Schlüssel. Auch das hat sie gehindert, an Bord zu gehen, als sie zum erstenmal da war. Neben der Tatsache, daß man sie wahrscheinlich dabei beobachtet hätte.«

»Wir gehen jetzt davon aus, daß alles stimmt, was sie gesagt hat, nicht wahr?«

»Ich habe ihr geglaubt. Sehen Sie: Erstens wußten alle, daß Nash manchmal abzuschließen vergaß. Zweitens: Wenn man ihn an Bord getötet hatte – was sich dann ja als zutreffend herausstellte –, besaß der Mörder vielleicht keinen Schlüssel oder er war, ohne abzuschließen, geflohen. May hielt das für wahrscheinlich.«

Und sie hat recht gehabt, dachte Hardy. Die *Eloise* war nicht abgeschlossen, als er selbst am Mittwochabend dort gewesen war. »Okay«, sagte Hardy. »Also hier ist meine Frage: Hat May Ihnen erzählt, daß sie *auch* früh am Morgen des Donnerstags dort im Yachthafen war?«

»Nein. Warum sollte sie?«

»Aus demselben Grund.«

»Aber warum wäre sie dann noch einmal nachmittags dort gewesen?«

»Weiß ich nicht.«

Freeman ging ein oder zwei Schritte den Korridor entlang. Es fiel ihm noch etwas ein. »Um wieviel Uhr morgens soll das denn gewesen sein? Sie war die ganze Woche ein Wrack. Abends konnte sie nicht einschlafen, und am nächsten Tag wachte sie manchmal erst gegen Mittag auf.«

Hardy schüttelte den Kopf. »Nein, es war ziemlich früh. So um die Zeit, als der Pförtner, der morgens dort ist, zur Arbeit erschien. Sagen wir gegen halb acht.«

»Er behauptet, jemanden gesehen zu haben?«

»Nicht nur das, er sagte, er hätte *May* gesehen.«

»Auf der *Eloise*?«

»Nein. Beim Weggehen.«

»Hat er ihr Gesicht gesehen? Sie eindeutig erkannt?«

»Weder noch.« Als Hardy es sagte, begriff er, was es bedeutete.

Freeman sagte: »Also, um Ihre eigentliche Frage zu beantworten: May sagte mir, sie wäre einmal, am Donnerstagnachmittag, zur *Eloise* gefahren, um zu sehen, ob sie den Revolver herausholen könnte.«

Hardy ging ein Gedanke durch den Kopf. »Vielleicht wußte sie, daß Fowlers Fingerabdrücke drauf waren und wollte nicht, daß man ihn beschuldigte.«

Freeman schüttelte ungeduldig den Kopf. »Es ging ihr nicht um Fowler. Er interessierte sie nicht mehr, so schmerzlich es für ihn auch sein mag, das zu hören ... Ich würde im Kreuzverhör diesen Punkt gar nicht berühren. Aber Sie haben etwas entdeckt, nicht wahr?«

»Wenn ja, weiß ich trotzdem nicht, wie ich es mir erklären soll. Gestern, als ich noch nicht davon überzeugt war, daß May die Wahrheit gesagt hat, dachte ich, ich hätte alle Fakten zusammen. Aber jetzt« – Hardy hob die Schultern – »bin ich mir dessen nicht mehr sicher. Heute sehe ich alles etwas anders, und manches paßt nicht mehr zusammen. Irgend etwas stimmt nicht, und ich versuche rauszufinden, was das ist.«

»Wenn Sie eine Orientierung brauchen: Sie wollen, daß Ihr Mandant freigesprochen wird.«

»Und May hat die Wahrheit gesagt?«

Aber Freemans Ansicht nach war diese Frage schon gestellt und beantwortet. Er trat näher an Hardy heran. »Jedenfalls haben Sie, hoffe ich, schon Ihren Elf-achtzehn geschrieben?«

Er bezog sich auf Paragraph 1118 Absatz 1 der kalifornischen Strafprozeßordnung: Der Verteidiger konnte jetzt beantragen, daß der Richter die Geschworenen anweisen sollte, den Angeklagten sofort freizusprechen. Gewiß, nachdem die Anklagevertretung den Fall dargestellt und all ihre Zeugen vernommen hatte, nützte fast jeder Anwalt automatisch diese Gelegenheit, aber in Fällen wie diesem, wo die Beweise nicht auszureichen schienen, um eine Verurteilung zu erreichen, hatte man sogar vielleicht eine Chance damit. Fast ebenso gewiß wurden solche Anträge freilich abgelehnt. Freeman wollte Hardy zu verstehen geben, daß er es trotzdem versuchen sollte.

Hardy bestätigte, daß dieser Antrag fertig war, er habe aber keine große Hoffnung, daß er damit durchkommen werde.

Freeman anscheinend auch nicht. »Chomorro fehlt es an Erfahrung. Dies ist sein erster großer Prozeß, er *muß* die Geschworenen entscheiden lassen.« Nachdem er es gesagt hatte, hob er die Hände, als erwarte er ein Geschenk vom Himmel. »Aber die Justiz ist so eine wunderbare Sache, da kann man nie wissen.«

Es blieben Hardy noch zwanzig Minuten, bis das Gericht zusammentrat. Er fuhr in den dritten Stock und traf Glitsky allein im Mordkommissariat an, wo er über seinen Schreibtisch gebeugt saß, irgend etwas las und auf einem verdammten Eiswürfel herumkaute. Jetzt sah er auf und sagte: »Du hast dich geirrt.«

Hardy zog einen Stuhl an seinen Tisch heran. »Ich höre.«

»Da war kein Mantel.« Glitsky schob Hardy das Blatt zu, das er studiert hatte. »Guck selbst nach. Wenn jetzt jemand reinkommt, während du hier sitzt, laß dir was einfallen, ja? Das hier«, sagte er und deutete mit dem Zeigefinger auf das Blatt, »ist die Inventarliste. Es steht alles drauf, Diz, sogar die Gummibänder, die im Schreibtisch lagen, alles, was sie aus dem großen Schlafzimmer der *Eloise* mitgenommen haben. Und diese Liste hier hat Struler von May bekommen. Es steht alles drauf, was sie zurückhaben wollte, im Gegenzug dafür, daß sie aussagte.«

»Warum hat man sie nicht einfach vorgeladen?«

Glitsky kaute auf seinem Eis, schluckte. »Ich glaube, sie wollten ihr zeigen, daß sie ihr entgegenkamen.« Er schüttelte den Kopf. »Aber weißt du was?«

Hardy überflog die Liste. »Was denn?« fragte er zerstreut.

»Hey, weißt du, daß das dauernd vorkommt? Jemand verklagt die Stadt und glaubt, er kann dabei noch einen Extra-Mantel oder sonstwas herausschlagen. Braucht es nur auf die Liste zu setzen und zu sagen: Der war da, wir haben ihn gestohlen. Aber« – er schlug auf das Papier –, »O Wunder, er war *nicht* dabei. Und darum fertigen wir sofort eine Liste an.«

Jetzt fing Glitsky wieder an, Shinn zu verdächtigen. Hardy ließ es nicht zu. »May hat nicht gelogen, Abe, so viel wissen wir jetzt.« Er verstand, daß Glitsky sich über May Shinn ärgerte. Sie hatte ihn in ihrer Klage wegen der ungerechtfertigten Verhaftung persönlich angegriffen. Und hatte sie ihn nicht angelogen, als sie ihm versprach, sie würde nicht nach Japan fliegen? Hatte er sie nicht deshalb verhaftet?

»Okay, du hast recht«, sagte Hardy. »Aber sie dachte, der Mantel wäre da. Sie hat David Freeman deswegen angerufen, sie hat es Fowler gegenüber erwähnt, als er bei ihr war. Diesen Struler hat sie völlig verrückt damit gemacht.«

»Würdest du das nicht tun?«

»Was?«

»Wenn du so eine Gelegenheit hättest – würdest du die nicht ausnützen?«

Hardy konnte ihm nicht zustimmen. Er würde an der Idee festhalten, daß May die Wahrheit gesagt hatte, bis er gegen eine Wand lief. Das war noch keine Wand, obwohl er die Sache nicht verstand. Trotzdem, Glitsky war auf seiner Seite, und da sollte er auch bleiben. »Vielleicht«, sagte er. »Jedenfalls hilft mir das –«

»Mir nicht. Überall, wo ich nachsehe: nichts. Hast du etwas über Farris herausgekriegt?«

»Nein. Ich hab ihn angerufen. Apropos ...« Er griff sich Glitskys Telefon und drückte ein paar Knöpfe. »Mittagspause«, sagte er zu Frannie. »Hat sich Farris gemeldet?« Als er auflegte, schüttelte er den Kopf. »Nichts.«

»Ist er verreist oder was?«

Hardy zuckte die Achseln. »Wahrscheinlich nur gerade mal zu sehr beschäftigt. Außerdem, vergiß nicht: Ich bin nicht mehr auf seiner Seite. Ich verteidige Nashs Mörder. Also, wenn du ihn –«

»Kommt nicht in Frage. Ich habe ihn schon abgeklopft von unten bis oben und zurück. Solltest du irgendwelche konkreten Beweise entdecken, will ich sehen, was ich tun kann, aber ... Jetzt ist es plötzlich aus unerfindlichen Gründen Shinn, die die Wahrheit sagt, und Farris, der lügt, und ich kann weder das eine noch das andere kaufen. Ich *weiß*, daß Farris Nash nicht getötet hat. Er war in Taos. Du bellst den falschen Baum an.«

Hardy wollte nicht mit ihm streiten, das brachte ihn nicht weiter. »Na gut, vielleicht ruft er mich an. Aber wenn irgendwas dabei herauskommt, hörst du von mir.«

Glitsky kaute lauter auf seinem Eis, bis er fertig war. »Der Gedanke gibt meinem Leben einen Sinn«, sagte er.

»Kann ich die haben?« fragte Hardy und nahm die Inventarlisten an sich.

»Du kannst nicht nur«, sagte Glitsky, »du mußt. Ich hab' extra den ganzen Vormittag gewartet, bis die anderen aus dem Büro waren, um sie für dich zu kopieren.

Hardy tätschelte Glitskys Backe. »Du bist so ein netter Mensch«, sagte er. »Bleib so.«
Glitsky knurrte. »Ich hatte nicht vor, mich zu ändern.«

Fowler und Jane saßen am Tisch der Verteidigung, als Hardy um zwanzig nach eins den Gerichtssaal betrat. Celine saß schon an ihrem Platz am Mittelgang in der zweiten Reihe. Er merkte, wie er langsamer wurde, als er neben ihr war, doch dann zwang er sich weiterzugehen und trat durch die Schwingtüren in den Raum, der dem Gericht vorbehalten war.

Fowler sah immer noch nicht viel besser aus. Hardy zog seinen Stuhl an den Tisch und legte die Hand auf seinen Rücken. »Geht's noch?« Jane, die auf der anderen Seite ihres Vaters saß, warf Hardy einen sorgenvollen Blick zu. Hardy gab sich begeistert: »Inzwischen hat sich einiges getan.«

»Ich bin ein Narr gewesen, Diz, die ganze Zeit.« Andys Augen waren nicht mehr so rot, auch die schwarzen Ränder darunter hatten sich zurückgebildet. Aber der Ausdruck in seinem Gesicht – oder vielmehr die Leere darin – war noch erschreckender. »Sie hat sich nie etwas aus mir gemacht, stimmt's?«

Es war wohl besser, wenn er der Wahrheit ins Auge sah. »Nein«, sagte Hardy. »Nein, ich glaube nicht, Andy.« Jane warf ihm einen eisigen Blick zu, aber er ignorierte es. »Wie wäre es denn, wenn du jetzt mal aufhörst, unter dem zu leiden, was sie dir angetan hat? Sie ist tot. Hast du nicht zu Jane gesagt, du müßtest damit eben einfach fertig werden, als ob jemand, den du kennst, gestorben wäre? Und das ist nun geschehen.«

»Sie hat mich belogen.«

Hardy mochte diese Erklärung nicht hören – daß Mays Lügen an allem schuld waren. »Hat sie das? Oder hast du dich selbst belogen?«

Jane zischte ihn an: »Dismas!«

»Weißt du, Andy«, fuhr er fort, »vielleicht bist du zu anspruchslos gewesen. Sie hat dir das gegeben, wofür du bezahlt hast, und das war eine Phantasie. Aber du bist ein Kerl, Richter, du kannst etwas tun, vielleicht sogar deine Phantasie in Wirklichkeit verwandeln. Du warst keiner von diesen Versagern, die du jeden Tag im Gericht vor dir gesehen hast –«

»Dismas, *hör auf*!«

Jane sagte es so laut, daß mehrere Geschworene zu ihnen herübersahen. Hardy bemerkte es und nickte ihnen zu. Er sprach leiser. »Die Phantasie ist entlarvt, Richter. Du bist nur noch ein sterblicher Mensch. Ich kann dir nicht vorwerfen, daß du ihr hinterherheulst, aber jetzt hast du wenigstens wieder festen Boden unter den Füßen.«

Fowlers Gesicht hatte nun wieder einen Ausdruck angenommen. War es Zorn? Haß? Beides? Egal was, dachte Hardy, es war besser als nichts.

»Du bist eine große Hilfe, Dismas, herzlichen Dank.«

Jane dämpfte zumindest ihre Stimme.

Fowler straffte sich. Er reckte die Schultern. »Erzähl mir nicht, ich wollte sie nicht wieder haben. Du weißt ja nicht ...«

Hardy nickte. »Du hast recht, Andy, ich weiß es nicht. Ich weiß nur, daß du nie eine Chance gehabt hast, sie zurückzubekommen, weil du sie nie gehabt hast.«

»Was meinst du denn, was du mit deinen Worten anrichtest, Dismas?« fragte Jane.

»Es ist gut, Liebling«, sagte Fowler zu ihr.

Hardy redete weiter. »Ja, es ist gut. Du fragst mich, was ich anrichte, Jane? Ich weiß es nicht. Vielleicht habe ich es satt, durch diese Sümpfe zu waten, während der Richter drüber hinwegsegelt.« Er richtete das Wort an seinen Mandanten. »Andy, tut mir leid, aber du bist kein tragischer Held. Ich kann hier nicht sitzen und zusehen, wie du dich wegen eines Märchens zu Tode grämst, das du dir ausgedacht hast, um dein Leben zu ruinieren.« Hardy sprach nun sanfter und legte die Hand auf Fowlers Schulter. »Die Frau ist *tot*, Andy. Sie kommt nicht mehr zurück. Du mußt aufwachen, und ich bin sozusagen der Wecker, der klingelt.«

Der berühmte Strafverteidiger David Freeman war der Mittelpunkt in der Argumentation der Anklagevertretung, und Elizabeth Pullios war sich dessen deutlich bewußt. Bisher hatte sie nur zweifelsfrei nachgewiesen, daß Andy verrückt nach May gewesen war und einen Privatdetektiv engagiert hatte, der herausfinden sollte, warum sie ihn nicht mehr sehen wollte. Der hatte entdeckt, daß sie sich in Owen Nash verliebt hatte – oder jedenfalls so tat –, und Nash während der folgenden Monate im Auge behalten, bis der Mann umgebracht wurde.

Abgesehen von Gary Smythe hatte Fowler fast allen, die er kannte, in bezug auf Owen Nash etwas weniger als die Wahrheit erzählt oder sogar gelogen. Er kannte das Versteck des Revolvers auf der *Eloise*, und seine Fingerabdrücke befanden sich darauf. Er war auch ein erfahrener Segler, und ihm wäre selbst bei rauhem Seegang zuzutrauen gewesen, daß er die *Eloise* allein zurück an ihren Liegeplatz brachte.

Trotzdem hoffte Hardy, daß den Geschworenen ein Schuldspruch schwerfallen würde, vor allem wenn Fowler – vorausgesetzt, Hardy konnte ihn dazu bewegen – in eigener Sache in den Zeugenstand treten würde. Bisher ließ sich alles, was der Richter getan hatte, als etwas durchaus Harmloses erklären: Er hatte ein paar unschuldige Lügen von sich gegeben, wollte wissen, warum eine Frau, von der er sich geliebt wähnte, seiner müde geworden war, die Fingerabdrücke auf der Waffe hatten einen plausiblen, gänzlich unschuldigen Grund, und der Kern dieser Geschichte war, daß Richter Fowler eine seinem Stand nicht zukömmliche und deshalb peinliche Beziehung mit einer Halbweltdame geheimhalten wollte.

Bislang konnte noch nicht von einem derartig großen Schuldbewußtsein gesprochen werden, als daß es für eine Verurteilung wegen Mordes ausreichte. Doch trotz Freemans privater Unterstützung konnte seine Aussage für die Verteidigung böse Folgen haben, dachte Hardy. Wenn nötig, würde er gegen jede Frage Elizabeth Pullios' Einspruch einlegen, und wenn die Geschworenen ihn deshalb haßten, sollten sie's tun. Die nackten Tatsachen, die Freeman aussagen mußte, reichten schon für einen Schuldspruch aus, daher wollte Hardy zumindest verhindern, daß Pullios sie auch noch interpretierte.

Die Staatsanwältin verhielt sich Freeman gegenüber sehr umgänglich und zuvorkommend. Zuerst ließ sie ihn einige bereits erwiesene Tatsachen bestätigen, dann kam sie rasch auf die Vorkommnisse im Juni zu sprechen. »Mr. Freeman, ist Ihnen der Angeklagte bekannt?«

»Ja.«

»Seit wann?«

»Ich kenne den Richter seit vielen Jahren.« Freeman würdigte Hardy keines Blickes.

»Würden Sie sagen, daß Sie und Mr. Fowler befreundet sind?«

»Wir hatten eine verbindliche berufliche Beziehung. Gesellschaftlich verkehren wir nicht miteinander. Ich würde sagen: so wie Sie und ich.«

Er lächelte. Sie lächelte. Den Geschworenen schien es zu gefallen.

»Hat sich Ihre Beziehung im letzten Juni verändert?«

»Ja.«

»Inwiefern?«

»Der Richter hat mir einen Auftrag erteilt.«

Chomorro: »Mr. Freeman, es ist uns bekannt, daß der Angeklagte in diesem Haus Richter war. Aber halten Sie sich bitte daran, Mr. Fowler entweder nur bei seinem Namen oder den Angeklagten zu nennen.«

Freeman sagte, es sei eine Gewohnheit, es tue ihm leid.

»Und was für einen Auftrag hat Mr. Fowler Ihnen erteilt?«

»May Shinn zu verteidigen, die des Mordes an Owen Nash angeklagt war –«

Chomorros Hammer knallte herunter. Hardy unterdrückte ein Lächeln. Gut gemacht, Dave, dachte er.

»Mr. Freeman, bitte beantworten Sie nur die Fragen, die man Ihnen stellt.«

»Ich bitte um Entschuldigung, Euer Ehren, ich dachte, danach hätte man mich gefragt.«

Nun war es schon im Protokoll aufgenommen. Und Pullios konnte schlecht etwas dagegen einwenden, da sie diese Frage gestellt hatte. Sie konnte nur fortfahren. »Mr. Fowler hat Sie beauftragt, May Shinn zu verteidigen, die, wie Sie sagen, des Mordes angeklagt war.«

»Das stimmt.«

»Waren Sie von dieser Bitte überrascht?«

»Zunächst nicht.«

Diese Antwort hatte Hardy nicht erwartet. Damals in seiner Erklärung hatte Freeman gesagt, er sei verblüfft gewesen. Jetzt war er »zunächst« nicht überrascht.

Pullios nahm es auf. »Warum ›zunächst‹ nicht?«

»Manchmal möchte das Gericht ein paar Anwaltskanzleien prüfen, bevor es einen Verteidiger bestimmt. Mal sehen, ob sie überhaupt Zeit haben, so in der Art.«

»Aber das war hier nicht der Fall?«

»Nein.«

»Was war hier der Fall?«

»Nun, der Richter – entschuldigen Sie, der Angeklagte – wollte mir privat einen Auftrag geben.«

»Ms. Shinn zu verteidigen?«

»Ja.«
»War das ungewöhnlich?«
»Ich würde sagen, ja.«
»War noch etwas ungewöhnlich an diesem Arrangement?«
Hardy stand auf. »Einspruch. Zu ungenau.«
»Stattgegeben.«
Pullios versuchte es noch einmal. »Sollte Ms. Shinn von diesem Arrangement erfahren?«
Hardy stand wieder auf. Schlußfolgerung des Zeugen und Hörensagen. Wenn Pullios es herausbekommen wollte, mußte sie ihm die Zähne mit herausziehen. Sie lächelte verkniffen. »Können Sie uns Ihr Gespräch mit dem Angeklagten bezüglich der Verteidigung von May Shinn beschreiben?«
»Bis zu einem gewissen Punkt, ja«, sagte Freeman. Er sprach direkt zu den Geschworenen. »Nachdem ich den Job angenommen hatte, wurde Mr. Fowler natürlich mein Mandant, und unsere Gespräche unterliegen der anwaltlichen Schweigepflicht.«
Freeman verschenkte nichts. Hardy hatte ein ausführliches Kreuzverhör mit ihm geplant, um May Shinns ungerechtfertigte Verhaftung und all das den Geschworenen zu präsentieren. Aber wie es schien, arbeitete Freeman für ihn.
Pullios war allerdings auch nicht blind, und sie sah das Schild »Vorsicht Hinterhalt«. Freeman wich aus – going sideways, wie die Staatsanwaltschaft es nannte. Zeugen taten das andauernd. Pullios begriff. Sie wurde jetzt etwas unfreundlicher.
»Mr. Freeman, ist es eine Tatsache, daß Mr. Fowler Sie gebeten hat, Ihre Beziehung zu ihm vor Ms. Shinn geheimzuhalten?«
»Ja.«
»Ist es eine Tatsache, daß eine Kaution in Höhe von fünfhunderttausend Dollar für Ms. Shinn festgesetzt wurde?«
Die Tatsachen kamen weiter heraus: Fowler hatte sein Apartmenthaus als Sicherheit verpfändet; Ms. Shinn wurde von der Grand Jury des Mordes angeklagt, damit war der Fall zum Oberen Gericht gekommen; der Prozeß gegen Ms. Shinn wurde Fowlers Kammer zugeteilt ...
Jetzt war Pullios richtig in Fahrt, und dagegen ließ sich nicht viel tun. »Nun, Mr. Freeman, Sie kannten also die Beziehung zwischen dem Angeklagten und Ms. Shinn – wie haben Sie darauf reagiert, daß das Verfahren gegen Ms. Shinn Mr. Fowler zugeteilt wurde?«
Freeman dachte einen Augenblick über seine Antwort nach.

»Na ja, ich hatte gemischte Gefühle. Ich dachte, für meine Mandantin wäre es gut, wenn Mr. Fowler die Verhandlung leiten würde, aber ich glaubte, das wäre ausgeschlossen.«

Eine Antwort, die Pullios haben wollte. »Haben Sie erwartet, daß Mr. Fowler den Fall zurückgeben würde?«

Hardy erhob Einspruch wegen mangelnder Relevanz. »Es kommt nicht darauf an, was Mr. Freeman erwartet hat.«

Chomorro überlegte, dachte ›Mir schon‹, und sagte »Abgelehnt.«

Pullios wiederholte die Frage: ob Freeman erwartete, daß Fowler den Fall zurückgeben würde.

»Natürlich.«

»Aber das hat er nicht getan?«

Freeman überlegte eine Sekunde, aber er konnte dem nicht ausweichen. »Nein, er hat es nicht getan.«

Hardy meinte, er könnte ein paar Punkte machen.

»Mr. Freeman, Ms. Shinn war des Mordes an Owen Nash angeklagt, derselben Tat, die man jetzt Mr. Fowler anlastet?«

»Richtig.«

»Bevor Sie sich bereit erklärten, die Verteidigung von Ms. Shinn zu übernehmen, und bevor also Mr. Fowler Ihr Mandant wurde, hat er Ihnen da erklärt, warum er wollte, daß Sie Ms. Shinn verteidigen?«

»Er wollte einen Anwalt, von dem er wußte, daß er eine starke Verteidigung durchführen konnte.«

»Sagte er, daß Ms. Shinn eine starke Verteidigung brauchen werde?«

»Ja.«

»Hielt Mr. Fowler Ihrer Meinung nach Ms. Shinn für schuldig?«

»Einspruch!«

Hardy formulierte es um. »Hat Ihnen Mr. Fowler gesagt, er halte Ms. Shinn für schuldig, Owen Nash ermordet zu haben?«

»Ja, das hat er. Das dachte er.«

»Sie haben in mehreren Mordfällen einen Freispruch erzielt, nicht wahr, Mr. Freeman?«

»Einspruch, Euer Ehren. Das ist hier nicht von Bedeutung.«

Hardy sagte nüchtern: »Euer Ehren, die Staatsanwaltschaft hat Mr. Freeman am Anfang nach seinem Beruf gefragt. Ich möchte, daß die Geschworenen wissen, daß er nicht nur ein Strafverteidiger, sondern als solcher *berühmt* ist.«

»Na gut.« Chomorro war, wie so oft, wenn der Tag sich in die Länge zog, mürrisch. »Aber lassen Sie uns jetzt weiterkommen.« Er ließ die Protokollführerin die Frage noch einmal verlesen, und Freeman antwortete, ja, er habe mehrere Freisprüche erreicht.

»War es nicht so, daß die Anklage gegen Ms. Shinn aufgrund Ihrer Bemühungen eingestellt wurde?«

»Ja. Hauptsächlich.«

»Nun lassen Sie uns das noch einmal klarstellen: Mr. Fowler beauftragte Sie mit der Verteidigung von Ms. Shinn, gegen die der Mordverdacht dann aufgrund Ihrer Bemühungen fallengelassen wurde?«

»Ja, stimmt.«

»Und damit wurde die Untersuchung wieder eröffnet, die zu der Verhaftung von Mr. Fowler selbst führte, wegen genau desselben Verbrechens?«

»Einspruch«, sagte Pullios. »Verlangt eine Schlußfolgerung.«

»Was ist Ihre Frage, Mr. Hardy?«

Hardy dachte, das hätte er zumindest indirekt klargemacht: Würde ein Mann, der eines Mordes schuldig war, einen Anwalt beauftragen, dessen erfolgreiche Arbeit in der Vergangenheit es wahrscheinlich machte, daß der Fall wieder aufgerollt würde? Die vernünftigste Erklärung dafür, daß Fowler Freeman beauftragt hatte, war, daß Fowler May in der Tat für schuldig hielt. Und wenn er das dachte, konnte *er* es natürlich nicht sein.

»Ich lasse die Frage fallen, Euer Ehren«, sagte Hardy. Er wandte sich wieder an Freeman und fragte ihn, ob er es zu dem Zeitpunkt, als Freeman ihn mit Shinns Verteidigung beauftragte, für möglich hielt, daß dieser Prozeß Fowlers Kammer zugeteilt werden würde.

»Nein, überhaupt nicht. Wenn ich das für möglich gehalten hätte, hätte ich ihn nicht übernommen. Aber das war unmöglich.«

»Warum?«

»Der Fall war in der 22. Kammer. Es standen sieben Richter zur Verfügung, und ich war sicher, daß Andy den Fall, falls er ihn bekam, zurückgeben würde.«

Pullios war aufgesprungen, doch dies waren relevante Tatsachen, und es gelang Hardy, bei Chomorro durchzusetzen, daß Freeman den größten Teil der Geschichte erzählen durfte: Wie die Fälle an die Richter verteilt wurden und welchen Umweg die Verhandlung gegen May nahm, bis sie bei Fowler landete. Man konnte es nicht vorhersehen ...

Schließlich kam Hardy zu dem wichtigsten Punkt. »An dem Tag, als die Anklage gegen Ms. Shinn eingestellt wurde, wie viele Tage hatte sie da schon vor Gericht gestanden? Ich meine: Waren die Geschworenen gewählt? Hatte die Staatsanwaltschaft mit der Anklage begonnen?«

»Nein, weder noch.«

»Erinnern Sie sich, was in diesem Fall an jenem Tag geschah?«

»Ja, Richter Fowler nahm seinen Abschied.«

»Meinen Sie damit, daß er den Fall abgab?«

»Nein, er nahm Abschied vom Richteramt. Er trat ab.«

»Und das war wie viele Tage, nachdem der Prozeß in seine Kammer gekommen war?«

»Einen Tag.«

Hardy wandte sich den Geschworenen zu. »Einen Tag«, wiederholte er.

Pullios verzichtete bei Freeman auf das Kreuzverhör. Maury Carter rief sie gar nicht erst in den Zeugenstand, weil Freeman die Tatsachen, die die Kaution betrafen, schon hinreichend erklärt hatte. Als Hardy mit Freeman fertig war, hatte Pullios keine Zeugen mehr, und die Anklage schloß den Beweisvortrag ab.

Hardy hatte jetzt ein besseres Gefühl. Freemans Aussage, vor der er sich gefürchtet hatte, war, wie es schien, nicht allzu schlimm ausgefallen. Die Geschworenen wußten nun alles, was Andy getan oder unterlassen hatte, aber wenigstens hatte man ihnen begreiflich gemacht, wie es dazu gekommen war.

Während der Pause trug Hardy Chomorro in dessen Besprechungszimmer seinen Antrag nach Paragraph 1118 Absatz 1 vor. Der Richter schien ihm zu seinem Erstaunen sogar zuzuhören und bewies dies, indem er sagte, er werde es sich am Wochenende durch den Kopf gehen lassen. Am Montag werde er ihm seine Entscheidung darüber mitteilen, ob er den Geschworenen einen Freispruch auftragen werde. Währenddessen solle sich Hardy aber doch lieber auf eine Fortsetzung der Verhandlung vorbereiten, damit er seine Zeugen dann gleich bereit hätte.

Sein Mandant hatte während des ganzen Nachmittags kein Wort zu ihm gesagt. Als der Richter herauskam und die Sitzung bis zum Montag vertagte, murmelte Fowler nur »Bis Montag« und wandte sich dann wieder seiner Tochter zu.

Hardy sammelte seine Papiere ein.

58

Als er um zehn nach fünf zum Parkplatz hinausging, war es schon dunkel. Ein Sturm zog herauf, der Wind wehte eiskalt und stetig von irgendwoher im Norden, wahrscheinlich Alaska.

Hardy stellte seine schwere Aktentasche hin, blieb am Eingang zum Leichenhaus stehen und starrte durch ein Loch in der Sperrholzwand auf den Bauplatz, wo das neue Gefängnis langsam emporwuchs. Einzeln und in kleinen Gruppen kamen gerade die Arbeiter heraus und gingen an ihm vorbei. Er beneidete sie, wie sie lachten und Pläne für den Abend und das Wochenende schmiedeten. Er schlug den Kragen seiner Jacke hoch, gegen den Wind, und fühlte sich einsam und trostlos.

»Hey, Hardy! Dismas! Sind Sie das? Machen Sie heute schon so früh Schluß? Ich bin froh, daß ich Sie mal treffe.« Es war Ken Farris, der sich zwischen den heimwärts strömenden Arbeitern zu Hardy hindurchdrängte. »Ich habe Ihre Nachrichten bekommen, aber ich hatte keine Minute Zeit, und jetzt dachte ich, daß ich Sie vielleicht hier am Gericht erwische. Ist die Sitzung schon beendet?«

Farris sagte die Wahrheit – normalerweise hätte er Hardy um diese Zeit wohl noch im Gerichtssaal angetroffen, aber in diesem Augenblick kam Farris ihm etwas ungelegen. Hätte er nicht zurückrufen können? Hardy fragte ihn.

»Ach, Sie wissen doch, wie das in einem Büro ist. Wenn das Wochenende vor der Tür steht, fällt einem immer eine Ausrede ein, um früher zu verschwinden. Das liegt hier sowieso auf meinem Nachhauseweg. Also, wie geht's? Was kann ich für Sie tun? Ist es wegen May Shinn?«

Hardy betrachtete ihn. »Ich glaube, es ist wegen einer ganzen Menge, falls Sie etwas Zeit haben. Wie wär's mit einem Drink?«

Farris schien sich zusammenzureißen. »Klar«, sagte er. »Stimmt irgendwas nicht?«

»Ja, kann sein.«

Sie gingen zurück durch das Justizgebäude und nach vorn zur Straße hinaus, die sie überquerten. Bei Lou's war es voll und laut, an der Decke hing, von Christbaumkerzen beleuchtet, roter und grüner Flitter. Da alle Hocker besetzt waren, stellten sie sich an den Tresen. Hardy bestellte ein Bass Ale, Farris einen Beefeater Martini Extradry. Lou, der hinter der Bar stand, zwinkerte Hardy zu. »Ist er neu?«

Hardy stellte die beiden einander vor, und Lou sagte trocken, all ihre Martinis seien extradry – kein Wermut. Farris sagte, er nehme, was Lou ihm eingieße, was die richtige Antwort war – er bekam etwas Eis, mehrere Unzen Gin und ein paar Oliven.

»Ist ja ein toller Laden«, sagte er und sah sich um. Dann klickte er sein Glas gegen Hardys. »Okay, was ist los?«

»Die Anklage hat den Beweisvortrag abgeschlossen. Ich fange Montag mit meiner Zeugenbefragung an.«

»Sie wollen mich doch nicht als Zeugen für Andy Fowler, oder?«

»Nein. Wieso fragen Sie? Glauben Sie, er hat Owen umgebracht?«

Farris nippte an seinem Gin. »Um ehrlich zu sein, ich wäre nicht überrascht, wenn er auch May umgebracht hätte. Mir ist es egal, was man sagt.«

»Nein, Mr. Farris. May hat Selbstmord begangen. Wenn man irgend etwas gefunden hätte, das auf Fowler hindeutete, hätte man ihn längst beschuldigt. Und man hat danach gesucht.« Doch Hardy war unzufrieden, als er das sagte, denn wenn Farris noch daran glaubte, dann glaubten es die Geschworenen vielleicht auch, trotz Chomorros Hinweisen. Das durfte er nicht vergessen. »Apropos May ... Als wir uns damals unterhalten haben, sagten Sie mir, Owen hätte sie bezahlt?«

»Richtig. Er hat sie alle bezahlt. Und?«

»Wissen Sie genau, daß er sie bezahlt hat? Hat er Ihnen das ausdrücklich mitgeteilt?« Farris schien zu überlegen. Hardy fuhr fort. »Sie sagten mir, Nash hätte sich in den letzten Monaten verändert. Ich dachte, das könnte zum Beispiel eine seiner Veränderungen gewesen sein.«

Farris schien irgendwie in sich versunken zu sein. Schließlich sagte er, aber kaum laut genug, daß man es bei dem Lärm hören konnte: »Owen hatte Callgirls, Prostituierte, nennen Sie es, wie Sie wollen. Das war seine Art. So war er. Und so eine war May.«

»Vielleicht auch nicht«, sagte Hardy, »das will ich sagen.«

Das schien Farris wütend zu machen. »Verdammt noch mal, das stand nie zur Debatte.«

Hardy schlürfte sein Ale. »Aber jetzt steht es zur Debatte. Mays Anwalt – Sie kennen ihn, Freeman – sagt, die beiden hätten sich geliebt.«

Farris schüttelte den Kopf. »Das kann nicht sein.«

»Warum nicht?«

»Darum nicht. Er war nicht der Typ. Wir reden von Owen. Der hätte nicht irgendeine Hure geheiratet. Warum graben Sie das alles aus?«

»Weil ich nicht glaube, daß Andy Fowler irgend jemanden getötet hat. Was wäre denn so schlimm daran für Sie, wenn Owen May Shinn geliebt hätte?«

»Weil ich Owen gekannt habe. Und weil er das niemals getan hätte!«

Hardy trat einen Schritt zurück und wartete. Dann griffen beide nach ihren Gläsern und tranken. Hardy beugte sich wieder vor. »Hören Sie, Ken, Sie haben sechs Monate damit zugebracht, Owens Testament anzufechten. Es ist kein Wunder, daß Sie auf Ihrer Position beharren. Ich frage nur, ob Sie irgendeinen *Beweis* dafür besitzen, daß Owen May bezahlt hat – hat er es Ihnen gegenüber zugegeben, haben Sie eingelöste Schecks oder was auch immer? Sie selbst haben mir gesagt, mit ihr zusammen hätte er sich verändert. Konnte ihn eine Geldbeziehung mit einer Hure verändern? Trug er nicht ihren Ring, als man ihn erschoß?«

»Das wissen wir nicht. Vielleicht hat ihm den jemand an den Finger gesteckt.«

»Warum?«

»Das weiß ich nicht.«

Hardy redete weiter. »Es ergibt keinen Sinn. Er hat ihn sich selbst an den Finger gesteckt. Er wollte es ihnen irgendwann sagen, vielleicht bald. Ich glaube, er hatte beschlossen, die Frau zu heiraten, genau wie sie behauptet hat.«

Ken Farris hatte nur noch seine Olive. »Jesus«, sagte er. »Ich kann mir einfach ...« Er schüttelte den Kopf.

»Sie haben es einfach angenommen, aber Sie wußten es nicht, stimmt's?«

»Warum hat er es mir dann nicht erzählt? Er hat mir alles erzählt.«

»Vielleicht wußte er es nicht. Vielleicht ist das bei ihm nach und nach gekommen. Aber wenn es so war, dann paßt alles ziemlich gut zusammen – er hat sein Verhalten geändert, ist ruhiger geworden, hat ihr eine Nummer für Notfälle genannt, das Testament geschrieben, ihren Ring getragen. May hat überhaupt nicht gelogen. Alles stimmte. Deshalb mein Anruf bei Ihnen. Ich mußte das nachprüfen.«

Lou hatte ihnen ungefragt noch eine Runde unter den Ellbogen durchgeschoben. Farris schien es nicht zu merken. Er hob den neuen Drink auf und kippte ein Drittel hinunter. »Es gab keine *Schecks*«, sagte er schließlich. »Natürlich Bargeld ... Wissen Sie, ich glaube nicht, daß wir je darüber gesprochen haben, ob er sie bezahlt hat – über das Thema haben wir nie gesprochen.« Ein Rückzug? Camouflage?

Die schlechte Nachricht war, daß Farris vielleicht, wahrscheinlich nicht gelogen hatte, dachte Hardy. Vielleicht hatte er wirklich diesem Irrtum angehangen und ihn als Tatsache weitergegeben, dann war es keine Lüge gewesen. Und dort, wo Hardy zumindest die Möglichkeit gesehen hatte, daß es noch einen weiteren Verdächtigen neben seinem Mandanten geben könnte, war ein Loch geblieben.

Plötzlich klatschten große Regentropfen auf die Windschutzscheibe, und dann brach der Sturm los. Hardy suchte sich einen Parkplatz einen halben Block von seinem Haus entfernt und schaltete den Motor aus, um das Ende des Unwetters abzuwarten. War das vielleicht der Beginn einer Regenzeit nach der siebenjährigen Dürre? Hardy kannte viele Leute in San Francisco, die meinten, daß das nie wieder was werden würde, sondern daß es das neue Kalifornien war, mit Treibhauseffekt, Zerstörung der Ozonschicht, Hautkrebs, saurem Regen und Aids-Sterben.

Dieser reinigende Guß, der vom Pazifik hereingeweht kam, beruhigte ihn irgendwie. Er lehnte sich in den Sitz zurück, hatte die Augen geschlossen und lauschte dem steten Trommeln der Tropfen auf dem Dach.

Es gab immer noch eine unbeantwortete Frage – Mays Mantel –, vielleicht führte der irgendwohin. Und dann *könnte* Chomorro am Montag ja seinem Antrag nach 1118.1 stattgeben, und das würde das Ende des Prozesses und bestimmt auch das Ende seiner Beziehung sowohl zu seiner ehemaligen Frau als auch zu ihrem Vater sein. Er wußte nicht genau, was er davon halten sollte.

Wie auch immer, wenn er es schaffte, die Mordanklage gegen Andy abzuschmettern, und dafür war er ja engagiert, könnte er in diesem Beruf eventuell weiterarbeiten und abwarten, bis wieder irgend so ein Fall kam.

Aber er wußte auch, daß es nicht nach einem schnellen Ende des Prozesses aussah, im Gegenteil. Und dann nagte es an ihm, daß die Wahrheit, falls es eine gab, immer noch nicht sichtbar geworden war. Wenn er Andy freibekam, konnte er vor Begeisterung zum Mond flattern, wenn er wollte, aber bevor er den nicht fand, der die beiden Kugeln in Owen Nash gefeuert hatte, würde er keine Ruhe finden, weil er sein eigentliches Ziel noch nicht erreicht hatte.

Zumindest würde er dann mit der Tatsache leben müssen, daß sein Mandant, den freizuboxen er sich entschlossen hatte, nur mit neunundneunzigprozentiger Sicherheit nicht der Täter war.

59

Der Regen rauschte die ganze Nacht, und mehrmals wachten Hardy und Frannie von Donnerschlägen, diesen in San Francisco ganz ungewöhnlichen Geräuschen, auf. Eine schreiende Rebecca mußte getröstet werden, und Hardy holte sie, um sie zwischen Frannie und sich selbst zu betten.

Bei Tagesanbruch sprang er auf, zog seine Laufschuhe, Shorts und T-Shirt an und rannte im Regen um den Park herum. Nach dem Duschen bereitete er sich ein Frühstück – Gehacktes, Eier, Toast und Kaffee, und aß, während er die Zeitung las und gelegentlich durch das Küchenoberlicht einen Blick zu den grauen Wolken hinaufwarf.

Jeff Elliot stand nicht mehr auf der Titelseite und auch sonst nirgendwo. Der Prozeßalltag war nicht gerade reich an Knüllern für die Medienwelt. Er wußte, daß Jeff da sein würde, wenn die Geschworenen sich zur Beratung zurückzogen, vielleicht würde er sich sogar das eine oder andere Plädoyer anhören, aber gegen die Taten von Arnold Mousenegger kam ein prosaischer Rechtsstreit nicht an. Journalisten hatten ihre Prioritäten. Mäuse waren wichtiger als Menschen.

Nach dem Frühstück beugte er sich über seine Frau und das Baby und küßte beide. Er trug Jeans und Arbeitsstiefel und seine alte griechische Fischermütze zu dem dicken Fischerpullover. Er hoffte, daß José ausgerechnet an diesem Tag pünktlich an seinem Arbeitsplatz sein würde.

Es goß immer noch, als Hardy auf den Parkplatz des Yachthafens fuhr und dachte, daß Owen Nashs letzter Tag auch so ausgesehen hatte. Auf dem ganzen Platz standen nur noch zwei andere Wagen. Hardy kam bis auf fünfzig Meter an das Pförtnerhaus heran, öffnete die Tür, schnappte sich die kleine Aktentasche und sprintete los.

José, der hinter dem Tresen an seinem Schreibtisch saß, legte seine Sportzeitung hin und erhob sich. Er erkannte Hardy sofort.

»Ich wette, wir gehen Ihnen allmählich auf die Nerven, aber ich hab' ein paar Fragen an Sie«, sagte Hardy. Er nahm die Mütze ab und legte sie neben die Aktentasche auf den Tresen.

José schien es locker zu nehmen. Der Morgen war sowieso mies, und nichts war los. Er freute sich über die Abwechslung.

»Ich habe mir gestern Ihre Aussage durchgelesen, José.« Hardy knipste die Aktentasche auf und holte Papier heraus. »Und hier gibt's etwas, das ich nicht verstehe.«

José nickte, beugte sich über den Tresen und sah sich den daumendicken Papierstapel an. Er grinste. »Habe ich das alles gesagt?«

»Ja, von Ihrer Befragung durch Sergeant Glitsky bis zu Ihrer Aussage vor Gericht –«

»Meine Freundin sagt immer, ich rede zu wenig, ich rede nie. Ich sollte ihr das mal zeigen.«

»Ich kann Ihnen eine Kopie besorgen, wenn Sie möchten«, sagte Hardy. »Aber jetzt sagen Sie mir doch mal bitte, als Sie das erste Mal mit Sergeant Glitsky sprachen ...« Hardy schlug das Transkript an der Stelle auf, die er markiert hatte, und drehte es zu José herum, so daß er es sehen konnte. »Am Ende der Befragung sagten Sie, Sie hätten May Shinn am Donnerstagmorgen hier im Yachtklub gesehen.«

José runzelte die Stirn und sah das Blatt an. »Sí«, sagte er unsicher. »Tom und ich, wir haben drüber gesprochen, nachdem sie sich umgebracht hat.«

»Worüber haben Sie gesprochen?«

»Nach dem Prozeß haben wir über diesen Tag geredet.«

»Den Donnerstag?«

»Sí. Nur hab' ich sie morgens gesehen, wissen Sie.«

»Ich weiß, José. Deswegen wollte ich Sie ja noch mal fragen.« Er zeigte auf das Transkript. »Sehen Sie hier diese Stelle? Wo Sie sagen, sie sei von Ihnen weggegangen?«

»Sí.«

»Wie konnten Sie dann sicher sein, daß es May war?«

»Ich habe sie oft gesehen. Und das Ding, das sie auf dem Kopf hatte, und der Mantel. So einen Mantel gab's nicht noch mal.«

Hardy versuchte ganz ruhig zu sprechen. »Was für ein Ding hatte sie denn auf dem Kopf?«

»Ich weiß nicht, wie man das nennt. Wie eine Pelzmütze.«

»Und der Mantel?«

»Ja, der Mantel wie –« er suchte nach einem Wort. »Wie auf einem Gemälde. Muchos colores.«

»Okay, José, beantworten Sie mir doch bitte noch diese eine Frage – und ich habe den ganzen Tag Zeit, wenn Sie nachdenken wollen: Haben Sie irgendwann Mays Gesicht erkannt?«

»Nein. Da brauche ich nicht nachzudenken. Sie war – da hinten.« Er deutete zur Straße. »Sie hatte keinen Wagen, glaube ich. Jedenfalls habe ich sie nie einen Wagen fahren sehen. Sie ist früher immer mit Señor Nash gekommen.«

»Sie war nie allein hier? Sie war nie vor ihm da und hat ihn erwartet und ist schon an Bord gegangen?«

Er schüttelte den Kopf. »Nein. Nicht, daß ich wüßte. Vielleicht hat Tom so etwas gesehen.«

»Vielleicht.« Hardy überlegte, was es für Möglichkeiten gab. Er mußte sich noch einmal die Fragen ansehen, die er aufgeschrieben hatte. Diesmal wollte er nichts vergessen. »José, erinnern Sie sich, um wieviel Uhr Sie an diesem Donnerstag hier an Ihrem Arbeitsplatz erschienen sind?«

José richtete sich nervös auf. »Die Schicht fing um halb sieben an.«

Hardy sah ihn mit einem Verschwörerblick an. »Das weiß ich, José. Aber ich spreche von diesem einen Donnerstag. Ich verspreche Ihnen, ich erzähle es keiner Menschenseele.« Er hoffte, daß er José nicht zwingen mußte, es im Zeugenstand auszusagen, aber das versprach er ihm nicht.

José zuckte die Achseln. »Ich glaube, ich bin etwas zu spät gekommen. Tom hat an dem Tag mit mir darüber geredet, ich erinnere mich. Am Tag davor war jemand dagewesen und hatte gefragt. Danach bin ich dann pünktlich gekommen.«

Hardy lächelte. »Sie haben Glück gehabt«, sagte er. »Das war ich. Aber an dem Donnerstag ...?«

José grinste. »Ziemlich spät«, sagte er. »Vielleicht um acht, halb neun.« Der Regen trommelte auf das Glas des Pförtnerhäuschens. »Aber ich bin von da an wirklich immer pünktlich dagewesen, wissen Sie? An dem Morgen ist ja auch kein Mensch rausgefahren.«

Er befand sich in der Nähe von Green's, einem Restaurant, in dem er gern zu Mittag aß, weil sie so gutes Brot und guten Kaffee hatten und wegen der Schnitzereien und der Aussicht auf die Bay. So früh morgens war er noch nie hier gewesen, und sie hatten eigentlich noch nicht offen, aber weil sie ihn draußen im Regen stehen sahen, hatten sie Mitleid mit ihm und ließen ihn hinein; er konnte sich an den Tresen setzen und eine Tasse Kaffee trinken.

Okay, es war also nicht sicher, daß es sich um May gehandelt hatte. Das durfte er nicht vergessen. May, die sich wegen der Mordanklage gegen sie Sorgen machte, wußte, daß José sie mit seiner Aussage belasten würde, hatte den Mantel beseitigt und die Polizei des Diebstahls beschuldigt.

Aber das vermochte er sich nicht vorzustellen.

Nein, jemand anders – derjenige, der Owen Nash getötet hatte – könnte am Donnerstagmorgen zur *Eloise* zurückgekehrt sein. Aber es mußte eine Frau gewesen sein – sogar in ihrem Mantel hätte José Andy Fowler nicht für May Shinn gehalten. Vielleicht hatte sie etwas auf dem Boot vergessen, durch das die Polizei ihr auf die Spur kommen konnte. Morgens las sie in der Zeitung den Bericht, in dem von der *Eloise* die Rede war, und begriff, daß sie rasch handeln mußte. Als sie ankam, war José noch nicht da, also ging sie an Bord und nahm das mit, was sie beseitigen wollte, und stahl zudem Mays Mantel, um, falls man sie bemerkte (was dann ja auch geschah), unerkannt zu bleiben. Oder vielmehr: um mit May Shinn verwechselt zu werden.

Aber Augenblick mal ... sie wäre ja gar nicht an Bord gekommen. Tom hatte die Kabine am Abend zuvor in Hardys Beisein verschlossen. Auch als José es am nächsten Tag nachprüfte, war die Kabinentür geschlossen.

Die Betreffende mußte einen Schlüssel besessen haben.

Statt etwas aus dem Boot herauszuholen, konnte es auch sein, daß sie etwas dorthingebracht hatte. Zum zwanzigsten Mal versuchte Hardy, sich die Schublade im Rollpult vor Augen zu führen. Abe hatte die Mordwaffe darin entdeckt. Hardy aber hatte sie am Mittwochabend nicht darin gesehen. Er hatte sie nicht entdeckt, obwohl sie drinlag. Oder weil sie nicht drinlag.

Vielleicht handelte es sich hier, wie man beim Baseball sagte, um ein »game of inches«.

»Das ist lächerlich.«

Abe war nicht begeistert, als Hardy ihn an diesem Samstagmorgen vor neun Uhr aus dem Bett klingelte, aber Hardy erinnerte ihn freundlich an seinen eigenen Anruf um sechs Uhr früh vom Tag zuvor. Außerdem war Glitsky in erster Linie ein Polizist und sowieso schon angezogen und ausgehfertig, um jemanden zu vernehmen. Er knurrte zwar, aber Hardy wußte, daß ihm der Mord an Owen Nash so lange keine Ruhe lassen würde, bis er gelöst war. Abe brauchte dann auch keine halbe Stunde für die Fahrt zum Yachthafen, und Hardy und José gingen mit ihm zusammen im strömenden Regen zum Liegeplatz der *Eloise* hinaus.

»Ich weiß«, sagte Hardy. Aber angenommen, die Idee, die ihm durch den Kopf gegangen war, war richtig. Er brauchte darüber gar nicht weiter nachzudenken – und er konnte auch nicht, solange er diese Sache nicht geklärt hatte.

Das Plastikband, mit dem die Polizei den Tatort im Sommer abgesperrt hatte, war nicht mehr da. José schloß die Tür auf und trat beiseite, damit Glitsky als erster hineingehen konnte.

Die Generatoren liefen nicht. Es war dunkel im Boot. Der Regen trommelte oben aufs Deck, während die drei unten standen und warteten, bis ihre Augen sich an die Finsternis gewöhnt hatten.

»Sieht unverändert aus«, sagte Hardy.

Glitsky war nicht gekommen, um die Einrichtung zu besichtigen. »Also, was willst du?«

Hardy ging durch die Kombüse und den kleinen Korridor und kam in das große Schlafzimmer. Die Polizei hatte Mays Sachen wohl entfernt, aber der Raum wirkte genauso unheimlich, weil alles noch wie damals aussah. Der Heimtrainer und die Schreibtische waren noch vorhanden, als ob jemand dort lebte. Glitsky zog einen der Vorhänge auf, um etwas mehr Licht hereinzulassen, und Hardy ging auf das Rollpult zu. Er öffnete die Schublade.

»Okay, nun tu mir den Gefallen. Laß dir Zeit, schließe die Augen, und versuche dich zu erinnern. Zeig mir genau, wo du den Revolver entdeckt hast.«

Glitsky kam um das Bett herum und blickte in die geöffnete Schublade. Er zog ein Taschenmesser aus dem Jackett – »Das ist ungefähr die Länge, richtig?« – und legte es auf die Seekarten, die immer noch in der Schublade lagen, aber vielleicht acht Zentimeter vom vorderen Rand entfernt.

Hardy nickte. »Hast du die Schublade mit einem Ruck geöffnet?« Wodurch der Revolver auf den Karten nach vorn oder nach hinten gerutscht wäre.

Glitsky war ganz ruhig. »Nein. Ich habe so cool und methodisch wie immer gearbeitet. Willst du mir erzählen, was das soll?«

Hardy sah sich noch einmal das Messer in der Schublade an und überlegte. Dann nahm er das Messer und gab es Glitsky zurück. »Der Revolver war am Mittwoch nicht in der Schublade, Abe. Ich habe hier nachgeguckt.«

Der Regen prasselte jetzt noch heftiger auf das Boot. Hier unten hörte es sich an, als ob sie in einer Blechtrommel säßen. Hardy stand da mit seiner Mütze auf dem Kopf, die Hände in den Taschen seiner dicken Schifferjacke. Das Boot schaukelte hin und her und klopfte gegen den Steg.

Glitsky dachte darüber nach. »Also war May am Donnerstagmorgen da und hat die Waffe zurückgebracht.«

»Dann wäre sie die dümmste Person in Amerika.«

»Oder auch nicht. Sie hat ihren Namen in der Zeitung gelesen und wollte das Ding nicht mehr in ihrer Wohnung haben.«

»Das Ding war aber nicht in ihrer Wohnung. Erinnere dich. Es war hier. Außerdem hatte sie keinen Schlüssel.

»Weißt du, wahrscheinlich müssen wir uns noch einmal ihre Wohnung ansehen.« Abe notierte sich etwas. »Also, ich möchte das jetzt genau wissen: Du sagst, der Schütze hat die Waffe am Sonnabend von diesem Boot abgeholt. Wer soll sie dann wieder *hergebracht* haben?«

»Jemand, der May belasten wollte, was ihm ja auch zuerst geglückt ist.«

Glitsky starrte noch eine Weile das Rollpult an. »Würdest du das mit der Waffe beschwören?«

Hardy nickte. »Sie war nicht hier, Abe. Jemand ist am Donnerstagmorgen hergekommen, hat die Kabine aufgeschlossen und das Ding in die Schublade getan. Dann hat er Mays bunten Gänsefedermantel angezogen, sich eine Pelzmütze oder etwas Ähnliches aufgesetzt, die Kabine hinter sich abgeschlossen und ist wieder davonspaziert.«

»Warum?«

»Weil er oder sie May haßte.« Hardy hatte jetzt das Gefühl, er wäre der Lösung sehr nahe. »Owen hatte eine Freundin. Dann lernte er May kennen. Er verliebte sich in sie und gab dieser anderen Freundin den Laufpaß. Darauf brachte die enttäuschte Freundin ihn aus Eifersucht um. Dann las sie in der Zeitung, daß May und Owen am Sonnabend zum Segeln verabredet gewesen waren. Die Mörderin erkannte die Gelegenheit, die verhaßte Konkurrentin mit dem Mord zu belasten.«

Glitsky lutschte an einem Zahn. »Um wieviel Uhr war das? Als diese Person zurückkam.«

Hardy sah José an und verzog das Gesicht. »Es muß ziemlich früh gewesen sein.«

»Dann kommt Fowler dafür in Frage. Nicht wahr?«

»Ich glaube nicht, daß es ein Mann gewesen sein kann. José hat den Mantel erkannt –«

Der Pförtner erklärte: »Es war eine Frau, Sir. Kein Zweifel.«

»Es war eine Frau, die den Mantel trug. Okay. Aber ein Mann kann in die Kabine gegangen sein. Möglicherweise waren es zwei verschiedene Vorgänge.«

»Andy hatte keinen Schlüssel.«

»Etwas Negatives kann man nicht beweisen.«

Hardy ärgerte es allmählich, daß Glitsky immer noch nicht begriff. »Abe, der Mantel befand sich hier an Bord.«

»Woher wissen wir das, Diz?«

»May hat gesagt, daß der Mantel hier war. Die Täterin nahm ihn mit, deshalb taucht er in deiner Inventarliste nicht auf.«

Glitsky antwortete geduldig. »Ich sage nicht, daß die Möglichkeit, von der du sprichst, völlig ausgeschlossen werden muß, Diz. Ich sage nur, daß es noch mindestens eine andere Erklärung gibt: May war hier unten und hatte den Mantel an. Sie sah Andy. Wenn er ihr den Mord anhängen wollte, brauchte er sie ja nur herzubestellen, damit man sie in ihrem bunten Federmantel sah. Als sie das begriff, entledigte sie sich des Mantels. Dann fiel ihr ein: Wenn sie uns für den Verlust haftbar machte, mußten wir ihr den vielleicht ersetzen. Also hat sie uns den Nerv getötet.«

»So war es nicht, Abe.«

»Beweise es.«

»Es war eine Frau, Abe –«

Hardys Theorie überzeugte Glitsky nicht. »Ich würde an deiner Stelle mal genau nachprüfen, wo dein Mandant an dem Morgen war, bevor ich vor der Grand Jury ausgesagt habe. Und was die Frau angeht: Die einzige noch lebende Frau, die irgend etwas mit diesem Fall zu tun hat, ist Celine Nash. Sie hat kein Motiv. Außerdem war sie zur Tatzeit in Santa Cruz. Das habe ich nachgeprüft.«

Hardy wollte nicht nachgeben. »Ich glaube immer noch, daß es eine Frau war.«

Glitsky zuckte die Achseln. »Ja, da wir beide nicht glauben, daß May es getan hat, wer …?«

Hardy rang mit dem Unbegreiflichen – Jane, seine ehemalige Frau, Andy Fowlers Tochter ... Sie hatte ihm, was ihr Verhältnis zu Owen anging, nicht die ganze Wahrheit gesagt. Es war unverständlich, warum sie es getan haben sollte, sie hatte doch nur eine einzige Nacht mit dem Tycoon verbracht. Aber vielleicht ... Was wäre wenn? Gewöhne dich lieber gleich an diesen Gedanken, so unglaublich er dir auch erscheinen mag. Jane hatte eine feste Beziehung zu Nash gehabt. Sie sahen einander regelmäßig. Da lernte er May Shinn kennen. Es war aus. Jane war verrückt nach ihm. Sie brachte Owen um. Dann gestand sie es ihrem Vater oder er bekam es irgendwie heraus. Kein Wunder, daß er so sanft und liebenswürdig tat: Er wollte seine Tochter um jeden Preis beschützen. Er hätte alles für sie getan. Alles? Natürlich haßte er Nash. Stimmte es denn, daß er so rettungslos in May Shinn verliebt war? Sie wollte ihn nicht mehr sehen. Er war wütend auf sie. Welch wunderbare Gelegenheit, May für ihre Untreue dadurch zu bestrafen, daß er ihr das Verbrechen seiner Tochter Jane anhängte. Und May hatte ja schließlich bezahlt.

Er parkte vor Janes Haus an der Jackson Street in Pacific Heights. Es war das Haus, in dem er früher mit ihr zusammen gewohnt hatte. Im Radio hieß es, seit Mitternacht seien über fünf Zentimeter Regen gefallen. Er ging die Treppe hinauf und klopfte an die Tür mit den hübschen kleinen Glasscheiben. Er sah den Schatten einer Männergestalt dahinter auftauchen. »Das trifft sich gut«, dachte er und erwartete Chuck Chuck Bo-Buck zu sehen oder wen auch immer, der gerade der Mann des Monats war.

Die Tür ging auf, und er sah seinen Mandanten vor sich.

»Andy, wir müssen uns unterhalten«, sagte er.

»Du bist so ein Bastard.« Jane weinte. Sie lag mit hochgezogenen Beinen im Bett.

»Jane, ich versuche deinem Vater das Leben zu retten. Mir geht es auch nicht gerade blendend.«

Hardy hatte ein schreckliches Gefühl dabei, seine ehemalige Frau schluchzen zu sehen. Was die Männer betraf, die sie nach ihm kennengelernt hatte, tat Hardy gern so, als gingen sie ihn nichts an, aber er wußte, daß Jane immer noch nicht den richtigen gefunden hatte. Und daß sie sich nach einer festen Beziehung sehnte, nach einem starken Mann, der sie in die Arme nahm und liebte und ihr treu blieb. Aber den gab es anscheinend nicht. Hardy nahm an – vielleicht täuschte er sich –, daß er selbst bereits dieser ideale Mann gewesen war, daß aber irgend etwas – das Schicksal? – diese Beziehung zerstört hatte.

Manchmal konnte er ihr jeden Tag begegnen, ohne daran zu denken, aber jetzt, als er ihr gegenübersaß, war es sehr hart.

»Wie kommst du auf so einen *Gedanken,* Dismas? Wofür hältst du mich eigentlich? Ich habe dir *gesagt*, daß es überhaupt nichts war. *Es war nur eine Nacht.*«

Andy wartete im Wohnzimmer. Mit ihm wollte er sich später beschäftigen. Zuerst mußte er wissen, was zwischen Jane und Owen Nash gewesen war. »Nur *eine* Nacht? Und du hast ihn nie wiedergesehen?«

»*Nein.* Das kommt vor. Was willst du denn hören?«

»Ich will nur die Wahrheit hören.«

Sie schlug mit der geballten Faust auf das Bett. »Ich *habe* dir gesagt, daß das die Wahrheit ist. Ich habe Owen *einen* Tag und *eine* Nacht lang gesehen. Das ist alles.«

»Okay, okay, Jane.«

»Was willst du sagen? *Ich* hätte ihn umgebracht?« Als sie sein Gesicht betrachtete, legte sie die Hand an den Mund. »O mein Gott, du glaubst das wirklich.« Sie sprang auf und schniefte. Auf ihrem Schreibtisch lag ein großes schwarzes Buch, sie blätterte darin. Dann wandte sie sich zu ihm um und hielt ihm das offene Buch unter die Nase. »Achtzehnter bis zweiundzwanzigster Juni. Sommermodenschau bei I. Magnin. Tag für Tag von morgens bis abends Seminare und Teepartys, die ich geben mußte. Prüf's nach.«

Hardy senkte den Kopf. Er haßte das. »Ich glaube dir, Jane. Ich habe gesagt, ich glaube dir.«

Sie zog den Schreibtischstuhl heraus und setzte sich. Sie fing wieder an zu weinen. Sie schluchzte leise vor sich hin und wischte sich die Augen mit dem Kleenex ab. Hardy stand von ihrem Bett auf und ging aus dem Zimmer.

60

Er sagte Andy, sie müßten sich am nächsten Tag zusammensetzen und über seine Aussage sprechen.

Er hatte Frannie einen Zettel hinterlassen, daß er wahrscheinlich den ganzen Tag über fort sein werde. Er fand einen von ihr vor, daß sie bei Rebeccas Großmutter, der Mutter ihres verstorbenen Mannes, war und um sechs Uhr abends zurück sein werde. Sie hoffe ihn dann zu sehen.

Er ging in sein Büro und warf zwanzig Minuten lang Darts. Ab und zu sah er aus dem Fenster, wo der Regen aus den grauen Wolken herabfiel.

Eigentlich mußte er sich jetzt auf die Verteidigung vorbereiten, auf den juristischen Wettstreit mit Pullios darüber, wie die vorliegenden Beweise für Andy Fowlers Täterschaft beim Mord an Owen Nash zu interpretieren waren. Aber irgendwie hatte er das Gefühl, daß aus dem Ganzen die Luft raus war. Er fühlte sich an diese Debatten in der Highschool erinnert, in denen er manchmal drei- oder viermal an einem Nachmittag sowohl für als auch gegen etwas argumentiert hatte. Als ob es keine richtige Antwort gab.

O ja, er wußte, daß das Mode war. Es war schon damals Mode gewesen, als er das College besuchte – gib bloß keine Werturteile ab. Relativität war gefragt. Eine absolute Wahrheit existierte nicht. Aber ob das nun gut war oder nicht – mit den Jahren war er zu der Überzeugung gelangt, daß es doch eine Wahrheit gab und daß sie sich fundamental von der Unwahrheit unterschied.

Und sein Job am Montag sollte nun sein, die Debatte fortzusetzen. Das wußte er. Er würde Abe Glitsky und Art Drysdale und vielleicht José in den Zeugenstand rufen und schließlich Andy selbst aussagen lassen. Sein Resümee hatte er schon fertig.

Aber jetzt stellte er fest, daß, soweit er wußte, sehr wenig von dem Geschehen selbst Eingang in den Prozeß gefunden hatte, der doch der Schmelztiegel sein sollte, aus dem man die Wahrheit gewann.

Einerseits wollte er sich nicht von seiner Verteidigung Andy

Fowlers ablenken lassen. Er wußte, daß er jetzt an seinem Schreibtisch sitzen, Formulierungen und Argumente notieren sollte, um die Herzen der Geschworenen für sich zu gewinnen. Andererseits fand er, daß er nur noch der Wahrheit selbst auf den Grund gehen sollte, weil er nun wußte, was sich zugetragen hatte. Nur dadurch konnte er Andy Fowler wirklich retten, ihn aus den Händen der Geschworenen befreien und jeder Debatte entziehen.

Endgültig von dem Mordverdacht reinigte er seinen Mandanten nur dadurch, daß er eine andere Erklärung der Vorgänge lieferte. Aber die Zeit, die er darauf verwendete, würde ihm bei der Verteidigung vor Gericht fehlen.

Deshalb warf er seine Darts.

Die Inventarlisten halfen ihm nicht weiter. Es standen die Schweißbänder darauf, die man den Schubladen der Schreibtische neben dem Bett entnommen hatte, auch Gewichtheberhandschuhe und Wadenwärmer. Hardy wandte sich wieder der Verteidigung zu und legte den gelben Schreibblock vor sich hin. Sollte er José als Zeugen aufrufen und ihn über alles, was er an diesem Morgen festgestellt hatte, ausfragen? Er schrieb es hin, betrachtete es und stellte fest, daß nichts von dem, was er erfahren hatte, bewies, daß Andy an dem Donnerstagmorgen nicht auf dem Boot gewesen war. Etwas Negatives kann man nicht beweisen ...

Was war mit der Waffe in der Schublade? Glaubwürdigkeit seiner Aussage? Falls sie glaubwürdig war, welche Bedeutung kam ihr zu? Er konnte jetzt sofort Pullios und Chomorro anrufen und ihnen mitteilen, daß er selbst ein entscheidendes Indiz entdeckt hätte, das einen weiteren Prozeß erforderlich machen würde, weil er nicht als Zeuge für seinen Mandanten aussagen konnte. Dann würde er aussagen, daß die Waffe am Mittwochabend nicht in besagter Schublade gelegen hatte. Aber es einer neuen Jury zu beweisen, würde wiederum schwierig werden. Es war immerhin möglich, daß die Waffe bei jedem Öffnen der Schublade nach vorn oder nach hinten gerutscht war. Es *war* möglich, daß er sie schlicht übersehen hatte. Er war in Eile gewesen. Und selbst wenn es ihm gelänge, die Geschworenen vom Nichtvorhandensein der Waffe am Mittwochabend zu überzeugen, würde das denn *zwangsläufig* bedeuten, daß der Staatsanwaltschaft die Beweislast oblag, zu zeigen, daß sich Andy Fowler irgendwie einen Schlüssel zu der Kabine der *Eloise* besorgt hatte? Er versetzte sich an Glitskys

Stelle, und ihm fielen innerhalb von fünf Minuten fünf Gründe ein, weshalb dem nicht so war.

Er stand auf und fütterte die Fische. Er wußte, was er wußte: Die eifersüchtige Frau, die ihren ungetreuen Geliebten Owen Nash erschossen hatte, hatte am Donnerstagmorgen die Waffe zur *Eloise* zurückgebracht. Das hatte sie getan, um das Ding loszuwerden und um den Tatverdacht auf May Shinn abzuwälzen. Beide Strategien hatten funktioniert.

Er mußte es sich immer wieder einhämmern, daß die Staatsanwaltschaft *beweisen* mußte, was sie behauptete. Wenn sie befand, daß Fowler Nash getötet hatte, mußte sie Fakten vorlegen, die das nachwiesen. Hardy brauchte nicht zu beweisen, daß Fowler es nicht getan hatte. Daran mußte er die Geschworenen immer wieder erinnern. Selbst wenn sie zu dem Schluß kamen, daß Andy in gewisser Hinsicht wegen irgend etwas schuldig war, mußte Hardy sie darauf aufmerksam machen, daß sie nicht darüber zu befinden hatten, ob Andy *unschuldig* war oder nicht, sondern vielmehr, ob die Staatsanwaltschaft ihm mittels der vorgelegten Beweismittel und vorgeführten Zeugen die Schuld nachgewiesen hatte. Und falls das nicht der Fall war, war er – obwohl er vielleicht nicht unschuldig war – im juristischen Sinn *nicht schuldig*. Unschuldig hieß nicht dasselbe wie nicht schuldig.

Als er wieder am Schreibtisch saß, drückte er einige Knöpfe und tauschte dann mit Ken Farris ein paar Worte über das furchtbare Wetter aus. »Sind Sie immer noch dabei?« fragte Farris.

»Den Müden gönnt man keine Ruhe«, sagte Hardy. »Mir ist hier etwas aufgefallen, sofern Sie nichts dagegen haben, der Verteidigung behilflich zu sein.«

»Wenn es nicht in Arbeit ausartet«, sagte Farris. »Obwohl mir der Gedanke etwas unheimlich ist.« Er schwieg einen Augenblick. »Dismas, lassen Sie mich Ihnen eine Frage stellen: Ich habe das Gefühl, daß das mehr als nur ein Job für Sie ist. Sie glauben nicht, daß Fowler es getan hat, stimmt das? Sie würden den Fall nicht bearbeiten, wenn es nur eine juristische Übung wäre, ja?«

Hardy hatte das alles schon einmal durchgekaut. »Fowler hat es nicht getan«, sagte er. »Ich will auch herausfinden, wer es war.«

Eine Pause, dann: »Warum müssen Sie uns das immer wieder zumuten? Immer wieder die falschen Leute fragen?«

Es war eine lange Geschichte – Nashs berühmter Name, der Ehrgeiz von Elizabeth Pullios, Fowlers Doppelleben. Verdacht und Vorurteile. Aber Farris hatte seine Frage nur rhetorisch gestellt, und Hardy überging sie. »Hat Owen den Schlüssel für die *Eloise* irgendeiner seiner Freundinnen gegeben?« fragte er.

»Das bezweifle ich. Die *Eloise* war sein Baby, wissen Sie. Er lud Leute ein, aber nie, wenn er nicht dabei war.«

»Hatte er Freundinnen, mit denen er über längere Zeit zusammen war – Geliebte, Konkubinen, Mätressen –, außer May?« Mußte er wohl, dachte Hardy.

»Ein paar Wochen, ab und zu mal einen Monat lang, das war wohl alles. Er zahlte sie aus, und sie gingen ihrer Wege.«

»Erinnern Sie sich daran, daß er sich über irgendeine von ihnen dahingehend geäußert hat, daß sie sehr böse auf ihn war – verbittert, enttäuscht, weil er sie nicht mehr wollte, irgend etwas dieser Art?«

»Nein, tut mir leid, aber da war nicht viel los. Sie kamen und gingen wie die Jahreszeiten.« Er lachte trocken. »Nein, streichen Sie das: eher wie die Gänge einer Mahlzeit. Das war der große Unterschied bei May – die Sache mit ihr hielt etwas länger.«

»Und sonst gab es niemanden?«

»Nein. Außer Celine natürlich.«

Hardy saß festgenietet auf seinem Stuhl. Er merkte, wie ihm das Blut aus dem Gesicht wich. Der Regen prasselte gegen das Fenster. Die Dunkelheit brach herein. »Hatte Celine einen Schlüssel zur *Eloise*?« fragte er, und seine Stimme sollte ruhig klingen.

»Hey, ich hab einen Witz gemacht. Wirklich, einen schlechten Witz.«

»Hat sie einen Schlüssel?«

»Ja, ich denke schon. Sie hatte immer einen. Aber sie hat doch nicht –«

»Das weiß ich.« Hardy zwang sich, langsamer zu denken, gelassener zu wirken. »Noch so einer von diesen tausend Umständen, an die man denken muß: Wo die Schlüssel geblieben sind. Das ist alles. Aber tun Sie mir bitte einen Gefallen?«

»Klar.«

»Celine ist so wütend auf mich wegen dieser ganzen Geschichte. Daß ich den Mann verteidige, der wegen des Mordes an ihrem Vater vor Gericht steht. Würden Sie ihr bitte nicht von dieser Schlüsselgeschichte erzählen, wenn Sie sie sehen?«

»Okay, kein Problem.«

Als er den Hörer aufgelegt hatte, rührte er sich minutenlang nicht. Nichts war da – weder das Haus noch das Büro, noch der Regen, noch die Finsternis draußen.

An dem Abend, als Celine zum erstenmal vor seinem Haus erschienen war, war sie rasch wieder umgekehrt. Sie hatte ihn in seinem grünen Jogginganzug erblickt, demselben Modell, das ihr Vater an dem Tag getragen hatte, an dem er erschossen worden war. War er ihr wie der Geist ihres Vaters vorgekommen, als sie ihn von der Veranda herunter auf sich zukommen sah? So hatte sie jedenfalls einen Augenblick lang reagiert ... »Sie haben mich plötzlich so sehr an meinen Vater erinnert ...«

Er vergegenwärtigte sich ihren Besuch. Warum hatte er sie so stark an ihren Vater erinnert, wenn sie den Vater nicht im gleichen Aufzug gesehen hatte, *wenn sie nicht an seinem letzten Lebenstag mit ihm zusammen gewesen war?* Vielleicht hatte sie ihn an anderen Tagen darin gesehen ... doch das war nicht sehr wahrscheinlich. Sie lebten nicht zusammen, sie joggten nicht zusammen.

Strout hatte in dem Fall May Shinn erwähnt – Hardy war das bereits bekannt gewesen –, daß die Kleidung eines Toten normalerweise in einer Tüte verpackt wurde. Celine hatte ihren Vater in der Leichenkammer gesehen ... aber da war er nackt gewesen.

Der Jogginganzug erklärte ihre auffallende Reaktion vor dem Haus besser als die Tatsache, daß sie ihn am trauten Heim mit Weib und Kind erblickt hatte. Daß sie eifersüchtig und verliebt in ihn war, hatte er sich eingebildet. Dismas, der große Verführer. Er schüttelte angewidert den Kopf.

Aber *warum*?

Geldgier? Natürlich profitierte sie davon, wenn May aus dem Weg war, vielleicht mehr als irgend jemand sonst außer Ken Farris, aber da sie ohnehin schon mehr hatte, als sie brauchte, hatte er dieses potentielle Motiv schnell ausgeschlossen, ganz zu schweigen davon, daß er sie ohnehin nie verdächtigt hatte.

Aber er hatte kein gutes Gefühl dabei. Je mehr man besitzt, um so mehr will man haben? Geld, die angebliche Wurzel allen Übels? Einschließlich Mord? Wie hatte sie auf Mays Tod reagiert – »Wenigstens bekommt sie jetzt nicht das Geld. Gier – eine der sieben Todsünden. Gier setzte nicht Armut voraus. Auch Reiche konnten gierig sein. Das war aber nicht alles.

Jetzt kam wieder dieses Gefühl über ihn. Er lehnte sich in seinem Sessel zurück. Sein Magen verkrampfte sich. Er hatte die Fäuste geballt. Es kostete ihn eine gewisse Anstrengung, die Hände auszustrecken. Er wußte, daß er auf der richtigen Spur war, aber er wußte nicht, wieso. Eines war sicher: Wenn sie ihn ermordet hatte, erklärte sich ihr Verhalten sehr logisch. Sie war klug gewesen, hatte an sein männliches Ego und seine Triebhaftigkeit appelliert. Er sollte denken, daß sie in ihm den Rächer ihres Vaters sah, solange May als Täterin beschuldigt wurde. Wie konnte sie ihn besser daran hindern, daß er sie selbst verdächtigte, als dadurch, daß sie eine sexuelle Beziehung mit ihm anknüpfte und sich zwecks Absicherung gegenüber der Anklagebehörde seiner Libido bediente? Er war ein solcher Narr.

Aber Glitsky hatte sie ja überprüft. Ihr Alibi war in Ordnung. Sie war in Santa Cruz gewesen, und das schloß ihre Anwesenheit auf der *Eloise* aus.

Hardy dachte, er habe den Inhalt all seiner Aktenordner mehrfach Wort für Wort gründlich durchgelesen, aber das stimmte nicht. Abes Prüfungsberichte zu Kens und Celines Alibis hatte er noch gar nicht angeschaut. Abe hatte ihm von den beiden Gewichthebern erzählt, die mit der Mutter des einen zusammenlebten. Und davon, daß Celine das Wochenende bei ihnen verbracht und beim Renovieren ihres alten Hauses geholfen hatte. Jetzt las er Abes Zusammenfassung der telefonischen Unterhaltung, die er mit ihnen geführt hatte.

Das Telefon auf seinem Schreibtisch läutete, und er griff nach dem Hörer.

»Mr. Hardy. Hier ist Richter Chomorro.«

Und ich bin die Königin von Spanien, dachte Hardy.

Aber es war die Stimme des Richters, zweifellos. Wieso rief er Hardy zu Hause am Wochenende während eines Prozesses an? Da es sein erster Mordprozeß war, wußte Hardy nicht, wie er das auffassen sollte. War der Anruf eines Richters bei einem Verteidiger eine relativ übliche Sache? Oder ein weiteres Beispiel für Chomorros Unerfahrenheit? Es blieb nichts anderes übrig, als ihm zuzuhören.

Er begrüßte ihn und lauschte dem Richter eine Weile, der ihm erzählte, er rufe ihn extra deshalb an, um ihn rechtzeitig und fairerweise zu warnen. Er habe beschlossen, Hardys Antrag nach 1118.1 abzulehnen. Auch Pullios sei bereits informiert. Somit gingen die Beweismittel an die Geschworenen, damit diese ein Urteil fällten.

»Nebenbei«, sagte Chomorro, »wiederum im Sinne einer vollkommenen Fairneß gegenüber der Verteidigung« – oder um dir im Falle einer Berufung deinen Arsch abzusichern, dachte Hardy –, »möchte ich Sie darauf vorbereiten, daß die Staatsanwaltschaft Ihre Kritik an den Ermittlungen, die zu der Anklageerhebung gegen Mr. Fowler führten, zurückweist.« Er schwieg einen Augenblick. »Und ich stimme der Staatsanwaltschaft hierin zu.«

Hardy versuchte, Einspruch zu erheben. »Ich dachte, das hätten wir in der Vorverhandlung besprochen, Euer Ehren.«

»Nun, ich habe seither reiflich darüber nachgedacht, vor allem seit gestern, als ich mich mit Ihrem Elfachtzehn beschäftigt habe, und ich vermag keinen direkten Bezug zu den vorgelegten Beweisen zu erkennen. Ms. Pullios mag ja gegen Ms. Shinn zu rasch vorgegangen sein, aber von Anfang an war ausreichend Beweismaterial für eine Anklage gegen Mr. Fowler vorhanden, und sicherlich auch genug für die Geschworenen, um einen Schuldspruch zu fällen. Wir überlassen es den Geschworenen.«

»Euer Ehren, Sie wissen, daß dies das Hauptargument in meiner Verteidigung ist.«

»Ehrlich gesagt, das ist einer der Gründe für diesen Höflichkeitsanruf. Ich wollte Ihnen Gelegenheit geben, sich vorzubereiten. Sprechen Sie mit Ihrem Mandanten – er wird Ihnen selbst sagen können, daß die Anklageerhebung gegen ihn in jeder Hinsicht rechtmäßig war. In einem Prozeß sollen Beweismittel beurteilt werden. Wenn Sie das System angreifen wollen, steht es Ihnen selbstverständlich frei, eine Berufung einzulegen, nur fürchte ich, daß Sie damit keinen Erfolg haben werden.«

Hardy konnte sich vorstellen, wie Drysdale und Locke oder beide am vorigen Abend oder an diesem Morgen mit Chomorro geplaudert und ihn daran erinnert hatten, daß »in einem Prozeß Beweismittel beurteilt werden sollen.« Wortwörtlich aus dem Lehrbuch zitiert.

Deshalb Chomorros unorthodoxer Anruf. Er hatte mit jemandem gesprochen und erfahren, daß eine Entscheidung über Hardys Antrag nach 1118.1 gegebenenfalls Grund für eine Berufung der Staatsanwaltschaft wäre. Nein, Chomorro wollte sich nicht seinen ersten Mordprozeß versauen. Es war ein ganz normales Verfahren. Die Beweismittel lagen vor, die Geschworenen sollten entscheiden. So und nicht anders sollte es laufen.

Glitsky konnte er unmöglich fragen. Er hatte nichts Konkretes vorzuweisen, und Abe mußte sich um seine eigene Arbeit kümmern. Er würde nicht noch einmal prüfen, was er längst gründlich geprüft zu haben glaubte. Hardy konnte es ihm nicht übelnehmen.

Frannie rief um halb sieben Uhr an, eine halbe Stunde zu spät. Er hatte es nicht gemerkt und verfluchte sich selbst. »Was machst du?« fragte er. »Was macht Beck?«

Ihre Stimme klang wie die eines kleinen Mädchens und unendlich weit weg. Er sagte ihr, daß er immer noch bei der Arbeit war, und sie sagte, das habe sie gewußt. Erin, Rebeccas Großmutter hatte sie eingeladen, zum Abendessen zu bleiben. Vielleicht sogar über Nacht, wenn der Regen nicht nachließ. Er würde sowieso wieder bis in die Puppen arbeiten. Er hatte sicher nichts dagegen. Oder?

Nein, sagte er. Wieso denn? Er hatte sich das doch selbst aufgeladen, und nun mußte er sehen, wie er damit fertig wurde.

Er sagte ihr: Ich liebe dich und du fehlst mir, aber ich verstehe es. Er kam jetzt allmählich zum Ende.

Jeff Elliot war ihm noch etwas schuldig. Er war schließlich Reporter, und wenn es etwas in Santa Cruz zu entdecken gab, würde er es finden, so hoffte Hardy. Er mußte ihm nur den Gedanken schmackhaft machen.

»Bei diesem Wetter? Wollen Sie mich auf den Arm nehmen?«

»Morgen wird es dort wahrscheinlich wunderbar sein.«

»Hardy, lesen Sie doch mal bitte die Zeitung. Es soll das ganze Wochenende über so bleiben.«

»Jeff, es wird ein Abenteuer. Nehmen Sie Ihre Freundin, fahren Sie los, und machen Sie Urlaub auf meine Rechnung. Wenn man sich liebt, kann einem das bißchen Regen doch nichts anhaben.«

Er holte sich eine große Dose Foster's Lagerbeer und eine Handvoll Nüsse. Dann wanderte er durch das lange, plötzlich so leere Haus. Der Wind heulte zwischen den Gebäuden, der Regen fiel ohne Unterlaß, es war das schlimmste Unwetter seit Jahren.

Er schaltete die Weihnachtsbaumlichter ein, stellte Bier und Nüsse auf den Lesetisch neben dem Kaminsessel und hielt eine Streichholzflamme unter den Zunder.

Im Kopf hörte er eine Melodie von Sam Cooke – Saturday night and I ain't got nobody. Ach, Unsinn. Er hatte seine Aktenordner mitgebracht und wollte sie noch einmal durchgehen.

Seine eigenen Notizen. Er hatte so viel geschrieben, daß er gefürchtet hatte, sein Handgelenk fiele bald ab. Nach jedem Gespräch mit Pullios, Drysdale, Glitsky, Farris und Celine (als es noch strikt beruflich gewesen war) hatte er sich, wenn es diesen Fall betraf, zumindest den Tenor der Unterhaltung notiert. Außerdem seine gelegentlichen Einfälle, Theorien von Moses, Frannie, Pico und seinen alten Kollegen in der Bezirksstaatsanwaltschaft.

Kurz nach halb elf stand er auf, um sich noch ein Bier zu holen. Danach wollte er den Kram erst einmal hinlegen und schlafen gehen. Er war bis zu der Stelle gelangt, wo von Ken Farris die Rede war: Farris war in die Stadt gekommen – angeblich nur, um Owens Handschrift auf dem Testament als echt zu bestätigen. Hardy erinnerte sich, daß sie darüber geredet hatten, wie schrecklich langsam die Sache vorankam – Farris *wußte*, daß May auf der *Eloise* gewesen war ... Celine hatte es ihm erzählt. Hardy hatte es pflichtgetreu notiert, auf den Rand daneben »Hörensagen« geschrieben und es zwar nicht vergessen, aber doch aus seiner Beweismittelsammlung ausgeschlossen.

Celine hatte Hardy auch erzählt, daß May mit Owen auf der *Eloise* ausfahren wollte. Es war auf dem Rückweg von ihrem ersten Treffen gewesen. Er erinnerte sich jetzt genau.

May hatte das jedoch bestritten, und May hatte, wie erwiesen war, die Wahrheit gesagt.

Also hatte Celine gelogen ... nur konnte er es immer noch nicht beweisen. Er öffnete den Kühlschrank und hielt ein. Er schlug die Tür zu und rannte fast durch das Haus nach hinten zu seinen Aktenordnern.

Er benötigte nur eine Minute: Pullios hatte gegen May Shinn vor der Grand Jury Anklage erhoben und Hardy damit beauftragt, Celine zu vernehmen. Und Celine hatte ausgesagt: Am Dienstagvormittag, dem 16. Juni, habe sie ihren Vater in seinem Büro angerufen, um festzustellen, ob er an dem Wochenende etwas vorhatte, wo er sie dabeihaben wollte. Er habe gesagt, nein, er werde mit May allein auf der *Eloise* hinaussegeln.

Okay, Celines Aussage war aktenkundig. Aber es war trotzdem nur Hörensagen. Und es war eine Lüge, aber wie sollte er das beweisen?

Farris' Büro.

Wo man alle zwanzig Sekunden einen Piep hörte und wo alles aufgezeichnet wurde?

61

Hardy schlief unruhig und wachte vor dem Morgengrauen auf.

Der Regen fiel immer noch, aber jetzt nieselte es nur. Er duschte, zog sich an, setzte sich hin, trank Kaffee, sah die Uhr an der Wand an und überlegte, wann er es wohl wagen konnte, Ken Farris wieder anzurufen. Ob es nun vernünftig war oder nicht – er wollte ihn erwischen, bevor er aus dem Haus ging.

Er kehrte zu den Aktenordnern zurück und las Celines Aussage noch einmal durch. Er wollte ganz sicher sein, daß die Müdigkeit ihm keinen Streich gespielt hatte. Er hatte Celine gefragt, wann sie ihren Vater angerufen habe.

»Irgendwann vormittags. Ich glaube, es war der Dienstag.«

»Der Sechzehnte?«

»Wenn das der Dienstag war, ja. Er war in seinem Büro unten in South San Francisco ...«

Er hielt es bis fünfzehn Minuten nach sieben aus. Ungefähr die längsten neunzig Minuten in seinem Leben. Farris schien seine Zurückhaltung nicht zu honorieren.

»Was zum Teufel, Hardy? Wieviel Uhr ist es?«

Er sagte es ihm und bat um Entschuldigung, es sei sehr wichtig. »Ich habe jetzt wirklich eine Spur entdeckt«, schloß er die Erklärung. »Ich möchte Ihnen das nicht noch einmal alles zumuten, Sie sollen sich nicht wieder Sorgen machen, aber ich glaube, ich weiß, wo ich endlich sachdienliche Angaben finden kann.« Er erzählte ihm von seiner Idee mit den Tonaufnahmen. »Bitte sagen Sie mir, ob Sie sie noch besitzen.«

»Müßten wir eigentlich«, sagte er. »Wir heben sie sechs Monate lang auf.«

»Also haben Sie die vom Juni noch?«

»Ich weiß es nicht. Sind das sechs Monate? Ich bin noch nicht richtig wach, wissen Sie.«

»Ich würde mir gern die Anrufe der letzten beiden Juniwochen anhören. Alle Telefongespräche, die Nash von seinem Büro aus geführt hat.«

Farris hörte sich an, als ob er gähnte. Wenigstens wachte er auf. »Das ist alles? Wie wär's denn, wenn Sie sich unsere ganze Sammlung anhören, wo Sie schon dabei sind?«

Hardy hatte jetzt ein dickes Fell. Hauptsache, er bekam, was er wollte. Er wartete.

»Scheiße, warum nicht? Suchen Sie was Bestimmtes?«

»Ja. Aber das möchte ich jetzt noch nicht gern verraten.«

»Ich sage das, weil wir ein Verzeichnis haben. Wenn Sie wissen, was Sie suchen, brauchen Sie sich nicht alle Bänder anzuhören.« Er fuhr fort, jetzt war er wieder der alte Farris. »Ich weiß schon, all diese penibIen Aufzeichnungen – das klingt ein bißchen übertrieben. Aber wir arbeiten auf einem High-Tech-Gebiet, da müssen wir vorsichtig sein. Es wird wirklich ziemlich viel spioniert. Und manche Leute behaupten, sie hätten mit mir oder Owen einen mündlichen Vertrag geschlossen. Wir müssen aufpassen.«

»Sie brauchen sich wirklich nicht bei mir zu entschuldigen. Wo bewahren Sie das Verzeichnis auf?«

»In unserem Werk in South City. Wir haben einen Tresor.« Farris seufzte. »Ich nehme an, das hat nicht Zeit bis morgen zu den normalen Bürozeiten, oder?

Dorothy sah die Abfahrt und steuerte den Wagen den Berg hinauf, weg vom Pazifik. Die Scheibenwischer machten Klick-klack auf der flachen Scheibe des alten VW-Käfers. Die Fenster waren auf beiden Seiten ein paar Zentimeter heruntergekurbelt, damit die Scheiben nicht zu sehr beschlugen. Sie trugen beide Parkas gegen die Kälte. Die Heizung funktionierte nicht. Für die Fahrt von San Francisco den Highway 1 entlang bis Santa Cruz hatten sie etwas über eine Stunde gebraucht, und eigentlich hätten sie sauer sein müssen. Dorothy drehte das Fenster an ihrer Seite noch weiter hinunter, streckte die Hand hinaus und fing Regentropfen.

»Ich glaube nicht, daß ich je wieder den Regen hassen werde.«

»Vielleicht sollten wir nach Oregon ziehen, da regnet es oft.«

»Feuerland«, sagte sie. »Da regnet es immer, habe ich gehört.« Sie hatten das schlechte Wetter am vorigen Tag als Ausrede benutzt, um im Haus zu bleiben, nichts zu tun, sich in der Wärme zu rekeln und einander zu genießen. Als Hardy anrief, waren sie bereit hinauszugehen. Nicht gerade verrückt drauf, aber irgendwie reizte es sie schon. »Ich muß direkt mal diesen Freund von dir kennenlernen: Hardy. Was für eine ausgezeichnete Idee!«

»Er ist kein richtiger Freund. Er ist eine Quelle.«

»Hast du vergessen, daß ich auch mal eine Quelle war? Für deine Kautionsstory?«

»Du bist aber hübscher als er. Wenigstens ein bißchen.«

Sie gab ihm eine leichte Ohrfeige. Der Wagen schleuderte ein wenig hin und her, aber sie hatte ihn gleich wieder in der Gewalt. Sie fuhren durch den Kiefernwald hinter dem Campus der University of California. Eine dicke braune Wassersuppe lief in der Straßenmitte bergab. Ungefähr alle hundert Meter stand ein Haus.

»Ich glaube, wir sind gerade an unserer Straße vorbeigefahren«, sagte Jeff. »Außerdem hast du gesagt, du würdest dir etwas einfallen lassen, bis wir ankommen.«

Sie fuhr den Wagen an die Böschung heran und drehte sich nach dem Straßenschild um. Dann setzte sie zum Wenden an. »Ich habe mir etwas einfallen lassen«, sagte sie. »Obwohl ich nicht einsehe, wieso ich an alles denken soll.«

Jeff legte eine Hand auf ihr Bein. »Ich denke auch an einiges.«

Sie lächelte, sah hinunter und legte ihre Hand auf seine und drückte sie, während sie mit der anderen weitersteuerte. »Ja, das tust du.«

Sie hatte sich etwas einfallen lassen, um sie zum Reden zu bringen.

Len und Karl waren nicht zu Hause – sie waren unten im Fitneßraum und stemmten Eisen zusammen. Das taten sie jeden Morgen, erklärte Karls Mutter. Es war eine Art Religion. Beide Jungen waren sehr diszipliniert, sehr ordnungsliebend. Len war derzeit Vize-Mister-Northern-California, und Karl wollte gleich nach Neujahr zu den Gold's-Gym-Vorausscheidungen nach Santa Monica.

Zu dritt saßen sie – Jeff, Dorothy und Mrs. Franck – in der Küchenecke. Alles war neu und schön: blitzblanker Parkettboden, handgearbeiteter Eichenholztisch, gebogene Fensterscheiben. Sie tranken Kräutertee, und Mrs. Franck hatte irgendwelche fasrigen Riegel zu keksartigen Dingern zerschnitten. Das alte Haus aus der Zeit der Jahrhundertwende war geräumig, frisch gemalert, makellos. Überall lagen neue Teppiche und Läufer, an den Wänden hingen gerahmte Drucke, Antiquitäten standen herum.

»Und ich rede und rede. Sie sind doch sicher nicht hergekommen, um über meine Söhne zu sprechen – ich nenne sie beide meine Söhne. Len ist in Wirklichkeit mein Schwiegersohn, aber für mich ist er wie ein Sohn. Sie haben im Sommer standesamtlich geheiratet, wissen Sie.«

»Ich finde das wundervoll«, sagte Dorothy.

Mrs. Franck strahlte. »Ich bin so froh. Viele Leute verstehen das nicht, nicht wahr? Sie sehen zwei Männer ... und dann – ach Gott. Ich gebe zu, zuerst ist es mir auch schwergefallen. Aber wenn Sie die beiden sehen – und dann laden sie mich ein, zu ihnen zu ziehen –, ich meine, sie sind einfach großartige Jungs. Und sie lieben sich wirklich. Und dann dieses Haus und die Sachen ...«

Jeff sah sich um und sagte auf dieses Stichwort hin: »Da muß ja jemand schon ganz schön verdienen.«

Mrs. Franck strahlte. »Ich weiß«, sagte sie. »Das Haus. Es ist ein Traum, der Wirklichkeit geworden ist.«

»Es ist wunderschön«, sagte Dorothy.

»Ich glaube, nicht mal Celine hat das bisher so richtig erkannt«, sagte Jeff zu Dorothy. »Ich bin froh, daß wir hier sind.«

»Wollen Sie wirklich etwas im *Chronicle* darüber bringen?«

Jeff nickte. »Deshalb sind wir hier. Celine sagte mir, wenn ich ein Feature über restaurierte Häuser aus der Jahrhundertwende machen wollte, käme ich nicht umhin, mich mit diesem hier zu beschäftigen. Aber ich glaube, sie hat eher noch untertrieben. Ich glaube nicht, daß es irgendwo in San Francisco so ein Haus gibt.«

»Bitte, wenn die Jungens nach Haus kommen, sagen Sie nichts Schlechtes über Celine. Da würden Sie sich bei ihnen unbeliebt machen.«

»Sie sind alle sehr gute Freunde, hm?« Jeff hatte seinen Notizblock herausgeholt.

Mrs. Franck nickte. »Sie ist wohl der großzügigste Mensch, den Gott je auf diese Erde geschickt hat.«

»Sie hat tüchtig mitgeholfen, nicht wahr?«

Karls Mutter rollte ihre Augen himmelwärts. »Sie können es sich nicht vorstellen! Sie hat uns alles gegeben. Was wir brauchten. Sie hätten das Haus mal vorher sehen sollen, und jetzt ...« Ihre Gesten beschrieben das ganze Haus.

»Also ist Celine Ihre Gönnerin, könnte man sagen?« fragte Jeff.

»Wissen Sie, das ist ja das Komische. Ich glaube, sie mag Karl einfach ganz gern. Er war oben in der Stadt. Er wollte etwas besprechen oder so – sie haben dort einen Trainer, der wirklich wunderbar ist –, und dann hat er im Club sie kennengelernt. Sie trainiert ja selbst auch, wissen Sie.«

»Und dann?«

»Ja, Sie müssen Karl kennenlernen. Er ist so lieb. Alle mögen ihn. Und die beiden – er und Celine – mußten sich einfach anfreunden. Ich glaube, Len hat ihm ein bißchen gefehlt, als er so allein da oben in der Stadt war. Er brauchte jemanden, mit dem er sich unterhalten konnte, und wissen Sie, er ist so treu – er wollte nicht mit anderen Männern ausgehen –, und da hat es, denke ich mir, bei ihm und Celine klick gemacht, und er hat angefangen, ihr von seinen Träumen zu erzählen, wissen Sie, von seinem Leben, seiner Karriere und diesem Haus, in das er und Len ihre ganze Kraft hineinstecken wollten.«

Mrs. Franck dämpfte ihre Stimme und beugte sich über den Kaffeetisch zu ihnen hin. »Celine ist sehr reich, wissen Sie. Ihr Vater war Owen Nash.«

Jeff und Dorothy nickten.

»Es ist so ein Jammer mit ihrem Vater, nicht wahr, der arme Mann. Ist der Richter denn schon verurteilt?«

Jeff sagte ihr, daß der Prozeß immer noch nicht abgeschlossen sei.

»Ach, das ist so furchtbar, diese ganze Sache. Vor allem für Celine.« Sie seufzte. »Daß ihr das auch noch passieren mußte.«

Dorothy ergriff das Wort. »Hat sie auch noch andere Sorgen?«

»Oh, wissen Sie, die haben doch sogar reiche Leute. Manchmal glaube ich, die haben es noch schwerer als andere Menschen.«

»Wieso?« fragte Jeff.

»Ach. Es sind doch alle Leute hinter ihrem Geld her. Sie wissen nie, ob jemand ehrlich zu ihnen ist. Ich glaube, deshalb hängt sie so an Karl. Ich meine, bevor er auch nur eine Ahnung von ihrem Geld hatte ... er war immer für sie da. Er würde alles für sie tun. Aber Len und ich genauso. Ich glaube, sie braucht einfach ein paar Freunde, auf die sie zählen kann und die sie nicht belästigen und quälen. Sie braucht einen Ort, wo sie unterkommen kann, und zwar nicht einfach nur ein Hotel. Ein Plätzchen, wo sie nicht mehr Celine Nash ist, sondern ein ganz normaler Mensch.«

»Das ist gut«, sagte Dorothy. »Jeder braucht das.«

Mrs. Franck nickte. »Sie kommt und geht, wie es ihr gefällt. Sie hat ihr eigenes Zimmer – ja, ich glaube, Sie werden es sehen, wenn wir hinaufgehen. Karl hat es extra für sie hergerichtet. Weiß Gott, an einem fehlt es in diesem Haus nicht, und das sind Zimmer. Aber typisch Karl, er sagt, das Haus gehört ihr. Sie kann auch herkommen, wenn wir nicht hier sind.

»Kommt das oft vor?« fragte Jeff.

»Ja, wissen Sie, die Jungs nehmen laufend an irgendwelchen Ausscheidungskämpfen teil. Manchmal kommt Celine an einem Donnerstag oder Freitag her, und wir anderen brechen über das Wochenende irgendwohin – nach Long Beach oder Las Vegas – auf. Wir kommen am Sonntag oder Montag zurück, und sie hat schon ein Essen oder irgend etwas für uns fertig. Sie ist wirklich phantastisch.«

Der Monterey Bay Club hatte eine Liste aller offiziellen Wettbewerbe im Gewichtheben des Jahres 1992. Am Samstag und Sonntag, dem 20. und 21. Juni, hatte in San Diego im Mission Bay Inn die Regionalausscheidung zum Mister California stattgefunden.

Dorothy saß in einer Nische im Pelican's Nest nahe der Strandpromenade von Santa Cruz, trank eine Bloody Mary und betrachtete ihren funkelnden neuen Brillantring. Der Regen hatte wieder eingesetzt. Es schüttete über der Bucht, als Jeff vom Telefon zurückkam. Er humpelte jetzt ziemlich flink auf seinen Krücken, fast als ob er sie nicht mehr brauchte, weil er auf einer heißen Spur war.

Er rutschte in die Nische und küßte sie. »Karl Franck ist zusammen mit seiner Mutter und Len Hoeffner am Freitagabend, dem 19. Juni angekommen. Beide sind als Teilnehmer an dem Wettkampf eingetragen.«

»Also war Celine nicht hier?«

»Aber sie könnte hier gewesen sein. Vielleicht ist sie am Freitag hergekommen, bevor die anderen losfuhren. Ich bin sicher, daß sich das feststellen läßt, falls sie geflogen ist. Aber ich glaube nicht, daß Hardy das braucht.«

»Und am Sonntag war sie zurück.« Es war keine Frage.

Jeff nickte. »Und soweit die Francks wußten oder annahmen, war sie das ganze Wochenende über da. Sie haben nicht einmal bewußt gelogen, als sie das behaupteten. Wahrscheinlich hatte Celine ein Essen für sie fertig, als sie nach Hause kamen, und die Geschichte von einem ruhigen Wochenende, an dem sie gar nichts getan hatte.«

»Nur ihren Vater umgebracht.«

Jeff starrte aus dem Fenster in den Regen hinaus. »Vielleicht.«

Hardy hatte Frannie und Rebecca bei der Großmutter abgeholt. Dann waren sie zuerst frühstücken gegangen, anschließend nach Hause gefahren, um Kleidung und Babynahrung für einen weiteren Tag abzuholen, und schließlich zu ihrer Ex-Schwiegermutter zurückgekehrt. Er würde wahrscheinlich ohnehin den ganzen Tag nicht zu Hause sein, und er hatte eine unterschwellige Angst davor, daß es gefährlich werden könnte. Lächerlich vielleicht, aber er wollte kein Risiko eingehen. Wenn Frau und Kind in Sicherheit waren, hatte er ein besseres Gefühl.

Außerdem hatte er Andy Fowler angerufen, der immer noch bei Jane war, und die Verabredung mit ihm abgesagt, bei der sie noch einmal über Andys Aussage im Zeugenstand sprechen wollten. Hardy teilte ihm Chomorros Entscheidung mit, daß er keine Fragen hinsichtlich der Art der Beweissicherung stellen durfte. Das Vorgehen der Staatsanwaltschaft anzuzweifeln, war nicht erlaubt.

Fowler wirkte bedrückt. »Hör mal, Diz, wenn du mich im Zeugenstand hast, werde ich einfach die Wahrheit sagen. Ich habe Owen Nash nicht getötet, und sie haben nicht bewiesen, daß ich's getan habe. Und das müßten sie, nicht wahr? Ich glaube, es ist eine gute Idee, heute mal auszuruhen.« ... Ruh dich aus. Na klar.

Jetzt schloß er das Logbuch der Owen Industries. Er hatte nicht lange gebraucht. Er hatte alle Telefongespräche überprüft, die in den beiden letzten Wochen vor Owens Tod von dessen Apparat aus geführt worden waren. Am Montag vor dem tödlichen Wochenende war ein Gespräch verzeichnet, das Owen mit Celine geführt hatte. Nicht am Dienstag, sondern am Montag, doch eine solche Verwechslung ließ sich als kleiner Irrtum in Celines Erinnerungsvermögen erklären.

Hardy saß an Kens Schreibtisch in dessen Büro – das seinem eigenen so ähnelte – bei den Owen Industries in South San Francisco. Farris war mit seinem Sicherheitschef Gary Simpson um halb zwölf gekommen und hatte die beiden dann allein gelassen. Gary Simpson durfte Hardy alles zeigen, was er sehen wollte.

Simpson saß mit gekreuzten Beinen und gelangweiltem Gesicht Hardy auf der anderen Schreibtischseite gegenüber. »Okay«, sagte Hardy. »Jetzt haben wir einen Treffer. Können wir uns das mal anhören?«

Simpson zuckte die Achseln, stand auf und streckte sich demonstrativ. Ein großer Mann in Jeans und einem Flanellhemd. »Dafür bin ich hier.« Er winkte mit dem Kopf. »Hier hinten lang.«

Sie gingen, Hardy hinter Simpson, die rotgefliesten Korridore entlang und bogen um ein paar Ecken. Dann standen sie vor einer großen, mit zwei Steckschlössern gesicherten Tür. Simpsons Büro befand sich rechts hinter der Tür. Davor lag ein kleiner Warteraum mit zwei Stühlen, einem Ecktisch, einem Kaffeetisch und – im Gegensatz zu dem restlichen Gebäude – ohne jede Pflanze. Diese Räume waren viel kälter als die anderen. Simpson gab Hardy ein Zeichen, daß er ihm folgen solle.

Hinter Simpsons Schreibtisch war ein Tresorraum, und Hardy wartete, während Simpson den Schreibtisch aufschloß, öffnete und in einer Schublade eine Reihe von Knöpfen drückte. Dann tat er das gleiche noch einmal auf einer Schalttafel neben der Tresorraumtür.

»High-Tech«, sagte Hardy.

Simpson drehte sich halb zu ihm um. »Das ist doch unser Geschäft. Wir haben unsere Standards.«

Die Tür öffnete sich nach innen. Hardy hatte sich ein paar mit Tonbändern gefüllte Schubladen vorgestellt, aber wieder sah er eine Anordnung von Knöpfen und Kontrollampen vor sich – noch mehr High-Tech. Simpson setzte sich an ein Schaltpult mit unzähligen Leuchtanzeigen und drei Computerterminals.

»Welche Nummer haben Sie denn da? Auf der linken Spalte.«

Hardy hielt immer noch das grüne Logbuch in Händen, das an der betreffenden Seite aufgeschlagen war. Er las Simpson die sechsstellige Zahl vor, und der drückte die Ziffern auf der Schalttafel. Einen Augenblick mußten sie warten, dann hörten sie es klicken.

»Glück gehabt«, sagte Simpson. »Der Tag hier wird übermorgen automatisch gelöscht.«

»Könnten Sie das in diesem Falle verhindern?«

»Klar, keine Angst.« Er drückte ein paar Knöpfe. »Okay«, sagte er. »Fertig zum Start?«

Owen Nashs Stimme überraschte Hardy, er hatte sie sich irgendwie viel herrischer vorgestellt. Es war ein heiserer, aber sanfter Ton. Als ob er mit einem Kind spräche.

»Ich weiß, daß du unzufrieden mit mir bist«, sagte er, »aber bitte leg nicht auf.«

Eine lange Pause. Die digitale Tonwiedergabe war exzellent – Hardy konnte hören, wie Celines Atem schneller ging.

»Na gut«, sagte sie in gleichbleibendem Ton. »Ich lege nicht auf.«

»Wir müssen uns sehen«, sagte Nash. »Wir müssen darüber reden.«

»Nein. Ich will nicht mit dir darüber reden. Ich will dich wiederhaben –«

»Aber es ist schon entschieden, Celine. Es ist entschieden.«

Schweigen mit Atemgeräuschen.

»Das *geht* nicht, Daddy, das geht einfach nicht. Was wird aus mir?«

»Du schaffst das, Schatz. Ich liebe dich immer noch.«

»Tust du nicht.«

Jetzt schwieg Owen eine Weile. Dann sagte er: »Ich werde dich immer lieben, Schatz. Es geht mit uns nicht so weiter wie bisher. Ich habe mich verändert. Ich sehe es jetzt anders –«

»Weil sie da ist.«

»Nicht nur deshalb. Ich denke jetzt anders. Vielleicht hat sie es bewirkt, aber trotzdem ist es meine Entscheidung. Ich will es so.«

»Ich lasse das nicht zu.«

»Celine ...«

»Ich lasse das nicht zu, Daddy. Sie darf das nicht, sie darf dich mir nicht wegnehmen –«

»Aber ich *will* es so«, sagte er. »Ich habe mich dazu entschieden.«

»Ich werde dich umstimmen. Ich weiß, daß ich's kann.« Plötzlich klang ihre Stimme tiefer, schmeichlerisch. Es war so ungewöhnlich, daß Simpson sich umdrehte und Hardy ansah. »*Du* weißt, daß ich's kann.«

Nash antwortete darauf nicht sofort. Als er es tat, war es ein Flüstern, das er aus den Tiefen seines Körpers zu pressen schien. »Nein, du kannst es nicht mehr, Celine. Das ist vorbei. Unmöglich. Es hat fast unser beider Leben ruiniert. So kann es nicht weitergehen –«

Ein grelles Lachen. »Ich nehme an, du willst mich nicht mehr sehen, deine eigene Tochter.«

»Ich werde dich immer wieder sehen, Celine. Wann du willst. Nur nicht so ...«

»Ich möchte eine Chance, Daddy.«

»Liebling –«

Sie kreischte jetzt fast, aber irgendwie ohne die Stimme zu erheben. Dann wieder schluchzend und bebend: »Bitte. Bitte, Daddy, ich muß dich sehen.«

»Es wird nichts –«

»Wenn's nichts nützt, gebe ich auf. Ich verspreche es.«

Resigniert: »Wann?«

»Wann du willst.«

Eine letzte Pause, dann Nashs Stimme, belegt: »Ich rufe dich an.«

Als Hardy nach Hause kam, fand er Jeff Elliots Nachricht auf seinem Anrufbeantworter. Celine konnte während jenes Wochenendes in Santa Cruz gewesen sein, aber weder Len noch Karl, noch dessen Mutter konnten bestätigen, daß sie den Samstag dort verbracht hat, weil sie – ganz gleich, was sie Glitsky erzählt oder angedeutet haben mochten – selbst außer Haus gewesen waren.

Die stellvertretende Bezirksstaatsanwältin, die für Sexualdelikte zuständig war, hieß Alyson Skrwlewski. Hardy hatte sie bisher kaum gekannt, doch er nahm an, daß sie von ihm gehört hatte.

»Ich habe nur eine kurze, allgemeine Frage, wenn Sie nichts dagegen haben.«

Sie überlegte einen Augenblick. Wie die meisten Mitarbeiter im Stab des Bezirksstaatsanwalts sah sie nicht ein, wieso sie jemandem einen Gefallen tun sollte, der auf der gegnerischen Seite stand. Und selbst wenn sie grundsätzlich dazu bereit gewesen wäre, war ihr die Situation – daß Hardy sie plötzlich mitten am Sonntagnachmittag anrief – unheimlich. »Lassen Sie mich erst Ihre Frage hören«, sagte sie, »dann will ich Ihnen sagen, ob ich sie beantworten kann.«

»Was ich wissen möchte, ist: Welches sind die üblichen Anzeichen eines Vater-Tochter-Inzests?«

»Nun, ich glaube, das ist allgemein genug. Was möchten Sie wissen?«

»Alles, was Sie mir sagen können. Aber vor allem: Wenn die Tochter erwachsen wird, gibt es da irgend etwas, das sie in ihrem Verhalten von Frauen unterscheidet, die nicht diese Erfahrung durchgemacht haben?«

»Sehr viele dieser Mädchen bringen sich um, bevor sie das Erwachsenenalter erreichen.« Skrwlewski dachte nach. »Wenn sie es erreichen, sind die Beziehungen, die sie eingehen, im allgemeinen katastrophal. Es kommt vor, daß eine solche Frau ihrem Ehemann dabei behilflich ist, die eigene Tochter zu mißbrauchen. Wenn sie überhaupt einen Ehemann haben möchte.«

»Solche Frauen heiraten nicht oft?«

»O nein, nicht so oft. Ich meine: Das ist jetzt ganz allgemein gesprochen. Etwas zu allgemein. Jeder Fall ist anders. Es ist so eine schreckliche, alle in Mitleidenschaft ziehende Situation – manche heiraten fünfmal, bis sie dann die sogenannte richtige Mischung finden: einen Mann, der sie mißbraucht und wie ein kleines Kind behandelt. Es ist zum Heulen.«

Hardy fand das auch, aber sie konnte ihm nichts sagen, das ihm irgendwie weiterhalf. »Wie sieht es denn mit der Vorgeschichte aus?«

»Was meinen Sie?«

»Gibt es irgendwelche milieubedingten Gründe, weshalb sich so etwas entwickelt?«

»Sie sprechen vom Opfer oder vom Vater?«

»Von beiden, nehme ich an.«

»Nun, einige Anzeichen deuten darauf hin, daß beim Vater, wenn er sich nicht von Anfang an, schon in den ersten Lebensjahren, normal mit dem Kind befaßt hat, die Wahrscheinlichkeit einer späteren sexuellen Beziehung zur Tochter *größer* ist. Wenn er niemals eine Windel gewechselt oder die Kleine auf den Arm genommen hat, damit sie ihr Bäuerchen macht, und so weiter, entwickelt sich bei ihm das Inzesttabu nicht.« Das klang wie eine Entschuldigung. »Naja, das ist eine ziemlich neue und noch durch nichts bewiesene Theorie. Was die Frauen angeht, besitzen wir mehr Daten.«

»Was tun die Frauen?«

»Nun, eine überraschend große Anzahl von ihnen versucht, das eigene Haus in Brand zu stecken. Niemand weiß so recht weshalb, von irgendwelchen naheliegenden symbolischen Erklärungen abgesehen, aber Feuerlegen kommt bei ihnen oft vor.«

Hardy spürte, wie sich die Härchen auf seinen Armen sträubten.

Skrwlewski fuhr fort. »Und dann haben wir natürlich die Prostitution, aber das ist ja allgemein bekannt.«

»Sie werden alle Prostituierte?«

»Nein, nein. Nicht unbedingt vollberuflich – obwohl das natürlich viele tun. Bei den meisten sind es eher sporadische Erlebnisse. Ihr Selbstbewußtsein ist sehr schwach entwickelt. Sie finden sich nicht anziehend genug. Trotzdem wissen sie, daß es Männer gibt, die sie wollen, Daddy hat sie gewollt. Und so drücken sie ihren Haß manchmal dadurch aus, daß sie die Männer bezahlen lassen. Es ist dann alles ziemlich verdreht.«

»Hört sich so an.«

»Ich glaube, nicht alle reagieren so extrem. Aber fast immer versuchen sie zu manipulieren, der Sex ist dann ein Mittel, um etwas anderes zu bekommen. Liebesersatz.«

Hardys Magen hatte sich verkrampft. Er saß mit verschränkten Armen an seinem Schreibtisch. Draußen vor dem Fenster hatte der Wind abgeflaut, und am Himmel waren ein paar Lücken zwischen den Wolken zu sehen.

Er hatte jetzt alle Beweise zusammen, die er für sich selbst brauchte. Trotzdem war damit vor Gericht nichts anzufangen.

So provokativ und aufschlußreich Celines Telefongespräch mit ihrem Vater sein mochte, weder ein Datum noch die *Eloise* wurden darin erwähnt. Auch Mays Name war nicht gefallen, und Celine konnte absolut glaubwürdig versichern, sie habe sich ganz einfach im Datum geirrt und den Tag verwechselt, an dem sie mit ihrem Vater über dessen Verabredung mit May auf der *Eloise* geredet hatte. Einmal habe sie mit ihm telefoniert, als er im Büro war, und später in derselben Woche noch einmal mit ihm gesprochen – nicht wahr, er hatte ihr ja gesagt, daß er sie anrufen werde –, und diese beiden Gespräche hätte sie durcheinandergebracht.

Daß die Bewohner des Hauses in Santa Cruz über das Wochenende eine Reise unternommen hatten, bewies keineswegs, daß sie *nicht* dort gewesen war. Ihr Alibi war nicht mehr so stark – fast mit Sicherheit falsch –, aber das hieß nicht, daß sie sich am Samstag auf der *Eloise* befunden hatte.

Jetzt fielen Hardy andere Einzelheiten ein. Er erinnerte sich, daß Celine ihm erzählt hatte, sie sei erst seit sechs Monaten Mitglied bei Hardbodies! – mit anderen Worten: seit Owens Beziehung mit May sich so entwickelt hatte, daß er Celine nicht mehr auf die *Eloise* mitnahm, wo sie bisher trainiert hatte. Sicherlich hatten die Schweißbänder, die sich auf der *Eloise* fanden, Celine gehört: Auf Mays Liste waren sie nicht gewesen. Ebensowenig die Gewichtheberhandschuhe, die sie wahrscheinlich getragen hatte, als sie Mays Beretta auf ihn abfeuerte.

Aber Celine Nash war der Mord an ihrem Vater genausowenig nachzuweisen wie May Shinn oder Andy Fowler.

Hardy hatte recht gehabt: Eine eifersüchtige Frau hatte Owen Nash getötet. Aber dieses Gefühl befriedigte ihn nicht: Es war die eigene Tochter gewesen. Als Celine sechs Jahre alt gewesen war, hatten sie zusammen eine Weltreise unternommen. Vielleicht hatte er sie damals zum erstenmal mißbraucht, vielleicht sogar schon früher. Jedenfalls hatte er die Strafe, die ihn ereilt hatte, verdient. Hardy wußte, daß Celine es getan hatte, und nun wußte er auch, weshalb. Genauer gesagt: *Weil* er ihr Motiv kannte, wußte er, daß sie es gewesen war.

Hardy dachte an seine kleine Adoptivtochter. Dann versuchte er sich den unermeßlichen körperlichen und seelischen Schaden vorzustellen, den Owen Nash mit seinem sexuellen Mißbrauch bei Celine angerichtet hatte. Plötzlich hatte er überhaupt keine Lust mehr, sie einer gerechten Strafe zuzuführen. Sie war ja schon genug bestraft. Sie würde dem persönlichen Brandmal, dem Schmerz nie entrinnen.

Im Grunde warf er ihr den Mord nicht vor.

Zwar wollte er nun niemanden mehr bestraft sehen, aber damit hatte er immer noch nicht Andy Fowler von dem Tatvorwurf gereinigt. Außerdem durfte er Celine nicht unterschätzen. Am Morgen hatte er Frannie und Rebecca weggebracht und über sich selbst gelacht, daß er sich vor Celine fürchtete. Jetzt war er froh, es getan zu haben.

Sie hatte ihren Vater getötet. Es hatte ihr nichts ausgemacht, May Shinn mit diesem Mord zu belasten, im Gegenteil, sie hatte alles unternommen, um ihre Verurteilung zu erreichen. Als das mißlungen war, hatte sie Tag für Tag im Zuschauerraum gesessen und Andy Fowlers allmählicher Hinrichtung beigewohnt. Auch hatte sie versucht, Hardys Ehe zu ruinieren und seine Gefühle zu verwirren, um seinen Spürsinn zu betäuben.

Hardy mußte immer noch Andy Fowler verteidigen.

Der Prozeß würde weitergehen. Pullios konnte jetzt nicht aufgeben, und wenn Hardy nun Celine beschuldigte, ohne irgendwelche stichhaltigen Beweise in der Hand zu haben, würde das Gericht ihn für einen Scharlatan halten – und am Ende würde Chomorro ihn dann auch noch wegen Mißachtung des Gerichts disziplinieren.

»Der Schlüssel ist meine einzige Hoffnung, Abe. Sie muß den Schlüssel haben.«

Glitsky hatte ihm mit unendlicher Geduld zugehört und ihn nur etwa alle zehn Sekunden unterbrochen. Er hatte Hardys Einmischungsversuche satt, und die Tatsache, daß Celines Alibi – das *er* geprüft hatte – nicht astrein war, gefiel ihm nicht.

»Jetzt ist es auf einmal Celine?« fragte er schließlich. »Schade, daß Nash keinen Hund hatte. Sonst könnten wir nach dem Prozeß gegen Celine *den* anklagen.«

»Komm, Abe, ich habe es dir doch erklärt. Wir brauchen einen Durchsuchungsbefehl. Wenn sie den Schlüssel hat, ist er bei ihr zu Haus ...«

Glitsky unterbrach ihn. »Ja, und?«

»Das beweist, daß sie am Donnerstagmorgen auf der Eloise gewesen sein kann.«

»Beweist, daß sie *kann*. Bitte, hör mir doch endlich einmal zu, Diz. Es beweist gar nichts. Es ist nur wieder eine neue Theorie. Und genauso wird man es sehen, und das weißt du.«

»Darum brauche ich einen Beweis, den Schlüssel. Mit dem Schlüssel ...«

»*Falls* dir irgendwer glaubt.«

»Warum sollte man mir nicht glauben?«

»Weil es in deinem Interesse liegt, dir irgend etwas aus den Fingern zu saugen – wie zum Beispiel die Geschichte mit der Waffe, die am Mittwochabend angeblich nicht in der Schublade gelegen hat.«

»Das Ding war nicht drin, Abe.«

»Ich sage ja nicht, daß du lügst, Diz. Nur mußt du es mir erst einmal *beweisen*. Ich sage dir nur, was du für einen Eindruck hervorrufen wirst. Bildest du dir denn ein, es gäbe in der Stadt auch nur einen Richter, der dir hierauf einen Durchsuchungsbefehl ausstellt?«

Hardy schwieg.

»Du würdest in ganz Amerika keinen solchen Beweis finden.«

»Ja, ja. Ich verstehe, Abe. Aber ich sage dir, Celine hat es getan. Das Motiv liegt auf der Hand. Was soll ich nun tun? Ich kann doch nicht Andy Fowler dafür zugrunde gehen lassen.«

»Ich sag's dir nicht so gern, mein Freund, aber wenn du meine Meinung hören möchtest – er wird zugrunde gehen, wenn du ihn nicht davor bewahrst.«

62

Als Hardy kurz nach neun hereinkam, war der Zuschauerraum bereits in beängstigender Weise überfüllt. Hardy fragte sich, ob jemand die Information hatte durchsickern lassen, daß seine Zeugen vielleicht nicht erscheinen und die Geschworenen gleich Andys Aussagen in eigener Sache, die Plädoyers der beiden Anwälte und die Belehrung des Richters hören würden. Das Urteil könnte eventuell heute schon ergehen, und die Presse wollte es nicht versäumen.

Aber seine Zeugen waren ordnungsgemäß vorgeladen; wenn sie nicht erschienen, machten sie sich strafbar, und da saßen sie nun: Glitsky in Jackett und Krawatte, Glitskys Lieutenant Frank Batiste, Ron Reynolds, der am Lügendetektor gearbeitet hatte, sowie Art Drysdale neben Chris Locke persönlich. Daß David Freeman als Zuschauer gekommen war, überraschte Hardy nicht. Celine saß auf ihrem üblichen Eckplatz in der zweiten Reihe am Mittelgang.

Hardy sah ein, daß Abe recht gehabt hatte. Sein Job war immer noch derselbe. Er mußte die Geschworenen davon überzeugen, daß die vorliegenden angeblichen Tatbeweise nicht für eine Verurteilung ausreichten. Es war ihm ein Gedanke gekommen, wie er Celine festnageln konnte, wenn es sein mußte – um Andy freizubekommen, würde er vielleicht beweisen müssen, daß sie schuldig war –, aber er wollte diese beiden Sachen nicht durcheinanderbringen.

Andy trat, in einen dunkelblauen Anzug gekleidet, mit Jane zusammen ein. Sie war Hardy immer noch böse, weil er sie am Samstag wegen ihrer Beziehung zu Owen Nash ausgequetscht hatte, und kam nicht wie sonst durch die Schranke zu ihm an den Tisch.

Aber Fowler schien Hardys Wutausbruch vom Freitag wegen seiner romantischen Liebesbeziehung zu May verschmerzt zu haben und nahm ruhig neben Hardy Platz.

Hardy sah seinen Mandanten, von dem er nun sicher wußte, daß er niemanden getötet hatte, in einem milderen Licht. Andy versuchte ja auch nur, nicht den Kopf zu verlieren, und biß die Zähne zusammen, in der Hoffnung, es doch noch irgendwie heil zu überstehen. Er war ein unschuldiger Mensch. Man sollte ihm dieses Gefühl der Abgehobenheit lassen, wenn er damit besser über die Runden kam.

Hardy verstand allmählich auch Andys scheinbare Kaltblütigkeit ein wenig besser. Der Mann war dreißig Jahre lang Richter gewesen und glaubte an das Geschworenensystem. Es konnte seiner Meinung nach gar nicht zu einem Fehlurteil kommen. Er hatte Owen Nash nicht umgebracht. Die Jury mußte das richtige Urteil fällen. Wenn er das nicht geglaubt hätte, wieso wäre er dann drei Jahrzehnte lang da oben gesessen?

Hardy hatte Andy der Jury erst als den ganz normalen Mann »von nebenan« verkaufen wollen. Jetzt begriff er, daß es hier nicht um Sympathiewerbung für Andy Fowler ging, sondern nur darum, ob das vorliegende Material bewies, daß er Owen Nash getötet hatte.

Der Richter trat ein, und alle erhoben sich. Hardy begab sich in die Mitte der Gerichtsarena und nickte zuerst den Geschworenen, dann dem Richter zu. Chomorro hatte ihn gewarnt. Er war fair genug zu ihm gewesen. »Die Verteidigung ruft Inspektor Sergeant Abraham Glitsky.«

Er drehte sich um, sah Abe heraufkommen, und Pullios, die am Tisch der Staatsanwaltschaft saß, hob den Kopf. Jetzt kannst du so viele Einsprüche erheben, wie du willst, Betsy, dachte er, aber das hier ist relevant, und ich werde dieses Thema anschneiden.

Glitsky leistete seinen Schwur, und nachdem er Auskunft über seine Qualifikationen als erfahrener Mordkommissar gegeben hatte, fing Hardy an.

»Damit sich die Geschworenen einen Eindruck verschaffen können, Sergeant, würden Sie uns einmal schildern, wie ein Inspektor wie Sie einen Auftrag bekommt, in einer Mordsache zu ermitteln?«

Glitsky saß bequem auf dem Zeugenstuhl, dort hatte er schon oft gesessen. Er war mitteilsam und kompetent, er hatte nichts zu verbergen; als Hardy ihn gefragt hatte, sah er die Geschworenen an. »Es geschieht mehr oder weniger zufällig«, sagte er. »Es gibt zwölf Inspektoren, und normalerweise beschäftigt sich jeder von uns mit drei bis sechs Fällen, sie werden immer dem zugeteilt, der nach dem Rotationsprinzip gerade dran ist. Wenn einer mal zuviel und ein anderer zu wenig zu tun hat, sorgt Lieutenant Batiste wieder für ein ausgeglichenes Verhältnis.«

»Gut. Haben Sie den Mordfall Owen Nash auch auf diese zufällige Art erhalten?«

»Ja, das habe ich.«

»Und in dieser Eigenschaft, welches war Ihre Rolle beim Sammeln des Beweismaterials?«

Glitsky überlegte eine Weile. »Meine Aufgabe ist es, das ganze Beweismaterial zu koordinieren, das wir dann der Bezirksstaatsanwaltschaft übergeben, wenn in der Sache eine Anklage erhoben werden soll. Ich überprüfe auch die Alibis verdächtiger Personen und mögliche Tatmotive. Wir verschaffen uns Zugang zu Dokumenten, Akten aller Art, Kontoauszügen, Telefonabrechnungen, allem, was unserer Meinung nach mit dem Mord zu tun hat. In diesem Fall habe ich auch das Team der Spurensicherung geleitet, das an Bord des Bootes von Mr. Nash, der *Eloise*, war.«

Glitsky und Hardy hatten das alles immer wieder durchgesprochen.

»Sind Sie selbst an Bord der *Eloise* gegangen?«

»Ja, das bin ich.«

»Und was haben Sie dort festgestellt?«

Glitsky ging die Inventarliste durch. Er beschrieb die Blutflecke, die Kugel in der Bordwand, die Trainingsgeräte, die Mordwaffe.

»Als Sie die *Eloise* betraten, war die Kabine da abgeschlossen?«

»Ja, der Angestellte dort mußte sie uns aufschließen.«

»Das war am Donnerstagnachmittag, dem fünfundzwanzigsten Juni, ist das richtig?«

»Richtig.«

»Nun, Sergeant, als Ihre Untersuchung fortschritt, hat sie sich schließlich auf einen Verdächtigen konzentriert?«

»Ja, das stimmt.«

»Aufgrund des Beweismaterials?«

»Ja, zum Teil. Es fanden sich Fingerabdrücke auf der Mordwaffe, es gab kein Alibi, aber ein scheinbares Motiv.«

Hardy hatte sich ausgerechnet, daß er Glitsky all diese Einzelheiten würde abfragen können, wenn er seine Fragen so stellte, daß sie Glitsky keine Schlußfolgerungen abverlangten, und wenn er es vermied, May Shinns Namen zu nennen. Bisher berichtete er von der Form, in der die polizeilichen Ermittlungen im Mordfall Owen Nash stattgefunden hatten – das waren relevante Aussagen.

»Und aufgrund des Beweismaterials und des Verdachts nahmen Sie die Verhaftung vor?«

»Nein, nicht sofort. Es reichte dazu nicht aus.«

»Aber schließlich haben Sie doch eine Verhaftung vorgenommen. Hatten Sie inzwischen noch mehr Beweismaterial entdeckt?«

»Nein, nicht mehr Beweismaterial, aber ich kam zu der Schlußfolgerung, daß die verdächtige Person zu fliehen versuchte.«

Hardy wandte sich an die Geschworenen. »Mit anderen Worten: Die verdächtige Person verriet Schuldbewußtsein, und Sie fühlten sich berechtigt, deshalb eine Verhaftung vorzunehmen.«

»Das ist richtig.«

Hardy wandte sich wieder Glitsky zu. »Sergeant, diese Person mit den Fingerabdrücken auf der Waffe, mit einem scheinbaren Motiv, ohne Alibi und mit einem offensichtlichen Schuldbewußtsein – war das Andy Fowler?«

»Nein, das war er nicht.«

Hardy nickte und wandte sich an Pullios. Er war ohne einen Einspruch durchgekommen. »Ihr Zeuge.«

»Sergeant Glitsky, als Sie in diesem Fall die erste Verhaftung vornahmen, diejenige, auf die sich Mr. Hardy gerade bezog, wurden Sie auf irgendeine Weise von irgendeinem Mitglied Ihrer Behörde oder der Bezirksstaatsanwaltschaft dazu gezwungen?«

Hardy konnte es nicht fassen: Pullios kam, ohne es zu beabsichtigen, genau auf das Thema zu sprechen, das er aufgrund von Chomorros Entscheidung vermeiden mußte.

»Nein. Das war damals eine ziemlich dem Standard entsprechende Ermittlung. Obwohl wir immer versuchen, schnell zu einem Ergebnis zu kommen.« Er sah die Geschworenen an. »Eine Mordspur wird sehr schnell kalt.«

»Bevor Sie die Verhaftung vornahmen, warteten Sie da erst einmal die vollständige Fingerabdruckanalyse, Beweis Nummer 1 der Anklagebehörde, ab?«

»Ja.«

»Und Mr. Fowlers Fingerabdrücke wurden nicht entdeckt?«

»Naja, damals wurden sie nicht identifiziert.«

»Sie bestreiten nicht, daß Mr. Fowlers Abdrücke auf der Waffe waren, oder?«

»Nein.«

»Aber bevor Sie wußten, wem sie gehörten, verhafteten Sie eine andere Person? Sie haben Mr. Hardy gesagt, die Ihnen verdächtige Person hätte ein ›scheinbares‹ Motiv und kein Alibi gehabt. Hatten Sie – vor der Festnahme – Gelegenheit, das Alibi zu überprüfen?«

»Nein, aber –«

»Und stimmt es, daß die Ihnen verdächtige Person in der Tat zwei Augenzeugen hatte, die bestätigt haben, wo sie am Mordtag war – Augenzeugen, die Sie nicht gefunden haben?«

»Ich würde das nicht so nennen –«

»Bitte beantworten Sie die Frage, Sergeant. Sie ist ganz einfach.«

Glitsky sah zum erstenmal zu Boden. Hardy fand nicht, daß das ein gutes Zeichen war. »Ja, es stimmt. Ich habe sie nicht gefunden.«

Pullios ging zu ihrem Tisch zurück, nahm einen Schluck Wasser, las kurz in ihren Aufzeichnungen und schaltete dann einen anderen Gang ein. »Nun, Sergeant«, fing sie wieder an, »wie viele Mordfälle hatten Sie zu jenem Zeitpunkt, im Juni, zu bearbeiten?«

Hardy stand auf, erhob Einspruch. »Die Arbeitsbelastung des Sergeants ist hier unerheblich.«

»Im Gegenteil«, sagte Pullios. »Mr. Hardy hat gerade beträchtliche Zeit darauf verwandt, Sergeant Glitskys berufliche Routine unter normalen Umständen zu erfahren. Wenn dies keine normalen Umstände waren, wenn der Sergeant zum Beispiel unter ungewöhnlichem Streß stand, könnte die Exaktheit seiner Ermittlungen darunter gelitten haben.«

Glitsky preßte die Lippen zusammen. »Die Verdächtige wollte das Land verlassen.«

Chomorro klopfte mit dem Hammer. »Bitte beschränken Sie sich darauf, die Fragen zu beantworten, Sergeant. Ms. Pullios, ich werde Mr. Hardys Einspruch in diesem Fall stattgeben. Niemand bezweifelt die Ermittlungen des Sergeanten in diesem Fall.«

Aber natürlich hatte Pullios gerade das getan: einen Zeugen der Anklagebehörde zu diskreditieren versucht, der für die Verteidigung aussagte.

Als Glitsky den Zeugenstand verließ, verlangte Chomorro die beiden Anwälte in seinem Besprechungszimmer zu sehen und verkündete eine zehnminütige Pause.

Er stand vor seinem Schreibtisch. »Nun hören Sie mal zu«, sagte er, kaum waren Pullios und Hardy eingetreten. »Ich habe Sie beide davor gewarnt, diese Büchse Würmer zu öffnen, und ich werde es auch nicht zulassen. Es geht in diesem Fall nicht um eine Verschwörung. Mr. Hardy, Sie sind da ja ganz geschickt zwischen den Riffs durchmanövriert, aber wir wollen nicht in diese Richtung segeln. Wie ich sehe, ist demnächst Lieutenant Batiste zur Aussage vorgesehen. Liege ich richtig mit meiner Vermutung, daß er sagen wird, Sergeant Glitsky sei ein guter Cop, der immer die vorgeschriebene Prozedur befolgt?«

»Mehr oder weniger.«

Chomorro. »Nun, das wird er nicht tun. Ich mache mir auch wirklich Sorgen, wie Sie Art Drysdale behandeln wollen. Ich glaube, das wird hier alles ziemlich irrelevant.« Er hielt die Hand hoch. »Ich möchte Sie nicht daran hindern, Ihren Stil fortzuführen, Mr. Hardy, aber wenn Sie nichts Substantielleres vorzuweisen haben, glaube ich, daß Sie sich Ihre Richtung mal überlegen sollten. Ich weiß, daß Sie einen halben Tag lang mit dem Angeklagten reden werden. Sie dürfen die Verfahrensfrage in Ihrem Schlußwort noch einmal erwähnen – aber nicht zu ausführlich. Daß Sie dieses Verfahren zum Anlaß nehmen, um alle in diesem Haus arbeitenden Menschen persönlich zu schmähen, das lasse ich nicht zu. Klar?«

»Ja, Euer Ehren. Aber in diesem Fall habe ich *eine* Bitte. Ich möchte noch einen Zeugen hinzuladen.«

»Jetzt?« fragte Pullios.

»Sie haben gerade von mir verlangt, daß ich auf die Hälfte meiner Zeugen verzichte. Da erscheint es mir nur recht und billig, noch einen Versuch zu machen. Es ist sowieso nur eine kleine Sache.«

»Richter –«

Chomorro schnitt Pullios das Wort ab. »Wer ist es?«

»Celine Nash, die Tochter des Opfers.«

»Sie rufen sie für die *Verteidigung*?«

Hardy zuckte die Schultern. »Ich rufe sie, um an die Wahrheit heranzukommen, Euer Ehren. Der Inhalt ihrer Aussage wird den Zugang zur *Eloise* und Nashs Gewohnheiten an Bord betreffen.«

»Wieso ist das für Andy Fowler relevant?« fragte Pullios.

»Kommen Sie, Elizabeth, ich will nicht alles verraten. Ich werde darauf zu sprechen kommen, wenn sie im Zeugenstand ist.« Das stimmte genaugenommen nicht, aber es war nicht so wichtig, und Chomorro sollte, nachdem er ihm etwas weggenommen hatte, auch etwas zurückgeben.

»Na gut«, sagte der Richter. »Na gut, Elizabeth?«

Pullios dachte darüber nach, dann nickte sie. »Okay«, sagte sie. »Warum nicht?«

Vor dem Mittagessen vernahm Hardy noch Ron Reynolds, der am Lügendetektor gearbeitet hatte. Hardy hielt ihn länger, als er es eigentlich für nötig hielt, im Zeugenstand fest. Der einzig wichtige Punkt, den er bestätigen sollte, war, daß sich Andy dem Test *freiwillig* unterzogen hatte. Wäre Andy Fowler schuldig, hätte er auch nur ein Schuldgefühl gehabt, dann wäre er dazu nicht bereit gewesen, wollte Hardy deutlich machen.

Natürlich war das Ergebnis eines solchen Tests nur zulässig, wenn die Staatsanwaltschaft einverstanden war. Aber Pullios hatte zugestimmt, vorausgesetzt, sie konnte den Schluß ziehen, daß Fowler den Test nicht bestanden hatte. Hardy brauchte Reynolds Aussage nicht, aber Pullios konnte mit ihrer auch nicht viel anfangen. Hardy wollte den Rest des Vormittags blockieren, und dafür war Reynolds gerade richtig.

Also ließ er ihn erzählen, wie der Polygraph im allgemeinen funktionierte, warum manche Leute gut, andere schlecht abschnitten, wie groß der Unsicherheitsfaktor war und so weiter. In ihrem Kreuzverhör stützte sich Pullios, wie vorauszusehen war, auf die Tatsache, daß Fowler mit seiner großen Erfahrung wahrscheinlich die besten Chancen hatte, gut abzuschneiden, und aus diesem Grunde bereit gewesen war, sich dem Verfahren zu unterziehen – er hatte geglaubt, die Apparatur täuschen zu können.

Hardy hatte sein Ziel jedenfalls erreicht: Er wollte Celine Nash nicht vor der Mittagspause in den Zeugenstand rufen. Plötzlich, nach dem Gespräch in Chomorros Zimmer, lag der Kurs, den er steuern wollte, deutlich vor ihm. Er würde Celine, die Zeugin, nach dem Mittagessen rufen. Sie würde ihm in die Falle gehen. Danach sollte Fowler in eigener Sache aussagen, dann wollte Hardy vielleicht sein Plädoyer halten.

Morgen würde Chomorro die Geschworenen belehren und das Urteil ihnen überlassen.

Aber heute, nachdem sie ausgesagt hatte, würde Celine bis zum

Ende der Verhandlung im Gerichtssaal bleiben, wie sie es bisher jeden Tag getan hatte. Er verließ sich darauf, daß sie dieses Verhalten jetzt, wo sie ihrem Sieg so nahe war, nicht mehr änderte.

»Celine Nash.«

Sie reagierte fast, als ob sie etwas gebissen hätte. Sie fuhr auf ihrem Sitzplatz herum und warf einen Blick in die Runde. Als sie ihre Fassung zurückgewonnen hatte, erhob sie sich, kam durch die Schranke auf Hardy zu und sah ihn fragend an.

Sie ließ sich im Zeugenstand nieder. Sie trug ein anthrazitfarbenes Nadelstreifenkostüm über einer magentaroten Seidenbluse und wirkte darin sehr streng und sittsam. Ihr Haar war straff zurückgebürstet, so daß ihr scharf geschnittenes Gesicht und ihre aristokratischen Züge hervortraten. Hardy wappnete sich und begab sich an seinen Platz, während sie ihren Eid leistete.

»Ms. Nash, ich habe nur ein paar Fragen, wenn Sie bereit sind zu antworten.«

Sie nickte mißtrauisch, sah zu den Geschworenen, dann zu Pullios hin. Als sie sich wieder Hardy zuwandte, schien ihre Spannung nachzulassen, sie fand sich in ihre Rolle hinein. »Fangen Sie an, Mr. Hardy, ich bin bereit.«

»Danke. Sie und Ihr Vater, Owen Nash, standen einander sehr nahe, nicht wahr?«

»Ja, das stimmt.«

»Und Sie haben oft miteinander gesprochen, einander oft gesehen?«

»Ja. Wenigstens einmal in der Woche, meistens öfter.«

»Sie sind segeln und miteinander essen gegangen, so in der Art?«

»Ja.«

»Nun, in den letzten Wochen im Leben Ihres Vaters, hat sich da etwas daran verändert?«

»Nein, nein. Ich weiß, ich habe mit ihm zum Beispiel in der Woche –« sie senkte ihren Blick –, »der Woche, in der er starb, gesprochen. Das war ganz normal.«

»Und haben Sie meistens über ein bestimmtes Thema gesprochen?«

»Nein, eigentlich nicht. Wir haben über viele Dinge gesprochen. Wir standen einander sehr nahe, wie alte Freunde.«

»Ich verstehe. Sie haben über viele Dinge miteinander gesprochen – Geschäftspartner, Sport, Klatsch, persönliche Angelegenheiten.«

»So ungefähr, ja ...«

»Nun, während dieser letzten Wochen, hat er je den Namen Andy Fowler erwähnt, Ihnen gegenüber oder in Ihrer Gegenwart?«

Sie überlegte. »Nein, nicht daß ich mich erinnern könnte.«

Hardy ging zum Tisch der Verteidigung zurück und hob einige Papiere auf. »Ich habe hier«, sagte er, »eine Kopie der Abschrift Ihrer Aussage vor der Grand Jury, in der Sie sagten, Ihr Vater hätte Ihnen erzählt, er plane, mit May Shinn auf der *Eloise* auszufahren – und zwar an dem Tag, an dem er getötet wurde. Erinnern Sie sich an diese Aussage?«

»Ja, natürlich.«

»Und dennoch wissen wir, daß May Shinn an diesem Tag nicht mit Ihrem Vater ausgefahren ist.«

Es war keine Frage, und Chomorro ergriff die Gelegenheit, sich von seinem Pult herunterzubeugen. »Ich verlasse mich darauf, daß Sie auf etwas hinauswollen, Mr. Hardy.«

Aber Hardy wollte Celine in Wirklichkeit nur sagen, daß er ihre Aussage nicht vergessen hatte. Er bat den Richter um Entschuldigung, kehrte an seinen Tisch zurück und legte das Transkript wieder hin.

Er wandte sich um und fuhr in einem sanfteren Ton fort. »Ms. Nash, Ihr Vater war sehr stolz auf sein Boot, nicht wahr?«

Leichteres Thema. »Er hat es geliebt«, sagte sie und rutschte auf ihrem Stuhl zurück. »Es war wie sein Zuhause. Sein richtiges Zuhause.«

»Kannten Sie sich denn dort aus? Sind Sie oft auf dem Boot gewesen?« Locker.

»Ja. Aber in letzter Zeit nicht mehr so oft ... Er hat May Shinn sehr oft mit hinausgenommen.«

»Wissen Sie, hat Ihr Vater Ihnen gesagt, ob May Shinn einen Schlüssel zu der *Eloise* hatte?«

Pullios stand auf. »Euer Ehren, ich weiß, daß wir hier auf einem Boot sind, aber das ist für meinen Geschmack zuviel Fischerei.«

»Mr. Hardy, wollen Sie auf etwas Bestimmtes hinaus?«

»Euer Ehren, irgendwann zwischen Mittwochabend, dem vierundzwanzigsten Juni, und dem nächsten Nachmittag brachte die Person, die Owen Nash getötet hat, die Mordwaffe auf die *Eloise* zurück. Diese Person brauchte dazu einen Schlüssel.«

»Euer Ehren! Das ist ungeheuerlich. Was hat diese unbewiesene Behauptung mit diesem Verfahren, mit Mr. Fowler, mit irgend etwas zu tun? Es wurden bislang keine Beweise vorgelegt oder auch nur angedeutet.«

Hardy wußte, daß sie das sagen würde, aber er mußte Celine klarmachen, daß er wußte, was sie getan hatte. Er blieb ruhig. Er sah, daß ihr Gesicht bleich geworden war, allerdings sah in diesem Augenblick niemand zu ihr hin. Er war der Mittelpunkt des Sturms.

»Mr. Hardy«, sagte Chomorro, »wir haben die Aussage von Sergeant Glitsky gehört, daß er die Waffe am Donnerstag auf der *Eloise* gefunden hat. Haben Sie einen Zeugen, der eine andere Version der Ereignisse zu berichten weiß?«

»Nein, Euer Ehren, noch nicht.«

»Nun, das ist jetzt weder die richtige Zeit noch der richtige Ort, ihn zu suchen. Gibt es irgend etwas *Relevantes*, das Sie Ms. Nash fragen möchten? Sonst ...« Chomorro beugte sich zu Celine hinüber, als Hardy verneinte. »Das Gericht bittet um Entschuldigung, Ms. Nash. Wenn Ms. Pullios nichts dagegen hat ...?«

»Nein, keine Fragen«, sagte Pullios.

Als Hardy sich setzte, flüsterte Fowler: »Was war denn das da, zum Teufel? Wenn wir nichts Besseres haben, laß lieber mich da rauf.«

Celine war ganz ruhig, aber das hatte er die ganze Zeit gewußt. Sie ging an seinem Tisch vorbei, ohne ihn anzusehen. Er drehte sich um und sah sie zu ihrem Platz am Mittelgang zurückkehren. Gott sei Dank, dachte er. Genau wie er angenommen hatte, blieb sie da.

Schließlich nahm der Richter im Zeugenstand Platz, und Hardy führte ihn von einer Frage zur anderen, so wie sie es fünfzigmal geprobt hatten. Er sah gut aus da oben, dachte Hardy. Selbstsicher, zuversichtlich, er sprach deutlich, achtete auf die Geschworenen, erwies ihnen Respekt.

Sie gingen alles durch, von Anfang an, nahmen das Schlechte in Kauf und das Gute mit. Es gab ein paar schwierige Augenblicke, zum Beispiel, als er Andy fragte, warum er Emmet Turkel engagiert hätte.

»Ich habe es nicht getan, um etwas über Owen Nash herauszufinden«, sagte Fowler. »Ich bestreite nicht, daß er das herausfand. Aber ich wollte nur wissen, warum May mich nicht mehr sehen wollte. Ich dachte sogar, sie wäre vielleicht in großen Schwierigkeiten. Ich wollte es einfach wissen, und sie hatte mir deutlich gemacht, daß sie nicht mit mir darüber reden wollte.«

Sie sprachen über die Fingerabdrücke und wie sie auf den Ladestreifen des Revolvers gekommen waren, sowie über den verschlungenen, unwahrscheinlichen Weg, den das Verfahren gegen May genommen hatte, bis es in seine Kammer gelangt war.

»Und als es da war«, sagte Fowler, »hatte ich das Gefühl, daß es schon zu spät war. Es war ein Fehler, ein schrecklicher Fehler, aber ich hatte es nicht so gewollt. Es ist einfach geschehen – es ist mir in den Schoß gefallen.«

Er gab die Lügen gegenüber seinen Kollegen zu und zeichnete ein – wie Hardy fand, zutreffendes – Bild von sich als einem Mann, der zwischen seinen privaten Bedürfnissen und seiner beruflichen Stellung hin- und hergerissen war. »Ich hätte sie Monate zuvor bitten sollen, mich zu heiraten, und dann alles, was sich daraus ergeben hätte, in Kauf nehmen sollen«, sagte er. »Aber ich habe nie daran gedacht, daß ich sie verlieren könnte, bis sie nicht mehr da war. Und da war es zu spät.« Kurz und bündig.

Was konnte er über sein Wochenende in der Sierra sagen? Er war losgereist, um einen klaren Kopf zu bekommen. Eigens zu dem Zweck, niemanden zu sehen. Es war ihm nur zu gut gelungen. Er wollte, er hätte es nicht getan. »Ich hätte dem Staat« – er sah die Geschworenen an – »und den Geschworenen viel Zeit, Mühen und Kosten erspart.«

In nicht einmal zwei Stunden war alles, wenn auch in einer relativ entspannten Atmosphäre, peinlich genau ausgesagt, was gesagt werden mußte.

Pullios konnte ihn nicht wie ein Bulle angreifen, sondern mußte sich mit der Rolle eines Terriers begnügen, der sich an einem Hosenbein festbeißt und hofft, daß er den Mann auf diese Weise aus dem Gleichgewicht bringen kann. Als Hardy sie bei der Arbeit sah, war er wieder einmal von ihrer Leidenschaftlichkeit angetan. Sie spielte kein Theater, alles war echt – sie triefte vor Überzeugung, daß jedes Wort aus Andy Fowlers Mund eine Lüge war und daß er Owen Nash kaltblütig ermordet hatte.

»Mr. Fowler, würden Sie sich als einen begeisterten Camper bezeichnen?«

Der Richter lächelte. »Nein, nicht unbedingt.«

»Wie oft haben Sie, sagen wir im letzten Jahr, ungefähr kampiert?«

»Nur das eine Mal, dessen bin ich sicher.«

»Und wie war es in den letzten Jahren?«

»Nein.«

»Was nein?«

»Nein, es war nur das eine Mal in den letzten Jahren. Ich bin ein ziemlich beschäftigter Mann. Oder ich war es ...«

»Und trotzdem haben Sie im letzten Juni plötzlich beschlossen, ein Wochenende mit einem Rucksack in der Hohen Sierra herumzulaufen?«

»Das ist richtig.«

»Würde es Ihnen etwas ausmachen, uns mitzuteilen, wo Sie am Freitagabend gegessen haben? Am Freitagabend haben Sie die Stadt verlassen, nicht wahr?«

»Ja. Das war in einem dieser Dinger oben am Highway Fifty oberhalb von Placerville, ich erinnere mich nicht mehr an den genauen Namen.«

»Erinnern Sie sich daran, was für ein Ort es war?«

Fowler schüttelte den Kopf. »Nein, ich kenne die Gegend eigentlich nicht.«

»Erinnern Sie sich, was Sie gegessen haben?«

Seine Augenbrauen hoben sich deutlicher. »Ich glaube, ich habe ein Steak gegessen.« Er versuchte einen etwas leichteren Ton anzuschlagen. »Aber da ich unter Eid stehe, will ich es nicht beschwören.«

Sie bohrte weiter. War es dunkel, als er mit dem Essen fertig war? Wo genau hatte er die Nacht verbracht? Wann kam er an seinem Ziel an? Wie hieß dieses Ziel? Wie hatte er es gefunden? Was brachte er sich dorthin für den Samstagabend zum Essen mit?

Allmählich bekam er es satt. »Wissen Sie«, sagte er, »ich habe über dieses Wochenende erst nachzudenken angefangen, als man mich dieses Verbrechens angeklagt hat. Es war einfach ein Wochenende irgendwo da draußen mit nichts, woran es sich zu erinnern lohnte.«

»Ja«, sagte Pullios. »Das sehen wir.«

Sie fuhr fort und kam, wie Hardy befürchtet hatte, darauf zu sprechen, daß Fowler nicht nur wußte, daß sich die Waffe auf dem Boot befand, sondern auch, wo genau sie aufbewahrt wurde.

»Und das haben Sie nach Ihrem Bruch mit May Shinn erfahren?«

»Ja.«

»Als May Shinn nicht mehr mit Ihnen sprach, so daß Sie einen Privatdetektiv beauftragen mußten, der feststellen sollte, warum sie Sie nicht mehr sehen wollte?«

»Sie hat aber dieses eine Mal mit mir gesprochen.«

»Warum hat sie das getan?«

»Das weiß ich eigentlich nicht. Ich rief an, und zufällig ging sie ans Telefon. Sonst war immer ihr Anrufbeantworter dran. Diesmal hat sie den Hörer abgenommen, und so haben wir uns unterhalten.«

»Und bei dieser beiläufigen Unterhaltung erwähnte sie zufällig, daß sich ihre Beretta an Bord der *Eloise*, und zwar im Schreibtisch neben Owens Bett befand?«

»Nein, genau so war es nicht.«

»Würden Sie uns bitte sagen, wie es war?«

Hardy sah auf die Uhr im Gerichtssaal. Sie hatte noch mindestens eine Stunde zur Verfügung, und die würde sie zu seinem Bedauern ausnützen, um das, was sie an Beweisen hatten, in die Köpfe der Geschworenen hineinzuhämmern, wobei sie zur Zeit ihr großes Thema Schuldbewußtsein gleich Schuldbeweis noch gar nicht berührte, weil sie es sich für ihr Finale aufsparte. Und, schlimmer noch, Andy schien etwas nachzulassen und machte ein verdrießliches Gesicht.

»Lassen Sie uns wieder über Mr. Turkel sprechen. Sie haben ausgesagt, Sie wären neugierig gewesen, wieso Ms. Shinn mit Ihnen Schluß gemacht hätte?«

»Das ist richtig.«

»Und deshalb haben Sie Mr. Turkel beauftragt?«

Kurze Fragen, kurzes Zerren am Hosenbein. Aber es wirkte.

Fowler nickte müde. »Ja, ich habe Mr. Turkel engagiert.«

»Wieviel hat er von Ihnen verlangt?«

»Ich glaube, es waren hundertundfünfunddreißig Dollar am Tag, plus Spesen.«

Pullios wandte sich den Geschworenen zu. »Einhundertfünfunddreißig Dollar am Tag. Und haben Sie ihm den Flug hierher bezahlt?«

»Ja.«

»Und zurück?«

Sie holte aus ihm heraus, daß er über 1500 Dollar bezahlt hatte, um genaue Informationen über Owen Nash und May Shinn zu erhalten. »Und nun, nachdem Sie all dieses Geld ausgegeben hatten, was beabsichtigten Sie mit dieser Information anzufangen?«

»Wieso? Nichts. Ich wollte es nur wissen, das habe ich schon erklärt.«

»Sie haben fünfzehnhundert Dollar bezahlt für eine Sache, in der Sie nichts unternehmen wollten?«

»Das ist richtig.«

Hardy war nervös. Nun, als die Zuversicht seines Mandanten in der dritten Stunde der Vernehmung zu schwinden und seine Augen von Pullios zu Hardy und zum Richter zu wandern begannen, wirkte er mit seiner ganzen Körpersprache wie ein pathologischer Lügner.

Pullios erkannte das mit sicherem Blick, und so kam sie auf ganz natürlichem Wege auf seine echten Lügen zu sprechen – gegenüber seinen Freunden, Kollegen, allen, die ihm zuzuhören bereit waren.

Und dann schließlich die Litanei seiner zugegebenen Verstöße, die sein Schuldbewußtsein beweisen sollten. Wie lange sind Sie Richter gewesen? Haben Sie einen heiligen Eid geschworen, niemals das Gesetz zu verletzen? Haben Sie jemals einen Fall abgelehnt? Oh? Mehrmals? Waren die Gründe so gewichtig wie in diesem Fall hier? Haben Sie je gehört, daß ein anderer Richter für einen Angeklagten die Kaution gestellt hat?

Und so weiter und so weiter.

Hardy machte sich Notizen, doch nachdem er eine Seite voll hatte, gab er auf. Pullios verdrehte nicht die Tatsachen – sie *benutzte* sie sehr wirksam, um eine Person darzustellen und Umstände zu beschreiben, die einen Mord nicht nur möglich, sondern unausweichlich machten.

Um Viertel vor fünf war sie endlich fertig und gab Fowler an Hardy zur Vernehmung zurück. Er wollte nur auf ein Gebiet noch einmal zurückkommen, wo er glaubte, etwas von dem angerichteten Schaden reparieren zu können.

»Mr. Fowler, hat das Ethics Committee der Bar Association of California Ihr Verhalten hinsichtlich May Shinn untersucht?«

»Einspruch.« Pullios klang etwas müde.

Chomorro wußte, daß das Ende in Sicht war und ließ Hardy ein bißchen Luft. »Abgelehnt.«

Hardy wiederholte die Frage, und Fowler, der im Zeugenstand saß, nickte. »Ja, das hat es.«

»Und wurden Sie in der Tat wegen Ihres – wie Ms. Pullios es nannte – ungeheuerlichen Fehlverhaltens aus dieser Vereinigung ausgeschlossen?«

Hardy wußte, daß man Andy wegen des Shinn-Verfahrens eine Rüge erteilt, aber sonst nicht gemaßregelt hatte. Und selbst nachdem eine Mordanklage gegen ihn erhoben worden war, wollte die Bar Association einen Anwaltskollegen nicht ausschließen, bevor er nicht verurteilt war.

»Nein, das wurde ich nicht.«

»Sind Sie in der Tat, während wir hier sitzen, ein angesehenes Mitglied der Bar Association dieses Staates?«

»Das bin ich.«

»Gut, danke.«

63

Fowler hatte reden wollen. Jane wollte streiten. Frannie, dessen war er sicher, wollte, daß er nach Hause kam. Jeff Elliot war im Zuschauerraum eingetroffen und wollte ein Interview.

Aber Celine hatte den Gerichtssaal verlassen und für all das andere war keine Zeit. Er hatte seine Papiere schon vorher in die Aktentasche gestopft und drängte sich jetzt, Entschuldigungen murmelnd, durch den Zuschauerraum und auf den Korridor hinaus. Sie war zwanzig Meter vor ihm, als sie das Gebäude durch den hinteren Ausgang an der Leichenhalle verließ.

Eine kalte Nacht war hereingebrochen. Die Luft war immer noch feucht von dem Unwetter, aber es regnete nicht mehr. Hardy lief, um ihr auf den Fersen zu bleiben. Er hatte auch auf dem nach hinten heraus gelegenen Platz geparkt und kam etwa zur gleichen Zeit an seinem Wagen an, zu der Celine den ihren erreichte. Als er vom Parkplatz abfuhr, war sie ihm voraus, und zwei andere Wagen fuhren zwischen ihnen beiden. Er folgte ihr in Richtung Innenstadt über Market Street, dann Van Ness Avenue hinauf nach Norden in Richtung Lombard Street und achtete darauf, daß immer mindestens ein Wagen zwischen ihnen war. Er mußte nur zwei rote Ampeln überfahren.

Als sie die Lombard Street nach Westen fuhr, kroch er auf der Nachbarspur näher an ihren Wagen heran. Sie fuhr etwas schneller, als erlaubt war, aber nicht unvorsichtig. Als sie sich der Abfahrt zur Golden-Gate-Brücke näherten, war er einen Augenblick in Panik – er hatte sich geirrt, und sie fuhr nach Sausalito oder irgendwohin, vielleicht um Ken Farris zu besuchen.

Sie fuhr auch tatsächlich die Schnellstraße hinauf, bog aber bei der letzten Abfahrt vor der Straße, die zur Brücke führte, wieder nach Süden ab und folgte jetzt der weitgeschwungenen Kurve, die sich durch die schwankenden Eukalyptushaine von Presidio zog. Er war noch nie bei ihr zu Hause gewesen. Er wußte nicht, wo sie wohnte. Aber er war sicher, daß sie nach Hause fuhr.

Er hätte es sich denken können. Ihr Haus lag keine drei Blocks von dem Palast ihres verstorbenen Vaters in Seacliff entfernt. Gar nicht so weit von seiner eigenen Behausung, aber in anderer Hinsicht Lichtjahre entfernt. Celines Haus war allerdings kein Palast und wirkte nur etwas größer als Hardys.

Sie bog in die Einfahrt hinein, während er an die gegenüberliegende Straßenseite heranfuhr und die Scheinwerfer abstellte.

Er wußte, daß es wieder nur eine Theorie war, aber er war in der Nacht zuvor darauf verfallen, weil es die einzige Möglichkeit war, das Beweislastproblem zu knacken. Wenn Celine immer noch ihren Schlüssel zur *Eloise* besaß, war die Sache überstanden. Nur so ließ sich die fehlende Schußwaffe erklären – wie sie in die Schublade gelangt war, nachdem er die Lade am Mittwochabend leer vorgefunden hatte. Jetzt mußte er den Schlüssel an sich bringen. Ihn bei ihr, in ihrem Besitz finden.

Läute die Türglocke. Wenn sie kommt, schlägst du sie nieder, fesselst sie und durchsuchst das Haus – aber das konnte er nicht tun. Er mußte warten. Sie konnte ihn in der Toilette hinunterspülen oder in den Müll werfen. Aber er glaubte nicht, daß sie so etwas tun würde. Sie wollte ihn aus dem Haus haben, weg aus der Gegend, in der sie wohnte. Falls sie ihn hatte, würde sie von ihrer Persönlichkeit her dazu neigen, sich seiner auf dramatische Weise zu entledigen. Er hoffte.

Er wartete.

In einem Zimmer im ersten Stock ging ein Licht an, ihr Schatten bewegte sich hinter dem Fenster. Sogar in der Kälte merkte er, daß seine Handflächen zu schwitzen anfingen. Wozu tat er das? Er hätte Abe mitnehmen sollen. Aber jetzt war er allein hier.

Er wartete.

Das Licht ging aus, dann ein anderes im Erdgeschoß. Er hörte, daß eine Tür klappte, dann öffnete jemand eine Autotür und schlug sie zu; er ließ den Motor an.

Ohne Licht wendete er und folgte ihr den Weg zurück, den sie gekommen war, über den El Camino del Mar. Aber sie fuhr nur etwa drei Minuten lang, bevor sie auf den abgedunkelten Parkplatz am Phelan Beach einbog.

Die Nacht nach dem Regen war unheimlich still. Über seinem Kopf kratzten und klackten Eukalyptusblätter. In der Ferne brüllte ein Nebelhorn.

Hardy hatte sie unter die Bäume vorausgehen lassen, bevor er nahe dem Eingang parkte, um durch den hellen Wald zu joggen.

Sie war bis an die Bäume herangefahren, hatte den Motor und die Scheinwerfer ausgeschaltet. Hoch über ihr ragte in der klaren Nachtluft die funkelnde Golden-Gate-Brücke auf. Die Tür öffnete sich. Sie stieg aus und wandte sich, ohne zu zögern und ohne sich umzusehen, dem Strand zu.

Auf dem Wasser spiegelte sich ein Dreiviertelmond. Sie warf einen leichten Schatten, als sie ruhig über den Strand ging. Hardy kam am Strand an und zog die Schuhe aus. Sie war schon halb am Wasser, als er losrannte – auf sie zu.

Sie hörte etwas. Als er näher kam, drehte sie sich um.

»Celine.«

Es war fast so, als hätte sie ihn erwartet. Sie hatte keine Angst. Sie wußte, wer er war, und als sie ihn sah, nickte sie. Und dann schleuderte sie ihre Hand hoch in die Luft.

Hardy stürzte sich auf ihr Handgelenk, bekam es zu fassen und griff nach ihrer anderen Hand. Er hatte vergessen, wie stark sie war! Sie riß ihren Arm zurück, trat nach seinen Beinen, kickte ihm in die Leisten.

Er hielt sie fest, ließ sich nicht abschütteln, zwang sich zurückzutreten, traf sie seitlich am Knie, sie stürzte, und er fiel auf sie drauf.

Immer noch rangen sie miteinander, sie biß ihm in den Arm nahe der Schulter. Er wirbelte herum und drückte sie mit seinem Gewicht zu Boden. Ihre Beine kamen hoch, sie versuchte ihn mit den Knien zu boxen und warf Sand über beide, in ihre Gesichter und Augen.

Er rollte herum, so daß er auf ihrer Hand lag, preßte sie hinunter und versuchte sie zu öffnen, indem er an ihren Fingern zerrte. Sie griff mit der anderen Hand nach ihm und bohrte ihre Fingernägel in seine Kopfhaut. Er spürte, wie sie sie bis zum Nacken hinunter aufriß.

Sie wurde schwächer. Ihre Faust öffnete sich langsam, er fühlte, was darin war, packte es und rollte weg.

Er wußte nicht, ob das alles war, also rollte er weiter und weiter, bis er etwa zwei Meter von ihr entfernt war, dann richtete er sich keuchend auf den Knien auf und blickte zurück. Celine lag immer noch da in ihrem anthrazitfarbenen Kostüm, das jetzt zerfetzt war.

Während er nach Luft rang, ließ er sie nicht aus den Augen. Er sah hinunter auf den Schlüssel in seiner Hand – er war mit einem kleinen Ring an einem Holzklötzchen befestigt. Es war zu dunkel, als daß er es hätte entziffern können, aber er wußte, daß auf das Holzstück das Wort *Eloise* eingebrannt oder eingestanzt war.

Jetzt hörte er das Plätschern der Wellen am Strand. Celine drehte sich auf die Seite herum und zog die Beine an wie ein Kind im Mutterleib. Ihr Schluchzen hatte nichts mit ihm zu tun ... sie war allein. Es fröstelte ihn. Es war ihre Totenklage um alles, was sie verloren oder nie besessen hatte.

Owen Nash grinste in den Wind, als er die Spiere herumlegte. Seine Zigarre war ausgegangen und steckte halbgeraucht in seinem Mund. Sie waren seit zwei Stunden draußen auf dem Wasser, und er würde das schon hinkriegen. Er hatte Celine erzählt, daß er May heiraten wollte. Sie würde es einsehen und schließlich akzeptieren. Jetzt konnte sie sich von ihm und dem Verhältnis befreien, das vor so langer Zeit begonnen und sie in Schuld und Gier aneinander gefesselt hatte – daß er gar nicht mehr wußte, wann es nicht so gewesen war.

Sie hatten noch nicht richtig darüber geredet, aber sie war ihm schließlich immer gefügig gewesen, und jetzt mußte er nur noch den richtigen Augenblick abwarten.

Die Tür der Kabine öffnete sich, und sie kam heraus. Der Wind peitschte ihr hübsches nasses Haar. Als sie unter dem Golden Gate durchgefahren waren, im Kampf gegen Strömung und Wind, hatte er angefangen, es ihr zu erzählen.

Danach – okay, da war sie erschüttert, als sie begriff, daß er es ernst meinte, und dann hatte sie gesagt, sie wolle allein sein. Trotz der rauhen See war sie hinuntergegangen, um Aerobic zu betreiben, sie brauchte das jetzt. Eine Lockerungsübung. Offensichtlich hatte sie geduscht und stand jetzt in einen Frotteemantel gehüllt im Eingang der Kabine.

Barfuß kam sie noch einen Schritt weiter auf das Deck hinaus. Ihr Mantel öffnete sich, und er warf einen Blick auf ihre Brüste, ihren Bauch und den rasierten Schamhügel. Sie schloß den Mantel nicht, sondern kam auf dem schwankenden Boot auf ihn zu, ihre Augen waren glasig, von dem Sport da unten, nahm er an.

Sie kam um das Steuerrad herum, preßte sich gegen ihn und hielt ihren Mantel auf. »Komm nach unten, Daddy.«

Er schnappte nach Luft, er mußte sich sehr beherrschen, aber er hatte sich geschworen, damit aufzuhören. »Honey, ich habe dir gesagt …«

Ihre Hand kam herunter zu ihm, sie war zärtlich. »Ich weiß, was du gesagt hast. Es ist mir gleich, was du mit ihr tust, aber du mußt mich behalten. Du mußt. Wir brauchen einander.«

Sie fand ihn *in der grünen Jogginghose und, obwohl er es nicht wollte, reagierte er. Wie immer. Plötzlich legte sich das Boot auf die Seite und stieß ihn gegen sie und beide gegen das Steuerrad. »Komm nach unten«, flüsterte sie und hielt ihn fest.*

Aber es konnte nicht so weitergehen – er wollte es nicht mehr zulassen, das hatte er sich fest vorgenommen und May versprochen. Zum erstenmal seit seiner Ehe mit Eloise war er verliebt. Es war seine letzte Chance, und seine selbstsüchtige, schöne Tochter sollte ihm die nicht rauben, wie sie ihm wegen der Schwäche seines Fleisches vor Jahren Eloise geraubt hatte.

Er haßte sich selbst, haßte sie für das, was aus ihnen geworden war, er schob sie weg. »Nein! Nein!« Er versetzte ihr einen Stoß. »Ich habe gesagt, es ist aus, Celine! Verdammt noch mal, Schluß damit, laß mich in Ruhe!«

Sie glitt auf dem nassen Deck aus und lag in ihrem offenen Mantel da. Jetzt sah er in ihren Augen den Haß, der immer schon dagewesen sein mußte – man führte nicht so ein Leben, ohne einander zu hassen.

Mit glasigen Augen, aber ohne eine Träne darin, starrte sie ihn an, als wäre er eine fremde Macht. Dann raffte sie sich auf, schlang den Mantel um sich herum und ging wortlos nach unten.

Er lag nicht mehr vor dem Wind, verdammt. Und seine Zigarre war auch fort.

Der Nieselregen wurde stärker – die Sichtweite betrug unter hundert Meter. Er kniff die Augen zusammen, als er durch den Nebel spähte, checkte den Kompaß, brachte die Eloise *wieder auf Südsüdwestkurs. Er wollte nicht mit ihr an der Küste stranden. Er lauschte, ob er schon irgendwelche Brecher hörte, die anzeigten, daß er dem Ufer nahe war.*

Celine würde darüber hinwegkommen. So etwas brauchte seine Zeit. Er hätte es ihr häppchenweise beibringen sollen, statt es ihr einfach so zu sagen. Allmählich würde sie sich an den Gedanken gewöhnen. Er war sicher.

Ein paar Minuten später tauchte sie wieder auf, immer noch in ihrem Bademantel, aber ruhiger geworden. Na bitte – er hatte also recht gehabt. Sie würde das verarbeiten. Man konnte nicht erwarten, daß eine Frau nicht irgendein Theater machte.

Es wunderte ihn allerdings, daß sie ihre Gewichtheberhandschuhe trug. Sie hatte sich wohl unten an den Dingern abreagiert. Er fand, daß es allmählich Zeit wurde, zu wenden und das Boot zurückzubringen.

»Daddy.«

Er war nicht grausam. Er wollte ihr nicht weh tun. Wenn sie mit ihm reden wollte, war er dazu bereit. Vorsichtig natürlich. Er ging um das Steuerrad herum und kam auf sie zu.

Sie nahm die Waffe aus der Tasche des Bademantels und richtete sie auf ihn. Er blieb stehen. Er versuchte zu lächeln, als wäre sie ein dummes kleines Kind, das sich verirrt hatte. Er streckte die Hand aus. »Honey ...«

Sie ließ die Hand mit der Waffe sinken. Dann feuerte sie ab. Er spürte einen Stoß, dann einen Schmerz tief in der Leistengegend. Seine Beine versagten. Er fiel auf die Knie und sah sie mit verwundertem Gesicht an. Er erblickte vor sich die winzige Mündung von Mays kleinem Revolver. »Mein Gott, Celine, du hast deinen Vater erschossen ...«

Sie schüttelte den Kopf. »Noch nicht, Daddy.« Er sah die Mündung heraufkommen, bis sie auf gleicher Höhe mit seinem Herzen war.

64

Fowler unschuldig
Freispruch im Mordprozeß Owen Nash

von Jeffrey Elliot
Chronicle-Redaktion

Der ehemalige Oberrichter Andrew B. Fowler wurde gestern von der Anklage freigesprochen, den Geschäftsmann Owen Nash ermordet zu haben. Die Geschworenen gelangten nach knapp zweitägiger Beratung zu dem Ergebnis, daß der Mann, der über dreißig Jahre lang in San Francisco Recht gesprochen hat, unschuldig ist.

Der Prozeß war ein persönlicher Sieg sowohl für Fowler als auch für seinen Anwalt Dismas Hardy, einen ehemaligen Staatsanwalt, der hier erstmals eine Verteidigung übernommen hatte. Hardy sagte, er habe niemals an der Unschuld seines Mandanten gezweifelt, und Richter Fowler sei Opfer eines Machtkampfes innerhalb der Justizverwaltung der Stadt San Francisco geworden.

»Es hat niemals einen Beweis dafür gegeben, daß der Richter diese Tat begangen hat«, erklärte Hardy. »Natürlich hieß das nicht, daß der Freispruch durch die Geschworenen sicher war. Aber dieser Freispruch ist eine wunderbare Bestätigung, daß unser Rechtssystem doch etwas taugt.«

»Wir hatten von Anfang an kein gutes Gefühl«, sagte der Obmann der Geschworenen, Shane Pollett. »Sie hatten schon mal jemanden mit ähnlichen Beweisen verhaftet. Fowler hatte ein paar Fehler gemacht, aber niemand hat bewiesen, daß er Nash getötet hat. Die Anklagebehörde mußte beweisen, daß Fowler Nash getötet hat, und das hat sie nicht getan.«

Dieses Urteil stellt eine zweite Niederlage der Bezirksstaatsanwaltschaft in der Mordsache Nash dar. Letzten Sommer hatte die Staatsanwaltschaft Nashs Geliebte May Shinn des Mordes angeklagt, war aber dann gezwungen gewesen, die Anklage zurückzuziehen, als ihr Alibi von zwei Zeugen bestätigt wurde.

Bezirksstaatsanwalt Christopher Locke bestreitet, daß es sich bei der Anklage gegen Fowler um eine »Hexenjagd« gehandelt hätte. »Die Beweise«, sagte er, »– und wir haben sie mehrere Monate lang intensiv geprüft – deuteten stark auf eine Verwicklung des Richters hin. Aber die Geschworenen haben gesprochen. Und somit ist die Anklage vom Tisch.«

Auf die Frage, ob er eine weitere Untersuchung in der Mordsache Owen Nash anstrengen wird, erwiderte Locke, das sei Sache der Polizei. »Wenn sie uns einen anderen Verdächtigen bringt und neue Beweismittel vorlegt, werden wir natürlich sofort aktiv werden.« Es gebe aber zur Zeit keine neuen Verdächtigen.

Richter Fowler beabsichtigt, die nächsten Wochen in Hawaii zuzubringen und dann seine Arbeit als Partner in der Anwaltskanzlei Strand, Worke & Luzinski wiederaufzunehmen.

Hardy saß im *Chronicle*-Gebäude Jeff Elliot am Schreibtisch gegenüber. »Wieso hat Celine es nicht getan? Was ist denn mit all dem, was ich in Santa Cruz herausgekriegt habe?«

»Apropos. Ich nehme an, Sie haben sich gut amüsiert«, sagte Hardy. »Müßten Sie eigentlich, für vierhundert Dollar. Was kostet denn vierhundert Dollar in Santa Cruz?«

Elliot sagte, ohne das Gesicht zu verziehen: »Ich glaube, wir sind hundertvierzigmal zusammen Achterbahn gefahren. Aber hören Sie mal, was ist denn jetzt mit meiner Story –«

Hardy unterbrach ihn. »Sie haben doch nur herausgekriegt, daß sie vielleicht nicht dagewesen ist, stimmt's?«

Elliot nickte.

»Haben Sie irgendeinen Beweis dafür, daß sie auf dem Boot war?«

»Nein.«

»Überlegen Sie mal, wieso Ihnen das bekannt vorkommt.« Hardy tat es leid, daß er Jeff die Story wegnehmen mußte, aber er war nicht mehr im Anklagegeschäft. »Hören Sie, Jeff, Sie können ja damit zur Polizei gehen, damit die etwas unternimmt, aber danken wird sie es Ihnen nicht. Ich habe es ausprobiert, ich weiß Bescheid. Owen Nash bereitet allen im Justizpalast Kopfschmerzen. Haben Sie irgendeinen Grund anzunehmen, daß Celine für die Tat in Frage kommen könnte? Außer dem, den ich Ihnen genannt habe?«

Jeff zuckte die Achseln. »Wenn jemand lügt, wo es um das Alibi geht –«

»*Alle* haben in diesem Fall gelogen, wo es um das Alibi ging. Oder so sieht's wenigstens aus.« Er legte die Hand auf Jeffs Schulter. »Sie dürfen sich gern dran versuchen, Jeff, aber der Brunnen ist trocken. Es ist nur wieder ein neues Vielleicht.«

Elliot drehte sich zu seinem Computer herum, kniff die Augen zusammen, sah irgend etwas an und wandte sich wieder Hardy zu. »Wieso haben Sie Ihre Meinung geändert? Ich dachte, Sie wären ehrlich davon überzeugt, daß sie es getan hat.«

Hardy schlug ein Bein über das andere. »Das war, bevor mein Mandant freigesprochen wurde, Jeff. Wenn ich den Mörder von Nash hätte finden müssen, um Fowler freizubekommen, dann hätte ich weitergesucht, nehme ich an. Aber jetzt ... Andy hat's nicht getan. Das ist mein Hauptinteresse.«

»Sind Sie nicht neugierig?«

Hardy wurde geheimnisvoll. »Nein. Ich weiß alles, was ich wissen muß.«

»Sie machen sich das Leben leicht, wie?«

Hardy nickte. »So ungefähr.«

Am 21. Dezember stand Hardy im Postamt in der Clement Street, Rebecca auf dem Arm und in der Hand ein Päckchen. Es herrschte so ein Gedränge, daß er fast zwanzig Minuten in der Schlange warten mußte, bis er an den Schalter kam.

Der Postbeamte nahm das Päckchen. Es war nur acht Zentimeter lang und fünf Zentimeter breit. »Unmöglich«, sagte er.

»Was ist unmöglich?« fragte Hardy.

»Weihnachten, Mann. Es ist unmöglich.« Der Postbeamte sah sich die Adresse an. »Wenn ich Sie wäre, würde ich es einfach hinbringen. Es ist nur eine halbe Meile, wenn überhaupt. Dann ist es in fünfzehn Minuten da. Das sind tolle Häuser da oben. Gefallen mir, mit den Lichtern dran.«

»Es ist kein Weihnachtsgeschenk«, sagte Hardy. »Es muß nicht bis zu einem bestimmten Datum dort sein.«

»Vor Neujahr dürfte es auch nichts werden.«

»Das ist okay. Es spielt keine Rolle.«

Der Beamte schüttelte das Päckchen. »Es ist nichts Zerbrechliches, oder? Klingt nach Schlüsseln oder so.«

»Sie haben recht«, sagte Hardy. »Jemand hat seine Schlüssel verloren.«

Er las es an dem Tag, an dem sein Sohn Vincent geboren wurde. Er war immer noch im St. Mary's Hospital, außer sich vor Freude. Er hatte die Nacht bei Frannie zugebracht und ihr beim Atmen und Schreien und Pressen geholfen, bis schließlich gegen Morgen der Kopf herausschaute und ihnen die Ärztin fünf Minuten später sagte, daß sie einen Sohn hatten.

Frannie zog Hardy zu sich ins Bett, und die Ärztin legte das Baby zwischen sie. Sie staunten das Lebewesen an, das sie gezeugt hatten. Vincent kuschelte sich zwischen sie.

Nachmittags kam Onkel Moses mit Rebecca vorbei. Er brachte auch die Zeitung mit. Nachdem Moses fort war, schlief Frannie mit Rebecca auf dem Bett ein. Hardy fing an, den *Chronicle* zu lesen. Auf Seite 3 hatte Jeff Elliot eine kleine Story über Celine Nash, »die Tochter des verstorbenen Geschäftsmanns Owen Nash« gebracht, die man in einem Sadomasohotel im Tenderloin District erstochen aufgefunden hatte. Verdächtige gab es noch nicht, aber man nahm an, daß das Opfer, das bereits als Gelegenheitsprostituierte in Erscheinung getreten war, einfach Pech mit einem Freier gehabt hatte.

Hardy schlug die Zeitung zu. Als er aus dem Klinikfenster sah, war der Himmel grau, und es dämmerte.

Etwas später brachten sie Vincent herein, damit Frannie ihm die Brust gab. Hardy sah sie mit einem verwirrten Lächeln an, dann blickte er wieder zum Fenster hinaus.

»Stimmt etwas nicht?« Frannie stillte das Baby und betrachtete ihn. »Was ist denn?«

Hardy schüttelte sich von seinen Gedanken los. Er stand aus seinem Sessel auf und kam zu ihrem Bett. Er hob die schlafende Beck auf, quetschte sich neben Frannie und sagte: »Nichts. Nur die Welt da draußen, nehme ich an.«

»Weißt du was«, sagte sie. »Das ist nicht die Welt. Die Welt ist jetzt auf diesem Bett.«

Ihre Finger schlangen sich ineinander. Hardy spürte, wie seine Tochter sich bewegte, und hörte die zufriedenen Laute seines Sohnes. Er blinzelte, um das Zimmer wieder richtig sehen zu können, aber es ging nicht, und da legte er die Hand über die Augen.